KB043969

나달의 언덕 4

나달의 언덕

4

THE HILL OF NADAL

아드소 장편소설

가하)

나달의 언덕 4

지은이 아드소
펴낸이 이형기
펴낸곳 도서출판 가하

초판인쇄 2017년 6월 8일
초판발행 2017년 6월 15일
출판등록 2008년 10월 15일 제 318-2008-00100호

주소 서울 영등포구 양평로 67, 1209 (당산동5가, 한강포스빌)
전화 02-2631-2846 **팩스** 02-2631-1846

www.ixbook.co.kr

ISBN 979-11-300-1791-4 04810
      979-11-300-1787-7 04810(set)

값 12,800원

copyright ⓒ 아드소, 2017

이 책은 저작권법의 보호를 받는 저작물입니다.
무단전재와 무단복제를 금합니다.
잘못된 책은 구입하신 곳에서 바꾸어 드립니다.

61

다음 날, 정현은 지은보다 먼저 미국으로 출국했다. 미국 지사를 내는 것에 작은 문제가 생겨 현지 변호사와 며칠 얘기를 하더니 정현이 직접 미국으로 갔다. 지은에게는 데이트도 상사도 없는 일주일인 셈이었다. 지은은 일찍 퇴근해 집에 들어왔다. 정현의 출장 얘기를 들은 예은이 킬 킬거리며 말했다.

"언니가 간다는 회사에 폭탄이라도 던지러 간 거 아니야?"

동현이 젓가락을 내려놓으며 엄숙하게 지적했다.

"누나, 미국에서 큰 테러가 있고 겨우 십 년이 조금 넘었어. 그런 예민 하고 위험한 농담은 삼갔으면 해."

세 남매의 저녁 식사 자리는 금세 숙연해졌다. 꼭 그 때문이 아니더라도 지은은 도저히 웃음이 나오지 않았다.

지은은 그 일주일 동안 분주히 돌아다녔다. 자진해서 일거리를 맡았다. 손을 쉬고 있으면 머리가 딴생각을 했고 그때마다 머리는 '우선순위를 빨리 매겨!'라며 재촉을 해댔다.

생각이 많다는 것은 지은의 단점이기도 했지만 그러한 점이 그녀가 자라오는 동안 일종의 훈련이 되었다는 것도 사실이었다. 고민이나 과제가 몰아칠 때 지은은 머릿속 책상 앞에 앉아 일을 분류하고 서류철한 뒤 우선순위에 맞춰 뇌 속 철제 캐비닛에 넣어뒀다. 그리고 꽂혀 있는 순서대로 일을 해결해갔다. 십 대 시절, '엄마 건강 챙기기'는 언제나 캐비닛 맨 상단에, '예은이 교복 사러 가기, 동현이 학원비 챙겨주기, 동생들 치과 데려가기' 등은 두 번째 칸에 넣어두는 식이었다.

지은은 캐비닛 트레이를 모조리 꺼내 순서를 재정리하기 시작했다. 노란 칠이 된 트레이를 꺼냈다. 트레이 안에 든 파일에는 '이직, 디자인, 유학, 꿈'과 같은 라벨이 붙어 있었다. 파란 칠이 된 트레이는 정현과 관련된 것이었다. 짧은 시간 안에 트레이의 무게가 아주 묵직해졌다. 그 트레이에는 최근에 추가된 '악몽, 신우' 파일을 포함해 '최면 치료, 결혼' 등의 문제들이 들어 있었다.

캐비닛의 맨 위 칸과 두 번째 칸을 비워두고서 노란 트레이와 파란 트레이를 책상에 올려놓은 채 지은은 한참을 서 있었다.

만취한 상태로 결국 지은의 집에서 하룻밤 신세를 진 신우는 다음 날부터 하루도 빠지지 않고 지은에게 전화를 했다. 주로 퇴근 시간 이후에. 저녁을 먹고 포만감에 젖어 아무 생각도 하지 않고 아무 반항도 하고 싶지 않은 시간에. 그런 기가 막힌 타이밍에 전화가 걸려왔다.

─ 지은 씨, 뭐해요?

"드라마 보는 중이었어요."

─ 재밌어요?

"크게 재미는 없네요."

─ 그럼 저랑 얘기 좀 하죠.

이런 식이었다. 지은은 예전처럼 편한 상담자로 신우를 대할 수가 없었다. 하지만 신우는 전보다 친밀한 느낌으로 끈질기게 대화를 걸어왔다. 8시에 대화를 시작해 11시에 끝난 적도 있었다. 통화가 길어지면서 접근 레벨이 낮은 대화거리가 바닥났다. 지은은 자연스럽게 속에 있는 이야기를 내놓았다. 뇌 속 캐비닛 얘기라거나.

지은은 원체 사람과 거리를 두는 데는 재주가 없었다. 사흘쯤 되자 신우가 친한 언니처럼 느껴지기 시작했다. 지은은 늘 언니가 갖고 싶었다.

[오후부터 비 오니까 우산 챙겨 가요 :-)]

신우의 문자였다. 출근 중이던 지은은 집 계단에 서서 하늘을 올려다보았다. 구름 부스러기도 보이지 않았다. 아침 뉴스에서는 한동안 비 소식이 없을 거라고 했다. 휴대전화 일기 예보도 우산 대신 구름 그림을 띄워놓고 이날은 흐리기만 할 거라고 70프로 확신했다. 지은은 잠깐 고민에 빠졌다가 다시 집으로 들어가 우산을 챙겨 나왔다. 정현의 선물, 초콤팩트 사이즈 우산.

신우의 말이 맞았다.

오후 4시부터 서서히 어두워진 하늘은 5시부터 비를 뿌리기 시작했다. 퇴근 시간이 되자 본격적으로 비가 쏟아졌다.

정현도 보통 사람들처럼 시간이 빗줄기가 되어 기억을 씻어 내렸더라면 좋았을 것을. 그런 생각을 하며 지은은 회사 1층 로비에 서서 유리창을 씻어내는 빗줄기를 바라보았다.

"난 후추는 안 먹어요."

지은이 어깨를 흠칫 떨며 옆을 보았다. 기척도 없이 다가온 신우가 손바닥을 펼치고 다섯 손가락을 꼼지락거리는 인사를 했다. 지은은 반사적으로 인사했다. 지은의 집 거실에서 잠든 날 이후로 처음 만나는 신우는 대면을 해서도 예전보다 더 친근한 느낌이었다. 일주일간의 통화 때문일 것이다. 신우가 로비를 두리번거리며 말했다.

"회사 좋네요."

지은이 고개를 슬쩍 기울였다.

"그런데…… 뭐라고 하셨죠?"

"후추는 안 먹는다고요. 이전 생에서도 후추와 비슷한 향신료는 먹지 않았어요."

전화 통화에서처럼 두서없는 이야기가 시작됐다.

"슬래셔 무비는 좋아하지 않아요."

로비를 지나는 훤칠한 사내에게 눈이 꽂힌 채 신우가 대수롭지 않게 말했다.

"특히 도끼가 나오는 건. 내가 도끼에 맞아 죽어서 그런가 봐요."

신우가 서글서글한 미소를 지었다.

"한지은의 입맛."

"……."

"취향, 생각, 불안, 선택도 무의식중에 이전 생이 뿌리 깊게 박혀 있는 건 아닐까요?"

다큐멘터리의 내레이션으로도 손색이 없는 말투였다. 신우가 지은의 무표정한 얼굴 앞에 손가락을 튕겼다.

"생각해보세요. 요즘 세상에 미혼의 상사랑 부하 직원이 사귄다고 누가 뭐라 한다고."

지은이 주위를 살피며 입술에 손가락을 대고는 목소리를 낮춰달라는 듯 손을 내리누르는 시늉을 했다. 신우가 어깨를 으쓱했다.

"그딴 건 무시할 만하잖아요? 그런데도 지은 씨는 서정현과의 현재 관계에 불편함을 느끼죠. 왜 그럴까요? 왜 그럴까?"

신우가 친밀하게 어깨동무를 해왔다. 지은은 눈을 말똥말똥 뜨고 신우에게 한쪽 어깨를 붙잡힌 채 키 큰 그녀를 올려다보았다. 두 사람은 나란히 유리벽을 보고 섰다. 유리벽을 타고 비가 줄줄 흘러내렸다. 두 사람의 얼굴에 비 그림자가 졌다. 지은이 물었다.

"회사에는 어쩐 일이세요? 정현 씨는 출장 중인데……."

"알아요. 미국 갔다면서요."

아는구나. 지은은 메고 있는 가방 끈을 두 손으로 꼭 쥐고 고개를 끄덕였다. 신우가 말했다.

"에드가…… 아니, 서정현, 곧 죽을 거 같아 보이더니 일은 하네요? 에드가는 그런 걸 피할 수 없는 책임이라고 했죠. 성격은 좀 변한 것 같던데, 그런 점은 똑같아요."

성격이 변한 것 같은 점은 신우도 마찬가지였다. 이전엔 좀 더 진중하고 인간 사이에 벽을 두는 듯한 느낌의 여성이었는데, 요즘은 수더분하고 중성적인 성격이 된 것 같았다.

지은은 또 가방 끈을 쥐고서 고개를 주억거렸다. 신우의 말에 동의한다는 뜻은 아니었다. 어떻게 동의할 수 있겠나? 지은은 신우만큼 에드가의 성격을 잘 알지도 못했다. 지은이 움직일 때마다 가방에 매달린 운석 펜던트가 흔들거렸다. 최면을 거는 데 쓰는 진자처럼.

신우가 펜던트를 쳐다보며 말했다.

"지은 씨를 만나러 왔어요."

"저를요?"

신우가 두 팔을 벌렸다.

"저녁 사주기로 했잖아요. 약속은 지켜야죠?"

로비에 점차 사람들이 늘어나고 있었다. 일기 예보를 믿고 우산을 가져오지 않은 사람들은 로비 한편에 마련된 휴게실과 유리벽에 몰려섰다. 신우의 얼굴을 한참 들여다본 지은이 잡힌 어깨를 빼고 신우를 정면으로 보았다.

"밥은 사겠지만…… 더 이상 상담은 안 해주셔도 돼요."

지은이 말했다. 신우가 부드럽게 미소 지었다.

"그동안 통화한 걸 상담이라고 생각하는구나. 난 우리가 친해졌다고 생각했는데. 지은 씨는 내가 부담스러워요?"

신우의 목소리에서 슬픈 기색이 느껴져 지은은 그건 아니라는 듯이 고개를 저었다. 신우는 유리벽을 돌아보았다. 유리 너머로 보이는 도로는 퇴근 차량들이 엉켜 물살이 느린 거대한 강처럼 보였다. 차량들이 켠 헤드라이트가 밤을 밝혔다.

"매일 밤 꿈을 꿔요."

신우가 말했다. 지은이 놀란 표정을 하자 신우가 그런 의미가 아니란 듯 손을 저었다.

"악몽을 꾸지는 않아요. 한 장면만 보이죠. 죽기 전날 에드가와 했던 대화. 에드가가 우리 둘은 말이 잘 통할 것 같다면서 전쟁이 끝나면 당신을 내게 소개해주겠다고 했었죠."

"……라야요?"

"네. 언제 죽을지 모를 처지라 난 약속 같은 건 잘하지 않았는데 그때에는 왜 그랬는지 그러자고 했죠. 시원스럽게 약속해놓고 다음 날 시원스럽게 죽어버렸지만."

신우는 시원스럽게 웃었다. 하지만 죽음의 순간을 떠올리는 신우의 얼굴이 이내 석고처럼 딱딱해져갔다.

"왜 그런 약속을 했는지 후회가 되더라고요. 죽는 순간에 분명 그런 후회를 했던 거 같아요. 그래서 난 매일 밤 그 대화를 반복해 꿈에서 보는 게…… 혹시 나의 미련 같은 건가……. 만약 서정현이 인생을 매번 반복해서 보고 있다면 에드가의 인생은 미련이 덕지덕지 붙은, 후회로 점철된 삶이었단 거겠죠. 그러니까……."

신우는 다시 어깨동무를 했다. 지은의 어깨를 잡는 손아귀가 아까보다 훨씬 억세졌다. 남자 손처럼. 신우가 경쾌하게 말했다.

"같이 밥 좀 먹읍시다. 서정현이 돌아오기 전까지 억지로라도 친해져

보자고요. 날 위해서도, 서정현을 위해서도. 아오, 잠을 제대로 못 자서 죽겠어."

배우의 발이 움직이고, 붉은 드레스의 밑단이 달빛을 끌고, 붉은 머리카락이 하얀 어깨를 스쳤다. 배우의 눈동자는 지적인 빛으로 반짝여 관객들의 시선이 여자의 다리에만 붙들려 있지 않도록 그들의 집중을 위로 끌어올렸다.

"장군께서 그리 말씀하시던가요?"

린나우 역의 배우가 걸음을 하다가 부드러운 몸짓으로 뒤를 돌아보았다. 여인의 눈 속에 색기 어린 미소가 감돌았다. 관객들은, 극 중 여자에게 홀려 가문을 비극 속으로 밀어 넣는 어리석은 장군을 이해할 수 있었다.

성도의 황궁에서 연극 '겨울 정원'이 공연 중이었다.

"아니면…… 에시올, 당신의 의견인가요?"

"내 의견이야. 그리고 날 에시올이라고 부르지 마."

에시올이 무뚝뚝하게 말했다. 린나우가 미소 지었다.

"기사님께서 그리 말하셔도, 전 장군의 사람인걸요. 장군께서 안기라 하시면 안기고 웃으라 하시면 웃고…… 떠나라 하셔야, 떠날 수 있습니다."

라야는 관객석을 보았다가 맨 앞줄에 앉은 헤르첸과 눈이 마주쳤다. 헤르첸이 그린 듯한 미소를 짓고 그녀를 바라보고 있었다.

「에드가에게도 약속했다. 살아 돌아오면 왕의 중매를 서겠다고.」

헤르첸의 말을 떠올린 라야의 표정이 관객은 눈치채지 못할 만큼 경직됐다. 잠시 린나우의 가면이 깨졌다. 금이 간 가면 안쪽에서 불안과 기대가 흘러나왔다. 헤르첸이 입을 벙긋거렸다.

축하해.

헤르첸이 축하한다고 말했다. 오랜만에 보는 왕은 예전보다 훨씬 생기 있어 보였다. 사는 게 아주 재미있어 죽겠다는 표정이었다. 라야는 정신을 가다듬고 다음 대사를 뱉었다.

차이드를 정복함으로써 대륙을 거의 통일한 것을 축하하는 이때, 공연되는 연극이 하필 '겨울 정원'이라니. 누가 선정한 것인지는 몰라도 악취미라고 생각됐다. 차이드 간첩의 사랑 이야기는 웃기지도 않은 희극이 되고 있고, 승전 이후 귀족들의 타락을 경고한다는 점에서는 공연의 효용이 있을 법했다.

가장 최악은 차이드의 이름이 대륙의 지도에서 사라진 것을 축하하는 자리에서 사랑에 빠진 차이드 간첩을 연기하고 있는 반쪽짜리 차이드인인 자신이다. 슬프게도 그런 생각이 들었다.

"들어오시면 안 됩니다."

방문 쪽에서 누군가가 소리쳤다. 라야는 그 소리에 반사적으로 거울 앞에서 몸을 일으켰다. 승전 축하 공연을 하기 위해 황궁에 들어온 이후로 한순간도 내려놓지 못한 긴장이 목을 뻣뻣하게 만들었다.

"내 주저함의 결과를 보러 온 거야. 네깟 게 막아설 수 없지."

음험한 목소리가 대답했다. 히비커스였다.

옷을 갈아입고 화장을 지우는 중이던 배우들은 불청객의 무례한 방문에 놀라 행동을 멈추었다. 히비커스가 방에 들어오는 것을 제지한 막내 단원의 얼굴은 사색이 되어 있었다. 그의 목 언저리에 히비커스의 호위인 시반의 검이 내려앉아 있었다.

"모두 잠시 나가주세요. 절 만나러 오신 겁니다."

라야가 앞으로 나서는 단장을 향해 침착하게 말했다. 땋은 머리를 풀어주고 있던 싱클레어가 라야의 어깨를 힘주어 잡았다. 라야는 싱클레어의 손을 떼어내며 괜찮다는 미소를 보였다.

극단을 호위해준답시고 왕이 붙여준 왕의 기사들은 소란에 전혀 관여하지 않았다. 황궁에서 왕의 허락 없이 검을 빼드는 것이 반역에 준함을 모르지 않을진대, 검을 빼 든 시반도, 히비커스도, 왕의 기사들도 그 점을 무시하고 있었다. 마치 단원들을 검으로 베는 것은 지나다 벌레를 밟는 것처럼 하찮은 일이라는 듯이. 그들은 단원들이 이곳에서 죽어나가도 눈 하나 꿈쩍하지 않을 것이다. 라야는 그것을 알았다.

"오는 동안 어디서부터 잘못되었나를 생각해보았다."

단원들이 모두 나가자 히비커스가 느린 걸음으로 다가왔다. 라야는 코앞까지 다가온 히비커스의 얼굴을 보았다. 세르노다의 여관에서 마지막으로 봤을 때보다 굵은 주름이 몇 개 더 생겨 있었다.

"그때 그 여관에서 네깟 것에게 선택할 기회를 준 것이 잘못이었을까."

노여움이 일렁대는 파란 눈동자에 라야의 차분한 얼굴이 비쳤다.

"애초에 저택에 널 받아들인 것부터 잘못이야. 그래, 모든 후회는 결국 시작 시점으로 돌아가게 되는 것을. 처음부터 잘못이다. 만남부터, 너의 존재부터. 지난날 네 애비가 저택에 있을 때 죽였더라면 너란 것이 존재하지 않을 수 있었을 텐데. 후회막급이다. 그래, 네 애비를 진즉 죽였어야 했어."

라야가 엄중하게까지 느껴지는 목소리로 말했다.

"역정이 끝나셨으면 이만 돌아가주십시오. 저는 다음 연회에 참석해야 합니다. 왕의 명이시라."

"네가 감히……!"

히비커스는 뒤쪽에서 들려온 소리에 말을 멈추고 뒤를 돌아보았다. 아일이 라야에게 붙여둔 호위가 방문을 열고 들어왔다. 단원들이 호위를 불러온 듯했다. 시반과 호위는 시선을 맞부딪치며 상대를 견주듯 느릿하게 검에 손을 가져갔다. 히비커스는 두 사내에게는 관심이 없었다. 히비커스가 격렬한 손짓으로 라야의 얼굴을 가리켰다.

"계집에게 아름다운 거죽이란 게 어떤 것보다 큰 무기임을 내가 잠시 잊었다. 귀해도 천해도 계집은 계집이지."

히비커스는 머릿속에 떠오르는 악다구니와 저주를 모조리 퍼붓고 있었다. 히비커스가 인생에서 느꼈던 모든 증오와 분노가 그 순간 라야를 상대로 봇물 터지듯 쏟아졌다.

"사내야 침대에서 갖고 놀기 좋으면 좋은 계집이라고 여기는 것을. 그아이가 장난감을 커서까지 가지고 놀 줄은 몰랐다는 게 내 잘못이다."

"네, 말씀처럼 모든 게 어르신 탓입니다."

라야가 빈정거렸다.

"넌 그때 내게 약속했다! 욕심 부리지 않겠다고!"

히비커스가 소리쳤다. 라야는 뜨끔해서 얼굴을 굳혔다. 억지 상황에서 어쩔 수 없이 한 약속이었다. 하지만 그러한 약속을 한 것은 사실이었다. 히비커스가 라야와 토프 내외에게 한 짓을 생각하면 그때 어떤 대단한 약속을 했다가 파기한다 한들 누구도 뭐라 하지 못할 테지만 라야의 고결한 양심은 가책을 느꼈다.

"행복해지고 싶습니다."

라야가 조용히 말했다. 히비커스가 멈칫했다.

의연하던 초록 눈동자에 천천히 눈물이 괴어올랐다.

"어르신께서 어떤 지옥을 지나오셨는지는 모르겠습니다. 하지만 이제 그 사람은 놓아주세요."

라야는 간청했다.

"그 사람도 저도 이제는 행복해지고 싶습니다."

"……뭔 소리를 하는 거냐."

라야의 가는 목을 부러뜨릴 것처럼 올라갔던 손이 늙은 손이 되어 힘없이 떨어졌다.

히비커스가 침통한 목소리로 중얼거렸다.

"살아 있는 한 늘 지옥이다."

침통한 목소리에 경멸을 담을 수 있다는 게 기이했다.

히비커스가 냉혹한 표정으로 말했다.

"걸맞지 않은 너 때문에, 부족한 너 때문에 그 아이는 더 깊은 지옥으로 떨어질 거야. 기억해라. 죽어서 다시 태어나도 기억해. 그 아이의 길이 험난해진다면 그건 모두 분수도 모르고 감히 욕심을 부린 네 탓이다."

"좋은 징조라고 생각해?"

르웨이가 샹들리에를 올려다보며 물었다. 아일은 연극 무대의 내려진 장막에 시선을 고정하고 있었다. 연회장은 무도회가 한창이었다. 아일과 르웨이는 인파에서 벗어나 사람들의 눈에 띄지 않을 만한 구석에 자리를 잡았다.

"무슨 좋은 징조?"

아일이 술잔을 비우고 대꾸했다.

"왕이 윈터스 양의 극단에게 공연을 맡긴 것. 윈터스 양을 이곳으로 불러들인 게 왕의 중매를 위한 인물 배치인가 해서."

"모르지."

"모르지, 라니. 남의 얘기가 아니라 자네 얘기야."

"네 얘기를 해봐."

아일이 목소리를 낮추었다. 속삭임에 가깝게.

아일은 독순으로도 그들의 대화를 읽지 못하도록 등으로 연회장 쪽을 가리고 섰다. 그리고 발뺌할 생각 하지 말라는 듯이 몸을 바싹 숙였다. 아일이 날카롭게 물었다.

"너 대체 무슨 일을 하고 다니는 거야?"

"……무슨 일?"

르웨이가 긴장한 목소리로 되물었다. 금빛 눈동자가 르웨이를 완곡하게 추궁했다.

"선제후께서는 네가 하고 있는 일을 알고 계셔?"

르웨이는 드물게 가까이 다가온 아일의 얼굴을 보고 이 친구가 한 여자에게 사로잡히지만 않았어도 성적으로 훨씬 활기찬 삶을 보낼 수 있었을 텐데 아쉽게 됐다는 생각을 했다.

"윈터스 양이 말했어?"

"라야는 내게 그런 말을 하지 않아."

"그럼 어떻게 안 거야? 아, 사람들이 칭송하고 두려워해 마지않는 그 신의 힘으로 알아낸 건가?"

본의 아니게 말에 비아냥이 실렸다. 아일은 여전히 무표정이었고, 상처는 르웨이가 받았다. 르웨이가 시선을 피하며 사과의 말을 중얼거렸다. 아일은 고개를 살짝 숙여 르웨이의 눈길을 되돌려놓았다.

"대체 과격 공화주의자들을 모아서 어쩌겠다는 거야? 왕이 그걸 언제까지 모를 것 같아?"

르웨이는 아일의 근심 어린 낯빛을 보고는 입가를 당겼다 놓으며 난감한 미소를 지었다.

"아직은 몰라. 그러니 내가 살아 있지."

"언젠가는 알게 될 거야. 몰려다니지 마. 이야기를 만들기 좋도록 쉬운 그림을 그리지 말란 말이야. 여기도 왕이 심어놓은 기록 화가가 있겠지. 그러니까 너한테 안 어울리는 그런 심각한 표정도 짓지 마. 그가 눈치챌 거야."

"심각한 얼굴은 자네가 하고 있잖아."

"난 심각한 얼굴이 본래 얼굴이야."

르웨이는 납득한 듯 고개를 끄덕이고는 피식 웃었다. 잠깐 자신과 아일의 발 중간쯤에 눈을 두었던 르웨이가 머리를 들고 말했다.

"아버지께선 서자인 나 역시 한 가지 태도만큼은 적자인 형님들과 똑같이 고수해야 한다 하셨지. 내 것을 빼앗기지 말라고."

르웨이가 감정을 숨기지 못하고 으르릉거렸다.

"난 내 스승을 빼앗겼어. 내가 선택하고 내가 인정한 하나뿐인 스승!"

"목소리 낮춰."

"당장 어쩌겠다는 게 아니야. 젠장, 지금 내가 뭘 할 수 있겠어. 하지만 불행하고도 다행스럽게도 놈은 젊고, 늙어 죽으려면 한참이나 남았으니까. 난 때가 무르익길 기다리며 준비하는 것뿐이야. 강경 공화파만 그를 증오하는 게 아니야. 왕정파도 지금의 왕을 불안해해. 언제 지진이 일어날지 모르는 땅이니 불안할 수밖에. 공화파는 세르노다에서의 굴욕을 잊지 않지. 귀족들만 그런 줄 알아?"

"천운으로 왕정파가 모른 척하고 공화파가 군사를 모으고 민회가 일어선다고 하자."

아일이 르웨이의 말을 가로챘다.

"무슨 이유로 그를 끌어내릴 건데? 여성 편력이 심하다는 거? 정복왕을 몰아낼 명분이 뭐야?"

르웨이는 대꾸하지 않았다. 왕을 노려보지 못하는 대신 사나운 눈초리로 아일을 쏘아볼 뿐이었다. 아일이 르웨이의 위팔을 단단히 잡고 달래듯 그의 몸을 약하게 흔들었다.

"믿기 힘들겠지만, 르웨이. 난 죽음을 지켜보는 게 편치 않아. 몇 년간 난 내 사람들을 너무 많이 잃었어. 너까지 잃을 수는 없어. 날 더 이상 불안하게 만들지 마."

아일 에드가는 한 번도 이런 목소리로 르웨이에게 부탁을 한 일이 없었다. 삶에도 죽음에도 초연한 것 같던 금색 눈동자가 불안으로 흔들리고 있었다. 그래서 르웨이는 이번에도 아무런 대꾸를 할 수 없었다.

발소리를 죽인 사내가 어느새 아일의 뒤에 와 서 있었다. 아일의 수하였다. 그가 아일에게 귀엣말을 했다. 아일의 이마가 구겨졌다.

"망할 노친네!"

아일은 연회장을 나왔다. 연회장이 황궁의 모든 소음을 삼켜버린 듯 복도는 적막했다. 아일은 라야의 극단이 분장실로 쓰고 있는 방으로 뛰다시피 걸었다. 아일의 수하가 그림자처럼 따라붙었다.

"그 아이에게."

아일이 멈춰 섰다. 리디아가 몸종을 대동하고 연회장을 나와 그를 쳐다보고 있었다.

금색과 백색의 격자무늬 바닥을 흐트러짐 없이 직선으로 걸어온 리디아가 아일을 올려다보았다.

"그 아이에게 전해주세요. 내가 참석하는 사교 모임은 알아서 피하라고. 그 아이와 마주쳤을 때 손에 든 차를 그 애 얼굴에 뿌리지 않을 자신이 없어서요."

결혼 축하 인사치고는 삭막했다. 높낮이 없는 어조에 언뜻 실려 있는 비난은 라야가 아니라 아일을 향해 있었다. 아일은 신경을 등 뒤에 두고 무감정하게 말했다.

"그런 모임에 참석할 일도 없겠지만, 그쪽을 피해야 할 이유도 없습니다."

리디아가 어깨 쪽으로 고개를 기울였다. 붉은 물감으로 섬세하게 그린 듯한 입술이 냉소를 보냈다.

"저나 그쪽이나 그 아이나 지금 서 있는 위치에서 조금만 빗겨나 있었더라면 좋은 사이가 될 수도 있었을 텐데. 당신이 에드가가 아니고, 그아이가 당신의 저택에서 일하지 않았더라면. 많이 아쉬워요."

리디아는 뒤돌아서 연회장 쪽으로 한 걸음 뗐다. 그러더니 다시 멈춰 서 몸을 돌리지 않고 고개만 돌려 어깨 너머로 말했다.

"처음 만났을 때의 대화는 즐거웠다는 말도 전해주세요. 나달과의 수업도 좋은 기억으로 남을 거라고요. 이런 관계로 만나지 않았더라면 좋았겠지만 이왕지사 이렇게 된 거 어쩌겠어요."

"직접 말하지그래요."

리디아의 웃음소리가 고요한 복도에 울렸다. 리디아가 반쯤 돌아서서 아일을 보았다. 심술궂은 미소가 그녀의 입술을 스쳤다가 사라졌다. 리디아는 그에게 물어보고 싶었다. 지금 복도에 몇 명이 서 있는 줄 아느냐고. 그녀의 몸종이 있고, 아일의 부하가 있고, 연회장 문을 열고 닫는 시종들도 두 명이나 있었다. 하지만 그들은 아일과 리디아에게 그림자고 벽이었다. 사람이 아니었다. 몇 해 전만 해도 라야가 그런 존재였다는 걸 아느냐고 물어서 그가 당황하는 모습을 보고 싶었다.

리디아가 연극적인 한숨을 폭 쉬더니 말했다.

"다른 사람들이 볼 때 우리는 악연인걸요. 여기서 더 웃음거리가 될수는 없죠. 난 혼인할 때까지 배우에게 사내를 빼앗긴 여자란 소리를 들을 거예요. 혼인한 이후에도 한동안은 뒤에서 그런 소리들을 떠들어댈

지도 모르죠. 지금도 충분히 모멸감을 느끼고 있어요. 축하한다는 말은 못하겠네요."

리디아는 차갑고 우아한 미소를 던지고 연회장으로 들어갔다. 유령같이 존재감이 없던 몸종도 그녀의 뒤를 따랐다. 아일은 지체 없이 등을 돌렸다. 라야가 있는 방에 도착하기도 전에 히비커스와 마주쳤다.

"뭐 마려운 강아지처럼 달려오는 꼴하고는."

히비커스가 혀를 찼다. 아일은 그녀의 뒤에 선 시반을 사납게 노려보며 그를 스쳐 지나갔다. 다행히 시반에게선 피 냄새가 풍기지 않았다. 마침 라야에게 붙여둔 호위가 방을 나와 아일에게 고개인사를 했다. 그리고 안전하다는 듯이 손바닥을 들어 보였다. 아일이 홱 몸을 돌려 히비커스를 보았다.

"이 자리에서 확실히 해두겠습니다."

히비커스가 걸음을 멈추고 느릿하게 손자를 돌아보았다. 아일이 바싹 다가왔다.

"다시는 라야에게 접근하지 마십시오. 내가 없는 자리에서 할머님과 내 여자가 단둘이 만나는 일은 없었으면 합니다. 물론 셋도."

그렇게 말하고 아일은 손가락으로 시반을 가리켰다. 눈짓이 아니라 확실히 손가락으로 시반을 겨냥했다. 분명한 경고였다.

히비커스가 눈을 가느스름하게 뜨며 콧숨을 내쉬었다.

"난 네 할미다."

"유감스럽게도 그렇죠."

"남들처럼 평범하게 첩으로 둘 수는 없었던 거냐?"

히비커스가 손자를 달래는 할머니처럼 말했다.

아일은 잠시 입을 다물었다가 기분 좋은 듯이 진한 미소를 지었다.

"이름부터 평범하긴 글러먹었지 않습니까?"

"……그건 그렇구나."

히비커스는 담백하게 동의하고 연회장 방향으로 걸음을 옮겼다.

긴 테이블의 양쪽으로 내빈들이 어깨를 붙이고 앉아 있었다. 격식 있게 시작된 연회는 술이 섞이고 음악이 흐르면서 우아한 꺼풀을 벗고 흥분과 도취의 현장으로 변해갔다. 왕이 앞에 있고 선제후들과 대신관이 동석한 자리임을 잊은 듯, 완전히 취해버린 자들도 있었다. 헤르첸이 상석에서 그 모습을 기분 좋은 표정으로 보고 있어 아일은 술잔에는 전혀 손을 댈 수가 없었다.

대신관이 잔을 들고 일어섰다.

웃음소리와 떠드는 소리, 식기와 잔이 부딪치는 소리가 그쳤다. 이내 장내가 고요해졌다. 헤르첸이 괴고 있던 머리를 들고 취한 듯한 미소를 지었다. 늙은 대신관은 왕과 눈이 마주치고, 저리 전염되지 않는 웃음도 드물겠다는 생각을 했다.

"제가 축원을 한마디 올리겠습니다."

절대 한마디로 끝날 리 없다는 걸 한 번이라도 대신관의 축원사를 경험해본 적이 있는 사람이라면 알았다. 대신관은 먼저 전쟁에서 죽은 이들을 위로하고 그들이 신의 품에 편히 안겼음을 알렸다. 그리고 어렵고 복잡한 말로 국가의 번영과 젊은 왕의 위대한 업적, 건강 기원 따위의 말을 길게 늘어놓았다. 길고, 길고, 느리고, 지루하게.

중간 중간 사람들의 한숨 소리가 들렸다. 아일은 그때까지 마시지 않은 술을 가져와 마셨다. 입술만 축였다.

"긴장돼?"

르웨이가 테이블 아래에서 빵을 뜯어내 몰래 입에 넣고 소곤거렸다.

"시끄러."

아일이 핀잔을 놓았다. 르웨이가 아일의 어깨를 잡고는 자랑스럽다는 표정으로 귓속말을 했다.

"윈터스 양을 봐."

라야는 그들과 같은 테이블에 있었다. 같은 테이블이래봤자 너무 멀리 있었다. 거의 끝과 끝이었다. 라야는 그해 마지막 남은 여름 눈꽃이라고 해도 될 만큼 애틋한 아름다움과 화사한 빛을 발하고 있었다.

아일은 라야가 연회장에 들어올 때 사람들이 양쪽으로 갈라서던 장면을 떠올렸다. 라야는 새하얀 드레스를 입고 있었다. 그녀는 장신구 대신 하얀 목과 깨끗한 어깨에 샹들리에 빛을 얹고 본연의 아름다움과 젊음, 대중에게서 사랑받는 자부심, 한 남자에게서 사랑받는 여인의 당당함을 걸치고 있었다.

"에드가 그럴 만하군."

누군가가 말했다.

"무대에서 내려온 배우는 별 볼 일 없다고 누가 그런 거야?"

비아냥 없는 순수한 감탄이었다. 사람들이 배우 라야 윈터스에게 사로잡혀 있을 때 아일은 이미 사랑하는 여자에게 다시 한 번 반해 정신을 차리지 못하고 있었다. 첫사랑에 빠진 소년처럼 여자를 쳐다보는 것만으로도 귀가 뜨뜻해졌다. 그녀는 정말 너무나 아름다워서……. 맙소사. 아일은 그간 자신의 무방비함에 경악했다. 어떻게 저런 여자를 사내들의 시선 속에 세워둘 생각을 했을까.

라야는 사람들의 주목을 의식하며 아일을 스쳐 지나갔다. 아일이 곁을 지나는 라야의 팔꿈치를 슬며시 잡았다. 장미 오일을 푼 욕조 물에 몸을 씻어내고 옷을 갈아입은 라야에게서 꽃보다 진한 향기가 났다. 흐뭇한 얼굴로 라야를 쳐다보던 르웨이가 아일의 얼굴을 보고는 눈을 크게 떴다.

"에드가, 첫 무도회에서 바르피어 양이 넘어지는 척 자네를 껴안았을 때에도 이런 표정은 아니었잖아."

르웨이는 그 역시 십 대가 된 듯 아일을 짓궂게 놀려댔다. 아일이 정강이를 걷어차 입을 강제로 다물게 할 때까지.

"그쯤하지."

아일은 헤르첸의 목소리에 생각을 멈추었다.

'나라를 평안하게 만드는 열 가지 방법'에 대해 설교 중이던 대신관이 놀란 얼굴로 왕을 보았다. 헤르첸은 손에서 까닥거리던 포크를 집어던지듯 접시에 내려놓았다. 짜증 섞인 동작으로 보아 심사가 뒤틀린 모양이었다. 헤르첸은 손가락을 추켜세워 샹들리에를 가리켰다.

"방금 내 인내심이 저 샹들리에에 목을 매달았어."

대신관은 긴장한 표정으로 젊은 왕을 보았다.

헤르첸이 의자 뒤쪽을 흘겨보았다.

"뒤에서 계속 얼쩡거리는 게 거슬려."

왕의 뒤를 지나던 시종들이 경악하며 무릎을 꿇었다. 바닥에 고개를 처박기 전 시종들의 얼굴에서 공포의 냄새를 맡은 내빈들이 숨을 죽였다. 엄청난 억지였다. 시종들은 얼쩡거리는 게 역할이었다. 헤르첸이 서늘한 목소리로 말했다.

"이놈들을 끌어내 정원수에 매달아. 내 방에서 잘 보이는 구도로."

내빈들 중 감정을 숨기지 못하는 이들이 신음을 흘렸다. 대신관은 말릴 생각도 못하고 아연한 얼굴로 왕을 보았다. 난데없는 봉변에 시종들은 고개도 들지 못하고 몸을 떨어댔다.

근위병들이 그들을 끌어내려 하자 헤르첸이 가볍기 그지없는 말투로 말했다.

"농담이야. 왜 이렇게 유머 감각들이 없어."

헤르첸은 싱글거리는 얼굴로 내빈을 둘러보았다. 웃는 사람은 아무도 없었다. 헤르첸이 중얼중얼 말했다.

"세상이 혼란해지면 평안을 얻으려고 찾아가는 게 종교 아닌가. 그건 대신관께서 알아서 하실 일이고……."

자신보다 나이가 세 배는 많은 대신관의 어깨를 두드리며 헤르첸이 일어섰다.

"대신관께서 증인이 되어주셔야 할 일이 있어."

헤르첸은 술잔을 높이 쳐들었다.

"에드가."

헤르첸이 경쾌한 목소리로 아일을 불렀다. 사람들이 일제히 아일을 쳐다보았다. 수백 개의 번뜩이는 눈들이 순간의 헤맴도 없이 한 사람을 돌아보는 장면은 연극의 한 장면처럼 느껴질 정도였다. 감수성이 예민한 사람이라면 눈동자들이 동시에 움직이는 소리도 들을 수 있었을 것이다. 주목에는 이골이 난 아일이지만 그 순간에는 손에 땀이 찼다.

헤르첸이 단상으로 올라가며 아일에게 따라오라는 손짓을 했다. 아일은 나아가며 생각했다. 신이여, 이번에도 제게 장난을 치신다면 저도 제가 무슨 짓을 할지 모르겠습니다.

등으로 인간들의 뜨거운 시선들이 쏟아졌다.

라야는 멀어지고 있는 아일을 불안한 눈빛으로 바라보았다.

여기까지 왔는데도, 상황이 이렇게 눈앞에 다가와 있는데도 그녀는 헤르첸을 믿을 수가 없었다.

그 순간 라야는 단상에 선 헤르첸과 눈이 마주쳤다. 분명 마주친 것 같았다. 짧은 순간, 두 사람의 눈길이 스치고 헤르첸이 히죽 웃는 것이 라야의 눈에 잡혔다. 이른 절망감이, 어쩌면 뒤늦은 좌절감이 라야의 목덜미를 지그시 눌러왔다. 라야는 메스꺼움을 느끼고 찬물을 찾았다. 물

잔을 쥐는 손이 떨리기 시작하더니 전신이 와들와들 떨렸다. 커다란 손이 올라와 그녀의 손을 부드럽게 잡았다. 단장이 그녀를 다독이듯 고개를 작게 끄덕였다.

"올라와."

헤르첸은 단상 계단 아래에 선 아일에게 손가락을 까닥거렸다.

아일은 잠시 머뭇거리다가 단상을 올랐다. 왕의 옆에 서는 것이 달갑지 않았다. 개인적으로 헤르첸이 싫어서도 그렇지만 클레이모어 가문의 비밀 때문에도 그러했다.

초대 에드가의 부인, 라타니아 왕녀.

윗대를 거슬러 올라가다 보면 태양의 또 다른 핏줄을 만나게 된다는 그놈의 비밀 때문에 클레이모어 가문은 다른 어떤 가문들보다 가혹한 방법으로 왕가에 대한 스스로의 충성심을 증명해내야 했다. 왕가가 의심을 품을 만큼 막대한 부를 모아서도 안 되고 일정 규모 이상의 사병을 꾸려서도 안 되었다.

겸손히 숙이고, 굴욕적이지 않을 정도로만 굴종하며, 야망은 짓눌러라.

클레이모어가가 높은 명성에 비해 세가 크지 않은 것은 그러한 이유에서였다. 그런 교육을 받고 자란 아일이다 보니 왕과 어깨를 나란히 하는 일에 불편함을 느끼는 것도 무리가 아니었다.

도발하듯 아일을 단상 위에 세운 헤르첸이 유들유들한 미소를 지으며 아래를 내려다보았다.

"모두 귀가 있으니 들어서 알 것이야. 이번 전쟁에서 에드가가 세운 공적을. 또한 그를 둘러싼 소문들을. 보다시피 나무랄 데 없는 젊은이다 보니 들리는 소문이 적지 않아. 어서 짝이 맺어져야 그런 뒷말들이 사라질 텐데. 하여……."

헤르첸은 말꼬리를 늘이며 아일을 보았다. 그가 가증스러울 만큼 부드럽게 말했다.

"출정 전 내 그대에게 왕의 중매를 서겠다고 약속했지. 증인이 되어줄 선제후들과 대신관께서도 마침 동석해 계시니 오늘보다 적당한 때도 없을 것 같아."

헤르첸이 좌중을 돌아보았다.

"초대 왕이신 디아프 라우니트께선 사슴 고기와 포도주만 내어놓은 테이블 앞에서 기번과 페렐의 혼사를 주선하셨지. 약혼은 시간적인 사치고, 복잡한 의식은 기사에게 어울리지 않아. 혼사 의례에는 하객의 축복과 신의 허락만 있으면 족한 것이야."

왕의 목소리는 테이블 맨 끝에 앉은 내빈과 연회장 구석에 서 있는 시종들, 왕의 말을 옮기는 서기에까지 분명히 닿았다.

헤르첸은 내내 들고 있던 술잔을 입으로 가져왔다. 그리고 한 모금 마시더니, 그때까지 멀뚱히 서 있는 대신관에게 술이 반쯤 남은 잔을 건넸다. 대신관은 주저하다가 잔을 받아 들었다. 왕과 대신관이 술을 나누어 마시는 것은 왕의 중매가 시작되었음을 의미했다. 신관이 떨떠름한 표정으로 술잔을 기울이자, 헤르첸이 뜨거운 목소리로 말했다.

"고귀한 가문의 적장자이며 태양의 핏줄인 헤르첸 엘칸 라우니트는 오늘 이 영광된 자리에서, 아일 에드가 클레이모어와 리디아 그라테 모뤄의 혼사를 중신하며 두 사람의 하나 됨을 증언한다."

정적.

서기는 붓을 든 채로 눈을 깜박였다.

안개 같은 침묵이 사람들의 발을 휘감고 흘렀다.

들었던 소문대로 라야 윈터스의 이름을 적으려고 첫 획을 그었던 붓은 더 이상 움직이지 않았다. 멈춘 붓 끝에서 검은 잉크가 번져 나와 에드가의 이름까지 삼키고 있었다. 서기는 자신이 들은 것이 맞는지 확인하기 위해 고개를 들어 내빈들의 표정을 살폈다.

바로 옆에서 그 말을 들은 아일도 왕의 말을 바로 이해하지 못했다. 이름이 불린 리디아도, 그의 아버지인 모뤄 선제후도 마냥 얼어붙어 있었다. 사형 언도라도 기다리는 얼굴로 눈을 감고 있던 히비커스가 천천히 눈을 떴다. 노인의 입술이 짙은 팔자 주름을 잡으며 냉소를 지었다.

가문들의 수장들은 어지럽게 눈알을 굴렸다. 그들은 모뤄 가문과 클레이모어 가문의 결합을 내심 경계하다가 에드가의 선택이 뜻밖의 방향을 향한 것을 알고는 마음을 놓고 있었다. 대체 일이 어떻게 돌아가는 거야. 그런 생각을 하며 사람들은 차마 입을 열지 못하고 지인들을 둘러보았다.

"하하."

정적을 깬 것은 여자의 웃음소리였다. 사람들의 시선이 소리 쪽을 향했다. 라야가 눈을 내려뜬 채 미소를 짓고 있었다. 그녀는 자신의 불안한 짐작이 맞아 들어간 것이 기쁜 것처럼 웃었다. 웃지 않으면 어쩌겠나.

역시 그랬어. 그래서 그런 위화감을 느꼈던 거야.

한 번도 저자를 믿지 않았다. 믿고 싶었지만 도저히 믿을 수 없어.

분노와 충격, 뒤틀린 해방감이 웃음으로 터져 나왔다.

한순간이라도 왕을 믿은 적이 있었던가? 라야는 고개를 저었다. 이제 아무래도 상관없다는 생각이 들었다. 누구한테서 무엇을 인정받으려고 했던 걸까.

헤르첸이 내빈들을 향해 엄숙하게 말했다.

"태양의 직인이 찍힌 칙명이며 영광스러운 결합인 이 혼사에 반기를 드는 자가 있다면 태양의 이름을 등지려 한다는 뜻으로 보고 그에 대한 책임을 물을 것이야. 거짓 충성을 담았던 심장 정도는 내놓아야 하지 않을까?"

아일은 왕의 도려내고 싶은 검은 눈동자를 응시한 채 연회장의 시간이 흐르는 것을 허락하지 않고 있었다. 에드가가 움직이지 않고 있기 때문에 연회장의 그 누구도 움직이지 못했다. 아일은 헤르첸을 뚫어지게 쳐다보았다. 그러면 헤르첸이 자신의 실수를 인정하고 말을 번복하기라도 할 것처럼. 아무도 에드가의 행동이 불손하다는 생각은 하지 못했다. 헤르첸이 사악한 미소를 짓고 속삭였다.

"인간이 짐승과 다른 건 농담과 거짓말을 할 줄 안다는 거지."

"……."

이윽고 아일이 허리를 꼿꼿이 펴고 섰다. 아일은 자신의 어깨에 친근한 척 손을 올리고 있는 헤르첸의 손목을 붙잡았다. 그리고 힘을 주어 왕의 손을 떼어냈다. 헤르첸은 자신의 의사에 반해 강제로 떨어져 나가는 제 손을 신기하듯 쳐다보았다.

아일은 손을 뻐근한 뒷목에 얹었다. 그리고 묵묵한 표정으로 뒷목을 주무르며 내려뜬 눈으로 좌중을 돌아보았다.

아, 이 분위기, 이 느낌, 이 감정. 매우 익숙한 것들이었다.

한동안 잊고 있었지만, 생각을 할 줄 알고, 보고 듣고 느낀 것을 기억으로 담아둘 수 있던 순간부터 늘 익숙하게 그의 주변을 떠돌았던 이 감각.

크게 놀랄 일도 아니었다. 세상은 한 번도 그가 원하는 것을 쉽게 내어주지 않았다.

그래, 새삼스러울 것도 없다.

62

아일은 빈 허리를 허전한 듯 쓸었다. 검을 가지고 있지 않은 게 다행이란 생각이 들었다. 그리고 동시에 그 점이 아쉬웠다. 아일의 반응이 생각보다 재미가 없는지 헤르첸이 뚱한 얼굴을 했다.

"나는 내가 인간인 걸 증명하기 위해 부단히 노력하고 있어. 너의 가문이 충성을 증명하기 위해 그렇게 노력했듯이."

헤르첸은 갑작스럽게 시무룩한 어조로 중얼거렸다.

"둘 다 결국 부질없는 짓일까?"

아일이 몸을 움직였다. 과감하게 내빈들을 등진 채 왕을 가리고 섰다. 그들이 에드가의 표정도 읽을 수 없고 왕의 얼굴도 볼 수 없도록. 거대한 산이 왕을 가리고 선 듯한 느낌에 연회장의 입들은 더 굳게 문을 닫았다. 무슨 일이 벌어질지 몰라서 모두 숨 죽이고 있는 형국이었다. 자기한테는 불똥이 튀지 않길 빌며. 어느 쪽 화산이 터지든 날아오는 돌덩이가 작지는 않을 것 같았다.

"약속하셨습니다."

아일이 입술을 거의 벌리지 않고 말했다. 덕분에 그의 말은 그의 내면에서 들려오는 듯했다.

"농담이니 거짓말이니 하는……."

개소리로.

"황당한 말로 넘어가실 수는 없습니다."

헤르첸의 얼굴에서 처음으로 미소란 것이 완전히 가셨다. 아일은 이런 상황에서도 그 점이 무척 마음에 들었다.

"……처음으로 자네가 무례하다는 생각이 들어. ……에드가, 발톱을 숨겨."

근위병들은 다이런에서 가장 유명한 기사와 왕이 부딪쳐 만들어내고 있는 위압감에 눌려 아일이 왕에게 바짝 다가서는 것을 멍청히 보고만 있었다.

돌아가는 분위기로 보아 에드가가 왕의 목을 꺾어버려도 납득이 갈 것 같았다. 용납은 못하겠지만 이해는 할 수 있었다. 물론 그 뒤엔 클레이모어 가문을 비롯해 그와 행동을 같이하는 동료와 부하들, 그들의 가족, 그리고 친분을 맺었던 가문들 역시 처벌을 받을 것이다. 처벌이란 이름하에 살육이 있을 것이다. 어떻게 확신하느냐고? 다이런의 역사가 그러했다.

에드가가 왕에게 반기를 든다고 할 때, 그의 행동은 누가 누구를 어떤 빌미로든 죽일 수 있는 강력한 패가 될 만했다. 대대로 왕정파인 그의 가문을 생각한다면 세르노다 일 이후로 열세인 공화파가 왕정파를 제거하는 데 무기로 쓸 수도 있고, 아일이 어울렸다고 할 만한 사내들 대부분이 공화파이기에 그 반대 역시 가능했다.

방금 전 에드가의 부인이 된 리디아의 모뤄 가문도 추궁을 피해가지 못할 것이며 그것은 선제후 가문들 간의 전쟁으로 이어질 수 있었다. 크롬헬은 에드가의 사람을 골라내느라 시끄러워질 테고, 그러면 종전 이후 겨우 재정비된 군부 체계도 뒤집힐 것이다. 무력으로 다독여놓은 식민지와 속국들이 그런 기회를 놓칠 리도 없었다. 대륙이 전쟁의 혼란 속으로 빠져들 것은 불을 보듯 뻔했다.

사람들은 지금 상황과 이어질 결과를 예상해보면서 에드가란 사내가 얼마나 많은 것을 감당하고 있는지 새삼스레 깨닫고 있었다.

"에드가, 발톱을 감추라고."

헤르첸이 생각해주는 척 경고했다. 근위병들이 뒤늦게 다가섰다. 단상으로 오는 근위병을 향해 아일이 손바닥을 보였다. 차분하면서도 단호한 그의 손짓에 병사들은 명령을 받은 것처럼 멈춰 섰다.

"당신……."

아일이 주워 담기 힘든 말을 뱉으려는 순간 쇠 긁는 소리가 그의 입을 틀어막았다. 날카로운 쇳조각이 날아와 관자놀이에 박힌 듯, 아일이 머리를 움찔하며 끙 하는 신음을 삼켰다. 하필, 이럴 때…….

빌어먹을 그것이 찾아왔다.

발작적인 두통.

'이런 순간에…….'

검은 연기가 물속에 떨어진 잉크 방울처럼 머릿속에 번져가는 것이 느껴졌다. 헤르첸에게 화를 터뜨리려는 순간, 사태를 방관하고 그 결과를 이용할 꿍꿍이셈만으로 가득한 구경꾼들을 원망하려는 그때, 그런 아일을 비웃듯 검은 연기가 그의 죄를 늘어놓았다. 누가 누구를 탓한다고?

살아난 시체들이 날뛰며 내던 울음소리, 로바키가 죽던 순간의 냄새, 얼굴을 뒤덮던 피 냄새, 람프할레만을 통째로 불태우던 순간의 화염 소리, 게이트라마가 무너지면서 성을 물들였던 회색과 검은색, 붉은색, 그리고 비테일이 에드가를 향해 퍼붓던 저주의 외침이 밀려들었다. 소리들이 뒤섞여 짐승들이 울부짖는 듯한 환청으로 변했다.

대체 나한테 달라붙어 있는 저주가 몇 개나 되는 거야?

아일은 눈을 내려뜬 채 자신이 지금 사람들 앞에서 고통스러운 티를 냈나를 생각해보았다. 팔 정도는 움찔했는지도 모르겠다. 두통을 가라앉히기 위해 천천히 들숨과 날숨을 번갈아 내쉬었다. 점차 구토증이 가라앉았다. 아일은 눈을 제대로 떠 다시 헤르첸을 보았다. 눈앞에 왕의 새하얀 목이 보였다.

등 뒤로 정치가들과 귀족들이 주판을 두드리는 소리가 들렸다. 머리로 얼마나 많은 셈들을 하고 있을까? 자신이 딛고 있는 땅이 흔들릴 정도로 세상이 급변하는 것을 기꺼이 받아들일 상류층은 단연코 없다.

'제발, 그냥 얌전히 있어.'

모두가 한마음으로 내고 있는 목소리가 라야에게도, 아일에게도 극명하게 들려왔다. 사람들의 진심을 듣기 위해서 꼭 귀가 필요한 것은 아니었다. 알지, 알고말고. 라야는 힘없는 미소를 지으며 눈을 감아버렸다.

갑자기 연회장 문이 열렸다. 신호를 받지 못한 시종과 근위병들은 소스라치게 몸을 움찔했다. 문을 마주 보고 서 있던 근위병은 연회장을 나오는 에드가와 눈이 마주쳤다. 에드가의 눈에서 불꽃이 튀었다. 근위병은 헉 하는 소리를 내며 허리를 쫙 폈다.

무장도 하지 않은 에드가가 주위로 벨 듯한 기운을 흘리고 지나는 터라 근위병들은 느슨해져 있던 자세를 똑바로 하며 검자루를 세게 움켜쥐었다. 에드가는 뒤도 돌아보지 않고 복도를 걸어갔다.

그리고 잠시 뒤, 연회장에서 한 여자가 뛰쳐나왔다. 여자는 뛰어서 에드가의 뒤를 쫓았다. 화염이 지난 자리를 바람이 쓸고 간 듯 후터분한 공기가 내려앉았다.

열린 문 안으로 침묵이 흐르는 연회장 모습이 보였다. 귀족들은 자리를 지킨 채로 눈치를 보며 몸을 꿈지럭대고 있었다. 그것만으로는 바깥에 있던 자들로서는 상황을 파악할 수가 없었다. 근위병들의 시선은 여자가 에드가를 따라 복도 끝으로 사라질 때까지 그녀의 뒷모습에 못 박혀 있었다.

사로잡힌 시선을 간신히 빼내 연회장 쪽으로 눈을 돌렸던 근위병들은 와장창 하는 소리에 다시 에드가와 여자가 사라진 방향을 보았다. 유리창이 내려앉는 듯한 소리였다.

"왕이 연회를 끝내지도 않았는데……."

아일을 따라잡은 라야가 숨을 몰아쉬며 말했다.

"등을 보이며 나가버리면 안 되잖아요."

아일은 의자로 유리창을 박살 내고도 분이 풀리지 않아 유리 파편을 지르밟았다. 밀고 들어오는 밤공기가 찼다. 머리를 식히는 데 도움이 될 것도 같았다. 라야가 빈 창틀을 바라보며 말했다.

"그렇게 열 받을 것 없어요."

"어떻게 그렇게 침착한 거야?"

아일이 라야를 돌아보며 물었다.

"당신을 닮아가나 보죠."

그는 그녀를 닮아가고.

라야가 어깨를 으쓱했다. 드러난 어깨가 추워 보였다. 아일은 곧장 후회했다. 왜 따라 나온 거냐고, 그냥 거기에 있지 뒤에서 무슨 소리를 들으려고 쫓아 나온 거냐고, 네가 자랑스러워해 마지않는 배우로서의 명성까지 에드가의 정부라는 소리로 더럽혀져도 상관없는 거냐고, 화를 내려다가 간신히 억눌렀다.

리디아가 불쾌하게 생각했던 사람들의 뒷얘기는 이제 라야가 감당해야 할 몫이 되어버렸다. 평생, 빌어먹을, 평생, 말이 뒤따를 것이다. 어쩌면 죽어서도 곰팡이처럼 죽은 자의 이름에 따라붙겠지. 그의 이름이 에드가고 라야가 그를 사랑했다는 이유로.

아일은 미치광이 같은 웃음이 터지려는 것도 이를 악물어 삼켰다. 목구멍이 근질거렸다. 헤르첸의 면상을 후려치지 못한 주먹이 근질거리고, 연회장을 걸어 나오면서 누구 하나 걷어차고 나오지 못한 발도 근질거렸다. 당장 왕의 목을 부러뜨리지 못하니 화가 엉뚱한 방향을 향했다. 유리 장인이 정성을 다해 만든 유리창만 박살이 났다.

평생 배워온 군사 훈련이 아무짝에도 쓸모없는 것처럼 느껴졌다. 옷처럼 벗을 수만 있다면 살아온 삶을 깨끗이 벗어내 속옷 한 장 남기지 않고 쓰레기통에 쑤셔 박고 싶었다.

"당신도 그를 믿지 않았잖아요. 됐어요, 그만해요. 당신도 나도 할 만큼 했어요. 당신도 혹시나 한 거잖아. 혹시나가 아니었어. 도박하는 인간들 대부분이 그렇지. 혹시나 하면서 걸지만 돌아갈 땐 빈털터리야. 알면서도 혹시나 해보는 거야. 아예 모르고 있다가 뒤통수 맞은 것도 아닌데 그렇게 열 받을 거 없어요."

라야는 그에게는 말할 기회도 주지 않고 바닥에 흩어진 유리 파편을 깔아보는 채로 쏘아댔다. 아일은 대꾸할 생각도 없어 보였다. 그는 이제 손가락 관절을 하나하나 꺾고 있었다. 깊은 생각에 잠길 때 그가 무의식 중에 하는 행동이었다. 싸움에 나서기 직전 몸을 풀듯이.

라야는 그가 생각에 잠기는 것을 막고 싶었다. 그가 무슨 생각을 하는지 알 만했다. 그의 속이 훤히 들여다보여서 소름이 돋았다. 그래서 계속 빠르게 말했다.

"사실 어려운 일이었지. 내가 다이런에서 벌써 몇 년인데. 뻔히 안 되는 소리란 걸 알면서 내가 끝내주게 운이 좋은 그 첫 번째 예가 될 수 있을 줄 알았어. 사람들도 처음에는 당신을 위로할지도 모르지. 멍청한 꿈을 꿨나 불쌍하게 생각하겠지. 하지만 몇 년 지나면 다들 잊을 거야. 아, 맞아, 에드가가 혼인하기 전에 그런 해프닝이 있었지 하고 말 거야. 됐어. 이제 그만둬."

그만두라는 말에 힘을 주었다. 아일이 지금 하고 있는 생각을 그만둬 주길 바랐다. 당신이 앞으로 하려는 짓, 그거 그만두라고.

아일은 손가락 관절을 꺾는 짓을 멈추고 팔짱을 꼈다. 라야에게 그건 달갑지 않은 징후였다. 그는 생각을 끝내고 마음속으로 결론을 내리면 항상 저렇게 단단히 팔짱을 꼈다. 라야는 그의 결론을 듣고 싶지 않아 몸을 반쯤 돌렸다. 그리고 그녀가 내린 결론부터 말했다.

"드레프톡 극장에서 장기 계약을 하자는 제안을 해왔어요. 좋은 조건 이에요. 극단 사람들도 거의 동의했고. 나까지 남는다면 극장 근처에 집 도 한 채 주기로 했어요."

지금 그녀는 연기를 하는 중인 걸까? 차분한 목소리로 통보를 하는 라 야는 아일이 잠시 생각을 멈추게 할 정도로 강인해 보였다. 이런 폭풍쯤 은 거뜬히 견뎌낼 수 있다는 듯이.

"아예 정착하는 건 아니지만 최소한 오 년은 성도에 있을 거야. 성도 에 들르면 연락 줘요. 내가 당신 별장으로 갈게. 오늘은…… 피곤해서 나 먼저 가볼게. 극단 숙소로 갈 거야."

"무슨 소리를 하는 거야?"

아일의 눈에서 헤르첸이 말한 '짐승의 발톱' 같은 무엇인가가 날카롭 게 번뜩였다. 아일은 팔짱을 풀고 라야를 돌려 세웠다. 빌어먹을, 그녀 의 몸이 너무 찼다. 추워서인지 다른 이유에선지 심지어 떨고 있었다. 아일은 뜨거운 손으로 그녀의 차가운 어깨를 힘주어 잡았다.

"그렇게는 할 수 없어. 누구 맘대로 너 혼자 여기 남아."

"나 혼자 남는 거 아니야. 단원들이랑 같이 있는 거잖아."

라야는 일부러 무신경하게 말했다.

"내가 그 여자랑 결혼하는 일은 없을 거야."

아일이 분명히 말했다. 그가 리디아의 이름을 부르는 대신 그 여자라고 표현하는 것에 라야는 묘한 승리감을 느꼈다. 그리고 퍽 울적해졌다. 라야가 한숨을 쉬며 웃었다.

"왜 이래. 난 나달에게서 왕의 중매에 관해서만 세 시간짜리 수업을 들은 사람이야. 왕이 중매를 선언하는 순간부터 두 사람은…… 부부야."

돼지 피가 담긴 그릇에 심장을 푹 담갔다가 빼는 기분이었다. 이 기분은 절대 씻을 수 없을 거야. 앞으로 무슨 일이 있어도. 앞으로 어떤 좋은 일을 경험하고 어떤 행복이 펼쳐져도 이날 이 시간 느꼈던 이 기분은 절대 떨궈낼 수 없을 거야.

"그렇지 않아."

아일이 말했다. 너무나 확실한 감정이라 단순하게 대꾸했을 뿐인데, 라야는 그의 너무 쉬운 대답에 폭발했다.

"그럼 어쩌자는 거야! 지금이라도 왕한테 가서 빌든가!"

"……난 그에게 빌지 않아."

클레이모어는 겸손히 숙이되 '굴욕적이지 않을 정도로만' 굴종한다.

아일은 부탁하거나 비는 것에 익숙한 남자도 아니었다. 그가 처음으로 빌었던 사람이 있다면 그건 라야였다. 제발 그의 곁에 남아달라고 빌었다. 말로 빌지 못해서 몸으로 붙잡고 마음으로 애원했다. 바람의 목소리를 들을 줄 안다는 라야는 아일이 하지 못하는 말을 들어서 결국 그의 곁에 남았다. 라야가 얼굴을 쓸어내렸다.

"나도 알아. 한 번 속지, 두 번은 안 돼."

라야는 금방 차분해졌다. 아일은 내심 감탄했다. 라야는 그가 없는 동안 감정을 능숙하게 조절하고 표정도 감출 수 있는 진짜 배우가 되어 있었다. 진짜 어른이 되었다고 해야 하나?

라야는 숨을 들이쉬고 누가 있는지 복도를 내다보았다. 아무도 없었다.

"라야, 널 사랑해."

라야가 왝 고개를 돌려 아일을 보았다. 그의 목소리가 애무하듯 그녀의 가슴을 부드럽게 어루만졌다. 그러한 감각은 살갗을 뚫고 들어와 심장을 우그러뜨릴 듯이 움켜쥐었다.

아일이 애처롭게, 그러나 협박조에 가깝게 말했다.

"원한다고 말해. 내 아내가 되고 싶다고 말해."

"그게 당신 명분이야?"

"그래."

"당신이 하려고 하는…… 그 행동의 명분이 될 수 있는 거야?"

"그래."

"……안 돼. 싫어."

라야가 고개를 저었다. 흐름만 약간 다른, 같은 악몽.

세르노다 때와 비슷한 상황이었다. 모두가 연합하여 왕을 끌어내리기엔 애매한 명분.

왕이 약속을 어기고 남자에게, 대부분의 귀족들이 그러하듯 정략적인 상대라 할 만한 여성을 결혼 상대로 주선했다는 것은 다른 이들이 위험을 감수하고 도박을 걸어볼 만한 명분이 되지 못했다. 어중간했다. 아일의 개인적인 분노를 이해할 수는 있어도 그의 분노에 기대어 왕을 바꿀 수는 없었다.

라야가 말했다.

"그런 걸로는 다른 사람들을 설득시킬 수 없을 거야. 날 당신을 파멸시키는 행동의 원인으로 만들지 마."

라야가 아일의 옷깃을 잡고 그를 올려다보았다. 눈에 설득력을 담으려고 했다. 그러나 그의 얼굴을 들여다보고 있으면 도리어 그녀가 설득당하는 기분이 들었다. 라야가 목이 멘 소리로 말했다.

"그래, 당신이 뭔가를 할 수 있을지도 몰라."

말이 자꾸 끊겼다. 금빛 눈동자에 일렁이는 강력한 힘에 자꾸 기대고 싶어졌다. 라야는 그것을 거부하려는 듯 고개를 저었다. 더 이상 그의 눈을 보고 있을 수가 없어 라야는 아일을 끌어당겨 안았다. 그녀의 입술에 귀를 대고 있는 아일조차 정신을 집중해야 할 정도로 작은 목소리로 라야가 말했다. 울음이 섞인 신음처럼 들렸다.

"알아. 당신도 앞선 에드가들이 그랬던 것처럼 새로운 흐름의 시작이 될 수 있을 거야. 이번에야말로 내가 끝내주게 운이 좋은 그 첫 번째 예가 될 수 있을지도 몰라."

"그래, 넌 운이 좋으니까."

라야가 우는 것 비슷하게 웃었다.

"당신의 이름, 그 빛나는 이름. 세 명의 에드가가 이룬 명성, 당신 가문의 명예, 당신의 사람들, 당신의 군대, 그리고 차이드를 없애버린 그 대단한 힘까지."

아일이 움찔했다. 라야는 그를 탓하려는 게 아니라는 듯이 그의 가슴에 이마를 대고 고개를 가로저었다.

"당신이 가진 것들을 하나씩 꼽고 있는 나조차도 설득당할 것 같아. 당신이 얼마나 대단한 사람인지 알겠어. 부족한 명분 따위야 밟아 문댈 수 있을 정도야. 당신이 해낸다면 누구도 뭐라 하지 못할 거야. 그래, 걸어볼 만한 도박이야. 하지만…… 결국 그것도 도박이야."

침착한 목소리가 흔들렸다. 아일이 라야의 얼굴을 잡아 그를 올려다보게 했다. 라야는 그가 잘 아는 어린 라야로 돌아가 울먹이고 있었다.

"난 또 당신을 기다려야 하잖아. 엄마도 그랬어. 그들을 따돌리고 금방 돌아오겠다고 해놓고 돌아오지 않았어. 내가 찾아가지 않으면 난 엄마가 죽는 것도 지켜보지 못했을 거야."

아일은 바보가 되었다. 예나 지금이나 그는 라야가 진심으로 부딪쳐 오면 백치처럼 아무 생각도 할 수가 없었다. 라야는 그에게 머리를 붙잡힌 채로도 계속 머리를 가로저었다.

"난 너무 많이 기다렸어. 당신도 이미 날 여러 번 기다리게 했잖아. 더 이상 사랑하는 사람들을 위험 속에 두고 시간이 가기만을 기다리는 짓은 하지 않을 거야. 기다리는 게 어떤 건지 모르면 모를까, 난 그게 어떤 건지 너무 잘 알아. 이제 아무도 나보고 기다리라고 할 수 없어. 더 이상은 못해. 이대로도 괜찮아. 충분해. 괜찮아. 충분해……."

거짓말이다. 충분하다는 말은 거짓말이다. 아일은 그걸 알았다. 하지만 괜찮다는 말은 진심이다. 거짓말과 진심이 섞인 그녀의 말에 백치가 된 아일은 마땅한 대꾸를 생각해내지 못했다. 라야가 다그쳤다.

"가만히 있겠다고 약속해! 아무것도 하지 마. 그냥…… 이대로 있어."

아일은 묵묵히 있었다.

돌풍이 왕의 정원을 한바탕 쓸고 지나갔다. 뻥 뚫린 창으로 들리는 바람 소리가 매서웠다. 아일은 무의식중에 라야를 보호하려는 듯 어깨를 감싸며 품으로 당겼다. 순간 그의 얼굴로 무엇인가가 빠르고 위협적으로 날아들었다. 아일은 본능적으로 그것을 잡아챘다.

"뭐예요?"

라야가 움찔하며 물었다. 아일이 콧숨을 내쉬었다. 돌멩이쯤 되는 줄 알았는데 마른 이파리였다. 바람이 잠잠해지고 어두운 정원에 다시 정적이 앉았다.

그때, 검은 새가 울었다.

두 사람은 동시에 하늘을 돌아보았다. 다시 바람이 불고, 정원의 수풀이 흔들리고. 다시 새가 울자, 검은 하늘 전체가 하나의 생물처럼 보였다.

라야가 아일의 얼굴을 보았을 때 그는 충격적으로 창백해져 있었다. 입술은 굳게 닫혀 있고, 안색 또한 추워서라고 하기엔 감정적으로 경직된 듯 보였다. 왕이 뒤통수를 쳤을 때에도 저것보다는 충격적이지 않았던 것 같다. 아일은 거의 얼이 빠져 있었다. 대체 검은 새에게서 무슨 얘기 들었길래? 라야는 더럭 겁이 나 아일의 옷자락을 잡아당겼다.

"장군."

발소리도 없이 뒤쪽에서 바로 목소리가 들렸다. 라야는 화들짝 놀라 몸을 돌렸다. 아일의 수하가 간결한 예를 보이고는 묵례했다.

"아버님의 행방을 찾았습니다."

그레엄 후센 클레이모어가 공식 석상에 모습을 비치지 않은 지 이 년이 넘었다는 사실에 라야는 기함했다. 아일이 어둠 속에서 말했다.

"난 아버지께 연회에 참석하지 말아달라는 부탁을 하려고 했어."

라야는 덜컹거리는 마차에 앉아 그의 설명을 들었다. 마차는 성도의 시가지를 빠르게 달렸다. 간간이 검은 새가 우는 소리가 들려왔다.

"왕의 중매가 틀어질 때를 대비해서."

양쪽 부모가 동석하지 않은 자리에서 한 왕의 중매는 무효라는 주장이 가능했다. 법과 역사를 다루는 학자들은 부모가 함께 자리하지 않아도 양가 대표의 추후 동의만 있으면 혼사가 성립된다고도 했다. 라야도 나달이 그런 말을 했던 것을 기억한다.

오늘 벌어진 일처럼 왕의 중매가 예상과 다르게 흘러갈 경우 아일은 그레엄의 부재를 들어 무효를 주장할 셈이었다. 일이 잘 풀린다면야 추후 동의를 얻으면 될 것이고.

그래서 아일은 마지막 연회가 있기 보름 전부터 크롬헬의 인력을 동원해 사라진 그레엄을 찾았다. 그랬다, 그레엄은 사라졌다. 아넷이 죽고 전쟁 기간 내내 클레이모어 저택에 틀어박혀 있던 그레엄은 전쟁이 끝나기 한 달 전 세르노다로 여행을 떠났다. 그 뒤부터 행방이 묘연했다. 타본 섬으로 가는 배에 올라탄 게 그레엄의 마지막 행적이었다.

섬이라니? 배라니? 아버지는 바다를 쳐다보는 것만으로도 어지러움을 느끼는 남자였다.

아일이 그레엄을 찾기도 전에 연회가 열렸고, 다행히 그레엄은 연회에 참석하지 않았다. 불행 중 다행이었다. 다행이고말고. 헤르첸을 식탁 위로 집어던지지 않고 참을 수 있었던 것도 '그 다행'이 머리 한편에서 아일을 잡아 붙들었기 때문이었다.

그레엄을 찾는 데 예상보다 오랜 시간이 걸리자 크롬헬의 추적 능력에 의심이 들려던 참이었다. 그런데 방금, 아일의 부하가 그레엄의 행방을 찾아왔다. 정확히 말하면 그레엄을 마지막으로 본 사람을 찾았고, 그는 아일을 직접 만나길 원했다. 검은 새는 부하들보다 한 발 빠르게 아일에게 그레엄의 소식을 알렸다.

찾았어

황궁에서 약속 장소로 가는 내내, 검은 새는 마차 위를 날며 같은 말을 반복했다. 아일은 몇 번이나 닥치라고 했다. 검은 새가 지저귀었다.

그는 멀리 있어. 굉장히 멀리

검은 새가 사악한 목소리로 속삭였다.

네가 바란 대로, 그는 돌아오지 않을 거야

찻집 문이 열리고 허름한 외투를 입은 남자가 들어왔다. 남자의 외투에서 차가운 밤바람 냄새가 났다. 남자는 손님이 없는 찻집 내부를 불안한 시선으로 훑어보았다. 안쪽 테이블에 앉은 아일과 라야를 본 남자는 챙이 없는 모자를 벗어 들며 고개를 숙였다.

"작은 어르신."

남자는 아일을 그렇게 불렀다. 아일은 벽에 등을 대고 어둠 속에 얼굴을 반쯤 묻은 채 남자를 바라보았다. 라야는 남자를 알아보았다. 가노프란 이름을 가진, 그레엄을 가장 가까이에서 모시던 하인이었다.

아일의 부하들은 그레엄을 추적하기 쉽지 않자 그레엄의 하인을 쫓았다. 그것은 적절했다. 가노프의 발자국은 그레엄의 것보다 선명했다. 가노프는 와이즈 주를 서성이다가 아일의 부하들에게 발견되어 이곳으로 오게 되었다.

가노프가 찻집으로 들어오자 아일의 충직한 부하들은 가게 문을 닫고 외부에서 안쪽이 보이지 않도록 모든 창에 가림막을 쳤다. 찻집 주인도 자리를 비켰다.

가노프는 주춤거리며 테이블로 다가왔다. 라야가 손짓을 하자 가노프는 송구하다는 듯이 한 번 더 고개인사를 하고 작은 어른과 마주 앉았다. 에드가를 앞에 두고 작은 체격의 가노프는 한층 더 쭈그러들었다. 라야와 달리 남자는 몇 번 본 적이 있는 그녀를 알아보지 못했다. 피로와 슬픔, 겨우 일을 끝낼 수 있게 되었다는 데서 오는 안심이 혼재된 얼굴로 가노프가 말했다.

"주인어른께서, 르웨이 님께 이것을 전하라 하셨습니다."

그러고는 외투 앞섶을 넘겨 두 통의 편지를 꺼냈다. 아일은 편지를 건네받고 팔이 굳은 것처럼 가만있었다.

"편지는 당연하지만 열어보지 않았습니다."

가노프가 내내 살짝 숙이고 있던 고개를 들고 확고하게 말했다.

아일은 편지를 돌려가며 손가락으로 네 모서리를 문질렀다. 그것만으로도 안에 무슨 내용이 적혀 있는지 알 수 있다는 듯이 천천히, 같은 행동을 반복했다. 눈은 가노프에게 박혀 있었다. 긴장을 이겨내지 못한 가노프가 주먹으로 입을 가리며 헛기침을 했다.

마침내 아일이 눈을 내려 편지를 보았다. 편지 하나는 겉면에 '르웨이자에 와이즈에게'라고 적혀 있고, 하나는 '아일에게'라고 쓰여 있었다. 두 편지는 입구가 봉인도 되어 있지 않았다. 왜 가노프가 자신이 편지를 읽지 않았음을 믿어달라고 했는지 알 것 같았다.

"마님께서 돌아가시고 주인어른께선 거의 바깥출입을 하지 않으셨습니다."

가노프는 모자를 만지작거리며 어렵게 말을 꺼냈다. 이야기를 어떤 식으로 해야 주인에게 누가 되지 않을까를 생각하는 얼굴이었다. 단어를 신중히 고르듯 말이 느릿했다.

"주인어른께선 마님이 쓰시던 방으로 옮기시고는 잠을 거의 주무시지 못했습니다. 식사도 거르시는 일이 많았고요. 두 달 전 저를 부르시더니 세르노다에 가자고 하시더군요."

두 달 전. 아직 전쟁이 끝나기도 전이다.

"몇 달 만의 외출이었지요. 마님이 생각나서 마님의 친정에 가시려나 보다 생각하고 말았습니다."

사무적인 말투로 시작되었지만 울먹임으로 말끝이 흐려졌다.

"세르노다의 바닷가를 한참 산책하시더니 갑자기 배를 타자고 하셨습니다. 어떤 배요? 라고 여쭈니 아주 큰 배라고 하시더군요. '마님'께서도 편히 여행하실 수 있을 만한 크고 편안한 배를 찾으라고요."

"세르노다와……."

라야는 쉰 듯한 목소리를 냈다는 걸 알고 잠깐 말을 멈췄다. 입술이 바짝 말라 있었다. 침을 삼킨 뒤 다시 말했다.

"세르노다와 타본 섬을 오가며 차 무역을 하는 이들이 많으니 배를 구하는 건 어렵지 않았겠죠."

가노프가 고개를 끄덕였다.

"네, 마침 타본의 귀르나르 섬으로 가는 배가 있었지요. 배에서 보름
째 되던 날 밤에 웬일로 저녁 식사를 남김없이 드시더니 방으로 가시기
전에 이런 말씀을 하셨습니다. 저더러 다음 날 아침엔 늦잠을 좀 자도
된다고. 그 말을 하면서, 웃으셨지요. 전…… 주인어른이 그렇게 밝게
웃으시는 모습은 처음 보았습니다."

가노프는 모자를 든 손으로 일그러지는 입술을 틀어막았다. 그러고는
모자에 가로막혀 불분명한 목소리로 말을 이었다.

"그러시고는, 다음 날 아침은 거를 테니 점심때쯤 부르러 오라고 하셨
습니다. 그래서 다음 날 방에 갔더니…… 주인어른은 안 계시고 베개 위
에 편지들과 제게 남기신 쪽지만 있었습니다."

아일이 손에 든 편지를 내려다보며 물었다.

"쪽지?"

"네. 배가 다시 다이런에 닿으면 당분간 자신의 죽음을 알리지 말고
히비커스 님이 알지 못하도록 조심스럽게 먼저 르웨이 님께 이 편지를
전하라고 하셨습니다."

르웨이라면 아일에게 편지를 무사히 전할 수 있을 거란 생각이었을
것이다.

"그런데 배가 너무 늦어져서 오는 동안 전쟁이 끝나고, 르웨이 님을
만나러 와이즈 저택에 가보니 르웨이 님도 이미 성도로 떠나셔서……."

라야는 숨을 쉬는 게 불편했다. 코로 편하게 숨 쉬는 것을 잊어버린
것처럼 입을 살짝 벌리고 있어야 했다. 라야가 물었다.

"밤사이에 어르신께서 '사라지셨다'는 건가요? 찾아보기는 하셨어
요?"

"찾아보다마다요! 배가 섬에 닿을 때까지 찾고 또 찾았습니다. 배의 밑창까지 안 본 데 없이 뒤졌어요! 그런데 못 찾았습니다. 못 찾았어요…….''

가노프가 자책감이 묻어나는 목소리로 중얼거렸다. 그가 세상모르고 자고 있는 동안 그레엄은 아마 밤바다 속으로 몸을 던졌을 것이다. 그렇게밖에는 설명이 되지 않는다.

아일의 얼굴은 무표정에 가까웠지만 그의 손안에서 편지는 반 이상 구겨져 있었다. 라야는 지그시 눈을 감았다. 정말, 그런 선택밖에는 할 수 없으셨나요? 이 사람은 이미 충분히 외로워하고 자책한 사람이에요. 라야는 이어지는 죽음들에 지쳐버렸다. 소중하다고 말해놓고서 소중한 이들을 이딴 세상에 남겨두고 그렇게 가버린 이들을 모두 원망하고 싶어졌다.

라야가 일어섰다. 경황이 없어서 얼굴을 제대로 살피지 못했지만 조금 전부터 그의 이야기에 아일보다 더 큰 관심을 보이는 여자가 자신에게 다가오자 가노프는 경계 섞인 눈빛으로 여자를 보았다. '미인이구나.' 생각했다. 좀 더 가까이 다가오자 '낯이 익은 미인이구나.'라고 생각했다. 라야가 가노프의 손을 잡았다. 남자의 손은 얼음장 같았다. 귀해 보이는 여성이 선뜻 자신의 손을 잡자 가노프는 눈에 띄게 흠칫했다.

라야가 말했다.

"당신을 탓하려는 게 아니에요, 가노프 씨. 보지 않아도 당신이 얼마나 어르신을 찾아다녔을지 알아요."

가노프는 하마터면 엉엉 울어버릴 뻔했다. 여자의 위로에 눈물이 왈칵 쏟아졌다. 하지만 그는 끝내 라야가 누구인지는 기억해내지 못했다. 지금 라야의 모습에서 그가 이전에 봤던, 메이드복을 입고 저택을 뛰어다니던 소녀를 떠올리기란 어려운 일이었다. 게다가 가노프는 너무 지쳐 있었다.

가노프가 나간 뒤, 라야는 아일의 손에서 편지를 가져왔다. 구겨진 편지를 테이블 위에 놓고 손바닥으로 문질러 주름을 폈다. 라야는 르웨이를 지목한 편지부터 펼쳐보았다. 그리고 아일도 편지를 읽을 수 있도록 테이블에 편지를 놓았다. 그레엄의 필체였다. 의심할 것도 없는 아버지의 편지였다. 아일은 그것이 아버지라도 되는 것처럼 편지를 노려보았다.

『젊은 와이즈 경. 르웨이.

황당하고 어두운 소식을 전해 듣게 해 미안한 마음을 전합니다.

부탁합니다. 이 편지를 보관하고 있다가 만약 아들이 살아 돌아온다면 전해주십시오. 돌아오지 못한다면 태워버리십시오. 특별할 것 없는 유언이지만 마지막 말 정도는 아들에게 닿았으면 좋겠군요. 내 아들이 당신을 신뢰하기에 내 아들의 신뢰를 믿고 당신을 신뢰해봅니다.

부디 이 편지들이 어머니에 의해 사라지지 않고 당신의 손에 닿기를. 마지막으로 신께 올리는 기도에 최후의 기원을 달아봅니다. 신은 제 바람을 들어준 적이 없지만 마지막 한 번쯤은, 이렇게 작은 기원 정도는 그동안의 외면이 미안해서라도 들어주겠지요.』

편지는 그게 끝이었다.

라야는 반쯤 넋 나간 얼굴로 다 읽은 편지를 계속 쳐다보고 있었다. 자세와 시선의 방향은 편지를 읽던 상태 그대로였지만 이미 편지엔 관심이 없었다. 그저 묵묵히 앉아 있었다. 아일은 읽기 싫은 것처럼 몸을 테이블에서 멀찌감치 떨어뜨리고 있었다. 하지만 그도 분명 편지를 읽었다. 라야가 고개를 들더니 허리를 세웠다. 충격에서 빠져나온 듯 단단한 눈빛이 들고 있는 편지를 내려다보았다. 라야는 그레엄이 아일에게 보내는 편지를 봉투에서 꺼내 펼쳐 들었다. 봉인도 하지 않은 편지는, 히비커스만 아니면 누가 봐도 상관없다는 것처럼 보였다.

『아들에게.
　이 편지를 읽게 된다면 네가 살아 돌아왔다는 뜻이겠지? 그래, 결국 살아 돌아왔구나. 여간해선 죽지 않는 목숨들이 있지.
　나는 네가 싫었다.』

거기까지 읽고 라야는 고개를 들었다. 유언이라더니, 무슨 이런…….
　라야는 침을 한 번 삼키고 편지를 이어 읽었다. 편지지 한 장을 꽉 채운 편지였다. 다 읽은 뒤 한 번 더 읽었다. 라야가 눈물이 맺힌 눈을 들어 아일을 보았다. 순간 아일이 편지를 뺏어가듯 거둬갔다. 그의 과격한 손짓에 바람이 일고 촛불이 꺼질 것처럼 흔들렸다. 아일은 두 손으로 편지를 쥐고 재차 읽었다.

『나는 네가 싫었다. 너를 보면 그녀가 생각나고 너를 보면 나를 보는 것 같아 네가 싫었다. 네가 태어나 그녀가 더 약해진 것 같아 네가 싫었다.
　이 편지가 웃기겠지. 굳이 죽어가는 순간에 편지를 남겨 아들에게 한다는 말이 네가 싫었다는 말이라니, 어이없고 화가 나겠지. 화내지 말라고, 원망하지 말라고 하지 않겠다. 남들은 배우지 않아도 자식을 사랑하게 된다는데 난 그게 되지 않는다. 부모에게서 배우지 못해서 그렇다는 건, 그래, 어쩌면 납득하기 좋은 핑계라면 핑계다. 그냥 내가 이상한 거다. 난 어디가 망가진 게 분명해.

나는 어머니가 싫었다. 그녀를 힘들게 한 어머니가 싫다. 그녀와 나 사이를 그렇게 만들어버린 게 어머니 같아서 싫다. 나를 망친 것만으로도 부족해 너에게 집착하는 어머니가 싫다. 마지막 순간까지 남을 탓하는 내가 한심해 보이겠지. 나도 그런 내가 싫다. 그녀를 가장 힘들게 한 건 나인 것 같아 내가 가장 싫다.

그녀가 떠나고 나서 누군가를 원망하지 않으면 살 수가 없어. 그런다고 그녀가 돌아오지 않는다는 것은 알지만, 알아도 어쩌지 못하겠다. 난 누군가를 원망해야겠다.

어느 순간부터 네가 변했다는 것을 안다. 네가 변한 이유가 그녀가 말한 것처럼 그 여자아이 때문인지는 모르겠지만 그 때문에 우리가 주지 못한 따뜻함이라거나 행복 같은 걸 네가 느끼는 거라면…… 그 여자아이에게 고맙다는 말을 하고 싶구나.

나는 그 여자아이에게 말을 전할 수 없으니 네가 전해다오. 고맙다고.

한 번도 대화다운 대화를 해본 적이 없는 사이인데도 지금 가장 마음에 걸리는 게 너라는 게 재밌구나.

난 아마 병에 걸렸나 보다. 이렇게 가슴이 찢어질 것 같고 목이 터질 것 같은데도 눈물이 나지 않는 것은, 아마 의사도 알지 못하는 병에 걸렸기 때문일 거야. 아니면 그녀를 묻을 때 내 마지막 눈물까지 같이 묻었기 때문일지도 모르겠다.

만약 다음 생이란 것이 있다면 한 사람만이 아니라 여러 사람을 위해 울 수 있는 자로 태어났으면 좋겠어.

만약에, 아주 만약에 다음 생에도 내 아들로 태어난다면 날 실컷 울려도 좋아. 네가 나를 용서한 것처럼 나도 너의 모든 것을 감쌀 수 있는 자로, 이왕이면 너그러운 아버지로 태어났으면 좋겠구나. 이렇게 끝내는 나를 용서하지 마라. 다음 생이 있기를 진심으로 바라마. 네가 나에게 복수할 수 있도록.』

파르르 떨리던 편지는 그의 손이 쥐고 있는 부분부터 구겨졌다. 라야
는 편지를 태워버리려는 아일을 말렸다. 두 사람의 실랑이에 촛불이 꺼
졌다. 테이블이 엎어지고 등잔이 바닥에 떨어져 깨지는 소리가 났다. 어
둠 속에서 후각이 강해져 기름 냄새가 역하게 느껴졌다.

아일은 라야를 밀쳐낼 수도 없어 결국 발악을 멈추었다. 소리를 내지
른 그의 가슴이 격하게 오르내렸다. 그에게 매달려 있는 라야도 거친 숨
을 뱉어냈다. 폭풍 같은 감정이 치솟아 올랐다 가라앉고, 땀에 젖었고,
남녀가 엉켜 있으니 몸을 섞었다는 오해를 받아도 할 말이 없었다. 그는
손아귀에서 편지를 완전히 구겨버렸다. 손바닥을 파고드는 손톱에 편지
가 찢겼다.

하룻밤 새 겪은 일들이 우열을 다투기 힘들 정도로 하나같이 빌어먹
을 것들이라 어디에 더 화를 내야 할지 모를 지경이었다. 아버지의 죽
음이 슬픈 건지 화가 나는 건지, 왕의 팔이라도 하나 부러뜨리지 않
고 나온 게 후회되는 건지, 이 상황이 어이가 없는 건지 절망스러운 건
지……. 지배적인 감정은 단연 분노였다.

"아버지가 자식한테 이러면 안 되는 거 아닌가?"

아일은 한 손으로 깨질 것 같은 머리를 짚으며 의자에 앉았다. 실성한
것처럼 웃음이 새어나왔다.

"난 다른 부모는 어떤지 모르니까 네가 말해봐. 부모가 자식한테 이러
면 안 되는 거잖아?"

라야가 그의 앞에 무릎을 꿇었다.

"아일, 예전에도 한 번 물은 적이 있지만 다시 물을게. 거절하면 또 물
을 거야. 당신이 된다고 할 때까지 물을 거야."

라야가 말했다.

"나랑 떠나."

"……."

아일이 눈을 가늘게 뜨고 라야를 보았다.

"함께 멀리 떠나. 당신을 아는 사람이 없는 곳으로 가. 당신을 에드가라고 부르는 사람들이 없는 곳으로 떠나자. 응?"

라야가 그의 손을 잡고 애원하는 목소리로 말했다.

"그런 얼굴을 하고 있는 당신을 혼자 두고 또 나만 떠나라고 하지 마. 내가 그럴 수 없다는 거 알잖아. 죽을 것 같아. 당신을 보지 않아도 죽을 것 같고, 이런 당신이 두고 떠나도 난 괴로워 죽을 거야. 제발, 당신이 나 좀 살려줘. 떠나자. 같이 떠나."

지치고 피로한 건 그인데 라야의 얼굴이 더 지쳐 보였다. 아일은 자신의 손을 잡고 있는 그녀의 양손을 망연히 바라보았다. 그의 큰 손과 비교해 그녀의 손은 정말 작고 약해 보였다.

그러나 이 손은 세상 그 어떤 것보다 부드럽고 따뜻하다. 그는 이미 뼛속 깊이 그녀의 피부가 주는 안식과 평화를 알고 있었다.

살아서 이 작은 천국을 얻고자 그는 죽어서 지옥에 갈 것을 선택했다.

아일이 무표정한 얼굴로 라야를 보았다. 라야가 눈물을 떨구었다.

이 여자가 이런 표정을 짓게 만들다니. 난 정말 구제받지 못할 인간인지도 모르겠다.

아일은 라야에게 잡힌 손을 빼내 그녀의 뺨에 묻은 눈물을 닦아주었다. 라야가 자꾸 울어서 아일은 그녀의 얼굴을 당겨, 달래듯이 부드럽게 입을 맞추었다. 그녀를 꼭 껴안고 그가 말했다.

"그래……. 가자."

"무슨 일이야?"

인후는 캐리어를 질질 끌고 회사 로비로 들어섰다. 로비에 사람들이 몰려 있었다. 인파를 헤치고 들어간 인후는 눈을 크게 뜨며 꺼억 하는 괴상한 소리를 냈다. 정현이 지은을 껴안은 채로 무릎을 꿇고 주저앉아 있었다.

"사, 사장님."

지은이 눈치를 보며 속삭였다. 로비를 지나던 직원들이 웅성거리며 두 사람 주위로 모여들었다. 정현은 지은을 안은 채로 잠들어버린 듯 미동도 하지 않았다. 쌕쌕거리는 숨소리만 들렸다. 지은은 비명을 지르고 싶은 심정이 되어 비서실 동료에게 도와달라는 눈빛을 보냈다. 오늘 아침 금발로 염색을 하고 나타난 강희는 구경꾼들 사이에, 그것도 맨 앞에 서서 신기하다는 듯이 눈만 끔벅이고 있었다.

회사 밖에서 점심을 먹던 중 지은은 정현이 회사에 곧 도착한다는 문자를 받았다. 같이 식사 중이던 비서실 사람들의 휴대전화가 같은 문자를 받고 일제히 울렸다. 지은은 한 숟갈 남은 밥을 마저 먹고 일어섰다. 수영은 반 공기가 남은 밥을 미련 없이 버리고 일어섰으며, 한석은 이미 밥을 다 먹은 후였다. 그리고 강희는 비명을 지르며 입에 밥그릇을 붙이고 숟가락을 입속으로 밀어 넣었다.

그렇게 비서실 사람들이 급하게 회사로 돌아와 엘리베이터를 기다리고 있는데 정현이 정문에 도착했다. 수영과 한석은 그대로 엘리베이터를 타고 올라갔고, 지은과 강희는 긴 출장에서 돌아온 사장을 맞으러 로비로 나갔다.

'정현 씨!'

정현과 눈이 마주친 지은은 활짝 웃으며 달려갔다. 보는 눈들이 없다면 달려가 안길 텐데.

"잘 다녀……."

잘 다녀오셨어요, 사장님. 피곤하시죠? 정도로 말하려고 했다. 지은은 계획한 말을 반도 하지 못하고 굳어버렸다. 지은을 발견한 정현이 큰 걸음으로 걸어와 지은을 그러안았다. 2초 정도는 미국에 있다 왔다고 아메리칸 스타일로 인사법이 변했나 생각했다. 하지만 지은을 껴안은 정현은 곧바로 힘없이 무너졌다.

"사장님!"

지은은 소리를 지르며 함께 주저앉았다.

인후가 구경꾼들을 흩어지게 한 뒤 지은에게 목소리를 낮춰 물었다.

"민익이 다시 불러야 되는 거예요? 병원 가야겠어요?"

지은이 정현의 안색을 보기 위해 그의 몸을 떨어뜨리려 했다. 기절한 듯 기운 없이 안겨 있던 정현이 지은의 몸을 꽈악 껴안았다. 제대로 구경꾼이 된 강희가 입을 동그랗게 모으며 놀란 표정을 짓는 게 보였다.

지은이 머뭇거리는 목소리로 말했다.

"정현……."

"그 손을 잡지 말았어야 했을까?"

지은의 등을 받치고 있는 손이 천천히, 힘을 주어, 그녀의 몸을 그에게로 더욱 끌어당겼다. 누가 봐도 가벼운 포옹은 아니었다. 정현이 흐릿한 눈으로 중얼거렸다.

"널 보내는 게 맞았을까?"

아른거리는 목소리를 놓치지 않기 위해 지은이 귀를 기울였다.

"너도 결국엔 후회해서, 내 곁에 남은 걸 후회했기 때문에, 그래서 나와의 일을 기억하지 못하는 건 아닐까?"

그런데 나는 또 널 이렇게 붙잡고…….

"내가 널 사랑하는 만큼 너도 날 사랑했다고 생각했는데."

정현은 평생 들이마신 숨을 모조리 내뱉는 듯한 긴 한숨을 내쉬었다.

"처음으로 그게 아닐지도 모른다는 생각이 들어."

병원으로 가는 동안 인후는 '쓰러질 거면 차에서 쓰러지지 로비에서 광고를 하면서 쓰러질 건 뭐냐'며 핀잔을 놓았다. 그는 스캔들을 싫어했다. 여성지 기자가 정현의 사진을 몰래 찍어 결혼 적령기 여심을 흔드는 미혼의 인기남들인가 뭐시긴가 하는 꼭지 기사에 올리겠다고 했을 때에도 내켜하지 않았다. 홍보실에서 좋은 기회라고 하지 않았다면 절대 허락하지 않았을 것이다.

"네가 출장에서 돌아왔다고 전 사원에게 알리기라도 할 심산이야, 뭐야? 내 말 듣고 있어?"

인후가 조수석에서 고개를 돌렸다.

정현은 아마 못 들었을 것이다. 지은의 어깨에 머리를 기댄 채 거의 실신해 있었기 때문이다.

"과로, 스트레스, 영양실조. 플러스 독감."

송로 버섯 구이를 곁들인 양갈비 스테이크와 유기농 샐러드, 플러스 레드 와인.

이라고 말하는 것처럼 의사가 말했다. 그리고 "이 고열에 용케 돌아다니셨네요."라고 덧붙였다. 인후와 지은은 의사가 과로와 스트레스를 말할 때까지만 해도 그럴 수 있다고 생각하며 고개를 끄덕였다. 하지만 영양실조란 말에 지은은 입을 벌리고 인후를 보았다.

"독감? 독감이라고?"

인후는 출장 내내 붙어 있었으면서도 정현이 독감에 걸렸다는 사실을 전혀 눈치채지 못하고 있었다. 비서 실격이다.

그래서 비행기에서 그렇게 오래 잠들어 있었나? 자고 있던 게 아니라 앓고 있는 거였어? 아프면서도 멀쩡한 척하다가 제 여자를 보고서야 그렇게 고꾸라진 거란 말이야? 인후는 응급실 침대에 창백한 얼굴로 잠들어 있는 정현을 노려보았다. 독한 놈. 이물스러운 놈. 고등학생 때랑 하나도 변한 게 없다. 절벽 끝에 다다라서야 누구 도와줄 사람이 없는지 돌아보는 놈이다.

정현은 그날로 휴가를 냈다. 그가 결정한 것은 아니고, 인후가 일방적으로 처리했다.

지은은 집까지 따라가 정현을 돌보았다. 정현은 침대에 쓰러져 그대로 잠들더니 밤이 될 때까지 일어나지 않았다. 자는 도중에 끙끙 앓는 소리를 내고 열 때문에 잠깐 눈을 뜨기도 했지만 금세 다시 잠들었다.

지은은 침대 맡에 앉아 그의 이마에 물수건을 얹어주고 미지근한 수건으로 땀을 닦아주었다. 밤 8시 반, 정현이 눈을 떴다.

"뭣 좀 먹을래요?"

정현은 지은이 건네는 죽 쟁반을 순순히 받아 들었다. 지은은 그의 손에 직접 숟가락을 쥐여주었다.

정현이 침대에 앉아 죽을 먹는 동안 지은은 쌓인 얘기를 했다. 그에게 출장은 어땠는지, 미국에선 악몽을 꾸지 않았는지, 하루에 대체 잠을 얼마나 자는지 물어보고 싶었다. 하지만 정현이 말할 상태가 아닌 것 같아 그녀 혼자 떠들었다.

미국에는 가지 않기로 완전히 마음을 굳혔다고, 곧 인사이동 신청을 할 거라는 얘기를 했다. 정현이 그것조차 내켜하지 않는다면 비서실에 그대로 남을 생각도 있었다. 신우와 매일 통화를 하면서 많이 친해졌다는 얘기도 했다. 정현은 묵묵히 죽만 먹었다. 회사로 찾아온 신우와 저녁 식사를 하기도 했다는 말을 할 때에는 정현이 약간 반응을 보였다. 먹는 것을 멈추고 지은을 쳐다보았다. 우울과 애정이 섞인 갈색 눈이 묘한 빛깔을 냈다.

"신우 씨는 반복해서 꾸는 꿈이 전생의 미련 같은 거라고 생각된대요."

"……미련."

정현이 중얼거렸다. 얼굴도 목소리도 생기가 너무 없어 초상화를 보는 것 같았다. 지은은 흐릿한 그림을 자세히 보려는 듯이 몸을 앞으로 기울였다.

"네. 약속을 해놓고 지키지 못한 것이 미련으로 남은 것 같다고요. 어제도 통화를 했는데 지난밤엔 그 꿈을 꾸지 않았대요. 신기하죠? 미련이 없어진 걸까요?"

"……그럴지도."

"언니라고 불러도 된다고 했는데 그건 아직 쑥스러워서 못하겠어요. 술김에 한 소리 같기도 하고."

정현이 애매한 미소를 지었다. 근육을 고정해 미소를 유지하는 게 힘들어 보였다. 정현은 다시 숟가락을 들었다. 숟가락이 조용히 두 번 오르내렸다. 그가 그릇을 깨끗이 비운 것에 지은은 뿌듯함을 느꼈다. 잘 먹는다는 건 기운을 차렸다는 뜻일 테니까.

"열은 좀 내렸나?"

지은은 아예 침대에 걸터앉았다. 그리고 그의 이마를 손으로 짚었다. 살짝 따뜻했다.

그는 평소에도 몸에 열이 많은 편이었다. 지은은 사랑을 나눌 때 그의 몸을 꽉 껴안고 있는 것을 좋아했다. 그러는 동안에는 자신이 세상에서 그와 가장 가까운 사람이고 앞으로도 그럴 것이라는 확신이 들었다. 그런 확신이 계속되면 그는 절대 자신을 떠나지 않을 거라는 오만한 자부심도 생긴다.

동시에 두려움도 피어난다. 아주 만약에, '만약 하늘이 무너진다면?'이란 가정과 비슷한 수준의 '아주 만약에' 정현이 그녀를 떠날 일이 생긴다면, 그 이후에 어떤 사람을 만나더라도 정현이 준 사랑보다 더 큰, 더 충직한 사랑은 받지 못하리라.

지은의 얼굴이 가까이 다가오자 정현의 표정이 좀 더 선명해졌다. 지은은 그가 그녀로 인해 즉각적인 반응을 보이는 것을 사랑했다. 예를 들어, 그와 사랑을 나누다가 그녀로 인해 그가 낮고 분명한 신음을 내는 것이 좋았다. 그런 반응에 중독되어 그와 침대에서 뒹군다고 해도 과언이 아니었다.

지은은 회사에서 일어난 재미난 이야기를 들려주었다. 비서실 사람들 이야기, 지난주 구내식당에서 일어난 소동 같은 것. 정현이 듣기 힘든 사원들의 농담, 사원들의 일상. 휴게실에서, 구내식당에서, 오락실에서 사람들이 나누는 고민. 전생의 영향이 조금은 있는 건지 지은은 사람들의 대화를 옮길 때 연기를 섞어 말했다. 정현의 잠잠한 시선은 지은의 입술에 오래 머물러 있었다.

"내가 정현 씨한테 이런 얘기를 나른 걸 알면 회사 사람들이 날 가만두지 않을 거야."

지은이 웃었다. 정현이 상체를 살짝 숙였다. 그리고 고개를 기울였다. 두 입술이 겹쳐졌다. 그의 혀가 그녀의 입술을 핥고는 안으로 깊숙이 들어왔다. 뜨거운 숨을 삼키고, 그녀를 깨우고, 흔들고, 차츰 차츰 허물어뜨렸다. 그대로 꽤 시간이 많이 흐른 것 같았다. 그가 원하면 그녀는 시간을 잊었고 어딘지도 잊었다. 그의 탁해진 숨소리를 듣는 순간 겨우 정신이 들었다.

지은이 조그맣게 웃었다.

"나한테 감기 옮길 작정이에요?"

아니.

그가 아니, 라고 작게 말한 걸 들은 것 같지만 분명치 않았다. 그의 입술이 다시 그녀의 입술을 덮었다.

그는 그녀의 머리카락이 손가락 사이를 스치는 것에도 흥분하는 듯 보였다. 그녀의 목을 쓰다듬던 손이 자극을 참을 수 없다는 듯이 머리카락을 한 움큼 가볍게 그러쥐었다. 지은의 입에서 약한 신음이 터졌다. 지은이 맞댄 입술을 떼려고 했지만 그가 한 손으로 목을 단단히 감싸 쥐고 놓아주지 않았다.

아픈 사람이 맞긴 한 걸까? 그녀의 뺨과 이마와 귀에, 눈에, 어깨에 키스를 하고 목에 입술을 문지르는 그에게서 그녀를 향한 욕망 이상의 생생한 에너지가 느껴졌다. 정현은 그녀의 입술을 탐하면서 손의 감각만으로 블라우스의 단추를 풀어냈다. 블라우스를 잡아 뜯다시피 열어젖히고 어깨 뒤로 밀어 넘긴 그가 그녀의 몸을 끌어안고 쇄골부터 저 아래까지 입술을 미끄러뜨렸다.

두 사람은 곧 맨몸이 되어 서로를 안았다. 정현이 몸을 겹쳐오자 지은은 눈을 감았다. 그냥 잡히는 대로 양팔을 감았다. 그의 몸이 불덩이 같았다. 그가 너무 강하게 밀치고 들어왔다. 빠르게 나가고, 더 빠르게 들어왔다. 평소와 달랐다. 고열 때문인지 그의 미세한 조정 핀이 뽑혀버린 모양이었다. 몸 전체가 밀려 나갔다가, 또 끌려갔다. 지은은 손을 놓고 불길에 휩쓸렸다.

천천히, 천천히. 늘 천천히 즐기라고 말하며 그녀를 고문한 건 그였다. 그런 말을 하던 사람이 맞긴 한 건지 정현은 다음 날 전쟁터라도 나가는 사람처럼 그녀를 안았다. 그의 속도에 맞추려고 하다가는 호흡이 끊어질 판이었다. 그의 어깨에 매달려 있는 게 전부였다. 스트레스로 예민해진 그의 몸이 날카롭게 그녀를 올려붙였다. 부드러운 부분이 깨어져 나간 것처럼, 그의 동작이 거칠고 묵직했다. 긴장으로 피로로 말랑해진 그녀의 몸에 너무 충격적이었다. 지은은 숨이 막히는 소리만 질러대다가, 울음소리를 내며 무너졌다.

스탠드만 켜놓은 직사각형의 방이 어둡고 조용했다. 지은은 그의 숨소리에, 정현은 그녀의 숨소리에 귀를 기울였다.

지은은 문득 그의 아이를 가져도 좋겠다는 생각을 했다. 그리고 자신의 그런 생각에 깜짝 놀랐다. 아직 정현과 해보지 않은, 일상 속의 평범한 일들을 상상해보았다.

지은은 그의 장난 반 진담 반 청에도 한 번도 외박을 한 적이 없었다. 학창 시절, 엄한 아버지 밑에서 통금 시간을 지켜가며 생활한 게 몸에 뱄다. 그와 어떤 밤을 보내든 아침은 반드시 그녀의 집에서 맞았다.

정현과 같은 집에 살면서 함께 잠들고 함께 아침을 맞는 건 어떤 기분일까?

오늘처럼 그가 아프면 밤새 간호하기도 하고, 함께 요리한 음식을 먹고, 사랑을 나누고. 아이에게 책을 읽어주고, 가족이 함께 놀이공원에도 가고, 아이를 유치원에 데려다주고. 아, 이런 빈약한 상상력이라니. 기껏 그려본 부부의 일상이란 게 주부 대상 CF에 나올 만한 장면뿐이잖아. 하지만 부부의 모습이란 게 그런 평범한 걸지도 모른다는 생각이 들었다. 함께 먹고, 함께 자고, 함께 일하고, 함께 쉬는.

정현은 좋은 아버지가 될 수 있을 것이다. 난 좋은 부인, 좋은 엄마가 될 수 있을까?

……괜찮을 것 같았다. 아니, 정말 좋을 것 같았다.

굳이 미국에 가서 더 많은 것을 배우지 않아도, 꿈을 이루지 않아도 이 남자와 함께라면 행복할 수 있을 거라는 확신이 들었다. 그가 그런 확신을 주었다.

결혼.

그와 결혼하고 싶어졌다.

정현이 그녀의 속을 들여다보기라도 한 것처럼 미소 지었다. 지은이 가장 좋아하는 그의 얼굴이었다. 표정이 없을 때 차갑게 느껴지는 그의 인상을 부드럽게 만드는 미소. 사람들이 그의 요구를 거부할 수 없게 하고 그를 신뢰하게끔 만드는 미소. 첫 만남부터 경계심을 주고 설레게 하더니 결국 그녀를 격침시킨 미소. 그가 그 미소를 짓고 말했다.

"우리 헤어져."

우리 헤어져.

그는 헷갈리는 말 같은 건 사용하지 않는다.

우리. 주어도 확실하고. 헤어져. 서술어도 분명했다. '당분간' 헤어져, 잠시 떨어져 있어, 시간을 가져보자, 같은 게 아니었다. 다른 뜻이 있나 고민할 것도 없었다.

그가 그런 말을 허투루 뱉는 사람이 아니란 걸 알기에 지은은 농담처럼 웃어넘길 수 없었다. 상대가 울며 매달린다고 해서 금방 주워 담을 말을 하는 남자도 아니었다.

그녀가 의외로 담담한 것은, 어쩌면 그의 말을 완전히 이해하고 받아들이는 데 시간이 걸렸기 때문일 수도 있다.

다음 날, 지은은 정상적으로 출근했다. 사장이 휴가 중이라도 비서실은 평소처럼 돌아갔다. 지은은 정현의 이름으로 신년 선물을 보내야 할 곳의 리스트를 정리했다. 연하장을 챙기고, 오가는 택배를 확인하고, 구내식당에서 끝내주는 새우튀김도 먹고, 휴게실에서 낮잠도 이십 분

잤다. 화장실에서 얼핏 전날 로비에서 일어난 소동에 대해 얘기하는 소리를 들었다. 정현과 지은의 관계에 대해 쑥덕대는 소리도 섞여 있는 것 같았지만 잠결에 지나쳤다. 이상하게 잠이 몰려왔다. 그러다 보니 하루가 지나갔다. 또 하루가 가고, 정현을 보지 않고 또 하루가 갔다.

삼 일째 됐을 때, 정현이 그녀의 전화도 받지 않고 그녀가 보낸 문자도 전혀 확인하지 않고 있다는 걸 깨달았다. 지은은 퇴근을 하고 회사를 나와서야 코트 주머니에서 휴대전화를 꺼냈다. 일부러 점심시간 이후로는 휴대전화를 전혀 꺼내 들지 않았다. 정현이 그녀를 피하고 있다는 걸 인정하기 싫어서였다. 하지만 그녀가 그에게 보낸 수많은 문자가 확인되지 않은 채로 남아 있는 것을 보고는, 인정해야 했다.

"말도 안 돼."

지은은 조명을 달고 돌아가는 머핀 타워 앞에 멍청하게 십 분쯤 서 있었다.

두 손이 닫힘 버튼 앞에서 부딪쳤다.

신우는 남자의 무섭게 생긴 눈을 빤히 쳐다보았다. 민익은 9층 버튼을 눌렀다. 오전에 엘리베이터 수리를 하는 것 같더니 올라가는 감이 훨씬 부드러워졌다. 사방육면체의 공간이 더 조용해졌다. 민익은 왼쪽 어깨를 긁적였다. 여자가 조금 전부터 계속 그를 쳐다보고 있었다. 흘깃 쳐다보는 것도 아니고 고개를 완전히 돌려 유심히.

"몇 층 가세요?"

민익이 물었다. 여자가 대답했다.

"같은 층이요."

흠, 9층엔 두 집밖에는 없는데. 민익은 슬쩍 발을 움직여 벽 쪽으로 붙어 섰다. 그의 과거에서 튀어나온 악연일 수도 있으니, 칼이라도 날아오면 피할 생각이었다.

신우가 고개를 갸웃하더니 살짝 웃었다.

"서정현과 아는 사이세요?"

민익은 대답 없이 여자를 유심히 쳐다보았다. 무섭게 생긴 눈이네, 라고 신우는 생각했다. 그리고 낯익은 느낌을 받았다. 신우는 머릿속에 명함첩과 연계된 앨범을 가지고 있었다. 절대 아는 사람은 아니다. 그래, 초면에 낯익은 느낌을 주는 이들이 있다. 신우는 전생을 떠올린 이후로 그러한 느낌들을 그저 흘려보내지 않았다.

"정현이랑 아는 사이세요?"

민익이 같은 질문으로 대꾸했다. 엘리베이터가 9층에 섰다. 두 사람은 동시에 열리는 문을 쳐다보았다. 엘리베이터 밖에서 지은이 바닥을 내려다보고 있다가 고개를 들었다. "어?" 지은이 알은체를 하며 물러섰다. 엘리베이터에서 내린 민익이 의아하다는 듯이 물었다.

"정현이한테서 얘기 못 들었어요?"

"정현 씨 어디 갔어요?"

지은은 걱정스러운 어조로 되물었다.

초인종을 세 번 눌러도 정현이 나오지 않자 지은은 직접 문을 열고 들어갔다. 모델하우스처럼 잘 정돈된 집. 눈앞에 사람이 돌아다니지 않고 말소리가 들리지 않으면 그의 집은 사람이 실제로 살고 있는 집 같지 않았다. 지은은 침실부터 갔다. 실낱을 떨구어내도 눈에 띌 정도로 구김 하나 없이 정리된 침대 위에는 사람이 누웠던 흔적이 없었다. 이불을 손으로 쓸어보아도 온기가 느껴지지 않았다.

우리 헤어져.

사랑을 나눈 직후 통보받은 이별의 말이 방 안을 맴돌고 있었다. 참을 수 없어 얼른 방을 뛰쳐나왔다. 정현이 없다는 것을 확인하고 집을 나오는데 두 사람과 마주친 것이었다. 지은이 번뜩 드는 생각에 침착함을 잃고 물었다.

"혹시 또 병원에 간 건…….."

"정현이 본가로 들어갔어요. 어제."

민익이 들고 있는 비닐봉지를 부스럭대며 대답했다.

"집에 무슨 일 있나요?"

지은이 더 걱정스러운 표정이 되어 물었다.

"그런 건 아닌 것 같고요. 휴가가 끝나도 당분간 거기서 출퇴근할 모양이더라고요. 왜 지은 씨한테 얘기를 안 했지?"

민익은 봉지에서 맥주 캔을 꺼내 마시기 시작했다.

"서정현이 아파요?"

사이를 비집고 들듯 신우가 민익과 지은 사이에 손을 들어 올리며 물었다. 지은이 풀 죽은 목소리로 대답했다.

"독감이었어요. 정현 씨 만나러 오신 거예요?"

"그런데 이쪽은 누구?"

민익이 맥주를 한 모금 마시고 눈짓으로 신우를 가리켰다. 질문은 지은에게 한 것이었다. 하지만 대답은 신우가 했다.

"서정현의 친구죠. 오래된 친구. 화석처럼 오래된. 그런데…… 우리, 왠지 낯익지 않아요? ……전생에 아는 사이라든가? 혹시 자주 꾸는 꿈 같은 거 없어요?"

서정현이 이상해서 그런가, 그의 주변엔 이상한 인간이 많다, 고 민익은 생각했다. 물론 자신도 포함해서.

맥주 맛이 들척지근했다. 정현과 함께 마실 때에는 정말 시원하고 맛있었는데. 민익은 술친구가 사라진 집의 문을 아쉬운 듯 쳐다보았다.

빠아아앙!

손바닥이 운전대를 부술 듯 클랙슨을 눌렀다.

"눈 똑바로 뜨고 운전해!"

창 밖으로 고개를 내민 신우가 새치기를 한 차량을 향해 사납게 소리를 질렀다. 조수석에 앉은 지은은 불안한 듯 눈을 굴렸다. 안전벨트를 다시 확인했다. 지은은 정현의 조용한 운전에 익숙해져 있었다. 신우의 운전은 너무 난폭했다. 욕설을 뱉기 위해 운전석 창문을 내린 것만 벌써 세 번째다. 침을 삼킨 지은이 대화를 이어갔다.

"왜 정현 씨가 신우 씨 전화도 피할까요?"

"난 피한다고 생각 못했는데. 전화기라도 잃어버린 줄 알았지."

신우가 창문을 올리며 가볍게 대꾸했다. 지은은 가슴을 가로지르는 안전벨트와 가방끈을 한꺼번에 부여잡았다.

"저는…… 정현 씨랑 헤어질 생각이 없어요."

"쫓아가서 서정현한테 그렇게 말해요. 내비에 주소 좀 찍어줄래요? 그쪽 방향은 초행길이라."

지은은 몸을 숙여 내비게이션에 정현의 본가 주소를 찍었다.

"연락도 없이 찾아가면 정현 씨 부모님께 실례가 되지 않을까요?"

"실례 되겠죠."

"역시 휴가가 끝날 때까지 기다렸다가 회사에서 말하는 게……."

"그래요, 그럼."

"하지만 휴가가 한참 남았는데."

"그럼 지금 찾아가는 게 좋겠네."

깃털 같은 말투였다.

지은이 신우의 옆얼굴을 쏘아보듯 응시했다. 신우가 어깨를 으쓱했다.

"나도 지금 충격이라고요. 지은 씨 말대로 서정현이 날 의도적으로 피하고 있는 거라면 난 좀 억울하다고. 난 만난 지 얼마 되지도 않았는데. 이게 다 지은 씨 때문이잖아요."

"그게 어째서 나 때문이에요."

억울했다. 그 순간, 지은은 그에게서 그런 방식으로 헤어짐을 통보받아놓고 왜 화가 나지 않았는지, 왜 슬프지 않았는지 알았다. 화가 나는 것보다, 슬픈 것보다, 억울했던 것이다.

그녀는 노력했다. 그가 싫다기에 꿈을 접을 결심을 하고 평생 한 번 얻을까 말까 한 기회의 티켓도 찢어 분리 수거했다. ……아직 찢지는 않았지만 찢겠다고 그에게 약속했다.

고민의 기간이 길어 그를 괴롭게 만들었다고? 아직 긁지 않은 복권을 찢기 전 멈칫하지 않을 사람이 어디 있겠는가.

그런데 그는 그런 방식으로, 그래, 그런 방식.

서정현이 의도한 게 분명한 최악의 상황 설정.

오랜만에 만나 정말 뜨겁게 사랑을 나눈 직후. 침대 위의 온기가 채 식지도 않았는데, 그의 어깨에 아직 땀이 만져지는데, 그는 그런 순간에 착각도 할 수 없을 만큼 간단한 말로 이별을 고했다. 반박의 말도 나오지 않았다. 억울했다. 나한테 왜 그러는 거냐고 그의 멱살이라도 잡아야겠다.

지은의 심각한 표정을 보고 신우가 한숨을 길게 내쉬었다.

"사실 지은 씨와 떨어져 있어보라고 말한 건 나였어요."

이런 망할, 원흉이 여기 있었다니.

지은이 신우를 노려보았다. 억울함이 뒤로 물러서고 분노가 달려 나왔다. 뒤차가 와서 범퍼가 나갈 정도로만 박아버렸으면 좋겠다는 생각까지 했다. 지은은 상상 속 추돌 사고의 충격에 대비하듯 두 손으로 안전벨트를 더 단단히 잡았다. 그 속도 모르고 신우는 액셀러레이터를 부드럽게 밟으며 정면을 응시한 채 말했다. 의사의 목소리였다.

"서정현은 십 대의 대부분을 악몽에 시달리며 과거 속에 살았죠. 지은 씨는 전생의 기억이 없어서 모르겠지만, 전생의 기억이란 것도 보통 기억처럼 모든 게 떠오르는 건 아니에요. 큰 사건, 중요한 사람만 생각나죠. 시간이 지나면 자세한 건 가물가물해진다고요."

뒷말은 잘 들리지 않았다. '너는 전생의 기억이 없어서 모르겠지만.' 그 말은 정현과 신우를 같은 부류로 묶고 지은을 배제시키는 말처럼 들렸다. '넌 절대 그를 이해 못 할 거야. 나는 되지만.'이라는 소리로 해석됐다. 그 말은 전에도 들어본 적이 있다. 꿈에서 라야가 비슷한 말을 했었다. 질투로 눈이 뒤집힐 지경이었다.

"커가면서 유년 시절의 일이 잘 기억나지 않듯이 서정현도 전생에 대한 기억이 흐릿해졌을 거예요. 그래서 악몽도 꾸지 않았던 거죠. 덕분에 평온한 이십 대를 보냈고, 꽤 괜찮은 모양새를 갖추게 되었지만, 지은 씨가 나타났고, 악몽도 컴백."

신우는 집게손가락을 공중에서 한 번 휘 돌렸다.

"악몽은 저주 같은 게 아니에요. 서정현의 전생은 죽음과 상실로 가득 차 있었고, 지은 씨를 보고 있으면 그 기억을 떠올리게 되는 거라고요. 에드가가 받은 저주가 아니라, 서정현의 두려움이고 서정현의 죄책감인 거죠. 무서운 영화를 본 아이가 악몽을 꾸는 것처럼 서정현의 감정과 서정현의 무의식이 악몽을 불러오는 거예요. 내 생각은 그래요. 이 말을 거의 똑같이 녀석한테 해줬는데, 어떻게 알아들은 건 당분간 떨어져 있어보라는 얘기뿐이었네. 나는 왜 피하는 거래? 전생과 관련된 인물을 다 잘라내버릴 생각인가. 정말 억울……."

신우는 지은을 돌아보고 크게 웃음을 터뜨렸다. 지은이 입을 불뚝 내밀고서 신우를 노려보고 있었다. 신우가 오른손을 핸들에서 떼고 지은의 볼을 잡아당겼다.

"아웅, 귀여워. 정말 나 때문이라고 생각하는 거예요?"

"이거 놓으세요, 아프…… 앞에, 앞에 보세요!"

끼익. 신우가 브레이크를 밟았다. 지은의 몸이 급하게 앞으로 쏠렸다. 안전벨트가 가슴을 꽉 죄었다. 운전석 창문을 열고 신우가 앞차를 향해 욕설을 퍼부었다. 신우가 잡았다 놓은 지은의 뺨은 볼터치라도 한 것처럼 빨개져 있었다. 여러 대의 차가 눌러대는 경적 소리로 도로가 시끄러워졌다.

정현이 운전하는 차에 있으면 차창 밖엔 침묵의 눈이 날리고 차는 그 눈보라 속을 달리는 것만 같다. 그리고 차는 세상과 함께 침묵 속에 묻힌다. 그래서 정현과 있으면 지은은 그에게만 집중할 수 있었다. 운전에 집중하기 위해 조용히 있는 그의 옆얼굴을 마음껏 쳐다볼 수 있는 그런 시간들이 좋았다. 그런데 신우가 운전하는 차 속에 있으니 세상이 전쟁통 같았다. 세상은 누구를 만나느냐에 따라 바뀌는 건지도 모른다.

"잘 도착하셨어요?"

정현이 거실 테이블 위의 휴대전화를 스피커폰으로 돌리고 일어섰다. 부엌으로 가 냉장고를 열었다. 반대쪽에서 명훈이 대답했다.

– 잘 도착했지, 그럼. 그거 걱정돼서 아직도 안 잔 거야?

"일이 남아서요. 그것도 그렇고, 밤에 고속도로를 타야 하는데 당연히 걱정이 되죠."

정현이 주스를 컵에 따르며 대꾸했다.

– 내가 너보다 이십 년은 더 운전했어.

"네, 저보다 운전 더 잘하시죠. 할머니께 못 가서 죄송하다고 전해주세요. 아니요, 제가 직접 말씀드리게 지금 바꿔주실래요?"

― 내일 해. 외할머니 주무셔.

"네, 내일 제가 전화 드릴게요. 그럼 쉬세요."

― 잠깐만, 정현아.

정현은 주스를 한 모금 마시고 휴대전화가 있는 거실 쪽을 쳐다보았다.

― 상견례 같은 건 아니고.

명훈이 조심스럽게 말문을 열었다.

― 다음 주에 태원네랑 저녁 먹기로 했는데 시간 되면 너도 지은이랑 같이 와. 자연스럽게 결혼 얘기도 하면 좋고.

정현은 컵을 든 채로 대답 없이 테이블 위의 휴대전화를 바라보았다. 숙면과 훌륭한 영양 섭취로 컨디션을 되찾은 몸이 다시 우울한 기운을 감지하고 축 처졌다. 정현이 말했다.

"글쎄요. 바빠서요."

― 지은이도 바쁘려나?

명훈이 친근하게 지은의 이름을 불렀다. 정현이 거실로 와 휴대전화를 집어 들었다.

"피곤하시겠어요. 주무세요."

그리고 명훈의 대답을 듣자마자 통화를 끊었다.

헤어지자는 말을 하기 바로 직전까지도, 일 초 전까지도, 정현은 자신이 정말 그 말을 할 수 있을 거라고 생각지 못했다. 지은이 헷갈리지 않도록 쉬운 말로 해줘야 했다. 우리 헤어져. 그것보다 쉬운 말은 없었다. 그리고 정현은 그 말을 할 수 있었다. 이별, 헤어짐이란 말은, 그의 영혼이 있고 그의 육체가 만들어지기 훨씬 이전부터 서정현의 심장에 콱 박혀서, 아예 혈관처럼 붙어버려서 나오지 않는 단어일 거라고 생각했다.

할 수 있을 줄 몰랐는데, 가능했다.

초인종 소리가 났다. 생각에 잠겨 있던 정현은 무심결에 인터폰을 쳐다보고는 손안에서 가지고 놀던 휴대전화를 놓쳤다.

지은이 인터폰 카메라를 들여다보고 있었다.

초인종을 누르기까지 지은은 십 분을 망설였다. 정현에게 전화도 해보고 문자도 보냈다. 그가 답장을 해올까, 대문 앞에 쪼그리고 앉아 오 분쯤 오들오들 떨며 기다렸다. 초인종을 누르기 전 양 뺨을 세게 꼬집었다. 그리고 초인종을 눌렀다.

"뭐하자는 거야?"

정현은 지은을 노려보며 현관문을 세게 닫았다. 추운 곳에 있다 들어와서 지은의 뺨이 불그스름했다. 그런 지은을 보고 있는 것만으로도 병이 있는 것처럼 심장이 펄떡댔다. 이래서 뭘 하겠다고.

"몸은 좀 어때요?"

지은은 정현의 본가에 들어온 것이 쑥스러운 것처럼 뒷짐을 지고 물었다. 그가 스무 살이 되기 전까지 살았던 집이랬다. 지은은 짝사랑하는 고등학생 오빠의 집에 처음 놀러 온 소녀처럼 겸연쩍어졌다. 이런 상황에 찾아온 것이 아쉬울 뿐이다.

"얼굴이 좋아 보여요. 이제 열은 내렸죠?"

지은이 말했다. 정현은 그녀에게 다가서려다 멈칫하고는 현관 가까운 벽에 등을 기대고 섰다. 결박이라도 하듯 팔짱을 단단히 꼈다.

"이런 식으로 찾아오면 안 되지."

그가 차갑게 말했다.

"불쑥 찾아와서 미안해요. 하지만 전화를 안 받았잖아요."

"난 등록되어 있지 않은 번호는 받지 않으니까."

"······내 번호를 지웠더라도 기억은 하고 있잖아요. 정현 씨가 그걸 잊을 리 없지."

지은은 수줍게 얘기를 하다가도 이렇게 묵직한 한 방을 날리곤 했다. 정현은 입을 다물었다. 그녀의 말이 맞다. 헤어지자고 말한 날, 그는 지은의 전화번호를 주소록에서 지웠다. 하지만 그녀의 번호는 이미 그의 뇌에 주름처럼 박혀 있었다.

지은이 집을 둘러보고는 물었다.

"부모님은요? 어디 가셨나 보죠?"

"내가 한 말 이해 못했어?"

"무슨 말이요?"

그녀는 순진한 처녀를 연기했다. 지은은 정말 모르겠다는 듯 고개를 갸웃했다.

"아······ 독감에 걸린 채로 자놓고 끝나자마자 헤어지자고 말한 거요? 헤어지자고 말할 거였으면 자지는 말았어야지!"

지은이 폭발했다.

"헤어지기 전에 아쉬워서 마지막으로 한 번 한 거였어요? 난 정현 씨한테······."

결혼하자고 말할 생각이었는데.

"난 정현 씨랑 헤어질 생각이 없어요. 갑자기 이런 식으로 헤어지자고 할 수는 없어."

지은의 목소리가 뭉개졌다. 지은은 두 손으로 얼굴을 감쌌다. 하지만 울지는 않았다. 지은이 눈물을 꾹 참고 정현을 쏘아보았다.

"헤어지자고 해도 내가 해! 정현 씨 맘대로 시작하고 일방적으로 셔터 내리고 끝낼 수는 없어."

"그게 아니꼬운 거라면, 그래, 네가 해. 헤어지자고 말해."

정현이 손짓을 하며 차분하게 빈정댔다. 지은은 심호흡을 한 뒤 말을 이었다.

"난 정현 씨가 편안히 웃고 농담하고 장난치는 모습이 좋아요. 얼마나, 어떤 부분을, 언제부터 이렇게 좋아하게 됐는지는 모르겠지만 난 정현 씨의 좀 황당하고 이상한 점도 좋아해요. 정현 씨가 즐거워하는 모습을 보면 나도 즐거워져서, 그래서 내가 정현 씨를 사랑하는구나 알게 됐어요."

정현이 입술을 살짝 벌리며 미간을 찡그렸다. 입술 사이로 꽉 다문 앞니가 보였다. 괴로웠다. 그녀의 사랑 고백을 듣고 싶지 않았다. 저런 달콤한 말을 저런 목소리로 그의 눈앞에서 외쳐대서는 안 된다. 정현이 무거운 음성으로 말했다.

"그만해."

"하지만 어딘가 불안하고 눈을 떼지 못하게 하는 그런 점도 정현 씨의 일부란 걸 알아요. 난 정현 씨가 좋아요. 세상은 넓고 많은 사람들이 있고 그중에 정현 씨의 좋은 점만을 가진 비슷한 사람이 있을지도 모르죠. 하지만 난 정현 씨가 좋아."

"듣고 싶지 않아."

지은이 다가섰다. 정현은 등을 쫙 펴고 벽에 붙었다.

"정현 씨가 뭘 불안해하는지 알 것도 같아요. 하지만 해일이 무서워서 평생 해변에 가지 않는 삶은 너무 슬프잖아. 해변이 얼마나 예쁜데. 바다는 정말 넓고 반짝이고 바다와 맞닿은 하늘은 또 얼마나 크고 해변에서 보는 석양은 얼마나 예쁜데."

정현은 해변과 바다, 하늘 그리고 석양의 아름다움에 대해 얘기하는 붉은 입술을 보았다.

"난…… 정현 씨와 바다에도 가보고 싶어요. 정현 씨가 불안해하는 어떤 운명적인…… 힘이나 저주 같은 게 정말 정현 씨한테 붙어 있다고 해도 나에게는 정현 씨의 이상한 점과 비슷할 뿐이에요. 정현 씨가 이상한 사람인 건 처음 만나서 전생 얘기를 했을 때 이미 알았어. 처음부터 이상한 사람이란 걸 알고 시작했어. 그런데도 난 정현 씨가 좋아요.”

지은이 간절하게 말했다.

“정현 씨가 악몽에서 벗어날 방법을 알 것 같아요.”

정현이 팔짱을 풀고 그녀에게로 다가왔다.

“정현 씨의 불안이나 고민을 내가 완전히 이해하는 건 어려울지도 몰라. 정현 씨가 내게서 라야의 모습을 떠올리려고 하고 그런 채로 날 그리워하는 한 나와 떨어져 있어도 악몽을 꾸게 될 거야. 과거에서 벗어나야 해. 날 이용해요. 난 끝내 라야의 기억을 완전히 찾지는 못할 거야. 그렇게 된다고 해도 난 라야가 아니야. 정현 씨가 아일이 아니듯이. 당신은 그걸 인정…… 뭐……!”

지은의 입술만을 쳐다보며 빠르게 다가온 정현이 그녀의 입술을 삼켰다. 열이 내렸다고? 불 속에 뛰어든 것처럼 몸이 순식간에 뜨거워졌다. 지은이 그의 가슴을 밀쳤다.

“지금 뭐하는 거예요?”

그가 달라붙듯 지은을 더 세게 안았다. 지은은 부지불식간에 입이 틀어막혀 그에게 붙잡힌 채로 괴로운 숨을 헐떡였다. 조급함이 느껴지는 손이 그녀의 엉덩이를 잡아 끌어당겼다. 다시 두 사람의 입술이 떨어진 건 지은이 소파 위에 넘어지고 나서였다. 지은이 자신의 어깨를 누르는 정현의 손을 잡았다.

“제정신이에요?”

제정신 아니지. 그녀를 올라탄 정현이 상의를 벗어던졌다. 차가운 눈초리가 검은 눈동자에 내리꽂혔다. 그녀가 그의 몸을 만진다면 당장 들통 날 거짓말이지만 표정만은, 말만은 나쁜 놈인 척할 수 있었다.

"차일 수 없다면서."

"뭐라고요?"

"똑같이 한 뒤에 이번엔 네가 헤어지자고 하면 되겠군. 나도 한 번은 아쉬워서."

사이코 같은 말을 내뱉고 정현은 카타르시스라도 느끼는 것처럼 속이 시원해졌다. 하긴 그는 자기 학대에 일가견이 있었다.

이곳이 본가만 아니었더라도 그녀의 옷을 찢어버렸을 텐데. 오피스텔에 그녀의 옷이 몇 벌 남아 있던가? 그의 손이 블라우스 속으로 들어와 가슴을 움켜쥐었다. 지은이 인상을 썼다.

"정말 미쳤어!"

지은이 움찔했다. 그의 손이 어느새 스커트 안으로 들어가 엉덩이를 쥐더니 젖어 들어가기 시작한 곳을 쓰다듬었다. 벗어나려고 할 때마다 그녀를 누르는 그의 몸이 더 무거워졌다. 팬티를 젖히고 손가락이 안으로 들어왔다. 사랑하는 남자의 체취도, 몸으로 들어오는 느낌도 이젠 너무 익숙해 어서 받아들이려는 듯 허리가 들렸다. 속살을 드나드는 그의 손길에 몸이 떨리기 시작했다. 그만두라는 말이 목을 타고 올라오는 동안 고양이 울음 같은 신음으로 바뀌었다. 그의 어깨를 세게 움켜잡은 손이 바들바들 떨렸다. 그의 손을 적시는 소리에 귀까지 새빨개졌다.

당황해서, 그보다는 울컥 속상한 마음이 치밀어 눈물이 맺혔다. 이러려고 그를 찾아온 게 아니었다. 그가 일부러 이런다는 걸 알면서도 그가 의도한 대로 화가 났다.

지은은 천장을 올려다보면서, 그의 머리카락이 아랫배를 훑고, 팬티가 벗겨지고, 그의 뜨거운 숨이 다리 사이로 쏟아지는 것을 느꼈다.

"제발……."

지은이 울먹이는 소리에 그녀의 배와 가슴을 오가며 키스를 퍼붓던 정현이 멈칫했다. 두 눈이 마주쳤다.

그는 그녀를 보고 있지 않았다. 그의 시선이 그녀의 눈을 통과했다. 정전기라도 일어난 것처럼 정현이 급한 몸짓으로 몸을 물렸다.

정현은 그녀를 등진 채 잠시 서 있었다. 옆얼굴밖에 보이지 않지만 그 마저도 가면을 쓴 것처럼 음침하고 건조했다. 지은이 한기를 느끼며 일어나 앉았다. 정현은 옷을 추스르고, 지은이 있는 쪽은 쳐다보지도 않고 방이 있는 쪽으로 가버렸다. 무슨 일이 벌어진 거야? 찰 기회를 준다더니 저런 식으로 가버리는 건 뭐야.

우두커니 서 있던 그의 뒷모습이 위태로운 분위기를 풍겼다. 무엇인가가…… 변하고 있었다.

그의 내부가 무너지고 있는 듯했다.

64

정신이 들자 지은의 얼굴이 보였다. 잠깐은 또 꿈인 줄 알았다. 눈가에 그렁한 눈물을 매단 채 그를 올려다보고 있는 검은 눈을 보자 심장이 덜컹했다.

불안일 수도 있고 늘 그렇듯 간절함일 수도 있다. 그를 똑바로 쳐다보는 검은 눈동자도, 그를 설득한다고 애쓰는 입술도 불현듯 불안으로 다가왔다. 그녀의 향기가 주위에 가득 차고 오감이 예민해진 그때 불안이 극에 달했던 거 같다. 참을 수 없어서 그녀에게 키스했다. 그러고는…… 기억이 가물가물하다.

십 대 때에는 종종 그랬다. 정신이 분명치 않은 중에 뭔가를 저지르는 경험. 누군가를 상처 입히기도 하고, 싸움에 휘말리기도 하고, 알 수 없는 곳에 가 있기도 하고, 어떨 땐 그 자신을 상처 입히고. 그러고 나면 그 기분은 꼭, 술을 엄청나게 마시고 필름이 끊긴 와중에 사고를 치고는 아차 하는 것과 같다.

뭔 짓을 저질렀는지 깨닫는 순간 익숙한 후회와 자괴감이 들이닥쳐 잠시 넋을 놓는다. 잠깐이지만 자신을 잃었다는 것에 자존심 강한 그는 수치심마저 느꼈다. 머리가 깨질 것 같은 두통은 덤이다. 어느 순간부터 악몽을 꾸는 일이 줄어들면서 자연스럽게 그러한 일도 줄어들었다.

그런데 또 시작이다.

걷다가도, 생각을 하다가도, 어디를 쳐다보다가도, 뭔가를 기억해내려고 하다가도, 멍하니 있다가도 이게 꿈인지 현실인지 수시로 확인해야 했다. 땅을 밟고 있는 건 맞는지 몇 번씩 발밑을 내려다봤다. 발이 늪에 빠진 것처럼 기분이 질척거렸다.

'이 짓을 언제까지 해야 하는 거지?'

정현은 욕실로 도망쳤다. 두통이 머리를 짓눌렀다. 정신없이 욕실 선반을 열어 뒤졌다. 서랍 깊숙한 곳까지 손을 밀어 넣었다. 플라스틱 약통 서너 개가 손에 잡혔다. 어째서 약을 숨겨둬야 하는지 불현듯 짜증이 치밀었다.

가족들이 봐서는 안 되어서였다.

오피스텔에선 늘 침실 서랍 깊숙이 약을 뒀다. 본인의 집인데도 눈에 잘 띄지 않는 곳에 약을 숨겨둬야 했다. 지은이 너무 가까이서, 자기 집처럼 들락거리고 있으니까!

눈은 이미 어둠에 익숙해졌지만 현기증 때문에 약통을 구분하기 어려웠다. 떨어뜨린 약통 하나가 문 쪽으로 굴러갔다.

누구는 편두통이랬다. 누구는 신경성이랬다. 누구는 우울증이랬고 누구는, 망할! 그딴 게 뭐가 중요해! 그는 실제로 통증을 느꼈다. 심장이 짓이겨지고 누군가가 실제로 뇌를 쥐어짰다. 약이 필요했다. 그게 안정을 불러올 수 있다면 뭐라도 상관없었다. 하늘색 약통은 아스피린이었다. 떨리는 손바닥 위에 약을 쏟았다. 정량을 생각지 않고 두 알을 물도 없이 삼켰다.

"뭐하는 거예요?"

정현은 화들짝 놀라 고개를 돌렸다. 지은이 문가에 서 있었다. 굴러간 하얀 플라스틱 약통이 그녀의 엄지발가락을 쳤다.

목구멍으로 알약이 너무 천천히 내려갔다. 정현은 아무렇지 않은 척 약통들이 들어 있는 서랍을 닫았다. 눈알만 한 돌덩이를 삼킨 듯했다.

지은은 정현이 들고 있는 약통을 쳐다보다가 아래로 시선을 내렸다.

정현이 미간을 구겼다. 욕실 문가의 빛이 지나치게 느껴졌다. 그녀의 말간 얼굴이 너무 눈부셨다. 그의 표정이 드러날까, 속까지 드러날까, 도망치고 싶을 정도로.

오히려 편하기는 어둠 속이 더 편안했다.

정현은 일어설 생각도 못하고 무릎을 꿇은 채 씨근거리며 그녀를 올려다보았다. 아직 몸이 뜨거울 때 약 기운에 취해 잠들어버리고 싶었다. 그는 지은이 들어 올리는 수면제 약통을 간절히 바라보았다. 지은은 약통의 글자를 한참 들여다보았다.

"약을 먹으면 잠이 잘 와요?"

대답이 없자 지은이 그를 보았다.

"이걸 먹으면 악몽을 안 꿔요?"

정현은 그녀의 눈을 마주볼 수 없어 시선을 피했다. 그녀를 안고 싶은 것처럼 무릎을 짚고 있는 손이 움찔거렸다. 아직 붉은 뺨도, 젖은 몸에서 나는 향기도, 맨발도, 하얀 얼굴도, 그래서 더 생생해 보이는 검은 눈동자도 무척 순결하게 느껴져 정현은 자기도 모르게 자백했다.

"깊이 잘 수 있어."

"깊이 자는 건 좋은 건가요?"

겨우 말을 내놓은 정현이 다시 입을 다물었다.

"나가."

한참 만에야 정현이 잠긴 목소리로 말했다. 그리고 지은의 손에서 약통을 빼앗았다.

지금 그녀가 보내는 관심도 싫고 그녀가 할 걱정도 싫었다. 쉬고 싶었다. 그냥 엎어져서 자고 싶었다. 지금 심정 같아서는 십 분이라도 좋으니 어젯밤처럼 꿈 없이 잘 수 있다면 그전에 열 시간쯤은 악몽에 시달려도 괜찮을 거 같았다.

지은은 그의 말을 듣지 않았다. 원체, 그의 말을 단번에 들은 적이 없는 여자다. 정현은 쓴웃음을 씹어 삼켰다. 지은은 몸을 돌려 욕실 문을 잠갔다. 딸각. 문 잠그는 소리가 날 때 정현은 눈을 감았다. 손이 계속 떨려 무릎을 꽉 쥐었다. 찌르는 듯하던 통증이 가라앉고 대신 묵직한 돌덩이가 머리 위에 얹힌 듯했다. 감기가 도지려는 것처럼 뒷덜미가 서늘했다.

"정현 씨."

꿇어앉은 지은이 무릎을 짚고 있는 정현의 두 손목을 살며시 잡았다.

지은의 목소리가 바람처럼 귀를 스쳤다. 따뜻하고 느린 바람이다.

"정현 씨 곁에 있을게요."

정현은 눈을 감은 채 고개를 흔들었다.

"정현 씨를 불안하게 만드는 일은 하지 않을게요. 한 번 이겨냈었잖아요. 정현 씨 부모님이 정현 씨 곁에 있었던 것처럼 나도 그럴 수 있어요."

울음이 스민 목소리가 욕실 벽을 치고 메아리쳤다. 그녀의 설득에 넘어갈 것만 같다.

"신우 씨가 그랬어요. 시간이 지나면서 전생의 기억이 옅어져 당신이 이십 대는 편히 지낼 수 있었던 거라고. 나 때문에 다시 안 좋은 기억을 떠올려서 악몽을 꾸는 거라면…… 다시 한 번 더 해봐요. 이번엔 나랑 같이 해요. 아무리 생각해도 이 생의 경험으로 전생의 기억을 덮는 수밖에는 없어요. 같이 여행도 가고 아일과 라야가 하지 못했던 일도 해봐요. 정현 씨…… 우리 결혼해요."

정현이 천천히 눈을 떴다. 지은의 눈에 눈물이 그렁거렸다.

"큰 문제 아니에요. 정현 씨 부모님이 날 싫어하시는 것도 아니고."

지은이 웃었다. 그녀의 눈에서 눈물이 뚝 떨어졌다. 미소 진 얼굴에서 떨어지는 눈물은 그냥 눈물보다 애처롭다. 정현은 가만히 지은의 눈을 바라보았다. 그를 담고 있는 그녀의 눈을 제 눈에 담았다.

"……."

내가 널 발견하지 못한 동안 얼마나 많은 이들이 너의 눈에서 이것을 발견했을까.

바른 눈을 가진 사람이라면 모를 수 없는, 사람을 향한 애정. 자기 사람들에 대한 성실함.

그 성실함이 널 내 곁에 머물러 있게 만드는 걸까?

그래, 그는 알고 있었다. '아일'은 경험상 알고 있었다. 그가 이렇듯 자신의 연약함을 까발리고 저항 없이 불안 앞에 몸을 내어놓고 있는 한 지은이 쉽게 그를 떠나지 못할 것을, 그는 알고 있었다.

아일이 밤낮없이 정현의 귀에 속삭였다. 이미 죽어 바람에 흩어진 목소리가 정현을 부추겼다. 너를 만신창이로 만들어 마음 약한 그녀가 도저히 너를 두고 떠날 수 없도록 하라고. 한 번 그리해보았으니, 이번에도 그럴 수 있을 거라고.

그래서 그렇게 했다. 마음껏 무너졌다. 아일의 죄책감과 후회까지 정현 자신의 것으로 만들었다. 결국 성공했지 않은가? 평범하게 자란 그녀가 평범히 가질 수 있는 꿈을 접게 하고 그녀의 입에서 결국 결혼하자는 말이 나오게 했다. 정현은 자신의 교활함에 치가 떨렸다.

'그래서는 안 됐는데…….'

악몽을 향해서도, 아일을 향해서도 조금은 저항이 필요하다는 걸 깨달았을 땐 정신이 누더기가 된 후였다. 그제야 자기 보호 본능이 작동했다. 아일의 영향에서 벗어나는 데 십 대 시절을 거의 전부 갖다 바쳐야 했다. 이번엔 얼마나 걸릴까.

"로바키를 만난 이후로 매일 밤 같은 꿈을 꿔."

정현이 말했다. 뭐라도 좋으니 속내를 더 말해보라는 듯, 지은이 고개를 끄덕였다.

"네가 나한테 떠나자고 말한 날."

"……라야가요?"

"그래. 라야가 떠나자고 했어. 날 잡고 있는 손이 너무 따뜻해서……."

공교롭게도 지은의 손이 그의 손을 잡고 있었다.

정현은 내려뜬 눈으로 그 손을 보았다.

"그 손이 너무 따뜻해서 네 말만 따르면 될 거라 생각했어. 그 순간엔. 내가 바라던 것이었으니까. 그것보다 더 큰 바람은 가져본 적이 없었으니까."

그리고 또 공교롭게도, 방금 지은이 그에게 결혼하자고 말했다. 정현에게 그보다 더 큰 바람은 없었다.

"난 결혼식에 참석할 때마다 모두의 축하를 받으며 결혼한다는 건 어떤 기분일까 생각해. 그날만은 세상이 두 사람만을 축복해주는 것 같아 보여서…… 부러웠어. 그 감정이 뭔지 몰랐는데 최근에 알았어. 그건 부러운 거였어. 우리가 하나가 되는 걸 세상이 반기지 않는 듯한 기분은 내게 생소한 게 아니야. 불길한 일들이 생길 때마다 '그날'의 불안한 느낌이 떠올라. 그쳤던 악몽이 다시 시작됐어. 내가 악몽을 꾸지 않으니 네가 꾸기 시작했어. 네가 꾸지 않으려면 내가 꿔야 해."

"우연이에요."

"그리고 네가 미국으로 가겠다는 것이 결정적이야."

"가지 않겠다고 했잖아요."

"기시감을 느껴. 세상에게서 축복받지 못하는 기분이야. 그럴수록 난 네게 집착할 거야. 넌 절대 견뎌낼 수 없을 거야."

지은이 고개를 절레절레 흔들었다. 정현은 아랑곳 않고 말을 이었다.

"네 말처럼 악몽은 악몽이 아니었어. 나에게 주는…… 경고 같은 거였어. 같은 짓을 반복하지 말라는."

정현은 거의 머리를 목에서 떨어뜨릴 기세로 흔들어대는 그녀의 머리를 감싸고 억지로 그를 보게 했다. 지은은 비명을 지르고 싶었다. 그가 정말 끝내자는 말을 하려고 하고 있었다. 이번엔 정말이야.

그녀는 그의 조용한 운전에 익숙해져 있었다. 다른 이와의 동승은 다른 세상에 떨어진 것처럼 느껴질 정도로.

진짜 웃고 있는 건지 헷갈려서 얼굴을 유심히 들여다보게 만드는 미소에도 익숙해져 있었다. 낮은 목소리로, 적당한 속도로, 나긋나긋 건네는 말소리에도 너무 익숙해져 있었다. 세상에서 가장 소중한 것을 대하듯 제 머리를 감싸는 크고 부드러운 손에 너무나 익숙해져 있었다. 그가 지금, 이 모든 것이 마지막일 거란 이야기를 하려 하고 있었다.

"왜 나만 기억을 가지고 태어났는지 알 것 같아. 너와 만나면서 문득 그런 생각이 스칠 때가 있었지만 의미 없는 고민이라고 생각하며 묻어뒀지. 왜 나만 기억을 가지고 태어났을까. 나만 괴로운 것이 아니었을 텐데. 나만 널 그리워한 게 아니었을 텐데. 나만 널 사랑했던 게 아닐 텐데……."

호흡이 섞인 목소리가 숫돌에 갈리기라도 하듯 날카로워져갔다.

"넌, 나를 떠나고 싶었던 게 아닐까?"

지은이 입을 벙긋거렸다. 아니라고 말해야 했다. 반사적으로라도 튀어나와야 할 말이었다. 하지만 그건 정현을 조금도 속여 넘길 수 없는 뻔한 거짓말. 지은은 몇 번을 얼간이처럼 입을 열었다 닫았다. 그러고는 뭉그러진 목소리로 뻔한 거짓말을 했다.

"아니에요……."

"아니라면 왜 기억을 못해!"

욕실 전체가 흔들릴 것처럼 공기가 울렸다.

"결국엔, 마지막엔 후회했겠지!"

아니에요.

"몇 번이나 떠날 기회가 있었는데 그때마다 번번이 널 주저앉힌 날 원망했겠지!"

아니야.

"그러니까 난 이렇게 모든 걸 기억하는데 넌 깨끗한 채로 태어난 거야. 고민해볼 것도 없이 뻔한 이야기인데 네가 당장 내 앞에 있으니까 모른 척한 거였어. 그 뻔한 답이 기분을 더럽게 만들어서 덮어두고 모른 척했던 거야!"

라야, 이 사람한테 아니라고 좀 말해줘.

"하지만……."

바람이 휘몰아치는 절벽 끝에서 잔잔한 강물이 흐르는 아래로 추락한 듯 그의 음성이 갑자기 잠잠해졌다. 지은은 정말 추락을 경험한 것처럼 몸을 움찔했다. 정현이 차가운 얼굴로 말했다.

"그런 생각을 해도, 그래서 잠깐은 네가 미워져도 결국은 다시 돌아와. 네 얼굴을 보면 그런 생각은 일기장에 적어두고 덮어버리는 거야. 웬만해선 열어보지 않을 상자에 넣어두고 뚜껑을 봉해버리지. 그런 게 벌써 몇 번째야. 모른 척 널 안고, 널 주저앉히고."

정현은 그녀의 얼굴에서 손을 뗐다. 곰곰이 생각에 잠긴 듯 그는 고개를 기울이고 지은의 입술에 시선을 고정했다.

"널 사랑하는 게 운명이라면 널 잃는 것도 마찬가지. 내가 아무리 애를 써도 우리가 영원히 함께할 수 없다는 걸 알아. 그 마지막이 보여서 나는 매일 불안에 떨 거야. 널 괴롭히고 날 괴롭히고 너와 내 주위의 사람들까지 괴롭게 만들겠지."

"난 정현 씨 때문에 괴롭지 않아요. 정현 씨가 그렇게 변해갈 거라고 생각지도 않고요."

정현이 눈길을 홱 들어 올렸다.

"네가 그걸 어떻게 알아? 네가 나에 대해 얼마나 안다고? 너는 내가 너에 대해 아는 만큼 나에 대해 몰라. 그러니까 네게 감히 그런 요구를 할 수 있었던 거야. 어떻게, 어떻게 네가 나한테 더 기다리란 말을 할 수 있어? ……아니지."

그가 섬뜩한 미소를 지었다.

"너는 나에 대해 모르지만 네 무의식 속 라야는 나를 잘 아는 거 같아. 내 안에 아일이 있어 널 주저앉히는 법을 알듯이 네 안에도 라야가 있어 그 눈으로 내 입을 틀어막고 그 입술로 날 설득한다면 결국엔 내가 네 말을 들을 수밖에 없다는 걸 너는 알고 있는 거야. 그러니까 그렇게 순진한 얼굴로 감히 내게 그런 요구를 할 수 있었어. 내가 사랑하는 얼굴로 날 꼼짝 못하게 만들어놓고는 떠나서 다시 돌아오지 않았던 라야처럼!"

이럴 때마다 지은은 입에 재갈이 물리는 기분이었다.

지은이 말했다.

"그건 내가 아니잖아요. 라야에게 내야 할 화를 나한테 내지 마요."

"이건 분명 집착이 될 거야. 널 한시라도 내 곁에서 떼어놓으려고 하지 않을 거야. 네가 기억하지 못한 일로 널 다그치고, 널 숨 막히게 하고, 도망가지 못하게 다른 곳을 보지 못하게 네 눈을 가리고 네 귀를 막고 네 손발을 묶어놓을 거야."

그의 눈 깊은 곳에서 광기가 번뜩였다.

"난 그럴 수 있어. 난 나를 알아. 널 다시 잃지 않기 위해 난 무슨 짓이

든 할 거야. 결국 그렇게 끔찍한 인간으로 변해갈 거야."

이것도 그의 연기일까? 그에게 질리게 만들어 나를 단념시키기 위한?

그녀의 의문에 답하듯 그가 즉각 얼음장처럼 차갑고, 차분한 목소리를 만들어냈다. 약기운도 흥분도 없는 평소의 차분한 말투. 아가씨, 이건 연기가 아니야.

"너밖에 모르던 때가 있었지. 네가 세상의 전부고, 내 중심이고, 내 존재의 이유였던 때가. 내가 있어서 죽지 않아야 했고, 네가 없어서 난 죽어야 했어. 감격할 필요 없어. 과거의 일이니까."

정현이 비꼬듯 말했다.

"그래, 분명 그런 시절도 있었지. 이번 생은…… 그렇지 않아. 더 이상 주인 기다리는 강아지처럼 너만 멍청히 바라보는 걸로 내 인생을 낭비하지는 않을 거야. 너를 잃을까 봐 불안에 떠는 미치광이가 돼서 내 가족들을 아프게 하지도 않을 거야."

사납게 말을 쏟아내고 있지만 말의 서슬이 향한 방향은 그인 듯 그의 몸이 땀으로 흥건했다. 아프고 힘들어 보였다. 지은이 안쓰러운 표정으로 손을 들어 올리자 정현은 피해 머리를 치우며 지은의 손을 잡아챘다. 자세가 흔들릴 정도로 강인한 힘이었다. 지은이 아픈 기색을 보였지만 손목을 쥔 악력은 더 강해졌다.

"넌 날 이해 못해. 아무도 이해 못해."

그가 얼마나 세게 움켜잡는지 손목이 꺾일 것 같았다. 그런데도 그는 놓아줄 생각이 없어 보였다. 마치 그녀가 그의 곁에 남는다면 앞으로 겪게 될 고통을 미리 겪어보라는 것처럼.

물론 아무도 그를 이해 못한다. 전생의 기억을 가지고 태어나 전생에서 사랑하는 이와 재회하는 경험을 하지 않는 한 누가 감히 그를 충분히 이해한다고 말할 수 있을까. 지은의 입에 또 재갈이 물렸다.

사람은 모두 이별을 한다. 평생에 걸쳐 이별을 학습한다고 한다. 평생을 약속한 부부도 결국엔, 결국엔 이별을 한다. 모두가 결국은 이별할 것을 알고 있다. 지은은 사람이기에, 누구나 이별을 경험해보기에 당신을 이해할 수 있다고 말하고 싶었다. 그의 손에 붙잡힌 손목을 비틀며, 지은은 무슨 말이든 해보려고 했다.

"누구나……."

"몰라서 그래."

지은의 속을 들여다보기라도 한 듯 정현이 말을 가로막았다.

"사람들이 이별이 올 것을 알면서도 불안에 떨지 않는 건 그 이별에 대해 제대로 모르기 때문이야. 그게 얼마나 큰 고통인지 몰라서 그러는 거야. 막연하니까, 그렇게 두렵지도 않은 거야. 정말 잃어보기 전까지는 그 말이 어떤 의미인지 진실로 몰라. 그것이 어떤 기분인지, 어떤 상실감을 주는지 알 수 없어. 절대 회복할 수 없는 구멍이 뚫리는 거야. 하지만 난 알아. 난 널 잃어봤어. 아무리 너라도 나한테 그 짓을 두 번 하라고 할 수는 없어. 내 앞에서 웃고 얘기하는 너란 존재가 이제 내게는 불안이고 공포야."

지은은 아직 덜 떨구어낸 눈물을 눈가에 단 채 정현을 노려보았다.

한참 뒤 그가 말했다.

"미련이야."

그가 지은의 손목을 놔주었다. 그리고 우울하게 말했다.

"네 말이 맞아. 로바키 말이 맞아. 그 녀석은 틀리지 않지. 미련일 거야. 내가 했어야 했던 일들이 하지 못했기 때문에 영원히 유령처럼 날 따라붙어."

그의 손이 지은의 얼굴 위로 올라왔다. 그리고 지은의 얼굴, 정확히는 눈두덩을 덮었다. 지은은 자연스럽게 눈을 감았다가 그가 그녀의 얼굴을 쓸어내리고 손을 떼자 다시 눈을 떴다. 평소처럼 부드럽게 얼굴을 만지는 듯한 손길에 그를 담고 있는 검은 눈망울이 일렁거렸다. 문득, 정현이 그녀를 향해 미소를 보냈다. 추억을 더듬는 미소였다.

두 사람의 추억이 아니라, 그 혼자만의 것. 지은이 볼 수 없는 기억.

추억 속을 산책하듯 정현이 몽환적인 목소리로 말했다.

"우리는…… 좋은 이별을 하지 못했어."

지은이 물었다.

"나 안 보고 살 수 있어요?"

그 말이 지은을 통과해 과거를 헤매는 그를 다시 현재로 불러왔다. 그의 눈이 정확히 지은을 보았다. 그것을 기다렸다가 지은이 말했다.

"그래요. 정현 씨 말처럼 라야와 아일이 제대로 이별하지 못했기 때문에 당신이 그토록 끈질기게 날 기다릴 수 있었던 건지도 모르죠. 완성되지 못한 사랑? 그런데 그거 기억해요? 정현 씨가 먼저 내게 접근했어요. 당신의 그 절절한 사랑을 고백하고 날 유혹하고 나한테도 그런 사랑을 주겠다고 약속했어요. 그래놓고 이제 와서……. 당신이 날 이용한 거랑 뭐가 달라! 이대로 헤어지면 난 미국으로 가버릴 거예요. 그래도 괜찮아요?"

말없이 그녀를 쳐다보던 정현이 고개를 끄덕였다.

제발 그래줘.

그는 말하지 않았지만 지은은 그의 목소리를 들었다. 귀에 똑똑히 울려 퍼졌다.

"네가 안 그러면 내가 떠날 거야."

그녀를 자극하려는 듯 그가 뻔뻔한 얼굴로 흔들림 없이 말했다.

"가까운 곳에서 네가 다른 남자와 사랑하는 걸 지켜볼 자신은 없거든."

"난 정현 씨랑 달라요. 한 달 안에 다른 남자와 사귈 수도 있어요."

"다른 남자와 가정을 이루는 것도 볼 생각 없어."

"다음 사람과 무조건 결혼할 거예요. 내가 먼저 결혼하자고 할 거예요."

"내 눈에 안 보이면 상관없어."

지은이 몸을 부르르 떨었다. 잘 참는 것 같더니 그예 고여 있던 눈물이 일시에 후두둑 떨어졌다. 지은은 크게 소리 내지도 못하고 끅끅, 울음을 목구멍으로 밀어 넣으며 울었다. 양 무릎을 짚고 고개를 숙인 채 우는 중에도 그녀는 정현이 머리라도 쓰다듬어주길 기다렸다. 어깨라도 토닥여주길. '미안.'이라도 좋고 '울고 싶으면 울어.'도 좋으니 마지막 말쯤은 다정하게 해주길 바랐다. 눈을 감고 있을 땐 분명 그가 뺨을 어루만져주는 것이 느껴졌는데 고개를 들어보니 정현이 일어서고 있었다. 그는 끝내 그녀의 몸에 손을 대지 않았다. 욕실 문을 닫고 가려는 그를 지은이 불러 세웠다.

"하나만 더 물을게요."

정현은 욕실 바깥에 선 채로 고개를 반만 돌렸다. 지은이 더듬더듬 말했다.

"우리가 처음…… 만났던 날. 정현 씨가 내게 그런 말을 했어요. 나한테서 들을 말이 있다고. 그 말이…… 뭐예요?"

문틈으로 정현이 생각에 잠긴 모습이 보였다. 두 사람은 함께 기억을 거슬러 올라갔고 같은 장면에 다다랐다. 그와 지은이 처음 만났던 날. 면접실 옆방에서 그가 지은에게 했던 말. 열려 있던 창으로 들어왔던 바람, 그날의 냄새, 그날의 감정.

지은은 그 순간에도 그가 마음을 돌려주길 빌고 있었다.

정현이 지은을 돌아보았다. 문을 닫기 전, 그가 말했다.

"이제 필요 없어."

바람에 날린 돌가루가 부엌 창문을 쳤다. 동현은 귤껍질 까는 것을 멈추었다. 설거지를 하고 있는 엄마의 어깨 너머로 창문이 보였다. 강풍에 나뭇가지 그림자가 평소보다 크게 일렁거렸다. 동현은 식탁에 앉아 엄마의 등을 보았다. 누나들도 없는 저녁. 나이에 비해 조숙한 그도 이날은 저녁 식사 중에 사뭇 어리광을 부렸다. 그것이 뒤늦게 조금 멋쩍어졌다.

"설거지 그만하고 와서 이거 드세요."

동현이 껍질을 깐 귤을 접시에 올려두고 화연을 불렀다. 그리고 부엌에 쌓아둔 귤 박스를 눈으로 가리키며 물었다.

"무슨 귤을 이렇게 많이 가져왔어요?"

"한 박스는 정현이네 줄 거야."

베란다에서 화분을 정리하며 태원이 대답했다. 설거지를 마친 화연이 식탁에 앉아 남편을 불렀다. 태원이 손에 묻은 흙을 털며 말했다.

"아, 그래. 명훈이 놈 웃긴 거 알아?"

태원은 부엌 싱크대로 와 손을 씻었다.

"이번에 만나면 상견례로 치는 거 어떻겠냐면서 되도 안 한 소리를 하잖아. 지은이 나이가 몇인데 결혼은 무슨 결혼이야."

"난 그보다 더 일찍 결혼했는데?"

화연이 대꾸했다. 태원이 젖은 손을 바지에 문질러 닦으면서 식탁을 돌아보았다.

"어려. 결혼하기에 어리다고. 걔가 뭘 할 줄 알아. 이제 겨우 직장인 흉내만 내는 거. 요즘 젊은 애들 죄다 어학연수다, 배낭여행이다 하면서

외국물 먹고 오는데 길게 해외여행도 좀 해보고 남자도 서넛쯤 더 만나
보고 직장도 세 번 정도 옮겨보고…….”

“그러다 좋은 사람 놓치죠.”

“그런 뒤에 결혼해도 늦지 않아. 왜 벌써부터 결혼 얘기가 나와? 예은
이 자기 병원도 차리고 동현이 아이비리그 가고 그런 뒤에 결혼하면 좀
좋아?”

“아이비리그는 무슨. 꿈도 크십니다.”

동현이 중얼거렸다. 태원은 화연이 건네는 귤을 통째로 입에 넣었다.
그가 불분명한 목소리로 우물우물 말했다.

“한쪽이 기우는 결혼…… 시키기 싫어서 그러지.”

“기울긴 누가 기운다는 거예요. 그리고 시영 씨네 부부 그런 사람들
아닌 거 알면서.”

화연은 금세 귤을 하나 더 까서 맞은편에 앉은 동현의 입에 넣어주었
다. 아기 새처럼 동현이 입을 냉큼 벌렸다. 태원의 원체 큰 목소리가 더
커졌다.

“자리마다 얼굴 바꾸는 게 사람이야. 친구로는 좋지만 시부모로도 좋
은 사람들일지 어떻게 알아. 괜히 그쪽 아쉬운 마음 들게 해서 내 딸 맘
상하는 일 없었으면 하는 거지.”

“네, 네.”

화연이 건성으로 고개를 끄덕였다.

“명훈이 놈은 제 아들이 제일 잘난 자식이고 제일 잘난 신랑감인 줄
아는데 말이야. 하나도 하자가 없는 것처럼 우쭐대는…….”

화연이 태원의 옆구리를 쿡 찔렀다. 태원은 커다란 눈을 굴리며 입을
다물었다. 동현이 물었다.

“하자? 형한테 무슨 문제 있어?”

현관문이 삐걱 열리는 소리가 났다. 문이 살짝 열린 채 앞뒤로 흔들리고 있었다. 바람이 열었나? 동현이 문을 닫으려고 일어서자, 지은이 얼빠진 얼굴을 하고 들어왔다. 동현이 인사를 했다. 지은은 시선을 떨군 채로 신발도 벗지 않고 서 있었다.

"늦게까지 돌아다니지 말라고 그렇게 말했는데!"

태원이 걱정을 숨기고 딸을 나무랐다. 몇 주 만에 만난 딸에게 건네는 첫인사가 꾸지람이다. 부모와 떨어져 지낸 지 한참 된 세 남매에게는 부모의 잔소리도 소중한 것이라 지은은 언제나 헤실헤실 웃으며 태원의 꾸중을 받아넘겼다. 그런데 지은이 태원을 멀뚱히 쳐다보고만 있었다.

태원이 커다란 눈을 끔벅거렸다. 지은의 신발 위로 굵은 눈물이 뚝뚝 떨어졌다.

추운 바깥에서 집으로 들어오니 감싸는 공기가 무척이나 따스했다. 그 따뜻한 공기가 이제 집이니 안심하라는 듯 그녀를 토닥였다. 그 순간 눈물이 터졌다. 건강한 엄마의 얼굴을 보자 눈물이 멈추지 않고 흘렀다. 더럭 걱정스러운 표정을 짓는 남동생도, 딸의 눈물에 안절부절못하는 아버지도 모두 소중한 것들이라 그들과 언젠가는 헤어져야 한다는 것을 생각하니 눈물이 쏟아졌다.

가족들을 본 지은은 정현의 말을 떠올리고, 상상해보려고 했다. 소중한 사람과의 이별을, 언젠가 다가올 걸 알지만 애써 상상하지 않은 마지막을. 그의 불안을 이해해보려고 했다.

이 소중한 것 중 하나라도 없어지면 난 견뎌낼 수 없을 거야. 그런데, 정현 씨……. 당신도 나한테 이미 그런 존재야.

이유도 묻지 않고 다가와 그녀를 안아주는 엄마의 품에서 지은은 소리 내어 울었다.

병원 오픈 시각보다 삼십 분 이른 시각.

계절을 앞서가는 노란 구두가 경쾌하게 계단을 올랐다. 신우는 콧노래를 부르며 계단참을 돌았다. 귀에는 이어폰이 꽂혀 있고 손에는 아침 샐러드 도시락이 든 쇼핑백이 들려 있었다. 그녀는 에디 히긴스 트리오의 'Autumn Leaves'에 맞춰 발을 굴렀다. 그녀는 정현이 이 곡을 좋아할 거란 거에 속으로 혼자 내기를 걸고 있었다. 다른 건 몰라도 음악 취향은 에드가와 비슷했으니까 내 귀에 좋으면 녀석 귀에도 좋겠지.

전생을 떠올린 이후로 신우는 성격도 변하고 옷을 고르는 취향도 바뀌었다. 모노톤의 옷으로 꽉 차 있던 옷장에 화려한 색상, 과감한 스타일의 옷이 등장했다. 주말에 있는 소개팅에 어떤 옷을 입고 나갈까 생각하며, 신우는 병원 문을 열었다.

"굿모닝, 여러분."

카운터에 간호사가 신우의 인사를 받았다.

"오늘도 기분 좋아 보이시네요, 선생님."

신우가 이어폰을 빼며 눈웃음을 쳤다.

"그래요? 요즘 내가 제2의 인생을…… 아우, 깜짝이야."

신우는 소스라치며 한 걸음 물러섰다. 대기실 소파에서 어두운 기운이 느껴져 돌아봤더니 그곳에 지은이 앉아 있었다. 지은은 다소곳이 앉아 가방을 무릎 위에 올려놓고 표정 없는 얼굴로 신우를 쳐다보았다. 신우는 손목시계를 보았다.

"지은 씨, 오늘 출근 안 했어요?"

지은이 다가와 거두절미하고 말했다.

"정현 씨가 신우 씨를 만난 이후로 매일 같은 꿈을 꾼대요."

"……그래요?"

"라야가 같이 떠나자고 하던 날의 꿈이요. 그 순간이 지독한 미련으로 남아 벗어날 수가 없대요. 깨어 있어도 라야의 마지막 모습이 유령처럼 그를 따라다닌대요. 돌아오겠다고 약속해놓고 돌아오지 않은 라야가 생각나서, 날 보면 그 생각이 나서 불안해 견딜 수가 없대요. 나를 보면 괴롭다는 그 사람 말이 머리에 달라붙어서 출근도 할 수 없어요."

신우는 간호사들의 눈치를 보았다.

"우리…… 일단 방으로 들어가요."

간호사들은 벨이 울리지 않은 수화기를 들고, 마른걸레질을 하고, 모니터를 들여다보면서 안 보는 척 두 사람을 힐끔거리고 있었다.

방으로 들어온 지은은 넋이 나간 눈을 하고 말했다.

"정현 씨는 내가 전생을 기억하지 못하는 게 그 사람이 라야를 사랑했던 것만큼 라야는 그를 사랑하지 않았기 때문이라고 생각해요. 라야가 그와 만난 것을 후회했기 때문에 그런 거라고. 그러니 내가 바란 대로 헤어져주겠대요. 아니라고 말해야 하는데 아무 말도 할 수 없었어요. 난 기억이 없으니까요."

"그게 보통이에요, 지은 씨. 그게 정상이라고요."

신우는 지은의 손을 잡고 도닥였다. 지은은 신우가 이끄는 대로 소파로 가 탈진한 듯이 앉았다.

"아침은 먹었어요?"

신우가 냉장고에서 찬 생수병을 꺼내 왔다. 유리컵에 물을 따라 지은에게 내밀었지만 지은은 고개를 가로저었다. 지은이 혼잣말처럼 중얼거렸다.

"라야가 그 사람을 사랑하지 않았다고 해도 그게 무슨 상관이에요. 내가 정현 씨를 사랑하는데. 그 사람이 나한테 한 말들, 나한테 한 행동들을 생각하며 정현 씨가 미워져야 정상인데 도저히 미워지지가 않아요. 내가 자존심도 뭣도 없는 인간 같아. 오늘 아침에도 그 사람 혼자 침대에서 앓고 있는 건 아닌지 걱정돼서……. 왜 그 사람은 라야의 손은 잡았으면서 내 손은 뿌리치는 걸까요."

지은은 고개를 마구 흔들었다. 정현이 괴로워하는 장면을 떠올리고 그 생각을 떨쳐내려 하는 듯 보였다. 신우는 미니 냉장고 위에 팔을 걸치고 몸을 기댄 채 생수병 입구에 입을 대고 물을 마셨다. 지은이 신우를 쳐다보았다.

"정현 씨는 내가 자신을 이해할 수 없을 거랬어요. 매일 밤 악몽에 시달리고 변해가는 자신을 견뎌낼 수 없을 거라고요. 그럼 나 말고 다른 사람들은 되나요? 전생을 떠올린 신우 씨라면 괜찮은 거예요?"

지은은 질투 어린 눈초리로 신우를 쏘아보았다.

"왜 나는 기억이 없는 거예요. 신우 씨는 왜 그렇게 쉽고, 난 왜 이렇게 어려워요? 난 이렇게 간절한데! 신우 씨보다 더 간절한데!"

"지은 씨."

"이젠 꿈에서도 라야를 볼 수 없어요. 다시 최면 요법을 받아도 좋아요. 독한 수면제든 뭐든 줘보세요. 깊이 자면 혹시 기억이 날 수도 있잖아요."

신우는 물을 한 모금 더 마시더니 한참 동안 지은을 바라보았다. 핫핑크 립스틱으로 빈 곳 없이 꽉 채워 그린 입술 끝에 슬그머니 미소가 떠올랐다. 지은의 눈엔 그것이 심술맞은 표정처럼 보였다. 지은은 속이 뒤집혀 유리컵의 물을 단번에 들이켰다. 물이 아니라 목이 타들어가는 술이었으면 좋겠다고 생각했다. 그리고 깊은 잠에 들어 꿈을 꾸는 것이다. 라야를 만나, 너를 만나지 못해 미련이 남은 채로 죽은 남자가 여자로 태어나 정현 씨 근처에서 얼쩡거린다고, 같이 욕이라도 하고 싶었다.

난 대체 왜 아침부터 이 사람을 찾아온 거지?

이 사람밖에는 없어서였다. 믿으려는 노력 없이 전생이란 말을 그대

로 이해하고, 정현을 알고, 이런 고민을 함께해줄 사람은. 그리고 지은
이 전생의 기억을 찾아야 한다면 그에 대한 힌트도 신우가 가지고 있을
터였다. 신우가 미소 띤 얼굴로 말했다.

"지은 씨, 우리 아침 먹으러 가요."

두 사람은 병원 건물 옥상으로 갔다. 피크닉 흉내를 내기엔 추운 날씨
였다. 신우는 아침으로 가져온 샐러드 도시락을 벤치 중간에 놓았다. 지
은은 신우가 억지로 쥐여주는 일회용 포크를 손에 쥐었다.

신우는 그간 전화상으로는 하지 않았던 이야기를 했다. 양신우의 이
야기가 아닌 로바키의 이야기. 로바키의 눈으로 본 아일과 라야의 세상.
한국의 여름쯤은 호화로운 휴양지의 날씨로 만들어버릴 다이런의 뜨거
운 여름, 그리고 아주 긴 겨울의 풍경. 아일과 함께 보낸 소년기의 일화
도 들을 수 있었다.

두 사람은 예약 환자가 없는 오전 시간을 몽땅 사용했다. 지은은 한
번도 중간에 말을 끊지 않고 신우를 빤히 쳐다보는 것으로 반응을 대신
했다. 만약 로바키가 죽지 않고 전쟁이 끝난 뒤 라야를 만났더라면 두
사람이 나누었을 법한 이야기들이었다.

로바키의 눈으로 본 에드가. 친구만이 알 수 있는 에드가. 일반인들은
알 수 없는, 영웅이 아닌 에드가. 약한 에드가. 섬세한 에드가. 인간적인
에드가. 사랑하는 대장. 아일의 첫인상이 사나웠다는 것을 말할 때 신우
는 미소를 짓고 있었다. 촉촉해진 눈이 지은의 눈길을 알아채고는 멋쩍
은 듯 소탈한 눈웃음을 만들었다.

신우는 크롬헬에서의 일화를 얘기하는 데 가장 긴 시간을 할애했다.
그녀 스스로 이야기를 즐기는 듯 보였다. 어젯밤 읽은 끝내주는 소설을
친구에게도 소개해주고 싶은 것처럼.

지은은 이야기를 듣는 동안 가방에 장식으로 걸어놓은 운석 펜던트를

만지작거리고 있었다.

지진인가? 지은은 어질어질해져 어깨를 움츠린 채 얼어붙었다. 그냥 바람이 분 것이었다. 하지만 감각이 이상해졌다. 신우의 말소리가 점점 작아지더니 멀리 놓인 화분이 코앞에 있는 것처럼 선명하게 보였다. 죽은 묘목이 바람에 가지를 흔들었다. 웅 하는 소리와 함께 가지가 흔들리고 지은의 몸도 공명하듯 진동을 느꼈다. 형광등이 나가기 전 짧게 깜박이듯 순간 시야가 어두워졌다가 밝아졌다. 그리고 다음 순간,

그녀는 해변에 서 있었다.

맨발이 해변의 고운 모래를 밟았다. 잔잔한 파도가 밀려와 그녀의 발을 적시고 물러났다. 뒤에는 평화로운 바람이 있고 앞에는 광활한 에메랄드빛 바다가 펼쳐져 있었다. 이 풍경은,

"지은 씨, 안색이 창백해요. 내려갈까요?"

신우의 목소리가 수평선을 비추고 있는 TV의 플러그를 뽑아버렸다. 지은은 해변에서 옥상으로 돌아왔다. 파도 소리가 물러갔다.

지은은 바다의 잔상이 머릿속에서 사라지려 하는 걸 힘들게 붙잡고 있었다.

에메랄드빛 바다. 그곳으로 가야 했다.

그곳에 라야가 있었다.

65

정현은 눈을 뜨고 주변을 살폈다. 자기 전과 다를 게 없었다. 그의 오피스텔 방이고, 붉은 눈도 보이지 않았다. 자기 전에 취했던 자세도 그대로였다. 얌전히 잔 모양이다. 꿈인지 현실인지 헷갈릴 것도 없었다. 현실이란 생각이 바로 들었다. 협탁 위에는 독감 약과 아스피린, 수면제 약통이 가지런히 올라와 있었다. 이제 약통을 숨길 필요가 없다. 정리만 되어 있지, 약통에 손을 대지 않은 지도 며칠 됐다.

거실에서 자동 응답기가 켜지는 소리가 났다. 아버지의 목소리가 들려왔다.

— 나다. 그저께 태원이를 만났는데 태원이가 널 죽여버리겠다고 하더구나. 알고는 있으라고. 아, 파란불 와서 이만 끊으마.

운전하면서 전화하지 말라고 그렇게 말했는데 정말 말을 안 듣는 양반이다.

정현은 거실로 나와 자동 응답기를 재생했다. 녹음 음성이 반복됐다.

— ……태원이가 널 죽여버리겠다고 하더구나. 알고는 있으라고. 아, 파란불 와서 이만 끊으마.

점심 무렵쯤 아버지에게 전화해서 잔소리 좀 해야겠다고 생각하며, 정현은 냉장고 문을 열었다. 오렌지 주스를 따라 한 모금 마시고는 컵을 들고 거실로 왔다. 다시 자동 응답기를 재생했다.

— ……태원이가 널 죽여버리겠다고 하더구나. 알고는 있으라고. 아,

파란불 와서 이만 끊으마.

정현은 오렌지 주스를 조금씩 나눠 마시며 전화기를 바라보았다.

태원이 죽으러 올 것도 없이 지은과 헤어지면 당장 죽을 줄 알았다. 당장은 아니더라도 시름시름 앓다가, 저기 저 베란다에 있는 화분의 꽃처럼 말라 죽을 거라고 생각했다. 하지만 놀랍게도, 그는 살 만했다.

정현이 멍한 얼굴로 중얼거렸다.

"살 수 있었네."

사실, 살 만…… 하다는 말은 어폐가 있다. 살 만한지 아닌지 생각해 볼 틈도 없었기 때문이다.

정현은 휴가를 끝내고 출근을 하자마자 인후를 찾았다. 그리고 지은과 헤어졌으니 자신에게도 지은에게도 그에 관한 말실수를 하지 않았으면 한다고 부탁하고, 명령했다.

인후는 딱 하나 물었다. 지은을 다른 부서로 배치할 필요가 있겠냐고. 그럴 필요는 없다고 하자, 인후는 고개를 끄덕이고는 나가서 한 시간 뒤 혼이 나갈 정도로 바쁜 스케줄 표를 가지고 돌아왔다. 장인후는 유능한 비서였다.

인후의 배려 덕분에 낮에는 눈코 뜰 새 없이 일을 하고 밤에는 베개에 머리를 대자마자 곯아떨어졌다. 정현은 더 이상 악몽을 꾸지 않았다.

전생에 대한 꿈도.

라야에 대한 꿈도.

그런데 생각을 애써 피하려고 했기 때문인지, 꿈에서라도 보고 싶기 때문인지…… 어제는 지은이 나오는 꿈을 꿨다.

그녀가 그를 원망했다. 간곡하게 매달렸다. 울었다. 그는 계속 미안하다고 말했다. 미안해. 미안해. 미안해, 지은 씨. 현실에서 못한 만큼 사과하고 빌었다.

'도저히 너에게 내 죄를 함께하자고 할 수가 없었어. 그러면 넌 내 곁에 남으려고 할 테니까.'

지은이 울음을 그치고 그를 보았다.

'우리 부모님이 겪은 일을 너보고도 겪으라고 할 수는 없잖아. 또다시 널 네가 있어야 할 곳에서 끌어내릴 수는 없었어. 라야에게 했던 짓을 반복할 수는 없었어. 라야가 있어야 할 곳은 더 밝은 곳이었는데. 내 곁이 아니었는데. 그랬다면 그런 일도 없었을 텐데.'

지은이 고개를 끄덕였다.

'같은 일이 반복되고 있는 게 보이는데 어떻게 그 길을 가. 널 잃는 마지막이 빤히 보이는데 어떻게 그래.'

그녀가 이해한다는 듯이 웃었다.

'너무 미안한데, 당신이 보고 싶어.'

그러자 지은이 낯빛을 바꾸며 따귀를 때렸다. 머리가 날아가는 줄 알았다.

갑자기 울린 인터폰 소리에 정현이 움찔했다. 번뜩 드는 생각은 '태원이 왔나?'였다. 자동 응답기를 껐는데도 아버지의 음성이 머릿속에서 재생됐다. 널 죽여버리겠대.

태원은 아니었다. 렌즈에 바짝 눈을 들이댄 양신우의 얼굴이 인터폰 화면에 떠올랐다.

현관문을 열자 신우가 쾌활하게 인사를 하며 들어왔다.

"드디어 비싼 얼굴을 볼 수 있네."

그리고 정현이 입을 열기도 전에 주먹이 날아들었다. 신우의 주먹은 정현의 뺨에 제대로 꽂혔다. 타격점은 좋았지만, 운동량이 적은 여자의 주먹이었다. 정현은 두 발짝 물러나면서 벽을 짚었다. 신우가 아쉬운 소리를 냈다.

"근육 쓰는 법, 타격점 찾는 법, 무게중심 잡는 법, 다 기억나는데 타고난 힘이 약해. 운동을 나가야겠어."

정현이 턱을 어루만지며 한숨을 쉬었다.

"로바키."

"양신우야."

정현이 차가운 눈초리로 신우를 보았다. 그가 말했다.

"난 얼굴 들고 일하러 다니는 사람이야. 그만큼 살았으면 여기는 다 큰 성인이 얼굴에 멍 자국 내고 돌아다니기엔 멋쩍은 세상이란 거 알 텐데."

신우가 콧방귀를 뀌었다. 대체 누가 누구를 시간 여행하고 돌아온 사람 취급하는 거야?

신우는 갑옷을 챙겨 입듯 가슴 앞에 팔짱을 꽉 꼈다.

"알지. 잘 알지. 적어도 예전 그곳처럼 폭력과 생죽음이 일상인 세상은 아니란 걸 알지. 맺어질 수 없는 사랑이 적어도 그곳만큼은 많지 않은 세상이란 걸 알지. 전생의 죄가 저주가 되어 사람을 괴롭힌다는 말이 얼마나 황당하게 들리는 세상인지 너무나 잘 알지."

정현은 잠시 신우를 노려보았다. 그러고는 휙 몸을 돌려 거실로 갔다.

신우가 그를 쫓아가며 말했다.

"그딴 게 있다손 치더라도 이놈의 세상은 똑같이 생긴 건물이 너무 많아서 저주가 널 찾아오지도 못할걸? 네가 어느 집 어느 칸에서 자고 있는지도 모를 거야."

"로바키가 말이 많기는 했어도 이 정도는 아니었는데."

정현이 소파에 앉아 리모컨으로 TV를 켰다. 신우가 TV로 가서 전원을 끄며 말했다.

"에드가는 충고를 얌전히 들을 줄 알았지. 벌처럼 쏘아대지 않고."

"왜 온 거야? 잔소리 하러?"

"지은 씨가 어떻게 하고 있는지 알아?"

"몰라. 이거 하나는 알겠군. 이 세상에서는 넌 내 친구가 아니라 한지은 친구라는 거."

정현은 리모컨으로 다시 TV를 켰다. 여행 프로그램이 방송 중이었다. 소설가라는 남자가 지중해를 여행하고 있었다. 에메랄드빛 바다에서 스노클링을 하는 사람들의 모습이 지나갔다. 신우가 몸으로 화면을 가릴 때까지 정현은 TV에 집중했다. TV를 끈 신우가 말했다.

"에드가, 다른 세상이야. 한지은도 라야와 다른 인간이라고. 저주 같은 건 없어."

정현이 짜증을 냈다.

"네가 뭘 알아? 네가 죽은 뒤에 내가 무슨 짓을 했는지, 어떤 끔찍한 짓들을 벌였는지 너는 하나도 모르잖아. 내가 어떤 고통을 겪었는지 넌 아무것도 몰라."

"그런 식으로 한지은의 입도 막았어? 너는 무슨 일이 있었는지 기억하지 못하니 이렇게 내가 일방적으로 헤어지자고 해도 닥치고 받아들여라? 차라리 질렸다고 해. 막상 결혼하자고 하니 더 놀고 싶은 마음이 들었다고 하라고."

정현은 시선을 거두며 다시 TV를 켰다.

"그래야 하는 이유가 뭔데."

"적어도 평범한 이별은 될 수 있을 테니까. 한지은을 에드가처럼 구천을 떠도는 영혼으로 만들지 말란 말이야. 에드가. 아니…… 서정현. 이제 그만 현실로 와."

신우는 더 이상 TV를 켜고 끄는 핑퐁 싸움을 하지 않았다. 정현이 똑바로 신우를 쳐다봤기 때문이다. 신우는 최면을 걸듯 매끄럽고 차분한 목소리로 말했다.

"너는 굉장한 영화를 한 편 본 거야. 한 남자의 생애를 다룬 길고 긴 이야기지. 몰입하지 않을 수 없는 사실적인 드라마. 결말이 충격적이라 여운이 너무 컸던 거야. 너의 삶으로 돌아오기 힘들 만큼. 너와 내가 다른 점은, 나는 닳고 닳은 어른이 되어 영화를 보았고 너는 너무 어린 나이에 영화를 봤다는 거야. 그 극적인 이야기가 백지 같은 널 삼켜버렸지."

대답은 없었다.

신우는 테이블로 왔다. 정현은 무슨 생각을 하는지 알 수 없는 얼굴로 신우를 계속 좇았다. 신우가 정현을 내려다보며 말을 이었다.

"에드가는 수많은 원망을 들었을 거야. 그는 어디까지나 다이런의 영웅이지, 모든 나라의 영웅은 아니었을 테니까. 그런 세상이었지. 저주를 받았을 수도 있어. 그래, 그래서 에드가가 소중한 사람을 잃었던 건지도 몰라. 라야에게는 안된 일이지만 네 말처럼 라야가 죽은 데엔 에드가의 책임이 있을지도 모르지. 하지만 그건 에드가의 죽음으로 끝난 일이야."

신우는 '너'라는 2인칭 대신 '에드가'라는 말을 쓰고 있었다. 정현은 묵묵히 신우를 쳐다보고만 있었다.

"아니지, 서정현의 탄생을 기점으로 끝난 일일 수도 있지. 네가 저지른 일들이 아니야. 에드가의 비극이야. 너의 저주가 아니야. 서정현이 받은 저주가 아니라고."

정현은 말없이 눈길을 돌려 TV를 보았다. 여객선 위에서 수영복 차림의 사람들이 춤을 추고 있었다. 신우는 계속 말했다.

"네가 미련을 가질 일이 못 돼. 네가 후회할 일이 아니야."

지중해를 옆에 두고 산책로를 한가로이 걷는 사람들, 바다를 내려다보는 원색의 건물들. 푸른 지붕, 하얀 석벽, 빛으로 코팅된 해변의 모래.

"네가 선택하지 않은 불행한 일을 이유로 네가 선택할 수 있는 좋은 일을 포기하지 마."

「해일이 무서워서 평생 해변에 가지 않는 삶은 너무 슬프잖아. 해변이 얼마나 예쁜데.」

지은이 쫑알대는 목소리가 머릿속을 뛰어다녔다. 그녀의 발자국마다 머리 어딘가에 압정이 꽂혔다. 뜨끔. 뜨끔. 이것이 반복된다면 나중엔 압정 대신 못이 박히고, 송곳이 박히고, 망치가 날아와 뒤통수를 갈기겠지. 그래도 머리는 자동 응답기를 돌리듯 계속 그녀의 목소리를 재생했다. 바다의 아름다움에 대해 얘기하는 붉은 입술을 떠올렸다.

「난…… 정현 씨와 바다에도 가보고 싶어요.」

"바다 보이는 방 맞죠?"

지은이 카드키를 챙기며 확인차 물었다. 프런트 안쪽에서 여자가 그렇다는 듯이 방긋 웃었다. 역으로 지은을 픽업하러 왔던 펜션 주인 부부의 딸쯤으로 보였다. 지은과 또래였다. 여자가 붙임성 좋은 말투로 말했다.

"골든 비치 방은 욕조에서도 바다를 볼 수 있어요."

지은은 카드키를 확인했다. 카드엔 '언덕 위의 펜션, 블루 비치'라고 적혀 있었다. 여자가 덧붙였다.

"하지만 블루 비치 방도 좋아요. 침대에서 보는 바다도 특별하니까요. 그런데…… 혼자 오셨어요?"

여자가 지은의 어깨 너머를 보았다. 지은이 그렇다고 하자 여자의 안색이 변했다. 미소는 붙어 있었지만 눈동자가 어색하게 흔들렸다. 지은은 여자가 보고 있던 신문을 슬쩍 내려다보았다. 실연을 당한 남자가 펜션 방에서 목숨을 끊었다는 기사였다. 여자의 눈동자가 요동치며 말했다. 어두운 얼굴의! 혼자 온 손님! 불길해!

지은은 밝은 표정으로 여자를 안심시켰다.

"휴가를 갑작스럽게 내면 이런 점이 안 좋아요. 같이 휴가 낼 수 있는 친구들이 없더라고요. 결혼하기 전에 겨울 바다 보러 가자고 그렇게 얘기들 하더니."

안 하던 거짓말을 했더니 입이 까끄름했다.

지은은 여자를 등지자마자 억지로 웃고 있던 표정을 풀었다. 얼굴 위로 피로와 슬픔이 덮였다. 여자가 지은의 등에 대고 소리쳤다.

"DVD랑 책도 빌려드리니까 심심하면 별관으로 오세요."

지은은 못 들은 척 배낭을 추스르고 계단을 올랐다. 여자가 더 크게 소리쳤다.

"커피도 무료로 드려요! 꼭 나오세요."

안 죽어요. 걱정 마요.

지은은 우울한 얼굴로 발코니에 섰다. 지근거리에 바다가 있었다. 커플 티를 입은 연인이 펜션을 나가 해변으로 향하는 모습이 보였다. 모래를 밟자 여자가 신발을 벗었고 앞서 달려갔다. 남자는 느긋한 걸음으로 여자를 쫓았다.

"이 색이 아니야."

지은이 실망스러운 목소리로 중얼거렸다. 겨울 바다는 평화롭고 아름다웠지만 지은이 바라던 에메랄드빛은 아니었다. 펜션을 예약하기 전이미 확인을 한 사실이다. 혹시나 해서 와봤는데 확인을 하고 나니 맥이 빠졌다. 여기까지 올 필요가 있었을까? 도시를 떠나고 싶었고, 앞으로 어떻게 해야 할지 결정하는 것도 미루고 싶었다. 그래서 도망쳐 왔다.

지은은 휴대전화를 꺼내 115 단축 번호를 눌렀다. 생일 날짜에 정현의 전화번호를 등록해두는 게 아니었다. 바보 같은 짓이었다. 만약을 생각했어야 했다. 죽는 날까지 생일 때마다 정현을 떠올리게 되겠지?

이번에도 정현은 전화를 받지 않았다. 통화 대기음이 음성 사서함으로 넘어갔다.

"너무해."

지은이 화가 섞인 목소리로 울먹였다.

"진짜 너무해요. 한 번쯤은 실수로라도 받아줄 수 있잖아요. 사람이 어쩜 그렇게 모질어요? 그래, 이게 본래 정현 씨 성격이었던 거야. 사실은 아일이 좋은 사람이고 그 사람 기억 덕분에 당신이 그나마 좋은 사람일 수 있었던 거지. 당신은 딱, 딱…… 그래, 딱 그거야. 자기가 잘난 걸 알아서 건방지고, 사람 조종하고, 못돼 처먹고, 사악하고, 이기적인 냉혈한! 내가 반드시 기억을 찾고 말 거예요. 그래서 당신이 나한테 했던 못된 짓도 기억해내서 그대로 다 쏴줄 거야! 그때 가서 이러쿵저러쿵해도 소용없어요. 사과를 하려면 지금 해야 할 거예요. 우린 아직 헤어진 게 아니야! 내가 정현 씨 차버려야지 헤어지는 거라고! ……아니에요, 정현 씨. 거짓말이에요. 정현 씨 열받으라고 한 말이에요. 지금이라도 잘못했다고 하면 내가 모른 척 넘어갈게요. 뭐 한 번쯤이야. 정현 씨 힘든 거 아니까…… 응?"

녹음을 남길 생각은 없었다. 받지 않는 전화에 대고 속상한 마음을 토로하고는 문자 전송 없이 종료할 생각이었다. 그런데 뭘 잘못 눌렀는지 이미 녹음이 되어 있었다. 어……, 어디까지 녹음이 된 거지?

"아아, 난 천하의 멍청이야!"

같은 실수를 두 번이나 하다니! 그것도 같은 사람한테!

지은은 바다를 향해 소리를 지르려다가, 입을 꾹 다물고 머리를 감싼 채 방으로 들어왔다. 베개를 집어 얼굴을 누르고 미처 지르지 못한 비명을 질렀다. 그러고는 휴대전화를 보며, 혹시나 음성 메시지를 들은 정현이 화가 나서 전화를 하지는 않을까 살짝 기대했다.

지은은 침대에 허수아비처럼 엎어졌다. 동생들에게는 혜경, 선예와 여행을 간다고 해두었다. 에메랄드빛 바다를 찾아 비행기를 탈까도 생각해보았다. 가족들에게 해외여행을 숨기긴 힘들 것이다. 목에 걸고 있는 목걸이가 배겨 엎드린 자세가 불편했다. 지은은 몸을 뒤집었다. 그리고 셔츠 안의 목걸이를 빼내 운석 펜던트를 손에 꼭 쥐었다.

아무 반응도 없었다.

병원 건물에서 기이한 체험을 한 이후로 다시는 같은 경험을 하지 못했다. 착각이 아니었을까?

그럴 리가. 발을 적셔오던 물살의 감촉이 실제 경험처럼 생생했다. 짧은 순간이었지만 지은은 분명 에메랄드빛 바다 앞에 서 있었다.

지은은 억지로 잠을 청해보았다.

"싫어요."

지은은 모로 누워 베개에 얼굴을 반쯤 묻은 채로 웅얼거렸다. 헤어지기 싫어요, 정현 씨.

"미워."

사실 그렇게 밉지는 않아.

"틀렸어요."

당신이 틀렸어요.

지은이 눈썹을 찡그리며 인상을 썼다. 시계 소리를 듣고 있었다. 이 방에 시계가 있었던가? 들어올 때 벽에 붙은 걸 봤던 거 같기도 하고. 지은은 자신이 서서히 잠들어가는 걸 느꼈다. 열어놓은 발코니 문으로 바람이 부는 것도 느꼈다. 머리카락이 날려 볼을 간질였다.

검은 화면 속에서 빛나는 실이 흔들거리고 있었다. 그 모습은, 펼쳐둔

책을 바람이 흔들어 책장이 팔락거리는 것처럼 보였다. 책의 주인은 책을 읽다 말고 어디 갔을까?

주변은 침묵과 어둠뿐이다. 우주처럼 검고 죽음처럼 싸늘한 공간이었다.

지은은 눈을 꼭 감고 사라지려는 그것을 부여잡으려고 애썼다. 빛나는 페이지를 손에 잡았다. 섬광이 번쩍이고, 일순 눈이 멀었다. 그리고 다음 순간,

그녀는 에메랄드빛 바다가 내려다보이는 언덕 위에 있었다.

"어서 와."

갑자기 들려온 목소리에 지은은 깜짝 놀라 몸을 움직였다. 발이 절벽 끝을 아슬아슬하게 밟았다. 지은은 비명을 지르며 엉덩방아를 찧었다. 기어서 겨우 절벽을 벗어났다. 죽음이 그녀의 어깨를 살짝 치고 간 것이다. 지은은 진이 빠져 한참을 엎드려 있었다. 고개를 들자 테이블에 앉아 그녀를 내려다보는 라야의 얼굴이 보였다.

라야가 무표정하게 말했다.

"오랜만이네."

"라야!"

지은이 반갑게 라야를 불렀다.

"너를 만나기 위해 내가 얼마나……."

일어서려는데 다리가 휘청거렸다. 지은은 그대로 나무 의자에 풀썩 앉았다.

뭐지? 기시감이 들었다. 이런 테이블에 앉아 라야가 앉은 방향을 쳐다본 적이 있었다. 그게 언제인지는 모르겠지만.

지은은 나이테의 감촉을 느끼려고 손으로 테이블을 쓸고, 언덕 뒤의

바다를 돌아보고, 반대편의 시가지를 살폈다. 그 모습을 조용히 지켜보던 라야가 승리의 미소를 지으며 말했다.

"내가 말했지? 네가 그 사람을 힘들게 할 거라고."

지은은 즉각 라야에게 시선을 고정했다. 그리고 엄중한 목소리로 말했다.

"그런 식으로 말하지 마. 너야말로 그 사람을 힘들게 했잖아."

라야의 표정엔 변함이 없었다. 웃고 있는 석상 같았다. 조금 섬뜩했다.

지은이 다그쳤다.

"왜 그 사람과 약속을 해놓고 돌아오지 않았어? 정현 씨 말처럼 정말 마지막엔 후회를 한 거야? 그 사람을 사랑하지 않았어? 왜 기다리라고 해놓고 돌아오지 않은 거야? 어떻게 그런 짓을 할 수가 있어! 네가 기다리라고 했기 때문에 그 사람은 너를…… 나를……."

정현이 누군가를 하염없이 기다리는 모습을 상상하니 명치끝이 쑤셨다. 코가 시큰거려 말을 멈추었다.

라야는 어딘가에서 종이봉투를 꺼냈다. 그러고는 소풍 나온 사람처럼 종이봉투에서 '빵과 과일 몇 가지'를 내어 샌드위치 비슷한 걸 만들었다. 라야는 샌드위치를 한입 베어 물고는 남은 과일을 선심 쓰듯 지은에게 건넸다.

"절경이지?"

바다를 꼭 닮은 초록빛 눈동자에 푸른 불꽃이 튀었다. 지은이 "어?" 소리를 내며 라야의 눈을 가리키려 손가락을 들었다. 하지만 그전에 푸른빛은 사라졌다. 라야는 말했다.

"저 하늘에 보이는 별들은 모두 과거의 이야기들이야."

지은은 고개를 쳐들어 하늘을 보았다. 하늘은 밤으로 변해 있었다. 지은의 입이 저절로 벌어졌다. 강원도 여행 중에 본 밤하늘은 이에 비하면 소박한 풍경이었다. 광대하고 찬란한 별 무리를 머리에 인 채 지은은 잠시 말을 잃었다.

라야가 조용한 목소리로 말했다.

"우리를 이루는 모든 것은 사라진 저 별들의 이야기로 만들어진 거야."

"……그래?"

지은은 별 무리에 시선을 빼앗겨 되는대로 대답했다.

"그래. 생명을 담고 있는 그릇들은 수명이 다하면 모두 썩어 본래 이루고 있던 물질로 돌아가게 돼. 후세가 사는 터전이 되고 하늘이 되고 바다가 되고 앞서간 이들의 이야기를 전하는 바람이 되는 거야. 우리는 그렇게 또 먼 미래의 누군가들이 되는 거야."

지은은 라야를 쳐다보았다. 기시감과 미시감이 동시에 들었다. 갑자기 라야가 낯설었다. 라야의 얼굴이 맞지만 라야가 아닌 것 같았다. 애초에 나는 진짜 라야를 만나왔던 걸까?

"이 현재의 목소리, 그리고 이 목소리를 전하는 바람은 미래를 향해 가지. 과거 '우리'의 목소리가 지금 네게 닿은 것처럼."

라야가 '우리'라고 말했다. 그녀는 분명 복수의 사람을 가리켰다.

지은이 굳은 얼굴로 물었다.

"너…… 누구야?"

라야는 덜 먹은 샌드위치를 내려놓았다. 그리고 팔을 쭉 뻗어 손가락으로 지은의 가슴을 가리켰다. 지은은 라야가 가리키는 운석 펜던트를 쥐었다. 라야의 모습을 한 '그것'이 말했다.

난 라야가 아니야. 하지만 라야가 맞아. 난 라야의 기억이고, 라야의 바람이고, 라야의 후회야. 라야의 친구고, 라야의 적이고, 라야의 부모고, 라야의 스

승이고, 라야의 연인이야. 난 아일 에드가이기도 하고, 에드가를 저주하는 자이기도 하고, 그가 구원받길 바라는 자이기도 해. 난 모든 것이며 동시에 아무것도 아니야. 난 라야가, 네가, 아일이, 그 남자가 살았던,

라야의 초록 눈이 새까맣게 변했다.

세상 그 자체야.

지은은 벌떡 일어섰다. 그리고 두려운 눈으로 라야의 모습을 한 '그것'을 보았다. 검디검은 눈이 지은을 올려다보았다. 지은은 자신이 내려다보고 있음에도 지하 깊숙한 곳에서 지상의 높은 첨탑을 올려다보고 있는 듯한 느낌을 받았다.

라야가 다시 운석 펜던트를 가리켰다.

이미 오래전에 사라져버린 세상이지만, 흔적은 거기에 남아 있지.

라야는 샌드위치를 다시 먹기 시작했다. 작은 입으로 오물오물 야무지게도 먹었다. 부스러기도 남기면 안 되는 것처럼.

오랜 시간이 걸렸다. 너무 오랜 시간. 우주가 하나 사라졌다가 다시 만들어져도 그것보다는 빠를 것 같았다. 하지만 꿈이니 상관없었다.

빵과 과일을 다 먹은 라야가 물었다.

뭘 원해?

"뭘 원하느냐고?"

뭘 원해?

라야가 재차 물었다. 석상 같은 표정, 짧은 말, 딱딱한 목소리. 라야의 인간성이 점점 옅어지고 있었다. 지은은 잠시 생각했다. 긴 고민은 필요 없었다. 며칠간 운석 펜던트를 붙들고 하루에 몇 시간씩 침대에 누워 있었던 것은 이것을 알리고 했던 것이었다.

"라야의 기억. 아니…… 그 사람이 겪은 일."

라야의 기억. 그 사람이 겪은 일.

"그래. 내가 사랑하는 사람이 겪은 내가 모르는 이야기."

네가 사랑하는 사람이 겪은 네가 모르는 이야기.

"내가 잊고 있는 것."

네가 잊고 있는 것.

"내가 모르는 것."

네가 모르는 것.

"그래! 내가 알아야 하는 이야기를 들려줘!"

라야가, 그들이 살았던 세계가, 우주가 대답했다.

아니. 보여줄게.

그리고 어둠이 찾아왔다. 빛이 어둠을 가르고, 별이 쏟아졌다. 바람이 불었다.

고양이가 우는 소리를 들었고, 지은은 기억하기 시작했다.

그래, 어미를 잃은 새끼 고양이였다. 회색 털과 검은 눈을 가진.

라야가 고양이들을 발견했을 땐 어미는 이미 죽은 뒤였다. 들개에게 습격당한 듯 보였다. 무사한 녀석은 한 마리뿐이었다. 회색 털과 검은 눈을 가진 새끼 고양이가 나오지 않는 젖을 물고서 울고 있는 것이 딱해 보여 라야는 근처 나무 아래 죽은 고양이들을 묻어주었다. 그리고 무덤 앞에 새끼를 데려다놓고 엄한 말투로 말했다.

"이제 너 혼자 살아야 돼. 언제까지고 울고만 있을 수는 없다고."

새끼 고양이는 무덤을 향해 계속 울어댔다.

라야는 집으로 갔다. 그리고 바구니를 들고 돌아왔다. 라야는 '빵과 과일 몇 가지'를 가져와 새끼 고양이 앞에 놓았다.

"왜 안 먹니? 안 배고플 리 없을 텐데."

새끼 고양이는 어미만 찾아대며 울었다. 라야는 어미 고양이의 무덤을 돌아보았다.

"언제까지 그럴 거야? 엄마가 보고 있잖아. 네가 이러고 있는 걸 속상해하실 거야."

라야는 새끼의 등을 살짝 쓰다듬었다. 고양이의 울음소리가 작아졌다. 라야는 웃었다. 고양이가 라야의 손바닥에 몸을 비벼댔다. 라야가 속삭이는 듯한 목소리로 말했다.

"빵이랑 과일은 싫어하는구나? 미안. 고양이를 길러본 적이 없어서."

라야의 말을 알아듣는 것처럼 고양이가 새까만 눈을 들어 라야를 보았다. 누가 듣는 것도 아닌데 라야는 입술 앞에 손가락을 갖다 대고 더 작게 속삭였다.

"우유는 먹니? 집에 조금 남아 있을 거야."

고양이가 야옹 울었다.

"널 길러도 되냐고 그 사람한테 물어볼게. 네가 어른이 될 때까지만이야. 쉿."

다이런의 식민지 타본은 크고 작은 139개의 섬으로 이루어진 섬나라였다. 개중에는 다이런 기번만큼이나 큰 섬도 있었다. 다이런 상인들이 차, 곡식의 생산지나 목축을 위한 대농장으로 쓰면서 다이런의 도시처럼 발전한 섬도 있었다. 인구가 오십 명도 되지 않는 작은 섬도 있었다. 다이런 본토에서 멀리 떨어진 섬 마이카도 그런 작은 섬 중 하나였다.

육십오 명이 사는 마이카는 외지인의 출입이 거의 없는 조용한 섬이었다. 다른 타본 섬들처럼 차 밭도 있고 목축지도 있지만 밖으로 나가는 물자는 거의 없었다. 농사를 지어 밥을 만들고, 생선을 잡아 끼니를 잇고, 부족한 식자재는 이웃 간에 나누어 썼다. 섬 바깥세상과의 교류라고

는 축제가 있기 몇 주 전에 절인 생선이나 찻잎 따위를 외부에 팔아 축제
에 필요한 물건을 사 오는 정도가 전부였다.

바람이 차 밭을 쓸고 지나갔다.

두렁길에 두 여자가 서서 차 밭을 바라보고 있었다. 붉은 머리의 젊은
여자가 말했다.

"아일은 이곳의 차에서 바람 향기가 난다고 해요."

"부부는 닮는다더니. 자기 남편도 엉뚱한 소리를 하긴 하는구나. 그런
소리는 전혀 안 할 것처럼 생겼는데."

이웃 여자의 말에 라야가 차 밭을 바라보는 채로 웃었다.

"정말 그런가 봐요. 원래 그런 뜬구름 잡는 소리는 잘 안 하는 사람인
데."

찻잎을 담은 둥근 광주리를 들고 선 이웃 여자도 라야와 같은 방향을
쳐다보며 고개를 천천히 끄덕였다. 이날 부는 바람은 라야와 아일이 마
을에 처음 온 날 불었던 바람. 그걸 이웃 여자가 알 리 없지만, 바람 때문
에 무의식중에 그 당시를 떠올린 이웃 여자가 말했다.

"자기들이 여기 온 지도 벌써 일 년이 훨씬 지났네."

"그것밖에 안 됐어요? 난 한 십 년은 여기서 산 것 같아."

"정착하려고 이것저것 많이 하고 다녔으니까. 일 년이 길게 느껴질 수
도 있겠다."

"페린느 덕 많이 봤죠."

"낯간지러운 소리는 됐고."

"진짜. 아일도 그렇게 생각한댔어요."

"음. 그 무뚝뚝한 양반이 하는 말이라면 신뢰가 가네. 예전부터 궁금
한 거였는데, 자기 남편은 원래 그렇게 말이 없는 거야, 타본 어를 못해
서 자연스럽게 말수가 준 거야?"

"둘 다. 어학에 재능은 없어 보여요."

라야가 진지하게 말했다.

페린느는 농담으로 알았는지 라야의 어깨를 손으로 치며 과하게 웃었다.

"올해는 축제를 할 수 있겠어."

페린느는 웃느라 눈가에 맺힌 눈물을 손가락으로 훔치며 말했다.

"그렇다고 너무 기대는 마. 외지 축제만큼 화려하지는 않으니까."

"기대 안 하기 글렀어요. 벌써 엄청 하고 있거든요."

"기대를 누그러뜨려봐."

바람이 두 여자의 머리카락을 흔들었다. 두 여자 모두 타본 여성들의 전통 머리 모양인 하나로 길게 땋은 머리를 하고 있었다. 이웃 여자가 말했다.

"으음. 바람 좋다."

"그러네요."

이웃 여자가 라야에게 광주리를 건네고는, 땋은 머리를 풀었다. 푸른 빛이 도는 검은 머리칼이 시원스럽게 바람에 흩날렸다. 그리고 라야를 뒤돌아서게 하고는 그녀의 땋은 머리까지 풀어주었다. 바람이 붉은 머리도 쓸어주었다. 라야는 잠시 눈을 감고 얼굴로 바람을 느꼈다.

"페린느는 여기 온 지 얼마나 됐다고 했죠?"

"우리 첫째 나이랑 같지. 십삼 년."

"첫째 딸은 아빠 닮는다더니 다비는 정말 버라티를 많이 닮은 거 같아요."

"그러게. 내 피는 어디로 갔나 몰라."

바람에 두 여자의 웃음소리가 흩어졌다. 페린느가 말했다.

"자기네도 애 가져야지. 딸이 좋아, 아들이 좋아?"

라야는 부끄러운 표정으로 볼을 긁적였다.

"전 아들이 좋고, 그 사람은 딸이 좋대요. 다 좋아요."

"많이 낳아. 오 년 안에 네 명을 목표로 하는 게 어때?"

"오 년 안에 넷이요?"

라야가 눈을 크게 뜨며 되물었다. 이웃 여자가 낄낄대며 말했다.

"자기 남편이 자기 쳐다보는 눈빛 보면 가능할 거 같아."

라야는 중년 여자의 짓궂은 농담에 얼굴을 붉혔다. 손등으로 붉어진 뺨을 누르며 고개를 숙였다. 페린느가 어깨로 라야를 툭 쳤다. 그리고 고개를 든 라야에게 눈짓으로 뒤를 가리켰다. 라야가 광주리를 든 채로 빙글 몸을 돌려 뒤를 보았다. 페린느의 남편과 함께 뭍으로 나갔던 아일이 돌아오고 있었다. 페린느의 남편 버라티가 두 여자를 발견하고 팔을 번쩍 쳐들어 손을 흔들었다.

그 옆에서 아일이 라야를 향해 조용히 웃었다. 편안한 웃음이었다.

Part 10.

66

"내일 한 번 더 나갔다 와야겠어. 발리나 씨가 첫딸을 낳았다는 걸 깜박했어."

버라티가 다이런 어로 말했다. 아일은 부엌에서 페린느와 저녁 식사 준비를 하고 있는 라야를 보고 있었다. 그 말에 아일이 버라티를 쳐다보았다.

"첫딸이란 게 중요한가요?"

"타본에서 첫 번째 딸은 중요하다네? 집이 더 번성한대. 마을에서 성대하게 축하해주지 않으면 주변의 운까지 다 그 집으로 몰려간다더군. 다 같이 즐겁자고 하는 소리겠지."

페린느의 남편인 버라티는 다이런 인으로, 아직 타본 어가 서툰 아일과 자주 어울려 지냈다. 두 남자는 무뚝뚝한 편이었지만 그 점이 오히려 서로에게 호감인 모양이었다.

아일이 흥미롭다는 듯 미소를 지었다.

"재밌네요."

"축제 때 모두 한꺼번에 축하해줄 생각이야. 니암나무 꽃잎으로 장식한 붉은 등이 적어도 열 개는 더 필요해. 니암나무는 다이런에 많은데."

"……많죠."

두 남자는 한 번도 서로의 과거에 대해 대화를 나눈 적이 없었다. 묻지도 않고 궁금해하지도 않았다. 상대도 다이런의 귀족 출신이 아니었을까 짐작만 할 뿐이었다.

아일이 다시 라야의 뒷모습을 눈으로 좇았다. 버라티가 파이프 담배를 끄고 손등으로 아일의 어깨를 툭 쳤다.

"그만 좀 쳐다봐. 자네 부인 어디 안 가."

라야가 생선찜을 담은 그릇을 들고 왔다. 그녀를 따라 버라티의 세 아이들이 빵을 담은 바구니, 데운 우유가 든 주전자, 잼이 담긴 그릇을 각자 하나씩 들고 식탁에 와 앉았다.

라야가 그릇을 식탁 중앙에 내려놓으며 아일에게 눈웃음을 쳤다. 라야의 웃음은 원래도 주변을 따뜻하게 만들었지만 제 남자 한 사람만을 향해 있을 땐 그 온기가 더 진해졌다. 라야가 다시 부엌으로 가자, 두 사람을 지켜보고 있던 버라티가 빵을 집으며 말했다.

"요즘 집에 무슨 일 있어?"

"아니요. 없는데요."

"요즘 자네 부인이 뭔가 걱정 있는 표정이라고 그러던데."

"……."

"이 좁은 섬에서 일 년이면 답답할 때도 됐지. 페린느도 그랬어. 바람이라도 쐬게 해줘. 내일 나갈 때 같이 나가."

고맙지만 편치 않은 제안이었다. 외지인들이 많이 들락거리는 장소엔 가고 싶지 않았다. 아일은 별다른 내색 없이 말했다.

"물어보죠."

"둘판에 솜씨 좋은 이발사가 있거든. 여자들은 머리 손질을 받으면 기분이 좋아지는 모양이더라고. 라야도 좋아할 거야."

"이발사라면, 남잔가요?"

다른 남자의 손이 라야의 머리에 닿는 건 용납할 수가 없다. 드물게 힘이 실린 목소리라, 버라티가 눈치를 채고 웃었다.

"여자야. 정색은."

아일은 조금 멋쩍어져서 웃었다. 버라티의 다섯 살 막내아들이 식탁 위로 힘겹게 팔을 뻗어 빵을 건넸다. 빵을 받아 들고 아일은 다시 라야를 찾아 부엌을 보았다.

욕조의 뜨거운 물 위로 김이 피어올랐다. 물 표면이 작게 흔들렸다. 파문이 갈수록 커지고 나무로 만든 욕조가 삐걱대는 소리를 내기 시작했다. 욕조 밖으로 물이 넘쳤다. 두 몸이 흔들려서 물도 요동쳤다. 라야는 욕조를 움켜잡고 신음을 삼켰다. 그녀의 손에 붉은 보석이 박힌 반지가 끼워져 있었다. 아넷의 결혼 반지였다. 그녀가 아들에게 남겨준 것이다.

라야는 아일에게 허리를 내어준 채 힘없이 고개를 숙였다. 목욕물 위로 젖은 긴 머리카락이 늘어졌다.

"라야⋯⋯."

그의 말소리에 그르렁대는 호흡이 섞여 있다. 지친 그녀가 움직이지 않아도 그녀의 몸은 충분히 관능적으로 흔들렸다. 사내의 손이 땀과 물로 미끈거리는 등을 어루만졌다. 그러자 고집스럽게 꾹 다물고 있는 입이 벌어졌다. 호흡을 흐트러뜨리는 손길이다. 그가 애정을 속삭였다. 손이 그녀의 목을 어루만지고, 등을 훑어 내려왔다. 그리고 잘록한 허리를 잡았다. 치받는 움직임이 빨라졌다. 그의 입술을 찾거나 그의 품으로 파고들어 열을 빼낼 수 없으니 뜨거운 머리를 세차게 저었다. 폭죽처럼 터지는 흥분을 참을 수가 없어 결국 비명을 질렀다. 욕조를 부여잡고 있는 손이 저릿했다. 손마디가 하얗게 변했다.

"소리⋯⋯ 질러도 돼."

그가 그녀의 귀를 살짝 깨물었다가 놓으며 속삭였다. 라야가 감고 있던 눈을 가늘게 떴다.

"주변에 이웃이 없는 집으로 고른 게…… 뭣 때문인데."

그런 이유가 있는 줄은 몰랐네. 힘없이 웃던 라야는 그가 너무 강하게 밀고 들어오는 바람에 인상을 쓰며 다시 머리를 숙였다. 그가 들어왔다 나갈 때마다 몸 안에 도는 피가 완전 새로운 피로 바뀌는 기분이었다. 그녀의 입에서 울음 같은 신음이 터졌다. 그가 그녀를 일으켜 세워 안았다. 바닥을 짚지 않고 떠 있는 두 발이 바들바들 떨렸다. 귀 바로 뒤쪽에서 그가 토해내는 소리가 들렸다. 그가 만족스러운 신음을 뱉으며 그녀 안에 자신을 풀어놓았다. 목욕물보다 더 따뜻한 기운이 퍼지는 걸 느끼며 라야는 눈을 감았다.

절정에 오른 그가 내는 마지막 신음 소리는 고통에 몸부림치는 소리 같기도 하고 쾌락에 겨워 내는 소리 같기도 했다. 짐승처럼 뒤엉켜 있었으니 짐승이 내는 소리처럼 들리기도 했다. 하나 확실한 건, 그 소리에 저항은 없었다. 그녀가 그에게 주는 것이 고통이든 쾌락이든 짐승 같은 운명이든, 그는 거부할 생각도 거부할 수도 없다는 것을 그녀에게 일러주려는 듯했다. 그는 그 소리를 듣게 하려고 그녀를 일으켜 세웠다.

라야는 자신의 몸을 감싸고 있는 그의 팔을 잡았다. 뒤로 느껴지는 그의 몸은 뜨겁고 단단했다. 그 느낌은 그를 닮아 있었다. 그는 아마 납득할 수 없는 일과 맞닥뜨리면 굽히고 변하기보다 부서지는 쪽을 택할 것이다. 그 사실이 라야는 슬펐다. 눈물이 나려고 해서 그의 팔을 움켜잡았다.

가라앉는 그녀의 몸을 아일이 끌어당겨 안았다. 그의 몸에 등을 기대고 그대로 주저앉았다. 두 몸이 욕조 물에 조용히 잠겼다.

라야가 남은 열기를 뱉어내며 고개를 젖혔다. 아일이 욕조 난간에 팔꿈치를 기댄 채 그녀를 내려다보며 미소를 보냈다. 라야는 아일을 올려다보며 숨을 몰아쉬었다. 그의 눈빛은 언제라도 다시 시작할 것처럼 뜨거웠다. 자신에게만 집중하고 있는 이 남자를 거부할 방법은 없다. 주먹에 머리를 기댄 채 그녀를 더 바짝 끌어안고 아일이 말했다.

"일 년만 살기로 했는데."

목소리가 어둡다. 라야의 표정도 어두워졌다. 그런 표정 짓지 말라는 듯 아일이 손을 올려 그녀의 얼굴을 덮었다.

괜찮아, 괜찮아. 아무리 무서워도 모든 것은 그저 악몽.
눈을 뜨면 괴물은 너를 따라오지 못하지. 괴물은 종달새를 무서워하거든.
괜찮아, 아가야. 눈을 뜨면 모든 것은 원래 자리로.
종달새가 우는 건 신도 막지 못해. 그것은 세상의 첫째가는 규칙.

타본의 자장가였다. 잠에서 깨 우는 아이를 달래는 자장가라고 했다. 아일이 이곳에 와서 처음으로 배운, 타본 말로 부를 수 있는 노래이기도 했다. 이상하게 그는 이 노래를 마음에 들어 했다.

라야가 울상이거나 걱정에 잠기면 그는 큰 손으로 라야의 얼굴을 덮었다. 손을 떼고 감고 있던 눈을 뜨면, 노랫말처럼 '모든 것은 원래 자리로'.

라야가 그의 손을 잡아 내리며 말했다.

"너무 정이 들어버렸어요."

"떠난다고 아직 말하지 않은 거야?"

라야가 고개를 저었다.

"페린느, 그래 보여도 눈물 많은 사람이에요. 우리가 떠난다고 하면 울 거야. 갈 거면 그냥 떠났으면 좋겠어."

"야반도주하자고?"

"어차피 올 때에도 야반도주해서 왔잖아."

아일이 집을 둘러보며 말했다.

"흠, 이 집도 정이 많이 들었는데."

"난 당신이 이런 집에서 살 수 있을 거라 생각 못했어."

"내가 군인이란 거 잊었어?"

라야가 그의 눈을 물끄러미 바라보았다. 그의 손을 잡아 젖은 손등을 매만졌다. 이 손이 검을 놓은 지 벌써 일 년이 훨씬 넘었다. 그는 자기 손에서 피 냄새가 난다고 하는데, 라야에게 이 손은 뜨거운 손일 뿐이었다. 라야는 그의 손을 들어 올려 중지에 입술을 내렸다. 약지에도. 그리고 다시 그의 눈을 응시했다. 아일은 별말 없이 그녀의 시선을 받았다. 라야는 나머지 손가락에도 모두 입을 맞추었다. 마지막으로 손등에도. 아일이 웃으며 말했다.

"지금 뭐하는 거야?"

"정말 이제 부부이긴 한가 봐. 말 안 해도 당신이 무슨 생각 하는지 다 알겠어. 그러니까 슬픈 생각 하지 마요. 그럼 나도 슬퍼. 미안해하지도 마요. 특히 나한테."

아일은 속을 들킨 게 민망하다는 듯이 미소를 지었다. 그녀의 젖은 뺨을 어루만지고, 그녀의 얼굴을 끌어당겨 키스했다. 그리고 그녀를 끌어안고 또 키스했다. 이대로 그녀를 삼켜 자신의 일부로 만들지 못하는 것이 아쉽다는 것처럼 그녀의 머리칼 속에 손을 집어넣고 키스하고 또 키스했다.

"어릴 때로 돌아간다면 자신한테 뭐라고 말해주고 싶어요?"

입술이 떨어지는 순간을 놓치지 않고 라야가 돌발 질문을 했다. 아일이 고개를 갸웃하며 머리를 뒤로 뺐다.

"뭐?"

"들었으면서 못 들은 척하긴."

"못 들은 게 아니라…… 왜 그런 질문을 키스하다가."

"그럼, 질문을 생각났을 때 하지 묻는 날이 따로 있어요? 말해봐요. 생각 좀 해보라고요, 이 '만약'은 전혀 생각해보지 않는 기사님아."

라야가 손가락으로 아일의 이마를 가볍게 밀쳤다. 그리고 두 주먹을 불끈 쥐며 말했다.

"난 남자를 많이 만나보라고 할 거야!"

아일이 한쪽 눈썹을 올렸다. 라야는 아랑곳 않고 말했다.

"마구마구 방탕하게 사는 거지! 그리고 나중에 당신을 만나면 내가 당신을 막 가지고 노는 거예요, 내 손안에서!"

"그거 참…… 깜찍한 생각이군."

"당신은? 어릴 때로 돌아가면 자기한테 뭐라고 해주고 싶어?"

아일은 잠시 생각에 잠겼다.

"그렇게까지 힘들게 스스로를 채찍질할 필요 없다고."

"……"

"그런다고 아무도 칭찬해주지 않으니까…… 그럴 필요 없다고. 네 어리광 같은 자기학대, 받아줄 사람 없으니, 적당히 하고 쉬라고. 그렇게 말해주고 싶네."

라야의 표정을 보고 아일이 웃음을 터뜨렸다. 그리고 그녀의 얼굴을 손으로 덮었다. 손을 떼고 나면 '모든 것은 원래 자리로'.

라야가 다시 몸을 돌려 앉았다. 그를 등 뒤에 두고 그의 다리 사이에 앉아 물속에 무릎을 모으고 앉았다. 바람에 덧창이 덜컹거렸다. 예민한 아일의 귀엔 마당에 널어둔 빨랫감이 펄럭이는 소리도 들렸다. 바람이 거셌다. 하지만 덕분에 집 안의 고요함이 더 진해졌다. 따뜻하고 평화로운 고요함이다. 그 고요함을 유지할 수 있다면 숨소리마저 내어줄 수 있을 정도로.

라야가 불쑥 말했다.

"사실……."

아일이 라야의 정수리를 내려다보았다.

"바람이 친구라고 말했지만 차이드를 떠나 다이런으로 가는 동안 원망도 많이 했어요."

라야가 고개를 젖혀 아일을 보았다.

"엄마와 헤어져서 다이런으로 가는 동안은 너무 힘들어서 매일 밤 유령처럼 울어대던 바람 소리도 싫었고 물귀신 같던 강물도 원망했어요. 도망치는 나를 감시하는 것 같던 새들도 싫었어요. 그런 적도 있었어요. 난 그렇게 용감하지도 착하지도 않아요. 난 내가 소중해. 소중한 목숨이에요. 아버지가, 엄마가 지켜주신 생명이에요. 난 내가 정말로 소중해요. 그런데 만약 당신이 나보고 죽으라고 한다면, 이유조차 궁금해하지 않고 죽을 수 있을 것 같아."

잠자코 있던 아일이 말했다.

"만약 내가 네게 죽으라고 한다면 그건 내가 아니거나 내가 완전히 미쳤을 때니까 그런 말은 들을 필요가 없어."

라야는 그저 조용히 웃었다. 아일이 바보 같은 소리를 하는 그녀를 나무라듯 머리카락을 헝클어뜨렸다. 라야가 말했다.

"페린느 말이…… 아기가 생기면 안정될 때까지 관계는 피하는 게 좋대요."

"최근 일 년간 들은 이야기 중에서 가장 참담한 얘기군."

아일이 젖은 얼굴을 쓸어내리며 대꾸했다.

"그 정도예요?"

"응. 절망까지 느껴."

"설마."

라야가 장난스럽게 수면을 손으로 살짝 내려쳤다. 물방울이 튀어 수면에 작은 동심원을 여러 개 만들었다. 아일은 동심원들이 커지고 겹쳐지고 부딪쳐 모두 사라질 때까지 지켜보았다. 라야가 고개를 젖히고 물었다.

"무슨 생각 하고 있어요?"

아일이 라야를 바짝 당겨 안았다. 라야는 두 다리를 꼭 모으고 무릎을 세운 채 웅크린 자세를 취했다. 그가 그녀의 머리칼에 입술을 댄 채로 말했다.

"예전엔 모든 것에 끝이 있다는 게 위안이었는데, 요즘은 그게 조금 슬프네."

라야가 소리 없이 웃고 말했다.

"역시 성명술사가 이름을 잘못 준 게 분명해요. 당신은 철학자나 성직자가 됐어야 했어."

"성직자라면 너랑 이런 짓도 못했겠지."

그의 입술이 그녀의 목을 더듬고 올라와 귀를 물었다.

"그럼 철학자로 해요. 음란한 철학자."

그거 좋네. 그가 속삭이듯 작은 목소리로 말했다. 큰 목소리는 필요 없었다. 그의 목소리는 그녀만을 상대로 하고 있었으니까. 그녀만 들을 수 있으면 그만이었다.

그가 그녀의 등에 입술을 갖다 댔다. 라야는 물속에 잠긴 발가락을 꼼지락거렸다. 이제 동심원은 물 표면이 아니라 그녀의 등에서 퍼져 나갔다. 그의 입술이 닿은 곳을 시작으로 감각의 파문들이 점점 커지고, 겹쳐지고, 부딪쳤다. 라야가 후 하고 흐트러지려는 숨을 내쉬었다. 아일이 "아이가 생기면 한동안 못한다고?"라고 중얼거렸다.

"그럼 그전에 많이 해둬야겠네."

"이상한 남자가 되어버렸어."

"누구 때문에."

그녀의 허리에 닿아 있던 그의 손이 위로 올라왔다. 손이 그녀의 가슴을 어루만졌다. 더운 숨이 약하게 터졌다. 웅크리고 있던 몸이 물속에 풀어지듯 늘어졌다. 가슴을 만지던 손이 목을 부드럽게 쓸어 올렸다. 라야의 고개가 뒤로 꺾였다. 초록빛 눈이 열기를 담고 그를 올려다보았다. 손가락이 붉은 입술을 만졌다. 라야는 제 입술을 어루만지는 손가락을 입에 살짝 물었다. 그의 다른 손이 그녀의 가랑이 사이로 들어갔다. 그의 손이 움직이고, 물에 잠겨 있는 그녀의 다리가 간헐적으로 경련했다. 다시 신음을 흘리기 시작한 그녀의 입술을 맛보러 그의 입술이 내려왔다.

새벽에 비가 왔다. 먼지가 가라앉아 공기도 깨끗하고 발아래 밟히는 흙의 촉감도 좋았다. 차 밭은 평소보다 훨씬 진한 녹색이었다.

"이건 잡초가 아니에요."

라야가 잡초 앞에 쭈그리고 앉아서 말했다.

"람프할레만에서는 열병에 쓰인다고 해서 주르시라고 불려요. 그리고 가유타에선 벌레를 쫓아준다고 해서 마욘이라고 불리고요. 다이런에선 농사에 방해가 된다고 해서 잡초라고 부르죠. 하지만 이 아이의 본질은 벌레를 쫓아낼 정도로 향이 진하고, 농사에 방해가 될 만큼 끈질기고, 더위에 강하다는 것. 어디서 뭐라고 불리든 본질은 변하지 않아요."

"알았어. 너보고 잡초 뽑으라고 안 할 테니까 어서 가봐."

아일이 본인의 그림자로 그녀를 가려주며 말했다. 라야는 앉은 채로 두 팔꿈치를 안으로 모으고 그를 올려다보았다. 미간을 살짝 모으고 말도 없이 그를 한참 바라보았다. 이 여자, 이제 삐치면 이런 식으로 원하는 걸 얻어내려고 한다. 그걸 알면서도 매번 내어준다. 아일이 눈을 감으며 한숨을 쉬었다.

"그렇게 오래 있지도 못해."

어차피 질 게 뻔한 싸움이지만 아일은 좀 더 버텨보았다. 라야가 긴 머리카락의 끝을 잡고 만지작거렸다.

"머리 잘라야 한단 말이에요. 내가 잘라도 되지만…… 예쁘게 자르고 싶어요. 마이카 여자들은 다 그분한테 간다고…… 페린느도 거기 이발사가 정말 잘 자른다면서……."

"알았어. 나갈 때 같이 나가."

라야는 꺄, 소리를 지른다거나 그의 목을 끌어안는 식으로 기쁨을 표현하지 않았다. 입술을 길게 당기고 '그럼 그렇지.'라듯이 조용히 웃었다. 일어선 라야가 아일의 곁을 지나며 그의 엉덩이를 손으로 가볍게 두드렸다.

"점심은 페린느네에서 먹기로 했어요. 늦지 말고 와요."

아일은 라야가 안 보이게 될 때까지 서 있었다.

냐앙.

고양이가 지붕 위에 앉아 그를 내려다보았다. 고양이는 집에 온 첫날부터 제 집인 것처럼 집 이곳저곳을 돌아다녔다. 라야와 사랑을 나누다가 창가에 앉아 있는 고양이를 보고 깜짝 놀란 적도 있었다. 햇빛 때문에 눈이 부셔 아일은 이마에 손을 댔다. 그리고 고양이를 향해 말했다.

"우리가 다녀올 동안 집 잘 지키고 있어."

냐앙.

마이카 섬에서 배로 한 시간 거리에 있는 둘판 섬은 주변에 있는 작은 섬 예닐곱 개의 교역지 같은 곳이었다. 그곳에서 큰 장이 열렸다. 외지에서 몰려온 장사치들이 새벽부터 일찌감치 좌판을 벌이고 있었다. 마차가 흙바람을 일으키고 시장 통을 지났다.

아일은 골목 초입에 서 있었다. 팔짱을 끼고 벽에 몸을 기댄 채, 난전에서 벌어진 작은 승강이에 눈길을 주었다. 가격 흥정에 조금 목소리가 높아진 것뿐이었다. 싸움이라고 할 것도 없었지만 다투는 소리에 불안한 기분이 들어 아일은 라야가 있는 골목 안쪽을 쳐다보았다.

이발소 문이 열리고, 라야가 나왔다. 라야는 안쪽을 향해 인사를 하고 아일에게로 달려왔다. 아일 앞에 선 그녀는 머리를 좌우로 흔들었다. 단정하게 손질된 머리칼이 찰랑거렸다. 라야가 신이 난 목소리로 말했다.

"어때요? 예뻐요?"

아일은 그녀를 처음 만났을 때를 떠올렸다. 가는 비가 내리던, 클레이모어 저택가의 숲.

지금 그녀는 그때보다 더 짧은 머리였다. 머리카락 끝이 어깨에도 닿지 않는, 단발에 가까웠다. 시간이 그녀와 처음 만났던 때로 돌아간 것만 같았다. 그사이에 있었던 일들은 아직 일어나지도 않았고, 피할 수 있는 것처럼.

아일은 그녀의 뺨을 간질이는 머리카락을 귀 뒤로 넘겨주었다. 라야는 싱긋 웃으며 쑥스러운 몸짓으로 그의 팔을 잡으면서 몸을 기댔다.

"아까 지나는 길에 인형극 무대를 봤는데 보러 가지 않을래요?"

"배 시간 다 됐어."

"인형극이 뭐 그리 오래 한다고. 조금만 보고 가요, 네?"

아일이 라야를 물끄러미 쳐다보았다. 이 여자, 수 쓰는 게 늘었다. 부탁할 때 일부러 그의 팔에 가슴을 붙이는 것만 봐도 그렇다.

이동 극장은 아까 지날 때보다 사람이 붐볐다. 흥행사가 지나는 사람들을 불러 모았다. 열렬한 호객에 사람들이 인형극을 하는 무대 앞으로 모여들었다. 라야가 먼저 자리를 잡고 앉아 멀뚱히 서 있는 아일을 잡아 당겼다. 아일은 시간을 확인하기 위해 하늘에 있는 해의 위치를 올려다 보고 그림자도 내려다보았다. 다행히 배 시간까지 여유가 있었다.

대륙을 돌아다니는 흥행사는 한 번은 다이런 어로, 한 번은 타본 어로 번갈아가며 연극을 하고 있었다. 아일이 아는 이야기였다. 아이들보다 는 어른들에게 먹힐 만한 어두운 동화여서 한 번 읽고 말았던 기억이 있 다. 아일은 라야를 보았다. 연극을 기다리는 그녀의 눈이 기대로 빛났 다. 저 초록 눈을 빛나게 하는 감정 중 '미련'은 없을까. 배우를 관두고 극단 사람들을 만나지 못하게 된 데서 생기는 아쉬움과 슬픔은 없을까.

아일은 라야의 어깨를 살짝 건드렸다. 라야가 서 있는 그를 올려다보 았다. 아일은 말없이 웃고 그녀 옆에 앉았다.

자그마한 무대의 붉은 커튼이 걷혔다. 무대 오른쪽에서 붉은 여우 장 갑 인형이 등장했다. 무대 아래서 흥행사의 목소리로 연극이 시작됐다.

"굴을 나갔던 붉은 여우가 돌아왔습니다.

'내 말이 맞았어. 굴 밖엔 물고기도 새도 잔뜩 있다고. 햇볕 냄새는 어 떻고, 비록나무 그늘은 말할 것도 없지. 좋아하지도 않는 굴에 있지 말 고 나랑 같이 나가자. 너를 데리러 먼 길을 왔어.'

붉은 여우를 물끄러미 쳐다보던 하얀 여우가 뒷걸음질 치며 말했습니 다.

'비록나무 그늘도 가을이 되면 없어질 거야.' 아, 가엾고 어리석은 하 얀 여우……."

"혹시 아일 보셨어요?"

라야가 창고 안으로 머리를 들이밀고 물었다. 배를 수리 중이던 버라 티가 허리를 펴고 동료 모쿠르를 보았다. 의자에 앉은 모쿠르는 멋들어진 콧수염을 손으로 만지작거리며 고개를 흔들었다. 버라티가 말했다.

"두 시간 전에 도렝 집에서 본 게 마지막인데."

"혹시 만나면 마을 회관으로 오라고 해주시겠어요?"

"무슨 일인데?"

라야는 창고 문을 잡고 선 채로 대답을 주저했다.

"축제 등을 높이 달아야 하는데……."

버라티가 웃음을 터뜨렸다.

"아니, 키가 닿는 사람이 그 친구밖에 없다는 게 말이 돼? 그냥 여자들 일하는 곳에 그 친구가 있으면 훨씬 분위기가 좋아진다고 그래. 그럼 우리 기분이 이렇게 비참하지도 않을 테니까."

모쿠르도 느긋하게 파이프에 불을 붙이며 고개를 끄덕였다. 두 남자가 농담을 한 게 빤한데도 라야는 미안한 표정을 지으며 창고를 나갔다. 라야는 다시 동네를 돌았다. 한참을 뛰어다녔는데도 아일을 찾을 수가 없었다. 그가 갈 만한 장소는 다 들러봤지만 못 만난 걸로 봐서 길이 엇갈렸거나 그녀가 모르는 어디에 틀어박혀 있다는 것일 텐데. 이미 말을 전해 듣고 마을 회관으로 간 걸까? 라야가 우뚝 멈춰 섰다.

'무슨 일이 생긴 건 아니겠지?'

빠른 걸음을 옮기는 라야의 이마에 땀이 맺혔다. 그녀가 소매로 이마를 닦기 전에 바람이 어깨를 살포시 감싸며 다가와 땀을 식혀주었다. 라야는 들었던 팔을 내리며 "고마워."라고 속삭였다. 그에 대꾸하듯 바람이 머리카락을 목 뒤로 쓸어주었다. 라야는 집으로 향했다. 뒷마당 쪽에서 아이들 소리가 들렸다.

"무턱대고 반응하지 마. 필요할 때 움직여."

아일이 나무 그늘 아래서 아이들을 향해 말했다.

"마구잡이로 휘두르는 건 주정뱅이도 할 수 있어. 자신의 영역을 만들어 상대를 끌어들여."

마당에는 동네 남자아이들이 여섯 있었다. 그들은 목검을 하나씩 들고 있었다. 그 또래 남자아이들이 잘 그러듯 그들이 동네를 뛰어다니며 전쟁놀이를 하고 있는 모습은 라야도 몇 번 본 적이 있다. 남자아이들은 하나같이 진지한 표정으로 대련 중이었다. 언제부터 시작된 수업일까?

"많이 들어본 소리네요."

라야가 아일 뒤로 다가서며 말했다. 아일은 돌아보지 않은 채 대꾸했다.

"그러게. 예전에 가르쳤던 녀석 하나가 어찌나 말귀가 어두운지 말을 여러 번 반복하게 만들었거든."

"내가 언제요!"

"너라고 안 했는데?"

아일이 라야를 보며 장난스러운 미소를 지었다.

"스승님."

아일이 소년을 보았다. 소년의 이마에 땀이 송골송골 돋아 있었다. 소년이 자못 비장한 얼굴로 말했다.

"애들이랑 얘기를 해봤는데요, 섬 수비대를 만들까 해요. 스승님이 고문을 맡아주셨으면 해요."

"흠, 숙고해보지."

아일은 진지한 표정을 짓고 아이들의 장단에 맞춰주었다. 아이들은 위대한 결사 단체라도 만든 기분이 들었는지 한껏 상기된 얼굴로 마당 중간에 모여들었다. 그리고 작은 머리통을 맞대고 수비대를 어디다가 지을 건지, 출근 시간과 퇴근 시간은 언제로 할 건지 등의 계획을 세우기 시작했다.

아일은 책을 읽는 것을 멈추었다. 그의 허벅지 위로 '매니'가 올라왔다. 테이블에서 가면을 만드는 데 열중이던 라야가 그걸 발견하고 꽥 소리를 질렀다.

"저 녀석, 날 가지고 노는 게 분명해. 내가 그렇게 올라오라고 할 때에는 무시하더니 왜 당신한테만 가는 거야?"

"암컷이라서?"

아일이 말했다. 라야가 입을 벌리더니 가면 옆에 붓을 내려놓았다.

"설마 여자라면 다 당신을 좋아할 거라고 자신하는 거예요?"

"질투하지 마. 그 많은 여자들을 제치고 날 차지한 승리의 기쁨을 누리라고."

아일이 느물거렸다. 라야는 뭔가 집어던질 걸 찾아 주위를 두리번거렸다. 아일이 매니를 내려다보며 장난스럽게 말했다.

"매니, 내려가. 네 생명의 은인은 우리가 사이좋게 있는 모습이 보기 싫으시대."

매니는 꿈쩍도 하지 않았다. 살랑거리던 꼬리를 말고 몸을 둥글게 웅크리더니 그의 허벅지 위에서 잠들어버렸다.

라야는 축제 중에 쓸 가면을 만들고 있었다. 자기가 쓸 가면은 자기가 만드는 게 전통이지만 모든 사람이 섬세한 손재주를 가진 것은 아니기에 마을 사람들은 각자 자신 있는 분야를 맡아 축제 일거리를 나누었다. 라야는 굵은 붓을 들어 검은 물감을 찍은 뒤 부엉이 눈을 그렸다. 테이블 위에 완성된 가면이 차곡차곡 쌓여갔다. 여우 가면, 토끼 가면, 늑대 가면, 부엉이 가면.

"검은 새 가면도 만들까요? 그러고 보니 요즘 검은 새가 안 보이네요?"

라야가 물었다. 대꾸가 늦었다.

라야가 그를 돌아보았다. 아일이 책을 보는 채로 말했다.

"나한테서 더 이상 얻어낼 게 없다고 생각하나 보지."

라야는 고개를 갸웃했다가 어깨를 으쓱하고는 가면 만드는 일로 돌아갔다.

"단원들 보고 싶지 않아?"

라야가 붓질을 멈추었다. 아일은 여전히 책을 읽고 있는 것처럼 보였다. '연극을 하고 싶지 않냐?'고 물어볼 용기는 없었다. 그래서 그렇게 돌려 물었다.

"보고 싶어요."

아일이 고개를 들었다. 라야는 붓 끝으로 턱을 누르고, 눈을 반짝이며 먹고 싶은 음식을 나열하듯 말했다.

"엄마랑 아빠도 보고 싶어요. 나달도 보고 싶고…… 르웨이와 메이튼도 보고 싶어요. 삼촌도 잘 계신지 궁금하고, 라렌시랑 베니의 아기가 얼마나 컸는지도 궁금해요. 음, 그래요."

그리고 씩 웃었다.

부둣가가 조용했다. 섬을 에워싼 바다가 얌전한 날이었다. 소년은 개에게 저녁을 주는 제 몫의 일을 끝내고 서둘러 집을 뛰쳐나왔다. 소금기 가득한 바다 냄새가 밤바람에 실려 왔다. 속으로 '시작!' 한 마디 외침을 시작으로, 바람과 경쟁을 하듯 달빛이 비추는 흙길을 내달렸다. 쥐고 있는 붉은 등이 날아갈 것처럼 흔들렸다. 펼치고 있는 손바닥에 바람이 손을 마주쳐 주는 것만 같았다. 음악 소리가 점점 다가왔다.

"라야!"

소년이 크게 숨을 몰아쉬고 소리쳤다. 라야가 소년을 알아보고 어서 오라는 손짓을 했다. 라야에게서 부엉이 가면을 받아 쓴 소년은 장식등을 들어 보였다.

"이거 달아야 되는데."

"뒤쪽으로."

라야가 엄지로 뒤를 가리켰다. 아이들이 마을 회관 벽에 매달려 등을 달고 있었다. 노란 등, 푸른 등, 초록 등, 분홍 등, 하얀 등. 소년은 자기가 들고 있는 붉은 등이 몇 개인지 헤아려보았다. 세 개. 붉은 등은 희소가치가 있었다. 아이들을 도와 등을 달고 있는 아일을 향해 소년이 말했다.

"스승님, 저도."

그리고 두 팔을 벌렸다. 아일은 소녀를 내려주고 소년의 겨드랑이에 손을 넣어 그를 올려주었다. 소년은 지붕 줄에 붉은 등을 달고 의기양양한 미소를 지었다.

아이들도 술집을 드나들 수 있는 날이었다. 섬에 하나뿐인 술집이라 마을의 나이 든 남자들은 죄다 그곳에 몰려 있었다. 어른 흉내를 내고 싶어 하는 꼬마들이 술집을 찾아왔다. 하지만 금지된 장소가 개방되는 순간 인간은 흥미의 반을 잃는 법, 꼬마들은 술 흉내를 낸 음료수를 하나씩 챙겨 들고 다시 밖으로 나와 거리를 뛰어다녔다.

장소를 가리지 않고 사람들이 가면을 쓴 채 춤을 추었다. 연인들은 흥에 겨운 춤사위를 보이며 이웃집과 거리를 자유롭게 드나들었다. 발이 닿는 곳이 무도회장이고 달빛이 조명이었다. 음악은 어디서나 들려왔다. 다이런 인들이 연극을 사랑하듯 타본 인들은 음악을 사랑했다. 타본 인들의 말에 의하면 춤과 음악은 생선 튀김과 술의 관계와 같다고 한다. 잘 어울리고, 하나만 즐겨도 되지만, 동시에 즐기면 배로 즐겁다.

술에 취한 동네 청년들이 흥을 주체 못해 빙글빙글 원을 돌며 마을을 뛰어다녔다. 원에 참여하는 청년들이 갈수록 늘어났다. 아일이 웃으며 그들을 지나쳤다. 청년 하나가 고개를 빼고 소리쳤다.

"어디 가? 우리랑도 한잔 해야지!"

"이미 많이 마셨어!"

아일이 소리쳤다. 그는 골목으로 들어갔다.

음악 소리가 멀어졌다. 술집 창문에서 담배 연기가 흘러나왔다. 담배 연기가 안개처럼 잠시 시야를 가렸다.

"기사님, 혼자 왔어요?"

아일이 멈춰 서서 뒤를 돌아보았다. 라야가 골목 끝에서 발을 까닥거리며 그를 불렀다. 그녀는 고양이 가면을 쓰고 있었다. 아마 매니를 본뜬 것일 터. 회색 고양이 가면이 그에게로 조심스럽게 다가왔다. 아일이 미소 지으며 다가갔다. 그러자 라야는 뒷짐을 진 채로 그만큼 물러섰다. 그리고 고개를 저었다. 그녀가 손으로 그와 그녀 사이에 금을 그으며 엄하게 말했다.

"여긴 내 영역이야. 함부로 침범하지 마요."

"하겠다면?"

"그럼 책임을 져야죠."

아일이 손을 내밀었다.

"그러면…… 네가 정복하러 와."

그와 그녀 사이로 담배 연기와 생선 튀김 냄새와 침묵이 지나갔다.

라야가 고양이 걸음처럼 우아하고 조심스럽고 교태 어린 손짓으로 손을 뻗었다. 아일은 그녀의 손이 그의 손에 완전히 들어올 때까지 인내심 있게 기다렸다. 그리고 그녀의 손이 손가락 사이에 얽혀드는 순간 그녀의 몸을 와락 잡아당겼다. 아일은 그대로 담배 연기가 있는 골목을 벗어나 음악이 들리는 거리로 돌아왔다.

"우리 지금 춤추는 거예요?"

라야가 물었다. 아일이 그녀를 안고 빙글 돌았다.

"너와 처음 황궁의 연회에 갔을 때부터 늘 이러고 싶었지."

"소원 풀었네요?"

"그래, 이제 죽어도 여한이 없어."

라야가 미심쩍다는 듯이 웃었다. 동네 주민들은 흥미로운 것을 보듯 두 사람을 보며 웃었다. 무뚝뚝한 남자라 춤도 못 출 줄 알았나 보다. 아일은 보란 듯이 근사한 스텝을 밟으며 음악 속으로 들어갔다. 청년들이 휘파람을 불었다. 그 분위기에 취했던 게 분명하다. 라야는 술도 한 잔 했다. 어쩌면 두 잔. 그녀는 춤 때문인 척하며 아일에게 바짝 붙어 섰다. 오른손은 깍지를 낄 때처럼 힘주어 잡고 왼손으로는 유혹하듯 그의 어깨를 은근히 쓸어 잡았다. 그리고 기대는 척 그의 가슴에 몸을 붙였다. 말을 하면 숨결까지 느껴졌다. 다이런에도, 정숙하고 소탈한 이 섬나라에도 남녀 간에 이 정도 접근을 허용하는 춤은 없다. 열정적인 차이드에는 있을지도 모르겠다. 아일이 그녀를 내려다보며 말했다.

"너무 붙는 거 아니야?"

"왜요? 흥분돼요?"

"……날 흥분시키고 싶어서 그런 거야? 하지만,"

아일이 라야의 허리를 부드럽게 감쌌다. 코가 스칠 정도로 가까이 다가온 그가 은밀히 속삭였다.

"이만큼 붙어 있으나 멀리 떨어져 있으나 내가 널 보고 흥분하는 건 똑같아."

그러고는 감질나게 살근대는 라야의 몸을 사랑을 나눌 때처럼 밀착시켰다. 그의 아랫도리가 배에 닿자 라야는 헉, 소리를 내며 후퇴했다. 아일이 실쭉거리고 웃었다.

"감당 안 되는 도발은 하는 게 아니야."

아, 딱 한 대만 때려주고 싶어. 라야가 그를 노려보았다. 아일은 라야의 가면을 벗기고 그녀의 뺨에 입을 맞췄다. 사람들의 눈치를 보며 라야가 깜짝 놀란 표정을 지었다.

"라야, 나랑도 춰요."

버라티의 열한 살짜리 아들이 달려와 말했다. 소년 뒤로 그보다 어린 소년이 뛰어왔다. 라야와 춤을 추기 위해 줄을 서는 듯했다. 소년들은 라야가 만들어준 토끼 가면과 여우 가면을 들고 있었다. 여우 가면은 원래 아일의 것이었는데, 소년이 자기 가면을 부셔 먹고 울고 있는 것을 아일이 지나가다 발견하고 소년에게 양보했다.

아일은 춤을 추면서 소년들로부터 라야를 숨기듯 그들을 등졌다. 그리고 어깨를 쫙 펴며 말했다.

"안 되는데?"

소년들이 충격받은 표정을 지었다. 라야가 웃음을 터뜨리며 아일의 어깨를 쳤다.

두 사람은 마을 사람과 섞여 한참 춤을 추었다. 음악이 늦은 밤까지 이어졌다. 능숙한 연주가 끝나면 만취한 주민이 악기를 넘겨받아 엉망진창 연주를 했다. 그래도 상관없이 사람들은 춤을 췄다. 흥겨움이 음악이었다. 라야와 아일은 파트너를 다섯 번 정도 바꿔서 춤을 추다가 삼십 분 만에 다시 만났다. 겨우 만났다는 듯이 아일이 라야의 손을 잡자마자 한숨을 쉬었다. 라야는 아일의 어깨 너머로 끊임없이 이웃들과 눈인사를 나누고, 농담을 하고, 웃음을 터뜨렸다.

두 사람은 두 손을 꼭 잡은 채로 춤을 추는 사람들 사이를 지나 돌고 또 돌았다.

"좋은 사람들이죠?"

라야가 물었다. 아일이 고개를 끄덕였다.

마이카는 문화랄 것도, 역사라고 부를 만한 것도 없는 곳이었다. 그다지 춥지 않으니 바닷바람만 막으면 족해 집은 조촐하고 튼튼하게만 짓고 만족했다. 권력이 없어 싸움이 없고, 부자가 없어 가난한 자도 없었다. 평화로운 섬이고, 선량한 사람들이고, 안락한 집이었다. 아일은 이만큼 편안한 기분으로 사람들 속에 있어본 적이 없었다.

라야가 아일의 가슴에 정수리를 콩 찍으며 속삭였다.

"여기보다 더 좋은 곳이 있을까요?"

그러고는 고개를 들고 촉촉한 눈으로 아일을 올려다보았다. 아일의 표정을 본 라야가 한 손을 빼내 그의 어깨를 툭 쳤다.

"아, 진짜. 그런 표정 지으라고 한 말이 아니라니까. 남고 싶다는 게 아니야. 물론 그러고 싶지만 그럴 수 없다는 거 알아요."

라야는 그의 가슴에 뺨을 대고 안겼다.

"축제는 낯설다더니, 오길 잘했죠?"

그가 고개를 끄덕였다. 라야는 그의 손등에 입을 맞추었다.

"여기보다 더 좋은 곳이 없을지는 몰라도 여기만큼 좋은 곳은 많을 거예요. 난 이곳을 떠나는 게 두렵지 않아. 왜 그런 줄 알죠?"

그가 또 말없이 고개를 끄덕였다. 아일은 원래도 무뚝뚝한 편이었지만 어색한 타본 어 때문인지 마을 사람들 앞에서는 거의 말을 하지 않았다. 마을 사람들은 한참 동안 그가 말을 하지 못하는 걸로 알고 있었다. 아일이 말을 할 때까지 마을 사람들은 그가 행여나 상처를 받을까 봐 말을 못 하는 거냐고 차마 묻지도 못하고 손짓과 발짓으로 아일에게 대화를 걸어왔다. 아일이 처음 입을 열었을 때 마을 사람들이 짓던 경악과 경이로움의 표정을 떠올리면 라야는 자다가도 웃음이 나왔다. 마이카 섬의 주민들은 그런 사람들이었다.

입을 달싹이던 아일이 라야에게 물었다.

"왜 날 좋아하는 거야?"

라야는 무슨 그런 질문이 다 있냐는 듯이 얼굴을 붉히고 미소 지었다. 그리고 들고 있던 고양이 가면을 그의 얼굴에 씌웠다. 아일은 라야의 얼굴을 제대로 보려고 금세 가면을 벗었다. 라야의 눈에 눈물이 차오르고 있었다. 아일은 그녀가 슬퍼서 우는 게 아니란 걸 알았다. 라야는 행복할 때에도 울었다. 아일이 무슨 말을 하려고 하자, 라야가 잘 들리지 않는지 까치발을 하고 귀에 손을 댔다. 그 사랑스러운 모습에 숨이 막혔다. 숨이 막히는 사랑을 할 수 있을 거라고 감히 상상해보지도 못했다.

"내가 아무래도…… 당신을…….."

폭죽 소리에 그의 목소리가 묻혔다.

꼬마들이 폭죽을 가지고 놀았다. 말린 생선 한 두름에 폭죽 하나. 둘판 장에서 사 온 물건이었다. 마을 사람들에게서 부탁받은 물건은 아니었지만 아일과 라야는 기꺼이 비싼 값을 지불하고 아이들을 위한 폭죽을 사 왔다. 이별 선물인 셈이었다.

라야가 아일을 보고 물었다.

"무슨 말을 하려다 말았죠?"

"……내가 당신을,"

"아, 사랑한다고요?"

라야가 선수 쳤다. 아일이 웃음 비슷한 한숨을 쉬었다. 그 순간, 가장 큰 폭죽이 터졌다. 신이 난 아이들이 비명을 지르며 팔짝팔짝 뛰었다. 밤하늘에 작은 꽃들이 피었다. 작은 마을이 환호성으로 들썩였다. 아이들 중에는 불꽃놀이를 처음 본 아이도 있었다. 어떤 이들에겐 이날 본 불꽃놀이가 마지막 불꽃놀이일 수도 있다. 먼 훗날 많은 사람들이 이날을 떠올릴 때 불꽃놀이를 떠올릴 것이다. 사람들이 모두 불꽃놀이에 눈을 빼앗겨 있을 때, 아일과 라야는 서로의 입술을 찾고 있었다. 아일이 그녀의 입술에 속삭였다.

"나보다 네가 더 소중해."

폭죽 소리가 요란했다. 그들 바로 앞에 있는 사람들도 그의 목소리를
듣지 못했다. 하지만 라야는 들었다. 라야가 그의 허리를 안으며 말했
다.

"그런 말은 자신을 소중히 여기는 사람이 해야 감동적인 법이에요. 이
제…… 자신이 싫지 않아요?"

그의 대답이 늦었다. 그것은 주저함이 아니라 그가 자신의 내면을 들
여다보고, 스스로의 변화를 실감하고, 감탄하는 시간이었다. 얼마 후,
아일이 대답했다.

"응. 누구 덕분에."

그리고 그가 환하게 웃었다. 밤하늘의 불꽃보다 환한 미소였다.

라야는 숨을 멈추고 눈을 더 크게 뜨고, 좀 더 자세히, 제대로 그의 얼
굴을 봐두었다. 덕분에 그녀는 마지막 순간에도, 생명의 불꽃이 강렬히
타올랐다 사라지는 순간에도, 그가 순수하게 기쁨과 행복만으로 가득
차 짓던 그 미소를 떠올릴 수 있었다.

67

나뭇잎 사이로 내리비치는 햇빛은 창백하고 나뭇가지는 바닷바람에 흥청거렸다.

고양이가 눈을 번쩍 떴다.

오전 내내 남의 집 지붕에 앉아 일광욕을 즐긴 매니는 슬슬 집으로 돌아가야겠다는 생각을 했다. 그녀는 둥근 지붕을 내려와 삼각 지붕 집으로 향했다. 꼬리를 살랑살랑 흔들며 땡볕을 걸었다. 다 자란 몸이 아니라서 우아하기보다 귀여운 몸이었지만 곧 아름다워질 거라고 매니는 자신을 격려했다. 발바닥에 닿은 열기가 훈훈했다.

삼각 지붕 집은 섬 가장자리에 있었다. 인간들은 모여 사는 걸 좋아하는 줄 알았는데 꼭 그렇지만도 않은 모양이다. 다른 고양이들이 하는 말로 미뤄 보아 그녀와 함께 사는 젊은 부부는 다른 인간들과 다르게 잔소리도 별로 없고 예의를 아는 부류인 듯싶었다. 여자 인간에게선 늘 좋은 향기가 났고, 그래서 그런가 여자 인간의 옆에서 잠들면 좋은 꿈을 꿀 수 있었다. 둥근 지붕 집에 사는 고양이가 "어떤 향기가 나는 거야?"라고 물었다.

"그리운 바람 냄새."

라고 대답했다. 매니는 다섯 번 죽고 다섯 번의 삶을 기억하는 채로 여섯 번째 삶을 살고 있었다. 앞으로 세 번의 삶이 더 남았다. 그녀만 특별한 게 아니다. 삶의 횟수만 다르지 모든 고양이들이 그러했다.

인간 여자에게선 매니가 첫 번째 삶에서 맡았던, 햇볕 좋았던 어느 날의 바람 냄새가 났다. 그래서 인간 여자 곁에 있으면 괜히 멍해지고 기분이 몽글몽글해졌다. 매니의 대답을 들은 둥근 지붕 집 고양이는 "난 구운 생선 냄새가 더 좋아."라고 말했다. 진지한 대화를 나눌 만한 고양이는 아니라는 생각이 들었다.

남자 인간은 풍기는 기운이 서늘하고 그녀를 긴장시키는 면이 있어 처음엔 가까이하지 않았다. 여자 인간과 같이 있을 땐 남자 인간의 그런 기운이 물렁해졌는데 그 차이가 꽤 흥미로웠다. 여자 인간이 남자 인간을 무지 좋아하는 게 느껴졌기 때문에 그녀도 남자 인간을 좋아해주기로 했다. 무엇보다 남자 인간은 그녀의 식사를 잘 챙겨줬다. 신세를 졌으니 어쩔 수 있나. 그녀는 두 인간을 동거인으로 인정했다. 황송해하길.

첫날, 남자 인간이 여자 인간에게 안겨 있는 그녀에게 손을 내밀자 너무 놀란 나머지 그의 손등을 할퀴고 말았다. 여자 인간이 비명을 지르고 남자 인간의 손등에서 피가 나는 걸 보고서야 아차 했다. 하지만 남자 인간은 그녀의 실수를 대수롭지 않아 했다. 남자 인간이 듣기 좋은 울림으로 "괜찮아."라고 말했다. 여자 인간에게 하는 말인지 그녀에게 하는 말인지는 알 수 없었지만, 매니는 남자 인간에게 조금 미안해졌다.

그래, 두 인간은 그녀를 매니라고 불렀다.

그녀는 항의하고 싶었다. 우아한 이름은 아니라고 생각됐다. 그들이 이름을 부르면 못 들은 척하는 것으로 몇 번 반항도 했다. 용케도 여자 인간이 항의를 눈치챘다. 바람 냄새가 나는 여자 인간은 며칠을 고민하더니 해맑은 표정으로 말했다.

"하지만 난 매니란 이름이 좋은걸."

은근히 고집 있는 여자란 생각이 들었다. 고집 있어 좋겠수다, 다음 생에도 고집 있는 인간으로 태어나시길.

일주일이 지나고 매니는 자신의 이름을 받아들이기로 했다. 호칭은 호칭일 뿐이니까. 어떤 괴상한 호칭도 그녀의 우아한 본질을 해칠 수는 없다.

아지랑이 뒤로 삼각 지붕이 보였다. 남자 인간이 얼음물을 준비해뒀으면 좋겠다고 매니는 생각했다. 음, 이 시간이면 집에 인간들이 없을 수도 있겠다. 요즘 여자 인간은 그림을 그린답시고 곧잘 산책을 나갔다.

그림에 큰 재능은 없어 보이던데.

다음 생에는 흥미와 재능이 일치하는 인간으로 태어나길 빌어주었다.

남자 인간은 제 짝이 없을 때마다 은밀한 행동을 했다. 그는 바다를 건너온 새를 종종 집 근처로 불러들여 누군가와 편지를 주고받았다. 여자 인간에게 그 사실을 일러줄까도 생각해봤지만 남자의 사생활을 존중해주기로 했다.

매니가 살랑대는 걸음을 멈췄다. 그녀는 높은 나무에 앉아 있는 그림자를 올려다보았다. 검은 깃털을 가진 큰 새가 나뭇가지에 앉아 삼각 지붕 집을 내려다보고 있었다. 호칭을 뭐라고 할까 고민한 뒤 매니가 새를 불렀다.

"신 님, 여기서 뭐하세요?"

검은 새가 처음으로 어린 고양이를 쳐다보았다. 검은 눈 속에서 번뜩이는 늑대의 영혼과 마주하자 온몸의 털이 곤두섰다. 하지만 그 시선이 위협적이지는 않았다. 자신을 알아본 것이 기특하다는 듯이 검은 새가 웃었다. 검은 새가 다시 집 쪽을 바라보았다. 매니는 알겠다는 듯이 고개를 끄덕였다. 대답하기 싫은 모양이다. 신들이 그렇지 뭐.

매니는 정중하게 인사를 한 뒤 다시 집으로 향했다. 집의 뒷문은 그녀가 오가기 좋게 항상 조금 열려 있었다. 매니도 그걸 알고 오전엔 마음대로 섬을 산책하고 오후쯤 집으로 돌아왔다. 매니는 머리로 뒷문을 밀고 집으로 들어섰다. 여자 인간이 있을 때 나는 좋은 향기가 풍기지 않았다. 서늘하고 건조한 공기만이 감돌았다. 여자 인간이 없는 집은 금화를 몽땅 털린 황금 동굴처럼 어둡고 썰렁했다. 집은 비어 있었다.

응? 아닌가?

매니가 귀를 쫑긋 세웠다. 고양이는 인기척이 희미하게 느껴지는 방으로 달려갔다. 어둑한 방 한가운데에 남자 인간이 서 있었다. 매니가 방에 들어서기 무섭게 테이블 위를 보고 있던 그가 고개를 돌려 고양이를 보았다. 매니는 이 남자의 감지 본능이 웬만한 짐승 못지않게 예민하다는 걸 일찌감치 눈치채고 있었다.

"밥은 조금 있다 줄게."

아일이 말했다. 그리고 손가락으로 턱을 괴고 다시 지도를 응시했다.

누굴 밥순이로 아나, 매니가 툴툴대며 침대로 뛰어올랐다. 그러고는 한 번 더 도약해 서랍장으로 올라갔다.

테이블 위에는 지도가 펼쳐져 있었다. 지도 군데군데에 붉은 동그라미가 그려져 있는 게 보였다. 어떤 표시인 걸까?

그의 생각이 길어지는 모양이었다. 매니가 참을 수 없이 배가 고파져 뭐라고 한소리 하려던 찰나, 현관문을 두드리는 소리가 났다. 그는 지도를 접었다. 그리고 서랍장 깊숙한 곳, 가장 밑에 있는 바지 주머니 속에 지도를 숨겼다. 그는 더없이 침착한데 노크 소리는 조급했다. 아일은 생각에 잠긴 얼굴로 천천히 걸어가 현관문을 열었다.

마을 여자 다섯 명이 서 있었다. 문이 부서져라 노크를 해대던 젊은 여자는 멋쩍은 표정으로 주먹을 내렸다. 둥근 지붕 집에 사는 히잔이었다. 아일이 조금 놀란 듯 눈썹을 들었다.

"아."

그가 집 안쪽을 돌아보며 말했다.

"지금 라야, 집에 없는데요."

"라야 만나러 온 거 아니에요."

히잔이 말했다. 여자들은 웃더니 한 벌씩 들고 있던 드레스를 펼쳐 들어 보였다. 하얀 드레스를 든 페린느가 닦달하는 목소리로 말했다.

"어떤 드레스가 제일 예쁜지 골라봐."

"사실 어떤 걸 골라도 상관없어요. 어차피 라야에게 모두 입힐 생각이니까."

히잔이 거들었다. 그리고 아일이 대답을 하기도 전에 여자들은 문고리를 잡고 있는 그를 밀치고 들어왔다. 아일은 당황스러운 표정으로 상체를 빼 문밖을 내다보았다. 라야, 빨리 돌아와. 그가 문을 닫고 물었다.

"제가 모르는 무슨 일이 있나요?"

여자들이 까르르 웃었다. 아일은 어느 때보다 라야가 절실히 필요해졌다. 히잔이 붉은 드레스를 테이블 위에 올려놓고 두 팔을 활짝 벌렸다.

"제가, 드디어, 결혼합니다!"

아일이 눈을 깜박이며 히잔을 보았다. 무뚝뚝한 남자와 여자들 사이로 침묵이 번져갔다. 그것이 참을 수 없는 침묵이 되기 전에 히잔이 방어적으로 소리쳤다.

"축하해줘야죠!"

"아. 축하해요."

히잔은 라야보다 한 살 어린 여성으로, 버라티 부부가 백부 내외처럼 아일과 라야를 돌봐주었다면 히잔은 라야와 친자매처럼 지냈다. 히잔이 곧 결혼할 거란 얘기는 반년 전부터 있던 소리였다. 히잔은 라야에게 들러리가 되어줄 것을 부탁했고, 히잔의 결혼은 곧 내일 할 것처럼, 다음 주에는 할 것처럼, 다음 달에는 진짜로 할 것처럼 얘기되었기 때문에 라야는 히잔의 들러리가 되어주기로 약속했다. 약속을 할 때만 해도 히잔의 결혼이 이렇게 늦어질 거라고는 생각지 못했다. 아일은 히잔의 '마침내 결혼' 소식을 듣고 마이카 섬을 떠날 계획에 차질이 생겼음을 직감했다.

"그럼, 이 옷들은……."

아일이 테이블 위에 놓인 다섯 벌의 드레스를 보았다.

"들러리 드레스인가요?"

"결혼 드레스야. 라야도 히잔이랑 같은 날 결혼할 거야."

페린느가 찬장에서 마음대로 접시를 꺼내며 말했다.

"좋은 생각이지? 어서 좋은 생각이라고 말해. 더 좋은 생각이 없다면 그냥 입 다물어."

아일이 입을 살짝 벌렸다. 페린느는 가져온 쿠키를 접시에 옮겨 담았다. 히잔은 찻물을 끓였다. 여자들은 테이블에 앉아 다과를 들며 결혼 드레스로는 역시 라야의 머리색을 닮은 붉은 드레스가 낫다느니, 눈동자 색을 닮은 초록색 드레스가 낫다느니, 그래도 순백의 드레스가 흰 피부에 더 잘 어울린다느니 언쟁을 벌였다. 간간이 아일에게 질문을 던지기도 했지만 그의 대답은 기다리지도 않고 다음 안건으로 넘어갔다. 페린느가 '머리 모양은 어떤 걸로 하지?'로 주제를 바꿀 때, 아일이 충격을 받아 살짝 멍청해진 듯한 말투로 물었다.

"누가 결혼한다고요?"

히잔이 말했다.

"라야랑 당신이요."

마이카 섬 출신 소년의 눈엔 르반테 섬의 시장은 사람만 많을 뿐 특별할 게 없어 보였다. 그는 더 대단하고 더 압도적인 것을 기대했다. 그래, 마을 축제 때 본 불꽃놀이 같은 거.

"히잔이 결혼하면 여기 와서 살게 된다 이거지? 그 누나가 결혼을 한다니 믿기지가 않네."

시장을 지나는 사람들을 한참 쳐다보고 있던 소년이 말했다. 친구가 대답이 없자 소년은 옆을 보았다. 버라티의 둘째 아들 모디는 바닥에 퍼질러 앉아 방금 쪄낸 빵을 먹고 있었다. 두 볼이 빵빵했다. 모디가 우물거리며 말했다.

"엄마가 결혼 드레스를 두 벌이나 지었어. 하나는 히잔이 입고 하나는 라야가 입을 거랬어."

"나도 알아. 우리 엄마도 만들었거든. 초록색 드레스로."

"그런데 라야는 이미 스승님이랑 결혼한 거 아니었어?"

"결혼식은 하지 않았대."

"그럼 스승님과 라야는 부부가 아닌 거야?"

"부부 맞아. 라야가 반지 끼고 있는 거 못 봤어? 그게 결혼반지야."

모디가 이해가 안 되는 표정으로 고개를 갸웃거렸다.

"내가 봤을 때 우리 엄마가 지은 옷은 히잔보다 라야에게 더 잘 어울릴 거 같아."

"모디, 여성의 아름다움은 비교하는 게 아니랬어. 이러니 네가 어리다는 소리를 듣는 거야."

"네가 나보다 한 살 어리다는 거 알아, 티스?"

"나이가 많으면 뭘 해? 생각이 어린걸."

티스는 관자놀이를 손가락으로 가리키며 쏘아붙였다. 모디가 입술을 부루퉁히 내밀었다.

"널 데려오는 게 아니었어. 아빠랑 둘이서만 오는 건데."

"네가 날 데려온 게 아니거든? 내가 너희 아빠와 협상을 한 거야. 뱃삯으로 일손을 거들겠다고 했지. 이게 나와 너의 차이야. 그래서 내가 수비대의 대장을 맡은 거라고."

"아빠는 왜 안 오시지?"

"결혼 날짜가 그렇게 빨리 나오겠어? 히잔의 남편 될 사람이랑 그 부모, 할머니, 할아버지, 삼촌까지 죄다 모여서 정해야 한다는데, 오늘 안으로 날짜가 나오면 다행이지. 아마 내일이나 돼야 돌아갈 수 있을걸?"

"그럼 날짜가 나올 때까지 밤새도록 여기 있어야 된다는 거야?"

"그전에 네 아버지가 우릴 데리러 오겠지, 이 멍청아!"

티스가 말을 맺으며 모디의 손에서 빵을 잡아챘다. 모디가 화를 내며 달려들었다. 두 소년은 엉겨 붙어 시장 통의 흙바닥을 뒹굴었다. 시장을 빠르게 지나는 사람들은 외지 소년들의 다툼에 별 관심을 두지 않았다.

"알았어. 너 혼자 다 먹어. 나도 사 먹으면 그만이야."

티스가 흙투성이인 옷을 털며 눈을 흘겼다. 그는 노천 식당으로 가 주인에게 돈을 지불하고 빵을 쥐었다. 티스가 보란 듯이 친구에게 김이 나는 빵을 흔들어 보였다.

그때, 식사를 마치고 테이블에서 일어서는 사내들이 있었다. 한 무리라고 봐도 될 듯했다. 그들은 각기 다른 어두운 색의 옷을 입고 있었는데 이상하게도 똑같은 차림인 것처럼 보였다. 풍기는 분위기가 비슷했다. 무겁고, 딱딱하고, 위협적이었다. 그리고 예민해 보였다. 다부진 체격인 것 또한 같았다. 사나운 눈초리도 그러했다. 사내들은 단순 호신용이라기엔 손때가 묻은 검을 지니고 있었다.

티스는 입을 딱 벌리고 동경의 시선으로 앞에 선 남자를 올려다보았다. 사내들에게 가로막혀 친구를 잃어버린 모디가 목을 길게 빼고 티스를 찾았다.

남자는 가야 할 방향을 잡으려는 듯 시장을 훑어보았다. 목적을 가진 자의 주의 어린 눈빛이었다.

흘끗. 남자의 눈길이 자신을 올려다보는 소년에게 닿았다. 눈이 매서운 남자와 입을 벌리고 있는 소년은 시선을 마주친 채로 얼마간의 시간을 보냈다. 소년은 그제야 남자의 얼굴에 화상 흔적이 있다는 걸 알았다. 눈두덩부터 이마까지 인두 자국 비슷한 흉터가 있었다. 화상을 입을 때 잃은 것인지 그는 한쪽 눈썹이 반쯤 없었다. 남자가 품에 손을 넣고 부스럭부스럭, 무엇인가를 꺼냈다. 그는 접힌 종이를 펼쳐 티스의 얼굴 앞에 보였다. 남자가 크게 기대하지 않는다는 말투로 말했다.

"이렇게 생긴 사람들 본 적 있어?"

티스는 눈을 찌푸리고 종이에 그려진 초상을 보았다. 알아보라고 그린 그림이 맞긴 한 걸까. 그려진 인물들이 남자와 여자란 것밖에는 알 수 없었다. 미남과 미녀를 그리려고 노력했다는 화가의 의도 정도는 읽을 수 있었다.

"이렇게 생긴 사람들은 너무 많지 않아요? 눈 두 개, 코 하나."

시원찮은 대답에 남자가 그럴 줄 알았다는 듯이 코웃음을 쳤다. 남자가 손을 거두기 전, 어느새 옆에 와 서 있던 모디가 불쑥 말했다.

"스승님과 라야를 닮았어."

티스가 "에이." 그러면서 팔꿈치로 친구의 옆구리를 쳤다.

"스승님은 이 그림보다 훨씬 낫지."

"음, 그런가."

"라야도 이것보다는 미인이지."

"나도 스승님처럼 잘생겨지면 좋겠어. 그럼 라야 같은 미인이랑 결혼할 수 있지 않을까?"

"어렵다고 봐."

"뭐가 어려운데? 잘생겨지는 게? 미인이랑 결혼하는 게?"

"둘 다."

소년들이 다시 말다툼을 시작했다. 그걸 지켜보던 남자는 한숨을 쉬고 두 손으로 그림 종이를 구겨버렸다. 그러고는 몸을 숙여 아이들의 주의를 집중시켰다. 그가 어르는 듯한 목소리로 말했다.

"그래, 우리 그림쟁이가 솜씨가 별로란다."

그가 서늘한 웃음을 지었다.

"그 두 사람에 대해 좀 더 얘기해보겠니?"

밤이 무르익었다. 주변에 인가가 없는 탓에 삼각 지붕 집은 마이카 섬의 어느 곳보다 빨리 안락하고 적막한 어둠 속으로 숨어들 수 있었다. 저녁 식사를 하는 동안 라야는 계속 들떠 있었다. 수프를 한 숟갈 뜨고 침실 쪽을 한 번 쳐다보고, 또 한 숟갈 뜨고 침실 쪽을 쳐다보고, 또 한 숟갈 뜨고 얼굴이 빨개졌다. 식사를 끝낸 뒤 침실로 달려가 별이 쏟아질 것 같은 눈으로 드레스들을 감상하더니 그것들을 챙겨 들고 창고로 쓰는 방으로 갔다.

아일은 침대에 가로로 누워 벽에 등을 댄 채 책을 읽었다. 잠시 뒤 라야는 페린느가 만들어준 하얀 드레스를 입고 나왔다.

"어때요?"

아일이 멍하니 있다가 대답했다.

"예뻐."

라야는 뭔가 부족한 듯한 표정을 짓더니 방을 나갔다. 그는 다시 책을 읽었다. 얼마 안 있어 붉은 드레스로 갈아입은 라야가 그의 앞에 와 섰다. 아일이 놀라 신음 소리를 냈다. 드레스 위로 가슴이 반쯤 드러나 있었다.

"이건 어때요?"

라야가 춤을 추듯 빙 돌며 물었다. 그가 말했다.

"그건 안 돼."

강아지가 털에 묻은 물을 털 때처럼 라야가 풍성한 단발머리를 흔들었다. 그의 입이 조금 더 벌어졌다.

"왜요? 별로예요?"

아일이 고개를 저었다.

라야가 발을 굴렀다.

"아, 왜요? 히잔이 둘판까지 나가서 사 온 건데? 이거 비싼 거예요."

"그건 못 입어."

"배우 일 할 때에는 이거보다 더 야한 것도 입었어요."

"나는 본 적 없어."

"겨울 정원에서 린나우가 장군 앞에서 어떤 옷을 입었었는지 기억 안 나요?"

"그건 기억나. 하지만 그때에는 네가…… 내 여자가 아니었잖아."

"진짜 웃긴 거 알아요?"

라야는 치맛자락을 움켜쥐고 투덜거리며 방을 나갔다. 아일은 다시 책을 읽었다. 읽으려고 했지만 글씨가 눈에 들어오지 않았다. 잠시 뒤 초록색 드레스로 갈아입은 라야가 문설주를 붙잡고 빼꼼 고개를 내밀었다. 아일과 함께 둘판 섬에 갔던 날, 장 가판대에서 사 온 초록 새틴 리본으로 붉은 머리를 반쯤 묶고 있었다.

"이건 어때요? 초록색도 괜찮은 거 같아요. 고상하고."

라야는 그 뒤로도 다섯 벌의 드레스를 한 번씩 다 입어보고 다시 처음으로 돌아가 흰 드레스를 입었다. 그가 말리지 않는다면 새벽 내내 드레스를 바꿔 입다가 결국 한 벌쯤은 찢어먹을 것 같았다. 라야가 붉은 드레스를 세 번째로 입고 왔을 때 아일은 반도 못 읽은 책을 덮고, 다시 방을 나가려는 그녀를 붙잡았다. 매니가 눈치를 채고 침대에서 내려가 침실을 나갔다. 아일이 드레스를 직접 벗기며 말했다.

"자, 이제 잘 시간이에요, 아가씨."

바닥으로 떨어진 드레스에서 발을 빼내며, 라야가 조금 침울해진 목소리로 말했다.

"섬을 떠나기로 한 계획은 미뤄진 거죠?"

라야가 돌아섰다. 속옷만 남은 몸으로 자신의 남자 앞에 수줍음 없이 선 그녀가 그를 똑바로 올려다보았다.

"그래. 남의 결혼식까지 우울하게 만들 수는 없으니까."

"위험하지 않을까요?"

라야가 이마를 살짝 찡그렸다. 아일은 그녀의 염려를 펴주려는 듯이 순간 주름진 그녀의 이마를 엄지로 꾹꾹 매만지며 말했다.

"나는 운이 별로인 인간이지만 너는 운이 좋으니까 네 운 좀 빌려보지 뭐."

"그래요, 나는 운이 좋으니까⋯⋯."

라야가 흐리멍덩한 목소리로 중얼거렸다.

그녀는 침대로 가 이불 속으로 들어갔다. 뽀얗고 동그란 어깨만 내놓은 채 이불로 몸을 가린 라야가 말했다.

"히잔이 결혼 전에 남편 될 사람의 얼굴을 보고 싶대요. 몰래 보고 오고 싶다고."

히잔의 약혼자는 둘판 섬보다도 먼 거리에 있는 르반테 섬에서 자란 사내였다. 히잔과 그는 먼 친척 사이였는데 어릴 때 약혼하면서 딱 한 번 얼굴을 본 뒤로는 십 년이 넘도록 만나지 못했다고 했다. 히잔이 그를 보고 오겠다는 말은 마이카 섬을 나가 르반테 섬에 다녀오겠다는 소리였다.

"그래서?"

아일은 라야가 무슨 말을 할지 예상하면서도 물었다.

"나한테 같이 가달랬어요. 단둘이 가는 건 아니에요. 메이다와 차미, 리타도 같이 가기로 했어요. 히잔이 결혼해서 섬을 떠나면 이제 영영 못 볼지도 모르니까……."

그의 눈치를 보며 라야의 목소리가 작아졌다. 함께 간다고 라야가 언급한 이름들은 마을의 젊은 여자들이었다. 모두 라야 또래였다. 아일이 말했다.

"위험해."

"제발요."

"혼자 가는 건 위험해."

"다 같이 간다니까요?"

아일이 한숨을 쉬었다.

"네가…… 나한테서 너무 멀어지지 않았으면 좋겠어."

하늘이 감청색으로 변했다.

아일은 두통을 느끼면서 잠에서 깼다. 복잡한 생각을 하다가 잠이 들면 어김없이 안 좋은 꿈과 마주쳤다. 갈라마 인들에게서 받던 고문, 암살범에게 거의 목숨을 잃을 뻔했던 순간, 그리고 황망하게 어머니를 보내야 했던 때가 단골 악몽이었다. 나달과 감옥에서 나눈 대화도 자주 찾아오는 꿈 중 하나였다. 로바키도 몇 번이나 다시 잃어야 했다.

「괜찮아…… 끝날 거야.」

'대체 뭐가 끝난다는 거냐, 로바키.'

같은 질문을 여러 번 던져도 죽은 친구에게선 대답이 없었다.

게이트라마 성주의 마지막 얼굴도 곧잘 그를 괴롭혔다. 어젯밤엔 처음으로 사람을 죽였던 때의 기억과 재회했다.

묵직한 꿈의 무게로 아렴풋한 그의 정신을 깨우려는 듯이 문짝이 시끄럽게 흔들렸다. 바람이 다음 계절로 넘어가려고 안간힘을 쓰고 있었다. 아직 새벽이었다. 하지만 곧 아침이 올 것이다.

조용히 침대를 나온 아일은 바지만 입고 상의를 챙겨 식탁으로 갔다. 매니가 의자 위에서 잠을 자고 있다가 기척을 느끼고 눈을 떴다.

"쉿."

아일이 매니의 머리를 쓰다듬으며 입술에 검지를 갖다 댔다. 매니는 다시 웅크린 몸 속으로 머리를 넣었다.

식탁에는 라야가 요즘 한창 열을 올리고 있는 그림 몇 장이 놓여 있었다. 아일이 그림을 보려고 할 때마다 라야가 필사적으로 막아서 한 번도 볼 수가 없었다. 화가인 어머니에게서 그림을 배운 적은 없다더니 라야는 그림에도 흥미가 있는 듯했다. 종이와 목탄을 챙겨서 나갔다가 아일이 일을 마치고 올 때쯤 집으로 돌아오는 게 요즘 그녀의 새로운 일과였다.

아일은 그림 종이를 들고 창가로 갔다. 그리고 밝아오는 새벽빛에 그림을 비춰 보았다. 라야가 무엇을 그렸는지 알아챈 순간, 심장이 철렁했다.

썩 잘 그린다고는 할 수 없는 그림들이었지만 무엇을 그리고 있는지는 알 수 있었다. 계단형 지대에 촘촘히 모인 집들, 그리고 둥근 지붕들. 비싼 물감을 구할 수 없어 꽃잎으로 색을 내어 칠한 지붕의 색깔은 주황색이었다.

라야는 차이드의 람프할레만을 그리고 있었다.

그가 없애버린 그녀의 고향.

세르노다의 언덕에서 내려다본 풍경을 그린 그림도 있었다. 도저히 에메랄드빛을 낼 수 없어 초록색으로 칠하고 만 바다. 그가 지켜내지 못한 그녀의 스승이 잠들어 있는 곳. 그녀가 아무리 그리워해도, 도망치고 있는 중에는 직접 가서 볼 수 없는 풍경.

그리고 나머지 그림들은 모두 마이카 섬의 풍경을 그린 것들이었다. 두 사람의 삼각 지붕 집, 그리고 푸른 차 밭, 일하는 사람들의 모습, 희미한 불빛과 연기로 가득 찬 선술집, 축제의 등불, 부두에서 쉬고 있는 선박들, 지붕에 올라가 있는 매니. 라야는 마이카 섬을 정말 제2의 고향으로 생각하고 있었다. 그런데 또다시 그곳을 떠나야 한다.

"어디 가려고요?"

라야가 깼다. 아일은 식탁에 그림들을 놓아두고 의자에 걸어놓은 셔츠를 입었다. 그리고 침대로 와 누워 있는 그녀 위로 몸을 숙였다. 그리고 가볍게 입을 맞추었다.

"운동."

라야가 눈을 비비고 말했다.

"꿈을 꿨어요."

"무슨 꿈?"

라야는 눈이 어둠에 익숙해져 그의 얼굴이 확실히 보일 때까지 기다렸다. 간밤에 르반테 섬을 다녀오느냐 마느냐로 살짝 말다툼이 있었지만, 라야는 기분이 그다지 상해 보이지 않았다.

"당신이 여행을 다녀왔는데 날 위해 선물을 사 왔어요."

"선물?"

"네, 선물치고는……."

라야는 이불 위에서 손을 모으고 희미해지는 기억을 잡으려는 듯 이마를 찡그렸다.

"자질구레한 것들이요. 작고, 흔하고, 심심하다고 생각할 수도 있는. 먹을 거, 머리핀, 인형, 책 같은 거요. 그런데 난 좋았어요. 대체 일하러 다녀왔다는 사람이 이걸 언제 다 샀을까 싶을 정도로 많이 사 왔더라고요. 여행 간 내내 내 생각만 했나?"

이상한 꿈도 다 있네. 아일은 라야의 손을 토닥거리고 일어섰다. 라야가 그의 팔을 붙들었다.

"더 들어봐요. 그래서 내가 '선물이 엄청 많네요. 작고, 흔해 빠지고'. 그러니까 당신이 그럼 큰 선물로 소원을 하나 들어주겠다는 거예요. 뭐든지. 그래서 내가 무슨 소리를 했는데⋯⋯."

"⋯⋯뭐라고 말했는데?"

라야는 이마를 더 찌푸렸다.

"생각 안 나요. 다시 잠들면 생각날 것도 같아요."

"그럼 좀 더 자."

"갔다 와요. 다녀오면 얘기해줄게요."

라야는 이불을 코까지 덮어썼다.

아일은 집 근처에 있는 산을 올랐다. 오르는 동안 생각을 정리하기 좋았고 정상에 서면 어지럽던 생각이 하나로 모였다.

딸강.

그는 발끝에 닿는 나무막대를 물끄러미 내려다보았다.

창대로 쓰면 좋을 만한 막대였다.

주위를 둘러본 그는 허리를 굽혀 막대를 주웠다. 몸을 숙이면서 셔츠 안으로 들어가 있던 목걸이가 흘러나왔다. 몸을 편 그는 목걸이를 다시 옷 안으로 넣었다. 그 잠깐, 살갗에서 떨어졌던 목걸이가 다시 쇄골에 닿자 몸이 긴장한 듯 팽팽해졌다. 막대가 손에 감기는 감촉이 익숙하고,

또 특별했다. 몸이 기억하는 감촉이었다. 전쟁 신의 수혜를 받았다는 그의 몸이 절대 잊을 수 없는 감각. 그는 근육을 풀기 위해 뒷목을 천천히 주물렀다. 그리고 좀 더 주의 깊게 주변을 살폈다. 바람에 관목들이 나뭇잎을 비벼댔다. 우스스, 바람과 나무가 만들어내는 그리운 빗소리가 났다.

아일은 그의 손에 들어왔기에 땔감에서 창이나 봉 수준의 무기로 용도가 수직 향상된 그것을 슬슬 휘둘러보았다. 그의 발도 천천히, 그리고 점점 빠르게 나아갔다. 곤봉이 공기를 깊게 베어내고 바람을 찢었다. 바닥에 쌓인 나뭇잎과 꽃이 튀어 올랐다. 경사진 비탈을 평지처럼 밟으며 무기를 운용하는 그의 모습은 어부가 그물을 걷는 것처럼 자연스러웠고, 도저히 이 년간 무기를 잡지 않은 사람으로는 보이지 않았다. 신술이나 무기술에 대해 전혀 아는 바가 없는 사람이라도 지금 그를 본다면 어촌의 잡역부 노릇은 그만두고 군인이 되는 게 어떻겠냐고 권할 만했다.

속을 알 수가 없군

아일이 흠칫, 멈춰 섰다.

검은 새가 나뭇가지에 앉아 그를 내려다보고 있었다. 표정을 지을 수 있는 새는 의아하다는 듯이 고개를 기울였다.

이러나저러나 넌 죽어 지옥에 떨어질 거야

새는 부리 속에 숨겨진 날카로운 이빨을 드러내 보이며 웃었다. 아일은 무표정하게 새를 올려다보았다. 뜨거운 공기가 땅 위로 가라앉고 새벽의 한기가 다시금 몰려들었다. 검은 새가 울리는 목소리로 말했다.

어차피 지옥에 떨어질 거, 이제 와 내 도움을 그리 피할 이유가 있을까?

아일은 곤봉 끝을 땅에 깊게 박았다. 봉대가 부르르 떨렸다.

"빚 져서 하는 도박은 이제 사양이야."

검은 새가 딱딱 소리를 내며 부리를 위아래로 열었다 닫았다. 생각에 잠겨 인간이 멍하니 입을 벌리는 것과 같은 동작이었다.

……네 말대로 그걸 빚이라고 한다면, 그래. 신은 빚을 꼭 받아내지

인간은 채무자에게서 모든 빚을 회수하는 것이 힘들지도 모르지만 신은 가능할 것이다. 인간은 신에게서 숨을 수 없었다. 살아 있는 그의 육체를 좀먹든, 죽은 뒤 그의 영혼을 뭇칼질하든, 다음 생까지 쫓아와 괴롭혀대든, 검은 새는, 아니, 신은 그의 존재를 탈탈 털어 신에게서 힘을 빌려 쓴 값을 가져갈 것이다.

아일은 등을 돌렸다. 산을 내려가는 그의 뒷모습을 바라보던 검은 새가 날개를 펼쳤다. 그리고 큰 날갯짓 한 번으로 내려가는 길목에 서 있는 나무에 앉았다. 검은 새는 그가 가지 아래를 지나가길 기다렸다가 말을 이었다.

에드가들은 하나같이 이상하리만큼 내 도움을 꺼려했지

"그래? 몰랐군."

너도 두 에드가와 같은 이유로 날 멀리하는 건가?

아일이 어깨를 으쓱했다.

"난 두 에드가가 무슨 생각을 했는지 모르는걸?"

두 에드가는 자기 빚을 제 사람들이 나눠 가지게 될까 봐 겁을 냈지. 겁이 없는 놈들 같아서 선택하면 어째 하나같이 그 모양이야. 겁쟁이가 되어가는 속도가 너무 빨라서 도저히 발을 맞춰줄 수가 없더군. 하지만 그렇게 조심스럽게 굴다가 가진 재주의 절반도 쓰지 못하고 둘 다 단명한 거야

아일이 꾸준히 걸어 내려가면서 미소를 흘렸다.

"나도 내가 그렇게 오래 살 것 같지는 않아."

검은 새가 목을 길게 빼며 위협하듯 말했다.

아는군. 그래, 네가 선택할 수 있는 운명 중에 두 사람은 오래도록 행복하게

살았습니다, 로 끝나는 운명은 없어

아일은 산을 내려가며 등 뒤로 손가락 욕을 해 보였다. 얼굴이 보이지는 않지만 검은 새는 그가 웃고 있다는 걸 알았다. 검은 새가 부리를 위아래로 열었다 닫았다. 딱딱 소리가 났다.

아일은 집에 가면 라야에게 친구들과 여행을 다녀오라고 할 참이었다. 라야가 더 이상 무언가에 미련을 갖지 않았으면 했다. 아주 작은 미련이라도.

좋은 생각이 아니라는 목소리가 여전히 머리 한구석에서 울리고 있었지만 이미 마음을 굳힌 그를 흔들기엔 미약한 음성이었다.

"라야?"

집이 조용했다. 아직도 자고 있나?

매니가 침대에 누워 있다가 인기척에 고개를 들었다. 아일은 빈집을 둘러보았다. 라야가 누워 있던 침대 자리를 손으로 쓸어보았다. 그가 집을 나가고 얼마 안 있어 라야도 외출을 한 듯 보였다. 아일이 매니에게 물었다.

"라야 어디 갔는지 알아?"

매니가 입을 쩍 벌리고 하품을 했다.

"도움이 안 되네."

아일이 중얼거렸다. 그의 핀잔에 매니가 침대에서 뛰어내렸다. 고양이를 쫓아간 그의 눈이 서랍장 위에 놓인 편지를 발견했다. 편지를 펼친 아일이 미소를 지었다.

『라야 윈터스입니다.』

그가 크롬헬에 있던 시절, 라야는 엄청난 양의 편지를 보내오면서도 늘 한결같은 도입부를 사용했다. '라야 윈터스입니다.' 이름을 외우게 하려고 작정한 사람 같았다. 그때만 해도 이런 사이가 될 줄은 상상도 하지 못했다.

『미안해요. 진작 말했어야 했는데 당신이 반대할까 봐 어젯밤에 겨우 말한 거였어요. 역시 내 예상이 맞았어! 그래도 난 르반테 섬에 다녀올 거예요. 반대해도 할 수 없어요. 이미 약속을 해버렸는걸요. 난 약속은 꼭 지키는 사람이니까.

너무 오래 기다리게 하지 않을게요. 내일 해가 지기 전까지 돌아올 거예요.

갈 때에는 모쿠르가 배를 태워주기로 했어요. 당신이 돌아올 때까지 기다리려고 했는데 6시까지 히잔 집에서 모이기로 해서 인사도 못하고 가요. 올 때에는 어제 결혼 날짜를 받으러 간 버라티와 함께 돌아올 예정이에요.

꿈에서처럼 당신이 선물을 사 올 일은 없을 것 같으니까 내가 대신 여행 선물을 사 올게요. 오늘을 위해 비상금도 모아뒀어요. 몰랐죠? 잘 다녀올게요. 쪽쪽.

사랑한다는 말은 돌아와서 해줄게요. 아, 키스는 아낌없이 해줄게요. 쪽쪽쪽쪽.』

"……."

편지 위로 한숨이 흩어졌다.

잊고 있었다.

꽤 차분해졌다고는 하지만 라야 윈터스는 원래 천방지축 아가씨였다.

그가 태생적으로 지닌 어둠까지 삼켜버리는, 호기심 많고 당찬, 자유로운 사막의 아이. 그 점에 반한 그로서는 딱히 할 말도 없었다. 오히려 이쯤 되니, 자신이 그녀의 성격에 악영향을 미친 건 아닐까 하던 그간의 염려가 우습게 느껴졌다.

아일은 손가락으로 편지를 두드리며 창 밖을 보았다. 바다 위로 강렬한 태양 빛이 반짝였다. 빛나는 물결이 파도에 부딪쳐 흘렀다.

눈을 찌르는 햇살에 남자는 미간을 찌푸렸다.

"덥군."

사내가 마차 밖을 내다보며 중얼거렸다. 스스로를 대상인이라고 부르는 다이런의 젊은 상인 쿠스친은 타본의 항구 풍경을 무료한 시선으로 바라보고 있었다. 마차 바깥으로 노천 식당의 주인이 밀가루 반죽을 나무판에 내리치는 소리가 들렸다. 갈매기가 끼룩끼룩 울었다. 출항 준비를 하는 배 한 척이 보였다. 쿠스친의 취향에는 지나치게 태평한 풍경이었다. 그가 죽어버린 줄 알고 몸을 돌아다니는 피가 멈춰버릴까 봐 겁이 날 정도였다.

"더워."

덥다는 말이 입에 달라붙었다.

어디선가 젊은 여자들의 웃음소리가 났다. 마을 여자들인 걸까? 누군가가 말했다.

"선물을 사 가기로 했는데 뭘 사 가면 좋지?"

순간 더위를 씻어 내리는 바람이 불었다. 공기를 변화시키는 목소리에 놀란 쿠스친이 멍한 표정을 지었다. 싱싱하고 맑은 목소리였다. 태평한 풍경에 묻혀 멍멍하던 귀가 뻥 뚫렸다. 싱싱한 목소리가 웃음소리를 냈다. 다른 이의 웃음도 함께 불러오는 웃음이었다. 목소리를 쫓아간 쿠스친의 시선이 한 여인에게 붙들렸다.

여인은 타본에서는 찾아보기 힘든 붉은 머리칼을 아무렇게나 묶고 있었다. 단발을 반쯤 짤막하게 묶고 있어 얼핏 미소년 같은 인상이었다. 희고 고운 살갗으로 햇빛이 흐르는 광경에 매료된 듯, 쿠스친은 여인의 목덜미에 시선을 고정했다.

'누구더라……'

여인이 옆 사람을 보려고 고개를 돌렸다. 곱슬머리 몇 가닥이 묶은 머리에서 빠져나와 여인의 옆얼굴을 설핏 가렸다. 초록 눈동자가 다정한 웃음을 짓는 것이 보였다.

"누구지?"

쿠스친이 중얼거렸다.

무수한 별들 중 가장 크고 빛나는 별에 시선을 두듯 쿠스친은 여인에게 오래 눈을 두었다. 욕정이 깃든 시선은 아니었다. 진귀한 물건을 발견한 데서 어쩔 수 없이 솟아나는 호기심과 모험심에 찬 상인의 눈이었다.

'어디서 봤지?'

쿠스친은 기억을 뒤적이기 위해 의식적으로 생각하지 않고 있던 자국의 상황을 떠올렸다.

젊은 왕이, 칙명을 어기고 사라진 젊은 장군을 찾아 대륙을 헤집고 있었다. 에드가와 그의 연인의 목엔 현상금까지 걸렸다. 쿠스친은 그렇게 시끄러운 다이런을 빠져나와 반년 넘게 타본에 머무르는 중이었다. 그런데 최근엔 소란스러움이 타본까지 번졌다. 근시일 내에 에드가가 잡히지 않는다면 전 대륙이 시끄러워질 판이었다.

자신만만한 수완가인 쿠스친은 평민으로 태어났다. 걷기도 전에 부모를 잃고 가난한 마을에서 공동 육아로 겨우 살아남았다. 그래서 남들보다 더 독하고, 부지런히, 빨리 계단을 올랐다. 그래서 나이 사십이 되기도 전에 사내는 그가 이룰 수 있는 거의 모든 것을 이루었다.

제 힘으로 돈을 번 이래 한 번도 뜀박질을 멈추지 않은 그가 어느 날 단단하고 두꺼운 천장에 걸음이 가로막혔다. 사람들이 젊은 상인에게 말했다. 그게 너의 꼭대기라고. 그 위로는 핏속에 은이 흐르는 자들만이 올라갈 수 있다고.

그것을 깨달은 이후로 쿠스친은 더 이상 올라갈 수 없는 계단에 앉아 천장에 허리를 댄 채, 등이 굽은 노인처럼 늙어갔다. 세상이 급작스럽게 무료해지기 시작했다.

그와 비슷한 처지인 자들이 쿠스친을 설득했다. 민회니, 의원이니, 쿠스친은 자신은 그런 데 관심 없다 그랬다. '언젠가는 또 가로막힐 것이다. 그때에는 핏속에 은이 아니라 금이나 다이아몬드 가루라도 흘러야 되겠지.' 젊은 상인은 이미 노인의 눈으로 세상을 보고 있었다.

쿠스친도 에드가가 평민 여성을 연인으로 마음에 품고 있다는 소문을 들었다. 그러려니 했다. 에드가가 왕의 명을 거스르고 여성과 도망쳤다는 이야기를 들었을 땐 쿠스친도 젊은 마음이 일렁였다. 그를 가로막고 있는 천장 위가 시끄러운 듯해 굽었던 허리를 펴고 잠시 천장에 귀를 대보기도 했다. 하지만 곧 흥미가 떨어졌다. 자신과 상관없는 일이라 여겼다.

몇 달 뒤, 왕의 군대가 에드가와 그의 연인이 도피 중 잠시 머물렀다는 쿠스친의 마을을 찾았다. 마을 사람들이 모두 쿠스친의 차 밭을 일구는 것으로 먹고사는 타본의 작은 마을이었다. 주민들은 쿠스친이 돌봐야 할 사람들이었다. 현실에서 더 이상 올라갈 곳을 찾지 못한 그가 세운, 그만의 작은 왕국이었다.

에드가를 찾지 못한 왕의 군대는 마을을 불태웠다. 그런 마을이 하나가 아니랬다. 에드가와 그의 연인이 지난 자리마다 황폐의 불길이 피어올랐다. 사람들은 그것이 에드가가 차이드와의 전쟁에서 사용한 방법이라고 했다. 추적자들이 에드가에게 보내는 경고인 셈이었다.

쿠스친은 뒤늦게 소식을 듣고 자신의 왕국을 찾았다. 수확을 한 달 앞두고 새까맣게 타버린 차 밭을 본 쿠스친은 허무한 웃음을 지었다. 젊은 장군을 찾는 젊은 왕 때문에 젊은 상인은 망할 세상에 완전 정이 떨어져버렸다.

"주인님."

쿠스친의 하인 호슨이 마차 문을 열었다. 쿠스친은 여자를 어디서 봤는지 생각해내는 것을 멈추었다. 호슨이 말했다.

"곧 배가 출발합니다."

호슨을 따라나서기 전 쿠스친은 항구 쪽을 돌아보았다. 여자들은 사라지고 없었다.

르반테 섬 위로 해가 쨍쨍했다. 여자가 들뜬 비명을 질렀다.

"여행을 위한 날씨야!"

길 한가운데서 라야는 두 팔을 쳐들고 하늘을 올려다보며 빙글빙글 돌았다. 네 친구도 라야를 따라 하면서 다섯 여자는 지나는 사람들의 눈길을 끌었다.

라야와 히잔, 메이다, 차미, 리타는 먼저 가까운 둘판 섬으로 가서 큰 배로 옮겨 타야 했다. 다섯 여자는 르반테 섬에 도착해 늦은 점심을 먹었다. 노천 식당을 나온 그녀들은 히잔의 시댁이 될 집으로 부지런히 걸었다. 끊임없이 수다를 떨다 보니 걸음이 계속 늦춰졌다.

신기한 건물이 보이면 멈춰 서고, 웃긴 얘기를 한다고 멈춰 서고, 마이카 섬의 것보다 훨씬 큰 차 밭 앞에 멈춰 서서 환호성을 질렀다. 그리고 시장을 구경했다. 수 개의 언어가 오가고, 소리치고, 흥정하고, 주머니들을 털어냈다. 정신을 놓고 있다가는 가지고 있는 돈을 불필요한 물건을 사는 데 몽땅 써버리고 밤에 노숙을 하게 될 것 같았다. 라야는 섬에서 나고 자란 순박한 네 친구들을 자신이 챙겨야겠다고 생각했다. 그녀가 말리기도 전에 장신구와 중고 서적을 파는 가판대 앞에 히잔이 쭈그려 앉았다. 그 옆으로 네 친구들이 쪼르르 자리를 잡았다. 활기찬 몸짓의 장사꾼이 말했다.

"미인들한테는 더 싸게 주지요. 양껏 골라봐요. 하나 사고 싶으면 두 개 잡아요. 두 개 사면 내가 두 개 더 주지."

흥이 많은 남자였다. 속 보이는 칭찬에도 여자들은 까르르 웃었다.

라야는 아일에게 줄 선물을 골랐다. 중고 서적을 들었다가 놓았다를 반복했다. 뭘 사다 주지? 선물로 뭘 받으면 좋아할까? 머리를 굴려봐도 마땅히 떠오르는 게 없었다. 책을 고르던 중 우뚝 멈춘 라야가 충격받은 표정을 지었다.

생각해보니 이 남자는 별로 좋아하는 게 없다. 여태껏 자기 남자가 뭘 좋아하는지도 모르고 있었다니! 그는 식성도 무던하다. 크롬헬 생활 때문인지 웬만한 음식은 잘 먹는다. 책을 읽는 건 좋아서 읽는다기보다 오랜 습관인 듯했다. 운동도 마찬가지. 차를 사 갈까? 차를 고르는 입맛은 까다로우니까. 아니야, 여기서 구할 수 있는 차는 마이카에서도 구할 수 있을걸. 아, 진짜. 이 남자는 나 말고는 좋아하는 게 없는 인간이구나.

"그 책이 마음에 들어요?"

장사꾼이 라야가 들고 있는 책을 가리켰다. 산파 경력 칠십 년의 노인이 부모와 같은 마음으로 한 자 한 자 써 내려갔다는 임신 육아 책이었다. 애초에 귀여운 아기가 그려져 있었을 표지 그림은 여러 사람의 손을 거치면서 흐릿해져 있었다. 라야는 책을 내려놓았다.

"꺄, 이거 진짜 예뻐. 이것 봐."

예물을 넣어둘 보석함을 고르던 히잔이 소리쳤다. 보석함에서 리본 한 쌍이 나왔다. 긴 리본을 들어 햇빛에 비추자 붉은 광택이 흘렀다. 무 늬도 장식도 없이 본연의 용도에만 충실한 물건이었지만 그 때문에 더 욱 세련되고 값어치 있어 보였다. 장사꾼이 멈칫하더니 웃으며 말했다.

"미안해요. 그건 미인분들한테도 팔 수가 없네."

"왜요?"

히잔이 눈을 치뜨고 물었다.

"팔려고 가지고 있던 물건이 아니에요. 누구를 만나면 선물로 주려고 가지고 있던 건데……."

"안 파실 거면 이렇게 내놓으시면 안 되죠."

히잔이 투덜거렸다. 장사꾼이 곤란한 표정을 짓는 것을 본 라야가 히 잔을 좋게 말렸다. 그럼에도 히잔은 그렇게 계속 잡고 있으면 자기 것이 될 수 있다는 양 리본을 손에서 놓지 않았다. 장사꾼이 머리를 긁적이며 말했다.

"가끔 그런 물건들이 있어요. 내가 내놓지 않았는데 제 발로 가판에 나가 있는 물건들이."

"그러니까요! 이 리본이 날 주인으로 선택한 거죠."

히잔이 맞장구를 쳤다. 장사꾼이 껄껄 웃으며 여자들과 눈높이를 맞 추려고 무릎을 굽혀 앉았다. 장사꾼이 손을 내밀자 히잔은 끝까지 아쉬 운 표정을 지으며 리본을 건넸다. 그가 리본을 만지작거리며 말했다.

"언제였더라, 다이런이 아직 전쟁 중이었을 땐데 물건을 떼러 상단 사 람들이랑 다이런에 간 일이 있었죠."

라야가 반색했다.

"저희 아버지도 유랑 상인이셨어요."

"그래요? 예쁜 딸이 보고 싶어서 어떻게 돌아다니셨을까."

장사꾼의 투실한 얼굴이 정 많은 웃음을 지었다.

"이문을 크게 남긴 거래였지요. 상단주가 기분이 좋아서 우리 모두를 데리고 극장에 갔는데, 전쟁 중이라지만 남은 자리가 얼마 없어서 무대가 거의 보이지도 않는 끝자리에 앉았었지요. 배우 얼굴도 안 보이는데 연극이 집중이 될 리 있나."

라야가 안다는 듯이 웃었다. 장사꾼이 마주 웃으며 말했다.

"'만 개의 세계'라는 연극이었어요."

라야는 숨을 멈추었다. 표정이 너무 급변했는데 장사꾼은 다행히 눈치채지 못했다.

"정말 너무너무 안 좋은 좌석이라 대사도 잘 안 들리고…… 신경질이 나서 중간쯤에 나가려고 일어섰죠. 그 시간에 술을 한 잔 하는 게 더 이득이겠더라고. 그런데 배우가 춤을 추는 거야."

장사꾼이 그녀를 알아보고 이런 얘기를 하는 걸까? 그것을 가늠하기 위해 라야는 장사꾼의 눈을 들여다보았다. 장사꾼은 좋은 기억을 더듬을 때처럼 흐뭇한 미소를 짓고 시선을 허공에 두고 있었다.

"연인을 잃고 추는 춤이었는데 멀리서 보는데도 그게 그렇게…… 정말……."

"아름다웠다고요?"

장사꾼이 적당한 표현을 찾는다고 머뭇머뭇하자 히잔이 거들었다.

"그래요. 아름다운데…… 슬펐지요. 슬프다는 말은 한 마디도 안 하는데 어떻게 그 마음이 전해질까, 난 충격을 받아서…… 그 뒤로는 연극이 재밌어지더라고. 여전히 배우들 목소리는 잘 안 들렸지만. 그 배우한테 반해서 다음엔 꼭 잘 보이는 자리에서 봐야지 했는데 다음 날 알아보니 극단이 다른 지역으로 이동해버렸더라고요."

장사꾼은 아, 소리치더니 책 더미를 뒤적거렸다. 그는 《만 개의 세계》를 찾아 보물을 자랑하듯이 들어 보였다. 라야는 낯익은 표지를 보고 눈썹을 찡그렸다. 눈물이 날 만큼 반갑고, 또 심장을 쑤시듯 괴로웠다.

장사꾼이 말했다.

"이 책이 원작이죠. 아쉬운 마음에 책을 몇 권 구해서 읽고 팔고 그러고 있어요."

"그래서 그 배우를 만나면 이 리본을 주려고 한다고요?"

히잔이 은근슬쩍 리본을 잡으며 물었다.

장사꾼은 히잔이 가져가려는 리본 끝을 움켜잡았다.

"네. 그렇죠."

히잔과 장사꾼은 웃는 얼굴로 리본의 양쪽 끝을 붙잡고 줄다리기라도 하듯 눈싸움을 했다. 히잔이 리본을 힘주어 잡아당기며 물었다.

"배우 이름이 뭔데요?"

"몰라요."

장사꾼이 리본을 자기 쪽으로 잡아당기며 대답했다. 히잔이 코웃음을 쳤다.

"배우 얼굴도 모르고 이름도 모르는데 어떻게 선물을 해요? 그냥 저한테 파세요."

"안 돼요. 이 리본은 춤을 추는 사람을 위해 만들어진 거예요. 그냥 장신구가 아니라."

"춤을 출게요. 라야, 춤 춰봐."

라야가 눈을 둥그렇게 뜨고 히잔을 보았다. 히잔이 "어서."라고 말하며 라야의 위팔을 밀었다. 장사꾼이 라야를 쳐다보았다. 라야는 태연한 표정을 연기하며 웃었다.

"이런 데서 춤은 무슨 춤이야."

히잔은 장사꾼이 방심하는 사이 그의 손에서 리본을 뺏어냈다. 으앗, 소리를 지르는 장사꾼을 모른 척하고 히잔은 라야를 일으켜 세워 가판대에서 조금 떨어진 곳으로 데려갔다. 히잔이 두 손으로 라야의 손을 모아 잡았다.

"라야, 내가 결혼 선물을 받자고 너한테 드레스를 선물한 건 아니란 거 알지?"

"응, 알아."

"드레스는 어때? 아일이 마음에 들어 해?"

"응, 예쁘대."

"나도 남편한테서 예쁘다는 소리 듣고 싶어."

히잔은 라야의 손목에 리본 한 짝을 둘러주었다. 리본의 긴 쪽이 바람에 애처롭게 휘날렸다. 라야는 손가락 위에서 빛나는 결혼반지를 물끄러미 쳐다보았다. 붉은 보석이 생명을 가진 무엇처럼 강렬한 빛으로 빛났다. 아일은 뭘 하고 있을까?

히잔이 말했다.

"너는 내가 선물해준 드레스를 입고 나는 네가 선물해준 이 리본을 두르고 함께 결혼하는 거야. 상상해봐. 근사하잖아."

라야가 난감한 미소를 지었다.

"히잔."

"우리가 오래 못 만나게 된다고 해도 난 우리가 함께 결혼하던 순간을 죽을 때까지 기억할 수 있을 거야."

히잔은 라야를 돌려세워 그녀의 목에도 리본을 목걸이처럼 둘러주었다. 붉은 날개를 가진 나비가 하얀 목덜미에 내려앉았다.

장사꾼은 미심쩍은 눈으로 춤을 추려고 선 라야를 바라보았다. 히잔이 앉으라는 듯이 장사꾼의 옷깃을 잡아당겼다. 장사꾼은 마지못해 뚱한 표정으로 바닥에 앉았다. 메이다와 차미, 리타도 같은 자세로 그 옆에 나란히 앉았다. 햇볕에 잘 달궈진 흙바닥이 뜨끈뜨끈했다. 부두의 난간을 짚고 일어서 있는 라야의 등을 바라보며 히잔이 말했다.

"시작해도 돼, 라야."

라야는, 배우 라야 윈터스를 숭배하지만 눈앞의 여자가 라야 윈터스인 줄은 꿈에도 모르는 남자와 네 명의 친구를 앞에 두고, 조용히 눈을 감았다.

라야는 마이카 섬 사람들 앞에서 처음으로 춤을 추었던 날을 떠올렸다. 그녀는 마이카 섬에 오고서도 한동안 주민들을 피해 다녔다. 그녀답지 않게 사람들과 친해지는 것을 꺼려했다. 그리고 섬으로 온 지 열흘째 되던 날, 이웃 사람들의 초대를 받았다. 버라티와 페린느 부부가 직접 두 사람의 집으로 찾아와 문을 두드렸다.

사람이 모여 있는 곳에 가는 걸 좋아하지 않는 아일이었지만 이웃들과 친해져 라야가 기운을 차렸으면 했기에 그가 그녀의 손을 끌고 마을회관으로 갔다. 누가 음악 좋아하는 타본 인들 아니랄까 봐, 사람들은 식사 후 분위기가 무르익자 라야에게 노래를 청했다. 당혹스러워하는 라야를 보고 아일은 남모르게 웃었다.

"노래는 못해요."

라야가 하얀 얼굴에 홍조를 띠며 말했다.

"대신…… 춤은 출 줄 알아요."

그날 라야는 무아경에 빠져 춤을 추었다. 아일의 표정이 걱정스러움에서 두려움으로, 슬픔으로, 그리고 심란함으로 변해가는 걸 보면서도 춤을 멈출 수가 없었다. 아일이 어떤 심정으로 춤을 바라보는지 알았지만 발이 멎지 않았다. 라야는 그의 시선이, 사람들의 시선이, 달빛이, 바람이, 세상이 그녀 몸에 깃드는 것을 느꼈다. 바람이 그녀의 몸을 빌었다. 그 순간 그 자리에 라야는 없었다.

집으로 돌아온 아일이 착잡한 미소를 지으며 고백했다.

"난 네가 춤을 출 때마다…… 네가 그대로 사라져버릴 것만 같아."

어울리지 않게 불안해하는 그를 다독이려고 라야는 평소에 잘 쓰지 않는 단호한 표현을 사용했다.

"그런 일은 절대 없어요."

그가 눈으로 물었다. 어떻게 그렇게 확신하지?

그래서 다시 대답해주었다.

"내가 당신을 떠나는 일은 없을 거예요. 약속해요."

그날 밤의 대화가 떠오르자 그가 무척이나 보고 싶어졌다. 식사는 잘 하고 있을까? 콧등이 시큰해져 라야는 눈을 떴다. 그녀는 눈앞의 다섯 관중들을 부드러운 눈길로 하나하나 응시했다. 그들은 자진해 숨소리를 죽였다.

라야는 참으로 오랜만에, 이제는 완전히 장신구가 되어버린 어머니의 단검을 쥐었다.

반짝이는 바다를 뒤에 둔 채, 라야는 팔을 들어 올렸다. 손끝이 만들어내는 선이 감탄을 자아낼 만큼 우아했다. 손목에서 붉은 리본이 펄럭였다. 장사꾼의 입이 천천히 벌어졌다.

그녀의 첫발이 차이드의 뜨겁고 자유로운 바람을 불러왔다. 길을 지나던 사람들이 걸음을 멈추고 여자를 쳐다보았다. 모두의 눈이 음악 없이 음악을 만들어내는 작은 여자에게 쏠렸다. 처음엔 좁은 공간이었던 것이 스스로 몸을 뒤로 물린 사람들로 인해 큰 원이 되었다.

바람이 악기를 연주한다면 그 손짓이 저렇고 눈꽃이 사람으로 화한다면 저리 고결할 듯했다. 낙화에 팔과 다리가 있다면 저리 춤을 추고 얼굴이 있다면 저리 웃겠지. 하루살이가 내일을 알게 된다면 저리 간절할 것이다.

사람들은 멍청히 턱을 떨어뜨리고 눈도 깜빡이지 못하고 처음 보는 이국적인 춤에 사로잡혔다.

라야의 입술엔 미소가 어려 있었지만 눈에는 눈물이 서려 있었다. 눈물이 무슨 의미인지는 사람들도 알 수 없었다. 그저 그녀의 마음처럼 슬프고 그녀의 마음처럼 누군가가 그리워졌다. 눈물이 땀과 함께 허공에서 반짝였다.

그녀의 작은 몸이 큰 바람이 되어 돌고 돌아, 마침내 멈춰 섰다. 불처럼 열정적이던 춤의 끝은 사람들의 숨이 돌아오는 시간만큼 느리고 정적이었다. 춤이 끝나고도 사람들은 춤이란 것을 처음 본 사람들처럼 정지해 있었다. 조금 늦게 박수가 나왔다. 빼앗긴 혼이 갑자기 돌아오기라도 한 듯 화들짝 몸을 털어낸 사람들이 손을 마주쳤다. 가슴을 들썩이며 숨을 내쉬는 라야가 쑥스러운 듯, 기쁜 듯 환하게 웃었다.

"괜찮게 추는 것 같나요?"

라야가 장사꾼에게 물었다. 장사꾼은 묘한 표정을 지었다.

라야는 목에서 리본을 풀었다. 어느새 차이드의 바람은 사라지고 온순한 바닷바람이 붉은 머리칼을 쥐고 흔들었다. 손목에서도 리본을 풀어냈다. 장사꾼은 아무 말 없이 라야가 건네는 리본을 받았다. 멍하니 리본을 내려다보던 그는 리본 하나를 히잔에게 주었다. 히잔은 싱글벙글한 얼굴로 리본에 뺨을 비볐다. 장사꾼이 일어섰다.

그는 한 번 더 힘주어 리본을 움켜잡은 뒤 라야에게 리본을 바쳤다.

아일은 점심을 먹은 뒤 라야가 그린 그림 한 장을 들고 집을 나왔다. 혼자 먹는 점심은 맛이 없었다. 비어 있는 맞은편 의자를 보니 입맛이 더 떨어졌다.

매니를 데려올 생각은 없었는데 집을 나서자 그녀가 쭐레쭐레 언덕 중턱까지 쫓아왔다. 새끼 고양이는 등산이 힘에 부친지 중반쯤에 주저앉아 앞서가는 그를 향해 울어댔다. 나도 데려가, 망할 인간아. 왠지 그렇게 말하는 것 같아 아일은 돌아 내려와 매니를 안고 꼭대기까지 올랐다.

"네가 보기엔 어때? 여기가 맞는 것 같아?"

아일이 발아래를 내려다보며 물었다. 매니는 언덕 아래로 보이는 바다만 물끄러미 바라보고 있었다. 언덕 끝에 선 아일은 종이를 들고 그림과 보이는 풍경을 비교해보았다. 여기서 그림을 그린 건 분명한데. 서서 그렸을 리는 없고…….

주위를 둘러본 그는 라야가 앉았을 만한 바위에 가 앉았다. 그리고 풍경에 완전히 반해버린 듯한 새끼 고양이의 뒤태를 바라보았다.

매니는 하염없이 바다를 바라보았다. 이전 다섯 번의 인생에서도 이렇게 높은 곳에서 바다를 본 일은 없다. 멋진 풍경이다. 이런 걸 보게 해준 남자 인간이 조금 더 좋아졌다.

아일이 매니의 속말을 알아들은 것처럼 말했다.

"세르노다의 언덕에서 내려다보는 풍경은 더 끝내줘. 너도 볼 수 있으면 좋을 텐데."

매니가 아일을 돌아보았다. 웬일로 여자 인간이 옆에 없는데도 남자 인간의 말투가 말랑말랑했다. 외로움을 타는 걸까? 여자 인간이 없어서? 매니는 딱한 생각이 들어 아일이 앉아 있는 바위로 갔다. 그는 매니를 들어 허벅지 위에 올려놓았다.

"고양이는 여러 번 산다는데 사실이야?"

그가 바다를 쳐다보며 물었다. 그의 질문에 매니는 하품을 했다.

바람이 불어 이마를 가리고 있는 금발을 쓸었다. 그가 매니의 눈을 들여다보며 말했다.

"라야한테 어서 돌아오라고 해. 라야 말에 의하면 바람은 목소리를 전해준대."

네가 하지그래? 매니가 황당한 표정을 지었다. 그는 고양이의 표정을 읽지 못했다.

그녀가 뭘 하고 있는지 보여줄까?

갑자기 들려온 목소리에 매니가 털을 곤두세우며 일어섰다. 근처 나무에 검은 새가 앉아 있었다.

방금 저승에서 뛰쳐나온 것처럼 검은 새에게서 짙은 유황 냄새가 났다. 그날따라 깃털도 더욱 검게 보였다. 지옥의 일부를 잘라내어 그곳에 박아놓은 듯 되직한 이물감이 검은 새 주위로 일렁거렸다. 매니가 아일의 품으로 파고들었다. 아일은 놀란 기색 없이 바다를 바라보는 채로 심드렁하게 말했다.

"빚을 강제로 안기려고 하는 건 돈놀이꾼들이나 하는 짓 아닌가?"

말했잖아. 이러나저러나 넌 어차피 지옥에 떨어질 거라고

아일은 콧등을 긁적거렸다.

"혹시 말이야."

그가 검은 새를 돌아보았다.

"다음 생이란 게 정말 있나?"

검은 새가 머리를 기울였다.

언제부터 윤회를 믿게 됐지?

"일 년 전부터. 그런 게 있어도 나쁘지 않겠더라고."

검은 새는 날카로운 이빨을 딱딱 부딪쳤다. 심지어 아일의 시선을 피해 바다 쪽을 쳐다보았다. 한참 후, 검은 새가 말했다.

그런 게 있을 턱이 있나

아일이 웃음을 터뜨렸다. 새끼 고양이는 그가 그렇게 큰 소리로 웃는 것을 처음 보았다.

······여기서는 섬의 반대편이 안 보이지

검은 새가 말했다.

"뭐?"

내 목을 꺾을 때에는 이를 악물고 꺾는 편이 좋아. 검은 연기가 네놈 뇌를 씹어 먹을 때와는 비교도 안 되게 아플 테니까. 잘못하면 혀를 씹을 수도 있거든

엉뚱한 소리를 한 검은 새가 다시 아일을 응시했다. 순간 시선이 마주치고, 시선이 마주치는 것 이상으로 두 의식이 톱니바퀴처럼 완벽하게 맞물렸다. 아일의 동공이 더 이상 확장될 수 없을 만큼 확장됐다. 해일이 그의 본래 의식을 덮어버리는 것 같은 충격에 현기증이 났다. 동공 위로 끈끈한 검은 액체가 덮이고 이내 날카로운 빛이 두 눈을 찔렀다. 검은 새의 시야가 쏟아져 들어왔다. 그리고 그는 검은 새가 보고 있는 섬의 반대편을 볼 수 있었다.

배의 깃발이 위압적으로 나부꼈다.

거대한 범선이 섬 연안에 정박해 있었다. 마이카 섬의 부두가 감당하기 버거운 규모의 배였다. 깃발의 문장은 한때 아일이 자기 가문의 문장 다음으로 가까이하던 것이었다.

그것은 크롬헬의 문장, 다이런의 군함이었다.

68

평상시와 다름없이 심심한 오전이었지만 돌이켜 생각해보면 다른 날보다 평화로운 오전이었다. 수비대 놀이에 열중한 아이들이 아침부터 집을 나간 덕분에 떼쓰는 소리가 들려오지 않았고, 밤새 아픈 노인도 없었고, 여자들은 곧 있을 결혼식을 준비하느라 즐거웠고, 여자들의 기분이 좋으니 남자들은 마냥 좋았다. 그런 날이 있다. 돌이켜 봤을 때 유독 특별했던 날.

여자들은 밭일을 끝내고 점심을 준비하고, 남자들은 조업을 쉬고 태풍을 대비해 집과 주변을 수리했다. 그리고 식사 시간이 되어 예닐곱 명을 제외하고는 마을 사람들 모두가 마을 회관에 모여 있었다. 군인들이 회관으로 들이닥친 것은, 놀고 있는 아이들을 데리러 페린느가 회관을 나간 직후였다.

건물 밖에서 비명 소리가 났다. 사람들이 페린느가 나간 앞문을 쳐다보는데 뒷문이 부서질 것처럼 열렸다.

"엄마아아아!"

수비대 놀이를 한다고 모여 있던 아이들이 울음소리를 내며 뛰어들었다. 무장을 한 남자들이 아이들을 앞세우고 회관으로 들어왔다. 마을 사람들은 바깥으로 끌려 나갔다. 청년들이 약한 반항을 해보았지만 부모들이, 연인이 그들을 말렸다. 밖으로 나온 사람들은 페린느의 가족을 보았다.

페린느가 울먹이며 남자의 얼굴을 쓰다듬고 있었다. 남자의 얼굴을 본 사람들이 비명을 질렀다. 전날 히잔의 결혼 날짜를 받으러 섬을 나갔던 버라티가 찢기고 피멍이 든 얼굴로 곤죽이 되어 페린느의 품에 안겨 있었다. 그 옆에선 버라티와 함께 갔던 두 소년이 경직된 몸에 두 팔을 딱 붙인 채 엉엉 울고 있었다.

"죄송해요! 흐어엉……."

"우리는 아무 말도 안 했는데…… 그냥 닮았다고……."

외지인들은 오십 명 남짓한 주민들을 에워쌌다. 재미로 토끼몰이를 하는 늑대들처럼 설렁거리는 걸음들이었다. 그들은 갑옷을 입지 않은 군인들이었다. 피곤한 표정들이었지만 몸의 긴장은 풀지 않는 훈련된 병사들이었다. 군인들을 처음 본 마을 사람들은 그들이 군인인 줄도 몰랐다. 그들이 보이고 있는 몰개성적인 분위기와 일사불란한 움직임, 그리고 무기를 보고 그들이 조직화된 무력 집단이라는 것을 눈치챘을 뿐이었다.

"이게 대체…… 무슨 일이신지?"

노파가 앞으로 나서며 사내들에게 물었다. 군인들은 허리에 차고 있는 검자루를 만지작거리거나 젊은 여자들을 음흉한 눈길로 훑었다. 누구도 노파의 질문에 대답하지 않았다. 그들은 책임자가 아니었다.

"노인장이 이 마을의 입이야? 장로?"

군인들이 갈라섰다. 회관 앞문에서 느지막이 한 남자가 나왔다. 눈두덩부터 이마까지 인두 자국이 있는 남자였다. 오른쪽 눈썹이 반밖에 없었다.

반쪽 눈썹의 남자는 회관에서 마을 사람들이 점심으로 만들어놓은 조개구이를 쟁반째 들고 나왔다. 그가 조개를 하나 집어 입에 대는 것을 보면서, 노파가 말했다.

"아닙니다, 저는 그저 가장 오래 살았다 뿐입지요."

"그럼 장로는?"

노파가 지팡이를 꾹 누르며 주민들을 돌아보았다.

"작은 마을이지요. 저희 마을에는 장로란 것이 따로 없습니다."

반쪽 눈썹은 노파를 찍어 누르듯 내려다보았다.

"인간은 세 명 이상 모이면 우두머리를 두게 되어 있어. 어쨌든, 노인장이 내 말상대다 이거잖아."

거친 악센트의 타본 어였다. 차근차근 말을 배운 것이 아니라 짧은 기간 안에 타본 인과 부딪쳐가며 익힌 말이었다. 반쪽 눈썹은 조개를 하나 더 먹더니 눈썹을 들어 올렸다.

"음, 다른 건 몰라도 타본의 조개 하나는 대충 요리해도 맛있어. 이 호감이 끝까지 이어질 수 있다면 좋겠는데."

그는 쟁반을 부하에게 넘기고 두 손을 가볍게 비볐다.

"자, 모두 집중. 사람을 찾는 중이야. 남자 하나, 여자 하나."

반쪽 눈썹은 주먹에서 약지와 중지를 세워 들어 보였다.

"남자는 금발에 금안을 가진 미남이지. 나는 사내놈이 내 옆에서 숨만 쉬어도 소름이 돋고 여자라면 사족을 못 쓰는 인간이야. 그런 내가 미남이라는 건 누가 봐도 미남이라는 소리지. 여자는 붉은 머리에 초록색 눈을 가졌어. 본 사람들 말에 의하면 이쪽도 상당한 미인이라니까 만났다면 기억이 날 거야. ……그래, 지금 몇 사람이 눈을 굴리고 있잖아. 분명 생각나는 인물들이 있을 거야. 이 동네 꼬맹이들이 하는 얘기를 듣고 찾아온 거니까 우리, 불필요한 줄다리기는 하지 말자고. 자, 우리가 어느 방향으로 가야 이자들을 찾을 수 있을까?"

어리둥절한 얼굴로 옆 사람을 쳐다볼 뿐, 마을 사람들은 입을 열지 않았다.

반쪽 눈썹이 혀를 찼다.

"좁은 섬이라 당신들이 말하지 않아도 결국엔 찾아낼 거야. 하지만 조금이라도 찾는 시간을 단축시키고 싶어. 우리가 어느 방향으로 가야 할까? 이쪽? ……저쪽?"

산을 미친 듯이 뛰어 내려온 아일은 술집으로 숨어 들어갔다. 술청 아래로 몸을 숙여 창문 벽에 몸을 기댔다. 산을 내려오는 내내 자책했다. 좀 더 빨리 이곳을 떠났어야 했다. 왔다가 흔적도 없이 사라졌어야 했다. 애초에 외지인이 눈에 띄는 이런 작은 마을에 오는 것이 아니었다. 그는 일 년 전으로 돌아가 달리 선택할 수 있었던 선택지를 다시 꺼내보고, 후회하고, 자신에게 욕을 던졌다.

그의 품에서 불안한 기운을 느낀 매니가 야옹거렸다. 아일은 매니를 술청 아래에 내려놓았다. 그리고 다시 창 밖을 살폈다. 마을의 활력은 그곳에 몰려 있었다. 두려움과 소란스러움으로.

손가락으로 사방을 가리키던 반쪽 눈썹이 신경질적으로 말했다.

"난 이럴 때가 정말 싫어. 눈들은 분명 안다고 얘기하는데 입은 하나도 안 열려!"

마을 사람들을 난자라도 할 것 같은 목소리였다. 사람들이 놀란 비명을 지르며 몸을 움츠렸다. 반쪽 눈썹이 몸을 숙여 노파를 보았다. 노파의 주름 진 얼굴은 두려움을 드러내지 않았다.

"노인장, 나한테 해줄 얘기가 없을까?"

"작은 마을이지요."

"그 말은 이미 했어."

"주민들 대부분이 여기서 나고 자랐습니다. 사람이 숨어 있으면 표시가 납니다."

반쪽 눈썹이 한숨을 쉬며 몸을 세웠다. 그리고 주민들을 둘러보았다.

"너희들이 지금 머릿속에 떠올리고 있는 그 두 사람은 억울한 죄를 뒤집어쓰고 도망치는, 보호해주어야 할 가여운 존재들이 아니야. 특히 남자는…… 네깟 놈들이 그렇게 감싸고돌 만큼 약하고 선한 인물이 아니라고."

티스와 모디가 우는 목청을 높였다. 어린애들이 따라 울었다. 반쪽 눈썹이 소년들을 쏘아보았다. 페린느는 잠시 남편을 놓고 두 소년의 입을 막으며 그들을 끌어안았다.

반쪽 눈썹이 손가락을 흔들었다.

"나는 살인을 즐기지 않지만 필요하다면 얼마든지 할 수 있어."

그가 팔을 쳐들어 뒤쪽의 먼 곳을 가리켰다.

"아직 배에 있는 병사들을 모두 내려오게 할 거야. 식욕도 성욕도 넘치는 놈들이지. 사내놈들은 불태워 죽이고 여자들은 겁탈한 뒤 점심 식사를 끝내고 섬을 뒤져 두 사람을 찾아낼 거다. 이 모든 것을 한 시간 안에 끝낼 수 있어. 약속하지."

더 이상 비명을 지르는 사람은 없었다. 주민들은 뭉쳐 있으면 하나가 될 수 있는 것처럼 서로를 안고 안으로, 안으로 모여들었다.

반쪽 눈썹이 노파의 멱살을 잡았다. 마을의 청년 두 명이 분노에 찬 얼굴로 일어섰다. 곧바로 옆구리에 군인들의 발이 꽂혔다. 서너 번 발길질이 있자 젊은 주민들 사이에 일던 반항의 기운이 얌전해졌다. 반쪽 눈썹이 위협적으로 속삭였다.

"노인장, 아직도 나한테 해줄 얘기가 생각나지 않아?"

노파의 깊은 눈이 젊은 무장을 조용히 노려보았다. 노파가 허옇게 뜬 마른 입술을 벌렸다.

"어린아이들은 없는 소리도 곧잘 만들어내고는 하지요."

반쪽 눈썹이 크게 웃음을 터뜨렸다. 그가 거칠게 멱살을 놓자 노파가 비틀거리며 물러섰다. 여자들이 노파를 부축하는 것을 보면서 반쪽 눈썹이 공중을 향해 고함쳤다.

"장군! 보고 계시다면 나오시지요!"

그의 목소리가 메아리쳐 울렸다.

들려오는 대답은 없었다.

"……늘 이렇지."

반쪽 눈썹이 큰 걸음으로 물러섰다. 그의 얼굴에서 미소의 기색이 완전히 사라졌다.

"누군가는 말을 하게 될 거야."

군인들이 아이들을 부모들의 품에서 떼어냈다. 부모를 찾는 아이들의 비명과 부모들의 처절한 목소리가 뒤엉켰다. 그보다 더 끔찍한 소리는 없었다. 작은 몸을 붙잡힌 채 어미를 향해 손을 뻗는 아이들을 군인들은 가차 없이 원 밖으로 끌어냈다. 검자루에 얻어맞아 피를 흘리면서도 아버지들은 군인들에게 달려들었다. 감정 없는 발길질이 쏟아졌다. 군인들은 아이들을 회관에 가두고 문을 잠갔다. 열 수 없는 문을 한참 두드려대던 아이들이 창문에 매달려 울었다. 반쪽 눈썹이 말했다.

"네놈들이 고민을 하는 동안 그가 도망치지 않기를 비는 게 좋을 거야."

군인들이 횃불을 들고 건물로 다가섰다. 건물 안팎으로 끔찍한 비명 소리가 교차했다. 아이들이 지르는 비명보다 부모들이 지르는 비명이 더 컸다. 창자가 끊어질 듯한 비명을 무시한 채, 반쪽 눈썹은 몸을 돌렸다.

"그만."

반쪽 눈썹이 멈칫했다. 무시할 수 없는 목소리가 그를 멈춰 세웠다.

병사들은 들판에서 범의 울음소리를 듣기라도 한 것처럼 흠칫, 몸을 움직였다. 목소리에 담긴 위엄이 포위 대형을 한순간 흐트러뜨렸다. 수만의 인간을 아래에 두어본 적이 있는 자만이 낼 수 있는 위엄.

왕이거나…….

대군을 지휘해본 경험이 있는 자거나.

반쪽 눈썹은 바로 돌아서지 않고 오른손으로 왼 손목을 잡았다. 빨리 뛰는 맥박을 늦추려는 듯 엄지로 지그시 손목을 눌렀다.

반쪽 눈썹만이 아니라 주민들도 비명을 멈추었다. 횃불이 타오르는 소리만이 공기를 가볍게 흔들었다. 반쪽 눈썹이 뻣뻣한 몸을 천천히 돌렸다. 그를 마지막으로 난장의 시선이 한곳으로 모였다.

"……에드가."

기약 없는 임무였다. 왕은 에드가를 추적하는 데 크롬헬을 동원했다.

반쪽 눈썹의 이름은 란젤이었다. 란젤도 그 자리에 있었다.

추적대를 통솔할 지휘관들을 불러놓고 왕은 에드가를 살아 있는 채로 데려오라 명령했다. 몇몇이 대놓고 난색을 표했다. 차라리 죽이는 편이 쉽다고 했다. 그리 말하는 자들 중의 반은 살아서 왕 앞에 올 경우 어떤 치욕을 당할지 모르는 상황에서 에드가를 감싸고자 하는 속내가 있었고, 나머지 반은 진심으로 에드가를 두려워했다. 그가 가진 신의 힘과, 그의 이름에 실린 보이지 않는 힘을 경외했다. 두려움을 읽은 왕이 웃는 얼굴로 빈정거렸다.

"그의 이름이 두렵다면 그 이름을 더럽히고 그가 가진 힘이 두렵다면 그 힘을 잃게 하면 될 게 아닌가? 내가 자네들을 부리는 것이다. 나의 군대다. 태양신의 군대야. 자네들이 그를 두려워할 게 아니라 그가 자네들을 두려워해야지."

"그는 두려움이 없습니다."

누군가가 반발하듯 말했다. 누가 낸 목소리인지 몰라 모두 고개를 두리번거리는데, 왕은 정확히 목소리를 낸 사람을 쳐다보았다. 왕의 시선을 따라 란겔도 근처에 서 있는 남자를 보았다.

메이튼 슈만. 에드가의 충직한 심복. 세르노다의 경비대 시절부터 차이드와의 전쟁이 끝날 때까지 그는 부관으로 에드가의 가장 가까운 자리를 지켰다. 에드가가 사라진 이후에도 그가 군대에 남아 있는 것이 뜻밖이라고 말하는 자들도 있었다. 불만스러운 표정의 메이튼이 검을 꽉 움켜쥐는 것을 란겔은 다섯 걸음 떨어진 곳에서 물끄러미 바라보았다.

란겔도 메이튼과 안면이 있었다. 두 사람은 같은 시기에 크롬헬에 들어갔지만 소속된 부대가 달라 부딪칠 일은 많지 않았다. 감독생이었던 에드가가 메이튼을 훈련시켰고 메이튼이 누구보다 에드가를 잘 따랐다는 걸 모르는 훈련생은 없었다.

왕이 보일 듯 말 듯 웃었다. 그가 상좌에서 일어섰다.

일제히 무릎을 꿇었다. 메이튼은 무릎이 불편한 노인처럼 늦게 무릎을 꿇었다.

왕은 천천히 걸어 부복한 기사들 사이를 지났다. 고개를 숙인 메이튼의 머리 위로 왕의 웃음이 떨어졌다. 왕이 말했다.

"안다. 내, 그가 죽음조차 두려워하지 않는 자라는 것을 잘 알아. …… 하지만 그는 상실을 두려워하지."

왕이 머리칼을 움켜쥔 것처럼 메이튼이 거칠게 고개를 들었다. 왕의 얼굴에 번지는 웃음의 농도만큼 목소리에 흐르는 섬뜩함도 진해졌다. 왕이 허리를 반듯이 펴고 주위를 둘러보았다.

"그와 그의 여자가 지나는 길마다 불을 놓아라. 그렇게 바람에 내 말을 실어. 에드가에게 전해라."

왕은 에드가를 보듯 메이튼을 노려보았다. 메이튼은 주먹을 움켜쥐며 머리를 조아렸다.

왕이 소리쳤다.

"대륙을 판째로 엎는 한이 있어도, 크롬헬의 모든 이들을 동원해서라도 너를 찾아내겠다. 네 동료와 부하들이 직접 너희들을 찾아낼 것이다. 먼저 여자를 잡아다 야만인들이 사는 곳에 던져놓겠어. 그리고 소리칠 것이다. 이년이 너희들의 지도자와 형제들을 무참히 살육했던 놈과 통정한 년이다! 너희들과 비슷한 처지이면서도 그에게 몸과 마음을 주어 지옥 속에서 살아야 할 그놈을 웃게 만든 년이다! 네 가문과 연이 닿은 모두를 죽일 것이다! 그것 역시 크롬헬을 동원할 것이다. 네 가문은 물론이고 네 어미의 가문도, 네 스승의 가문도, 널 따랐던 자들의 가족도 모조리 찾아내 남김없이 숨통을 끊어놓을 것이다. 너에게 조금이라도 마음을 주었던 자들이 있다면 대륙을 모두 뒤집는 한이 있어도 찾아내 죽일 것이다! 그것이 싫다면, 내 앞에 스스로 와 서라."

란젤은 곁눈으로 메이튼의 표정을 살폈다. 어이, 진정하지, 친구.

고개를 숙이고 있는 메이튼의 얼굴이 살벌했다. 바닥을 노려보는 눈에서 불꽃이 튀고, 불거진 힘줄이 관자놀이를 뚫고 나오려고 했다. 왕이 읊조리듯 말했다.

"너희들이 내 눈이니 그의 눈을 피하지 말고 너희들이 내 입이니 오늘 내가 한 말을 그대로 가감 없이 그에게 전하라."

빗방울이 하나둘, 떨어졌다. 그리고 바닥을 짚고 있는 주먹을 치고 무인들의 건장한 등을 두드렸다. 비 냄새를 품은 바람이 말을 아끼는 사내들의 몸을 휘감고 흩어졌다.

란젤은 찝찝한 그날의 기억에서 빠져나와 눈앞에 와 선 사내를 보았다. 그날의 스산한 바람이 불어와 좋지도 않은 기억을 떠올리게 했다.

그렇게 찾아 헤매던 에드가가 그곳에 있었다.

란겔이 입술 끝을 끌어올리며 하얀 이를 드러냈다.

아일이 차분한 목소리로 말했다.

"여우가 굴에서 나왔으니 불은 이만 끄지."

"……."

란겔이 손짓하자 군인들이 불길을 잡기 시작했다. 아일은 주민들을 살폈다. 주민들의 얼굴은 피와 눈물, 무수한 감정이 뒤엉켜 한 사람 한 사람을 구분하기 어려울 정도였다. 뭐라 말할 수 없는 심정이 되어 아일은 주먹을 움켜쥐었다.

"장군."

의외로 반쪽 눈썹은 고개까지 숙이며 예를 표했다. 아일은 분노와 환멸이 담긴 눈으로 란겔을 노려보았다. 아일을 앞에 둔 란겔의 태도는 마을 사람들을 대할 때와는 사뭇 달랐다. 가축과 신을 대할 때의 태도 차이만큼이나 현격한 변화였다. 란겔이 다이런 어로 말했다.

"수색대가 출발하기 전, 구체적인 칙명이 있었습니다. 장군을 찾을 경우 왕께서 이리 전하라 하셨습니다."

불이 꺼진 이후에도 양쪽이 만들어내는 팽팽한 긴장감 때문에 그 사이에 낀 사람들은 호흡에 곤란을 느꼈다.

"왕명에 따라 폐하의 윤음을 그대로 전하겠습니다."

란겔은 최대한 무미건조하게 말하려고 노력했다.

"너에겐 두 가지 선택지가 있다. 하나는 순순히 그들을 따라와 내 앞에 서는 것. 그러면 아무 일도 일어나지 않을 것이다. 마을은 너희들이 오지 않았던 그전으로 돌아갈 뿐이다. 그리고 두 번째 안, 네가 동행을 거절할 경우다. 그러면 넌 네 연인을 가장 먼저 잃게 될 것이다. 그리고 마을의 어린아이, 여자, 노인, 개 할 것 없이 모든 이가 하나하나 죽는 걸 지켜본 뒤에, 너는 가장 마지막에, 시신들과 함께 불에 타 죽을 것이다. 동행 중 스스로 목숨을 끊어도 결과는 동일하다. 수색대는 다시 마을로 돌아가 모든 이들을 죽일 것이다. 명령한다. 살아 있는 채로,"

항상 웃음소리가 섞여 있는 왕의 목소리가 들려오는 듯했다.

"내 앞에 와 서라."

라야는 초점을 맞추기 위해 눈을 깜박였다. 몸을 가눌 수가 없었다. 가만히 앉아 있는데도 몸이 좌우로, 위아래로 흔들렸다. 땅이 올라왔다가 내려갔다 했다. 빛은 망막에 상을 맺기도 전에 파편으로 부서졌다.

"두통이 있을 겁니다. 가시개꽃 가루의 부작용이지요."

가까운 곳에서 남자 목소리가 들렸다. 처음 듣는 목소리였다. 그리고 다이런 어였다.

못 알아듣는 척해야 할까? 라야는 남자의 얼굴을 보기 위해 빠르게 눈을 깜박였다. 눈물이 날 만도 한데 눈가가 너무 건조했다. 이것도 가시개꽃 가루의 부작용일까? 나는 왜 여기 있는 거지? 것보다, 여긴 어디지?

"기억이 잠시 혼탁할 겁니다. 마찬가지로 가시개꽃 가루의 부작용이지요."

가시개꽃이라는 소리를 자꾸 들으니까 생각나는 것이 있었다. 기절하기 전 가시개꽃 냄새를 맡았다. 기절? 내가 기절을 했었나? 그래, 히잔의 시댁으로 가는 길이었다. 가판대에서 산 책을 읽으며 걷던 터라 발이 느렸다. 친구들이 앞서가고 마지막으로 골목 모퉁이를 도는데 뒤에서 누군가가 허리를 붙잡아 들었다. 입이 틀어막히는가 싶더니 가시개꽃 냄새가 났다. 그리고 정신을 잃었다. 납치를 당한 걸까? 백주에 번화가에서?

"물을 좀 드시겠습니까?"

남자의 손이 그녀의 손을 잡았다. 라야가 흠칫하며 물러섰다. 푹신한 등받이가 닿았다. 점점 밝아오는, 하지만 실루엣뿐인 시야로 남자가 두 손을 들고 점잖게 물러나는 것이 보였다. 라야는 덜덜 떨리는 손을 움직여 물 잔을 입으로 가져왔다. 입술이 어디에 붙어 있는지도 모를 만큼 현기증이 일었다. 손이 떨리는 것도, 혀가 가뭄의 논바닥처럼 마른 것도 전부 가시개꽃의 부작용이었다. 나뭇잎에서 허브향이 나는데 끝 향이 알싸해 위험을 느끼고 호흡을 멈추면 바로 의식이 끊어질 정도로 강한 독초였다. 아직도 인중에서 알알한 냄새가 풍겨왔다.

　"물에 독을 탔을지도 모른다는 생각은 안 드나요?"

　남자가 말했다. 라야가 멈칫하자, 남자가 웃었다.

　"농담입니다."

　이 남자가 납치범인 걸까? 납치범치고는 말투가 자못 정중하고 느긋했다.

　라야는 물을 마셨다. 조심스럽게 조금씩 마시지 않고 보란 듯이 한 잔을 다 비웠다. 점차 정신이 깨어났다. 불투명한 휘장이 내려와 있는 듯하던 시야가 맑아지고 남자의 얼굴이 눈에 들어왔다.

　남자는 맞은편 소파에 앉아, 꼬고 있는 다리 위에 깍지 낀 손을 올리고는, 음울하고 차가운 눈으로 그녀를 관찰하고 있었다. 엄격한 얼굴선에 보수적인 옷 취향. 남성적인 얼굴을 가졌지만 근육질의 몸은 아니었다. 갈색 머리에 갈색 눈, 다이런에서 가장 흔하게 찾아볼 수 있는 머리색과 눈동자였다. 평범하다고 해도 될 테지만 친근한 느낌을 주는 인상은 아니었다. 입술에 붙어 있는 미소는 예의를 차리는 것처럼 보이기도 하고 상대를 업신여기는 것처럼 보이기도 했다. 웃고 있어도 웃고 있지 않은 눈빛이 가끔씩 실의에 빠진 듯한 표정을 만들어냈다. 쿠스친이 인사처럼 고개를 까닥했다. 그가 물었다.

"혹시 뱃멀미를 하나요?"

그들이 있는 곳은 선실이었다. 고급 선실.

현기증을 느낄 때마다 창문으로 보이는 수평선도 함께 오르내렸다. 바다가 더 많이 보였다가 하늘이 더 많이 보였다가 했다. 바다에 반사된 빛이 떨리는 손 위로 어른거리는 그림자를 던졌다. 밖으로 보이는 세상은 아직 낮이었다.

아일. 아일. 가시개꽃의 부작용으로 혹시 그의 이름을 잊어버리지는 않았나, 라야는 자신의 명료한 정신을 확인하기 위해 속으로 수차례 아일을 불렀다. 정체를 알 수 없는 사내를 앞에 두고 있다는 것보다 아일에게서 얼마나 멀어진 건지 모르겠다는 것이 더 두려웠다.

침대를 발견하고는 안심했다. 남자는 그녀를 저 커다랗고 푹신한 침대에 올려놓지 않고 소파에 내려두었다. 적어도 납치의 목적이 상상 가능한 것 중 가장 끔찍하고 추악한 그것은 아닌 모양이었다. 여행 친구를 구하자고 그녀를 납치한 건 아닐 테고…….

라야가 침착하게 물었다.

"우리가 어디로 가고 있는 거죠?"

"내가 누구인지보다, 어디로 가는지가 더 궁금한 겁니까?"

쿠스친이 재밌다는 듯이 미소 지었다. 그리고 다리를 바꿔 꼬며 말했다.

"일단은 그루나드 섬으로 가고 있는 중입니다."

"당신이 절 납치한 건가요?"

"그렇습니다."

쿠스친이 태연하게 대꾸했다. 라야가 물었다.

"인신매매상인가요?"

"그렇다면 당신을 이런 선실에 두지는 않았겠지요."

"그럼 약초상인가요? 행인을 상대로 독초의 쓸모를 시험하는?"

쿠스친은 라야의 화법이 마음에 들었다. 그는 자신의 말투가 좀 더 호의적으로 변해가는 것을 느꼈다.

"약초도 취급합니다. 차가 주거래 품목이지만 땅과 건물도 사고팔지요. 그 밖에 자잘한 품목도 몇 개 있고."

별거 아닌 것처럼 말하고 있지만 그는 자신의 사업 수완에 꽤나 자신이 있는 듯했다.

"제 친구들은 어디 있나요?"

"갑자기 사라진 당신을 찾아서 르반테 섬을 뒤지고 있지 않을까요? 죄송합니다. 그런 방법을 쓰고 싶지는 않았는데, 배 시간이 다 돼서."

쿠스친은 빈손으로 회중시계를 보는 시늉을 했다.

대화가 끊겼다.

라야는 빈 물 잔을 보았다. 논바닥 같은 혀가 물을 순식간에 흡수하고 다시 말라버렸다. 쿠스친이 몸을 숙여 손을 내밀었다. 라야는 머뭇거리다가 잔을 건넸다. 그는 잔을 들고 침대를 돌아 협탁으로 갔다. 사기 주전자를 기울여 물을 채운 그가 테이블로 돌아와 앉았다. 라야가 물을 마시는 걸 지켜보던 그가 자신의 귀밑머리를 만지작거리며 말했다.

"머리를 잘랐군요. 그래서 처음에는 알아보지 못했습니다."

콜록. 라야가 가슴을 누르며 물 잔을 내려놓았다. 가벼운 사레가 들렸다.

쿠스친이 안타깝다는 듯이 말했다.

"긴 머리가 아름다웠었는데. 물론 지금도 아름답지만."

그는 순전히, 잘려나간 아름다운 머리카락의 행방만을 궁금해하는 듯했다. 능글맞은 웃음도 의뭉스러운 눈길도 없었다.

"누군지 생각이 안 나다가 춤을 추는 것을 보고 겨우 떠올릴 수 있었습니다. 이탄에서 한 번, 세르노다에서 한 번. 당신이 나온 연극을 본 적이 있지요, 라야 윈터스 양."

라야는 눈을 내리깔고 한숨을 폭 쉬었다.

역시 길에서 춤을 추는 것이 아니었어.

"아, 혹시 클레이모어라는 성을 붙여야 하나요?"

중년 남자는 눈가에 주름을 잡으며 웃었다. 라야는 무표정한 얼굴로 의문의 남자를 바라보았다. 쿠스친이 동그란 테이블 위로 슬그머니, 그러나 위협적으로 긴 몸을 수그렸다.

"클레이모어 경은 어디 있죠?"

"미안합니다."

아일이 버라티 앞에 꿇어앉아 말했다. 버라티가 정신이 들어 그의 말을 듣고 있는지도 불확실했다. 부푼 눈두덩 아래로 버라티가 간신히 눈을 뜨고 있는 것이 보였다. 마을 사람들은 복잡한 시선으로 아일을 바라보았다. 아일의 달라진 분위기가, 달라진 눈빛이 그를 낯선 사내로 만들었다. 그는 완전히 다른 존재가 되어 있었다. 특별하고, 대체할 수 없는 존재로. 절제된 힘과 억눌린 격정, 그리고 분명한 목적의식을 가진 사내로. 대체 그들이 일 년간 알고 지내온, 조용하고 숫기 없던 남자는 어디로 갔을까?

"미안합니다. 정말 미안해요."

아일은 페린느에게도 용서를 빌었다. 그는 사과에 익숙한 사람이 아니었다. 평생 나누어 해야 할 사과를 그날 마이카 섬 주민들을 상대로 한꺼번에 쏟아부을 생각인 것처럼 보였다. 그 후에는 사과할 일도 없고 사과해야 할 상황도 만들지 않겠다는 듯이.

페린느가 아일의 손을 지그시 잡았다. 그만해요.

아이들은 끝도 없이 울어댔다. 어린이 수비대의 대장인 티스만이 겨우 눈물을 멈췄는데, 아일이 기특하다는 듯 눈물 콧물로 얼룩덜룩한 소년의 얼굴을 쓰다듬었다. 크고 따뜻한 손이 전하는 작별의 말에 티스가 다시 울음을 터뜨렸다.

아일은 서글픈 미소를 지었다. 누군가가 그들 부부에 대해 언급하는 시늉만이라도 냈더라면 그의 마음이 이 정도로 참담하지는 않았을 것이다. 자식의 위험을 핑계 삼아, 그동안 두 사람이 어떻게 살았으며, 아일이 며칠 전 나무에서 떨어지는 이웃집 꼬마를 구하다가 어깨를 다쳤고, 라야가 그날 무슨 이유로 섬에 없는지 미주알고주알 일러바친다 해도 이해했을 것이다. 원망도 하지 않았을 것이다. 주민들 중 단 한 사람이라도 그들 부부에게 못되게 구는 이가 있었더라면 이 정도로 미안한 마음을 느끼지도 않았을 것이다. 주민들은 두 사람을 진심으로 대했다. 아일이 라야를 만나지 못해 마음이 꽁꽁 언 채로 주민들을 만났더라도 그는 그들을 좋아했을 것이다.

아일이 말했다.

"내가 가고 나서 라야가 오면……."

페린느가 눈물을 달고서 알겠다는 듯이 고개를 끄덕였다. 고양이가 일어서는 아일을 따라 움직였다. 아일이 발끝에 따라붙는 매니를 내려다보았다.

"넌 여기 있는 편이 좋을 거야."

그리고 마지막으로 새끼 고양이를 들어 올리고는 속삭였다.

"라야가 기다리랬어. 나 대신 기다려."

매니는 그가 자신의 말을 알아듣지 못한다는 사실이 퍽 슬퍼졌다. 이별은…… 참으로 갑작스럽군요.

아일은 고양이를 티스에게 안겨주고 몸을 돌렸다.

"새는 어디 있습니까?"

아일이 작별 인사를 마치고 돌아오자 란겔이 물었다. 주민들에게서, 이 섬에서 최대한 빨리 멀어질 생각으로 란겔의 옆을 지나 서둘러 걷던 아일이 덜컥 멈춰 섰다. 란겔이 하늘을 올려다보며 손짓했다. 귀선 명령에 군인들은 아일과 란겔만 남겨두고 선창으로 달려갔다. 주변이 조용해지자 란겔이 쳐들고 있던 고개를 내렸다.

"검은 새 말입니다."

"……없어."

"흠, 여자도 없고 새도 없다?"

란겔이 입가를 긁적였다.

"장군이 저라면 어떻게 하시겠습니까? 저는 이미 한 번 양보를 했습니다. 지금이라도 여자를 찾아 뱃머리를 둘로 쪼갤 수도 있습니다."

"…….."

"성도까지 긴 여행이 될 겁니다. 뭘 잘못 주워 먹은 놈이 배 위에서 죽었다가…… 되살아나 날뛰는 일은 겪고 싶지가 않군요. 장군께서 언젠가 그런 말씀을 하셨지요. 잠은 꼭 필요한 거라고. 시체가 일어나 목을 물어뜯을 것이 두려워 밤잠을 설칠 수야 없지 않겠습니까?"

역시 어디선가 만났던 걸까? 아일은 그와 어디서 만났는지 생각해보려 했지만 다른 더 중요한 생각들로 머리가 어수선했다. 란겔은 어쩐지 낯이 익었다. 크롬헬 출신이라면 오며 가며 만났을 수도 있을 것이다. '적에게 잡혀 고문이라도 당하다가 눈썹이 저 모양이 된 걸까?' 생각하는데, 란겔이 히죽거리며 말했다.

"새를 부르십시오."

자신을 부르라 한 것이 란겔이란 것을 아는지, 땅으로 내려온 검은 새는 란겔을 올려다보았다. 음침한 어둠이 고여 있는 눈이었다. 란겔은 크롬헬의 훈련생 시절, 고전 시간에 배운 신화를 떠올렸다.

클레이모어 가문의 상징, 검은 새.

어떤 가문은 태양을, 어떤 가문은 사슴을, 어떤 가문은 목련을, 어떤 가문은 뱀을 상징으로 삼을 때 클레이모어 가문은 검은 새를 상징으로 삼았다.

고대 신화 속에서 검은 새는 신의 화신이나 분신으로 등장한다. 전쟁의 신이 운명의 신과 싸우던 도중 잃어버린 네 번째 손가락이 검은 새가 되었다는 말도 있고, 괴로워하며 나아가는 자들의 왕을 두고 운명의 신이 바람의 신과 내기를 하면서 게임판의 감시역으로 내려 보낸 것이 검은 새라는 말도 있다.

운명의 신은, 괴로워하며 나아가는 자들의 왕이 운명에 지배당하고 욕망에 지배당하고 고통에 지배당해 결국 나아감을 멈출 것이라는 데 걸었다. 바람의 신은 입이 없으니 방관하고 운명의 신은 발이 많아 나아가는 자의 발을 건이 넘어뜨리려 했다. 인간의 삶은 유한하니 운명의 신이 승리할 것이 뻔해 보였다. 결국 누가 이겼는지…… 모르겠다. 고전 시간은 너무나 지루했고, 란겔이 마지막으로 기억하는 장면은 하나같이 책상에 이마를 처박고 있는 동료들의 모습이었다.

란겔은 검은 새가 신의 분신이라는 말을 믿지 않는다. 실제로 검은 새의 힘을 목격하고도 생각은 변하지 않았다. 오히려 그 신비한 힘은 클레이모어의 피에 흐르는 것이고 검은 새는 눈속임에 불과하다는 생각만 강해졌다. 만약 두려워할 것이 있다면 그것은 검은 새가 아니라 에드가이고, 숭앙해야 한다면 그 대상은 검은 새가 아니라 클레이모어가이다. 란겔은 그렇게 생각했다. 물론 입 밖에 냈다가는 참수를 당할 만한 생각이다.

란겔은 한 번도 이렇게 가까이서, 땅으로 내려온 검은 새를 본 일이 없었다. 그가 알기로 크롬헬의 누구도 검은 새가 흙바닥을 밟는 모습은 보지 못했다. 검은 새는 항상 창공을 가로지르며 에드가의 주위를 맴돌 뿐이었고, 에드가 역시 검은 새를 불러 근처에 오게 한 적이 없었다. 둘은 사이가 나쁜 부부처럼 보였다.

크롬헬의 훈련장은 딱히 그늘이랄 만한 곳이 없었는데, 불볕에서 훈련을 받다가 움직이는 그늘이 생겨 하늘을 쳐다보면 비행 중인 검은 새를 볼 수 있었다. 교관들도 그때에는 고개를 쳐들고 신화 속에서 뛰쳐나온 존재를 감상했다. 에드가만이 하던 행동을 계속했다.

그렇게 늘 비행하는 모습만 봐서 그런 걸까? 검은 새는 란겔이 기억하는 것보다 훨씬 큰 생물이었다.

란겔은 칼집에서 단검을 뽑았다. 그리고 잠시 가만히 있었다. 검은 새가 신의 분신이란 것을 믿지는 않지만, 그럼에도 직접 죽이는 것은 꺼림칙했다. 믿음과 기분은 다른 문제니까.

란겔이 단검을 도로 집어넣으며 말했다.

"직접 죽이십시오."

"꼭 이래야 하나? 아무 짓도 하지 않을 거야. 그럴 의도가 있다면 여기서 하지, 굳이 배 위에서 시도할 리 없잖아."

아일이 말했다. 사람들은 일방적으로 아일에게 고된 영웅의 배역을 맡겼지만 그에게 삶은 허구가 아니라 실제였다. 병사의 수가 너무 많았다. 아일이 어깨를 다치지 않았더라도, 검은 새의 힘을 빌린다 하더라도…… 혼자서 그들 모두와 싸워 이길 수는 없었다. 아일 에드가는 영웅이지, 영웅 흉내에 심취한 미치광이가 아니었다. 그는 죽음을 두려워하지 않지만 바보짓으로 목숨을 위태롭게 할 만큼 죽음을 가벼이 여기지도 않았다.

란겔이 눈을 가라뜨고 말했다.

"제 뜻이 아닙니다. 왕께서 이리 하라 하셨습니다."

검은 새는 목을 180도 돌려 아일을 돌아보았다.

아일은 한 번도 좋아한 적이 없는 검은 새를 우울한 눈으로 바라보았다. 검은 새는 어린 아일이 외로워서 울고 있으면 그를 비웃었고, 그의 죄책감을 끊임없이 들추었고, 늘 그의 귀에 어둡고 비관적인 말만 속삭여댔다. 하지만 이런 순간이 다가오자 아일은 울적한 마음이 들었다. 검은 새를 쳐다보는 채로 아일이 말했다.

"검이라도 빌려주지그래?"

란겔은 잠깐 단검을 들어 쳐다보고는 감추듯 등 뒤로 가져갔다.

"농담이시겠죠."

한숨을 몰아쉰 아일이 새의 목을 움켜잡았다.

검은 새가 아일만이 들을 수 있는 목소리로 말했다.

여자는 섬으로 돌아오지 않을 거야

돌아오지 않아?

놀란 그가 엉겁결에 새의 목을 쥔 손에 힘을 주었다. 새가 움찔하듯 날개를 푸덕거렸다.

여자는 밤의 경계에 있지

또 알 수 없는 소리.

검은 새가 뾰족한 이를 보이며 웃었다.

마지막으로 알아듣기 쉬운 말을 해주지. 네가 상실의 두려움에서 자유로워질 만한 얘기야. ……네 것 같은 건 없어. 하늘 아래 네 것이란 건 없다. 본래 네 것이 아닌데 잃을 것도 없지

아일은 멍하니 새를 바라보았다.

네 것은 없다.

진정 갖고 싶었던 것은 늘 모래알처럼 손가락 사이를 빠져나가고 소중하게 여겼던 이들을 눈앞에서 잃어야 했던 아일에게 그 말은, 그의 삶과 운명을 관통하는 결정적 문장처럼 들렸다.

네 것은 없다. 신은 아마 그의 몸에 영혼을 불어넣을 때 저 말을 속삭였을 것이다. 너의 숙명이라고. 모든 것을 설명하고 모든 것을 압도하는 최선이고 최후의 구속이다.

네 것은 없다. 지금까지 그에게 일어난 모든 일들을 이해할 수 있을 것만 같았다. 앞으로 일어날 일도 알 수 있었다. 신이 그러길 원하니까 그 일은 일어날 것이다. 깨달음마저 느껴질 정도였다.

"장군."

란겔이 재촉했다. 아일은 검은 새의 눈을 잠잠히 들여다보았다. 결심한 듯 그가 눈을 오래 감았다가 떴다. 그러고는 이를 악물었다.

라야와 쿠스친은 말없이 서로를 응시했다. 그녀의 에메랄드빛 눈이 쿠스친을 바라보았고, 쿠스친은 미인의 말없는 추궁이 얼마나 사내의 마음을 불편하게 만드는지 알았다.

라야는 머릿속으로 자신이 처한 상황을 파악하는 것에 집중하고 있었다.

먼저 그녀는 르반테 섬의 부두를 지나면서 스치듯 보았던 배를 떠올리는 데 성공했다. '밤의 경계'라는 다소 음침한 배의 이름도 기억해 낼 수 있었다. 잡역부장이 짐을 나르는 잡역부들에게 "그렇게 늑장을 부려서 4시 반까지 끝낼 수 있겠어?"라고 닦달하던 것도 생각해냈다. 아직 해가 떠 있으니 출항하고 세 시간이 지나지 않았다는 소리다.

'……내가 하루를 꼬박 기절해 있었던 것이 아니라면 말이야.'

그때 노크 소리가 났다. 선실 문을 열고 남자가 고개를 내밀었다. 덩치 큰 사내가 소심하게 문을 반만 열고 문짝 사이에 낀 채 주뼛거리는 꼴이 우스꽝스러우면서도 순박해 보였다. 남자가 쿠스친을 불렀다.

"주인님."

"들어와요, 호슨. 저녁부터 먹을까요? 난 점심을 걸러서."

쿠스친이 경쾌하게 테이블을 두드렸다.

라야는 한숨을 쉬었다. 혼자 있는 아일이 식사는 잘하고 있는지 걱정됐다. 오 분 뒤가 어떻게 될지 모르는 상황, 망망대해 위, 배 안에서 라야는 그 점이 가장 마음에 걸렸다.

주인의 허락에 호슨이 수레를 끌고 방으로 들어왔다. 호슨은 뭐든지 다 큰 남자였다. 수레를 잡고 있는 손도 크고 눈도 크고 얼굴도 컸다. 호슨은 음식을 테이블에 나르면서도, 어찌할 바를 모르겠다는 듯이 라야의 시선을 피했다. 수줍음이 많은 성격인가 생각하는데, 쿠스친이 요리에 장식된 주황색 채소를 씹으며 말했다.

"당신을 납치해 온 사람이 이 친구입니다. 내가 시킨 거지만."

"아."

"그래서 이렇게 어쩔 줄 몰라 하는 거예요."

"그렇군요."

라야는 눈을 내려떠 접시 옆에 놓인 나이프를 보았다. 포크도 보였다. 사람을 해치기에 어떤 게 더 나을까? 몇 년 전의 라야였다면 사람을 해친다는 것은 상상으로라도 떠올리지 않았을 것이다. 포크에 손을 가져가던 라야는 번뜩 드는 생각이 있어 몸을 더듬었다. 어머니의 단검이 있는지 확인해보았다.

있다. 단검을 빼앗기지 않았어.

"아, 그렇지. 호슨, 돌려줘요."

쿠스친이 숭어찜을 나이프와 포크로 헤치며 말했다. 호슨은 주뼛거리며 수레 밑에서 꾸러미를 꺼냈다. 가판대에서 산 《만 개의 세계》와 붉은 리본이 보자기에 싸여 있었다. 쿠스친이 큼직한 숭어 살을 입에 넣고 포크로 꾸러미를 가리켰다.

"고맙다는 인사는 안 해도 괜찮아요."

라야가 책을 어루만지며 말했다.

"물어보지 않을 수가 없군요. 저를 이런 방식으로 납치한 이유가 뭐죠, ……쿠스친?"

"그쪽들에게 작은 유감이 있어서요."

"그쪽들?"

"당신과 클레이모어 경에게 말입니다."

"우리가 만난 적이 있던가요?"

쿠스친은 아일과 라야가 지나왔던 마을에 대해 얘기해주었다. 쿠스친의 작은 왕국. 두 사람을 쫓아온 추적대가 쿠스친 소유의 차 밭을 불태웠고 그 때문에 마을 사람들은 물론이고 쿠스친도 큰 손해를 입었다…… 는 이야기를 들으며, 라야의 얼굴이 점점 어두워졌다. 창백해지는 것이 아니라 침울해졌다. 라야는 사과했다. 쿠스친이 나이프를 쥔 손을 흔들며 말했다.

"말로는 손해를 메울 수 없지요."

"미안해요. 쿠스친. ……하지만."

아련하고 부드러운 감성으로만 반짝일 것 같은 여자의 눈이 순간 눈빛을 달리했다.

"제가 미안함을 느끼는 것과는 별개로, 당신이 화를 내야 하는 상대는 저희가 아니라 왕입니다. 왕의 추적대가 당신에게 억울한 손해를 입힌 거지요."

야성적으로까지 느껴지는 강한 인력. 곧은 시선. 그리고 건강한 아름다움이 쿠스친을 흔들었다.

쿠스친은 자신이 방금 현기증을 느낀 것이 정말 배가 흔들렸기 때문일까 의심했다. 라야가 말을 이었다.

"피해자가 또 다른 피해자에게 화를 내는 건 어렵지 않게 찾아볼 수 있는 모습이지요. 피해자가 가해자를 두려워하기 때문이에요."

쿠스친은 손을 멈추고 여자의 아름다운 얼굴을 빤히 쳐다보았다. 그녀는 비굴하지도 않고, 심히 억울해하지도 않았다. 여자의 목소리는 자연스럽고 담백했다. 쿠스친이 그녀를 슬쩍 떠보았다.

"날 가르치려 드는 겁니까? 한참 어린, 배우 아가씨가…… 나를?"

라야가 고개를 저었다.

"화의 방향이 잘못됐다는 말을 하려는 겁니다."

"……."

침묵이 테이블 위로 떨어졌다. 숭어찜으로 나온 숭어가 죽은 눈을 하고 침묵 속을 헤엄쳐 다녔다. 문가에 서서 두 사람을 지켜보는 호슨이 눈알을 분주하게 움직였다.

딸그락.

"들어요."

쿠스친이 포크를 들면서 소리가 다시 이어졌다.

"생선을 안 먹는 건 아니겠죠?"

"배를 돌리라고는 하지 않겠습니다. 가까운 항구에 내려주셨으면 해요."

고개를 숙인 쿠스친이 슬쩍 미소 지었다. 그러고는 대꾸 없이 식사만 했다. 라야는 그가 접시를 비울 때까지 테이블 위로 손도 올리지 않았다.

"말했다시피 난 장사꾼입니다."

식사를 끝낸 쿠스친이 냅킨으로 입을 닦고 말했다.

"난 손해를 봤고 책임져야 할 사람들이 있고 그래서 손해를 메워야 합니다. 대화는 즐거웠지만 즐거움은 돈으로 환산하기 애매한 구석이 있지요."

그가 차가운 눈으로 라야를 바라보았다.

"이럴 생각입니다. 난 예정대로 타본에서 일을 끝낼 겁니다. 한 달쯤 걸릴까요? 그리고 이스칸 페렐에 배를 대겠습니다. 그곳의 경비대장이 내게 몇 번 신세를 졌지요. 나 역시 그에게 갚아야 할 빚이 있고……. 당신을 경비대장에게 넘길 생각입니다. 경비대장이 당신을 왕에게 데려가겠지요. 한껏 거드름을 피우면서."

"쿠스친."

쿠스친이 손을 들어 말을 막았다.

"어울리지 않지만 신민의 도리를 다해볼까…… 그리 생각하다가, 또 마음이 흔들리는군요. 당신 말처럼 왕은 내게 손해를 입혔지요. 아, 폐하. 장사꾼을 건드릴 때 장사 밑천은 건드리지 말아야 하는 건데. 그래서 생각한 게, 당신을 모뤄가에 넘길까 합니다."

그녀를 가지고 노는 듯한 쿠스친의 태도에도 라야는 그저 그를 바라보기만 했다.

"모뤄가에서도 클레이모어 경을 찾고 있습니다. 듣기로 선제후께서 화가 많이 나셨다더군요. 선제후께서 만취해 그런 말씀을 하셨다지요. 에드가를 찾으면 사내구실을 할 수 있을 만큼만 몸을 아작내고 침대에 꽁꽁 묶어 몇 개월을 놓아두겠다고. 그러면 정신을 차릴 거라고. 쯧, 사람을 종마 취급해도 유분수지. 모뤄 선제후의 거친 입담이야 유명하지 않습니까? 그런데 여자에 대한 언급이 딱히 없는 걸로 봐서…… 그들에게 넘길 경우 당신의 안위가 걱정이 되긴 하는군요."

쿠스친이 팔짱을 끼며 라야를 넌지시 보았다. 라야는 무표정했다.

"클레이모어가 쪽으로 가는 건 어떻습니까? 당신을 모뤄가처럼 험히 다루지는 않을 테니."

라야는 어이없다는 듯이 미소를 흘렸다. 히비커스에게 갈지, 모뤄가에게 갈지 정하라는 것은 독사 굴에 떨어질지, 범굴로 들어갈지 고르라는 것과 다를 게 없었다. 라야가 반쯤 잠긴 눈으로 말했다.

"손해를 얼마나 보셨나요?"

"흠, 손해를 물어줄 수 있다는 말처럼 들리는군요."

라야가 쿠스친을 직시했다. 쿠스친이 구부정한 허리를 폈다. 라야가 맑은 음성으로 말했다.

"그이가 모든 걸 버리고 떠나왔다 해서 정말 무일푼으로 떠나온 것은 아닙니다. 저 역시 언제 은퇴하더라도 상관없을 만큼 돈을 벌어두었지요. 아시겠지만, 전 꽤 이름난 배우였습니다. 적지 않은 재산을 가지고 있습니다. 전답을 사들여 장사를 시작할 만큼의 액수는 됩니다. 현상금 같은 잡스러운 돈보다야 낫지요."

"돈에는 잡스러운 돈이 따로……."

"피가 묻고 고름이 묻고 고통에서 짜낸 눈물이 묻은 돈들이 있지요. 그런 돈에서는 냄새가 나는 모양입니다."

"……."

"극단 생활을 하다 보면 원치 않아도 돈을 많이 다루는 사람들을 만나게 됩니다. 깨끗한 옷을 입고 비싼 장신구들을 걸치고 있지만 그런 돈을 오래 만진 사람들에게선 구린내가 나더군요. 물론 냄새를 잘 못 맡는 사람들도 있긴 한 거 같지만."

쿠스친의 입술에서 미소가 사라졌다. 쿠스친이 테이블에 팔꿈치를 대고 몸을 기울였다.

"난 단순히 돈을 원하는 게 아니야."

장사꾼의 차가운 눈이 젊은 여자를 노려보았다.

"너를 넘김으로써 그들에게 빚을 하나 지게 하려는 거야. 왕가, 클레이모어가, 모뤄가. 어느 쪽이든 전답 몇만 평보다야 훨씬 가치가 있지."

"그들은 그걸 빚이라고 생각하지 않을 겁니다."

라야가 살포시 미소를 지었다.

"왕이 제게 이런 말을 한 적이 있습니다. 태풍이 민가를 쓸어버린다고 해서 태풍이 사람들에게 사과를 하지는 않는다고요. 우리의 수고로움은 그들에게 당연한 것이고 그들로 인한 우리의 피해는 자연 재해와 같은 것이라 사과를 받아낼 수 없죠. 당신이 그들을 위해 애써 무엇을 한다고 해서 그들은 그걸 빚이라고 생각하지 않을 겁니다. 그들은 우리를 같은 사람이라고 생각하지 않아요."

"……."

두 사람은 눈으로 한참 힘겨루기를 했다.

쿠스친의 기준에서 보면 에드가는 바보천치였다. 에드가가 가진 것을 가지지 못해 주저앉은 이들이 얼마나 많은지 그는 알까? 겨우 여자 하나 때문에 그 많은 걸 버리다니.

라야 윈터스. 젊고 아름다운 배우. 전도유망한 젊은 장군을 꾀어내 그에게 보장된 모든 것을 버리게 만든 여자. 어릴 때부터 화려한 세계 속에서 살아 어쩌면 귀족 여인들보다 더 세상을 모를 어린 아가씨. 그런 여자일 거란 편견이 있었다.

그런데 지금 쿠스친의 앞에 앉아 있는 여자는 잘 교육받은 귀족이라고 해도 믿을 수 있을 것 같았다. 그녀는 과감하면서도 엄격한 말투를 사용했다.

에드가가 문제를 일으키지 않고 다른 귀족들이 그러하듯 평범한 결혼을 했다 하더라도 딱 이런 느낌의 여자와 결혼했을 거란 생각이 들었다. 세상이 떠들듯, 에드가가 그리 대단한 인물이라면 이와 같은 여자를 선택했을 것이다. 우아한 외양과 흥미로운 언변을 지닌, 탄력 있는 미인. 그녀는 힘 있는 목소리를 가졌다. 그 목소리가 쿠스친을 주눅 들게 만들었다. 그래서 더 고집스럽게 버텼다.

"……."

"……."

어쩔 수 없다는 듯이 라야가 한숨을 쉬며 물러섰다. 문가에 선 호슨을 보았다. 호슨은 그녀의 눈길을 피해 엉거주춤한 자세로 천장을 쳐다보고 벽 여기저기를 훑어보았다. 라야가 숭어찜 접시를 들고 말했다.

"입맛이 없어서 그런데, 과일이나 몇 개 가져다주시겠어요?"

2주 후, 타본의 라아루크 섬.

가느다란 손가락 위에서 붉은 보석이 빛났다. 반지를 낀 여자의 손이 단검을 쥐고 있었다. 단검의 날카로운 부분이 앞쪽을 향했다. 여자가 색색거릴 때마다 검 끝이 불안하게 흔들렸다. 앞쪽엔 덩치 큰 남자가 두 팔과 다리를 단단히 벌리고 서 있었다.

"아가씨, 그만 돌아가요."

호슨이 어수룩한 말투로 애원했다. 라야는 자신을 가로막고 선 호슨을 상기된 얼굴로 바라봤다. 그새 이마에 땀이 돋았다. 뜀박질이 너무 길었다.

그래도 이번엔 가장 오래 도망쳤다.

내리막길 쪽을 돌아보았다. 도망쳐 나온 저택이 인가에서 떨어진 곳에 우뚝 솟아 있었다. 라야는 2주 동안 쿠스친을 따라 다섯 개의 섬을 돌았다. 쿠스친은 가는 곳마다 건물을 가지고 있었다. 건물을 가지고 있지 않으면 건물을 통째로 빌렸다. 라야는 배에서 내리면 건물에 감금됐다. 감금이라고 하기엔 좋은 조건이었다. 방은 고급이었고 나오는 식사의 질도 좋았다. 쿠스친은 라야에게 하녀도 붙여주었다.

"아가씨, 돌아가요. 조금 있으면 저녁 시간이에요."

호슨의 커다란 눈에 눈물이 고였다. 라야는 짜증이 났다. 울고 싶은 건 저인데 왜 매번 저 사람이 울먹이는 걸까? 미안하면 잡지나 말든가.

라야는 그동안 네 번 도망쳤다. 그리고 매번 호슨에게 붙잡혔다. 호슨은 자신이 세상에서 가장 나쁜 짓을 저지른 사람인 것처럼 미안해했다. 죄스러워서인지 부끄러워서인지, 그는 라야와 눈도 잘 마주치지 못했다. 호슨은 라야를 주인마님처럼 대했고 쿠스친이 일을 나가 있는 동안 그녀가 부탁하는 건 도망치는 것 말고는 죄다 들어주었다. 과일이 먹고 싶다 하면 한달음에 달려가 사 왔고 책이 읽고 싶다고 하면 열 권씩 가지고 돌아왔다.

하지만 라야가 그를 따돌리고 도망치면 호슨은 우는 얼굴로 쫓아와 그녀를 붙잡았다. 얼굴만 보면 영락없는 순둥이인데 쫓아올 때 보면 날랜 곰이 따로 없었다.

라야는 검 끝을 바라보았다. 칼날에서도 땀이 솟아 검 끝에 땀방울이 맺힐 것 같은 더위였다. 끔찍한 날씨를 저주하며 오르막을 겨우 올라왔더니 울상을 짓고 있는 호슨의 얼굴이 보였다. 그가 저녁거리를 사러 집을 나가는 것을 보고는 곧장 저택을 나왔는데, 어느새 나타난 호슨이 앞을 가로막고 선 것이었다. 너무 화가 난 나머지 단검을 빼 들었다. 호슨이 움찔하더니 더욱 울상을 지었다.

찌는 더위 속에 두 사람은 대치한 채 한동안 서 있었다.

"호슨, 부탁이에요. 물러서요."

호슨이 빠르게 고개를 저었다. 라야는 차라리 호슨이 좋은 사람이란 걸 몰랐으면 했다. 그랬다면 망설임 없이 그를 찌를 수 있었을 테니까. ……그렇더라도 난 정말 이것으로 사람을 찌를 수 있을까? 정말?

라야가 하늘을 향해 단내가 나는 한숨을 뱉으며 단검을 내렸다.

"……그래요. 돌아가요."

호슨이 활짝 웃었다.

왔던 길을 되돌아 내려가는 라야를 쫓아가며 호슨이 말했다.

"전복…… 저번에 전복을 잘 드시는 것 같아서 오늘도 사 와봤어요."

라야가 힘없는 눈길로 호슨을 돌아보았다. 방금 자신에게 칼을 들이민 여자한테 화도 나지 않는 걸까? 그를 미워해도 될 테지만 그저 주인에게 충직할 뿐인 호슨을 라야는 마음 깊이 미워할 수가 없었다.

"고마워요, 호슨. 맛있겠네요."

호슨이 기쁜 기색으로 얼굴을 붉혔다.

저택으로 돌아오자 하녀 록사나가 풍뚱한 허리에 손을 올린 채 두 사람을 기다리고 있었다. 라야는 상대할 힘이 없어서 그냥 록사나를 지나쳤다. 록사나가 방으로 들어가는 라야를 따라 몸을 돌렸다.

"또 도망치신 거예요? 제발 부탁인데 식사 시간은 피해주세요."

록사나는 라야가 식사를 앞두고 산책이라도 다녀온 것처럼 말했다. 라야는 소파에 지친 몸을 던졌다. 피로가 쇠고랑처럼 발목을 죄었다. 잠을 자려는 것처럼 두 발을 소파 위로 끌어 올려 웅크렸다. 록사나가 또 잔소리를 했다. 저녁 드셔야죠, 잠들면 안 돼요, 빨래할 건 자기 전에 내놔주시겠어요? 아가씨는 입이 너무 짧아요, 점심때에도 식사를 남겼죠? 젊을 때에는 날씬한 몸이 좋은 거 같죠? 잘 먹어두지 않으면 나이 들어 고생이라니까요.

라야가 반응이 없자 록사나는 이불 빨래를 모아들고 방을 나갔다. 라야는 멍하니 창 밖의 바다 풍경을 보았다. 황혼이 드는 수평선을 바라보고 있는데 가슴이 먹먹해지더니 왈칵 눈물이 솟았다. 얼른 등에 베고 있던 쿠션을 빼내 얼굴을 덮었다. 울음이 터졌다. 소리를 질렀다. 잔소리꾼 록사나든, 어수룩한 호슨이든, 망할 쿠스친이든 누구든 와서 뭐라고 한소리 하면 화가 나서라도 눈물이 멈출 것 같은데 아무도 나타나지 않았다. 그래서 한참을 소리 내어 울었다. 아무리 비명을 지르고 괴로운 눈물을 쏟아내도 세상은 답하지 않고 그녀만 울음 속에 갇혀 있었다.

"식사하셔야죠, 아가씨."

누군가가 어깨를 흔들었다. 울다가 잠깐 잠이 든 모양이었다. 게슴츠레한 눈을 뜨자 석양빛으로 물든 부두가 보였다. 배 한 척이 부두에 정박해 있었다. 쿠스친 소유의 배였다. 라야가 한참 동안 시선을 한곳에 두고 있자 록사나가 창 밖을 보았다. 록사나가 말했다.

"음침한 이름이지요?"

라야는 잠결에 되물었다.

"뭐가요?"

"배 이름이요. 어두침침하잖아요."

밤의 경계.

"금방 침몰이라도 할 것 같은 이름이에요. 처음엔 배 이름을 보고 무서워서 저런 배를 어떻게 타지, 그랬다니까요. 아가씨는 이상하다고 생각하지 않으세요?"

수다스러운 록사나. 투실한 얼굴이 여간해선 화난 주름을 만들지 않는 록사나. 높은 성조가 섞인 다일런 어를 쓰는 타본 인 록사나. 라야가 대꾸를 해오지 않아도 록사나는 한 번도 기분 상해하지 않았다. 그래서 요즘 심신이 쉽게 지치는 라야는 그런 록사나가 편했다. 편하다는 티는 내지 않았다. 아무리 친절해도 호슨과 록사나는 쿠스친과 한패니까.

"……밤으로 들어가는 길목에만 경계가 있는 건 아니니까요."

208

라야의 말을 알아듣지 못한 록사나가 둥근 얼굴을 갸웃했다.

자장가를 부르는 듯한 가냘픈 목소리로 라야가 말했다.

"밤과 아침 사이에도 경계는 있죠."

몽롱한 눈이 바다 너머에 있는 먼 곳을 보았다.

"어서 아침이 왔으면 좋겠네요."

69

마지막으로 누군가의 환심을 사기 위해 노력해본 게 언제일까?

거래를 끝내고 거처로 오는 길. 쿠스친은 노란 꽃을 다발로 묶어 파는 소년을 보고 라야를 떠올렸다. 그 여자를 떠올렸다기보다 여자가 며칠 전 보여준 미소를 떠올렸다. 우울해하지 않는 게 더 이상할 상황이긴 하지만 여자는 정말 내내 우울해했다. 밝은 표정은 에드가와 살던 섬에 두고 온 듯 보였다. 절망해서 그에게 욕을 퍼붓고 징징거리지 않는 게 다행인가?

그러던 중 저택 정원에 들어온 길고양이를 발견한 여자가 웃는 얼굴을 하는 것을 보았다. 길고양이 같지 않게 여자에게 애교를 부리던 녀석은 쿠스친이 나타나자 도망치려 했다. 자신을 두고 가지 말라는 듯 여자가 고양이의 꼬리를 잡았다. 그리고 자연스럽게 고개를 들었다. 여자의 환한 미소가 그대로 남자에게로 향했다.

쿠스친은 충격받은 표정을 숨기지 못하고 여자를 바라보았다. 그녀의 미소는 상대만이 아니라 세상을 향해 보내는 미소 같았다. 유혹적이면서 순수하고 성숙하면서 천진한 기운이 있었다. 강인하면서 또 여린 웃음이었다. 그녀가 배우이기 때문일까? 그녀가 환히 웃으면 세상이 환하고 그녀가 슬퍼 웃으면 세상이 어두워 보일 것만 같았다. 쿠스친은 그때까지 억지로 붙잡고 있던 그녀에 대한 일말의 고집스러운 적대감마저 놓아버렸다. 그를 바라보고 있는 동안 여자의 웃음이 사라지고 있는데도 불구하고.

에드가는 여자의 그 웃음을 위해 모든 걸 버렸던 걸까?

쿠스친도 그런 미소를 보내주는 아내가 있었다. 아내라면 지금 그가 하는 짓을 말렸을지도 모를 일이다. 아니, 아내라면 분명 그랬을 것이다.

"어머, 웬 꽃이래요?"

현관문을 연 록사나가 호들갑스레 물었다. 쿠스친은 록사나에게 던지듯 꽃다발을 건넸다.

"그 여자 방에 꽂아놔요."

"어머 어머, 아가씨를 위해 사 오신 거예요?"

쿠스친이 싸늘한 표정을 지었다.

"그 여자가 온종일 죽상을 하고 있으니 방에 들어갈 때마다 숨이 턱턱 막혀서 그럽니다. 꽃이라도 있으면 낫겠지요."

"아무러면 어때요."

록사나는 비음 섞인 웃음소리를 내며 꽃을 들고 부엌으로 갔다.

쿠스친은 계단을 오르던 중 멈춰 섰다. 그리고 걸음을 돌려 라야의 방으로 갔다. 예고 없이 문을 열면 여자가 얼떨결에 또 그 미소를 보여주지 않을까 하는 기대가 있었다. 여자가 옷이라도 갈아입고 있다면? 하지만 어차피 그녀는 그를 좋아하지 않는다. 여기서 더 악감정을 가지게 된다고 해서 뭐 어떠랴. 쿠스친은 방문 앞에 서서 큰 숨을 들이마시고는 노크도 없이 문을 열었다.

여자는 소파를 창문 가까이에 바짝 놓고 앉아 몸을 도사린 채 창 밖을 바라보고 있었다. 그가 뒤에 올 때까지도 여자는 돌아보지 않았다. 그녀의 시선은 멀고 먼 곳에 못 박혀 있었다. 쿠스친이 여자의 옆얼굴을 보며 말했다.

"또 도망을 갔다면서요?"

라야는 창 밖만을 보았다. 밤이 내린 바다, 어둠 너머.

그녀가 차가운 목소리로 말했다.

"누가 또 그새 일러바친 모양이죠?"

"일러바친 게 아니라 그게 그 두 사람이 해야 할 일입니다."

"그렇죠. 호슨과 록사나는 집안일을 하면서도 절 감시하죠. 아, 감시가 더 중요한가요?"

"지치지도 않습니까? 이제 포기할 때도 됐지 않습니까? 섬입니다. 사방이 바다예요. 어디로 어떻게 도망치려고요? 고깃배를 찾아서 그 먼 곳까지 태워달라고 할 셈입니까?"

라야가 웃었다. 텅 빈 웃음소리였다.

"전 영광의 붉은 탑도 지나온 사람이에요."

"거짓말."

무릎을 모아 양팔로 감싼 라야가 고개를 젖혀 쿠스친을 올려다보았다. 쿠스친은 심장이 동요함을 느꼈다. 라야가 부드러운 표정으로 미소를 짓고 있었다. 하지만 에메랄드빛 눈동자는 쿠스친이 아닌 그곳에 없는 누군가를 떠올리고 있었다.

"그 사람도 같은 반응을 보였죠. 내가 영광의 붉은 탑을 지나왔다는 말에."

"……클레이모어 경이요?"

"네. 무뚝뚝한 얼굴로 딱 잘라 말했죠. 거짓말. 내가 거짓말을 할 사람처럼 보이나요? 난 거짓말을 하지 않아요, 쿠스친. ……딱 한 번, 거짓말을 한 적이 있죠. 그 사람한테요."

"……또 클레이모어 경인가요?"

라야가 웃었다. 이번엔 텅 빈 웃음이 아니었다.

"하고 싶어서 한 거짓말은 아니었지만 상처가 됐을 거예요. 섬세한 사람이거든요. 그 사람이 징글징글해졌다고 했어요. 그 사람 때문에 내가 추해져간다고도 했어요. 심하죠?"

"분명…… 상처가 됐겠군요."

"재밌지 않아요? 단 한 번 했던 거짓말이 사랑하는 남자에게 한 말이라니."

라야는 고개를 내려 다시 창 밖을 보았다.

"난 포기할 수 없어요, 쿠스친. 그 사람한테 기다리라고 했는걸요, 금방 다녀오겠다고. 그 사람에게 다시 거짓말을 할 수는 없어요."

하고 싶어서 하는 거짓말이 아닐지라도.

"이제 그곳으로 돌아간다고 해도 클레이모어 경은 만날 수 없을 겁니다."

눈으로 보이는 움직임은 없었지만 쿠스친은 라야의 어깨가 서서히 굳어간다고 느꼈다. 소파 아래로 다리를 내린 라야가 몸을 돌려 쿠스친을 보았다. 쿠스친이 냉정한 목소리로 말했다.

"유감스러운 소식을 들었습니다. 클레이모어 경이 압송되고 있다더군요."

같은 날.

타본 최서단과 다이런 와이즈 주의 중간 해상.

거센 풍랑이 범선을 흔들었다. 배는 원래도 세상과 단절된 느낌을 주지만 폭풍 속을 지나는 배는 사람을 더욱 폐쇄적이고 배타적으로 만든다. 온 세상이 자신을 공격하는 느낌이 든다면 누가 그렇지 않으랴. 크롬헬의 깃발도 바람에 날아가지 않기 위해 깃대에 친친 몸을 감았다.

배 안은 유령선이라고 해도 될 만큼 어둑했다. 지하 선실은 더욱 적막감이 감돌았다. 감방이 있는 곳은 등잔을 코앞까지 들이대야 겨우 얼굴이 분간이 갈 정도였다. 구석의 구석. 어둠이 더 강해 불빛을 잡아먹긴 하지만 흐릿한 등잔 빛이 있었다. 감방 앞에서 누군가가 재잘거렸다.

"그러니까 그놈이 내 눈두덩을 딱 치는 거예요! 피가 줄줄 나는데 아, 이건 아무리 생각해도 아니다, 완장 하나 찼다고 동기끼리 이러는 건 너무한 거 아니야? 이건 월권이다! 생각했죠."

앳된 얼굴의 병사였다. 수염을 듬성듬성 기르고 있었지만 어린 얼굴은 어쩔 수 없었다. 아직 나이가 차지 않았다. 겨우 열여섯 살이었다.

"저랑 조원 셋이 벤클로에 총감 교관에게 직접 찾아갔죠. 제가 총감 교관한테 상처를 보여주면서 그랬습니다. 그 자식은 완전 안하무인에 독불장군이다, 마음에 안 들면 일단 손부터 나가는 놈이다, 조장감이 아니라고요."

감방 안에서는 고른 숨소리만이 들려왔다. 안쪽에서 누군가가 숨을 깊게 들이쉬었다. 다시 내쉬었다. 다시 들이쉬었다. 어둠 속에서 상의를 벗은 사내가 물구나무를 선 채로 팔굽혀펴기를 하고 있었다. 사내는 천천히 움직였다. 천천히 내려왔다가 그만큼 천천히 올라갔다. 몸의 무게를 지탱하기 위해 팔과 어깨의 근육이 터질 듯 수축했다가 이완했다. 더할 나위 없이 완벽한 근육들이 완만하게 움직이는 모습은 지켜보는 이의 넋을 빼놓았다.

바닥을 짚은 양손 위로 땀방울이 떨어졌다. 배가 크게 흔들리자 그가 잠시 멈추었다. 등불이 흔들거렸다. 불빛이 비쳐 젖은 등에 음영이 깃들었다. 목에서 흘러내린 목걸이가 그의 입술에 키스를 하듯 부딪쳤다.

배의 요동이 가라앉자, 그가 다시 움직였다. 어떻게 이런 폭풍우 속에서도 저런 자세가 유지될 수 있는지, 어린 병사는 더 이상 그런 건 신기하지도 않았다. 사내의 이름이 에드가란 것만으로도 충분히 설명 가능하고 납득할 수 있었다.

"그러니까 벤클로에가 뭐라는 줄 아세요? 그 망할 지휘봉으로 내 얼굴을 가리키면서 '예전에 내가 가르친 놈 중에 에드가란 놈이 있는데' '네? 에드가요? 에드가 클레이모어?' '그래, 그놈 얼굴만큼 생기지 않으면 다 그냥 고만고만하게 생긴 거야. 얼굴을 바위에 문질러도, 그렇게 눈탱이가 밤탱이가 돼도 억울해할 필요 없어. 에드가만큼 생기지 않았으면 그렇게 얼굴에 애착을 가지지 말라고.'"

아일이 숨을 깊게 들이쉬며 움직임을 멈추었다. 자세가 흔들리는가 싶더니 다리를 굽힌 그가 바닥에 발을 내렸다. 반대쪽을 향하고 있던 에드가의 얼굴이 어린 병사를 보았다. 땀에 흠뻑 젖고 머리카락도 이마에 달라붙은 데다 살짝 피곤한 표정이었지만, 그런데도 잘생긴 얼굴이었다. 벤클로에의 말이 맞았다.

무릎을 굽히고 앉은 어린 병사는 창에 몸을 기대고는 헤헤거렸다. 아일이 바닥에 앉으며 피식 웃었다.

"벤클로에의 말투를 똑같이 따라 하는군."

"제 장기죠."

어린 병사가 익살스럽게 대답했다. 아일이 미소 지었다.

"벤클로에가 내 칭찬을 했다니 믿을 수가 없군. 처음으로 한 칭찬이 다른 것도 아닌 얼굴이라는 게…… 더 황당하고."

어린 병사는 더 할 말이 있는 것처럼 우물거렸다. 그러다가 말했다.

"제가 크롬헬에 이 년만 일찍 들어왔어도 차이드 전에 참전할 수 있었을 겁니다."

"그럼 지금 이 자리에 없을 수도 있어."

어린 병사는 발끈했다.

"그걸 무서워했다면 크롬헬에 들어오지도 않았을 겁니다. 이런 식으로 장군을 뵙고 싶지는 않았습니다. 이런 일은…… 하고 싶지 않았어요."

"이런 일이 뭔데?"

등 뒤로 섬뜩한 목소리가 떨어졌다. 란켈의 갑작스러운 등장에 어린 병사가 창을 내리꽂으며 기립했다. 란켈은 침상 쪽으로 고개를 돌리는 아일이 얼핏 성가시다는 표정을 짓는 것을 보았다. 일부러 저 보라고 짓는 표정인 게 분명했다.

란켈은 못마땅한 눈길로 어린 병사를 노려보았다.

"이런 일이 뭐냐고 물었어."

"죄송합니다. 시정하겠습니다."

란켈이 한 발짝 더 다가섰다.

곧추선 어린 병사의 몸이 더 뻣뻣해졌다. 란켈이 으르렁거렸다.

"죄수 앞에서 장기나 보이며 아양을 떨라고 널 여기 세워둔 게 아니야."

"시정하겠습니다."

"어떤 벌을 받으면 좋을지 생각해두도록."

그리고 란켈은 엄지를 까닥하며 뒤를 가리켰다. 어린 병사의 얼굴은 죽상이 되었다. 차라리 벌을 정해 받는 편이 낫다. 스스로가 내린 벌이 약했다가는 더 혼쭐이 나고 그렇다고 자신에게 혹독한 벌을 내릴 수도 없었다. 송곳으로 찔러도 피 한 방울 안 나올 란켈에게 뭐라고 더 말을 붙일 수도 없어 어린 병사는 그대로 달려 나갔다.

어린 병사가 사라지자 아일이 말했다.

"엄하군. 아직 어리잖아."

"섬 꼬맹이들을 너무 오래 상대하신 건 아닌지 모르겠군요. 이보다 더 하셨던 걸로 기억하는데."

아일은 판자 침상에 던져놓은 셔츠를 집어 몸을 대충 닦았다. 그러면서 손가락으로 란겔을 가리켰다.

"귀관이 누군지 생각났어."

"……."

침침한 어둠은 두 사람이 서로의 눈빛을 쉽게 읽지 못하도록 도왔다.

아일이 일어나 창살 가까이 다가왔다. 란겔의 딱딱하고 엄숙한 표정을 향해 아일이 반응을 바라는 미소를 던졌다.

"드웨이스의 수하였지."

드웨이스는 아일의 동기이며 란겔의 감독생이었다. 아일이 기억하기로 드웨이스는 갈라마 인들과의 마지막 전투 때까지 살아 있었다.

"엥기스턴 전투 때 함께했을지도 모르겠군."

오래전, 멍청한 지휘관이 연달아 오는 바람에 크롬헬 출신 이백여 명이 포함된 부대가 고스란히 갈라마 인들의 손아귀에 떨어진 일이 있었다. 그 뒤 아일을 포함한 병사 수십 명은 갈라마 인들에게서 모진 고문을 당해야 했다. 갈라마 인들의 주술이라는 '검은 연기'가 아일의 머릿속을 헤집은 것도 바로 이때였다.

아일의 추측이 옳았다. 당시 란겔은 아일이 고문을 받던 천막 바로 옆 천막에 있었다. 란겔은 결박된 채로 빨갛게 달군 인두가 다가오는 것을 지켜봐야 했다. 인두가 아슬아슬하게 오른쪽 눈을 빗겨나가 눈썹과 이마 부위를 지졌다. 비명을 지르고 발버둥을 치다가 정신을 잃었다. 눈을 떴을 때 갈라마 인 고문관이 "다음엔 정말 눈을 지질 거야."라고 말했다. 신이여. 란겔은 생전 처음으로 신을 불렀다. 차라리 혀를 깨물고 죽어버리고 싶은데 재갈을 물고 있어 그럴 수도 없었다. 그때 천지가 뒤집히는 소리를 들었다. 벼락이 하늘과 땅 사이의 경계를 부셔버리는 듯한 소리였다.

검은 새가 울었다.

어떻게 천막을 빠져나왔는지는 기억나지 않는다. 피가 흐르는 얼굴을 붙잡고 기어서 천막을 나왔는데, 시야를 덮은 붉은 피막 너머로 에드가가 보였다. 뭔지 모를 존재들이 날뛰면서 갈라마 인들의 목을 물어뜯고 붉은 살점이 뜯겨 나가고 피가 비처럼 쏟아지는 광경은 오히려 현실감이 없어 무섭지도 않았다. 란젤은 넋을 놓고 한참을 주저앉아 전쟁의 신처럼 적을 도륙하는 에드가를 바라보았다. 그곳을 빠져나온 크롬헬 정예 부대는 그대로 갈라마 인들의 우두머리를 죽이고 크롬헬로 귀환할 수 있었다. 그것이 엥기스틴 전투였다.

그때 기억을 떠올리자 란젤은 갑자기 사라진 눈썹 부위가 간지러워졌다.

"기억해주셔서 영광이라고 해야 하나요?"

빈정거린 란젤이 감방 문을 열고 가지고 온 식사를 건넸다. 아일이 말했다.

"직접 가져다줘서 영광이라고 해야 하나?"

란젤이 반쪽뿐인 눈썹을 추켜올렸다. 아일은 식사를 받아 들고 침상에 가 앉았다. 건더기에 색깔이 있는 걸로 봐서 걸쭉한 야채죽 같긴 한데 뭔지 물어보고 싶지는 않았다. 란젤은 감방 문을 닫고는 가지 않고 서서, 식사를 하는 아일을 물끄러미 바라보았다. 아일이 먹다 말고 곁눈질을 했다.

"할 말이라도 있나?"

"없습니다."

"그러면 왜 그러고 서 있어? 음식에 독이라도 탔나?"

"독이라……. 원하십니까?"

비아냥대고 있는 것이 아니었다. 란젤은 진심으로 묻고 있었다.

"초대 에드가는 엘칸 왕에게 끌려가 후세에 글로도 전하지 못할 치욕을 당했다지요."

"……."

가만히 한숨을 내쉰 아일이 그릇을 옆에 내려놓고 꼰 다리를 잡았다. 더 말해봐. 아일이 그렇게 말하는 듯해 란겔은 눈을 내리깔고 말했다.

"원하시면 말씀하십시오. 성도에 이르기 전에 죽고 싶다면 식사에 독을 넣어드리겠습니다. 장군께 원한이 있는 누군가가 숨어들어 식사에 독을 넣었더라, 그리 말하면 왕도 어쩔 수 없을 겁니다. 감독 소홀 문제로 처벌을 받기야 하겠지만 빚을 갚은 셈 치지요."

아일이 가볍게 대꾸했다.

"생각해보지."

"뭐가 그리 태연하십니까?"

란겔이 순간 발끈한 것처럼 되받아쳤다. 그래놓고는 곧 머쓱한 표정을 지었다. 아일은 조용한 얼굴로 란겔을 주시하며 침묵을 지켰다. 란겔은 사라진 눈썹 부위를 긁적이고는 등 뒤로 두 손을 겹쳐 정자세를 취했다. 그리고 물었다.

"그럴 가치가 있었습니까?"

"뭐가?"

"고작 이 년이었습니다."

"……."

"모든 걸 버릴 만큼 가치 있는 일이었습니까?"

아일은 고개를 돌려 침상 맞은편의 어둠을 보았다. 긴 침묵이 흘렀다.

"처음 만났을 때 라야가 했던 말이 생각나."

아일이 말했다.

"나보고 미남이랬지."

"……."

"처음엔 멍청한 도발인지 대담한 농담인지 헷갈렸어. 환심을 사려고 한 말이 아니라, 긴장을 하면 농담을 하는 버릇이 있더라고."

란젤은 아일이 농담을 하고 있는 건지 살폈다. 아일은 웃고 있지도 않았다.

그걸 어떻게 이해시킬까? 지난 이 년이 아일에게, 라야에게, 두 사람에게 어떤 의미인지.

그러려면 두 사람이 외로이 걸어온 길과 두 사람이 함께 겪었던 세월을 알아야 했다. 두 사람의 인생에 켜켜이 쌓인 슬픔과 좌절, 고뇌, 간절함. 그걸 어떻게 설명해? 어느 날 갑자기 그녀가 나타났고, 그는 처음엔 이유 모를 두려움으로 그녀를 멀리했다. 흥미가 생겨 그녀를 지켜보았고, 그러다 보니 그녀도 어느덧 눈으로 그를 쫓고 있었다. 편해서, 재밌어서, 안 보이면 이상한 마음이 들어서, 불쑥 그리움이 들어 곁에 두었다. 정신을 차려보니 너무 가까워져 있었다. 사랑한다는 말이 언제부터 자연스러워졌는지도 기억나지 않는다. 어느새 그렇게 되어 있었다. 그래서 아일은 모든 설명을 생략했다.

"이 년이 아니라 하루라도 괜찮다고 생각했어."

순간 란젤의 눈이 커졌다. 에드가의 얼굴에서 볼 수 있을 거라 생각지 못한 미소가 아일의 입술에 떠올랐다. 아일이 환히 웃으며 말했다.

"평생에 하루쯤은 온전히 행복해도 되지 않을까……. 큰 욕심은 아니잖아?"

2주 뒤.

다이런의 페라몰리 와이즈.

란젤은 뱃전에서 아침을 맞았다. 안개가 항구를 감싸고 넝마가 된 군

함의 깃발을 숨겨주었다. 항구의 적막감이 감사할 지경이었다. 배가 그
곳까지 도착한 것이 용했다. 해상을 지나는 동안 태풍이 계속됐고 격랑
과 벼락은 배를 가지고 놀 듯 잠잠하다가 격심해지다를 반복했다. 지난
밤. 한밤중이었다. 엄청난 우렛소리를 들었다. 그리고 곧이어 돛대가
부러졌다.

노잡이들이 배에 물이 샌다고 알려왔다. 그 순간엔 다이런을 코앞에
두고 남해에 수장되는 줄 알았다. 란겔은 수습이 끝나갈 때쯤에야 아일
을 떠올렸다. 아차, 이쪽에 물이 샌다면 그쪽이라고 안전하지 않은데.
감방으로 달려간 란겔을 아일은 침착한 얼굴로 맞았다. 정비사들이 달
려들어 화급히 배의 갈라진 틈을 메웠다. 란겔이 감방 문을 열었다. 발
목까지 젖은 아일이 감방을 나오며 란겔을 향해 웃어 보였다.

"날 잊은 줄 알았지."

배는 난파선에서 떨어져 나온 판자처럼 바다 물결을 따라 떠돌다가
신기하고도 천만다행으로 다이런 땅에 뱃머리를 댈 수 있었다. 겨우 웃
을 수 있을 때가 되어 병사들은 "배에 탄 모두의 남은 운을 여기에 다 쓴
게 아닐까?"라며 농담했다.

바다는 언제 화를 냈냐는 듯 순해져 있었다. 아침 햇살이 눈물 나게
고마웠다.

란겔은 난간에 몸을 기대어 아래를 내려다보았다. 항구 선박소의 정
비사들과 선원들이 모여 배를 고칠 수 있는지 의논 중이었다. 내려가 있
던 병사 중 하나가 란겔을 향해 두 팔을 교차해 보였다. 란겔이 쯧, 혀를
차며 몸을 돌렸다. 선박에 대한 지식이 전혀 없더라도 배 상태가 좋지
않다는 건 알 수 있었다.

란겔은 아일이 있는 선실로 갔다. 문을 열자 아일의 얼굴을 비추고 있
는 거울이 보였다.

거울을 들고 선 어린 병사는 란겔을 보고 놀라 한 손으로 경례를 붙였다가 다시 거울을 들었다가 정신없는 몸짓을 했다. 아일은 깨끗이 면도를 끝낸 뒤였다. 란겔이 기가 막힌다는 표정을 지었다. 거울을 통해 란겔의 얼굴을 본 아일이 대야에 담긴 물에 칼날을 씻으며 말했다.

"식사가 늦어지는군."

"······하선해서 식사를 할 예정입니다."

아일이 해말끔한 얼굴을 돌려 란겔을 보았다.

"여기가 어디지?"

"페라몰리입니다."

어린 병사는 냉큼 대답하고 란겔의 눈치를 보았다. 란겔이 눈을 부릅떠 어린 병사에게 경고를 날렸다. 어린 병사의 목이 쑥 들어갔다. 아일은 뭔가를 가늠하는 눈을 하고 고개를 끄덕였다.

"페라몰리 와이즈라. 적당하군."

뭐가 적당한데? 아일이 다시 거울을 보는 바람에 란겔은 물을 타이밍을 놓쳤다.

"갑판에 나가봐도 될까?"

능청스럽게도 아일은 란겔에게 허락을 구했다. 잠시 망설인 란겔이 몸을 비켜섰다.

갑판으로 나오자 선원들이 선박을 수리한다고 분주히 움직이는 것이 보였다. 갑판장은 배 밑을 확인하기 위해 선체에 로프를 거는 작업을 지시 중이었다. 아래쪽에서는 정비사들이 뜯겨 나간 마루청을 새로 덧대기 위해 톱으로 널빤지를 자르고 있었다. 손재주가 없는 병사들은 삭구들을 날랐다. 아일의 뒤를 따르는 가운데도 란겔은 자신이 지금 죄수를 압송 중인 건지 상관을 모시고 있는 건지 헷갈린다는 듯 종종 화상 부위를 실룩거리며 인상을 썼다. 아일과 란겔은 동분서주하는 이들을 지나

뱃전으로 갔다.

아일은 란젤을 뒤에 두고 바다 쪽을 보았다. 순간 돌아버릴 것만 같은 괴로움이 속을 시커멓게 만들었다. 치밀어 오르는 격정을 억누르며 아일이 몸을 돌렸다. 란젤이 다시 그를 보았을 때 아일은 안연한 표정이었다.

"왕은 미쳤어."

란젤이 배에 힘을 주며 움찔했다.

주위에 사람이 없는 것을 확인한 란젤이 작은 목소리로 대꾸했다.

"살짝…… 그런 거 같더군요."

란젤은 명령을 내리던 왕의 모습을 상기했다.

"자네는 미친 왕의 명을 왜 따르나?"

란젤은 이상한 질문을 들었다는 듯이 아일을 보았다. 아일은 전혀 이상할 게 없다는 듯이 란젤을 보았다.

"국가에 대한 절대 복종, 복종을 위한 인내. 그렇게 배웠지 않습니까?"

"자네에게 국가란 왕인가?"

"과격 공화주의자들 같은 말씀을 하시는군요."

란젤은 완전하지 않은 눈썹의 빈 부분을 긁적였다.

"제가 군대에 들어온 건 단순하게 살 수 있을 거 같아서였습니다. 이 일이 옳은지, 틀린지, 즐거운지, 해야 하는지, 말아야 하는지 고민하지 않아도 될 거 같아서요."

"선택해야 할 상황에 놓이는 걸 싫어하는가 보군."

"그걸 좋아했다면 귀향을 해서 장사를 하거나 귀족님들 용병이 되었겠지요."

아일은 다시 란젤을 등지고 바다 쪽을 보았다.

스스로 부족한 답변이라고 느낀 걸지도 모르겠다. 설명이 더 필요하다고 생각했는지도. 란겔이 아일의 등을 바라보며 말을 이었다.

"괜찮은 왕을 모실 수 있다면 좋겠지만 아무래도 상관없습니다. 미친 왕이든 똑똑한 왕이든. 어차피 개는 주인을 고를 수 없지 않습니까?"

"가끔 그런 개들도 있어. 주인을 고르는."

아일이 란겔을 돌아보았다.

"나는 주인으로 어떨 것 같나?"

란겔이 손을 움찔거렸다. 아일이 싱긋 웃었다.

"최소한 미치지는 않았잖아?"

"……반역을 공공연히 말하고 미치지 않았다는 말씀을 하시는 겁니까?"

"공공연히 말하지 않았어. 그쪽한테만 은밀히 말하고 있잖아."

"장군."

"란겔, 혹시 초대 에드가의 부인이 누구인지 아나?"

란겔은 입을 열었다가 소리 없이 닫았다.

안다. 사라진 라타니아 왕녀. 알고 있다. 하지만 모른다. 모두가 알고 있지만 안다고 말해서는 안 되는 것. 시장판에서, 술집에서, 식당에서, 찻집에서, 천한 것들의 노름판에서, 귀족들의 은밀한 모임에서, 산에서, 들에서, 바다에서 우스개처럼 농으로 떠들 수는 있어도 그것을 진실처럼 말해서는 안 되었다. 그러나 모두 알고 있었다.

클레이모어 가문에는 왕가의 피가 흐른다는 것을.

하지만 왕가도, 클레이모어 가문도 그 사실에 대해서는 일절 언급하는 법이 없었다. 크롬헬 시절에도 많은 훈련생들이 넌지시 진실을 물어보았지만 아일은 그저 웃어넘길 뿐 명확한 대답을 한 적이 없었다. 그런 아일이 란겔의 눈을 똑바로 바라보며 말했다.

"초대 에드가의 부인은 라타니아 왕녀가 맞아."

란젤은 그의 말을 제지할 생각도 하지 못했다. 감히, 어떻게.

난간에 두 팔꿈치를 댄 채 아일은 뒤돌아서 란젤을 지그시 눌러보았다. 그리고 고개를 틀어 항구 쪽을 오연히 내려다보았다. 금빛 눈동자가 짙은 안개를 밀어내고 다이런의 항구를 굽어보았다.

"내 피의 절반은 왕좌를 향해 흐르지."

란젤은 주먹 쥔 손을 옴짝거렸다. 화상 부위가 정말 간지러워졌다.

후드득 후드득.

굵고 성긴 비가 내렸다.

죄인을 압송 중인 추적대는 숲길을 따라 걸었다. 병사들은 짙은 색의 로브를 입고 있었고, 덕분에 빽빽한 숲을 지나는 긴 행렬은 성스러운 땅으로 가는 순례자들의 고행을 떠올리게 했다. 그들은 말이 없었다. 다음 목적지인 마작 와이즈가 가까워지면서 더욱 말수가 줄었다. 아일 역시 로브를 입은 채 천천히 말을 몰았다. 순발력이 좋아 돌발 상황에 대처가 가능한 병사들이 아일의 말 앞뒤를 포위하듯, 또는 호위하듯 걷고 있었다. 란젤은 아일과 나란히 가고 있었다.

그 많은 추적대들 중 유일하게 목적을 달성하고 돌아가는 부대였다. 즐거울 만도 한데 분위기가 이렇게 어두운 것은 지휘관인 란젤의 탓이 컸다. 란젤은 항구에서 출발할 때부터 험악한 얼굴이었다. 그의 주위로 피어오르는 살벌한 기운이 '가는 동안 날 거슬리게 하는 놈이 한 놈이라도 있다면 가는 길이 개펄보다 질퍽해질 거야.'라는 암시를 주었다.

란젤은 깊은 생각에 빠져 있었다. 깊고, 복잡하고, 달갑지 않은 생각.

「가끔 그런 개들도 있어. 주인을 고르는.」

란젤은 곁눈으로 아일을 흘깃 쳐다보았다. 그에게 고민을 안겨준 에드가는 평온한 얼굴로 정면을 응시하고 있었다. 후드를 덮어쓰고 있어 코까지밖에 보이지 않지만, 그래서 그의 입술로 묘한 미소가 스쳐가는 것이 더욱 눈에 띄었다. 아예 체념해버리고 지난 일을 추억이라도 하고 있는 걸까? 란겔은 생각했다.

복잡한 것은 싫다. 선택하는 것도 싫다. 선택하기 위해 복잡한 생각을 하는 것은 정말 싫다. 속이 부글거렸다. 그냥 미친놈 하고 흘려버리면 될 소리인데 한쪽 귀로 들어온 말이 반대쪽 귀로 흘러나가지 않았다. 에드가에게서 들은 말을 직접 끄집어내려는 듯, 란겔은 간지러운 귓구멍에 손가락을 박아 넣고 후비적거렸다.

난데없이 아일이 노래 같은 것을 흥얼거렸다. 란겔은 귀에 손가락을 박은 채 황당한 눈으로 아일을 보았다. 노래 같고 시 같기도 한 그것이 입술의 안팎을 왔다 갔다 하는 것 같았다. 앞을 걷던 병사들도 말 위에서 몸을 틀어 아일을 돌아보았다. 아일이 그들의 질문에 답하듯 말했다.

"타본의 자장가야."

란겔은 다시 정면을 보았다.

단순히 생각하자. 나는 군인이다. 명령만 따르면 된다.

……하지만 명령을 내리는 자가 이상한 놈이라면? 주인이 독을 주어도 개는 그것을 먹어야 할까? 망할, 선택해야 하잖아.

……하지만 만약 주인을 선택할 수 있다면?

란겔이 아일을 돌아보았다. 아일은 턱을 살짝 치켜들고서 콧노래를 흥얼거리고 있었다. 하늘을 보고 있는 걸까? 그의 눈이 어느 방향을 보고 있는 건지 아리송했다.

란겔은 왕을 떠올렸다. 헤르첸 엘칸. 광기 어린 모습으로 아일을 산 채로 끌고 오라 명령하던 젊은 왕.

간단히 좋다, 싫다로 생각해보자. 난 지금의 왕이 좋은가? 좋아하지 않는다. 딱히 싫어하지도 않는다. 하지만 약간 실성한 놈 같기는 하다. 난 에드가가 좋은가? 그에게는 목숨을 빚진 적이 있다. 싫어하지 않는다. 어쩌면 좋아할지도. 그는 괜찮은 사내다.

잘나고 자존심 센 놈들이 버글버글한 크롬헬에서도 에드가를 욕하는 이를 본 적이 없다. 그의 이름이 아니라 그의 말이, 그가 해온 행동이 그의 가치를 증명해왔다. 에드가는 강하고, 우아하다. 크롬헬 사내들의 인정을 받기엔 그것이면 충분했다.

추적대의 지휘관으로 왕 앞에 불려간 이들 중에서도 에드가를 감싸려던 자들이 얼마나 많았던가. 그들 중 다수는 함께 전장을 뛰고 함께 크롬헬 생활을 한 사이였다. 현장에서 함부로 입을 놀리는 자는 없었지만 그들은 왕의 명령에 불쾌한 마음을 공유했다.

그들이라면 에드가의 뜻에 선뜻 동참하려 할까? 사병도 없고 가문의 힘도 빌리기 힘든 지금, 에드가는 정말 그게 가능하다고 생각하는 걸까? 대체 언제부터 그런 생각을 한 거지? 왜 하필 지금이야? 왜 하필 내가 그를 잡아 압송 중일 때!

란겔은 원망하는 눈길로 아일의 옆얼굴을 쏘아보았다. 불안해하지도 않고 초조한 기색도 없는 아일의 얼굴 위로 마이카 섬에서 주민들을 감싸며 등장하던 그의 모습이 겹쳤다.

란겔은 소리치던 왕을 떠올렸다.

감방 안에서 연인과의 추억을 담담히 얘기하던 에드가를 떠올렸다.

에드가의 연인을 야만인들의 부락에 던져 넣겠다고 공언하던 왕.

갑판 위에서의 에드가.

왕.

장군.

왕.

에드가.

엘칸.

에드가.

엘칸.

"장군."

스스로의 생각에 제동을 걸듯, 란겔이 아일을 불렀다. 아일이 "응?" 그러면서 고개를 돌렸다. 란겔이 물었다.

"주인을 선택하는 개는 무슨 기준으로 주인을 선택하는 걸까요? 입맛에 맞는 밥을 줘서? 잠잘 곳을 주기 때문에? 아니면 처음 만난 인간이 그 인간이라서?"

아일이 어깨를 으쓱했다.

"그냥, 그 인간이 가장 마음에 들어서가 아닐까?"

그 순간 시야가 확 트였다. 숲이 끝나고 베일이 걷히듯 햇빛이 쏟아졌다. 란겔은 갱도를 빠져나온 것처럼 눈을 찌푸렸다. 마작 와이즈로 들어가는 성문이 보였다.

성곽 위는 한산했다. 차이드 전이 끝나고 경비대의 기강이 해이해진 성이 많아졌다. 왕이 에드가를 찾아내는 데 혈안이 되면서 외려 성을 지나는 사람들에 대한 감시가 느슨해졌다. 에드가만 아니면 성을 지나는 이가 누구든 상관없다는 식이었다. 마작 성의 도개교는 아예 내려와 있었다. 란겔은 나직한 목소리로 앞뒤의 대원들에게 말 사이의 거리를 넓히라는 명령을 내렸다. 행렬이 성벽의 그늘로 들어온 뒤 란겔이 입을 열었다.

"제게 딸린 가족이 없다는 걸 다행으로 여기십시오."

푸르릉거리는 말의 목을 쓰다듬은 아일이 란겔을 바라보았다.

"제가 책임져야 할 인간이 없고 일단 지르고 보는 성격이란 걸 천운으

228

로 여기시란 말입니다. 말은 하고 있지만 아직도 제 결정에 확신이 들지 않습니다. 완전히 장군의 사람은 아니라 이겁니다. 장군은 지금 아무것도 가지지 않았고 그런데도 제가 이런 선택을 하는 것은 장군의 과거가 마음에 들기 때문입니다. 전 단순합니다. 단순한 게 좋아요. 그래서 먼 앞일까지는 생각하지 않지요. 장군을 왕에게 갖다 바쳐서 초대 에드가가 그리 죽은 것처럼 당신도 같은 꼴을 당하게 된다면…… 빌어먹을, 꿈자리가 뒤숭숭할 것 같단 말입니다. 젠장, 내가 지금 제대로 하고 있는 건지 모르겠네."

"혼란스러워 보이는군."

아일은 자신과 관계없는 얘기를 듣는 것처럼 눈을 깜박였다. 란겔이 아일 쪽으로 몸을 낮추고 빠르게 속삭였다.

"마작에는 이미 연락이 들어갔습니다. 여기서는 뭘 어떻게 할 수가 없습니다. 일단 며칠 머물고 우리와 함께 마작을 빠져나간 뒤 혼자 어디로든 가십시오. 메이튼 슈만을 찾아가든 영지로 가든 알아서 하시라고요. 그것까지는 묻지 않겠습니다. 입이 무거운 몇을 준비해두겠습니다. 우리의 감시를 뚫고 도망친 걸로 합시다. 장군을 쫓기야 하겠지만 태만히 움직이겠습니다. 다시 만날 때에는 뭔가를 가지고 계십시오. 그래야 저도 시원스럽게 그 일에 머릿수를 더할 수 있을 것 같습니다. 고작 병사 백여 명으로 끌고 다니다가 되도 안 한 전투를 몇 번 겪고 이도저도 아닌 반란을 꿈꾸다 개죽음 당하는 것보다는 혼자 다니는 편이 훨씬 일을 도모하기 좋을 겁니다. 뭐, 이미 아시겠지만."

"다정하군. 합리적이고."

"지금 그런 농담을 할……."

순간 무언가를 느낀 란겔이 말을 멈추고 앞을 보았다. 앞에서 가던 말들이 멈춰 서 있었다.

추적대는 이중의 성문을 지나 전원이 성 안으로 들어와 있었다. 비가 섞인 바람이 불어와 얼굴을 찐득하니 어루만졌다. 위병소는 빈 채로 그들을 기다리고 있었다.

섬뜩한 적막감이 느껴졌다. 벌어질 일의 도화선이 될 수 없어 감히 아무도 소리를 낼 엄두를 내지 못하는 적막감.

란겔은 굳은 얼굴로 사방을 둘러보았다. 훑어보아도 추적대의 세 배는 되는 무장 병력이 그들을 에워싸고 있었다. 성곽 위엔 아래로 활을 겨냥한 병사들이 늘어서 있었다. 당겨진 시위가 언제라도 화살을 튕겨낼 것처럼 팽팽했다.

란겔은 신중히 검에 손을 갖다 댔다. 무장 병력의 지휘관으로 짐작되는 이가 이쪽을 향해 걸어오는 것이 보였다. 완벽하게 무장을 한 자가 절그럭거리며 다가오는 소리에 란겔은 어깨에 잔뜩 힘을 주었다. 에드가를 가로채러 온 것일까? 죽이러 온 자일까? 무장 해제를 요구할까?

바로 앞에서 절그럭 소리가 멈췄다. 상대의 얼굴을 알아본 란겔이 충격을 감추지 못하고 멍한 표정을 지었다. 후드를 벗은 아일이 충직한 부하를 불렀다.

"메이튼."

메이튼은 오만 감정이 뒤엉킨 얼굴로 일찍이 충성을 맹세한 주군을 향해 조금 긴 예를 표했다.

아일이 미소를 지으며 란겔을 보았다.

"선택이 아슬아슬했어. 그래도 다행이지?"

아일은 굳어 있는 란겔의 어깨를 두드렸다.

"한 번 살린 적이 있는 목숨을 죽이는 건 한 명으로 족할 것 같거든."

가뿐한 동작으로 말을 내려온 아일이 앞서가고, 메이튼이 그 뒤를 따랐다.

아일이 날카롭게 물었다.

"르웨이는?"

"영주의 저택에서 기다리고 계십니다."

비가 완전히 그치고 구름 사이로 해가 나왔다. 아일은 한기가 도는 얼굴을 들어 태양을 노려보았다. 옆으로 따라붙은 메이튼이 새하얀 벨벳 상자를 건넸다. 아일은 걸어가면서 상자를 열었다. 아버지가 죽었다는 소식을 들은 날, 바로 라야와 도망을 쳤다. 그래서 그의 손엔 아직도 아버지에게서 물려받았어야 할 결혼반지가 없었다. 아버지 그레엄이 자신의 인생에서 처음으로 선택이란 것을 하고 스스로의 마지막을 맺기 위해 집을 떠나기 전 침실에 남겨두었던 반지였다. 드디어 나머지 반지가 주인을 찾았다. 아일은 라야의 손에 끼워져 있는 반지와 한 쌍인 그것을 손가락에 꼈다.

"추적대를 꾸려."

아일이 고개만 살짝 돌려 메이튼을 보았다.

"라야를 찾아야 해."

70

눈을 감았다 뜬 것뿐인데 그는 방금 있던 곳과 전혀 다른 곳에 있었다. 기후도, 냄새도, 보이는 광경도 완전히 다른.

태양이 떠 있던 하늘은 전등이 달린 천장으로 바뀌어 있었다. 그의 영혼을 담고 있는 육체도 다른 것으로 교체되었다.

감정.

눈을 감기 전 느꼈던 감정만이 동일했다. 그걸 증명하듯 심장이 거세게 뛰었다. 그 심장조차 이전의 것과는 다른 것이다.

정현은 벽시계의 초침이 움직이는 소리를 들으며 느리게 눈을 감았다 떴다. 그리고 천장을 올려다보는 채로 무의식중에 손가락을 만졌다. 반지가 있을 리 없다.

있을 리 없지. 지은과는 그 흔한 커플링도 하지 않았다. 차라리 잘된 일이다.

정현은 자신을 꿈에서 빼낸 벨소리를 쫓아 휴대전화를 찾았다. 지은의 음성 메시지가 와 있었다.

목소리 정도야 들어도 상관없지 않을까? 머리가 결정을 내리지도 않았는데 귀에는 이미 메시지가 흘러들고 있었다.

– 한 번쯤은 실수로라도 받아줄 수 있잖아요. 사람이 어쩜 그렇게 모질어요? 그래, 이게 본래 정현 씨 성격이었던 거야. 사실은 아일이 좋은 사람이고 그 사람 기억 덕분에 당신이 그나마 좋은 사람일 수 있었던 거

지.

그래, 그럴지도 모르지.

— 당신은 딱, 딱…… 그래, 딱 그거야. 자기가 잘난 걸 알아서 건방지고, 사람 조종하고, 못돼 처먹고, 사악하고, 이기적인 냉혈한!

정현의 입술에 슬그머니 미소가 떠올랐다.

— 내가 반드시 기억을 찾고 말 거예요. 그래서 당신이 나한테 했던 못된 짓도 기억해내서 그대로 다 쏴줄 거야! 그때 가서 이러쿵저러쿵해도 소용없어요. 사과를 하려면 지금.

어쩌다가 녹음이 된 건지 모르겠지만 애매하게 끊긴 걸로 봐서 그녀가 의도해서 보낸 메시지 같지는 않았다.

그러고 보니 예전에도 비슷한 실수를 했었지.

그가 음성 메시지를 듣는 것을 막기 위해 지은이 운동장을 가로질러 달려오던 모습이 떠올랐다.

그의 휴대전화를 맥주 컵에 빠뜨리고는 비명을 지르며 도망치던 모습도. 교실에서 함께 춤을 추던 순간도. 프로젝터로 영상을 튼 것처럼 생생한 기억이다.

심장을 누가 세게 친 것처럼 가슴이 뻐근해져왔다. 맺힌 담을 풀듯 가슴을 문지르고, 다시 음성 메시지를 재생했다. 계속 듣다 보면 끊긴 목소리가 이어지기라도 할까, 단번에 외워버린 귀여운 엄포를 반복해서 들었다.

— 그래, 이게 본래 정현 씨 성격이었던 거야. 사실은 아일이 좋은 사람이고 그 사람 기억 덕분에 당신이 그나마 좋은 사람일 수 있었던 거지.

정현이 신음을 흘리며 가슴을 눌렀다. 갑자기 숨 쉬는 것이 힘들어졌다.

– 못돼 처먹고, 사악하고, 이기적인 냉혈한! 내가 반드시 기억을 찾고 말 거예요!

듣는 게 아니었다.

라야를 찾아 헤매던 때의 감정과 지은을 밀어내려는 감정이 뒤엉켰다. 지은과 함께한 순간의 기억들이 해일처럼 밀려왔다. 겨우 봉합해놓은 심장 부위의 상처가 다시 벌어지고 끔찍한 속도로 출혈이 시작되는 느낌이었다. 어디로 도망칠 수도 없을 만큼 집 안에 한지은의 흔적이 너무나 많았다. 환각에서 벗어나려는 듯 정현은 몸을 웅크렸다.

목소리를 듣는 게 아니었어.

– 그때 가서 이러쿵저러쿵해도 소용없어요.

"서점 자주 와요?"

동주가 물었다. 선예는 건성으로 대답하며 책을 책장에 꽂았다.

동주는 선예와 데이트를 하기 위해 그날 처음으로 호프집 오픈을 아르바이트생에게 맡겼다. 친구 정현이 '소중한 사람'이라며 한지은을 소개하기 전부터 동주는 동네 단골인 지은과 그녀의 친구들을 알고 있었다. 며칠 전 길에서 우연히 선예를 만나 가볍게 데이트 신청을 했는데 뜻밖에도 그녀가 받아들였다.

"영화 시간 다 됐네요."

동주가 휴대전화를 보고 말했다. 선예의 반응이 시원치 않자 동주도 심드렁해졌다.

그가 걸음을 옮기다가 갑자기 멈춰 섰다. 선예는 동주의 등에 머리를 박고 짜증 난다는 표정을 지었다. 동주의 시선을 따라가자, 정현이 보였다.

무기력한 얼굴을 한 정현이 서점 커피숍에 앉아 있었다. 단연 시선을 끌고 있었지만 언제나 그렇듯 그는 별생각이 없어 보였다. 동시에 의욕도 없어 보였다. 금방 죽은 시체도 저것보다는 생기 있겠다. 누가 저 자리에서 죽고 그 때문에 그의 테이블 주변에 접근 금지 테이프를 쳐놨다고 해도 그럴듯해 보일 것 같았다. 동주가 히죽 웃었다.

"저 표정 때문에 고등학교 시절이 시끌벅적했죠. 여자들은 저 표정을 좋아한 모양인데 남자들은 싫어했거든요. 시비를 불러일으키는 얼굴이라고 불렸죠, 우리들 사이에선."

선예가 동주를 빤히 쳐다보았다. 동주는 그날 처음으로 자신을 제대로 쳐다보는 여자의 시선에 얼굴을 붉히며 더듬거렸다. 동주가 구부린 손가락으로 정현을 가리켰다.

"혹시나 해서 얘기해두는데, 저 녀석 좋아하지 마요."

선예는 불경한 말을 들은 신자처럼 재빨리 고개를 저었다. 동주가 정현에게 눈길을 두고 말했다.

"다행이네요. 저 녀석을 짝사랑해서 끝이 좋은 여자를 못 봤거든요. 다들 혼자 좋아하고 혼자 실연당하고 울고불고 지들끼리 싸우고, 저 녀석 주위로 아주 난리도 아니었죠."

상상이 간다는 듯 선예가 고개를 주억거리자, 동주가 말했다.

"뭘 상상하든 그보다 더할 겁니다. 무서운 광경이죠."

선예가 살짝 웃었다. 동주는 웃지 않았다.

"2학년 때 실습 온 교생 하나도 저놈 주위를 얼쩡거리더니 실습 도중에 학교를 관뒀다더라고요."

"설마. 다른 이유 때문이겠죠."

동주가 어깨를 으쓱했다.

"그럴 수도 있고. 그런 소문은 있었다고요. 우리들끼리 농담으로 저런 놈이 여자 하나 제대로 만나면 바로 코 꿰여서 결혼하는 법이다 그랬는데. 정현이가 지은 씨한테 푹 빠진 거 보니까 농담으로 끝날 말은 아니었네요."

테이블로 간 동주가 무릎으로 정현의 몸을 툭 건드렸다.

"너 혼자 뭐하냐. 귀여운 여친 놔두고. 화창한 주말에."

정현이 멍한 눈을 들어 동주와 선예를 보았다. 그는 왜 두 사람이 같이 있는지 궁금해하지도 않는 듯했다. 세상사 관심 없는 표정으로 그가 중얼거렸다.

"여기는 목소리들이 많으니까."

동주는 미친놈 보는 눈으로 정현을 보았다.

선예가 나서며 말했다.

"지난번에 만났을 때 내가 얘기했죠? 지은이 눈에서 눈물 나게 하면 가만 안 두겠다고."

"……그런 말 들은 기억 없는데."

기억을 복기해본 정현이 영혼 없는 표정으로 말했다. 그는 더 이상 두 사람을 보고 있지도 않았다. 선예가 눈을 굴리고 말했다.

"깜박 잊고 얘길 안 했나 보네요. 말 안 했어도 당연한 거잖아요. 헤어지더라도 예의 바르게 헤어졌어야죠."

그제야 두 사람이 헤어진 걸 알게 된 동주가 입을 벌리고 정현과 선예를 번갈아 쳐다보았다. 정현은 입도 대지 않은 커피를 내려다보며 혼잣말처럼 말했다.

"줄 서야 할 거예요. 날 죽이겠다는 사람이 한둘이 아니라서."

"지은이 바다 갔어요."

그 순간, 어디에 시선을 둬야 할지 모르는 것처럼 흐릿하던 눈이 초점을 찾았다. 정현이 내려뜨고 있던 시선을 바로 들었다. 그가 굳은 얼굴로 선예를 올려다보았다. 선예가 팔짱을 끼며 말했다.

"다 털어버리고 오면 좋은데…… 그런 성격은 못 되는 애죠. 대체 왜 헤어진 거예요? 뭐 물어보려고 전화했다가 당신 전환 줄 알고 받은 지은이가 내 전화를 붙잡고 얼마나 울었는지 알아요? 뭐 때문이냐고 물어도 대답도 안 하고. 대체 왜, 뭘 어쨌길래……."

정현이 물었다.

"왜 하필 바답니까?"

선예가 눈을 끔벅였다.

"그, 글쎄요. ……삼면이 바다라, 가다 보니 바다가 나왔나?"

선예는 민망해져서 입술을 씹었다. 동주가 야유하는 눈빛으로 선예를 보았다.

프런트 안쪽의 여자는 책에서 눈을 떼고 벽시계를 보았다. 밤 8시 30분.

휴대전화를 귀에 붙이고 들어오는 남자 손님을 보고 여자는 읽고 있던 책을 덮었다. 체크인 시간 지났는데 꼭 이런 손님들이 있다니까. 여자는 속으로 투덜거렸다. 하지만 남자의 얼굴을 본 여자는 그녀가 만들어낼 수 있는 가장 친절한 미소를 짓고 인사했다.

"어서 오세요. 언덕 위의 펜션입니다."

남자는 상대가 전화를 받지 않는지 그대로 휴대전화를 내렸다.

"숙박객 중에 한지은이라고, 여기 묵고 있다던데 통화가 안 돼서요. 지금 방에 있는지 확인이 가능할까요?"

미남의 초조한 음성에 여자는 덩달아 초조해졌다. 여자는 태블릿 PC로 숙박객 명부를 확인했다.

블루 비치 방, 한지은, 체크인 시각 14시 20분.

"아, 혼자 오신 분."

추리 소설 마니아인 여자는 순순히 대답하고 금방 후회했다. 이 남자가 잘생긴 스토커 같은 거면 어쩌지? 스토커가 손님을 쫓아온 거라면? 손님의 행방을 바로 말한 자신의 행동을 반성하며 여자가 말했다.

"어느 방에서 묵는지는 말씀드릴 수 없고 제가 방에 전화를 넣어볼게요."

신호가 여러 번 갔지만 방에선 전화를 받지 않았다.

여자가 소득 없이 수화기를 내려놓으며 중얼거렸다.

"피곤해 보이던데, 주무시나."

"방에 있는 건 확실한가요? 나가서 아직 안 돌아왔다거나……."

여자가 '노.'라고 말하고 싶은 것처럼 입을 오므리고는 손을 흔들었다.

"그럴 리 없어요. 창문으로 뛰어내리지 않는 이상 이 앞을 지나가야 하는걸요. 전 화장실도 안 가고 앉아 있었어요."

솔직하게 말하고 여자는 또 후회했다. 눈앞의 이 남자는 고문을 하지 않고도 상대를 자백하게 만들 수 있을 것 같았다.

남자는 벽시계를 보더니 잠시 생각에 잠겼다. 여자는 침묵을 즐기며 남자의 얼굴을 감상했다. 몇 초 후, 남자가 말했다.

"지금 체크인 가능할까요?"

"원래 안 되는데."

여자는 태블릿 화면을 넘기는 손짓을 했다. 그리고 예약 페이지가 떠 있는 화면을 남자가 볼 수 있도록 들어 보였다. 남자가 겨우 표정을 풀었다. 흐릿한 미소, 여전히 창백한 얼굴. 여자는 남자가 더 활짝 웃었으면 좋겠다고 생각했다. 남자가 말했다.

"아무거나 하나 주세요."

여자가 능숙하게 태블릿을 다루며 말했다.

"골든 비치 방에서는 욕조에서도 바다를 볼 수 있어요. 이 방으로 드릴까요? 아, 성함이?"

"서정현입니다."

바다 위로 어둠이 깔렸다.

전등도 켜지 않은 펜션 방.

지은은 왼손에 휴대전화를, 오른손에 운석 펜던트를 쥔 채 깊이 잠들어 있었다.

자연스러운 어둠 속에서 그녀는 고른 숨소리를 내며 긴 꿈을 꾸는 중이었다. 아기처럼 속 편한 얼굴로. 순간 그녀가 고통스러운 듯 미간을 찌푸렸다. 몸도 움찔했다.

하지만 이내 다시 잠잠해졌다.

밤바다의 파도 소리가 휴대전화 진동음을 덮었다.

붉은 머리칼과 붉은 리본이 바람에 휘날렸다. 활짝 열린 창문으로 바닷바람이 불어왔다.

덕분에 뭔지 알 수 없는 약재 냄새가 록사나가 서 있는 문가까지 풍겼다.

라야는 창가의 긴 책상에 붙어 서서 온종일 무언가에 몰두해 있었다. 요 며칠 매일 볼 수 있는 모습이다.

록사나는 방에 들어오면 일단 붉은 머리칼과 머리칼을 반쯤 묶고 있는 붉은 리본부터 찾았다. 암살범이 어수선한 상황 속에서 표적을 찾듯이. 그도 그럴 것이 라야의 방은 너무 어지러웠다. 방 이곳저곳에 책들이 널려 있었다.

약재 서적과 지리서, 역사서, 소설, 차이드 글자로 적힌 내용을 알 수 없는 책 등이 바닥을 어지럽혔다. 페이지 여백에 필기가 된 책들은 주로 책상 위에 놓여 있었다.

록사나는 청소를 하면서 한 권을 진득이 보라고 잔소리를 했지만 소용없었다. 다음 날이면 라야의 방은 원래대로 돌아갔다.

책상 한쪽엔 목재 상자들이 차곡차곡 정리된 채 놓여 있었다. 라야의 방에서 유일하게 질서가 잡힌 공간. 상자에는 풀, 나뭇가지, 꽃잎, 말린 과일 같은 것이 담겨 있었다. 매일 밤, 라야는 필요한 약재가 적힌 종이를 호슨에게 전해주었다. 어차피 쿠스친의 돈이니 사양 않고 쓰겠다는 듯, 일부러 비싼 약재도 한두 개씩 넣었다.

쿠스친은 이스칸 페렐에 와서도 보름이 지나도록 라야를 경비대에 넘기지 않았다. 하던 대로 낮엔 바쁘게 돌아다니고 밤이 되면 집으로 돌아와 라야에게 짧게 인사를 한 뒤 자기 방으로 돌아갔다.

라야도 이스칸에 와서는 도망치는 것을 포기한 듯 보였다. 방에 틀어박혀 책을 읽고, 약을 만들고, 가끔은 요리도 하고, 아주 가끔은 하녀들과 다과도 들었다.

록사나가 말했다.

"리타가 배앓이 약 고맙대요."

라야가 고개를 돌렸다. 저울로 말린 잎의 무게를 재던 중이었다.

록사나는 방문 앞에 서서 무표정한 라야의 얼굴을 잠시 바라보고는 어깨를 으쓱했다.

"먹자마자 바로 효과가 느껴지는 약은 처음이래요. 큰북을 쳐대던 배가 북채를 내려놓는 게 느껴질 정도라나요?"

라야가 웃었다. 미소는 바람보다 빨리 사라졌다.

록사나가 세탁해 온 옷을 들고 옷장으로 가면서 물었다.

"무슨 마법을 쓴 거예요?"

"섬에서도 간단한 약은 제가 만들었어요. 거기에도 리타란 아이가 있었죠."

라야가 저울에 추를 달면서 대답했다.

"친구였나요?"

"여전히 친구예요."

록사나는 옷장 서랍을 닫고 라야를 돌아보았다.

"약 만드는 건 누구한테서 배웠어요?"

"배우지 않았어요. 아빠가 약제사셨죠. 어깨너머로 배웠다고 하기엔 내 나이가 너무 어렸던 거 같네요. 의사나 약제사만큼 잘 만들지는 못하지만 한두 개 정도는 특기라고 할 만하죠. 기침병이나 배앓이에는 제가 만든 약이 특히 잘 들더라고요."

다가온 록사나가 라야의 어깨 너머로 눈을 굴렸다. 라야는 돌절구에 마른 약재 몇 가지를 넣고 있었다.

록사나가 관심 있게 물었다.

"무슨 약을 만드는 거예요?"

"기침약이요."

록사나가 라야의 이마를 짚었다. 눈은 절구에 두고서 라야가 웃었다.

"난 아무렇지도 않아요. 이맘때면…… 그이는 목감기에 자주 걸려요."

'이맘때'라는 말이 가시 박힌 음식이라도 되는 것처럼 라야는 말을 쉬었다가 힘겹게 침을 삼켰다. 약재를 빻는 동작이 갑자기 거칠어졌다. 울음 섞인 목소리를 숨기려는 듯이 공이를 절구에 세게 내리쳤다.

"건강한 사람인데 이상하게 목은 약하더라고요. 그 사람 말이 성대는 단련시키기 어려워서 그런 거 같대요."

"농담을 아는 남자로군요. 우리 남편도 그런 농담을 좋아했죠. 냉소적인 농담."

"……."

"힘도 장사고, 얼굴도 잘생겼었죠. 목수였는데 온 동네 일은 우리 남편에게 다 맡겼을 거예요. 다이린 어도 타본 어만큼 잘해서 다이린 상인들이랑 거래할 때면 꼭 우리 남편을 데려갔다니까요. 인기 있는 남편 때문에 저도 덩달아 맘고생 몸 고생을 좀 했죠. 아아, 유명한 남자랑 산다는 건 힘든 일이에요."

"……."

라야는 말없이 약을 빻았다. 바람이 계속 불어 약가루가 날리자 창문을 닫았다. 책상 위에 흰 종이를 깔고 녹색 가루를 절구에서 털어 종이에 쏟았다. 종이를 접어 자그마한 크기로 봉했다. 그건 치마 주머니에 소중히 챙겨 넣었다.

라야는 약재 섞은 것을 목재 상자에 담아 록사나에게 건넸다.

"배앓이에 좋아요. 약죽을 만들어 먹어도 좋고요. 가장 좋은 건 약불에 오래 달이는 거예요. 요즘 속이 계속 쓰리다고 했죠?"

록사나는 약재 상자를 받아 들고 기묘한 표정으로 라야를 쳐다보았다.

"정이 들면 아가씨를 떠나보내기 힘들어지잖아요."

라야가 미소 지었다.

"두 시간이에요. 두 시간은 달여야 해요."

이번 미소는 길었다.

록사나가 방을 나가자마자 라야는 짐을 꾸렸다. 르반테 섬 가판대에서 산 《만 개의 세계》와 약재 서적 한 권을 챙겨 보자기에 쌌다. 그리고 책상 위로 올라갔다. 창문을 열고 고개를 내밀어 아래를 내려다보았다.

3층 아래로 잔디가 보였다.

사람이 없는 것을 확인하고 건물 아래로 짐을 던졌다. 잔디가 짐을 받아주는 소리가 들렸다.

"후우."

라야는 심호흡을 하고 두 손으로 창문틀을 꽉 쥐었다.

반지의 보석이 오후의 햇살을 받아 진홍색 광채를 뿜었다.

마치 그것이 이 근방에서 가장 아름다운 것이니 다른 것은 볼 것도 없고 거기에만 집중하라는 듯이. 반지의 주인이 무엇을 하고 있는지는 신경 쓰지 말라는 듯이.

"예전엔 이 정도쯤이야 가뿐했는데."

라야는 다른 쪽 발도 바깥 난간 위로 올렸다. 근처에 몸을 던질 만한 나무 한 그루 없었다.

현기증이 살짝 났다.

쿠스친은 이곳으로 오자마자 하인들을 불러, 번번한 벽으로 막힌 방을 라야에게 주고 커튼은 모조리 뜯어내라는 지시를 내렸다. 그럼에도 라야는 탈출을 감행했다. 하녀들이 나누는 대화에서 옆방까지만 간다면 사람들 눈에 띄지 않고 저택을 빠져나갈 수 있는 방법을 찾아냈다.

라야는 조금씩, 신중하게 발을 디뎠다.

조심, 조심.

"할 수 있어. 문제없어. 후우."

"아차차."

라야는 뭔가를 잊었다는 듯 뒤돌아섰다. 저택 뒷마당 빨랫줄에 널어놓은 세탁물 중에서 눈대중으로 적당한 바지와 작은 셔츠를 골랐다. 그

리고 몇 발자국 뗐다가 다시 돌아와 빨랫줄에 머리핀을 달아두었다. 그
녀가 기존에 가지고 있던 것 중 반지 다음으로 값나가는 것이었다. 나중
에 돌아와서 옷값을 주겠다는 약속은 못하겠어요, 이거라도 팔아요. 라
야는 두 손을 모아 빨래를 잃어버릴 누군가에게 사과했다.

　라야는 손에 옷가지와 보자기 짐을 쥔 채 달렸다. 언덕을 오르고, 내
리막길을 달렸다. 그러다 넘어질 뻔했다. 잠시 멈춰 서서 숨을 골랐다.
하지만 누가 쫓아올세라 다시 달렸다. 연한 밑창이 깔린 실내화라 아까
부터 발이 아파 죽을 지경이었다. 시장으로 나가면 신발부터 구할 거야.
라야가 쌕쌕거리며 중얼거렸다.

　덤불이 우거진 장소가 나오자 그 뒤에 숨어 옷을 갈아입었다. 원피스
는 허물을 벗듯 그 자리에 두었다. 그새 길게 자란 머리를 붉은 리본으
로 꽉 묶었다. 그리고 다시 달렸다.

　점점 길이 넓어졌다. 가슴이 타는 듯한 감각을 무시하고 더 빨리 달렸
다. 마차가 곁을 지나갔다. 술 냄새를 풍기는 남자가 비틀거리며 걸어오
는 것이 보였다. 건물들이 연달아 나타났다. 무리 지어 돌아다니는 사람
들이 보였다. 길가에 늘어선 좌판이 보이고 시장이 나타났다. 배 속이
땅기는 듯한 느낌이 들어 겨우 멈춰 섰다. 안도하는 것은 잠깐이었다.

　이제 어떡하지?

　목은 축축하고 머리는 어지러웠다. 느릿느릿 걸었다. 걷는 동안에도
계속 뒤를 확인했다. 곁을 지나는 남자가 이상하다는 듯이 그녀를 쳐다
보았다.

　어디로 가야 하지?

　갈 길이 막막했다. 방향이라도 안다면…….

　질문을 던지듯 하늘을 올려다보았다. 그 사람이 어디 있는지 알려주
겠어?

구름은 한 자리에서 꼼짝도 하지 않았다. 바람 한 점 불지 않았다.

아, 그렇게 나오겠다 이거지?

"라야?"

숨이 멈추었다.

태양이 머리 바로 위에서 정수리를 쪼아댔다. 그래도 얼어붙은 라야는 녹을 기미를 보이지 않았다.

관자놀이로 땀이 흘렀다. 젠장, 젠장, 젠장.

라야는 주먹을 불끈 틀어쥐고 발을 슬쩍 움직였다.

지쳐서 둔해질 대로 둔해진 그녀의 발이 성급하게 달려 나가기 전에 머리가 속삭였다. 저건 호슨의 목소리가 아니야.

'호슨은 날 라야라고 부르지 않아.'

뒤에서 남자가 다시 라야를 불렀다.

"저기…… 정말 라야…….""

라야가 홱 돌아섰다.

"맙소사."

남자와 라야가 동시에 외쳤다. 남자는 들고 있던 나무상자를 놓아버렸다. 상자가 바닥에 떨어지면서 과일이 쏟아졌다.

"라렌시!"

라야는 달려가 남자를 끌어안았다. 망자와 마주친 사람처럼 남자의 얼굴에 얼핏 두려움이 깃들었다. 남자의 손이 공중에 뜬 채로 주저했다. 그러나 곧 애정 어린 손길로 그녀의 등을 토닥였다.

"맙소사, 라렌시."

라야는 같은 말을 되풀이했다. 라렌시가 쉰 목소리로 말했다.

"넌 여전하구나, 라야."

라야는 몸을 떼고, 남자의 얼굴을 자세히 들여다보았다. 남자의 움푹

들어간 눈동자에 감격이, 슬픔이, 안도가 차례로 떠올랐다. 빠르게 스쳐가는 남자의 감정을 모두 읽어낸 것은 라야가 예민한 탓일까, 남자의 직업이 배우이기 때문일까.

라야의 질문이 쏟아졌다.

"어떻게 된 거야? 네가 왜 여기 있어? 다른 단원들은? 모두 이곳에 있는 거야? 이스칸에는 어쩐 일이야? 공연 중인 거야?"

라렌시가 힘겨워 보이는 미소를 짓고 말했다.

"라야, 보고 싶었어. 정말⋯⋯."

그건 어떤 질문의 대답도 되지 못했다.

라야는 라렌시의 눈가에 잔주름이 진 것을 발견했다. 그는 그것이 많이 웃어서 생긴 거라며 자랑스러워했었다. 하지만 지금은 고된 세월의 흔적으로밖에 보이지 않았다. 그의 나이는 라야보다 고작 세 살밖에 많지 않은데, 앞서 십 년은 산 사람처럼 늙어 보였다. 그의 또 다른 자랑이던 보조개도 흉터처럼 보일 정도였다.

라렌시가 물었다.

"너 혼자 여기서 뭐하는 거야? 에드가는 어쩌고?"

"아, 그렇게 됐어."

라야는 말을 돌렸다. 그리고 쪼그리고 앉아 과일을 주웠다. 노란 사과였다. 아침에 호슨한테 노란 사과가 먹고 싶다고 말했었다.

라렌시는 상자를 들어 올렸다. 라야는 라렌시의 팔꿈치를 잡고 그를 골목으로 데려갔다.

인적이 많은 대로에서 벗어난 두 사람은 좁은 골목에 마주 보고 섰다. 라야를 바라보는 라렌시의 눈에 물기가 어렸다. 라야도 눈물이 나려고 했다. 아는 얼굴을 만나자 설움이 북받쳤다.

라야가 말했다.

"아이는 이제 걸어 다닐 나이지?"

"걸어 다닐 나이는 한참 지났지."

"말도 하겠네?"

"그렇겠지."

라야는 라렌시의 대답에서 위화감을 느꼈다. 신경 쓸 정도는 되지 못했다.

라야가 두리번거렸다.

"베니는 어디 있어? 극단 사람들은?"

"극단은…… 없어졌어."

라야의 미소가 얼어붙었다. 초록 눈이 남자의 초췌한 눈을 똑바로 바라보았다. 얼굴은 왜 이렇게 여위었고, 몸은 왜 이리 앙상해진 걸까? 영원히 소년일 것 같던 남자의 변화에 라야가 걱정스러운 얼굴을 했다. 라렌시가 그녀의 마음을 읽은 듯 어색한 미소를 지었다.

라야가 물었다.

"극단이 왜 없어져? 언제?"

"네가 그렇게 가고 나서 얼마 안 있어……."

라렌시가 어물거렸다.

"단원들 사이에 다툼이 있었거든."

"다툼?"

"드레프톡 극장에서 약속을 어겼어. 네가 있는 걸 조건으로 한 계약이란 거야. 선불로 받은 돈을 써버린 단원들도 있어서 몇 명은 빚을 져야 했어."

"……나 때문이구나."

라렌시는 머리를 흔들었다. 고개를 젓는 것도 아니고 끄덕이는 것도 아니었다. 나쁜 생각을 떨쳐내려는 동작 같기도 했다. 라야의 얼굴이 너무 파리해 보였는지, 라렌시가 말했다.

"네가 없어서라는 건 극장 측에서 계약을 깨려고 잡은 꼬투리였을 거야. 단장이 말은 하지 않았지만 왕실이 극장 쪽에 손을 쓴 거 같았어. ……미친 왕이 우릴 죽이지 않은 것만 해도 어디야. 그날 그 인간 기분이 좋았나 봐."

그리고 라렌시는 혼자 웃었다.

라야는 망연자실, 멍한 눈을 하고 벽에 등을 기댔다. 라렌시가 말을 이었다.

"단원들 사이에서 너를 원망하는 사람들이 나왔고…… 그 소리를 들은 단장이 화를 냈어. 그러다가 단장이 타루를 때렸는데, 너도 알지만 타루가 도박을 좀 했잖아. 빚을 졌거든. 그래도 폭행은 있을 수 없다는 단원들이랑 단장 편에 선 단원들이 갈라져서……."

라렌시는 애써 미소를 보였다. 두 손으로 얼굴을 가린 채, 라야는 조용히 있었다. 라렌시는 무거운 상자를 발 앞에 내려놓았다.

"그래서 베니는?"

라야가 다시 허리를 편 라렌시를 보며 물었다. 라야의 얼굴은 라렌시의 얼굴만큼 초췌해 보였다. 그제야 왜 라렌시가 그런 몰골로 이스칸 페렐을 떠돌고 있는지 이해가 갔다.

라렌시는 라야의 눈을 바라보는 채로 잠시 가만히 있다가 말했다.

"극단이 해체되고 모두 뿔뿔이 흩어졌어. 난 일을 구하러 유랑 상인 일을 시작했고. 베니와 아이는 그대로 성도에 있어."

"단장은 어디로 갔는지 알아?"

라렌시는 어깨를 으쓱했다.

"싱클레어는?"

"몰라."

생각에 잠긴 라야가 느릿하게 말했다.

"그래. 정말 모두 흩어졌구나. ……새로운 일은 할 만해?"

라렌시는 두 손으로 허리 뒤를 짚으며 발끝으로 상자를 툭 쳤다. 그가 고개를 저었다.

"말이 유랑 상인이지 유랑만 하고 있어. 얼마 못 벌어. 잡역부로 일하다가 식당 허드렛일 하다가 돈이 모이면 다른 곳으로 가고 그런 거지. 아…… 정신머리 하고는!"

갑자기 서두르는 모습으로 라렌시가 상자를 들고 골목을 뛰쳐나갔다. 대로로 나가자마자 찾는 사람을 발견했는지 라렌시가 비굴한 미소를 지어 보이며 그쪽을 향해 고개인사를 했다. 라렌시가 웃는 얼굴 그대로, 쫓아 나오는 라야를 돌아보았다.

"오늘 일을 구하고는 오늘 잘릴 뻔했네."

라야는 라렌시가 달려가는 방향을 보았다. 그리고 비명을 질렀다.

호슨이 화난 얼굴로 라렌시를 노려보고 있다가 라야를 발견하고는 기함하며 소리쳤다.

"아가씨!"

라야는 급히 몸을 돌려 반대 방향으로 도망쳤다.

아일, 어쩌지? 내 운이 바닥나버렸나 봐.

호슨은 발로 반쯤 열려 있는 방문을 열었다. 라야의 몸에 감히 손을 대서 미안하다는 건지 탈출을 막아서 미안하다는 건지, 연신 미안하다는 말을 뱉으며 호슨은 라야를 안아 들고 소파로 갔다. 그러고는 순종적인 하인처럼 그녀를 내려놓았다.

그렇게 여섯 번째 탈출도 실패로 돌아갔다.

이쯤 되니 라야는 호슨이 일부러 어수룩한 척하는 건 아닌가 하는 의심이 들었다. 호슨은 항상 기가 막힌 타이밍에 나타나 그녀를 막아섰다.

"호슨, 부탁이에요. 쿠스친은 날 이곳 경비대장에게 넘기려고 해요. 당신도 들었잖아요."

"죄송해요, 아가씨."

"경비대장 손에 넘어가면 난 꼼짝없이 왕에게 끌려갈 거예요. 경비대장이 당신들처럼 날 정중히 대해줄 거라고 생각해요? 아마 아닐걸요? 왕이 어떤 자인지 알아요? 나는 그 사람을 만나봤어요. 희대의 미친 인간이라고요."

"죄송해요, 아가씨."

"내가 가게 도와줘요. 아니, 도와주지 않아도 괜찮아요. 그냥 모른 척만 해줘요."

"죄송해요, 아가씨."

"빌어먹을, 그놈의 죄송하다는 소리 좀 그만할 수 없어요? 죄송하다는 소리 지긋지긋해요! 쿠스친은 악당이야! 당신은 날 납치했고! 착한 척 굴지 마요. 점잖은 척하면서 날 가지고 놀지 말라고! 왕한테 가든 어디로 가든 난 농락당하고 모욕을 당하다가…… 그래, 가자마자 죽는 건 가장 나은 경우죠. ……제발요, 호슨. 다른 건 몰라도 그 사람한테 짐이 될 수는 없어요. 그 사람을 괴롭히는 데 내가 이용될 수는 없어."

호슨이 눈물을 뚝뚝 흘렸다.

"죄송해요, 아가씨."

라야는 힘없이 쿠션 위로 엎어졌다. 호슨은 큰 손으로 눈을 비볐다.

"전 머리가 나빠서 어떤 게 나은지 몰라요, 아가씨. 하지만 이건 알아요. 주인님은 좋은 분이고 아가씨도 좋은 분이라는 거요. 전 주인님이 결국엔 좋은 선택을 하시리라 믿어요."

쿠션에 얼굴을 묻은 라야가 알았다는 듯이 손을 저었다. 나가라는 뜻으로 이해했는지 호슨은 주뼛거리다가 눈물을 닦으며 방을 나가려 했다. 그러다가 다시 돌아와서는 창문을 닫았다. 고리까지 채웠다. 그리고 '자물쇠를 달까?' 고민하는데, 쿠스친이 방문을 열어젖히고 급한 걸음으로 들어왔다.

"알고 있었습니까?"

라야는 쿠션에 뺨을 댄 채 고개를 돌렸다. 절망과 그리움이 눈물이 되어 그녀의 눈에 맺혀 있었다.

"에드가…… 클레이모어 경의 계획을 알고 있었습니까?"

라야는 천천히 몸을 일으켜 앉았다. 이건 또 무슨 수작일까 하는 눈이었다.

쿠스친은 그 눈에서 라야가 아무것도 모른다는 것을 알아챘다.

"클레이모어 경이 반란을 일으켰습니다."

갈라마 인들의 신들은 죽음 또한 인간들의 선택에 맡긴다. 그래서 갈라마 인들은 살아가는 동안에도 이대로 계속 살 것인지 죽을 것인지 끊임없이 스스로에게 질문을 던진다. 그들은 결백, 민족적 자긍심, 충성 등을 증명하기 위해 목숨을 끊는 행동도 서슴지 않았다. 생명력이 다해 죽는 순간이 오면 갈라마 인들은 선택해야 했다. 죽음을 선택한다면 신의 곁으로 가게 되고 삶을 선택한다면 다음 생을 새로이 살게 된다는 것이 갈라마 인들의 믿음이었다.

차이드 인들의 신은 삶과 죽음의 경계를 두지 않는다. 삶이 계속될 뿐이다. 이 생이 끝나면 다음 생이 시작된다. 죽음은 다음 생으로 가기 위한 휴식이지 영원한 단절은 아니었다. 이 생에서 헤어진다고 해도 그 인연은 다음 생에서 이어질 수 있는 것이니, 차이드 인들은 죽음 앞에 많은 눈물을 흘리지 않았다. 이별이 아쉬워 짓는 눈물이고, 그리워 짓는 눈물일 뿐.

다이런 인들이 믿는 신들은 인간이 스스로 목숨을 끊는 것을 용서하지 않았다. 삶은 한 번뿐이며, 신들이 인간에게 준 기회 또한 한 번뿐이다. 삶이 괴로워 목숨을 끊는다면 지옥에서 그 이상의 괴로움을 겪게 된다는 것이 다이런 인들의 믿음이었다.

아일은 죽을 수 있다면 일찍이 죽어버리고 싶었다. 라야를 알기 전만해도 그런 생각을 안 하고 넘어가는 날이 없었다. 그는 자신의 복잡한 운명이 소용돌이처럼 다른 사람들의 운명까지 끌어당길 것을 염려했다. 그래서 모든 게 두려웠다. 죽는 것도, 사는 것도, 사랑하는 것도, 사랑받는 것도. 그리고 사랑하지 않는 것도.

아일과 르웨이는 성의 복도를 걸었다. 폭이 넓지만 어두운 복도였다. 와이즈 주에 있는 성 중 가장 역사가 오래되었다는 이곳은 방 숫자로 기록을 세울 셈이었는지 엄청난 수의 방문들이 도열한 기사들처럼 긴 복도를 따라 늘어서 있었다. 그 사이엔 빈 공간 하나 없었고 창문은 복도 끝에 있는 것이 전부였다. 이 성을 설계한 건축가는 어둠을 성 안에 가둬둘 생각이었던 듯싶다.

두 사람의 힘 있는, 조금은 급한 발소리가 복도에 울려 퍼졌다. 그리고 기침 소리도.

"감기야?"

르웨이가 물었다. 아일이 손을 저었다.

"계속해."

목이 잠겨 있었다.

"공화파 쪽은 자네가 성문 앞에서 노크만 해도 비켜나줄 분위기야."

사흘간 잠을 거의 못 잔 르웨이 역시 잠긴 목소리를 냈다.

"내가 편지로 말했던가? 공화파 중에서도 온건한 편이었던 로잔젤로스 경도 강경으로 돌아섰어. 그의 비서관이 황궁에서 귓속말을 했다고 신성 재판소로 끌려가 사형을 당했거든."

아일은 벽과 경계가 없어 보이는 어둑한 천장을 올려다보며 걸었다. 왕의 창백한 얼굴이 떠올랐다.

"귀가 밝은 놈 같긴 했어."

"신분은 다르지만 로잔젤로스 경과 비서관은 의형제 같은 사이였다나 봐. 그 덕이라고 하긴 고약하지만 덕분에 기번 북부 쪽은 로잔젤로스 경의 도움을 많이 받았어. 왕의 목을 단두대에 올려놓기 전, 팔 하나는 제 몫으로 달라더군."

잿빛 눈동자 위로 분노의 기색이 스쳤다.

"다리 한쪽은 내 거야."

왕에게 원한을 가진 이들의 상처는 깊이만 다를 뿐 비슷한 모양을 하고 있었다. 르웨이의 상처도 얕지는 않았다. 멀쩡히 일상생활을 히다가도, 지난 이 년간 에드가의 입이 되어 역모를 모사하는 동안에도 죽은 스승과 세르노다 때의 일이 불쑥불쑥 떠오르고는 했다. 그러면 당시 느꼈던 무력감과 왕에 대한 적의가 되살아났다. 분노가 바로 새것처럼 솟구쳤다.

아일이 중얼거렸다.

"손가락, 발가락도 경매에 부쳐야겠군."

르웨이가 입술을 끌어올렸다. 마른 목소리에 겨우 웃음이 섞였다.

"오히려 애매한 반응을 보이는 건 그하마와 투렝, 디어바흐 쪽이야."

"……시민 도시들이군."

"'완전히 바뀌지 않을 바에야 그대로 있어라.' 돈 많은 평민들 생각이 그렇지 뭐. 왕이 바뀐다고 해도 그들의 입장에선 달라질 게 없다는 거야. 불확실한 위험은 감수하기 싫다는 거지.”

아일이 조소를 흘리며 멈춰 섰다.

“우리를 떠보는 거잖아. 장사치들이라 그런지 거래하려고 드는 버릇이 몸에 뱄군. 뭘 내놓으래?”

“민회의 발언권을 높여달라는 거지. 하지만 그걸 받아들인다면 왕정파 쪽은 설득하기가 더욱 힘들어져.”

“그들이 어떻게 감히 그런 거래를 제안할 수 있는지 알아?”

아일의 목소리가 속삭임에 가깝게 낮아졌다.

“그들은 진짜 전쟁터에 서본 적이 없거든. 내가 군사를 끌고 가 성문 앞에 서도 여전히 주사위를 굴리며 시시덕댈 수 있을까.”

르웨이는 자신의 목울대가 너무 크게 오르내리지 않았길 바랐다. 왜 아직도 민회를 설득하지 못했냐고 문책받는 기분이었다.

아일은 드러냈던 이를 숨기고 다시 걸었다. 르웨이가 쫓아가며 물었다.

“페렐 쪽은 그렇다 치고 모뤄 쪽은 어쩔 거야? 크롬헬의 반응은 어때?”

“6대 4 정도야.”

“우리가 4는 아니겠지?”

“6이야.”

아일이 딱 잘라 말했다. 르웨이는 고개를 주억거렸다.

“4는 모뤄 선제후가 서는 쪽에 서겠다는 거잖아? 그래도 우리가 6이라 다행이군.”

“그 4에 모스라테 장군과 네이본 장군, 카바딘이 속해 있어.”

르웨이가 탄식하고 말했다.

“하여간 노인네들, 고집 하고는. 그 세 명이 모뤄 쪽에 선 걸 알면 우리 쪽에서도 흔들릴 인사들이 나올지도 모르겠군."

"내가 모뤄 선제후를 만나보지."

아일의 말에 르웨이가 기함하며 멈춰 섰다.

"자네 사지를 아작내고 침대에 묶어놓겠다고 한 양반이야."

"영원히 안 만날 수는 없잖아."

"아, 말이 나와서 말인데, 리디아 말이야…… 그녀와 관련해서 최근에 이상한 소문이……."

누군가가 달려오는 걸 본 르웨이는 입을 다물었다. 아일은 르웨이를 흘깃 쳐다보고는 앞쪽을 보았다.

거의 어깨를 부닥치며 달려온 메이튼과 란겔은 도착해서도 앞 다투어 뭔가를 말하려고 했다. 말이 자꾸 겹쳤다. 메이튼이 란겔을 쏘아보자 란겔이 양보한다는 듯 손을 흔들었다. 메이튼이 빠르게 말했다.

"부인의 행적을 찾았습니다."

"어디?"

아일은 금방이라도 튀어 나갈 것처럼 되물었다.

"유랑 상인들에게 밤의 경계라는 이름에 대해 물어봤죠. 그런 지명, 그런 이름이 붙은 조직이나 건물은 들어본 적이 없다더군요."

"진작 제게 물어보셨더라면 더 빨리 찾아낼 수 있었을 텐데."

란겔이 메이튼의 말을 가로챘다. 메이튼이 곱지 않은 눈길로 노려보았지만, 란겔은 팔짱을 끼고 계속 말했다.

"부인께서 간 곳이 르반테 섬이고 아시다시피 저희도 그곳을 지나왔지요. 저희가 마이카 섬으로 출발하기 전 르반테 섬의 부두에는 저희 배 말고도 배 한 척이 더 정박해 있었습니다. 그 배의 이름이 밤의 경계입니다."

"배?"

"예. 특이한 이름이라 기억하고 있습니다. 타본 지역을 다니는 유랑 상인들을 찾아 밤의 경계라는 배에 대해 아는 게 있냐고 물어봤습니다. 아는 인간들이 있더군요. 다이런 출신의 상인이 그 배의 주인이랍니다."

메이튼이 어깨로 란젤을 밀치며 끼어들었다.

"쿠스친이란 자입니다. 평민 출신인데 스스로를 대상인이라고 부르고 그것에 딱히 이의를 제기하기 힘들 만큼 성공한 인간이라고 합니다. 삼 년 전에 부인이 죽었는데 그 뒤로는 집에 들어가지도 않고 일에만 매달린답니다. 반년 전부터는 배를 타고 타본을 떠돌고 있고요. 하지만 한 달 전에 다이런으로 돌아오겠다는 전갈이 왔답니다. 몇 주 전, 차 밭을 매매하는 일로 쿠스친을 만났다가 그가 웬 여자를 데리고 있는 걸 본 사람이 있습니다. 여자의 인상착의는…… 아시는 그대로입니다. 거점은 호바르 페렐입니다."

"페렐……. 왜 하필 페렐이야."

말은 그렇게 하면서도 아일은 이미 페렐을 향해 걸어가고 있었다. 르웨이가 아일의 팔꿈치를 붙잡았다.

"어디 가려고? 지금 호바르에 가겠다는 건 아니겠지? 페렐 쪽은 이미 전쟁 태세야. 금발을 한 남자가 페렐 주에 발을 딛기만 해도 사방에서 화살이 쏟아질 거라고. 자네는 일단 모뤄 선제후를 만나러 가. 그게 순서에 맞아."

"순서? 지금 순서랬어?"

르웨이는 금빛 눈이 쏟아내는 거친 감정에 휘말리지 않기 위해 안간힘을 썼다. 가슴에 돌을 하나 얹고 르웨이가 말했다.

"그래. 그게 우선순위야. 자네가 페렐 쪽으로 움직인다는 얘기가 저쪽 귀에 들어가면 왜인지 이유들을 궁금해할 테고, 자네 부인이 페렐에 있다는 걸 저쪽이 눈치채기라도 하면 그녀가 더 위험해져. 알고 있잖아?"

르웨이를 노려보는 채로 아일은 엄지로 약손가락에 끼고 있는 반지를 가만히 매만졌다.

메이튼과 란겔은 눈치를 보며 뻘쭘하게 서 있었다.

잠시 뒤 아일이 둘의 이름을 부르고 돌아섰다. 아일은 검지와 중지를 세워 메이튼과 란겔의 얼굴에 겨냥하고 말했다.

"너희 둘이 직접 가서 라야를 데려와. 너희들이 직접 가야 해."

메이튼이 고개를 끄덕였다.

"알겠습니다."

란겔이 대답했다.

"명을 받잡지요."

아일이 르웨이를 보았다.

"너는 루바헨으로 가."

르웨이가 어리둥절한 얼굴로 두 팔을 벌렸다.

"루바헨? 루바헨엔 왜 가야 해?"

"가서 공화파의 입을 만나봐."

"샤모아 의원?"

"시민 도시들 쪽을 설득하는 데 그가 도움이 될 거야."

"그런데 모뤄 선제후를 어떻게 설득할 생각이야?"

"그건 내가 알아서 하지."

쿠스친은 소파에 앉아 있는 라야를 앞에 두고서 방 안을 왔다 갔다 했다. 호슨은 창가에 서서 불안한 눈으로 주인을 바라보았다. 록사나도 외출을 했던 쿠스친이 심상찮은 표정으로 돌아와서는 빠르게 라야의 방으로 가는 것을 보고는 그를 쫓아 방으로 왔다. 테이블에 노란 사과가 담긴 바구니를 내려놓은 록사나가 호슨에게 눈으로 무슨 일이냐고 물었다. 호슨은 울상인 얼굴로 고개를 저었다.

쿠스친이 걸음을 딱 멈추더니 머리를 휙 돌려 라야를 보았다.

"안 그래도 이상하다고 생각했죠."

상인의 갈색 눈이 영리하게 반짝였다.

"에드가 정도면 크롬헬이 자신을 쫓는다는 걸 모를 리 없을 텐데 왜 그렇게 흔적을 남기고 다닐까. 크롬헬 출신들이 추적에도 일가견이 있다면 에드가 또한 흔적을 지우는 것이 어렵지 않을 텐데 왜 그렇게 발자국을 남기고 돌아다니는 걸까. 그래서 추적대가 애먼 남의 밭을 태우게 만드는 걸까."

라야에게 질문을 던지는 것이 아니었다. 생각에 빠진 남자의 혼잣말이었다.

쿠스친이 손가락을 튕겼다.

"일부러 그랬던 거예요."

라야는 담담한 표정으로 쿠스친의 말을 들었다.

그렇지? 어서 동의하라는 듯 쿠스친이 손가락을 흔들었다.

"당신과 에드가는 일 년 동안 타본의 북서부 쪽을 돌아다녔죠. 그리고 일 년 전쯤 타본과 옛 차이드의 경계 지점에서 종적이 묘연해졌고요. 당연히 추적대는 차이드 지역과 타본으로 뿔뿔이 흩어졌습니다. 왕의 병력이 빠져나간 만큼 국내는 한산해졌지요. 에드가에게 집착하는 왕의 눈이 다이런 내부가 아닌 바깥을 향한 거예요."

"쿠스친."

라야가 차분한 목소리로 쿠스친을 불렀다. 하지만 지금 쿠스친의 귀에 다른 이의 목소리는 들리지 않는 듯했다. 그는 자신의 추리에 도취되어 있었다.

"덕분에 세르노다 일 이후로 고사 직전이었던 공화파들은 숨이 트였지요. 일을 꾸미기가 편해진 거예요. 괜찮은 생각이었어요. 누군가가 나에게 집착한다면 나 역시 내 살덩어리를 떨궈서라도 주의를 돌리게 한 뒤 그의 뒤통수를 칠 겁니다."

쿠스친이 라야에게 달려들 듯 다가왔다. 그가 라야의 얼굴 앞에 얼굴을 바짝 들이밀고 말했다. 그는 웃고 있었다. 즐거워 보였다.

"당신도 몰랐을 거예요. 당신은 전혀 알지 못했어. 그렇다면…… 당신과 에드가가 한곳에 오래 머물렀던 건 과연 에드가의 의도일까요?"

"……."

"어쩌면 처음엔 그렇게 오래 머물 생각이 아니었는지도 몰라요. 진작 섬을 나갔더라면 붙잡히지도 않았을 테고 역모를 꾸밀 시간도 이보다는 여유로웠겠죠. 이렇게 빨리 붙잡힌 건 그의 의도가 아니었을 거예요. 그래요, 내 생각은 이렇습니다. 그는 마이카 섬에서도 그리 오래 있을 생각이 아니었는데 도중에 마음을 바꾼 거예요. 뭣 때문이었을까?"

"쿠스친."

"역모고 뭐고 당신과 그 마을에서 영원히 그렇게 사는 것도 좋겠다, 그런 생각이 든 건지도…… 모르죠. 에드가의 입과 손들이 국내에서 일을 꾸밀 시간이 좀 더 넉넉했더라면 좋았을 텐데. 어쨌든 그는 추적대에게 붙잡혔고 일은 벌어졌죠. 호슨, 어서 가서 경비대장을 불러와요."

쿠스친이 라야를 향해 미소를 가득 담은 얼굴을 돌렸다.

"라야, 우리는 여기서 이만 헤어져야겠군요. 당신을 데리고 움직이는 게 위험한 일이 되어버렸어요. ……뭐하고 있어요, 호슨? 얼른 가서 경비대장을 데려와요."

호슨은 어쩔 줄 몰라 하면서 라야의 뒷모습을 쳐다보았다가 주인을 보았다가 혼란스러워했다. 쿠스친이 한 번 더 재촉하자 호슨은 라야와 눈을 마주치고는 눈물을 글썽이며 방을 나갔다. 쿠스친이 문가에 서 있는 록사나를 보았다.

"짐을 꾸려요. 윈터스 양을 넘겨주고 우리는 이곳을 떠납시다. 이곳이 전쟁터가 되기 전에."

"쿠스친."

라야가 좀 더 강하게 쿠스친을 불렀다. 쿠스친이 말을 멈추고 라야를 보았다. 라야는 두 손을 겹쳐 다리 위에 올렸다. 그녀가 단정한 목소리로 말했다.

"초대 에드가의 부인은 사라진 라타니아 왕녀가 맞아요."

쿠스친이 눈을 깜박였다.

"그걸 모르는 사람도 있답니까?"

"알지만 진실처럼 얘기해서는 안 되죠. 진실이라는 확신도 없고요. 아일 에드가의 부인으로서 제가 그 확신을 드리죠. 초대 에드가의 부인은 라타니아 왕녀가 맞고 클레이모어가에는 왕가의 피가 흐릅니다."

쿠스친의 입이 헤벌어지면서 그의 턱도 살짝 치켜 올라갔다.

그가 짧게 고개를 끄덕였다.

"좋아요. 좋은 정보 고마워요. 작별 선물이라고 생각하죠."

"아니요. 이건 작별 선물이 아니에요, 쿠스친. 난 왕에게 가게 되면 이 진실을 당신에게 알렸다고 말할 겁니다. 이것을 알게 된 사람은 무슨 수를 써서라도 왕가나 클레이모어가의 사람이 되어야 하죠. 그렇지 않으면 그들에 의해 목숨을 잃게 돼요. 이 사실을 안 그들이 당신을 죽일 겁니다."

쿠스친은 입을 소리 없이 열었다가 닫았다가를 반복했다. 라야는 뒤틀린 웃음을 눌렀다. 일 분 전보다 세 배는 멍청해진 듯한 쿠스친의 표정을 보니 우울한 기분이 조금 가셨다. 미간을 확 구긴 쿠스친이 말했다.

"이런다고 내가 당신을 경비대장에게 넘기지 않을 거라고 생각합니까? 내가 당신을 여기서 죽일 수도 있는데?"

라야가 고개를 살짝 숙이며 미소를 지었다. 상대가 생각에 빠지게끔 만드는 의도적이고 연극적인 제스처였다.

"더 좋은 방법을 가르쳐줄게요, 쿠스친. 우리 두 사람 모두에게 유익한 방법. 위험하지만 당신이 정말 대상인이라면 해볼 만한 거래예요."

어디 한 번 말해보라는 듯이, 쿠스친이 수그렸던 몸을 일으키며 팔짱을 꼈다.

라야가 말했다.

"날 그 사람한테 데려다줘요."

"……클레이모어 경한테 말입니까?"

"왕가, 클레이모어가, 모뤄가가 아닌…… 아일 에드가가 당신에게 빚을 지게 하세요. 그 사람은 왕이 될 겁니다."

쿠스친이 웃었다.

"대체 무슨 자신으로……."

"그 사람은 그럴 수 있어요. 할 수 있고말고요. 그 사람을 가장 가까이에서 지켜본 내가 알아요. 그 사람은 그럴 능력이 있고 그럴 기회 또한 있었지만 나 때문에 그러지 않았던 거예요. 내가 원하지 않았고 그 사람이 진정으로 원하지 않았으니까. 이제 그 사람이 원하고 나는 지금 그를 말릴 수 없죠. 이제는 나도 말릴 생각이 없어요. 그렇다면 그는 왕이 될 겁니다. 그 사람은 누구보다 신중한 사람이고, 일을 벌일 때에는 그만큼 자신이 있기 때문이에요. 쿠스친, 왕이 될 자에게 빚을 하나 안길 기회입니다."

쿠스친은 자기도 모르게 침을 삼키며 가슴을 쫙 폈다.

왕이 될 자에게 빚을 안길 기회.

그 말이 귓전을 때렸다. 몸에 소름이 돋았다.

라야는 쿠스친의 가슴에 불길이 요동치는 순간을 놓치고 싶지 않았다. 그녀가 재빨리 말했다.

"쿠스친, 나를 그 사람한테 데려다줘요."

쿠스친은 팔짱을 낀 채 손가락으로 팔뚝을 두드렸다.

"……정말 말도 안 되는 소린데."

쿠스친은 1인용 소파에 가 앉았다. 그리고 미간에 깊은 주름을 잡으며 실눈을 떴다.

"그런데 솔깃하다는 게 믿기지가 않는군요. ……하지만 라야."

쿠스친은 손가락으로 턱을 받치며 고개를 기울였다.

"이런 생각을 해본 적 있나요? 인간은 자신의 자리가 바뀌면 옆자리에 앉은 사람 또한 바꾸고 싶어 합니다. 손에 쥔 것, 주머니의 무게, 등에 닿는 의자의 감촉이 달라지는 것만으로도 어려운 시절부터 함께해온 여자를 모른 체할 수 있어요."

"경험에서 나온 말인가요?"

"……피차 도발은 그만두죠. 난 지금 큰 거래를 하기 전 상대의 신용을 확인하고 있는 중입니다. 라야, 다시 묻겠습니다."

쿠스친은 말을 느리게 해 라야가 의심에 빠질 시간을 주었다.

"클레이모어 경이 왕이 됐을 때에도 당신을 부인으로 두려고 할까요? 좀 더 힘 있는 가문의 여성을 부인으로 맞이하려 하지 않을까요? 지금도 클레이모어 경이 당신을 원한다고 확신합니까? 내가 괜한 고생을 하게 될까 봐 그러……."

"네, 확신해요."

흔들림 없는 목소리가 대답했다.

멈칫했던 쿠스친이 이내 고개를 흔들었다.

"이런 말을 들어본 적이 있는지 모르겠군요. 사랑하는 여자를 매일 밤 품고 싶다면 왕보다는 재단사가 되는 편이 낫다. 클레이모어 경이 당신을 여전히 원한다고 해도 주위 사람들이 당신을 그의 여자로 쉽게 인정하지 않을 겁니다."

"그들도 인정해야 할 겁니다."

쿠스친이 싱긋이 웃었다. 그리고 여유 있는 척 다리를 꼬며 소파에 등을 기댔다. 그가 거래 조건을 조율할 때 잘 취하는 자세였다. 어디 한 번 날 꼬여봐. 그렇게 몸짓으로 말하면 상대방은 그의 마음을 사기 위해 온갖 아부와 설득, 협박 따위를 중언부언하다가 자신의 밑바닥을 드러내고는 쿠스친에게 유리한 조건의 계약서에 자포자기하듯 서명을 했다.

쿠스친이 심술궂은 미소를 짓고 말했다.

"이번엔 또 무슨 자신으로 그런 말을 하는 건지 대답이 심히 궁금하군요."

그리고 다음 순간, 쿠스친은 튕기듯 몸을 일으켰다.

"제가 그의 아이를 가지고 있으니까요."

71

아일과 라야가 마이카 섬을 떠나려는 계획을 본격적으로 세우고 있을 때였다.

"아이를 가졌구나. 축하한다, 라야."

마을 여자들과 그물을 짜던 도중 라야가 지나가는 말로 달거리가 없다는 말을 했는데, 산파 경험이 많은 로잔 할멈이 맥을 짚어보고 얼굴을 살펴보고는 몇 가지 질문을 하더니 그렇게 말했다. 임신이라고.

마을 여자들은 모두 자기 일인 양 기뻐하고 축하했다. 페린느는 조카의 임신 소식을 들은 것처럼 눈물을 글썽이며 라야를 안았다.

"너를 닮았든 네 남편을 닮았든 아이는 엄청 미인일 거야."

라야는 멍한 표정이었다. 아일의 아이를 가졌으면 하는 바람을 안 품은 건 아니지만 생각보다 너무 일찍 찾아온 소식이었다. 너무 늦게 찾아온 소식인가? 떠나기 좋게 좀 더 일찍, 아니면 조금만 더 늦게 찾아오지 그랬니, 아가야.

그런 생각을 하고 라야는 자신이 온전히 임신 사실을 기뻐하지 않았다는 것이 찔려 속으로 미안하다는 말을 속삭였다. 집으로 향하는 길에 옷 위로 아직 납작한 배를 문질러보았다. 네가 찾아온 게 기뻐, 아가야. 그제야 웃음이 나왔다.

라야는 아일에게 선뜻 임신 사실을 고백하지 못했다. 저녁 식사를 준비하는 내내 생각에 빠져 있는 라야를 아일은 이상한 눈으로 지켜보았다.

그가 기쁜 표정을 짓지 않으면 어떡하지? 왜 하필 지금 아이를 가졌냐고 하면 뭐라고 대답하지? 아이를 원한 적은 없다고 하면 어쩌지? 아니야, 그렇지는 않겠지만⋯⋯.

"라야, 마을 사람들이랑 무슨 일 있었어?"

"응?"

라야는 숟가락질을 멈추고 아일을 보았다. 그녀는 수프 그릇에 숟가락을 담갔다가 입술에 붙이기만 하고 식사를 거의 하지 않고 있었다. 아일은 그녀가 섬을 곧 떠날 것이 심란해 그런 건 줄로만 알았다. 라야는 수프 그릇을 내려다보았다. 덜컥, 말이 나왔다.

"아이를 가졌대요."

아일은 침착하고 단정한 얼굴로 라야를 바라보았다. 잠깐 침묵이 흘렀다.

그가 물었다.

"누가?"

"내가요. 아이를 가졌대요. 임신했다고요."

아일은 입을 살짝 벌렸다가 그대로 닫았다. 그리고 한동안 침묵했다.

그가 놀라 팔짝 뛰거나 소리를 지르는 식으로 반응할 거라고는 기대도 안 했다. 아일 에드가는 그런 남자가 아니었다. 그의 초연한 반응에 라야의 불안이 커졌다.

그녀는 때때로, 조용히 있는 그의 눈 속에서, 잠들기 전 천장을 보고 있는 그의 옆얼굴에서, 소박한 삶과 회색빛 세월로도 닳게 하지 못하는 강렬하고 검질긴 기운을 발견하고는 했다. 그럴 때마다 라야는 세상이 그녀에게 일러주려고 하는 것만 같았다. 아일 에드가는 이런 곳에서 은둔하며 범인의 삶을 사는 것이 어울리지 않는다고.

결국 라야가 울먹였다. 아주머니들이 임신을 하면 감정이 불안정해진 다더니 벌써부터 그런 걸까. 울 생각은 아니었는데, 가만히 있는 아일을 보니 눈물이 뚝뚝 떨어졌다. 아일이 깜짝 놀라 일어나 다가왔다. 무릎을 꿇은 그가 의자에 앉은 라야의 몸을 돌려 앉히고는 말했다.

"왜 울어?"

라야가 아이처럼 손등으로 눈물을 훔쳤다. 아일이 물었다.

"내 반응이 늦어서?"

라야가 고개를 끄덕였다. 아일이 웃었다.

"기뻐. 정말 기뻐."

"그런데 왜 그렇게 반응이 뜨뜻미지근해요."

라야가 손바닥으로 눈을 문지르며 볼멘소리를 냈다.

"난 이렇게……."

아일이 쑥스러운 미소를 짓고 말했다.

"기쁘고 반가운 소식을 들어본 일이 별로 없어서…… 어떻게 반응해 야 할지 몰라서 그런 거야."

이번엔 기쁘고 반가운 소식을 별로 들어본 일이 없다는 그가 가여워 서 울음이 터졌다. 라야는 행복하고 속상한 마음을 동시에 느끼며, 그런 자신이 정말 이상하다고 생각하며 아일의 품에 안겨 울었다. 아일이 그 녀의 머리에 입술을 문지르며 속삭였다. 좀 더 있자. 이곳에 조금만 더 있자.

……그러지 말았어야 했다.

방의 전경이 눈에 들어오기도 전에 모뤄 선제후의 고함이 들려왔다.

"감히!"

아일은 머리를 슬쩍 기울였다. 찻잔이 머리가 있던 곳을 지나가 문에 부딪쳐 깨졌다. 허공에 찻물을 뿌리며 또 다른 찻잔이 날아들었다. 아일은 그마저도 피했다. 차 테이블을 박차고 일어난 모뤄 선제후가 노성을 질렀다.

"내게 그런 짓을 하고도 네놈이 여기 올 생각을 해?"

아일은 좋은 시작이라고 생각했다. 모뤄는 아일이 반란을 일으켰다는 것보다 자신의 딸과 가문, 그리고 무엇보다 자신에게 모욕을 주었다는 것에 더 분노하고 있었다.

아일은 묵례를 했다. 선제후를 향해 한 번, 그리고 소파에 앉아 상황을 지켜보고 있는 모뤄 부인을 향해 또 한 번. 그 차분한 인사가 모뤄의 화를 더 키운 모양이었다. 모뤄가 눈에서 불을 뿜으며 접시를 집어던졌다. 아일은 모뤄의 화를 가라앉히기 위해 한 번쯤 맞아줄까 생각했다. 그래서 피하지 않고 그대로 서 있었다.

접시는 그에게 닿지 못했다.

참모인 마렉이 팔을 들어 아일의 얼굴로 날아오는 접시를 막았다.

접시가 단단한 팔에 부딪쳐 박살 나고 마렉의 팔에는 생채기가 났다.

아일은 발끝에 닿는 사기 조각을 바라보았다. 발을 슬쩍 움직여 조각을 지르밟았다.

눈길을 들어 피가 흐르는 마렉의 팔을 보고, 이윽고 얼굴을 보았다. 마렉의 무뚝뚝한 얼굴 아래에는 아일을 향한 충심이 있었다. 아일이 부러 엄하게 말했다.

"마렉, 네가 끼어들 자리가 아니다."

마렉은 순순히 고개를 숙이며 아일이 원하는 말을 내놓았다.

"죄송합니다, 장군. 무례를 용서하십시오, 모뤄 경, 그리고 모뤄 부인."

그러고는 상처에서 흐르는 피를 다른 손으로 쓱, 닦아내고는 대수롭

지 않은 표정으로 문 옆에 가 섰다. 아일은 조용조용한 어투로 대화의
문을 열었다.

"모뤄 경."

"내가 네놈을 얼마나 아꼈는데!"

"들으셨는지 모르겠지만, 닷새 전 디어바흐 근처에서 카바딘 장군의
예하 부대가 저의 군대와 충돌했습니다."

"그런 식으로 내 뒤통수를 치고도 잘도 내 앞에 그 뻔뻔스러운 낯짝을
들이밀어!"

"저는 싸움을 되도록 피하라 하였지만 아시다시피 카바딘의 성격이
다소 성급하고, 불같지요. 카바딘의 그런 점을 싫어하지 않습니다."

"감히 일반 제후 가문 출신이, 일개 장군 따위가, 선제후 가문의 존엄
을 모독하고, 그 구성원을 욕보여! 네놈은 네 조상들이 인내와 피로 닦
아 온 가문의 명예까지 더럽힌 거야."

두 사람의 모습은 각자 다른 연극의 대본을 읽고 있는 듯 보였다. 아
일은 이 상황이 슬슬 짜증이 나기 시작했다. 시간 낭비는 질색이다. 아
일이 지루한 공방을 걷어차듯 말했다.

"카바딘의 항복을 받아냈습니다."

그 말에 모뤄의 눈이 흔들린 것 같기도 했다.

"고집 있는 친구다 보니 모뤄 경의 허락 없이는 앞에 나서서 저를 지
지하지는 않겠다더군요. 대신 카바딘의 병력을 인계받았습니다. 구튼
페렐까지 진군해 있는 베리달 장군과 노카 장군의 병력까지 합친다면
페렐의 남부도 보름 안에 큰 피해 없이 점령할 수 있을 겁니다. 성도까
지도 머지않았습니다."

모뤄의 입술이 달싹거렸다. 할 말이 많은데 망설이는 기미가 역력했
다. 눈치를 살피듯, 모뤄가 부인 쪽을 보았다. 아일도 모뤄 부인 쪽을 쳐

다보았다. 대놓고 화를 내고 있는 모뤄 선제후보다 표정 없이 잠자코 있는 모뤄 부인 쪽이 더 불편했다.

화를 냈던 게 정말 연기였던 듯, 모뤄는 콧숨과 함께 분기를 거뒀다.

"도움을 구걸하러 왔으면 빈말로라도 사과부터 해야지."

모뤄는 부인이 보는 앞에서 아일에게 화를 내야 했다. 한 가문의 수장으로서 반란을 일으킨 젊은 장군에게 따질 말도, 떠볼 말도, 질문할 것도 산더미였지만 일단 가장 노릇부터 해야 했다. 아일이 무표정하게 말했다.

"비럭질을 할 성격은 못 됩니다. 모뤄 경께서도 거저 무엇을 주실 분이 아니란 걸 압니다. 원하시는 것을 말씀하십시오."

아일이 선뜻 본론을 꺼내자 모뤄 쪽에서 말문이 막혔다.

아일은 모뤄 성까지 오는 동안 감을 잡았다. 모뤄 선제후가, 소문에서처럼 에드가를 씹어 먹을 듯이 증오하게 된 것은 아니란 것을. 그랬다면 이곳 성까지 모뤄 주를 최단 거리로 가로질러 그리 쉽게 올 수도 없었을 것이다.

페렐 가문과 함께 정통 왕정파로서 당연히 왕의 편에 설 것이라는 세간의 예상과 달리, 아일은 모뤄가 어느 편에 설지 견주고 있을 것이라고 짐작했다. 성도에서 긴급 공회가 소집된 지 한참이 지났는데도 모뤄 선제후가 그대로 성에 남아 있는 것도 그가 아직 선택을 고민 중이라는 뜻이었다. 그리고 그 짐작이 맞았다.

모뤄는 다시 소파에 가 앉았다. 흘깃, 부인을 쳐다본 모뤄가 이마를 문지르며 믿기 힘들다는 말투로 물었다.

"카바딘이 항복을 했어?"

"그 친구는 할 만큼 했지요."

우직함. 의리. 솔직. 뒤끝 없음. 크롬헬 출신 카바딘 장군의 성격을 설

명할 때 나올 만한 말들이었다. 크롬헬 출신 중에서 카바딘을 싫어하는
사람은 손에 꼽을 정도였다. 아일도 그를 좋아했다. 그래서 카바딘이 신
의를 지키기 위해 모뤄 편에 섰다는 것은 아일에게 이롭지 않은 사태였
다. 카바딘을 죽인다면 인심을 잃을 것이고, 그렇다고 전면전으로 가서
도 그를 봐주며 설설 싸울 수도 없는 노릇이었다.

고민에 빠져 있을 때, 카바딘의 부대가 이동한다는 소리를 들었다. 카
바딘이 향한 곳이 디어바흐란 것을 알아낸 아일은 그것을 기회로 봤다.

디어바흐는 제후가 죽은 뒤 민회로 굴러가는 도시였다. 디어바흐의
민회는 아일의 편에 설 것처럼 굴면서도 아일의 군대가 그곳을 점거하
는 것은 용납하지 않고 있었다. 강제로 도시의 성문을 뜯어내려 했다가
는 민회가 고용한 용병 부대와의 충돌이 불가피했다. 승패를 가늠하는
것이 우스울 정도로, 아일의 군대가 디어바흐를 점령하는 것은 쉬운 일
이었지만 그것은 아일이 원하는 방식이 아니었다. 그것은 최후의 방법
이었다.

이 난리 통에 페렐 주와 모뤄 주, 와이즈 주의 접경 지대에 요충지처
럼 자리 잡고 있는 시민 도시 디어바흐를 선점하려는 움직임이 없을 리
없었다. 모뤄 선제후가 서는 쪽에 설 것이라고 천명한 카바딘 장군이 먼
저 움직였다. 아마 모뤄 선제후의 지시가 있었을 것이다. 디어바흐 쪽에
서는 모뤄 선제후와 카바딘의 군대를 왕의 수하라 인식했다.

카바딘의 성격을 아는 아일이 군대에 미리 일러두었다. 디어바흐 근
처에 있다가 카바딘의 군대가 나타나면 그를 자극하라고.

카바딘은 성질 급한 고슴도치처럼 금방 도발에 넘어왔다. 곧 디어바
흐 근처에서 전투가 벌어졌다. 아일은 카바딘과 함께 크롬헬 생활을 한
자와, 차이드 전 때 같은 지역을 공략한 장군을 그곳에 배치해두었다.
그들이 카바딘과 싸우고, 그를 설득하고, 또 설득하고, 또 싸우고, 설득

하고, 싸우고, 설득했다. 몇 번의 패배와 동료들의 끈질긴 설득 끝에 결국 카바딘이 손을 들었다. 그리고 에드가에게 전하라 했다. 모뤄 선제후의 지지를 받아 오라고.

아일의 군대는, 혼란한 시기를 틈타 무력으로 디어바흐를 점령하러 온 왕의 군대에 맞서 도시를 지켜준 존재가 되어 있었다. 디어바흐의 민회는 현왕과 에드가 중 어느 쪽에 설지 고민하던 중에, 선택의 기회를 아예 박탈당할 수도 있다는 것을 알았다. 이후 디어바흐는 아일의 군대에게 기꺼이 성문을 열어주었다. 사실 아일은 카바딘 쪽은 아무래도 상관없었다. 그가 노린 것은 디어바흐 쪽이었다.

아일이 말했다.

"오는 길에 시넨에서 모스라테 장군을 만났습니다."

모뤄가 이번엔 진짜로 놀란 듯이 몸을 움찔했다. 모뤄가 의구심과 분노로 인해 한층 낮아진 목소리로 말했다.

"모스라테가 죽지도 않고 항복을 했다는 소리는 농담으로라도 하지 마. 하나도 안 웃기니까."

"모스라테와는 부딪치지 않았습니다. 하지만 성문을 열어주지도 않더군요. 덕분에 모뤄 성을 목전에 두고 우회해서 와야 했습니다. 모스라테 역시 선제후의 지지를 받아 오라 하였습니다. 그렇다면 저의 군대가 되어주겠다고요."

"저의 군대. 언제부터 다이런 병력의 반을 가리켜……."

"반 이상입니다."

아일이 신랄한 어조로 모뤄의 어중간한 추측에 수정을 가했다.

"……반 이상을 가리켜 '저의 군대'라는 표현을 그리 편히 쓰게 된 거지?"

아일이 미소를 지었다. 그 순간 모뤄는 아일의 눈에서 왕의 금관보다 짙은 금빛이 발하는 것을 보았다. 늑대의 눈빛. 바람에 흔들리지도, 탁류에 휘말리지도 않을 차가운 의지. 순수한 열망.

"저의 군대란 말이 나의 군대란 말로 변할 날도 멀지 않았습니다, 선제후."

쿠스친은 손가락으로 성마르게 소파의 팔걸이를 두들겼다. 록사나는 간간이 창 밖을 내다보며 경비대장을 부르러 간 호슨이 돌아오는지 살폈다. 쿠스친이 팔걸이의 천을 거의 뜯어내려고 할 때, 라야가 산파와 함께 옆방에서 나왔다. 산파가 말했다.

"임신이 맞습니다."

쿠스친이 끙 소리를 내며 머리를 숙였다. 창가에 선 록사나가 손뼉을 짝 치며 "어머나." 탄성을 질렀다. 쿠스친이 록사나를 찾아 노려보았다.

"어떻게 그토록 긴 시간 동안 아이를 가졌다는 걸 모를 수가 있습니까?"

록사나가 입을 벌리고 억울하다는 표정을 지었다. 그녀는 두 팔을 쫙 뻗어 소파에 와 앉는 라야를 가리켰다.

"이것 보세요, 주인님. 아가씨는 날씬하다고요. 제가 가장 날씬했을 때에도 이것보다는 안 날씬했을 거예요. 아가씨는 제 앞에서 옷도 갈아입지 않으세요! 입덧을 하시는 것도 본 적이 없죠. 식사를 거르신 건 속이 상해 그런 줄 알았고요. 이런데 제가 어떻게 임신하신 줄 알겠어요?"

쿠스친이 늘어지는 자세로 손을 흔들었다.

"됐어요. 모두 나가봐요."

록사나와 산파가 방을 나가고도 쿠스친은 오래도록 말이 없었다.

천장의 샹들리에를 올려다보며 그가 물었다.

"클레이모어 경도 이 사실을 알고 있습니까?"

"알아요."

"죽어라 찾고 있겠군요."

다시 침묵.

그리고 다시 물었다.

"혹시…… 내가 당신을 데리고 있다는 것도 알고 있을까요?"

"그 사람이라면, 이미 알고 있을 것 같기도 해요."

"당신이 잘못되기라도 하면 난 에드가에게 갈가리 물어뜯기겠군요?"

쿠스친이 벌떡 몸을 일으켰다.

"웃기지 말라고 그래요. 에드가가 꼭 왕이 되란 법도 없잖아. 그리고 난 에드가가 지금 어디 있는 줄도 몰라요. 당신을 데려다주고 싶어도 어디로 가야 할지 모른다고."

"당신이라면 곧 알아낼 수 있을 거라고 믿어요, 쿠스친."

쿠스친이 표정을 굳혔다. '믿는다'는 그녀의 말이 굉장한 울림으로 다가왔다.

그때 노크 소리가 났다.

방문이 열리더니, 기어들어가는 목소리가 "주인님."이라고 말했다. 호슨이 먼저 들어오고, 퀭한 눈의 경비대장이 뒤따라 나타났다. 마르고 키가 큰 쿠스친과 거구의 경비대장은 포옹으로 인사를 나누었다. 경비대장이 사포를 삼킨 듯한 목소리로 말했다.

"오랜만이라 반갑긴 한데 편하게 얘기를 나눌 만한 상황이 못 돼."

"얘기 들었습니다."

경비대장이 목을 문지르며 협탁 위의 물 주전자를 가리켰다. 호슨이 달려가 물을 가져오자 경비대장은 사막이라도 지나온 사람처럼 물을 쭉 들이켰다. 눈 밑의 거뭇한 그늘이 조금 옅어진 듯도 했다. 그래도 해골 같은 얼굴이었다.

"친구로서 충고를 해주자면 말이야, 쿠스친. 얼른 이곳을 떠나. 페렐 주, 아니지, 아예 다이런을 떠나. 클레이모어가와 페렐가는 사이가 좋지 못하니까, 와이즈나 기번처럼 조용히 넘어가지는 못할 거야. 에드가의 군대가 벌써 페렐 남부 선을 넘었다더군."

"……그런가요."

"그래, 나라가 어찌 되려고 이러는지 모르겠어. 대륙을 통일했니 하던 게 엊그제 같은데 이제 또 안쪽이 난리야. 멀리 떠나서 조용해지면 돌아와. 다시 타본으로 가면 더 좋고. 나야 발이 묶인 신세지만 자네는 선박과 두둑한 주머니가 있잖아. 흠흠, 목이 타 죽겠네. 물 한 잔 더 갖다줘."

쿠스친은 경비대장에게서 건네받은 물 잔을 호슨에게 넘겼다. 그리고 넌지시 물었다.

"에드가는 지금 어디 있다던가요?"

"에드가의 군대가 디어바흐까지 들어갔어."

"그 말은……."

"모뤄 주 몇 곳과 페렐 주의 강성 왕정파 영지를 제외하고는 모든 지역이 에드가의 수중에 떨어졌다고 봐야지."

쿠스친이 미심쩍다는 투로 말했다.

"어떻게 그렇게나 빨리?"

"와이즈와 기번 쪽은 진작 손발을 맞춰뒀던 거 같아. 거긴 공화파 놈들로 득시글거리잖아. 세르노다 일로 이를 갈았던 모양이야. 에드가가,"

경비대장이 딱 소리가 나게 손가락을 튕겼다.

"열어라! 하니 동시에 성문을 연 거지. 진짜 열었다는 건 아니고, 비유야."

쿠스친은 고개를 끄덕였다. 경비대장이 말했다.

"과격 공화주의자 놈들! 에드가가 그들이랑 손을 잡을 줄 누가 알았겠냐고. 하지만 난 알았지. 난 이럴 줄 알았어. 돌아가신 마린느 고모님이 언제나 세 번째를 조심해야 한다고 하셨거든."

쿠스친이 어리둥절한 눈으로 경비대장을 보았다. 경비대장은 단번에 알아듣지 못하는 쿠스친이 한심하다는 듯 눈을 흘겼다.

"세 번째 에드가잖아. 초대 에드가가 그리 죽고, 란 에드가는 왕에게 뒤통수를 맞았지. 에드가가 라우니트가에 복수를 하려고 한다면 세 번째에 하지 않겠어? 어릴 때부터 난, 세 번째 에드가가 나오는 날에 큰일이 벌어질 걸 알았다고. 그런데 아니나 다를까, 헤르첸 엘칸 라우니트와 아일 에드가 클레이모어가 동시에 이름을 받았잖아? 아무 일 없이 지나가는 게 더 이상하지. 나 말고 아무도 이걸 몰랐다는 게 더 놀라워. 아, 그런데……."

호슨이 다시 물을 건네자 경비대장은 또 단숨에 물을 들이켜고는 팔등으로 턱을 훔쳤다.

"그런데 날 왜 오라 한 거야?"

"아."

쿠스친은 고개를 돌릴 뻔했다가 멈칫하고는 의식적으로 천장을 올려다보았다. 하지만 경비대장의 눈은 이미 소파로 향한 뒤였다.

라야는 굳은 표정으로 숨 쉬는 것도 멈추고 쿠스친의 옆얼굴을 바라보았다. 쿠스친이 경비대장의 시야를 가리려고 했지만, 경비대장이 몸을 뒤로 뺐다.

어떻게 방에 들어오자마자 여자를 발견하지 못했을까? 저렇게 미인인데.

경비대장의 입이 멍청히 벌어졌다.

"누구지? 누구야, 쿠스친."

경비대장이 엉큼하게 느껴지는 목소리로 물었다. 쿠스친은 "아."라고 또 얼빠진 반응을 했다.

경비대장이 어깨로 쿠스친의 어깨를 툭 치며 실없이 웃었다.

"새로 들인 부인이야? 그래, 이제 자네도 새 출발 할 때가 됐지."

쿠스친은 천천히 몸을 돌려 라야를 보았다. 라야가 눈으로 외쳤다. 제발요. 쿠스친. 제발!

쿠스친은 좀체 꺼지지 않는 장작불 같은 그 말을, 반복할 때마다 몸에 소름이 돋는 그 말을 머리 뒤쪽에서 다시 꺼내보았다.

왕이 될 자에게 빚을 안길 기회.

몇 번을 반추해보아도 몰래 먹는 꿀처럼 달콤했다.

"……네."

쿠스친이 허리를 쭉 펴며 말했다.

"저도 이제 새 출발 하려고요."

"지지를 구하러 온 건지, 협박을 하러 온 건지……."

부스러진 사기 조각을 바라보며 모뤄가 중얼거렸다. 부인 앞에서 에드가에게 화내기 연극은 접은 모양이었다.

"두마란 왕의 강박이 결국 라우니트가를 무너지게 만든 셈이로군."

그 옛날, 두마란 왕은 내전을 종식시키고 귀족들의 힘을 약화시키기 위해 차이드와의 전쟁을 선택했다. 란 에드가의 활약에 힘입어 차이드에게서 유리한 휴전 조약을 받아낸 두마란 왕은 전쟁을 끝낸 뒤 왕권을 강화하는 방향으로 다이런 내부를 재정비했다.

그는 가장 먼저 귀족들의 사병의 수를 제한하고 성의 경비를 정규군으로 돌렸다. 영지를 지키는 경비대는 영주들의 사병에서 국가의 정규군으로 바뀌었고, 그들을 지휘하는 장병은 왕실과 밀접한 관계가 있는 군부에 의해 임명되었다. 정치 세력을 조율하는 척하면서 병권을 장악한 것이다.

　사병을 키울 수 없게 된 귀족들은 크롬헬에 가문의 인물들을 보내 만일의 사태에 대비했다. 왕가는 그것 또한 역모의 씨앗이라 보고 가문당 두 명에게만 크롬헬의 입학을 허락했다. 한 가문 출신들이 군부를 장악하는 것을 미연에 막은 것이다. 그러자 귀족들은 평민들 중 재목감을 골라 자신들의 가신으로 만든 뒤 크롬헬에 입학시켰다. 그런 식으로 왕가와 귀족 간, 귀족과 귀족들 간의 소리 없는 견제가 오늘날까지 이어져왔다.

　"덕분에 왕을 도와주고 싶어도 지금 내가 가진 것이 별로 없어."

　모뤄는 혀를 차며 소파 팔걸이의 모란 조각을 손바닥으로 툭툭 쳤다.

　"허울뿐인 지지 선언과, 신의를 지키려고 애쓰는, 정말 애쓰고 있는 가신들뿐이야. 그들조차도 내심 내가 자네 편에 서길 바라고 있을 테지."

　모뤄는 잠시 먼 곳을 쳐다보았다.

　"라우니트가의 문운이 다 된 건지도 모르겠다는 생각이 들어."

　모뤄라는 탑이 이쪽으로 기우는 소리가 들려왔다. 아일이 말했다.

　"초대 에드가는 스승에게 피를 이어 제자의 예를 다하겠다는 맹세를 했습니다. 맹약은 여전히 유효합니다. 선조의 의지를 이을 수 있도록 선제후께서 도와주십시오."

　모뤄가 빤히 아일을 응시했다.

　"정치인 다 됐군. 뻔뻔한 얼굴로 듣기 좋은 말도 할 줄 알고."

　모뤄가 비틀린 미소를 던졌다.

　"이제 온 세상이 클레이모어가가 단순한 재문이 아니란 걸 알게 됐어. 모두가 알지만 안다고 말해서는 안 되는 진실. 그걸 드러내 밝힌 이상,

시조들의 맹세 같은 건 휴지장이 되어버렸지 않나? 관계의 맹세는 더 높은 관계에 의해 깨어질 수 있는 것이니."

아일은 말없이 모뤄의 말이 틀리지 않음을 인정했다. 모뤄가 손톱을 깔짝거리며 말했다.

"그리 생각해보면, 왕가에 대한 충성 서약도 건국 때 있었던 일이니…… 클레이모어가를 왕가로 섬긴다고 해서 그 옛날의 맹세를 깨는 것은 아니지."

모뤄가 말꼬리를 흐렸다. 덕분에 그의 말은 너무나 변명조로 들렸다. 본인도 그걸 느꼈는지 모뤄가 헛기침을 했다.

모뤄의 말은, 초대 왕의 피가 현 왕가인 라우니트가와 클레이모어가로 나뉘게 된 것은 미친 왕 엘칸과 그의 누이 라타니아 왕녀 때부터이니 모뤄가 어느 쪽을 선택해 왕가로 섬기든 건국 때의 서약을 깨는 것은 아니라는 소리였다.

아일은 쓴웃음을 지었다. 선제후가 어떤 식으로 스스로를 납득시키든 그건 아일이 알 바가 아니었다. 자, 이제 어떻게 할까.

모뤄라는 탑이 우지끈 소리를 내며 이쪽으로 무너져오고 있었다. 이대로 고개를 끄덕이며 선제후의 말에 동의만 해주면 제 명예를 알아서 챙겨 먹은 그가 적당한 순간에 물러날까? 아니면 여기서 지렛대가 될 만한 또 다른 패를 내놓아야 할까?

아일은 모뤄 부인을 바라보았다. 그를 노려보는 모뤄 부인의 눈에는 여전히 냉소와 비난, 해소되지 못한 적의가 서려 있었다. 이봐요, 화를 내야 할 대상은 내가 아니라 헤르첸이야.

잠시 생각에 잠겨 있던 모뤄가 부인을 쳐다보았다.

"우리끼리 재미없는 얘기 좀 하려고 하는데."

모뤄가 부인을 점잖게 내쫓았다. 모뤄 부인은 불만스러운 표정을 지어 보였지만 대꾸 없이 일어섰다.

"그 여자."

모뤄가 큰 몸을 위협적으로 수그렸다. 거대한 돌산이 바위를 떨어뜨리며 움직이는 것 같았다.

"그 배우 말이야."

모뤄가 말하는 배우가 라야임은 명백했다. 아일은 눈을 가라뜨고 몰아치는 감정을 다스렸다.

"그 여자를 내 수양녀로 삼았으면 해. 그게 내 조건이야."

아일의 표정엔 별다른 변화가 없었다. 뭘 잘못 들은 거라고 생각했다.

하지만 등 뒤에서 아직 방을 나가지 않은 모뤄 부인이 새된 비명을 지르는 것을 듣고는 잘못 들은 게 아니란 걸 알았다.

모뤄 부인이 목이 졸린 것 같은 목소리를 냈다.

"당신이, 어떻게⋯⋯!"

배신감과 경악의 표정이 모뤄 부인의 창백한 얼굴을 덮었다.

대화에 끼어든 것을 용납할 수 없다는 듯, 모뤄 선제후가 부인을 노려보았다.

노부부가 눈싸움을 하는 동안 아일은 선제후의 말을 곱씹고 있었다. 뭘 어쩌자고?

주먹에서 시작된 분노의 물결이 모뤄 부인의 전신으로 퍼지는 듯했다. 모뤄 부인이 홱 몸을 돌렸다. 방을 나가기 전 모뤄 부인은 아일을 증오에 찬 눈길로 쏘아보았다.

왜 이렇게 사람들은 화를 내야 할 상대를 잘못 고르는 걸까. 아일은 생각했다.

방문이 닫히자 모뤄 선제후가 아일을 보며 웃었다. 악마 같은 미소였다.

"그 여자 이름이……."

"라야 윈터스입니다."

제대로 기억해두라는 듯 아일이 강하게 말했다. 모뤄가 고개를 끄덕였다.

"그래, 라야 윈터스. 왜 클레이모어의 성을 쓰지 않지?"

차이드의 여성들은 혼인을 하더라도 처녀 때 성을 그대로 지녔다. 라야도 그러길 바랐고 아일 역시 그랬으면 했다. 차이드의 문화를 존중했다기보다 클레이모어라는 성을 그녀에게 붙임으로써 혹시나 그의 버거운 운명이 그녀에게도 옮겨 붙지는 않을까 염려한 것이 더 컸다. 이미 늦은 거 같지만.

그리고 무엇보다도 그는 라야의 이름이 좋았다. 그녀의 이름이 주는 색채감, 온열감, 그리고 발음할 때 느껴지는 울림이 좋았다. 그런 속내까지 말하고 싶지는 않았기에 아일은 모뤄의 질문에 입을 다물었다.

모뤄가 눈썹을 긁적였다.

"자네가 우리 가문을 거부했다는 건 사실이니까……."

"오히려 모뤄가의 명예를 보호하려 한 쪽에 가깝습니다. 저는 이미 연인과 혼인을 약속한 상태였습니다. 필요한 건 축복뿐이었지요. 헤르첸은 그것을 알면서도,"

"그걸 알면서도 일을 복잡하게 만들었지. 일을 엉망진창으로 만들고 낄낄거리며 좋아하는 건 광인들의 특질이니까. 그놈 일족에선 역사에 길이 남을 광인이 이미 넷이나 나왔어. 별로 놀랄 일도 아니지."

일부러 그를 방심하게 만들 속셈인 걸까? 그런 의심이 들 만큼 모뤄는 신랄한 말투를 사용했다.

"무슨 말을 갖다 대도 자네는 분명 우리 가문을 거부했어. 그런데 내가 자네를 거저 도우면 사람들이 날 뭐라고 생각하겠나? 살아남겠다고 에드가에게 꼬리를 흔드는 꼴 좀 보라며 우리 가문을 얕잡아 보겠지. 그 랬다간 죽어서도 편히 쉬지 못할 거야. 조상님들이 번갈아가며 내 엉덩 이를 걷어차실 테니까."

상상만으로도 엉덩이가 욱신거리는지 모뤄가 인상을 찌푸렸다.

아일은 내심 감탄하고, 그리고 징글맞다는 생각을 했다. 모뤄의 제안 은, 라야를 모뤄가의 구성원으로 받아들이면서 에드가가 모뤄 가문을 거부한 것이 아니라 리디아 한 사람을 거부한 것으로 만들겠다는 소리 였다. 딸보다는 가문이라. 위대한 가문의 수장으로 삼십 년쯤 살다 보면 가문과 일체화되는 걸까?

아일이 제안에 환호라도 할 줄 알았는지 모뤄가 의아하다는 표정을 지었다.

"그대로는 부인을 비의 자리에 올리기 힘들다는 거 알고 있지 않나? 대체 어떤 정신 나간 다이런 인이 어디서 온 건지도 모르는 여자를 왕비 로 섬기려 들겠어? 어떤 귀족이 그 아래 머리를 조아리고 세신의 맹세 를 하겠느냐고?"

아일은 불편한 진실을 듣는 것처럼 속이 거북해졌다. 모뤄는 의기양 양한 표정으로 소파에 등을 기댔다.

"새 부인을 맞을 게 아니라면 부인에게 적당한 배경을 맞춰줘야지."

그리고 모뤄가는 비를 배출한 가문으로서 영향력을 가지게 되고?

선제후 가문에서는 왕비를 내지 않는다는 오랜 합의는 그것으로 깨지 는 것이다. 네 가문 간의 권력 균형도 무너질 것이다.

하지만 분명…… 라야에게는 그러한 힘이 필요하다.

아일은 무표정한 얼굴로 모뤄를 바라보았다. 모뤄가 으스스한 미소를 지으며 대답을 재촉했다. 아일은 손가락으로 다리를 두드리며 창 쪽을 바라보았다.

"방금 전."

반지가 끼워져 있는 손가락을 중심으로 주먹을 꽉 쥐었다가 놓았다.

"모뢰 부인께서는 제 부인의 목도 조를 수 있으실 것 같아 보였습니다."

"아. 그건……."

모뢰가 당황하며 몸을 일으켰다.

"제 아내에게 자식을 위협하는 부모를 섬기라 할 수는 없습니다."

아일이 다시 모뢰를 쳐다보았다.

"부인부터 설득하십시오."

다녀오면 얘기해줄게요.

라야가 말했다. 모뢰 선제후와 대화를 마치고 방을 나오는데, 그 말이 생각났다. 감촉이 좋다고 말했던 베개에 머리를 대고 어둠 속에서 그를 올려다보며 그렇게 말했었다. 다녀오면 얘기해줄게요.

무슨 말을 하려던 걸까?

"장군?"

아일이 가만히 서 있자 마렉이 그를 불렀다. 아일은 멍하니 마렉을 쳐다보았다. 뭐 잊어버린 게 있냐는 눈으로 마렉이 아일의 얼굴을 들여다보았다.

아일이 앞장섰다. 마렉이 따라가고, 복도에서 두 사람을 기다리고 있던 장교 세 명이 그 뒤를 쫓았다.

걷는 동안에도 아일은 얽혀드는 생각들로부터 도무지 헤어 나오질 못했다. 이랬더라면, 저랬더라면, 소용없는 가정들이 머릿속을 부유했다. 싫은 음식을 억지로 먹은 것처럼 속이 메슥거렸다. 유쾌하지 못한 대화를 주워 삼켰더니 소화 불량에라도 걸린 걸까. 정원이 보이는 창 쪽으로 눈을 돌렸다. 유리창에 비친 공허한 눈이 이쪽을 바라보았다.

복도를 똑바로 걸어가던 아일이 갑작스레 진로를 틀어 방 문고리를 잡았다. 그리고 방으로 들어가버렸다. 마렉의 눈앞에서 문이 쾅 하고 닫혔다. 네 명의 장교들은 당황스러운 얼굴로 서로를 쳐다보았다.

방으로 들어온 아일은 작게 욕설을 내뱉었다. 속을 게워내려는 듯 신물이 올라왔다. 불안이 목을 조였다. 깍지 낀 손으로 뒷목을 감싸며 벽에 등을 대고 그대로 주저앉았다. 부하들 앞에서 비명을 지를 것 같아 아무 방에나 들어와버렸다. 다행히도 빈방이었다. 놀라서 비명을 지르는 하인도, 밀애를 즐기는 인간들도 없었다. 모뤄 성의 수많은 응접실 중 하나쯤 되는 것 같았다.

'빌어먹을.'

손으로 거칠게 얼굴을 쓸었다. 몸에 난 상처를 살피듯 더듬거리는 손길로 옷을 뒤졌다. 그리고 네 겹으로 접힌 종이를 꺼냈다.

라야의 그림. 마이카 섬의 언덕에서 바다를 내려다보며 그린, 바로 그 그림이었다.

노인이 젊은 날을 회상하듯 그의 머릿속에서 마이카 섬에서의 삶이 벌써 흐릿해져 있었다. 실제 있었던 일이긴 한 걸까? 꿈이 아니라? 짧은 기간에 너무 많은 일들이 일어났다.

"운 좋은 아가씨야."

아일은 부드러운 눈길로 그림 속 푸른 바다를 들여다보았다.

"사람을 왜 이렇게 불안하게 만들어."

"책을 읽다가 알았는데……."

라야가 찻잔을 들다 말고 문득 생각났다는 듯이 말했다.

"쿠스친이 절 납치할 때 쓴 가시개꽃 가루가 독초 가루란 거 알아요?"

쿠스친이 지도에서 눈을 뗐다. 라야와 쿠스친은 차 테이블에 마주 앉아 있었다. 테이블 위에는 호슨이 태교에 좋다며 구해 온 퍼즐이 반쯤 맞춰진 채 놓여 있었다.

차를 홀짝인 라야가 "으익" 하며 인상을 찌푸렸다. 임신부에게 좋은 차라면서 록사나가 가져온 것이었다. 약재를 생으로 씹어도 이것보다는 달겠다.

"독초는 맞지만 그렇게 위험한 건 아니에요."

쿠스친이 자신 없는 목소리로 말했다.

라야가 찻잔을 내려놓으며 다른 손을 흔들었다.

"차이드 인 약제사가 쓴 책에 보면 차이드에선 가시개꽃을 도라지똥꽃이라고 부른대요."

"거참, 향기로운 이름이군요."

"도라지똥꽃과 포도를 함께 먹은 여우들이 집단으로 죽어 있는 걸 목격한 차이드 인이 많았다네요? 가여운 여우들. 똑똑한 아이들인데 포도는 외래종이니 차이드에 처음 포도가 열릴 때 그것과 도라지똥꽃이 위험한 짝인 줄 몰랐던 거죠."

"세상의 많은 부부들과 같군요. 그들도 영원을 맹세할 때에는 서로가 서로에게 위험한 짝인 줄은 몰랐거늘."

"중년은 그런 농담을 즐기나 보죠?"

"장담합니다. 당신이 내 나이가 되면 클레이모어 경께 분명 이 농담을 하게 될 겁니다. 내기를 해도 좋아요."

라야가 싱긋 웃었다.

"진심으로 그런 날이 오길 빌어요. 그날 제가 쿠스친에게 술을 사죠."

쿠스친이 관자놀이를 두드렸다.

"기억해두죠. 그날 당신이 포도주와 도라지똥꽃을 함께 내놓으면 피해야 하니까.”

아일은 방을 나와 모뤄 성의 출입구로 향했다. 다섯 명의 군인은 백색의 회랑을 지나 다이런에서 가장 길다는 나선 계단을 내려왔다. 그들의 발소리만으로도 하인들과 성을 찾은 가신들은 공손히 몸을 물렸다.

홀을 지날 때였다. 실랑이하는 소리가 들려왔다.

소리가 들려온 방향을 쳐다본 아일이 눈썹을 치켜들며 걸음을 멈췄다.

리디아가 남쪽 회랑을 빠르게 걸어오고 있었다. 젊은 남자가 그녀를 쫓았다. 남자의 차림은 언뜻 수수해 보였지만 흔히 볼 수 있는 복식은 아니었다. 남자의 푸른 상의에 휘장 몇 개만 붙인다면 그대로 왕실 기사단의 정복이 되었다. 남자는 왕실 기사단의 견습 기사였다.

남자의 복장을 확인한 마렉이 검에 손을 가져가자 아일은 손을 들어 그를 진정시켰다.

남자가 급한 걸음을 옮기는 리디아의 팔을 감히 붙들었다.

“이대로 저만 돌아갈 수는 없습니다. 하다못해 히오르그 님께 드릴 서신이라도…….”

리디아는 남자의 손을 짜증스럽게 뿌리쳤다.

“그 사람한테 가서 전해요. 날 만나지 못했다고.”

“거짓말을 할 수는 없습니다.”

“그럼 사실대로 말해요. 내가 그의 멍청한 제안을 거절했다고요. 그와 짝이 되어 초대 에드가와 라타니아 왕녀 연극을 하고 싶지는 않……!”

두 사람은 홀 중앙에 서 있는 아일과 장교들을 발견하고는 바닥에 발이 붙은 것처럼 우뚝 멈춰 섰다.

아일이 목례를 하며 정중하게 “모뤄 양.”이라고 불렀다. 리디아의 눈이 커졌고 다시 작아졌다. 화가 난 것처럼 가늘어진 눈이 아일을 노려보았다.

"날 만나지 않고 갈 생각이었나요?"

아일은 모뤼 선제후와 모뤼 부인을 반반씩 닮은 여자를 물끄러미 쳐다보았다. 모뤼 선제후가 딸의 심정 같은 건 내팽개쳤다는 걸 리디아가 알게 됐을 때 어떤 기분일지, 그도 조금은 짐작할 수 있었다. 부모에게조차 버림받은 듯한 기분은 유년기부터 그를 줄기차게 괴롭혀온 감정이었으니까.

아일은 진심을 담아 말했다.

"당신에게는 사과를 해야 한다고 생각했습니다."

"뭐에 대한 사과죠?"

"나와 헤르첸의……."

그걸 뭐라고 해야 할까? 다툼? 피할 수 없는 운명?

"나와 헤르첸의 문제에 당신을 휘말리게 한 것. 그로 인해 당신의 명예나…… 감정이 상처를 입었다면 사과를 해야 맞겠지요. 미안합니다."

리디아는 시선을 떨구었다.

"내가 당신한테서 듣고 싶은 말은 그런 말이 아니었어요."

그녀는 고개를 저었다. 자신이 그런 말을 했다는 게 믿기지 않는 눈치였다.

그사이 아일은 뒤쪽에 서 있는 남자에게로 눈을 돌렸다. 불안한 눈길로 리디아를 살피던 남자는 아일과 눈이 마주치자 시선을 피했다.

아일이 물었다.

"누군가요?"

리디아가 놀란 표정으로 남자를 돌아보았다. 남자도 거의 비슷하게 몸을 움찔했다. 리디아의 시선이 바닥으로 움직였다.

"당신이 알아야 할 사람이 아니에요."

리디아가 억지스럽게 덧붙였다.

"당신 질문에 대답해야 할 이유도 없겠죠."

아일이 주의 깊게 남자를 살피며 말했다.

"그렇지 않습니다, 모뤄 양. 오늘부로 모뤄가의 의지가 미치는 지역은 나의 보호 아래 들어왔습니다. 이곳에서 벌어지는 일은 모두 나의 명예와 관련이 있습니다."

그의 말이 무슨 뜻인지 이해한 리디아가 숨을 들이켰다. 아일은 이어 말했다.

"나는 모뤄 선제후에게 몇 가지 특권을 약속했고, 그와 그의 가신들은 특별한 권리에 수반하는 특별한 의무를 지고 있습니다. 당신은 내 질문에 대답할 의무가 있습니다. 그리고 나는 외부와 내부의 위협으로부터 내게 충성을 맹세한 신민을 보호할 의무가 있고, 그렇기 때문에 라우니트가의 근위대 복장을 한 자가 내 눈길이 미치는 곳을 자유롭게 돌아다니게 둘 생각이 없습니다. 보통 이런 경우 추방을 하지만……."

아일이 서늘한 눈으로 남자를 훑어보았다. 왕실 소속의 견습 기사는 그제야 자신의 복장을 알아챈 사람처럼 초조한 몸짓을 했다. 아일이 말을 이었다.

"때가 때이니 만큼 뒤끝이 남는 방법을 쓰고 싶지는 않습니다. 저 남자가 누구인지, 저자가 어떤 연유로 이곳에 있는지, 당신이 대답하지 않는다면 나는 첩자 혐의를 적용해 저자를 이 자리에서 처형하겠습니다. 그리고 당신과 모뤄가에도 책임을 묻겠습니다."

리디아가 놀라 가슴을 크게 부풀렸다. 남자의 얼굴은 허옇게 질렸다.

"저는……!"

남자가 다급하게 소리쳤다. 그리고 리디아 옆으로 달려와 미끄러지듯 한쪽 무릎을 꿇었다.

"클레이모어 경, 저는, 말을 전하러 온 심부름꾼일 뿐입니다! 장군께서 의심하는 첩자나 뭐 그런…… 장군과 모뤄가에 누를 끼칠 만한 그런 존재가 못 됩니다."

아일이 눈을 가늘게 떴다.

"네게 말을 전하라 한 이는?"

견습 기사는 잠깐 머뭇거리다 대답했다.

"히오르그 젤린 경이십니다."

리디아가 인상을 쓰며 고개를 돌렸다. 히오르그의 종자가 한 치의 망설임도 없이 아일 앞에 무릎을 꿇은 것이 그녀의 가치를 깎기라도 하는 것처럼 선명한 반응이었다.

아일은 견습 기사의 입에서 나온 이름을 기억해냈다. 모뤄 성으로 오기 전 르웨이에게서 들었던 이야기 속에 등장한 이름이었다.

아일이 리디아를 보며 말했다.

"당신이 근위대 기사와 만남을 가지고 있다는 얘기는 들었습니다."

리디아의 얼굴이 확 붉어졌다. 치맛자락을 움켜쥔 여자의 손이 곧 따귀를 날릴 것처럼 흔들렸다. 감정의 정체가 분노인지 부끄러움인지 아일로서는 알 수가 없었다. 아일은 조심스러운 투로 말을 이었다.

"만약 이후에라도 왕가의 축복이 필요하다면 기꺼이 자리를 만들겠습니다."

벌써 제위에 오른 듯 당당하고 자신만만한 발언이었다.

견습 기사는 에드가의 말에 자신이 축복이라도 받는 것처럼 환한 얼굴을 했다.

"누가 그러던가요?"

리디아가 차가운 목소리로 훈훈한 공기를 날려버렸다. 그녀는 모욕을 당한 것처럼 몸을 떨었다. 아일의 말은 선제후 가문의 리디아와 그보다 계급이 낮은 기사의 만남이 혼인으로 이어질 경우 왕가의 축복이 필요할 테고, 그 자신이 그 일에 나서주겠다는 말이었다.

하지만 누군가에겐 영광인 그 일이 리디아에겐 모욕인 모양이었다. 아일을 노려보는 그녀의 눈 주위가 붉었다.

"사람들이 쑥덕대는 말들을 듣고 와서 내게 전하는 건가요?"

아일은 잠시 사이를 두고, 사려 깊은 목소리로 말했다.

"당신이 근위대 기사와 만남을 가지고 있다, 그게 전해 들은 것의 전부입니다."

"거짓말! 내 평판이 구겨지고 망가지는 소리를 들었겠죠. 당신이 그 아이와 도망친 이후로 사람들이 뒤에서 날 뭐라고 부르는 줄 알아요? 난 약혼자란 남자의 손 한 번 잡아보지 못하고 과부 취급을 당하고 있어요."

리디아가 손가락으로 자기 가슴을 찔렀다.

"사람들은 날 가리켜 더 이상 리디아라고 부르지도 않고 모뤄 양이라고 부르지도 않고 그라테라고 부르지도 않아요. 과부라고 부른다고! '아, 그 과부?' '에드가의 과부 소식 들었어?' 망할 인간들! 아, 대단한 에드가시니 당신 귀에 말을 나르는 입들이 한둘은 아니었겠군요."

그녀의 목소리는 웃음과 섞여 히스테릭하게 변하고 있었다.

"다들 고상한 척 빳빳이 고개를 들고서는 다음엔 누가 넘어질지 기다리는 거예요. 그러다가 실수로 넘어지는 사람이 나오면 다들 안쓰러운 척하며 비웃는 거죠. 당신이 그 아이와 어떤 행복한 나날을 보냈는지 모르겠지만 그동안 난 문드러져가는 평판 위에서 허우적대고 있었어! 당신이 모뤄가에 대한 도리를 알고 있다면, 당신이 조금이라도 날 염두에 두었더라면……!"

리디아가 중얼거렸다.

"그런 이유로 날 팽개치고 가진 말았어야 해. 결국 당신은 날 한순간도 마음에 두지 않았다는 소리야…….."

리디아가 입술을 비틀었다.

"왕의 중매? 당신이 날 축복한다고? 지금까지 받은 모욕으로 부족한가요?"

견습 기사가 아일의 눈치를 보며 리디아를 말렸다. 리디아가 거칠게 몸을 흔들며 목소리를 높였다.

"당신은 지금보다 훨씬 더 고개를 숙이고 더욱 허리를 굽혀야 해! 다른 인간들처럼 고개를 빳빳이 들고 안됐다는 듯이 날 동정하며 쳐다볼게 아니라! 그 아이를 따라 당신 스스로 아래로 내려갔다면 그대로 머물러 있었어야지! 대체 그 아이에게 뭘 더 쥐여주려고!"

겁먹은 견습 기사가 리디아를 진정시키려고 했지만 소용없었다. 리디아의 눈엔 아일밖에 보이지 않는 듯했다. 리디아가 악을 썼다.

"아버지가 폐하께 왕의 중매를 철회해줄 것을 요청하지 않았더라면 당신과 난 부부가 됐을 거야. 당신이 내 곁에 있든, 없든! 아버지가 나의 명예를 지켜주기 위해 왕에게 무릎을 꿇지 않았더라면!"

모뤄가 무릎을 꿇은 것은 딸의 명예가 아니라 가문의 명예를 지키려고 한 일일 테지만, 아일은 지적하지 않았다.

"그 여자에게 붙은 온갖 화려한, 그…… 터무니없는 이름들도 원래 내 것이야!"

왕의 중매를 철회해달라고 한 아버지의 행동을 리디아가 다행으로 받아들인 건지, 불만스럽게 여기고 있는지도 불분명했다. 그만큼 그녀는 혼란스러워 보였다.

아일은 리디아가 화를 퍼붓는 것을 묵묵히 견뎌내고 말했다.

"우리 혼사와 관련해 내가 당신에게 헷갈릴 만한 행동을 한 기억은 없습니다. 내 의지와 선택은 항상 한 방향을 향했습니다."

리디아의 얼굴이 일그러졌다. 아일은 조용히 말을 이었다.

"난 당신을 동정하지 않습니다, 모뤄 양. 하지만 당신이 모욕을 느낄 만한 일련의 사건들이 있었다는 걸 알겠습니다. 그것은 내 의지에 반하는 일이고, 앞으로 그와 같은 일이 벌어진다는 것은 나에 대한 모욕이라는 것을 만인에게 주지시키겠습니다. 나와 모뤄가와의 관계를 위해서도, 온전히 '리디아 그라테 모뤄'를 위해서도 당신이 방향이 틀어진 원한을 품지 않기를 바랍니다."

그리고 아일은 견습 기사를 보았다.

"이자를 모뤄 영지 밖으로 내보낼 수는 없지만……"

견습 기사는 이해한다는 표정을 보이고는 시무룩하게 고개를 숙였다. 아일이 덧붙였다.

"모뤄가의 책임하에 두겠습니다. 신뢰의 표현으로 받아들여줬으면 합니다."

그리고 현관문 쪽으로 몸을 돌렸다.

대화가 들려도 안 들리는 척 문가에 서 있던 하인들이 양쪽에서 현관문을 열었다.

가을을 불러오는 바람이 불었고, 그 서늘한 바람이 리디아를 부채질했다.

리디아가 분노를 채 벗겨내지 못한 목소리로 소리쳤다.

"거사의 명분이 뭔가요?"

아일은 한숨을 쉬고는 뒤도 돌아보지 않고 말했다.

"다이런의 역사는 오래되었습니다. 묵혀둔 은원들이 지나치게 많습니다."

외워버린 대본을 읊듯 무미건조한 목소리였다.

"초대 에드가와 엘칸 왕과의 관계, 우리 가문과 페렐 가문의 관계, 이번 세르노다 일로 공화파들이 입은 억울한 피해 같은 것도 있겠지요. 슬슬 정리하고 가야 될 때가 아닌가 싶어서요."

"그깟 천한 계집 하나 얻겠다고 이런 일을 벌였다는 걸 사람들이 모를 것 같아요? 망할 인간들이 내 뒤에서 나를 비웃듯 그 애 뒤에서도 말들이 나올 거예요. 천한 것들에게서까지 비웃음을 사게 되겠죠."

리디아가 표독스럽게 웃었다.

"원래 천한 것들은 자기들과 같은 천한 것이 자기들 위에 서는 걸 더 싫어하거든."

"……."

견습 기사는 선을 넘는 리디아를 말릴 생각도 못하고 창백한 얼굴로 얼어붙었고, 문지기들은 동상인 척하는 것도 잊어버리고 아연실색했다.

아일은 두 손을 살짝 모아 쥐고 약손가락의 반지를 잠시 만지작거렸다. 그러고는 뒤돌아 위협적인 눈빛으로 리디아를 노려보았다.

"그녀를 그런 식으로 언급할 수 있는 것도…… 곧 불가능해질 겁니다."

쿠스친은 찻잔을 밀어내고 퍼즐판 위에 낡은 가죽 지도를 펼쳤다.

"여기 작은 붉은 점들이 제 인맥들이 닿을 수 있는 지역입니다. 이 선을 따라 움직일 생각입니다."

쿠스친의 손가락이 바다 쪽을 훑어 페렐 남부를 지나 와이즈 서부에 닿았다. 라야가 고개를 빼고 지도를 들여다보았다.

"역시 배를 타고 갈 생각인가요? 밤의 경계?"

"그렇죠. 일단 페렐을 벗어나야 하는데 남쪽은…… 지금은 멈춰 있다고는 하지만 언제 다시 군대가 부딪칠지 모르고 동쪽으로 가자니 모뤄인데…… 모뤄 쪽은 가기 싫죠? 그럼 이 방법이 가장 빠르고 안전합니다."

쿠스친은 페렐보다 안전한 지역으로 피한 뒤 에드가에게 돌아갈 방법을 찾아보자고 했다. 타본에 있다가 전황이 안정되면 돌아오는 건 어떠냐는 제안도 해보았지만, 라야가 일언지하에 거절했다.

"전쟁이 언제 끝날지, 그 사람이 언제 어디서 어떻게 될지 알고요? 그 사람은 이 와중에도 절 찾고 있을 거예요. 누군가를 찾는다는 건 이야기가 퍼진다는 거고, 결국 이 사실이 헤르첸의 귀에 들어간다면 그땐 마을을 태우는 정도로 그치지 않을 거예요. 전 상황을 반전시킬 수 있는 불안 요소로 남아 있을 수 없어요. 그런 역할은 사양이에요."

"그럼, 일단 와이즈로 가는 건 동의하죠? 아무래도 거기서는 클레이모어 경에게 연락을 취하기 쉬울 테니까. 와이즈 쪽엔 제가 운용할 수 있는 인맥이 적지만 어쩔 수 없죠."

쿠스친은 결정을 내리고 지도를 둘둘 말았다.

"그런데 클레이모어 경의 군대가 페렐 남부에서 한참 동안 멈춰 있는 건 뭣 때문이라고 생각해요? 초반 기세로는 바로 성도까지 올라갈 거 같더니, 저쪽이 전술을 정비하기 좋게 기다려주고 있는 모양새지 않습니까? 기사도 정신을 발휘하는 것 같지는 않고."

라야가 잠시 생각하고 말했다.

"내가 페렐에 있다는 걸 안 게 아닐까요?"

쿠스친은 입을 꾹 다물더니 굵은 눈썹을 미간으로 모았다. 라야는 찻잔의 손잡이를 어루만졌다.

몇 초 후 쿠스친이 초조한 목소리로 말했다.

"얼른 갑시다. 에드가가 퍼즐 대신 날 조각조각내고 싶어지기 전에."

라야가 마음이 상한 표정을 지었다.

"그이는 그런 짓을 하지 않아요. ……아마도."

"아마도?"

"그리고 퍼즐은 조각을 내는 게 아니라 짜 맞추는 놀이잖아요."

쿠스친이 콧방귀를 뀌더니 창 쪽을 가리켰다.

"짜 맞추든 조각을 내든 에드가가 지금 하고 있는 일이 그거잖습니까? 다이런을 조각내고, 다시 짜 맞추기!"

그 부분은 라야도 동의했다.

쿠스친은 서둘러 하인들을 불러 모았다. 떠날 채비를 하라는 지시를 내린 그가 다시 방으로 돌아왔다.

"클레이모어 경께 꼭 얘기를 잘해줘야 합니다? 납치니, 그런 얘기는 되도록 순화해서."

하지만 바다로 이동하려는 계획은 다음 날 해상 봉쇄령이 내려지면서 불가능해졌다.

쿠스친을 친구라고 부르던 이스칸의 경비대장은 미안하다는 말 한 마디 없이 쿠스친 소유의 선박과 선박에 실려 있던 상품들을 군수품 명목으로 가져가버렸다. 쿠스친은 에드가에게 들이밀 장부 목록에 그것들을 추가했다.

결국 쿠스친의 라야 수송 계획은 육로를 이용할 수밖에 없게 되었다.

메이튼과 란겔은 호바르 페렐 시가지에 있는 술집에 있었다. 란겔은 의자를 거꾸로 놓고 앉아 카드 내기를 지켜보았다.

"이거 미안해서 어쩌지. 오늘은 내 날인가 보네."

리앙이 카드를 내려놓으며 말했다. 메이튼이 머리를 쥐어뜯었다.

"이런, 젠장! 한 번만 더 해."

리앙은 고개를 절레절레 흔들면서 판돈을 챙겼다. 주머니가 처지면서 반대로 입꼬리는 웃음을 숨기지 못하고 치켜 올라갔다. '요 며칠 잃기만 했는데, 그래, 이런 날도 있어야 게임할 맛이 나지.' 그런 생각을 하며 리앙은 술로 목을 축였다.

란겔이 메이튼의 어깨 너머로 넘겨다보면서 말했다.

"너 완전 빈털터리야."

"닥쳐."

란겔이 술을 홀짝이고 덧붙였다.

"나한테서 돈 꿀 생각 마."

"너한테 빚질 바에야 페렐가에서 빌려다 쓰지."

"페렐 성 지하에는 돈을 갚지 않은 놈들의 손만 전시된 방도 있다지? 네 자리가 비어 있어야 할 텐데."

"그래도 그쪽은 오래 괴롭히지는 않고 죽여줄 테니까 너보다야 낫지."

리앙은 두 사람의 만담이 재밌다는 듯 히죽거렸다. 메이튼과 란겔은 리앙 몰래 눈길을 교환했다.

메이튼과 란겔이 호바르에 들어온 것은 이틀 전이었다. 호바르 성 가까이에 온 그들은 몇 가지 문제가 있다는 걸 알았다.

문제 하나, 호바르 성에 어떻게 들어가느냐?

경계가 삼엄해진 페렐 주의 성들은 성문을 굳게 걸어 잠그고 외부인들의 출입을 거의 허락하지 않고 있었다. 성내에 아는 인간이 있다면 일이 쉽게 풀리겠지만, 메이튼과 란겔 어느 쪽도 사교적인 인간은 아니었다. 게다가 호바르의 영주는 페렐 가문의 가신이었기 때문에 두 사람은 위장이 필요했다.

첫 번째 문제를 해결하기 위해 둘은 르웨이의 힘을 빌렸다. 와이즈 가문과 멀리멀리 연이 닿는 상단의 도움을 받아 상단을 호위하고 있다는 명목으로 성문의 검색을 통과할 수 있었다.

문제 둘, 성에 들어갔다면 어떻게 나오느냐? 이건 나중에 생각하고.

문제 셋, 이게 가장 중요한데……, 두 사람은 호바르 성에 들어가서야 새로운 문제가 생긴 것을 알게 됐다.

쿠스친은 호바르로 오지 않았다!

메이튼의 표현에 의하면 '망할 놈의 개자식'은 심부름꾼 편에 전갈을 보내 '당분간 호바르에 오지 않을 테니 하인들은 평상시대로 일을 하면 된다.'는 뜻을 전해왔다고 한다. '중요한 계약'을 먼저 성사시켜야 한다나 뭐라나.

메이튼과 란겔은 쿠스친이 어디로 향했는지 알아야 했다. 쿠스친에겐 다행이지만 두 사람에겐 불행인 것이, 쿠스친의 하인들은 무거운 입을 가졌다는 것이었다. 넌지시 물어보는 것은 씨알도 안 먹혔다. 어르고 달래도 주인의 행방을 털어놓는 이가 없었다. "하인들에게는 어지간히 잘하는 개자식인가 보네."라며, 메이튼은 란겔이 불안할 정도로 검자루를 쓰다듬었다. 그렇다고 신분을 밝히고 고압적으로 행방을 말하라 협박할 수도 없는 노릇이었다. 그랬다간 경비병들에게 둘러싸여 한바탕 소란을 떨어야 할 테니까.

두 사람은 쿠스친에 대한 정보를 모으는 것을 관두고, 쿠스친 밑에서 일하는 자들에 대해 조사했다. 그리고 저녁 무렵 술집으로 갔다. 그곳에 리앙이 있었다.

리앙은 쿠스친의 저택을 관리하는 하인 중 하나였다. 그는 하인들 중에서도 직급이 높은 편이었고 덕분에 아는 것도 많았다. 예를 들어 주인의 행방이라든가.

가장 좋은 건 리앙이 도박을 한다는 점이었다. 주인이 없는 날이면 리앙은 술집에서 거의 살다시피 한다고, 메이튼의 유혹에 넘어간 하녀 하나가 말했다.

술집으로 간 메이튼과 란겔은 도박패들에게 신나게 깨지고 있는 리앙을 찾아냈다. 메이튼과 란겔은 가위바위보를 했고, 메이튼이 이겼다. 두 사람은 자연스럽게 카드놀이에 꼈다. 란겔은 도박패들에게 시비를 걸어 그들을 술집 밖으로 불러냈다.

잠시 뒤, 란겔은 혼자 테이블로 돌아왔다. 그동안 메이튼은 리앙에게 연거푸 지면서 리앙의 기분을 띄워주었다.

"뭐해, 한판 더 하자니까? 주머니가 비면 내 목을 걸지."

메이튼이 섬뜩한 미소를 지으며 리앙을 쳐다보았다. 리앙이 목 막힌 소리를 냈다.

리앙은 카드를 돌리면서도 메이튼이 의자에 걸어둔 검집과 란겔의 눈 흉터를 힐끔거렸다.

"이제 그만하지그래? 내가 술 한 잔 살 테니."

리앙이 달래듯 말했다.

"내 머리를 건대도 그러네."

그러면서 메이튼은 손가락으로 카드를 두드렸다. 란겔이 코웃음을 쳤다.

"네 머리를 가져다가 어디다 써먹으라고? 네 다리 사이에 있는 게 네목 위에 있는 것보다 더 효용이 있을걸. ……꼭 그런 것만도 아닌가?"

메이튼은 잠시 란겔을 노려보았다가 웃음을 터뜨렸다. 리앙도 웃었다.

다시 판이 벌어졌고, 마지막 판에서도 결과는 같았다. 메이튼이 빈 주머니를 보이며 우는 시늉을 하자 리앙이 술을 사겠다고 했다.

메이튼과 란젤, 리앙은 술집이 문을 닫을 때까지 술을 마셨다. 세 사람 모두 술에 취한 것처럼 보였지만 실제로 취한 것은 리앙뿐이었다. 메이튼은 용병 일의 고충을 털어놓았고, 란젤은 비아냥, 깐죽거림, 맞장구를 적절히 구사하며 메이튼의 이야기에 흥을 더했다. 두 남자는 은근히 심문 기술을 사용했다. 만취한 리앙을 주거니 받거니 하며 쥐고 흔들었다. 끝내 리앙은 혀 꼬부라진 목소리로 쿠스친의 행방을 털어놓고는 망할 세상을 위해 건배하자고 외쳤다.

리앙은 요즘 관심 있는 하녀에 대해 더 얘기하고 싶어 했지만, 그건 메이튼과 란젤이 궁금한 것이 아니었다. 두 사람은 원하는 것을 얻고는 뒤도 돌아보지 않고 일어섰다. 새벽 3시경, 메이튼과 란젤은 술집을 나왔다.

"돈이든 말이든 새는 구멍을 찾고 싶으면 주변에 도박하는 놈이 없는지 찾아보라는 말이 있지."

메이튼이 술집 문을 돌아보고 말했다.

"유용한 격언이군."

란젤이 파이프 담배를 빼물고 대꾸했다.

두 사람은 대화 없이 걸었다. 한참을 걷다가 란젤이 자조적으로 말했다.

"누구 뒤꽁무니 쫓는 짓 좀 그만두나 했더니⋯⋯."

"네가 뒤꽁무니 쫓는 짓을 잘한다고 생각하니까 장군이 이 일을 맡기신 거겠지."

메이튼이 심드렁하게 대꾸했다. 란젤은 파이프를 문 채 불분명한 말투로 중얼거렸다.

"그래, 뒤꽁무니 쫓는 짓을 좆나게 잘해서 장군도 찾아내고 여자도 찾아야 하고."

란젤이 멈춰 서서 파이프 담배를 껐다. 그리고 주위를 둘러보았다. 잠이 든 주택가였다.

란젤은 앞서가는 메이튼의 등을 바라보았다.

"뒤꽁무니 쫓는 짓은 너도 잘하잖아. 네 별명이 아마…… 에드가의 애완견이었지?"

메이튼이 멈춰 서서 란젤을 돌아보았다.

"그래. 하지만 내 앞에서 그 말을 한 놈은 한 명도 없었지."

"싸우고 싶어?"

"별로."

"난 싸우고 싶은데."

란젤은 그렇게 말하고 메이튼의 반응을 기다렸다. 골목 어디에서 개 짖는 소리가 들려왔다. 메이튼이 물었다.

"네가 왜 날 보고 애완견이라고 부를 수 있는지 알아?"

란젤이 어깨를 으쓱했다.

메이튼이 말했다.

"아직 개한테 물려본 일이 없거든."

란젤이 검을 검집째로 바닥에 던졌다.

"어디, 애완견 송곳니가 얼마나 날카로운지 볼까?"

메이튼은 한숨을 쉬고 허리에서 검을 풀었다. 검을 땅에 던지기 무섭게 란젤이 달려들었다.

세련된 싸움도, 보기 좋은 싸움도 아니었다. 소년들의 주먹다짐에 가까웠다. '얼간이.' '머저리.' '벤클로에랑 붙어먹을 새끼.' 등의 잡스럽고 유치한 욕설은 덤이었다.

소란에 집들이 하나둘씩 깨어났다. 등잔을 든 사람들이 창가를 기웃거렸다. 야간 순찰을 돌던 경비병들이 뛰어와 둘을 떨어뜨려놓을 때까지 두 남자는 한참을 엉겨 붙어 흙바닥을 굴렀다.

둘은 경비대 초소로 끌려갔다. 경비대장은 한심하다는 표정으로 문제를 일으킨 두 용병을 바라보았다. 두 남자 다 사이좋게 입술이 터져 있었다. 경비대장은 둘에게 선택할 기회를 주었다. "상황이 상황인지라 재판은 없을 거고, 감옥 감시에 쓸 인원도 없소. 목을 내놓겠소? 지금 당장 꺼지겠소?"

메이튼과 란겔은 당연히 추방 쪽을 선택했다.

새벽 4시경, 두 사람은 호바르를 무사히 빠져나왔다.

모뤄 선제후와의 대화가 적당히 좋은 방향으로 끝나자, 아일은 모뤄가의 영지에 속하는 키르란 섬으로 부하들을 보냈다. 히비커스가 그곳에 감금되어 있었다.

결코 좋은 사이라고 할 수 없고 앞으로 사이가 회복될 가능성도 높지 않지만, 어쨌든 그녀는 아일의 조모였다. 가까운 혈육을, 그것도 그를 대신해 감금되어 있던 노인을 모른 척 그대로 외딴섬에 처박아둬 생길 악명을 감수할 이유가 없었다. 역사를 참고해봐도 혈육에게 비정한 왕이란 가장 비난하기 좋은 인물이 아니던가. 정적들이 공격하기 좋은 약점을 늘릴 필요는 없었다.

아일이 라야와 함께 종적을 감추자, 헤르첸은 클레이모어가의 최종 책임자를 소환했다. 그레엄이 죽은 후 아일이 클레이모어가의 새 수장이 되었지만 그는 사라졌다. 히비커스는 가문의 수장이 될 수 없지만 당시 가문의 최종 관리자이자 책임자라고 할 수는 있었다. 그녀는 에드가가 저지른 불복종과 무례에 대한 처벌을 대신 받아야 했다. 그녀가 그 역할을 달갑게 받아들였는지는 알 수 없다.

아일은 라야와 결혼 생활을 하면서도 종종 그 점이 궁금했다. 저 대신

감금 생활을 해보니 기분이 어떠신가요, 할머님?

적어도 당시엔 본보기 차원에서라도 왕이 히비커스를 죽일 것이라고 생각한 사람이 많았던 것 같다. 시반도 마찬가지였다.

시반은 히비커스를 도피시키려 했다. 왕이 보낸 병사들과 호위 시반 간에 결과적으로 무의미하고 과격한, 그리고 길지 않은 싸움이 있었다. 그 와중에 시반은 목숨을 잃었다.

시반은 아일의 기억이 시작될 무렵부터 언제나 히비커스 옆을 지켰고, 그녀의 명령으로 젠을 죽여 아일에게 영원히 아물지 않을 상처를 남겼다. 히비커스가 라야를 위협할 때에도 그는 좋은 무기가 되어주었다.

라야의 추리에 의하면 히비커스와 시반은 단순히 고용주와 고용인의 관계만은 아니었다. 라야는 두 사람이 모자지간일 거라 짐작했다. 그 말을 들은 아일은 정말 크게 웃었다. 라야가 무안해져 얼굴을 붉힐 정도로.

히비커스는 시반의 죽음에 충격을 받았을까?

그 이전에, 그레엄의 실종은 그녀에게 조금이라도 심리적인 타격을 주었을까?

아일은 히비커스를 만나면 꼭 이 질문을 해야지 생각했다.

할머님, 라야 말이 당신에겐 두 아들이 있다고 하던데, 아버지에게 정말 아비가 다른 형제가 있었나요? 그게 혹시 제가 아는 사람인가요?

라야의 짐작이 맞든 틀리든, 그 질문은 히비커스를 화나게 하거나 당황케 만들 것이다. 어느 쪽이든 좋았다.

하지만 막상 히비커스를 앞에 두자 아일은 아무 말도 할 수 없었다. 처음 몇 초는 히비커스를 도피시키려고 했던 시반의 계획이 성공한 줄 알았다. 오죽하면 히비커스를 데려온 부하에게 이렇게 물었을까.

"다른 사람을 잘못 데려온 거 아니야?"

다시 만난 히비커스는 너무나 늙어 있었다.

길에서 지나치면 알아보지 못할 정도로, 평범한 노파의 모습이었다.

마렉은 아일의 의자 뒤에 서 있었다.

파이 접시가 테이블에 놓이고 삼십 분이 지났는데 아무도 거기에 손을 대지 않았다. 마렉은 아무에게서도 사랑받지 못하는 파이가 안쓰러웠다.

젊은 장군과 그의 할머니가 말없이 서로 노려보기만 하고 있는 덕분에 마렉은 방해 없이 많은 생각을 할 수 있었다. 있지도 않은 애인과 향후 몇 명의 아이를 낳을 것인지 생각할 때쯤 누가 말했다.

"왕이 그러더구나."

히비커스였다.

"그가 날 죽이지 않은 건 네가 날 싫어하기 때문이라고."

마침내 아일도 입술을 움직였다.

"고맙다는 얘기시라면⋯⋯."

"고맙구나."

두 사람의 말이 겹쳤다. 다시 어색한 침묵이 흘렀다.

잠시 후, 아일이 천연덕스럽게 말했다.

"별말씀을. 할머님을 싫어하는 게 그다지 힘든 일은 아니었으니까요."

"그것 말고. 시반의 장례를 치러줬다고 들었다. 네가 그 아이에게 우호적인 감정을 가지고 있을 리 없을 텐데도 말이다. 고맙구나."

그 남자는 정말 당신의 숨겨진 아들이었습니까?

그 말이 튀어나가게 하지 않으려고 아일은 입술 끝에 힘을 주었다. 웃는 것처럼 보일 것이다.

"제가 장례를 치러준 것이 아닙니다. 토우카 가문에서 한 일이지요."

"그래, 토우카 가문이 그간 우리 저택을 불하받아 관리했다지. 토우카 가문이 시반의 시신을 수습해주었고. 토우카 가문은 저기 저 남자와 관계가 있다고 들었다."

히비커스가 눈으로 마렉을 가리켰다. 마렉은 '제대로 알고 계십니다. 토우카 가문은 제 죽마고우의 집안이지요.'라는 뜻의 고갯짓을 했다. 히비커스가 다시 아일을 보고 말했다.

"그러니 결국 네가 한 일이지. 네가 그렇게 뒤에서 노력하고 있는 줄 알았더라면 보답으로 자결이라도 해줄 걸 그랬다. 난 또 네가 멍청하기만 한 줄 알고 자수만 놓고 있었지 뭐냐."

아일은 대꾸하지 않았다. 침묵이 길어졌다.

마렉은 파이를 근엄하게 응시했다. 돌연 아일이 파이 접시를 들어 마렉에게 건넸다.

"가지고 나가서 먹어."

"괜찮습니다, 장군."

마렉이 무뚝뚝한 얼굴로 사양했다. 아일은 히비커스에게서 눈을 떼지 않고 말했다.

"그러면 배에서 나는 소리나 어떻게 해봐. 귀 바로 뒤에서 말이 울어대는 것 같잖아."

"죄송합니다, 장군. 소리가 나지 않도록 해보겠습니다."

"젠장."

아일이 돌아보았다.

"내가 정말 그러고 싶다면 자네 하나 못 떨궈낼 것 같나?"

"와이즈 경과 메이튼이 장군 곁을 한시도 떠나지 말라고 했습니다. 개인적인 부탁이었습니다."

"마렉, 당장 파이를 가지고 나가. 한 시간 뒤 내 방에서 만나지."

마렉은 두말 않고 경례를 붙이더니 접시를 들고 방을 나갔다.

히비커스가 말했다.

"여자를 잃어버리고 안절부절못하는 꼴이라니. 부하들 앞에서 위신이 흔들림이 없겠구나."

"몇 녀석이 과민해서 그렇습니다. 그런 성격이 필요한 자리에 있는 자들이니 과민함이 단점이랄 것도 없지요."

"계집은 어쩌다 잃어버린 거냐?"

아일은 히비커스의 질문을 무시했다.

"놀랄 정도로 건강하신 것도 확인했고, 제가 설명을 하지 않아도 상황을 전해 들을 창구를 가지고 계신 듯하니……."

아일이 일어섰다.

"전 이만 가보겠습니다."

"클레이모어가에 처음 온 날."

히비커스의 시선은 아일을 쫓아가지 않았다. 아일은 한숨을 쉬고 반쯤 일으켰던 몸을 도로 앉혔다. 아일과 눈이 마주치자 히비커스가 계속 말했다.

"나는 기대하던 것들이 있었다. 꿈이라면 꿈이고 욕망이라면 욕망이지. 그걸 위해 내가 얼마나 많은 것을 포기해야 했는지 너는 모를 거다."

"회한과 해명의 추억담이라. 그런 얘기를 나누기에 적당한 시기는 아닌 것 같습니다. 별로 듣고 싶지도 않고요."

"그럼 다 건너뛰자꾸나. 난 클레이모어가가 당연히 누려야 할 것을 누리지 못한다고 생각했다. 정당한 몫을 내내 빼앗기고 있다고 느꼈어. 이곳에 오고자 그 많은 것을 포기해야 했는데 또 포기하라는 건 억울했어. 세상도 내가 내놓은 만큼 내놓아야지. 그래야 온당하지."

"너무 많이 건너뛰어서 무슨 말인지 모르겠는데요."

히비커스는 손자의 말을 무시하고 말을 이었다.

"아이러니하다고 할 만하지. 너는 날 싫어하고 나는 그 계집을 싫어했다. 그런데 넌 그 계집 때문에 내가 바라던 것을 손에 넣으려고 하는구나. 그럼 이제 난 그 아이에게 고맙다고 해야 할까? 과정이야 어떻든 모두에게 해피 엔딩이라고 하면 좋겠지만, 이상하게 난 행복한 기분을 느낄 수가 없구나."

"평생을 짜증과 분노로 사셨으니 버릇이 돼서 그럴 겁니다. 아님, 원하던 걸 덜컥 얻게 되니 허무하기라도 하신 건가요?"

아일이 짜증스럽게 테이블을 두드리는 짓을 멈추고 웃는 얼굴로 덧붙였다.

"제게 한결 성취감을 안겨주시는군요."

"허무한 거와는 달라. 정상을 얼마 안 남기고 주변을 둘러보니 올라와야 할 산이 이 산이 아닌 것 같아. 모른 척 그대로 올라갈 수도 없고, 그렇다고 이제 와 다른 산을 찾아가자니 자존심이 상해. 얼간이가 된 기분이야."

아일이 손가락으로 허공에 사각형을 그렸다.

"크롬헬에도 독방이 있습니다. 누워서는 다리를 뻗기도 힘들 만큼 좁은데 거기에 사흘만 갇혀 있으면 모두 철학자가 됩니다. 갇혀 계시던 곳이 평생 사시던 곳보다 많이 좁긴 했지요."

"너의 빈정거리는 농담을 그 아이는 잘 받아주더냐?"

쾅!

아일이 손바닥을 내리쳤다. 결코 작지 않은 테이블이 부서질 것처럼 흔들렸다.

히비커스는 찻잔의 진동이 멈출 때까지 기다렸다. 이윽고 그녀가 말했다.

"발이 있어도 갈 수 없고 손이 있어도 내키는 대로 뻗을 수 없는 자리라지."

"……."

"네 혀도 네 것만이 아닌데 표정이라고 네 것일까. 왕의 분노는 다이런의 분노라고 할 만하니 슬픔도 노여움도 필요에 의해서만 내는 것이지. 그런 자리라더구나, 그 자리가."

히비커스가 테이블 위를 목적 없이 떠돌던 시선을 들어 아일을 똑바로 쳐다보았다.

"이왕 하기로 한 거라면 제대로 해내거라. 빈정거릴 때마다 네가 얼마나 불안해하고 있는지 읽히는구나. 제발 부하들 앞에서는 그러지 마라."

자못 자애롭게 들리는 말투였다.

조금 긴 침묵이 흐른 뒤 아일은 인사도 없이 테이블을 떠났다. 히비커스가 뒤에다 대고 말했다.

"찾으면 데려오거라. 미안하다는 말은 못해주겠지만…… 사과를 못하는 것도 버릇이 되어놔서 말이다. 하지만 고맙다는 말 정도는 해줘도 괜찮겠지."

아일은 뒤도 돌아보지 않고 방을 나갔다.

히비커스는 그가 앉아 있던 빈 의자를 망연히 바라보았다.

"버릇이라……."

비석에 석양이 내려앉았다. 아일과 마렉은 저택 외곽에 있는 클레이모어 가문의 가족 묘지에 있었다. 아일이 마렉에게 물었다.

"재미있지 않아?"

마렉은 입에 시금치 빵을 욱여넣고 있는 중이었다. 빵의 반 이상이 식도로 넘어간 터라 마렉은 바로 대답하지 못했다. 아일이 빵을 든 손을 휘저었다. 빵이 가리키는 방향으로 쭉 늘어선 묘비들이 보였다.

"여자들은 죽으면 화장이 되어 바다에 뿌려지고 남자들은 이곳에 묻히지."

마렉은 빵을 꿀꺽 삼키고 대답했다.

"괴상한…… 전통이군요."

그리고 바로 앞에 있는 그레엄 후센 클레이모어의 묘비로 눈길을 돌렸다.

아일은 음각으로 새겨진 '그레엄'이란 글자를 노려보았다.

"이 묘비의 주인은 정작 이 자리에 있지도 않아. 시체는 찾지도 못했어."

"유감입니다."

아일은 마렉의 귀에 짜증으로 들리는 소리로 웃었다.

"첫 번째 에드가는 시체라고 할 만한 게 없었고, 저택이 세워진 것은 란 에드가 때지만 란 역시 이곳에 묻히지는 않았어."

"란이 아마…… 갈라마 인의 땅에서 죽었지요?"

마렉은 란 에드가 전기의 끝부분을 떠올리려고 노력했다. 왜 이렇게 이야기들의 마지막은 안 읽은 것처럼 어렴풋한 건지.

아일이 말했다.

"알 게 뭐야. 재밌는 건 이 묘지에 있는 묘들 중 절반 이상이 시신이 없는 묘라는 거야. 여자들은 모두 이곳에 없고 남자들 다수는 시체 반쪽이라도 건지면 다행인 삶을 살았으니까. 조문을 하고 싶으면 이곳에 올 게 아니라 하늘을 보고 하는 편이 낫지."

"재미있군요."

마렉은 아일이 처음 한 말에 동의했다. 아일은 빵을 한입 먹고 중얼거렸다.

"이런 상황에서도 배는 고픈 게 또 재밌지."

아일의 불안을 눈치챈 마렉이 위로했다.

"부인은 곧 찾을 수 있을 겁니다. 그 두 사람을 보냈으니까요."

"이 빵, 정말 맛이 없군."

아일이 말을 돌렸다. 속이 또 메스꺼워지기 시작했다. 부하 앞에서 토악질을 하기는 싫었다. 위엄이 서는 모습은 아닐 것이다. 이래서 가급적 부하들 앞에서는 라야에 대한 생각을 하지 않으려고 했는데, 빌어먹을. 이번엔 참지 못했다. 아일이 갑자기 하늘을 향해 소리를 질렀다. 마렉이 놀라 입을 벌리고 아일을 쳐다보았다. 정말 빵 때문이라고 생각한 건지 배려를 한 건지, 마렉이 용서를 구했다. 그러고는 퍼뜩 생각이 났다는 듯 말했다.

"엘칸은 고기가 질기다고 요리장 셋을 죽였다고 하더군요."

아일이 황당한 얼굴로 마렉을 쳐다보았다.

"그 아래 젊은 요리사들은 이가 뽑혔고요. 그날, 주방 인원의 반 이상이 갈렸답니다."

아일은 진심으로 웃기다고 생각해서 웃었다.

"나도 떠올리는 것만으로도 역겹고 잔인한 소문을 몇 개 들었지. 왕비가 공식 석상에 모습을 보이지 않는 것도 어디 갇혀 있거나 아픈 게 아니라 실은 그의 괴벽을 참지 못하고 도망친 거란 얘기도 있어. 소문이 스스로 자라나기라도 하는 것 같아. 누가 이야기를 만들어내고 있는 거라면 좀 더 현실감 있는 쪽으로 상상력을 키우라고 하고 싶군."

"만들어낸 이야기가 아닙니다. 적어도 이 경우는요."

마렉이 담담하게 말했다.

"제 사촌이 이가 뽑힌 요리사 중 한 명이었습니다."

아일은 마렉을 빤히 쳐다보다가 말했다.

"미안하군."

"괜찮습니다."

기회가 있다면 얼마든지 제대로 미친 짓을 할 수 있는 인간.

아일은 헤르첸에 대한 첫인상이 맞았음을 증명받은 기분이었다.

'거봐, 라야. 내 말이 맞잖아.'

라야의 대답 대신 바람이 불어왔다. 다소 긴 앞 머리칼이 눈두덩을 스쳤다. 마이카 섬에서 축제 전날 라야가 마지막으로 잘라준 것이었다. 그리움과, 그리움만큼의 고통이 순간적으로 아일의 얼굴을 스쳐갔다. 마렉이 무뚝뚝한 얼굴로 말했다.

"가능하다면 엘칸의 이는 제가 뽑고 싶습니다. 가능하다면요."

아일은 석양이 지는 쪽을 바라보며 중얼거렸다.

"정말 경매라도 부쳐야겠군. ……아, 헤르첸의 좋은 점을 하나 찾았어."

그런 게 있습니까? 마렉이 아일의 뒤통수를 바라보았다.

"공평해. 짐승과 인간을 차별하지도 않고, 지위 고하, 성별, 인종에 관계없이 공평하게 미친놈처럼 굴어."

"정말 공평하군요."

마렉은 농담이라 생각한 모양이지만 아일은 농담이 아니었다. 아일이 말했다.

"페렐 선제후가 헤르첸을 어떻게 생각하고 있는지 궁금하군."

72

새로운 땅을 점령해가는 전쟁이 아니었다. 정치력을 무기로 그들의 조국 위에서 벌어지는 땅따먹기 게임에 가깝다. 어느 쪽도 길을 지나는 상단을 습격하지는 않을 것이다. 쿠스친은 그렇게 판단했다. 용병의 호위를 받으며 움직이는 건 오히려 눈길을 끌 것이다. 라야도 동의했고, 일단 마음을 먹은 이상 그를 전적으로 믿기로 했다.

일행은 다섯 명이었다. 라야와 쿠스친, 호슨, 록사나, 그리고 라렌시.

라야는 라렌시를 데려가길 바랐다. 쿠스친은 이스칸 페렐에 머무는 동안 라렌시를 임시 일꾼으로 고용한 터였다. 라렌시는 일이 필요했고, 라야는 믿을 수 있고 위안이 되는 친구가 필요했다.

"으음, 남자가 한 명 더 있어도 나쁘지 않겠지."

쿠스친은 라렌시에게 수정된 임시 근로 조건을 일러주었다. 보수는 라렌시가 극단을 관둔 뒤 번 돈을 모두 합친 액수보다 많았다. 너무 후한 조건이라 놀란 걸까? 잠시 주저하는 것 같았지만 라렌시도 결국 동행에 응했다.

되도록 성은 거치지 않기로 했다. 성마다 출입구의 검문이 까다로워졌기 때문이다. 페렐에서 모뤄로 갈수록 경계는 더욱 삼엄해졌다. 세 번째로 들른 성에서는, 록사나의 없던 관심도 불러일으키는 호들갑스러운 연기 때문에 라야의 정체가 거의 들통 날 뻔했다. 그 뒤로는 쭉 야영을 했다.

밤이 되면 마차에서 잠을 자고 낮이 되면 이동했다.

록사나는 셋째 날까지 태교에 좋다는 노래를 쉬지 않고 불러댔다. 라야는 록사나가 자신에게 복수를 하는 거라 생각했다. 그동안 식사를 남기고, 방을 어지럽히고, 짜증을 부리고, 식사 시간 전에 도망친 것에 대한 복수구나.

라렌시는 가끔 기분이 내키면 1인극을 보여주었다. 록사나를 잠시 입 다물게 할 수 있다는 점에서도 그는 구원과 같았다. 물론 연극이 끝나면 록사나의 노래가 다시 시작됐다. 참다못한 쿠스친이 닥쳐달라고 부탁한 뒤에야 마차는 평화를 찾았다.

잠이 많아서 못 미더운 록사나를 제외하고 네 사람이 돌아가며 불침번을 섰다. 쿠스친은 라야를 혼자 불침번으로 두기 마음에 걸렸던지 그녀가 불침번을 설 때면 같이 잠을 자지 않았다. 두 사람은 밤새 대화를 나누었다.

쿠스친은 그동안의 잘못을 사과하려는 것처럼 라야가 흥미를 가질 만한 이야깃거리를 계속 내놓았다. 고위층 인사들의 뒷말, 은밀한 소문, 괴벽 같은 것. 나이대도, 성별도 다른 두 사람이 동시에 재밌다고 느낄 만한 이야기는 한계가 있었고, 그러다 보니 부모 없이 컸던 그의 어린 시절 이야기도 나왔다. 한심한 첫사랑 이야기도. 상인이 되면서 겪어야 했던 고생담도.

말에도 가속도가 붙는 건지 절대 누구에게도 하지 않을 거라 생각했던 이야기까지 나왔다. 부인을 어디서 만났고 그가 어떻게 부인을 붙잡았고 청혼은 어떤 식으로 했으며 그가 그녀에게 어떤 잘못을 저질렀는지. 그리고 부인이 잠든 채로 숨을 거두기 전 그가 어떤 사과를 했는지도. 사과가 너무 늦은 거 같다는 후회도 털어놓았다. 정신을 차려보니, 라야가 측은한 얼굴로 손수건을 건네고 있었다. 쿠스친은 어색하게 손수건을 건네받아 눈물을 닦았다.

쿠스친은 조심스럽게 에드가에 대해 물었다. 라야는 잠시 망설이다가 아일을 어떻게 만났는지 얘기해주었다. 아일 에드가는 두말하면 입 아픈 유명 인사였고 쿠스친도 당연히 그에 대해 들은 말이 많았다.

클레이모어가의 가장 빛나는 영광과 가장 참담한 비극이 깃든 이름.

메마른 표정, 상대를 가리지 않는 가혹한 태도 – 심지어 자신에게도.

피로 얼굴을 씻어내는 데 중독된 악귀처럼 적을 도살한다는 얘기도 들었던 거 같다.

다이런의 역사, 크롬헬의 자부심, 인간들의 노골적인 기대와 경계도 아일 에드가를 질식시키지는 못했다. 신이 그에게 죽음을 무기로 주었기에 어떤 두려움과 고통도 그를 황폐화시키지 못한다. 쿠스친에게 아일 에드가는 생명력 없이 박제된 영웅이었다.

하지만 라야의 눈으로 본 에드가는 달랐다. 숨을 쉬고, 달리면 지치고, 화내고, 웃었다. 에드가도 슬픔을 느꼈다. 그도 쿠스친과 같은 인간이었다.

몇 날 며칠 대화가 계속됐다. 그러는 동안 쿠스친은 에드가에게 인간적인 호감을 느끼는 자신을 발견할 수 있었다.

이른 아침의 냉기가 황궁의 유리창에 얼음 꽃으로 피어 있었다. 빈 관 속으로 머리를 들이밀면 맡을 수 있을 것 같은, 겨울이 오기 직전의 서늘한 냄새가 방 안을 떠다녔다. 그리고 피 냄새도.

"제가 선제후께 무리한 요구를 했나요?"

아일이 근위대 대장의 시신을 내려다보며 물었다. 시신은 날아오는 화살과 검을 죄다 혼자 막은 것처럼 너덜너덜해져 있었다.

페렐 선제후는 불편한 기색을 숨기지 못하고 금칠이 된 천장을 올려다보았다. 천장의 중앙엔 라우니트 왕가의 문장이 그려져 있었다. 매일 밤, 미친 엘칸 왕이 노려보며 잠들었을 태양 문장.

선제후의 보좌관은 페렐 선제후가 매우 초조해하고 있다는 걸 알아챘다.

세 사람은 헤르첸의 침실에 와 있었다. 근위대 대장 말고도 시신 네 구와 붉은 침대, 피가 고인 바닥, 부서진 문짝, 다리 두 개가 사라진 차 테이블이 눈에 띄었다.

아일이 페렐을 보며 말했다.

"제 사람들을 빌려드리겠다고 했습니다. 그런데도 선제후께서 한사코 사양하셨지요."

페렐은 목에 가시가 박힌 것처럼 크게 헛기침을 했다. 아일은 시신을 사이에 두고 페렐을 똑바로 쳐다보았다.

"자신만만하시기에 헤르첸을 잡아두기라도 한 줄 알았습니다. 그런데, 그가 도망을 쳤군요."

페렐은 흉터를 씰룩거리더니 보좌관의 귀에 대고 무슨 말을 소곤거렸다. 보좌관이 고개를 끄덕이고 아일에게 말했다.

"선제후께서 말씀하시길, 왕은…… 아니, 엘칸은 최근 벌어진 두 번의 암살 시도 때문에 매우 예민해져 있었다고 합니다."

아일이 허벅지를 두드리며 고개를 끄덕였다.

"제가 나서기 전의 일이지요. 성격이 급한 사람은 어디든 있는 법이니까."

그리고 다시 근위대 대장의 시신을 내려다보았다.

"그래서 더욱 당신의 힘을 빌리려 했던 겁니다, 선제후. 헤르첸을 가까이서 만날 수 있는 당신이기에 믿고 맡긴 일이었습니다. 하다못해 보고를 하는 척 다가가 조용히 그의 목을 벨 수는 없었습니까?"

보좌관이 대신 대꾸했다.

"선제후께서 말씀하시길, 자신은 자객이 아니라고 하십니다."

"손에 피를 묻히는 게 싫다면 진짜 자객을 데려가지 그러셨습니까? 꼭 이런 식으로 요란하게 사병들을 끌고 와 성내 병사들을 죄다 불러 모으고 국소전을 벌여야 했습니까? 귀머거리도 그 소란엔 도망을 치겠습니다."

아일이 신랄하게 빈정거렸다. 보좌관은 자신이 꾸중을 듣는 것처럼 고개를 숙였다.

페렐은 입술을 달싹거리더니 다시 보좌관의 귀에 입을 갖다 댔다. 보좌관이 말했다.

"선제후께서 말씀하시길, 장군께서 지금 서 있는 자리를 잘 보라 하십니다."

아일은 자신의 신발과 밟고 있는 바닥을 내려다보았다. 그걸 본 페렐은 다시 보좌관의 귀에 말을 속삭였다. 보좌관이 고개를 두 번 끄덕이고는 말했다.

"선제후께서 말씀하시길, 왕은 놓쳤으나 페렐 주의 성문들을 열어 장군을 이리 황실에 쉽게 입성케 한 공을 잊지 말라 하십니다."

아일이 페렐을 가만히 쳐다보았다.

"공치사할 필요는 없습니다."

페렐의 흉터가 더 붉어졌다. 아일이 창 쪽을 바라보며 멀리 시선을 던졌다. 새벽을 밀어내고 날이 밝아오고 있었다. 그가 말했다.

"만약 제가 선제후를 공격해야 할 입장이라면 오늘 일을 들어 이리 말할 것입니다. '페렐이 아직 설 자리를 정하지 못해 일부러 엘칸을 빼돌린 후, 양쪽 중 어디든 뒤통수를 칠 기회를 엿보고 있는 것이다.'라고요."

"무슨 그런……!"

페렐은 다시 재빨리 보좌관에게 뒷말을 속삭였다. 보좌관이 말했다.

"선제후께서 말씀하시길, 증명하겠다고 하십니다. 자신의 약속이 어설픈 셈놀이가 아님을 증명하시겠다고요."

아일은 한숨을 내쉬었다.

"선제후, 당신이 아니라도 이미 많은 사람들이 내게 상당한 것을 바치고 그만큼 얻어내려 하고 있습니다."

아일은 짐짓 부드러운 말투로 말했다.

"지금까지는 공화파와 왕정파 둘의 이익이 상충되지 않는 선에서 양쪽의 요구를 모두 들어줄 수 있었지만, 당신까지 받아들인다면 몫이 줄어드는 것을 안 자들이 불만을 품겠지요. 가장 큰 문제는 지금은 얌전히 내가 헤르첸의 목을 건네줄 거라고 믿는 공화파가 칭얼대기 시작하는 겁니다. 예전 그림과 다를 게 없다고 짜증을 내겠지요. 선제후께서 스스로 우리가 그리고 있는 그림에 어울리는 나무란 걸 증명하셔야 합니다."

"알······!"

페렐은 소리를 치려다가 멈칫하고 보좌관의 귀에 다시 입을 갖다 댔다. 보좌관이 말했다.

"선제후께서 말씀하시길, 알고 있다고 하십니다. 가문의 명예뿐 아니라 자신의 명예와도 관계된 일이기에 놓친 엘칸을 반드시 책임지고 잡아다 놓겠다고요."

"아까부터 묻고 싶었는데 어디 불편하십니까? 왜 사람을 앞에 두고 다른 사람을 통해 얘기를 하시는지?"

"선제후께서 말씀하시길, 아직은 어색하다고 하십니다."

아일이 눈썹을 치켜 올리자, 보좌관이 우물쭈물 덧붙였다.

"장군께 존대를 하는 게 어색하다고 하십니다."

그리고 보좌관은 억지로 웃었다. 아일은 웃지 않았다. 페렐도 웃지 않앉고, 보좌관은 울적해졌다.

아일이 말했다.

"충성을 증명하십시오."

그리고 시신을 가리켰다.

"애먼 시신을 가져다 놓고 자신이 노력한 걸 알아달라 할 게 아니라, 엘칸을 데려오십시오. 페렐가를 라우니트가와 묶지 않고 사람들을 납득시킬 수 있는 방법은 그것뿐입니다."

아일은 거대한 거울과 마주 보고 있었다.

거울의 방. 헤르첸의 침실에서 이곳으로 오는 문을 발견했다. 엄청나게 큰 거울이 방 한쪽 벽면을 전부 채우고 있는 방이었다. 다른 가구는 없었다. 거울이 달린 조금 큰 독방과 다르지 않았다.

"매일 이런 거울을 들여다보고 있으면 멀쩡한 인간도 미칠 것 같은데?"

르웨이가 아일의 뒤에서 거울을 건너다보며 말했다.

"아, 그거 알아? 복도에서 페렐 선제후와 마주쳤는데 그 영감이 알은체를 하더라니까? 늘 유령 취급이더니."

르웨이는 귀족들 사이에서 자신의 위상이 유령에서 유력 정치가로 수직 상승한 것을 예민하게 느끼고 있었다. 나쁠 리 없는 기분이다.

아일의 눈은 르웨이가 나타나기 전부터 쭉 거울을 향하고 있었다.

"내가 서려고 하는 자리는······."

아일이 단어를 잘근잘근 씹어 물듯 말했다.

"한 번 서게 되면 다른 곳으로는 발이 있어도 맘대로 갈 수 없고 손이 있어도 내키는 대로 뻗을 수 없는 자리라더군."

"누가?"

"어떤 노인네가."

거울을 노려보는 아일의 눈빛은 그곳엔 없지만 아직 어딘가 살아 있을 문제의 근원을 노려보듯 살벌했다.

"나는 내 여자를 찾는 일조차 혀만 놀려서 사람을 부리기만 해야지 내 발을 움직여선 안 된다지."

아일이 이를 드러내며 웃었다.

"그래서 그들에게 말했지. '라야를 찾아서 내 앞에 데려다 놔라. 너희들 소유의 성을 샅샅이 뒤져서 라야의 발자국이라도 찾아내. 내게 자신의 충성을 충분히 보여주지 못했다고 여긴다면 충성의 증거로 라야를 데려오고, 충성을 충분히 보여준 자들이라면 그것이 변치 않음을 증명하기 위해 라야를 데려와. 찾아내, 무사히 찾아서 내 앞에 데려다 놔.' 이제 내 여자를 직접 찾는 데는 써먹지 못하는 발이라고 하니 얼간이처럼 말로만 할밖에."

르웨이는 슬쩍 문 쪽을 쳐다보았다. 문은 굳게 닫혀 있었다. 르웨이가 말했다.

"라야가 어디 있는지 알 수 없는 상황에서 자네는 할 수 있는 모든 걸 했어."

아일이 코웃음을 쳤다.

"페렐 영감탱이의 핏덩이까지 인질로 잡았지."

"핏덩이라기엔 나이가 좀 많았지."

아일이 느끼는 양심의 무게를 덜어주기 위해 르웨이가 부언했다. 하지만 아일은 고개를 저었다.

"열두 살이 핏덩이가 아니고 뭐야."

"그리고 그 짓이 먹혀들었지. 덕분에 그 전술의 비열함에 대해선 기억하는 사람이 없을 거야."

아일이 헛웃음을 흘리고 덧붙였다.

"페렐은 어차피 나와 대화할 기회를 노리고 있었어."

"그래, 그래서 자네와 페렐, 열두 살 핏덩이의 화기애애한 만찬을 위해 내가 술까지 구해 왔잖아. 아버지가 숨겨놓은 베른을 죄다 가져왔다고. 이봐, 에드가."

르웨이가 웃으며 더 다가섰다.

"초대 에드가가 살아난다고 해도 그보다 나은 방법은 생각해내지 못할 거야. 어떻게 이보다 더 빨리, 이보다 평화적으로 끝낼 수 있겠어? 돌이킬 수 없는 선을 넘어 서로가 왜 싸우는지도 모르고 싸워야 하는 상황까지 가기 전에 대사를 마무리 지을 수 있었던 건 국가적으로도 큰 행운이야. 우린 정말 잘해냈어."

르웨이는 자신과 친구가 해낸 위업에 대한 자부심을 감추지 않았다.

아일이 건조한 미소를 지으며 친구를 돌아보았다.

"너도 그렇고 모두가 잊고 있는 게 있는데, 아직 헤르첸은 잡히지 않았어."

르웨이가 마주 미소 지었다. 도망친 미친 왕 따위 알 게 뭐냐는 뜻의 미소처럼 보였다.

"에드가, 내 말을 믿어. 자네는 정말 빨리, 할 수 있는 한 가장 빨리 상황을 유리하게 만들기 위해 성격에 맞지 않는 일까지도 했어. 라야에게 가장 빨리 달려갈 순 없지만 그녀가 있을 수 있는 모든 곳을 안전하게 만든 거야. 지금 라야가 다이런에 있다면 그녀는 자네 덕분에 안전해졌어."

아일이 누그러진 태도로 말했다.

"라야가 돌아왔을 때 충고랍시고 라야에 대해 뭐라고 하는 인간들이 있다면, 장담하는데 그놈이 상상할 수 있는 것 이상의 방법으로 그놈을 치워버릴 거야.”

르웨이는 장난스럽게 혀를 찼다.

“원래 귀족들이 하는 일이 그거잖아. 왕의 밤 생활까지 간섭하는 거.”

방 밖에서 난장판이 된 침실을 정리하러 사람들이 들어오는 소리가 났다. 르웨이가 그들에게 뭐라 뭐라 하며 방을 나갔다. 아일은 방에 그대로 남아 거울을 응시했다. 그러고 있으면 헤르첸이 어떤 심리로 그와 같은 일들을 벌여왔는지 알 수도 있을 것 같았다.

거울을 응시하는 동안 방 안의 기묘한 정적이 기억을 자극했다.

「내 마음이니 내 마음대로 할 수 있을 줄 알았다.」

과거의 말들이 공중을 떠다니고 귀를 빠르게 스쳐 지나갔다.

「떠나요. 그냥 다 버리고 나랑 떠나.」

그래, 라야.

「그런 식으로 부르지 마! 마음을 줄 게 아니라면 그런 식으로 부르지 마!」

라야가 소리치던 모습이 순간적으로 거울에 떠올라 아일은 자기도 모르게 발을 내디뎠다.

「자네는 뭐가 가장 두렵나?」

나달이 라야의 뒤에서 물었다.

「넌 책임감이 있다기보다 겁쟁이야.」

거울의 가장자리에서 로바키가 나타났다. 로바키는 거울 틀에 몸을 기대고 단검을 까닥거렸다. 그가 예전부터 탐내던 아일의 나이프 케이스였다. 로바키를 묻을 때 함께 묻어준 것이었다. 로바키가 불만스러운 얼굴로 말했다.

「제멋대로 살 자신이 없으니까 원치도 않는 삶을 사는 거라고.」

그렇지 않아. 난 내가 원해서 지금 이 자리에 있어. 이번에야말로, 진짜.

「너와 난 무덤 속에 있어.」

헤르첸의 목소리가 앞으로 나가는 그의 발을 붙잡았다. 아일은 거울을 통해 검은 연기가 공기 중에서 스멀스멀 형체를 갖추고 실체화되어 헤르첸이란 모습으로 바뀌어가는 것을 지켜보았다. 헤르첸의 얼굴이 검은 연기 위로 떠올라 아일의 귀에 말을 속삭였다.

「이미 죽은 놈들의 이름을 갖다 붙이고 우리에게 역할극을 시키고 있어.」

헤르첸이 말했다. 「난 언젠가부터 살아 있다는 느낌이 들지 않아.」

헤르첸이 말했다. 「사람들은 내게 아무것도 하지 말라고 그래. …… 하지만 자네에게는 다르지. '부탁해. 너밖에 없어. 네가 해야 될 일이야. 네가 뭔가를 해줘야 돼!'」

헤르첸이 말했다. 「우리 둘은 사람들이 기대하지 않는 이야기를 써보자고.」

연기는 흔적도 없이 사라졌다.

아일은 거울 속 자신을 노려보았다. 라야가 곁에 없는 지금, 그는 에드가의 이름을 갑옷처럼 두르고 있었다. 그가 만들어내고 있는 강인하고 차가운 인상은 거울 저편에서 점점 유한 모습으로 변해갔다. 그건 라야와 함께 있을 때의 그였다. 또 다른 그. 에드가의 이름을 떨구어낸 아일.

열린 방문 너머로, 근위대장의 방치된 시신이 거울에 비쳤다.

거울 속에서 시신이 번뜩 눈을 떴다.

그 눈은 비테일의 붉은 눈이었다.

아일은 손을 뻗어 거울을 짚었다. 그리고 비테일의 눈을, 죽은 근위대장의 눈을, 희생자들의 눈을 피하지 않고 노려보았다.

'그래, 받아들이지.'

모두가 원하는 것을 들어주고 원하는 모습이 되어주겠다. 아무리 발버둥 쳐도 어쩔 수 없는 결과라면, 정해져 있는 결론이라면, 그래, 받아들이겠다. 당신들이 제멋대로 써 내리고 있는 내 인생의 페이지, 찢어버리지 않고 내 삶으로 기꺼이 받아들이겠다.

지옥 불에 떨어지는 게 정해져 있는 거라면 가주지.

하지만 거기까지 가는 동안의 길은 내 의지로 걷는 거야.

내가 걷는 방법까지는, 신이라고 해도 간섭할 수 없다.

라야가 물었다.

"당신이 말하고 있는 그 여자가 정말 그 리디아 그라테 모뤄 맞아요?"

덜컹.

마차 바퀴가 돌을 밟았는지 몸이 가볍게 들렸다가 내려앉았다. 의자에 엉덩이를 찧으면서, 라야가 인상을 찌푸렸다. 쿠스친은 마차가 튀어오르자 얼른 긴 다리를 뻗어 반대편 좌석 아래를 밟아 몸을 고정했다.

"네, 모뤄 선제후의 셋째 딸 리디아 그라테 모뤄를 얘기하는 겁니다."

라야가 꼬리뼈를 문질렀다.

"리디아는 그런 추문에 휩싸일 여자가 아니에요. 다른 것도 아닌 남자 문제라니."

"마음고생이 심했을 테니 마음 기댈 곳이 필요했던 건지도 모르죠. 당신과 클레이모어 경이 떠나고 그녀에게 에드가의 과부란 별명이 붙었거든요."

쿠스친은 외투에 묻은 실오라기를 바닥에 떨구며 별스럽지 않다는 투로 말했다.

"사교계에서 가장 환대받던 유명 인사가 하루아침에 이야깃거리로 전락한 셈이죠."

"······별로 듣기 좋은 별명은 아니네요. 자존심이 강한 여잔데······."

'리디아'라는 이름이 부지깽이가 되어 다 꺼진 줄 알았던 기억의 잔해를 헤집었다. 기억의 불씨가 살아났다. 세르노다에서 리디아에게서 들었던 말이 바로 마차 바깥에서 들려오는 소리처럼 머릿속에서 메아리쳤다.

「누구도 한 인간을 온전히 보호할 수는 없어. 틈은 언제나 생기는 법이니까. 결국 자신을 보호할 수 있는 건 자기 자신뿐이지.」

그래, 우라지게 실감하고 있어. 라야는 속으로 대꾸했다. 그리고 배속에 있는 아기의 귀를 막으려는 듯 두 손으로 배를 감쌌다. 미안, 아가. 엄마 말이 좀 험했지?

헐렁한 원피스와 외투 덕분에 살짝 부른 배는 전혀 표시가 나지 않았다. 라야가 물었다.

"모뤄 선제후는 그런 소문이 퍼지도록 놔두었나요?"

"소문에다 대고 화를 낼 수는 없으니까요. 허공에 대고 칼질을 하는 꼴이죠. 그랬다간 선제후한테 망나니란 별명이 붙었을걸요?"

라야는 옆자리에 앉아 벽에 머리를 박은 채 잠들어 있는 록사나를 바라보았다. 록사나는 마차가 흔들릴 때마다 벽에 머리를 찧고 있었다. 라야가 투덜거렸다.

"다이런 인들은 사람한테 별명을 붙이는 걸 왜 그렇게 좋아하죠? 이름 하나로는 그 사람을 가리키기에 부족한가요?"

"제가 가장 좋아하는 설은 이겁니다. 지금보다 다이런 인이 훨씬 호전적인 시절에 첩자들이 알아듣지 못하게 주요 인사의 이름을 부르는 대신 암어를 붙여 불렀는데, 그때의 습성이 지금까지 이어져오는 거라고요."

"그럴듯하네요."

"아, 당신한테도 별명이 붙었어요."

라야는 놀라서 허리를 폈다. 순간 마차가 덜컹 하면서 뒤통수를 벽에 찧었다.

쿠스친은 껄껄 웃다가 라야가 눈을 흘기자 웃음을 삼켰다.

"좋은 상황이라고 생각하세요. 그들이 아무한테나 별명을 붙여주는 건 아니니까. 급이 된다고 생각하니까 붙여주는 거예요."

"……뭐라고 부르는데요?"

쿠스친은 손가락을 꼽으면서, 상류층들 사이에서 라야에 대한 이야기가 나올 때 그녀의 이름을 대신하는 별명 몇 개를 읊어주었다. 과분한 별명도 있고 낯 뜨거운 별명도 있었다. 화가 나서 얼굴이 붉어질 만큼 조롱 섞인 별명도 있었다.

노래로 사람을 꾀어내 잡아먹는다는 신화 속의 붉은 새 '딜로르바노니쉬'는 악의가 느껴지는 발상 면에서도, 어감 면에서도 최악이었다. '붉은 카나리아'는 '진짜 안주인'보다 나은 정도였다.

붉은 새? 붉은 카나리아? 난 노래도 못하는데. 순전히 머리색 때문일 거야.

쿠스친이 여덟 번째 손가락을 꼽을 때 라야는 그만하라는 말을 하고 창 밖을 바라보았다.

꿀빛 들판 위로 땅거미가 녹아들고 있었다. 바람이 황혼의 들판을 휘저었다.

저 곡식들은 말굽에 꺾이지 않고 완전히 여물어 수확을 맞을 수 있을까?

라야는 다시 우울한 상념에 빠져들었다. 쿠스친이 라야의 눈치를 보며 말했다.

"레이디 모뤄가 없는 자리에서 부르는 별명이긴 하지만 모를 수 없었을 겁니다. 그래서 자포자기하는 심정으로 그런 만남을 시작한 건지도 모르죠. 당신과 클레이모어 경이 떠나고 반년쯤 지났나? 그때 처음 그 소문을 들었던 거 같아요. 그라테가 배우에게 남자를 빼앗기더니 미련을 못 버리고 에드가를 닮은 남자와 자유연애를 시작했다더라."

라야가 쿠스친을 쳐다보았다.

"내가 아는 리디아는 그보다 조심스럽고 영리한 여자예요. 사람들 입에 오르내릴 만한, 그런 남자와 만난다는 게 믿기지가 않아요."

"아무 남자는 아니었어요. 왕이 소개해준 거라더군요. 소개해줬다는 말은 이상한가?"

"헤르첸이 소개를 해줬다고요?"

라야가 목소리를 높이자 록사나가 놀라 잠에서 깼다. 록사나는 손등으로 입가를 훔치며 잠이 덜 깬 눈으로 주위를 둘러보았다.

쿠스친이 말했다.

"네, 왕이 주최한 연회에서 만났다고 하더군요. 근위대 기사라던데."

라야가 흥분해서 말했다.

"헤르첸은 미치광이지 중매쟁이가 아니에요. 결코 좋은 의도로……."

그때 마차 바깥벽을 두드리는 소리가 났다. 마부석에서 호슨의 목소리가 들렸다.

"주인님, 베르도하입니다."

쿠스친이 빙그레 웃었다.

"드디어 베르도하입니다. 기대해도 좋아요."

라야가 뚱한 표정으로 대꾸했다.

"'기대해도 좋아요.' 그 소리 두 번만 더 하면 열 번째인 거 알아요?"

"그럼 두 번만 더 들어요."

"살짝이라도 알려줄 수 없나요? 알다시피 난 임신 중이에요, 쿠스친. 날 놀라게 하는 건 좋은 생각이 아니에요."

라야는 쿠스친이 바라는 '궁금해 죽겠으니 어서 말해줘요' 연기를 해 주었다. 쿠스친은 흥분한 얼굴로 두 주먹을 들었다.

"라야, 놀라지 마요. 베르도하는…… 외성촌입니다."

라야는 멀뚱히 쿠스친을 바라보았다. 쿠스친이 손을 펼치며 덧붙였다.

"작은 성만 하죠."

라야는 갑자기 시력이 나빠진 사람처럼 실눈을 떴다. 쿠스친은 도로 손을 내렸다.

"외성촌이 뭔지 모르겠다는 표정이 아니길 빌어요."

"바로 그 표정이에요."

"맙소사."

"이런 멍청한 여자를 봤나라는 표정이 아니길 빌어요."

"라야, 당신은 에드가의 부인이에요. 도라지통꽃에 대해 알 게 아니라 외성촌이 뭔지부터 알아야죠. 맙소사, 라야. 베르도하에 가면 사전을 구하러 도서관부터 들러야겠네요. ……보통 사람이라면 이 부분에서 또 놀랐을 겁니다."

"어떤 부분이요? 쿠스친이 독서를 한다는 부분이요?"

"아니요, 외성촌에 도서관이 있다는 부분이요."

라야가 고개를 끄덕였다.

"알겠어요. 외성촌에도 도서관이 있군요. 그래서, 외성촌이 뭔가요?"

"말 그대로, 성 바깥에 있는 마을입니다. 성 바깥에 있을 수밖에 없는 마을이죠. 성 안으로 들어갈 수 없는 사람들이 모여 만든 곳."

"범죄자 같은 사람들이요?"

"추방형을 당했을 수도 있고, 도망 중일 수도 있고, 세금을 못 낼 만큼 가난해서일 수도 있고, 귀족들의 미움을 샀을 수도 있겠죠. 그런 사람들이 정착해 만든 곳이 외성촌입니다. 외성촌은 아무리 커져도 외성촌이죠. 결코 성(城)의 명칭을 가질 수 없어요. 그래서 베르도하는 그냥 베르도하지, 베르도하 페렐이 아닌 겁니다. 벌써 마을이 만들어진 지 백 년이 넘었는데도 말이죠."

라야가 머리를 두드렸다.

"이해했어요. 하지만 뭘 기대해야 하는지는 여전히 모르겠는걸요."

쿠스친은 몸을 숙이고 진지하게 말했다.

"외성촌 사람들은 다이런 인이지만 다이런 인이 아닙니다. 다이런 인이 아니니 나라의 보호를 받지도 못하죠. 외성촌에서 살인이 벌어져도 내성 사람들의 관심사가 아니고, 영주가 여우 사냥을 나가는 대신 사병을 끌고 와 외성촌 사람들을 학살한다 해도 군대의 도움을 받을 수 없습니다. 외성촌 사람들은 철저히 무시당하는 존재들이에요. 그런 사람들이 그만큼 마을을 키운 거예요. 백여 년에 걸쳐서 차근차근. 결혼을 하고, 자식을 낳고, 황무지를 개간하고, 방앗간을 짓고, 잉여물은 내다팔고, 장사도 하고, 민회와 비슷한 것도 만들었죠. 용병들을 사 경비를 서게 하고, 학교도 짓고……."

쿠스친이 두 팔을 벌리며 덧붙였다.

"도서관도 지었죠."

"멋진 이야기네요. 흐음……."

라야가 생각에 잠겨 눈길을 떨어뜨렸다. 라야의 얼굴을 본 쿠스친이 물었다.

"왜요?"

라야가 어깨를 으쓱했다.

"영토 내에서 학살이 벌어져도 구경만 하고 있는 군대라니, 웃겨서요. 다이런 군대는 싸울 구실을 찾아서 달려드는 줄 알았거든요."

쿠스친이 웃음 섞인 목소리로 말했다.

"라야, 다이런 군대에 대한 악감을 누그러뜨려보세요."

"그건 어렵겠는데요."

쿠스친의 표정이 변했다. 그는 계약서를 꼼꼼히 뜯어보는 눈길로 라야를 보았다.

"그럼 숨기기라도 해보세요. 제가 차이드 역사는 모르지만 다이런의 역사는 좀 알죠. 그룽 왕이 가장 아끼던 후궁이었던 필리페는 왕후가 죽은 후 다음 왕후가 될 것이 가장 유력했지만, 그녀가 사석에서 다이런 군대에 대해 안 좋은 말을 한 것이 알려지는 바람에 황금빛 꿈이 날아가버렸죠. 라야, 다이런은 기사들이 세운 나라예요. 클레이모어 경이 왜 이런 일을 벌였는지 안다면 군대에 대한 악감 정도는 숨길 수 있어야 합니다. 더군다나 당신은 배우죠. 연기가 어렵다는 변명도 할 수 없어요."

라야는 가만히 쿠스친을 응시하다가 싱긋 웃었다.

"폐부를 찌르는 충고 고마워요. 빈정대는 게 아니라, 정말로."

그리고 마차가 나아가는 방향 쪽을 쳐다보았다.

잠시 뒤 라야가 진지한 표정을 짓고 말했다.

"좋아요, 쿠스친. 외성촌 사람들이 이룩한 번영의 결과를 보고 놀랄 준비가 됐어요."

높은 지대에서 내려다보이는 풍경이야말로 베르도하의 가장 큰 재산일 거라고, 라야는 생각했다. 절벽에 세워진 마을이었다. 바다는 바람과 힘을 합쳐 절벽 마을을 떠받치고 있었다. 바람이 세고 숲을 뚫고 지나가야 해 마을이 세워지기 이전엔 버려진 땅이었을 것이다. 하지만 이젠 아니었다.

용병 일에서 일찌감치 은퇴했을 듯한 나이의 문지기 둘이 사람 좋게 인사를 건네는 마을 입구를 지나 마차는 굽이굽이 휘어진 마을길을 올랐다. 집마다 각기 다른 빛깔의 색토를 개어 벽을 칠했다. 라야는 여관으로 가는 동안 분홍색과 아주 밝은 파란색의 집도 발견했다. 눈이라도 쌓인 듯 한결같이 새하얀 지붕들이었다. 마을 꼭대기에 혼자 파란 지붕을 가진 큰 건물이 보였는데, 쿠스친은 그것이 마을 회관이라고 했다.

여관 '세쌍둥이'의 주인인 리우담은 쿠스친의 오랜 지인이라고 했다. 그는 베르도하에서 태어나, 젊은 시절 유랑 상인 일을 하고, 마흔이 넘어서는 귀향을 해 여관을 열었다. 유랑 상인 시절부터 여관 운영은 그의 꿈 같은 것이었다고 했다.

"휴식, 기대, 재회. 그 모든 것이 여관에도 있습니다."

리우담이 라야 일행을 환영하면서 말했다.

"또 거창하게 얘기하는군."

쿠스친이 중얼거렸다. 리우담은 아랑곳 않고 말했다.

"전 사람이 좋아요. 인연이 좋습니다."

"저도 만나서 반가워요, 리우담."

라야가 미소를 지으며 리우담의 손을 잡았다. 그녀에게 악수를 청하는 사람은 나달 이후로 그가 처음이었다. 라야는 베르도하의 첫인상이 마음에 들었다. 리우담은 끈적임 없이 담백한 악수를 하고는 그녀의 손을 놓아주었다.

라야 일행은 느릿하게 여관으로 들어섰다. 모두 지쳐 있었다. 노숙이 길어지자 너나할 것 없이 피로를 느꼈다. 뜨끈한 목욕물과 푹신한 침대가 간절했다.

현관홀을 지나며 리우담이 말했다.

"전 밤하늘을 보는 것도 좋아합니다. 별 보는 걸 좋아하나요?"

그를 따라 계단을 올라가면서 라야가 대답했다.

"그럼요. 아버지에게서 처음 배운 게 길잡이 별들을 읽는 법이었는걸요. 저의 스승님도 별자리 보는 것을 좋아하셨죠. 정말…… 정말 좋아하셨어요."

라야의 목소리가 잠깐 슬픔에 젖었다 빠져나왔다.

"잘됐군요. 식사를 하고 뒷마당으로 가보세요. 그곳에서 보는 밤하늘은 정말 끝내줍니다. 이곳은 성의 도시만큼 밝지 않기 때문이에요. 베르도하의 밤은 고요하고 어둡습니다. 베르도하를 떠나 있는 동안에도 전 늘 이곳의 밤하늘을 그리워했답니다."

리우담이 뒤따라오는 쿠스친에게 슬쩍 눈길을 주며 말을 이었다.

"제가 유랑 상인이었다고 쿠스친이 말하던가요? 그런 제가 하는 말이니 믿으셔도 좋습니다. 베르도하의 밤은 정말 끝내줍니다."

라야가 싱긋 웃었다.

"당신 말을 믿어요, 리우담."

리우담이 계단참에서 걸음을 멈추었다.

"저는 별자리들을 보면서 인연을 생각합니다."

"보세요, 라야. 철학자가 아카데미에만 있는 게 아니라니깐요. 전 상류층 자제들이 철학자를 만나겠다고 아카데미에 가는 걸 이해할 수가 없습니다."

쿠스친의 빈정거림에 리우담이 라야를 보며 말했다.

"라야, 당신을 알게 된 지 오 분밖에 되지 않지만 아마도 인내심이 뛰어난 분일 것 같군요. 이곳까지 오는 동안 이 친구의 못된 말버릇을 어떻게 견뎠습니까?"

"제가 사랑하는 남자가 쿠스친 못지않거든요."

리우담이 고개를 끄덕였다.

"그것 봐요. 인내심이 뛰어나다니까."

리우담은 다시 계단을 올랐다. 라야와 쿠스친, 호슨, 록사나, 라렌시는 한 줄로 그의 뒤를 따랐다. 리우담이 등잔을 오른손에서 왼손으로 바꿔 들며 말했다.

"매일 밤 전, 이곳에서 밤하늘을 올려다보며 제가 얼마나 많은 것을 누리고 있나 생각합니다. 평화로운 밤이 모든 이들에게 허락되는 것은 아니니까요."

"리우담, 제발."

쿠스친이 피곤에 전 얼굴로 애원했다. 리우담은 말을 멈추지 않았다.

"새로운 별자리를 찾으면 며칠은 행운에 휩싸여 지내는 기분이 듭니다. 새로운 만남에 설레는 것처럼요. 작년 가을에 만났던 별자리를 올해 다시 만나는 것도 멋진 기분입니다. 지난 한 해도 무사했구먼. 자네도, 나도."

리우담이 계단 난간을 잡고 라야를 돌아보았다.

"허락해주신다면 민회를 다녀온 후 함께 언덕에 올라 제가 이름 붙인 별자리들을 소개하고 싶은데요. 민회는 두 시간이면 끝납니다."

"추파는 안 돼, 리우담."

쿠스친이 쏘아붙였다.

"이분은 안 돼. 자네가 평화로운 밤을 오래도록 누리고 싶다면 말이야."

말끝에 하품이 따라붙었다.

라야는 가장 먼저 방을 안내받았다. 식사부터 하고 싶었다. 육포만 아니라면 뭐라도 상관없었다. 1인분은 안 돼, 2인분.

라야는 종업원에게 저녁 식사를 부탁했다. 중년의 여자 종업원이 마을 회의에 간 리우담을 대신해 일행을 접대했다. 이십 분이 지나고, 어린 종업원이 식사를 방으로 가져왔다. 그녀의 나이는 라야가 클레이모어 저택에 들어갔을 때와 비슷해 보였다.

라야가 테이블에 앉으면서 물었다.

"왜 여관 이름이 세쌍둥이인가요? 리우담이 세쌍둥이인가요?"

"아니요."

"그럼 자식들이 세쌍둥이?"

"아니요, 건물을 세 채 가지고 계세요."

쿠스친은 목욕을 하고, 밤이 되어 라야를 찾아왔다. 노크를 하고, 라야의 허락이 떨어지자 방문을 열었다. 라야는 처음 방에 들어섰을 때와 같은 모습으로 창가에 붙어 밖을 내다보고 있었다. 쿠스친은 그녀의 눈길을 따라 하늘을 올려다보았다. 두 달과, 리우담이 그렇게 예찬해 마지 않는 별 무리가 보였다.

쿠스친이 말했다.

"기침약을 가지고 있다고 들었습니다."

"누가 그래요?"

라야가 치마 주머니에 손을 넣었다. 쿠스친이 불룩한 주머니를 노려보고 말했다.

"록사나가 내가 기침을 하는 걸 보고도 그 대단한 비밀을 누설하지 않을 거라 생각했습니까?"

"다른 말은 않던가요?"

"무슨 말…… 아, 클레이모어 경을 위해 만든 기침약이라고 들었습니다."

"맞아요. 내 남편을 위해 만든 약이죠. 다른 사람을 위한 게 아니라."

"아, 이거 왜 이래요, 약제사 선생. 당신 남편은 페렐 바깥에 있고, 난 지금 당신 앞에 있잖습니까? 당신을 남편에게 데려가기 위해 애를 쓰다가 감기에 걸렸지요."

"하지만……."

라야는 주머니에 손을 넣은 채 입술을 삐죽거렸다.

두 사람은 말없이 눈으로 줄다리기를 했다. 끝내 라야는 바닥이 무너질 것 같은 한숨을 몰아쉬고 약을 꺼냈다. 차이드 어를 중얼중얼하면서.

쿠스친은 차이드 어를 할 줄 모르지만 그 말이 욕이라는 데 재산의 절반을 걸 수도 있었다. 라야가 말을 하고는 배를 감싸는, 그 이상한 동작을 또 했기 때문이다.

"피곤할 텐데 일찍 자는 게 어때요?"

쿠스친이 약을 바지 주머니에 챙겨 넣고 말했다.

라야는 다시 창 밖으로 고개를 내밀었다.

밤하늘과 바다가 맞닿은 어름에 별들이 모여 있었다. 달빛이 구름 틈으로 비껴들었다.

주민 태반이 잠들었을 마을 쪽으로 눈을 돌리자, 마침 등불을 끄는 집이 보였다. 창가의 노란 등잔불이 사라지더니 잠시 뒤 옆방의 등잔불도 꺼졌다.

평온히 하루를 마감하는 집의 풍경.

라야는 코끝이 시큰해졌다.

"쿠스친, 요즘 난 잠이 많이 늘었어요."

"임신을 하면 그렇다고 하더군요."

이운 달빛이 초록빛 눈동자에 어른거렸다. 아이를 품고 있어 의연한 마음을 가지려고 노력하고는 있지만 라야는 두려웠다.

"잠을 자려고 할 때에도, 아침에 눈을 뜨는 순간에도 끔찍한 생각이 머리를 떠나질 않아요. 내가 너무 늦을까 봐서요."

내가 멍청히 잠들어 있는 동안 누군가의 칼이 그의 목을 노리고 달려드는 건 아닐까? 마이카 섬에서의 새벽이 그의 눈이 애정을 담고 나를 바라보는 마지막이 되면 어쩌지?

"나쁜 생각은 배 속 아이에게 좋지 않아요."

쿠스친은 궁색한 말로 그녀를 위로했다.

그가 화제를 바꾸었다.

"리우담이 민회에 갔으니 클레이모어 경에 대한 쓸 만한 소식을 가지고 올 수도 있습니다."

라야는 웃는 연기를 했다. 밖을 쳐다보는 채로 라야가 손가락을 뻗었다.

"저기 저 불빛은 뭐죠?"

쿠스친은 눈썹에 손을 갖다 대고 창 밖으로 상체를 기울였다. 어둠 속에서 유난히 반짝이는 붉은 불빛이 보였다.

"술집입니다. 그리고 양조장이죠. 베른이라는 술을 들어봤는지 모르겠군요. 향도 맛도 걸작인 술이죠. 베른 성에서 만든 술이라고 알려져 있지만 사실 이곳에서 만든 겁니다."

아하. 라야가 고개를 주억거렸다. 아일에게 해줄 이야깃거리가 늘었네.

"외성촌에서 만들었다고 할 수는 없으니 그냥 베른 성에서 만들었다고 하고 파는 겁니다. 아, 몇 명만 아는 이야기니까 입조심 해주세요. 베르도하를 먹여 살리는 사업이니까요."

쿠스친은 어둠 속 붉은 불빛을 바라보았다.

"리우담이 말한 것처럼 베르도하의 밤은 다른 곳보다 어둡지만 술집만은 저렇게 멀리서도 찾아가기 쉽게 불을 켜놓지요. 등대처럼요. 언제든 이곳을 떠나도 상관없다. 하지만 언제가 됐든 돌아오는 너도 환영한다."

쿠스친이 연극 대사를 읊듯 말했다. 그도 어쩔 수 없는 다이런 인이었다.

라야가 말했다.

"다녀와도 될까요?"

쿠스친이 라야를 쳐다보았다.

"술을 마시러요? 그새 잊은 것 같은데 당신 배 속엔 지금 아이가 있답니다. 일이 착착 진행된다면 그 아이는 나중에 다이런의 왕이 될 수도 있겠죠."

"술을 마시려는 게 아니에요. 술을 한 병 사려는 거예요."

라야가 손가락을 쳐들어 하늘을 가리켰다.

정확히는 달.

더 정확히는 반달이 된 백월.

"그이와 저는 지난 이 년간 한 번도 빠지지 않고 보름에 한 번씩 술자리를 가졌어요."

"둘이서요?"

"네, 둘이서. 술을 마시면 그 사람의 말수가 늘어나거든요. 재밌어요. 안 하던 농담도 하고, 사람이 더 말랑해지죠. 섬을 나온 날, 돌아가는 길에 선물을 사 가겠다고 했는데 아직도 선물을 못 샀어요. 누구한테 납치를 당하는 바람에 선물을 사러 갈 시간이 없었죠."

"누군지 모르겠지만 끔찍한 짓을 저질렀군요. 지금쯤 땅을 치며 후회하고 있을 겁니다."

쿠스친이 천연덕스럽게 대꾸했다. 라야가 소리 내어 웃었다. 맑은 웃음소리가 창턱을 넘었다. 쿠스친은 라야를 따라 슬쩍 웃었다가 금방 입술을 원래의 뚱한 모양으로 되돌렸다. 하지만 라야에게 이미 표정을 들 킨 후였다.

쿠스친이 헛기침을 하고 물었다.

"그래서 선물로 술을 사러 다녀오겠다고요?"

"네. 안 될까요?"

"당신이 가고 싶다면 가야죠. 제가 무슨 자격으로 막겠습니까?"

그가 덧붙였다.

"혼자 가시지는 말고요."

라야는 모자가 달린 외투를 입고 밖으로 나왔다. 외투는 목 위까지 단 추를 채워 입었다. 얼굴을 들 때 언뜻 드러나는 흰 얼굴 말고는 그녀의 거의 모든 외모적 특징이 가려졌다. 세월 좋게 마을을 구경하고 싶은 마 음은 없었기 때문에 걸음은 빨랐다. 술집의 붉은 빛만을 응시하며 곧장 걸어갔다. 라야가 뒤를 돌아보며 물었다.

"내가 너무 빨리 걸어?"

어둠 속에서 라렌시가 다가와 조용히 손을 들었다. 그는 라야가 모자 를 깊게 눌러 쓰도록 거들었다. 동생을 살피듯 자상한 손길이었다. 라야 가 신뢰하는 눈빛으로 라렌시를 바라보며 말했다.

"그날도 네가 이렇게 내 의상을 만져줬었는데. 목깃 부분이 이상하다 면서."

"언제?"

"세르노다에서 겨울 정원을 초연한 날. 엄청 떨고 있었는데 너랑 베니 가 말을 걸어서 진정이 됐었지."

라렌시의 눈이 허공을 보았고 입이 조금 벌어졌다.

"그래, 내가 네 옷을 만져주고 있으니까 베니가 와서 잔소리를 했었지. 오늘 데뷔할 배우의 의상을 뜯어놓을 셈이냐면서. 괜히 수작 거는 거 아니냐고 했었어."

남자의 지친 얼굴에 자연스러운 미소가 떠올랐다. 라야가 마주 웃었다.

"맞아. 지금 생각해보면 베니가 그때 질투를 했던 거 같아."

"베니는 네가 자기 배역을 가져간 건 질투하지 않았지만…… 그래, 그 때에는 질투를 했었어. 내가 네 옷깃을 만져주고 있을 때에는."

"베니가 너한테 먼저 청혼을 했던가?"

"응. 성격 급한 여자라 내가 할 때까지 기다리질 못했지."

"난 멋지다고 생각했어. 나도 내가 먼저 청혼해야지 생각했는걸."

라야는 뒷짐을 지고 다시 걸었다. 라야와 어느 정도 거리가 생겼을 때 라렌시도 다시 걷기 시작했다. 두 사람은 세 걸음 정도 떨어져 걸었다. 라렌시가 라야의 등에 대고 물었다.

"진짜로 네가 먼저 청혼했어?"

"아…… 그런 셈인가? 내가 먼저 하자고 했던 거 같아. 이것도, 저것도. 입이 원체 무거운 기사님이 되어놔서 말이야."

두 발소리만이 골목에 울려 퍼졌다. 골목의 정적이 더 도드라졌다.

라렌시가 물었다.

"우리, 돌아갈 수 있을까?"

라야가 뒤돌아보지 않고 대답했다.

"돌아가야지. 나도 그 사람한테 돌아가고, 너도 베니랑 아이한테 돌아가고."

"아니……."

라렌시의 목소리가 작아져서 라야는 걷는 것을 멈추고 뒤를 돌아보았다. 라렌시와의 거리가 멀었다. 내 걸음이 또 너무 빨랐나?

라렌시가 겨우 들릴락 말락 한 목소리로 말했다.

"옛날로 돌아갈 수 없겠지?"

"……."

"이제는…… 모두가 함께 연극하던 그때로 돌아갈 수 없는 거겠지?"

차분한 시선이 라렌시의 울 것 같은 표정을 살피다 밤하늘을 올려다보았다. 그녀의 스승이 '과거의 이야기들'이라고 말한 별들이 두 사람을 지켜보고 있었다. '이미 흘러가버린 시간들의 흔적'이 아프게 그녀의 심장을 찔렀다. 라야가 말했다.

"응. 이제 그건 어려울 거야."

아직 어두운 새벽, 쿠스친은 배를 걷어차이는 듯한 통증을 느끼며 잠에서 깨었다. 숙취였다.

전날 밤, 라렌시와 함께 술집에 갔던 라야는 술을 다섯 병이나 가지고 돌아왔다.

"가진 게 큰 액수의 화폐밖에 없었어요. 그걸 냈더니 잔돈이 없다고 다섯 병이나 주더라고요."

라야가 술병 하나를 겨드랑이에 끼고 말했다. 같이 갔던 라렌시는 어디 가고 없고 호슨이 나머지 술병을 테이블에 내려놓았다. 쿠스친은 가만히 술병을 노려보았다.

"상업계에선 그런 걸 강매라고 부릅니다."

"인심이 좋다고 생각할래요. 베르도하에 대한 좋은 첫인상을 망치고 싶지 않거든요."

쿠스친은 붉은 액체와 이길 수 없는 눈싸움을 하다가, 결국 패배했다. 그는 술병 하나를 땄다. 그리고 밤늦게까지 혼자 술잔을 기울이며 민회에 간 리우담을 기다렸다.

마지막으로 기억하는 장면은 반달이 된 백월 위에 둥글게 떠 있는 황금빛 달이었다. 아름다웠다. 달빛이 처연해서 죽은 부인을 떠올렸고, 죽은 부인과 일방적인 대화를 나누다가, 잠깐 울기도 했다. 부디 가까운 방에 있는 라야가 그걸 듣지 않았길 바랐다. 쿠스친은 잠에서 깨 그 생각부터 했다. 그리고 그다음으로 떠오르는 생각은.

리우담이 민회에서 돌아왔나 하는 것이었다.

민회에서 돌아오면 시간이 아무리 늦어도 상관없으니 자신을 만나러 오라고 일러뒀던 터였다. 자신이 너무 취해 있어 리우담을 맞이하지 못했던 걸까?

쿠스친은 테이블 위를 보았다. 눈이 어둠에 익숙해지자 빈 술병들이 보였다. 술병 네 개가 몽땅 비어 있었다. 쿠스친은 쓰린 배를 문지르며 침대에서 기어 나왔다. 그리고 어기적어기적 걸어 방문까지 갔다.

문을 열자, 어둠 속에 그림자가 서 있었다.

사람.

등줄기로 오한이 스쳤다.

쿠스친이 비명을 지르려는 찰나, 어둠 속에서 손이 뻗어 나와 입을 틀어막았다.

손이 필사적으로 그의 입을 막고 그를 방으로 밀어붙였다. 필사적인 건 쿠스친도 마찬가지였다. 쿠스친은 손을 떼어내고는 소스라치며 바닥에 굴렀다.

방문이 닫히고, 그림자가 급히 속삭였다.

"쿠스친. 나예요."

자다가 습격을 당한 사람처럼 쿠스친은 재빨리 몸을 일으키지 못하고 다시 엎어졌다. 어찌나 놀랐던지 다리에 경련이 일었다. 그래서 상대의 말을 이해하는 데 시간이 걸렸다. 말을 한 주체가 여자란 것, 라야라는 것을 알아채는 건 더 시간이 걸렸다.

"맙소사, 라야."

"진정해요."

라야가 두 손을 펼쳤다.

쿠스친은 심장의 두근거림이 가라앉자 거친 목소리로 말했다.

"복수라면 성공적이군요."

"쉿."

라야는 손가락으로 입술을 누르고, 앉으라는 손짓을 했다. 쿠스친은 이미 앉아 있었다.

몸을 웅크린 라야가 주위를 두리번거리며 속삭였다.

"고양이요."

"네?"

쿠스친은 그녀의 말을 알아듣기 위해 가뜩이나 길어서 접기 힘든 몸을 더 불편하게 만들어야 했다. 두 사람은 거의 바닥에 엎드렸다. 라야가 소곤거렸다.

"고양이 소리를 듣고 깼어요."

"아, 이런."

쿠스친이 짜증스럽게 인상을 쓰며 상체를 들었다. 라야가 급히 그의 멱살을 잡아당겼다. 쿠스친은 목이 졸려 어쩔 수 없이 속삭였다.

"미치겠네. 지금 고양이를 발견했다고 알려주러 온 겁니까? 다섯 살 먹은 여자아이도 그런 이유로 새벽에 아빠를 깨우지는 않을 겁니다. 혹시 취했어요?"

술 냄새는 쿠스친에게서 났다. 라야는 신경 쓰지 않았다. 그녀의 목소리는 더 작아졌다.

"처음엔 매니가 날 깨운 줄 알았어요."

"매니요?"

"마이카 섬에서 우리와 함께 살던 고양이예요."

"아."

"그래서 처음엔 이곳이 마이카인 줄 알았는데…… 고양이는 없었어요. 여기가 어딘지 알고 다시 자려는데 귀를 기울여보니…… 아무 소리도 들리지 않는 거예요."

"그렇겠죠. 지금은 밤이니까요."

"그리고 복도가 너무 깜깜해요."

"당연히 그렇겠죠, 지금은 밤이니까!"

라야가 쿠스친의 입을 틀어막았다. 어둠과 섞인 초록빛 눈이 가만히 그의 눈을 들여다보았다. 쿠스친은 그녀의 심각한 눈빛에 눌려 얌전해졌다.

정적이 어둠 속에 녹아들었다. 체온을 식히는 정적이었다.

"난 유랑 극단에 있었어요, 쿠스친. 여관은 내 집 같은 곳이에요. 아무리 밤이라도 등불 하나 켜놓지 않은 여관은 없어요."

라야가 손을 내렸다. 더 이상 쿠스친의 입을 막고 있을 필요가 없었다. 쿠스친은 굳은 얼굴을 하고 입을 닫았다. 그리고 라야가 방에 들어왔을 때처럼 그도 고개를 두리번거리기 시작했다.

두 사람은 발소리를 죽여 조용히 방을 나왔다. 마룻바닥이 삐걱 소리를 냈다.

라야가 손가락으로 오른쪽을 가리켰다. '난 록사나를 깨우러 갈게요.' 쿠스친이 고개를 끄덕였다. '난 호슨에게 가보겠습니다.' 그리고 왼쪽으로 몸을 틀었다.

두 사람은 세 걸음도 떼지 못했다.

별안간 복도로 환한 빛이 쏟아졌다.

어둠 속으로 몸을 숨길 새도 없이 벌어진 일이었다.

두 사람은 우두커니 복도 끝의 창을 바라보았다. 창 밖으로 화염이 치솟는 것이 보였다. 흡사 기름을 먹인 장작더미에 불을 놓은 듯했다.

라야와 쿠스친은 멍하니 창 밖에 어른거리는 불길을 쳐다보다 누가 뭐라 할 것도 없이 창가로 다가갔다. 창틀을 잡고 나서야 라야는 자신이 땀을 흘리고 있었다는 걸 알았다. 외투를 입지 않아 걸치고 있는 옷은 얇은 원피스가 전부였다. 옷이 젖은 몸에 달라붙었다.

라야는 마을 외곽을 집어삼키고 있는 화마를 멍한 눈길로 바라보았다.

몇 시간 전 그녀가 들렀던 술집과 양조장 쪽에서 큰 불길이 솟아오르고 있었다. 그곳에 사람이 있다면 누구도 피해 갈 수 없을 만큼 큰 불이었다.

이 세상의 불이 아닌 것 같았다.

뜨겁기보다 서늘하고 밝기보다 어두운 기운의 불꽃이었다. 불길의 그림자가 일렁일 때마다 창가에 붙어 서 있는 두 사람의 얼굴에도 불길한 그늘이 물결쳤다.

살아 있는 무엇처럼, 삼켜버린 생명들을 소화시키며 그대로 생물이 되어버린 듯 거대한 불길이 검은 하늘 위로 휘감겨 올랐다. 불길이 아우성치는 소리가 들려왔다.

단순히 불이라고 이름 붙이기도 어려웠다. 끝내는 아우성조차 삼키고, 공포 또한 삼키고, 망연히 자신을 들이받는 것을 바라보게 되는, 모든 것을 삼켜버리는 불꽃. 불로써 죽음을 표현한다면 그러할 듯했다.

바람은 인가가 아니라 숲 쪽으로 불고 있었다. 마을을 둘러싸고 있는 숲으로 불길이 번져가는 것이 보였다.

……그런데도 조용했다.

그렇게 큰 화재가 발생했는데도 인가에서는 아무런 움직임이 없었다.

기이한 일이었다. 비명 하나 들려오지 않았다. 개 짖는 소리조차 없었다.

집들은 황혼 무렵 보여주었던 이채로운 다색을 잃어버리고 고요한 어둠 속에서 침묵했다. 애초에 아무도 살지 않은 마을처럼.

라야는 쿠스친을 쳐다보았다. 쿠스친은 입을 벌린 채 미동도 하지 않았다. 충격을 받은 표정으로 멀거니 양조장 쪽을 바라보고만 있었다. 술이 완전히 깼을 거란 건 물어보지 않아도 알 수 있었다. 라야는 건물 아래로 눈길을 돌렸다.

여관 앞에 스무 명가량의 남자들이 진을 치고 있었다.

횃불이 여관 앞마당을 낮처럼 만들고 있었기 때문에 그들이 무장을 한 병력이라는 것을 알아볼 수 있었다. 용병들은 아니었다. 그들은 통일된 복장을 하고 있었다.

라야는 직감적으로 그들이 마을에 불을 질렀다는 것을 알아챘다. 그리고 그들이 누구인지도.

맨 앞에 서 있는 남자가 뒷짐을 지고서 2층 창문을 올려다보았다. 라야와 남자의 눈이 마주쳤다.

남자는 이미 한참 전부터 라야를 기다리고 있었다. 그녀가 이 모든 것을 목격하기를.

눈이 마주쳤다는 걸 확신한 남자가 라야의 이름을 외쳤다.

73

"미안해요."

라야가 여관 홀에 쓰러져 있는 시신을 끌어안고 속삭였다. 라야의 방에 식사를 가져다준 어린 하녀였다. 라야는 하녀의 미처 감지 못한 눈을 감겨주었다. 다시 일어섰을 때 라야의 옷은 하녀의 목에서 흘러나온 피로 젖어 있었다.

시신을 처음 발견한 건 2층 계단참에서였다. 라야 일행에게 방을 안내해준 중년의 여자 종업원이었다. 어린 하녀가 그리되는 것을 목격했던 게 분명하다. 그리고 2층으로 도망치려고 했던 것 같다. 불행히도 시도는 성공하지 못했다.

직접 목격이라도 한 듯 홀에서 벌어진 상황이 라야의 눈앞에 떠올랐다.

가장 먼저 문 두드리는 소리가 있었을 것이다.

쿵쿵. 육중한 노크 소리.

계단 앞에서 대화를 나누던 중이던 두 여자가 문 쪽을 돌아본다.

늦은 밤이다. 원래도 손님은 없는 여관이다. 민회에 간 리우담이 돌아온 걸까?

소녀가 홀을 가로질러 달려간다.

누구세요?

문을 열자 낯선 이가 서 있다. 다시 묻는다.

무슨 일로…….

어쩌면 마지막 말 같은 건 내보지도 못했을지 모른다. 공포를 느낄 새도 없었을 것이다. 문이 열리자마자 남자의 손이 그녀의 입을 막고, 비명이 있기도 전에 단검이 어린 여자의 목을 긋는다.

계단 근처에 서 있다가 그 장면을 목격한 여자가 2층으로 도망친다. 남자들은 빨랐고, 발소리조차 내지 않고 달려가 여자의 입을 틀어막는다. 거의 동시에 침입자들의 검이 그녀의 몸을 꿰뚫는다.

몇 시간 뒤…… 어쩌면 겨우 몇 분 뒤. 계단을 내려오던 라야가 피 웅덩이를 밟고 뒤이어 여자의 시신을 발견한다. 그 후로 신발이 닿은 곳마다 핏자국이 생겼다.

계단을 모두 내려오자, 홀에 버려져 있는 어린 하녀의 시신이 눈에 들어왔다.

그나마 다행인 것은 아직 록사나와 호슨, 그리고 라렌시의 시신을 만나지 않았다는 점이었다.

라야는 몸을 떨지 않으려고 정신을 가다듬은 후 현관문을 열었다.

"히오르그 젤린이라고 합니다."

라야가 건물 밖으로 나오자, 눈이 마주쳤던 사내가 점잖게 말했다. 건장한 체격의 잘생긴 사내였다. 그리고 금발에 금안…….

라야는 이유를 알 것 같은 반가움을 느꼈다. 속을 거북하게 하는 불쾌함도 함께.

아일이 얼룩투성이의 거울에 얼굴을 비춰 본다면 저 비슷한 느낌일지도 모르겠다는 생각이 들 정도로 그를 닮은 남자였다. 베르도하로 오는 길, 마차에서 쿠스친이 들려주었던 이야기가 생각났다. 리디아에 대한 소문.

'그라테가 배우에게 남자를 빼앗기더니 미련을 못 버리고 에드가를

닮은 남자와 자유연애를 시작했다더라.'

왕의 장난질에 신물이 났다.

굳이 아일과 닮은 사내를 찾아내 근위대 기사로 곁에 두고, 굳이 상심한 리디아에게 그를 소개하고, 굳이 다른 사람도 아닌 이자를 시켜 라야를 마중하라 시킨, 헤르첸의 장난질. 그 저의가 순수한 악의, 악마 같은 호기심일 거란 데 라야는 내기를 걸 수도 있었다.

라야가 젤린의 뒤에 선 남자들을 보며 말했다.

"통성명을 나눌 만한 상황은 못 되는 듯한데요."

남자들의 얼굴엔 어떤 표정도 씌워져 있지 않았다. 낙천적인 기대도, 희망도, 긍정적인 신호 따윈 눈 씻고 찾아봐도 없었다. 젤린이 무표정하게 대답했다.

"제 이름을 궁금해하실 것 같았습니다."

사내의 말 속에 은근한 인내심이 깔렸다. 그는 얼마나 오랫동안 그녀를 기다리고 있었을까?

라야가 물었다.

"저 아이에게도 당신의 이름을 밝혔나요?"

라야는 뒤를 돌아보고 싶은 충동을 눌렀다.

"자신을 죽이려는 사람이 누군지 정도는 알고 싶었을 것 같은데요."

"죽을 사람이 그건 알아서 뭐하겠습니까. 기껏해야 원한만 가지고 다음 세상으로 가겠지요."

젤린이 우울한 미소를 지었다. 그러니 아일과 언제 닮았었나 싶게 다른 얼굴이 되었다.

라야는 몸을 떨지 않으려고 주먹을 쥐었다. 쿠스친은 잘 도망갔을까?

자신이 시간을 끌겠으니 도망치라는 라야의 말에 쿠스친은 아무 대꾸도 하지 않았다. 그가 떠나기 전에 라야가 먼저 몸을 돌렸다.

쿠스친이라면 어떻게든 도망칠 방법을 찾을 것이다. 라야는 그리 믿었다.

아무 말이라도 좋아. 시간을 끌어야 해.

"예의가 바르시네요."

대답 대신 젤린은 흘깃, 건물 쪽에 눈을 두었다. 라야의 심장이 철렁 내려앉았다. 젤린이 말했다.

"그런가요?"

"네, 새벽 사이 최소 두 사람을 살해하고 마을에 불을 지르고 그것들을 제가 발견할 때까지 기다린 사람이라고는 믿기지 않을 만큼 예의 바른 태도라고 생각해요."

"……."

젤린은 대꾸 없이 연기 냄새를 맡으며 위쪽으로 시선을 던졌다.

라야는 공포를 억누르며 대화가 이어지길 기다렸다. 대화가 끝난 후 이어질 다음 장면은 상상하기도 싫었다. 그러니 대화는 계속되어야 했다.

"선입관…… 이란 겁니다."

자신 안의 두려움을 살피느라 라야는 젤린이 말한 것을 조금 늦게 알아챘다. 젤린은 어느새 라야를 내려다보고 있었다.

젤린이 차가워진 목소리로 말했다.

"제가 좋은 인간처럼 보입니까?"

젤린은 이마를 살짝 구기며 신경질적으로 혀를 찼다.

"당신의 도발에 쓸쓸해할 만큼? 아니면, 부인의 처지를 동정해 그쪽의 의도를 모른 척해줄 만큼 선한 인간으로 보입니까? 왕의 내키지 않는 명령은 어쩔 수 없이 따르는 거고?"

"……."

"그렇다면 이번에도 제 머리색과 눈 색이 실수를 했네요."

점잖아 보이는 인상과 달리 비아냥에 재주가 있는 사람이었다.

젤린은 위협적인 몸짓으로 그녀 가까이 붙어 섰다.

"폐하의 뜻이 아니었다면 당신이 깰 때까지 건물 밖에 이렇게 죽치고 있지도 않았을 겁니다. 난 당신을 딱히 가여운 처지라고 생각지도 않아. 운이 나쁘다면 모를까. 난 상인 놈이 저대로 도망치게 내버려둘 생각도 없어."

"……."

"그러니까 질질 시간을 끌면서 상황을 모면할 궁리는 안 하는 게 좋을 겁니다. 그런 왕을 섬기고, 또한 검을 섬기지만, 그렇다 해서 살인을 즐기지도 않습니다. 그렇다고 하기 싫은 일을 억지로 하고 있는 것도 아닙니다. 신성 재판소가 세르노다에서 한 일과 같지요. 각자에게 맡겨진 일을 하는 거."

젤린은 라야가 무표정 말고 다른 반응을 하길 기대하고 그 말을 꺼냈다. 세르노다.

라야의 얼굴엔 여전히 표정이 없었다.

아, 배우였지. 젤린은 아쉽다는 듯 콧숨을 내쉬었다.

"당신도 다른 인간들처럼 내 얼굴에서 '그 남자'를 떠올리는 모양인데……."

"아니요."

"……."

"아니요. 당신은 그 사람과 달라요."

그리고 라야는 물었다.

"다음 계획은 뭔가요, 젤린 경?"

"……."

"당신의 다음 할 일은 뭐죠?"

젤린은 잠깐 머뭇거렸다. 이 비정상적이고 일그러진 상황 속에서 그의 이름이 불린 것이 억누르고 있던 그의 인간성을 건드린 모양이었다.

젤린은 허리를 반듯이 펴고는, 표정만큼이나 우울하게 들리는 목소리로 말했다.

"당신을 폐하께 데려갈 겁니다."

쿠스친은 뒷문으로 여관을 빠져나와 눈에 보이는 곳 중 가장 높은 곳으로 향했다. 현재 마을의 전체적인 상황을 파악하려는 상인의 본능 같은 것이었다. 하지만 얼마 지나지 않아 걸음이 막혔다. 쿠스친은 얌전히 두 손을 들고 뒷걸음질 쳤다.

"라야를 볼 면목이 없군."

왕의 병사 둘이 창을 겨누고 다가왔다.

쿠스친은 속으로 중얼거렸다. '너희들의 무기는 내 주머니에서 나간 돈으로 만든 거야.' 민회 의원들이 술만 먹으면 경비대원들을 상대로 쳐대는 호통이었다.

그걸 흉내내볼까? 알아서 물러서라고 윽박질러? 창이 몸에 꽂히는 시간만 앞당길 뿐이다.

쿠스친은 안 될 줄 알면서 말해보았다.

"살려주시오."

병사들은 고개를 젓는 대신 창끝을 흔들었다.

쿠스친은 혀를 찼다. 매정한 주제에 필요 이상으로 충직한 인간들. 지옥은 저런 인간들 때문에 터져나갈 거다.

그는 목을 꿰뚫으려고 다가오는 두 개의 창끝을 노려보았다. 부인이 마중을 나올 거라 생각하니 죽는 게 그리 무섭지만은 않았다. 그는 눈을 감았다.

"으아아아!"

갑자기 곰 우는 소리가 나더니 덤불에서 곰이 튀어나왔다. 쿠스친은 짧게 얼어붙었다. 그러나 곰이 호슨이란 걸 알고는 반대쪽으로 몸을 굴렸다.

어둠 속에서 불의의 일격을 당한 병사는 소리를 지르며 곰을 향해 창을 휘둘렀다. 호슨이 도끼로 창을 후려치고 병사의 가슴에 팔꿈치를 꽂았다. 뭔가 부서지는 소리가 났는데, 쿠스친은 그게 병사의 갈비뼈가 으스러지는 소리였으면 좋겠다고 생각했다. 병사가 비명을 내지르며 바닥을 굴렀다.

달빛이 몸을 일으킨 호슨을 비추었다. 이를 드러내고 웃는 모습이 곰은 못 돼도 용병단 두목쯤은 되어 보였다. 순박한 하인 노릇에서 벗어나 해방감을 만끽하고 있는 호슨에게 동료를 잃은 병사가 달려들었다.

창이 옆구리를 스치자 호슨이 비명을 질렀다. 호슨의 비명은 쿠스친의 높은 비명에 덮였다. 쿠스친이 숨어 있는 덤불로 피가 후드득 튀고, 공기로 피 냄새가 퍼졌다. 곧 창대를 잡아챈 호슨이 창을 힘껏 끌어당겼다. 곰 같은 힘에 끌려간 병사는 호슨의 발길질을 피하려다 발목을 접질리며 비틀거렸다.

호슨이 으아아아 고함을 지르며 거대한 몸집을 내던졌다. 두 사람은 그대로 덤불을 뚫고 함께 벼랑 아래로 떨어졌다.

"호스으은!"

쿠스친은 덤불에서 뛰쳐나와 벼랑 끝으로 달려갔다.

"……."

벼랑 아래에선 아무 소리도 들려오지 않았다.

한참을 기다려도 아래에선 움직임이 없었다. 어둠 속을 기어 절벽 위까지 올라오는 건 서늘한 바람뿐이었다.

쿠스친은 바짝 엎드린 채 뒤를 돌아보았다. 쓰러진 병사가 가슴을 움켜잡고 뒷머리를 땅에 비비며 숨을 헐떡이고 있었다. 병사들이 언덕을 망루로 삼았다면 교대 시간도 있을 터. 쿠스친은 눈가를 문지르고 일어났다. 떠나야 할 때였다.

"주인님."

세 걸음도 떼기 전에 쿠스친은 꽥 소리를 내며 주저앉았다. 누군가가 그의 어깨를 두드렸다.

호슨이었다. 손등이며 목이며 얼굴이 상처투성이로 엉망이었다. 호슨이 나뭇잎을 털어내며 안심하라는 듯 미소를 지어 보였다. 쿠스친이 말했다.

"록사나와 라렌시도 살아 있다고 말해줘."

"록사나는 숨어 있습니다. 기도당인지 창고인지 뭐 그런 곳에."

"그럼, 라렌시 그 친구는?"

호슨은 고개를 저었다.

"모르겠습니다. 자다가 병사들에게 끌려 나왔고 록사나와 함께 어딘가로 가던 중 기회를 엿봐 도망쳤습니다."

"기회란 게 있었기에 망정이지, 그대로 끌려갔더라면……."

쿠스친은 불타오르던 양조장을 떠올리고 몸서리를 쳤다.

호슨이 쿠스친의 뒤를 살피며 물었다.

"아가씨는요?"

쿠스친은 대꾸하지 않았다.

그들은 절벽 끝으로 갔다. 마을 여기저기서 횃불들이 꾸물꾸물 움직이는 것이 보였다. 정식으로 군대를 꾸려서 온 것은 아닌 듯했다. 하지만 적은 수도 아니었다.

쿠스친이 말했다.

"나 혼자서는 어려웠겠지만 자네가 있으니 가능성이 조금은 높아졌겠지. 내가 그녀를 구하러 가자고 하면 따라올 거요?"

"네."

호슨의 시원스러운 대답에 쿠스친이 중얼거렸다.

"거절하길 바랐는데."

두 사람은 병사들의 무기를 챙겨 언덕을 내려왔다.

언덕을 내려온 쿠스친은 멈춰 서서 가만히 앞을 바라보았다. 불어오는 바람에 불 냄새와 탄내가 섞여 있는 건 진짜 냄새일까, 기억이 만들어낸 냄새일까?

쿠스친이 단검을 빼 들고 호슨에게 말했다.

"몇 명까지 상대할 수 있겠어요?"

망루 교대 근무자들이 생각보다 빨리 나타났다. 두 사람을 에워싸고 실컷 조롱한 뒤 고슴도치로 만들 수 있을 만큼의 숫자였다. 눈짐작으로도 스무 명은 넘었다.

두 사람을 발견한 병사 일단이 눈을 희번덕거리며 각자의 무기를 빼 들었다.

호슨이 도끼를 들고 앞을 바라보는 채로 담담하게 대꾸했다.

"글쎄요. 다섯 명?"

쿠스친이 눈을 끔벅였다.

"그걸로는 내가 도망칠 길도 못 뚫겠군. 용병 출신이 맞다면 여섯 명은 상대해줘요."

"불가능합니다."

"난 불가능하다는 말이 싫어."

"저들은 건달 나부랭이들이 아닙니다. 실은 다섯 명도 어렵습니다. 그것보다 주인님…… 혹시 아가씨를 돕기로 한 걸 후회하시나요?"

쿠스친은 황당한 얼굴로 호슨을 쳐다보았다.

"꼭 이런 순간에 죽음을 앞둔 인물들이 나눌 법한 대화를 나누어야겠어요?"

호슨은 다가오는 병사들에게서 눈을 떼지 않고 물었다.

"후회하시나요?"

"빌어먹을, 후회해요! 내 인생에서 후회되는 일이 그것뿐인 줄 알아요? 하나 정도 더 늘어난다고 해서 더 억울할 것도 없어!"

겁을 집어먹었지만 벼락같은 목소리였다. 그게 신호가 되었나 보다.

철퇴를 휘두르며 왕의 개들이 달려들었다. 매정한 주제에, 필요 이상으로 충직하고, 그래서 멍청한 놈들! 쿠스친은 애처로워 보이는 작은 검을 꼿꼿이 세우고 소리를 질렀다. 공포와 용기가 서로 앞서거니 뒤서거니 비명이 되어 튀어나왔다. 진작 달아났어야 해! 일찌감치! 저 멀리! 바다 너머로!

으아아아!

누가 내지른 소리인지 알 수 없었다.

호슨이 쿠스친의 앞을 가로막았다. 철퇴가 호슨의 어깨를 노리고 날아왔다. 아작 나는 소리가 났다. 아작이 난 건 철퇴의 나무 몽둥이와 병사의 아래턱이었다. 호슨의 용맹은 거기까지였다. 뒤이어 병사의 검이 호슨의 넓적다리를 베고 또 다른 검이 그의 아랫다리를 잘랐다. 거의 잘릴 뻔했다. 살점이 찢기고 섬뜩한 양의 피를 뿌렸다. 호슨의 거구가 허수아비처럼 바닥에 쓰러졌다. 쿠스친은 호슨의 등 뒤에서 꽥, 꽥 비명을 질러댔다. 그리고 이어 급한 숨을 삼키며 정지했다.

그의 어깨를 스치고 바람이 지나갔다.

바늘처럼 날카로운 바람.

분명, 바람을 가르는 소리를 들었다.

살갗이 덴 듯 어깨가 점점 뜨거워졌다.

핑.

또.

아주 매섭고, 뻐근하고, 팽팽한 힘이 한 번 더 그의 귓불 곁을 스쳤다.

화살이었다.

거의 동시에 병사들이 우수수 바닥을 나뒹굴었다. 날아온 화살들이 병사들의 허벅지를 뚫고, 목을 자르고, 폐를 관통했다. 화살은 말뚝처럼 서 있는 쿠스친과 일어나려고 안간힘을 쓰고 있는 호슨의 뒤에서 쏟아졌다. 불이 옮겨 붙어 붉게 타오르던 숲에서였다.

화살이 멈추고 잠시 뒤 검은 옷과 검은 복면을 한 자들이 숲에서 뛰쳐 나왔다. 화살로 자신들의 존재를 드러냈듯, 복면들은 화살처럼 움직였다. 목표물을 알고 과녁을 향해 정확히 날아가는 화살.

그들은 폭발적인 기세로 빠르게 왕의 개들을 제거했다. 일방적인 학살이고, 정리였다.

쿠스친과 호슨은 지리멸렬 무너지는 병사들을 멍하니 지켜보았다. 쿠스친은 복면들 사이에서 가문의 문장을 발견했다. 목이나 팔뚝에 녹색 뱀 문신이 새겨져 있었다. 다이런에서 녹색 뱀을 상징으로 쓰는 것은 한 가문이 독점하는 권리.

그들은 페렐가의 사병들이었다.

이게 대체 무슨 상황인 거야……?

쿠스친이 먼저 정신을 차렸다.

호슨에게 달려가려는 쿠스친의 어깨를 뒤에서 누군가가 잡아챘다. 상처를 지지는 듯한 고통에 쿠스친이 비명을 질렀다. 상대는 아랑곳하지 않았다.

"네가 그 쿠스친이란 인간이야?"

복면 사이에서 가느다란 눈이 쿠스친을 노려보았다. 쿠스친은 두려운 눈으로 그를 살폈다. 이자는 달랐다. 드러난 몸에 뱀 문장이 보이지 않았다. 등짝에라도 새겼나?

쿠스친은 상처를 움켜쥐는 상대의 무자비한 처사에 비명으로 항의했다.

복면이 쿠스친을 세게 밀쳤다. 쿠스친은 호슨 옆에 볼품없이 쓰러졌다.

입 가리개를 내린 메이튼이 얼굴을 드러내고 으르렁거렸다.

"대답해. 네가 그 망할 놈의 개자식이냐고!"

쿠스친은 마른침을 삼키고 간신히 대답했다.

"오해가 있는 것 같은데…….."

메이튼은 멱살을 쥐고 쿠스친을 다시 일으켜 세웠다.

"라야 어딨어?"

라야는 병사들에게 둘러싸여 마을을 통과했다. 어디를 봐도 대규모의 공사가 일시에 멈춰버린 듯 으슥한 분위기였다. 문이 부서진 채로 안을 보이고 있는 집도 여러 채였다. 등불을 미처 끄지 못한 집도, 어두운 집도 모두 비어 있었다. 적어도 그녀가 지난 길에서 인기척을 발견할 수는 없었다.

문득 양조장에서 만났던 마을 주민들의 얼굴이 떠올랐다.

"……충성심에서 할 수 있는 일인가요?"

라야가 말했다. 말꼬리에 맺힌 분기를 눈치채고 라야의 뒤통수 어디쯤만 보고 걷던 젤린이 그녀의 시선을 따라 빈집 쪽을 쳐다보았다.

그를 뒤에 두고 걸으며 라야가 차갑게 말했다.

"충성심이 아니라면 아무것도 생각하지 않음으로써 할 수 있는 일인가요?"

"어느 쪽인 것 같습니까?"

젤린이 말을 받자 라야가 걸음을 멈췄다. 다시 걸으라는 듯 그녀 옆에 선 병사가 팔을 잡아끌었다. 라야가 고집스럽게 버티자 젤린이 병사를 제지했다.

젤린이 더 이상 점잖아 보이지만은 않는 미소를 지었다.

"어떻습니까? 당신이 보기엔 제가 충성심이 많은 인간처럼 보입니까, 아니면 아무 생각이 없어서 윗사람이 시키는 대로 학살을 저지르는 인간처럼 보입니까?"

라야는 젤린을 관찰하듯 가만히 바라보다 말했다.

"아까는 자신이 좋은 사람처럼 보이냐고 되묻더니 이번에도 비슷하게 되묻는군요. 상대의 질문에 항상 그렇게 반응하나요?"

"……."

뜻밖의 지적에 젤린이 눈을 끔벅였다.

한참을 그대로 있던 젤린은 결국 대답 없이 그녀에게 다시 걸으라는 손짓을 했다. 라야는 대답을 듣겠다는 듯이 버텼지만, 시간을 끌려는 게 분명한 그녀를 젤린과 병사들은 더 이상 기다려주지 않았다.

베르도하는 좁은 골목과 가파른 계단들이 얽히고설킨 마을이었다. 마을에서 가장 높은 곳을 찾으면 파란색의 둥근 지붕이 보이는데, 그것을 바라보며 앞에 등장하는 비탈길이 어디를 향하는지 의문을 갖지 않고 순례하듯 그저 오르고 또 오르면 마을 회관에 다다를 수 있었다.

그들은 좁고 긴 돌계단을 십 분간 올랐다. 돌계단을 열 계단 남기자 절벽을 넘어온 바람이 그녀의 얼굴을 쓰다듬었다. 차가운 감촉이었다.

마을을 보호하겠다는 듯이 바다를 등지고 선 크고 웅장한 건축물이 절벽 위에서 그녀를 기다리고 있었다.

왕이 그곳에 있었다. 헤르첸.

라야는 복도를 걸어가다 중간쯤 걸음을 늦추고 뒤를 돌아보았다. 건물 안으로 라야를 들여보낸 젤린은 그대로 문간에 서 있었다. 그는 어마어마하게 큰 관 속에 젊은 여자를 산 채로 던져 넣고는 양심의 가책을 느낀다는 표정을 하고 있었다.

이제 와서?

라야는 소리 내어 그를 비난하고 싶었다. 하지만 그러지 않고 다시 걸어갔다. 정말 젤린이 죄책감을 느낀다면 그편이 그를 더 괴롭게 만들 것이다.

홀이 가까이 다가올수록 손끝이 더 차가워졌다. 추운 날씨가 그렇게 고마울 수가 없었다. 추워서 떠는 것처럼 보일 테니까.

홀 안은 더없이 조용했다.

라야는 홀에 들어서기도 전에 그곳에서 끔찍한 일이 벌어졌다는 것을 알아챘다. 그녀보다 먼저 홀로 들어갔던 바람이 섬뜩한 냄새를 품고 되돌아왔기 때문이다.

"드디어."

그녀가 아는 목소리 중 가장 음울한 목소리였다.

"붉은 새가 새장으로 들어왔군."

헤르첸은 위층 난간에 팔을 걸치고서 둥근 홀을 내려다보고 있었다.

라야는 헤르첸을 길게 쳐다보지 않았다. 그보다 가까운 곳으로 눈을 돌렸다.

많은 사람들이 죽어 있었다.

오십 명…… 아니, 시신에 덮여 당장 보이지 않는 시신까지 더하면 그보다 더 되어 보였다.

라야는 '세르노다의 그날'에 겪었던 것보다 더한 감정의 소용돌이는 겪지 못할 거라고 생각했었다. 광장에 지식인들의 목이 매달린 것을 보고는 그보다 더 끔찍한 광경은 없을 거라고, 있다면 그건 지옥에서나 볼 수 있을 것이라고 생각했다. 그 생각은 틀렸다.

라야는 침착하게 걸어가 가장 가까이 있는 사람부터 살폈다. 남자는 괴로운 표정을 지은 채 죽어 있었다. 옆 사람도 마찬가지. 세 번째도. 네 번째도. 모두 하나같이 고통에 몸부림치며 죽어갔다. 스스로 목을 긁었는지 목 주변이 온통 손톱자국이었다. 그들의 얼굴에선 분노보다 의문과 당혹감이 더 많이 읽혔다. 그들은 자신들이 왜 죽어야 하는지도 모른 채 죽었다. 이들 중 자신이 오늘 밤 이곳에서 죽을 거란 걸 아는 자는 없었다.

라야는 끈질기고 주의 깊게 시신들의 상태를 살폈다. 시신의 입술은 검게 부풀어 올랐고 목에도 울퉁불퉁한 감촉이 느껴졌다. 엎드려 있는 사람의 몸을 뒤집자 그가 토한 피가 얼굴 반쪽과 바닥을 적신 것이 보였다. 덜 뱉어낸 피가 입안에 차 있었다. 눈의 흰자위는 핏줄이 터져 시뻘겠다.

독이구나. 라야는 술잔이 군데군데 흩어져 있는 것을 보고, 이들이 술을 마시다가 변을 당했다는 것을 알았다.

위층에서 헤르첸의 목소리가 들려왔다.

"모두 나를 좋아했어."

신의 목소리라도 되는 양, 음울한 목소리가 고요한 홀에 울려 퍼졌다.

"그런 환대는 성명식 때 이후로 처음 받아봐."

라야는 그를 무시하고 손을 움직였다. 한 사람이라도 목숨이 붙어 있는 이가 있지 않을까? 하지만 기대는 빠르게 무너져갔다. 사람들의 몸에서 검 자국을 발견했다. 독주를 마시고도 빨리 죽지 않은 자들은 검으로 완전히 숨을 끊어놓은 모양이었다.

리우담의 시신을 발견했을 때, 라야는 생존자를 찾는 것을 멈추었다.

횅한 방이었다. 헤르첸과 커다란 테이블, 의자 두 개, 근위병 두 명 말고는 아무것도 없었다. 헤르첸은 긴 의자에 방만한 자세로 앉아 있었다. 그는 어떤 자세를 취하고 있어도 방만한 느낌을 주는 남자였다. 라야는 늘 그 점이 묘하다고 느꼈다.

"베른이란 술 마셔봤어?"

그가 술을 따르며 물었다.

"좋아하는 술이었는데, 이곳 놈들이 만든 거란 걸 알고 나니 술맛이 구려졌어."

그러고는 엄지에 튄 술을 핥아 먹으며 술잔을 들고 일어났다.

방 중앙에서 두 사람은 얼굴을 마주하고 섰다. 헤르첸이 빙그레 웃으며 인사했다.

"보고 싶었어, 라야."

"헤르첸."

라야는 인사를 받듯 대꾸하고 바로 헤르첸의 얼굴을 후려쳤다.

헤르첸은 술잔을 놓치고 쓰러졌다. 근위병들이 눈을 있는 대로 뜨고 얼어붙었다. 그래서 라야는 고개를 쳐드는 헤르첸을 한 대 더 갈길 수 있었다.

"개자식!"

근위병들이 달려와 라야를 떼어냈다. 급하고 거친 제압에 그녀는 발이 질질 끌려가다시피 헤르첸에게서 멀어졌다. 두 발이 공중에 뜨고 남자들의 손이 팔을 우악스럽게 잡아당겼다. 팔에 멍이 들겠다는 생각이

들면서 라야는 이를 악물었다. 헤르첸의 얼굴에도 멍이 생길 거란 게 그 순간 유일한 위안이었다.

잠시 후 헤르첸이 턱을 쓰다듬으며 상체를 일으켰다. 그는 손을 저어 근위병들을 물러나게 했다. 그들은 라야를 놓아주고 원래 자리로 돌아 갔다. 고양이도 그들보다는 감정적일 것 같았다.

헤르첸은 다리를 쭉 뻗고 주저앉아 라야를 올려다보았다.

"주먹 쓰는 법은 에드가에게서 배웠어?"

웃음이 나는 걸 가까스로 참는 얼굴이었다. 라야는 한 대 더 갈겨주지 못한 게 미치도록 아쉬웠다.

"왜 이렇게 포악해졌어? 임신을 하면 그렇게 돼?"

라야는 멈칫했지만, 이내 호흡을 가다듬고 말했다.

"저 사람들이 뭘 어쨌다고 그런 거야? 내가 오길 원했다면 여관으로 사람만 보냈어도 순순히 따라나섰을 거라고!"

헤르첸은 세운 무릎에 손목을 걸치고 머리를 갸우뚱했다.

"아, 그것 때문에 열을 받은 거야? 난 또 뭐라고."

옷을 툭툭 털고 일어선 그가 짐짓 토라진 표정으로 눈을 흘겼다.

"나도 화가 났어. 에드가도 너도 날 외롭게 내버려뒀잖아. 어떻게 나만 두고 그렇게 떠나버릴 수가 있어? 무책임한 짓이야."

"왜 저런 짓을 한 거야!"

라야가 소리쳤다.

헤르첸이 웃는 얼굴로 라야를 바라보았다.

"라야, 너의 문제가 뭔지 알아? 넌 모든 이를 이해하려고 해. 이해 안 되는 게 있을지도 모른다는 생각, 해본 적 없어?"

다가온 헤르첸이 라야의 어깨에 손을 얹었다. 그녀를 달래려는 행동 같았지만, 라야는 송충이가 맨살에 닿은 것처럼 소름이 돋았다. 혹여

'헤르첸'이라는 독이 몸에 스며들어 태아에게 해를 끼칠까 봐 심장이 오 그라드는 듯했다.

"아! 살벌한 왕가에서 목숨을 부지하려고 자신을 채찍질하던 어린 왕 자는 그렇게 미쳐버렸구나? 그게 아니라면…… 그래! 원래는 유약한 성품이었던 왕자가 외로운 노릇에 마음이 닫혀 괴물이 되어버렸다? 아 니야, 아니야, 아니야, 라야. 그런 건 연극에나 나오는, 관객들의 비위 를 맞춰주기 위한 군색한 짓거리야. 이해가 되지 못하는 영역은 두려움 으로 남으니까, 관객들이 집에 돌아가 편히 발 뻗고 자라고 꾸며낸 이 야기. 그러니 왜 자꾸 그런 짓을 벌였냐고 묻지 마. 피곤해서 짜증 나니 까."

헤르첸은 짧게 혀를 찼다.

라야는 두 손을 겹쳐 입을 막았다. 분노와 공포가 뱃속 깊은 곳에서 치밀어 오르는데 욕지기도 같이 솟았다.

헤르첸이 손등으로 라야의 뺨을 쓸어 만졌다.

"무서웠다. 나 혼자 덩그러니 무대에 서서 어찌할 바를 모르겠어서."

라야는 그의 손길을 떨어뜨리려 했지만 내장에서부터 경련이 이는 듯 해 몸을 부들거리며 서 있었다. 그의 시선이 그녀의 피투성이가 된 옷을 훑어 내렸다.

"그러면 안 되는 거야. 아무리 좆같더라도 끝까지 남아 있어야지. 아 직 막도 안 내렸는데 배우 마음대로 극을 끝내는 법은 없어. 상대가 갑 자기 무대에서 내려가버리면 남은 배우는 황당해하는 관객을 위해 과장 된 애드리브를 할 수밖에 없잖아."

그녀의 어깨를 쓰다듬은 손이 목까지 올라왔다. 느릿하고, 끈적이게. 그녀를 움츠러들게 하려는 의도가 다분한 짓거리였다. 그걸 알면서도 그의 손가락이 목을 은근히 어루만져오자 라야는 몸을 굳히고 말았다.

목과 어깨 사이쯤을 움켜쥔 손에 서서히 힘이 실리면서, 헤르첸의 얼굴이 다가왔다.

검은 눈.

빛을 튕겨내버리는 검은 눈.

눈을 통해 뇌를 열어보고 그동안 그녀와 아일에게 무슨 일이 있었는지, 그녀가 지금 무슨 생각을 하는지 샅샅이 헤집어 보는 듯한 눈이었다.

그리고 헤르첸은 정말 그것이 가능할 것만 같았다.

눈이 영혼의 창이라면 그의 어둠은 태생적인 것이 맞을지도 모르겠다는 생각이 들었다. 헤르첸의 눈을 노려보고 있자니, 그가 피와 흙으로 범벅이 된 신발을 신고 머릿속으로 뚜벅뚜벅 들어오는 소리가 들렸다.

"한 번만 더 그런 식으로 극을 끝내버리려고 하면……."

헤르첸이 목소리에 날을 세우고 그 날 위에 미소를 얹어 말했다.

"지금처럼 따뜻하게 널 대하지 못할 거야."

마지막에 헤르첸은 그녀의 결혼반지에 눈길을 주었다.

그는 라야의 어깨를 툭툭 치고 몸을 돌렸다.

"꼴에 마을 회의란 걸 하고 있더군."

그리고 테이블로 가 새 술잔을 찾았다.

"돼지우리를 굴리는 데 무슨 회의씩이나 필요하다고."

그는 새 술병을 따 술잔을 채우고 라야 몫의 술잔도 채웠다.

"지금 이 건물도 봐. 어울리지 않게 크고 요란하잖아. 크게 짓는다고 돼지우리가 사자우리가 되는 건 아닌데 말이야."

그는 자리에 앉으며 라야에게 맞은편에 앉으라는 손짓을 했다.

"그런데 내가 등장하자마자 날 알아보는 놈이 있더라고? 성 밖 촌것들이 내 얼굴을 안다는 게 신기했어. 그래서 내가 그들에게 약속을 하나

했지."

라야는 그대로 서서 대꾸했다.

"그들이 당신이 누군지 몰랐다면 좋았을걸. 그랬다면 당신이 하는 말을 미친놈이 지껄이는 소리라고 생각할 수 있었을 텐데."

술잔으로 다가가는 헤르첸의 입술이 미소를 짓듯 비틀렸다.

라야가 차갑게 덧붙였다.

"적어도 그들이 당신을 비웃어주기라도 했을 거 아니야."

"그래. 내가 누군지 알았기 때문에 내가 한 말에 아무도 의심을 품지 않았지."

헤르첸은 술잔을 비우고, 느긋하게 두 팔을 올려 깍지를 머리 뒤에 대고 말을 이었다.

"베르도하를 성으로 인정해주겠다고 했어."

"……또 거짓말."

순간 기분이 상한 듯 헤르첸이 눈살을 찌푸렸다.

"난 약속을 지켜, 라야. 베르도하를 성으로 인정할 거야. 물론 그 성에 사람이 사느냐 살지 않느냐는 다른 문제고. 난 너와 한 약속도 잊지 않았어."

"개소리."

"입이 왜 그렇게 거칠어졌어?"

헤르첸이 테이블에 팔꿈치를 대고 몸을 앞으로 숙였다.

"뭐 여하튼, 처음부터 그런 약속을 하려던 건 아니었어. 생각지도 못한 환대를 받아서 살짝 들떴던 거 같아. 말이 막 나와버렸지. 모두 기뻐하더라고. 당연히 축배를 들어야 하지 않겠어? 술잔들을 받아 들고 어쩔 줄을 몰라 하더군. 성 밖 촌것들이 내가 내린 술을 언제 마셔보겠어?"

"누가 당신한테 이 말을 해줬는가 모르겠네."

라야가 헤르첸의 눈을 쏘아보며 또박또박 말했다.

"당신은 진짜 미친 변태 새끼야."

헤르첸은 허파가 터진 것처럼 크게 웃음을 터뜨렸다.

라야는 그의 웃음이 작아지는 순간을 기다렸다가 덧붙였다.

"지옥에나 떨어져, 이 미친……."

헤르첸의 눈길이 그녀 뒤로 향하자 라야도 무의식중에 그쪽을 쳐다보았다. 헤르첸이 턱짓을 하고 말했다.

"아, 내 길잡이지."

긴 정적이 흘렀다.

잠시 후 라야가 말했다.

"라렌시."

근위병의 손에 이끌려 방으로 들어온 라렌시가 라야를 발견하고 얼굴을 굳혔다. 불안하게 흔들리는 눈동자에 거기 있지 말아야 할 감정이 떠올랐다.

죄책감.

라렌시는 라야의 시선으로부터 도망치듯 눈길을 돌렸다. 헤르첸이 라야를 관찰하면서 말했다.

"그래, 그런 이름이었지. 라렌시. 그가 나의 눈과 귀가 되어주었어."

라야가 휙 고개를 돌려 헤르첸을 보았다. 헤르첸은 그녀의 반응에 빙글거리고 웃었다.

"네가 에드가와 떨어져 있다는 것도, 웰 상인 놈의 도움을 받고 있다는 것도, 네가 이곳으로 온다는 것도 그가 전해주어 안 것이야."

라야는 의심부터 했다. 헤르첸의 말이라면 포도로 포도주를 빚는다고 해도 믿지 않았다. 저 악마는 사람을 의심 들게 하고 두려움을 헤집는

데 도가 튼 인간이니까. 인간이긴 한 걸까?

헤르첸이 말했다.

"못 믿는군? 정말이야. 그가 너와 네 일행의 행동을 일일이 고해바쳤지. 네가 어디로 가고 있고, 함께하는 이들은 몇 명이며, 그들의 인상착의는 어떻고, 무슨 얘기를 나누었는지. 네가 뭘 먹고 뭘 입고 언제 자고 언제 일어나는지까지……. 아, 그리고 네가 에드가의 아이를 가졌다는 것도."

라렌시는 부정하지 않았다. 고개만 더 깊이 숙이며 제 발만 내려다보고 있었다.

"난 잘 모르니까 네가 말해봐, 라야."

위협을 하듯 헤르첸의 목소리가 낮아졌다. 그는 웃음을 걷어치우고 가면 같은 무표정이 되었다. 그러나 눈만은 빛나고 있었다.

"믿던 사람에게서 배신을 당하면 어떤 기분이 들지?"

잠자리 날개를 떼는 아이의 눈처럼 검은 눈이 투명한 호기심으로 반짝였다.

"슬퍼? 아니면 화가 나?"

라야는 아무 말도 하지 않았다. 그에게서 등을 돌리고 라렌시를 향해 한 발을 디뎠다. 현기증이 나 넘어질 뻔했다.

"라렌시, 어째서……."

라렌시는 고개를 틀며 입을 더 꾹 다물었고, 대신 헤르첸이 대꾸했다.

"어째서, 어째서, 어째서. 또 그 소리."

"대답해, 라렌시."

라야가 헤르첸을 무시하고 라렌시를 노려보며 물었다.

"저 말이 사실이야? 네가 우리를……."

목이 멨다. 헤르첸의 말이 사실이라면 라렌시는 라야만 넘긴 것이 아니었다. 쿠스친 일행은 물론이고 베르도하 사람들까지 통째로 먹기 좋게 양념해서 허기진 짐승에게 고스란히 갖다 바친 셈이었다. 굶주리기만 한 게 아니라 미친 데다 포악한 짐승에게.

자신의 행동이 어떤 결과를 불러올지 라렌시도 모를 리 없었다.

헤르첸은 포크로 작고 붉은 과일을 찍어 먹고, 라렌시에게 손짓을 했다. 왕의 허락이 떨어지자 라렌시가 말했다.

"라야, 어쩔 수 없었어."

라야는 눈을 감았다. 가장 듣고 싶지 않은 대답이었다.

근위병들이 뒤를 막아서자 라렌시는 도망치는 것을 포기하고 변명했다.

"극단이 해체되고 얼마 있지 않아 그들이 나와 베니를 찾아왔어."

"그들?"

라렌시가 헤르첸의 눈치를 보며 대답했다.

"병사들이 우리를 황궁으로 끌고 갔어. 그리고…… 우리를 무대에 세웠어."

"너와 베니를?"

"모두. 극단 사람 모두가 거기 있었어."

라렌시는 끔찍한 이야기를 한 것처럼 몸을 떨면서 얼굴을 가렸다. 죄책감과 수치심이 그를 물어뜯었다. 헤르첸이 손가락을 들며 끼어들었다.

"아, 재밌는 부분은 내가 얘기하고 싶은데."

"닥쳐."

라야가 돌아보지도 않고 매섭게 받아쳤다. 헤르첸은 멍하니 라야를 바라보다가 싱긋 웃고는 입을 다물었다. 그리고 과일 접시를 비우는 데 주의를 기울였다.

라야는 참고 있던 긴장이 폭발한 듯 빠르게 걸어가 라렌시의 멱살을
쥐었다. 라렌시는 라야의 손목을 붙잡고 미친 듯이 고개를 가로젓다가
멈칫했다. 감당할 수 없는 두려움으로 초점을 잃어버린 눈이 라야의 손
에서 반지를 발견하고는 잠시 침착을 되찾았다. 라렌시가 반지를 눈여
겨보며 중얼거렸다.

"거기서 내가…… 우리가, 뭘 할 수 있었겠어."

"저희는 아무것도 알지 못합니다, 폐하."

단장이 무대 위에서 헤르첸에게 말했다. 라렌시는 단장이 어떻게 저
토록 침착할 수 있는지 궁금했다. 무대 위에서라면 한 번도 떨어본 적
없는 라렌시였지만, 아래에서는 미친 왕이 올려다보고 있고 뒤에서는
병사들이 창을 들고 서 있는 상황에서 울지 않고 버티고 있는 것만으로
도 자신이 대견하게 여겨졌다. 갓난아이를 안은 아내 베니가 불안한 듯
라렌시의 손을 잡아왔다.

헤르첸이 고개를 갸웃하며 대꾸했다.

"난 아직 아무 질문도 하지 않았어."

그는 발받침이 있는 긴 소파 위에 기대앉아 단장을 바라보았다. 시종
들이 손질한 과일과 쿠키 등을 가져왔다. 그들은 무대 쪽은 쳐다보지 않
으려고 애쓰는 것처럼 보였다. 그 점을 느낀 라렌시는 더욱 불안해졌다.
헤르첸이 쿠키를 하나 들고 말했다.

"내가 그대들을 부른 것은, 심심해서야."

왕의 엉뚱한 소리에 단원들 사이에 잠깐 웅성임이 일었다. 단장이 말
했다.

"심히 외람되오나, 저희 극단은 해체되었습니다."

"알아. 연극을 보자는 게 아니야."

헤르첸은 쿠키를 먹은 후, 단장을 가리키더니 왼쪽으로 손가락을 까닥거렸다. 단장은 슬쩍 발을 움직여 왕의 의향을 살피고는 무대의 오른편에 가 섰다.

그 후로도 헤르첸은 단원들을 하나하나 지목했다. 결국 단원들은 무대 위에 두 편으로 나뉘어 서게 되었다. 그러는 중에도 베니는 혹시 남편과 떨어질까 봐 라렌시의 팔을 꼭 붙들고 있었다. 다행히 두 사람은 단장과 같은 무대 오른편에 속했다.

마지막 사람까지 이상한 구분에 합류하자, 헤르첸이 말했다.

"극단이 해체된 건 분명하군."

단장은 이쪽의 단원들과 저쪽의 단원들을 살펴보고는 좀 전보다 창백한 얼굴이 되었다. 뭔가를 눈치챈 기색이었다.

라렌시는 고개를 빼고 자신이 속한 편과 저쪽 편의 머릿수를 헤아렸다. 그러다가 알아챘다. 두 무리가 어떤 기준에 의해 나뉘게 되었는지.

라야가 떠난 후 단원들 간의 다툼이 있었고 극단은 둘로 쪼개졌다. 단장의 편에 서는 쪽과, 라야를 탓하며 단장과 반목한 타루 쪽.

기함할 일은, 대체 왕이 그걸 어떻게 알아본 거냐는 것이었다. 왕이 말했다.

"그래도 혹시 모르니 물어보지."

그는 쭉 뻗은 다리를 교차한 채 발끝을 까닥까닥 움직였다.

"라야와 에드가가 어디로 갔는지 아는 사람?"

대답은 들려오지 않았다. 그들은 정말 아무것도 몰랐다.

그때 베니의 품에서 아기가 옹알이를 했다. 베니가 식겁하며 아기를 껴안았다.

헤르첸은 고개를 끄덕이더니 근위대장을 가까이 불러 말을 속삭였다. 더없이 불길한 장면이었다.

돌보다 딱딱한 얼굴을 한 근위대장이 무대 위로 올라왔다. 병사 두 명이 단원들을 양쪽에서 한 명씩 끌고 나와 무대 중앙에 세웠다. 첫 번째 희생자는 극단의 막내인 열다섯 살 코서와 의상 담당 사라였다. 사라는 거의 무너질 것 같은 표정이었다.

병사가 허리춤에서 단검을 빼내 사라의 손에 쥐여주었다. 덜덜 떨고 있던 사라의 손이 검을 떨어뜨렸다. 근위대장이 검을 다시 쥘 것을 명령하자, 사라는 눈물을 바닥에 떨구며 단검을 주워 들었다.

"게임을 하나 하지. 내가 하는 말에 그대들은 사실이다, 아니다로 대답하면 돼."

헤르첸은 시종이 가져다주는 차를 받아 들고 말을 이었다.

"대답을 하지 못하거나 거짓말을 하면 그 자리에서 처형될 거야."

그리고 검지로 제 귀를 톡톡 두드렸다.

"내 귀는 네놈들이 속으로 하는 토악질 소리도 들을 수 있으니까 섣불리 내 능력을 시험해보려고 들지 않는 게 좋아. 규칙엔 예외가 있어야 재밌는 법이니까, 음…….."

그는 기다리라는 듯 손가락을 들더니 차를 한 모금 마셨다. 그리고 말했다.

"대답을 하지 않고도 살 수 있는 방법이 있어야겠지. 답을 하고 싶지 않다면, 함께 나와 있는 상대를 죽여."

사라가 손을 너무 심하게 떨어 라렌시는 그녀가 다시 칼을 떨어뜨릴까 봐 겁이 났다.

이윽고 헤르첸이 사라를 지목했다.

"왼쪽부터 시작하지. 이름."

사라는 도움을 청하듯 단장을 바라보았다. 그러는 동안 시종은 헤르첸의 찻잔에 시럽을 따랐다. 능숙하게 억제된 몸짓이었지만 허리를 짚고 있는 주먹이 떨리는 걸로 봐서 시종 역시 빨리 현장을 벗어나고 싶어 하는 게 분명했다.

마침내 사라가 왕을 쳐다보고 말했다.

"사…… 사라 버빈이라고 합니다."

"그래, 사라. 질문, 넌 날 미쳤다고 생각하지?"

사라가 펄쩍 뛰며 대답했다.

"그, 그렇지 않습니다! 절대 그렇게 생각하지 않습니다, 폐하!"

헤르첸은 눈을 가늘게 뜨고 그녀를 잠시 눈여겨보았다.

"거짓말."

그 말이 떨어지자마자 사라의 어깨 위로 검이 솟구쳤다. 검이 그녀의 목을 뚫고 순식간에 목숨을 앗아 갔다. 단원들이 비명을 질렀다. 바닥에 쓰러지기도 전에 사라의 눈은 빛을 잃었다. 코서는 입을 벌리고 있었지만 비명은 내뱉지도 못했다. 사라의 머리가 코서의 낡은 구두코에 닿아 있었다.

병사들은 사라의 시신을 뒤로 가볍게 끌어낸 뒤 그 자리에 다음 사람을 세웠다. 회계 담당 조지는 사라의 피를 밟고 선 채 공포에 질려 헐떡거렸다.

사라의 손에 있던 단검은 이제 코서가 들고 있었다. 헤르첸이 질문을 던지고, 사라가 죽고, 시신이 치워지고, 코서에게 순서가 돌아오기까지 삼 분도 걸리지 않았다.

코서는 피가 튄 단검을 들고서 넋이 나간 눈으로 단장을 찾았다. 단장이 뛰쳐나왔다.

"이러실 수는 없습니다! 어째서 이런……!"

"단장."

헤르첸이 단장의 말허리를 잘랐다. 그는 멍하게 보일 정도로 시선을 무대 아래쪽에 둔 채 자신의 손가락을 매만지고 있었다.

"그대의 극단이 희극보다는 비극을 더 많이 공연한 걸 알고 있어. 거기서 한 마디만 더 하면 한 명도 살아서는 무대를 떠나지 못하게 될 거야. 그건 정말 비극이지. 암, 비극이고말고."

헤르첸이 눈을 들었다.

"이 짓을 계속하면 그래도 반 정도는 살아남을 수 있지 않을까? 내가 하는 짓을 그대들이 용납할 수 있냐 아니냐는 중요한 부분이 아니야. 한 명이라도 더 많이 살아남도록 하는 게 그대가 할 일이지. 그렇다면 이후에 단장은 단원들에게 이렇게 말해야 해. '솔직해져라.' 솔직하기만 하면 살아남을 수 있어."

단장은 그의 말을 따랐다. 무척이나 솔직하게 분노에 찬 눈길로 헤르첸을 쏘아보았다. 헤르첸의 미소 진 눈이 즐거움을 내비쳤다. 단장은 뒤돌아서서 단원들에게 말했다.

"들었지? 솔직하게 대답해."

"단장! 이건 정말 미친 짓이에요!"

잠자코 있던 싱클레어가 단원들을 헤치고 나오면서 소리쳤다.

단장은 입을 앙다물었다가 대답했다.

"알아, 싱클레어. 그가 이런 짓이 미친 것 같냐고 물으면 그렇다고 대답해."

"그럼, 나온 김에 물어보지."

헤르첸이 싱클레어를 보며 미소 지었다.

싱클레어는 꺼릴 게 없다는 식으로 코서를 밀치고 앞으로 나왔다. 헤르첸이 물었다.

"넌 지금 라야를 극단에 끌어들인 걸 후회하고 있어. 그렇지?"

"네, 후회합니다."

싱클레어는 단박에 대꾸하고 무리로 씩씩거리며 돌아갔다. 본보기와 같은 시원스러운 대답이었다. 헤르첸도 감탄했는지 낄낄거리고 웃었다. 하지만 다른 사람들은 싱클레어가 보인 모범 답안을 따르지 못했다.

이윽고 헤르첸이 코서를 보았다.

"질문하지. 너는 먹고살기 위해서 극단에 들어갔지만, 극단이 한 번도 마음에 들었던 적은 없어. 앞으로도 극단이 좋아질 일은 없을 거라고 생각하고."

코서는 높은 곳에서 떨어지는 꿈을 꾼 것처럼 몸을 움찔했다.

헤르첸은 건조하면서도 장난스러운, 그러나 위협적인 특유의 말투로 말을 이었다.

"그런데도 네가 해체된 극단을 떠나지 않고 단장 편에 남은 것은 딱히 다른 밥벌이 재주가 없기 때문이야. 그렇다고 배우 일이 네 적성에 맞다고도 생각하지 않아. 연극 한 편에 비싼 값을 치르는 관객들이 어리석게만 보일 뿐이고. 얼마든지 큰돈을 벌 수 있을 텐데도 부자들이 배우들에게 제의하는 큰 건…… 그래, 대개는 더럽고 추잡한 큰 건들 말이야. 그걸 매번 거절하는 단장도 넌 이해할 수가 없어. 이런 일에 만족하고 사는 동료들을 멍청하다고 여기지. 그렇지 않아?"

코서는 크게 벌어진 눈을 깜박였다. 입은 계속 '아니, 아니.'라고 하면서 뻐금거렸지만 말이 되어 나오지는 않았다.

정적이 일 분쯤 흘렀다. 헤르첸으로서는 굉장한 인내심을 발휘한 것이었다. 그가 손을 들었다.

코서가 다급히 외쳤다.

"맞습니다! 그렇게 생각합니다!"

헤르첸은 손을 내리고, 사라 때와 마찬가지로 실눈을 떴다.

이윽고 헤르첸이 근위대장을 향해 고갯짓을 했다. 병사가 소년의 손에서 단검을 가져갔다. 코서는 살아남았다.

코서는 넋이 나간 표정으로 무리로 돌아갔다. 단원들이 그를 피하듯 몸을 비켜섰다. 코서는 무리 뒤쪽으로 돌아가 흐느꼈다.

헤르첸이 조지에게 물었다.

"이름."

"조지 마르……."

조지는 자기 이름을 다 말하지도 못했다. 헤르첸이 바로 말했다.

"조지, 넌 오래전부터 극단 공금에 손을 댔을 거야."

조지의 살집 있는 몸이 물컹한 밀가루 반죽처럼 흔들렸다.

"처음엔 네 몫을 조금 더 가져가려고 했던 것뿐이었지. 그런데 아무도 눈치를 채지 못하자 다른 이들의 몫에도 장난질을 치기 시작했어."

조지는 얼빠진 얼굴로 고개를 가로저었다. 헤르첸이 냉소적으로 말했다.

"장부를 조작하는 수법이 교묘해서도 그렇지만 그동안 단장이 그걸 발견해내지 못한 건 그가 널 믿었기 때문이야. 단장은 일부러 장부를 살피지 않았어. 어쩌면 네가 그런 짓을 할지도 모른다고 은연중에 짐작했던 건지도 모르지."

조지가 단장을 돌아보았다.

헤르첸이 두 사람을 향해 비웃음을 날렸다.

"네가 극단을 나간다고 했을 때 모두가 놀랐을 거야. 너와 단장은 형제와 다름없었고 실제로 너는 단장을 형처럼 따랐으니까. 그런데도 네가 단장 편에 서지 않고 극단을 떠난 것은 최근에 공금을 너무 많이 가져다 써서야. 멍청하고 흔한 이유에서지. 도박 빚. 아무리 단장이라도 모를 수 없었어. 그걸 다른 단원들이 알기 전에 네가 알아서 극단을 떠난 거야. 이유야 뭐, 라야가 만들어줬지. 극단 분위기도 어수선해졌겠다,

기회를 잘 잡았지. 지금은 도박판에서 돈을 따면 다시 극단으로 돌아가야지 생각하고 있어. 이러니저러니 해도 단원들은 너의 유일한 가족이니까. 가족을 등쳐 먹는 머저리가 할 법한 생각이지. 내 말에 틀린 부분이 있어, 조지?"

단원들은 이제 왕이 하는 말의 진위 여부는 의심하지도 않는 듯했다. 비난의 눈들이 조지를 향했다.

멍하니 있던 조지가 몸을 돌렸다. 칼끝이 옆에 선 루이스에게로 향했다. 루이스는 '설마?' 하는 표정으로 경악했다.

끔찍한 몇 초가 지나고, 조지가 검을 내리며 말했다.

"맙소사, 루이스. 내가 널 해칠 리 없잖아."

조지가 동료들을 돌아보았다.

"처음부터 그러려던 건 아니었어."

조지는 살아남았다.

다음 차례. 그리고 다음 차례, 다음, 또 다음, 계속 다음…… 다음.

숨기고 싶은 진실과 비밀, 모르는 것이 더 좋을 거짓말들이 드러나고, 침묵과 죽음도 몇 번 지나갔다.

마침내 라렌시는 동료 배우 타루와 함께 자신이 왕을 내려다보고 있다는 걸 깨달았다. 라렌시는 왕을 내려다보고 있는 상황에서 벗어나고 싶었다. 더욱이 "넌 다이런을 싫어하지?"라는 질문에 자신이 조국을 싫어하는지 좋아하는지 고민하다가 "좋아한다."고 대답하고 거짓말로 판명돼 죽은 동료의 피를 밟고 있다면 그곳이 무대가 아니라 절벽이라도 뛰어내리고 싶을 것이다. 어차피 그대로 서 있어도 죽을 거 아니야?

헤르첸이 타루에게 말했다.

"네가 단장과 싸우고 극단을 박차고 나간 건 사실 라야 때문도 아니고 단장 때문도 아니고 도박 빚 때문도 아니야. 베니 때문이지. 그녀를 더 이상 보고 있을 수가 없어서."

라렌시는 귀를 의심했다. 베니? 내 아내 베니?

헤르첸이 천진하게 물었다.

"타루, 너는 베니를 사랑하지?"

타루는 코를 세게 얻어맞은 얼굴이 되어 있었다.

"그래, 베니 말이야. 네 옆에 서 있는 남자의 아내. 너와 함께 커온 베니. 긴 세월 너의 여동생이었으며, 너의 가장 친한 친구였던 베니. 너에게 사랑한다고 말했지만 네가 거부했던 베니. 이제는 다른 남자의 아내가 된 베니. 너의 베니. 사랑스러운 베니."

라렌시는 턱이 빠진 것처럼 입을 벌리고 타루를 쳐다보았다. 타루는 그를 보고 있지 않았다. 베니를 보고 있었다. 그런 순간에도 라렌시는 질투와 충격으로 머릿속이 하얘졌다. 헤르첸이 빙글 웃었다.

"후회하고 있지? 베니가 네게 고백을 했을 때 받아들였다면 지금 그녀의 아이가 네 아이일 수도 있었을 텐데. 그런 생각을 하고 있잖아. 내 말에 틀린 부분이 있어, 타루?"

무거운 침묵이 시간마저 잡아당기는지 수십 초가 수십 분처럼 느껴졌다.

이윽고 타루가 대답했다.

"틀리지 않습니다."

"후회하지?"

"……후회합니다."

왕은 조용히 웃었고, 타루는 살아남았다.

무리로 돌아가려는 타루를 헤르첸이 멈춰 세웠다.

"아직 들어가지 말고 그대로 서 있어. 그리고 다음, 라렌시."

"네, 폐하……."

라렌시는 단검을 건네받은 채 멍한 목소리로 대답했다. 더 이상 왕이 인간으로 생각되지 않았다. 악마가 말했다.

"너는 지금 아내를 의심하고 있을 거야. 그녀가 정말 널 사랑해서 결혼을 한 건지, 타루에게 거절당해 홧김에 네게 청혼을 한 건지."

라렌시는 피 바닥을 보고 있던 눈을 들어 악마를 보았다. 지금 베니의 얼굴은 보고 싶지 않았다. 보지 않아도 아내가 어떤 표정을 짓고 있을지 알았다. '설마 저런 말도 안 되는 소리에 그렇다고 대답하지 않겠지?'란 얼굴을 하고 있겠지.

"아내의 사랑을 의심하고 있느냐고 물으시는 건가요?"

"아니."

악마가 말했다.

"너는 지금, 베니의 아이가 정말 네 아이인지 의심하고 있어. 그렇지?"

"이것 봐, 그만 울어. 내가 말하는 중이잖아."

라야가 하고 싶은 말을 헤르첸이 대신 해주었다. 라렌시는 주저앉아 통곡하고 있었다. 덕분에 중간부터는 헤르첸이 이야기를 넘겨받았다. 그의 입으로 듣는 참살극은 더 끔찍했다.

라렌시의 뺨을 때려서라도 울음을 멈추게 할 요량으로 라야는 손을 뻗었다. 바닥을 밟는 느낌이 들지 않았다. 발이 허공을 밟고 몸이 계속 기우뚱거렸다.

"라야, 맞혀봐."

헤르첸이 쾌활한 목소리로 물었다.

"저 친구가 어떻게 그 상황을 벗어났을까?"

라야는 이곳을 벗어나 저 먼 하늘 밖으로 나가버리고 싶은 충동에 사로잡혔다. 그래, 하늘 밖. 이 땅 위가 아닌 다른 곳. 이곳보다는 평화로운 곳. 아니, 다른 지옥이라도 이곳이 아니면 어디라도 상관없었다. 라렌시의 울음소리가 동굴 속에서 메아리치는 것처럼 들렸다.

"이제 제 가족을 돌려주세요!"

돌려주세요, 돌려주세요. 정말 메아리쳤다.

"어떤 가족?"

헤르첸이 물었다. 헤르첸의 목소리도 메아리쳐 들렸다.

"제 아내요. 제 아이요!"

라렌시가 소리쳤다. 헤르첸이 온화하게 말했다.

"단원들도 예전엔 너의 가족이었지. 라야도 네 가족이었고."

이제 라렌시는 절규했다.

"약속하셨잖아요!"

헤르첸이 빈 접시에 포크를 던졌다. 그런 소리로도 짜증을 표현할 수 있다는 게 신기했다.

"그래."

헤르첸이 근위병에게 말했다.

"그를 가족에게 데려다줘. 그들도 아직 널 가족이라고 여길지는 모르겠지만."

근위병들이 라렌시를 방 밖으로 끌어냈다. 문이 닫히기 전, 라렌시는 눈물로 얼룩진 얼굴을 들었다. 그는 라야에게 '미안해.'라고 입을 벙긋거려 말했다. 의미 없는 사과였다. 라야에게 위안이 될 수도 없고, 라렌시의 죄책감을 덜어주지도 못했다.

라야는 잠깐 동안 닫힌 방문을 쳐다보고 서 있었다. 이윽고 그녀가 몸을 돌려 헤르첸을 보았다. 그녀의 눈에서 눈물이 흘렀다.

헤르첸이 한숨을 쉬었다.

"네가 바란 거야. 네가 원했잖아, 라야."

라야는 입을 틀어막았다. 다시 구토기가 일었다. 시야가 핑글핑글 돌았다. 입덧을 이런 순간에 시작하게 된 게 끔찍했다. 이 모든 일들이 끔찍했다.

헤르첸은 안쓰럽다는 듯 말했다.

"네가 내게 말했어. 에드가를 이해할 수 있길 바란다고. 그가 무엇을 보며 걸어가는지 너도 이제는 이해할 수 있을 거야. 그가 가는 길마다, 네가 지나는 길마다, 묘지고 폐허고 잿더미고 사막이다. 너희들의 애정이 닿은 모든 것은 결국 마르고 해지고 색이 바랠 거야. 결국엔 너절한 흔적만 남겠지. 에드가의 곁에 있는 한 너도 다르지 않아."

라야는 눈을 꾹 감았다 떠 눈물을 떨어뜨렸다. 그렇게 시야를 맑게 한 뒤 다시 헤르첸을 쏘아보았다. 헤르첸이 미소 지었다.

"모르겠어, 라야? 드디어 네 눈에서 사람다운 감정이 보여. 증오, 불신, 혐오, 열망."

헤르첸은 인간의 어둡고 공격적인 감정을 열거했다. 그가 '사랑'이란 말을 할 때보다는 자연스럽게 들렸다.

"예전의 넌 이렇지 않았지. 누가 널 이렇게 만들었지? 나인가? 아니야, 그다. 에드가가 널 이렇게 만든 거야. '왜 하필 그 사람을 사랑해서 이렇게 괴로워해야 하나, 왜 내 앞에 나타나서 나를 이리 만들었나, 늘 행복할 수도 있었는데.' 결국 넌 그를 원망하게 될 거야."

"닥쳐."

"도망쳐, 라야."

헤르첸이 속삭였다.

"나에게서가 아니라 그에게서 도망쳐."

라야는 입을 틀어막은 채 헐떡였다. 맹렬한 증오와 슬픔에 몸이 경련했다. 제대로 숨을 쉬고 싶었다. 그리고 헤르첸의 저 오만한 얼굴에 제대로 쏘아붙이고 싶었다. 너는 아무것도 모른다고. 웃기지 마, 너는 나를 몰라. 나는 이미 알고 있어.

헤르첸은 그녀에게도 라렌시에게 한 짓과 같은 짓을 하려고 하고 있었다. 의심의 씨앗을 심는 것.

적당한 기후와 토양이 갖춰지고 때맞추어 바람이 불고 비가 내리면 씨앗은 싹을 틔울 것이다. 훗날 아일과 라야의 틈이 벌어지고 그 사이로 싹이 돋아나면 그녀는 헤르첸이 했던 말을 떠올리게 될 것이다. 그리고 '정말 그런가?' 생각하고 아일을 원망하게 될지도 모른다. 하지만 헤르첸이 모르는 것이 있다면 그녀는 이미 행복이 영원하지 않다는 걸 안다는 것이다.

"네가 이대로 에드가에게 돌아가지 못한다면……."

헤르첸의 미소 진 얼굴이 빙글빙글 돌았다.

"에드가는 슬픔을 느낄까, 분노를 느낄까?"

라야는 숨을 쉬려고 애썼다. 간신히 손을 떼자 몸을 덮고 있는 피가 눈에 들어왔다. 언제부터 이런 꼴이었지? 원피스는 이제 흰 부분보다 붉은 부분이 더 많아 보였다. 피에 젖은 옷감이 몸에 달라붙어 부른 배가 드러났다.

라야는 비틀거리며 테이블로 걸어갔다. 온몸이 오한이 든 것처럼 떨렸다. 테이블로 가 헤르첸과 눈을 마주친 직후, 라야는 결국 몸을 반으로 접고 구토를 했다.

헤르첸이 중얼거렸다.

"구역질이 날 정도로 끔찍한가 보군."

라야는 기침을 하면서 숨을 헐떡였다. 손에 묻은 피를 닦아내려는 듯 치맛단을 움켜쥐고 무릎을 짚으며 일어섰다. 치맛단이 걷혀 올라갔다.

허벅지에도 피가 묻어 있었다. 그녀의 몸에서 나온 피인지, 남의 피인지도 알 수 없을 정도였다. 눈물이 얼굴을 덮었다.

어린 시절, 그녀는 행복이 당연한 것이라 생각했다. 모든 인간은 행복하기 위해 태어난다고.

당연. 본래 존재하는 것, 주어지는 것, 지금은 아니더라도 언젠가는 주어질 것. 부모에게서 그렇게 배웠고 그런 생각으로 자랐다. 좋은 부모에게서 태어나 좋은 생각을 하고 좋은 가르침을 받아 좋은 사람들 속에서 사는 것. 건강하게 태어나, 그렇게 성장하는 것이 당연하다 여긴 람프할레만의 성주와 떠돌이 상단주가 가족의 평안을 산산조각 냈을 때 금이 갔다. 무사히 태어나 평안하게 성장하는 것은 당연한 일이 아니었다.

아일을 만나 알았다. 그에게 행복은 고민하고 쟁취해야 하는 것이지 당연한 것이 아니었다.

아일에게 운명이란 가혹한 것이다. 처참한 길이다. 원하는 것은 빼앗고 바라지 않는 것을 떠안기는 것이다. 그래도 하나는 가지겠다고, 구르고 찢겨도 '그것' 하나면 족하다며 앞으로 나아가는 사람을 연거푸 진흙탕에 처박는 것이다.

라야는 몇 번이나 멈칫거렸다. 그를 향한 사랑이 괴로워 여러 번 뒷걸음질 쳤다. 그와 함께하는 삶이 가혹한 것이란 걸 알았지만, 결국엔 그를 쫓아 그의 손을 잡았다.

그럼에도 불구하고 그녀는 인간은 행복하기 위해 태어난다는 믿음을 버리지 않았다. 단지, 당연한 것이 아닐 뿐이다. 당연하지 않아서 그 모든 위태로운 것들이 소중한 것이었다.

사랑하는 남자가 내 곁에 있는 것도 당연한 일이 아니다. 그가 날 사랑하는 것도 당연한 게 아니다. 내가 그를 사랑하는 것 역시 당연하지 않다. 행복은 당연하지 않다.

라야는 중요한 순간, 헤르첸의 뒤를 바라보았다. 발코니 문이 열려 있었다. 스산한 전망이었다.

절벽을 타고 올라온 바람이 발코니 문을 살짝 흔들었다. 멀리 파도 소리가 들리고, 밤하늘이 보였다. 사막에서의 신비로웠던 그날, 그때 보았던 달과 다를 바 없는 달도 보였다. 오늘의 달은 그녀를 아일의 곁으로 데려다주지 않았다.

밤 그늘 속에서 울창한 나무 한 그루가 빗소리를 내며 나뭇잎을 비비고 있었다.

바람결에 아일의 목소리를 들었다.

“…….”

라야가 미소를 짓고 아일의 말에 대꾸했다.

“나도 그래.”

너무나 작은 목소리였다.

자신만이 들으면 되는 목소리. 그 사람만이 알고 있으면 되는 말.

헤르첸이 궁금한 표정을 하며 귀 기울이듯 얼굴을 바짝 들었다.

라야가 달을 보며 활짝 웃었다.

“나도 그래.”

그리고 라야의 단검이 헤르첸의 목을 그었다.

74

회관은 이미 거대한 무덤과 다를 게 없었다. 라렌시를 끌고 나온 근위병들은 회관을 나오자 역한 냄새를 뚫고 온 듯 숨을 토해냈다. 그들은 엘칸이 피투성이의 여자를 괴롭히는 걸 구경하느니 누군가를 죽이는 편이 낫다고 생각하는 모양이었다. 그래서 라렌시를 바라보는 근위병들의 얼굴에선 피로한 기색 외에는 어떤 감정도 느껴지지 않았다. 세 사람이 건물 그림자 아래 자리를 잡았다.

라렌시는 바닥에 꿇어앉아 깍지를 이마에 대고 기도했다. 신을 부르고, 어디 있는지 모를, 생사조차 알 수 없는 가족들의 이름을 부르고, 단장과 단원들에게 사과하고, 라야에게도 용서를 구했다. 그 사과가 닿을지는 모르겠지만.

문이 닫히고 그 사이로 라야의 슬프고 원망스러운 눈빛이 그를 향할 때 라렌시는 그것이 자신의 인생 마지막 페이지라고 생각했다.

근위병이 움직였다. 라렌시는 인생의 책 마지막 페이지에 마지막으로 적힐 소리를 들었다. 스르릉. 검이 뽑히는 소리였다.

바람조차 멎고 적막이 찾아왔다.

그리고 푹 하는 소리가 났다. 라렌시의 얼굴로 뜨거운 피가 튀었다.

"란겔, 뒤를 맡아!"

누군가가 그리 외쳤다.

눈을 뜬 라렌시는 화살에 목이 꿰뚫린 채 쓰러지는 근위병을 보았다.

그리고 자신을 밀치고 지나가는 검은 옷의 사내도 보았다. 라렌시는 자신과 근위병의 시신을 뛰어넘어 건물 안으로 뛰어들어 가는 검은 옷 무리들을 멍청히 바라보았다.

메이튼은 거침없이 건물 안으로 들어갔다. 들어서자마자 욕이 나왔다. 토할 것 같은 피 냄새, 빌어먹게 넓은 공간. 이 건물을 지은 건축가는 과시욕이 있는 사람이었을 것이다. 달려드는 근위병들의 처리는 란겔의 지휘에 맡겼다. 검은 겨루지도 않았다. 밀칠 수 있으면 밀치고, 가벼운 상처는 무시하고 앞으로만 달렸다. 시간이 촉박한 사람처럼 뛰었다. 라야를 찾기 전까지는 멈출 수가 없었다.

아일이 그곳에 있었다면 그렇게 행동했을 테니까.

메이튼과 란겔은 호바르 인근에서 헤르첸을 추적 중이던 페렐의 사병과 마주쳤다. 양쪽의 이동 경로가 겹친다는 것을 안 두 남자는 경악했다. 바로 아일에게 서신을 날렸다. 메이튼은 헤르첸이야 어찌 돼도 상관없었다. 아일이 찾으라 한 것은 라야.

그녀가 바로 코앞에 있었다.

그는 아일 대신이었다. 에드가가 자신을 대신하라고, 네가 나라고 여기고 행동하라고 명령했다. 그리고 메이튼은 그보다 더 잘할 수 없을 만큼 그렇게 하고 있었다.

'또 무슨 일이 벌어진 거야.'

어디선가 날아든 화살이 동료의 목에 박히는 걸 보고 젤린은 그 생각부터 했다.

빗나간 화살이 건물의 창을 깼다. 젤린은 반사적으로 머리를 감싸며 바닥에 납작 엎드렸다.

"이런 망할!"

엎드린 몸 위로도 유리 파편이 사정없이 튀었다. 상황 파악을 하기도 전에 이어 화살들이 쏟아졌다. 건물 밖에 있던 병사들은 날아드는 화살에 그대로 노출되었다. 병사들은 요란한 소리와 화살 비 속에 미처 몸을 가누지 못하고 쓰러졌다. 동료들의 시신을 본 젤린이 참담한 표정을 떠올렸다.

마을에서 회관까지 이어지는 돌계단 아래서 정체를 알 수 없는 적들이 뛰어오르는 것이 보였다. 젤린은 일어서자마자 곧장 왕이 있는 방으로 달렸다.

젤린이 방문을 걷어찼다.

"……맙소사."

눈앞에 벌어진 장면을 바로 이해하기 힘들었다. 그래서 젤린은 얼빠진 맙소사 소리를 한 번 더 내뱉었다. 그의 눈은 왕을 가장 먼저 찾았다.

왕.

두 손으로 자기 목을 부여잡고 바닥을 기고 있는 것은…… 아마 왕이 맞을 것이다. 헤르첸의 손은 목에서 흘러나온 피를 틀어막느라 두 개도 부족해 보였다.

"맙소사."

헤르첸에게 달려간 젤린은 얼빠진 놈처럼 보일 걸 알면서도 또 그 말을 했다. 그리고 허겁지겁 옷자락을 찢어 지혈을 도왔다. 반쯤 넋이 나간 젤린의 눈이 전쟁 통 같은 방바닥을 훑어보았다. 근처에 피 묻은 촛대가 떨어져 있었다.

이것이 왕의 목에 상처를 낸 걸까?

젤린은 머릿속이 엉키고 있는 것을 느끼며 헤르첸의 얼굴을 내려다보았다. 그러다 무엇인가를 밟고 멈칫했다. 그게 뭔지 자세히 보기 위해 고개를 숙이던 젤린은 그것이 잘린 손가락이란 것을 알고 움찔, 뒤로 물러섰다.

"라야!"

죽어가는 줄 알았던 헤르첸이 돌연 소리쳤다.

온몸의 털을 곤두서게 하는 웃음이었다. 분노, 즐거움, 충격, 짜증이라는 공존하기 힘든 감정들이 헤르첸의 광기 어린 웃음 속에 함께했다.

젤린이 외쳤다.

"폐하! 어서 이곳을 빠져나……."

그리고 젤린은 고개를 든 채 얼어붙었다. 잔뜩 경계하며 주변을 둘러보던 그의 눈에 그것이 걸렸다. 방에 난 창으로 구부러진 복도를 지나 달려가는 라야의 모습이 유령처럼 순간 시야에 잡혔다 사라졌다.

"라야아아!"

헤르첸이 다시 라야의 이름을 불렀다. 피를 토해내는 듯한 오싹한 목소리였다.

명령을 들은 사람처럼 젤린이 튀어나갔다.

"라야!"

헤르첸의 목소리가 그녀가 있는 곳까지 닿았다.

그의 목소리를 들은 라야는 돌부리에 발이 걸린 것처럼 넘어졌다. 단검이 대리석 바닥에 쨍한 소리를 내며 떨어졌다.

단검을 찾으려고 주저앉은 채 바닥을 더듬었다.

어머니의 단검이었다. 라야는 떨어뜨린 손을 찾듯 검을 찾았다.

피 때문에 앞이 잘 보이지 않았다. 시야를 덮은 피, 피의 감촉, 피 냄새. 느껴지는 거라곤 끔찍할 정도로 피뿐이었다.

오 분 전, 그녀의 단검이 헤르첸의 목을 베려는 순간 놀란 헤르첸이 반사적으로 오른손을 들어 올렸다. 그리고 그의 왼손이 얼결에 잡은 촛대를 휘둘렀다.

순식간에 일어난 일이었다.

라야는 눈을 감았고 촛대의 날카로운 끝이 이마를 스치며 여린 살갖을 베고 지나갔다.

두 사람에게서 동시에 비명이 터져 나왔다.

라야는 상처가 피를 뿜어내기 전에 얼른 상처 부위를 눌렀다. 그리고 목을 붙잡고 쓰러지는 헤르첸을 똑똑히 눈에 담았다. 검지를 잃어버린 그의 오른손을 똑똑히 보았다. 잘려나간 손가락이 단검의 힘을 떨어뜨리지 않았다면 칼날은 왕의 목에 더 깊고 치명적인 상처를 낼 수 있었을 것이다.

라야는 근위병들이 돌아오기 전에 도망쳤다.

"라야!"

또다시 소름 끼치는 목소리가 복도 저편에서 들려왔다.

라야가 움찔하며 바닥을 더듬던 손을 멈추었다. 그 순간, 손끝에 단검이 잡혔다.

검을 쥔 손으로는 피가 흐르는 상처를 누르고 다른 손으로는 배를 감쌌다. 괜찮아, 괜찮아. 라야는 자신에게, 그리고 품고 있는 아이에게 말하듯 괜찮다고 몇 번을 더 중얼거렸다. 눈가를 훔쳐 피를 닦아낸 뒤 시야가 트이자 다시 일어나 걸었다. 몸이 너무 무거웠다. 하지만 달렸다. 멈추면 그대로 누가 목덜미를 잡아챌 것만 같았다.

흘러내린 피 때문에 보는 것이 거북스러우니 들리는 것까지 지나치게 예민해졌다. 사람들의 비명 소리와 날붙이들이 충돌하는 소리가 이명처럼 들려왔다. 진짜 소리인지 흥분 상태가 만들어낸 환청인지 알 수 없는 그것은 터질 듯이 뛰는 심장을 진정시키는 데 아무 도움이 되지 않았다.

라야는 공포에 질려 울지 않으려고 애썼다. 상처에서 느껴지는 고통 때문에 기절하지 않고 버틸 수 있었다.

어디로 향하지? 이곳에서 나갈 수나 있을까?

나간다면 병사들의 눈을 피해 마을을 빠져나갈 수 있을까? 나머지 마을 사람들은 어떻게 된 걸까?

내가 잘못한 걸까? 이곳에 오지 말았어야 했나? 잘못을 했다면 언제, 어디서부터 잘못된 걸까?

복도를 달리는 그녀 앞으로 어둠이 흩어졌다. 그리고 그 뒤를 백색의 달빛이 따랐다.

쿠스친은 잘 도망친 걸까? 나는 내가 할 수 있는 모든 걸 한 걸까?

날 쫓아오는 자는 없을까? 추적자에게 잡히기 전에 어디까지 도망칠 수 있을까? 내가 지금 하고 있는 도주는 의미가 있는 걸까?

헤르첸은 죽은 걸까? 죽어가는 걸까?

내가 사람을 죽였어.

내가 사람을…… 내가…….

맙소사, 아일.

달려온 라야의 몸이 부딪치다시피 나무문에 닿았다. 외벽을 치며 요란하게 쪽문이 열렸다.

차가운 밤공기가 밀려들었다. 피 냄새로 얼얼했던 코가 뻥 뚫렸다. 바람이 더 이상 자비로울 수 없을 만큼 가득 불어왔다. 라야는 잠시, 정말 잠시 기쁨에 취했다.

하지만 먼저 달려 나간 한쪽 발이 허공을 밟자 빠르게 뛰던 심장이 박동을 멈췄다. 발코니 모양을 겨우 유지하고 있는 철제 난간 사이로 발이 쑥 빠져나갔다. 라야는 허공으로 몸을 날리기 직전 뒤로 넘어지면서 가까스로 멈춰 섰다. 녹이 슨 철제 난간이 끼이익 하는 소름 끼치는 소리를 냈다. 나무 바닥의 일부가 무너져 내리면서 어둠 속으로 사라졌다.

전망대를 만들려다 그만둔 흔적인지, 공사가 끝난 후 가설대를 치우는 것을 잊어버린 것인지, 그도 아니라면 건축가가 의도한 함정인 것인지 건물과 이어진 나무 바닥은 세 발자국만큼의 길이도 되지 못했다. 그리고 어이없을 만큼 허술했다.

라야는 바로 일어서지 못하고 몸을 뒤집어 건물 쪽으로 방향을 돌렸다. 절벽 아래로 그녀를 끌어당기려는 듯, 바람이 난간에 겨우 걸쳐 있는 피투성이의 맨다리를 휘감았다. 숨소리조차 난간에 무게를 더할까 숨을 죽인 채 바닥을 기었다.

손끝이 문턱에 닿기도 전에 머리 위로 그림자가 드리웠다. 라야는 고개를 들어 위를 올려다보았다.

"……히오르그…… 젤린 경……."

라야의 입에서 자신의 이름이 불리자 남자의 딱딱한 표정에 동요가 떠올랐다. 라야는 그 동요가 안타까움이나 동정 같은 것이길 바랐다.

아일과 아주 조금이라도 닮은 구석이 있다는 사실 때문일까. 눈물을 흘리지 않으려고 버텼지만 눈앞이 살짝 흐려졌다. 라야는 아예 고개를 숙여버렸다.

누구도 다음 행동을 취하지 않은 채 몇 초가 흘렀다.

이런 상황에 빠지게 만들어 미안하다고, 배 속 아이에게 사과할 심적 여유 같은 건 이제 더 이상 라야에게 없었다. 하지만 습관처럼 손은 배를 어루만졌다.

"……."

그 순간 느껴지는 기이한 감각에 라야는 몸을 움츠린 채 눈물 섞인 한숨을 지었다.

아기의 손이 언제부터 형태를 갖추지? 아이가, 라야가 그러한 것처럼 손을 뻗어 그녀의 손바닥에 자신의 손을 갖다 맞추는 기분이 들었다. 말로 설명할 수 없는 온기가 몸 깊숙한 곳에서 전해졌다.

그래, 슬퍼하는 것도 애도도 나중이야. 적어도 여기선 아니야.

라야는 바닥을 짚고 천천히 몸을 일으키고 앉았다. 난간이 위태로운 소리를 냈다.

라야가 젤린에게 말했다.

"헤르첸이 제정신이 아니긴 해도 이 와중에 성을 떠나지는 않을 거예요."

젤린을 올려다보는 라야는 그가 움찔할 정도로 의연한 눈을 하고 있었다. 얼굴과 온몸이 피투성이인 여자에게서 그만큼 건강한 느낌을 받는다는 게 이상했다.

라야는 확신했다.

"성도가 함락된 거겠죠."

그날의 기억을 떠올렸는지 젤린이 피곤해 보이는 미소를 지었다.

"젤린 경."

"네, 클레이모어 부인."

젤린이 힘없이 대꾸했다. 라야가 말했다.

"당신에게 근위대로서의 명예를 저버리라고는 하지 않겠어요."

"……."

"위험을 감수하거나 기사도를 발휘해 저를 보호할 필요도 없어요. 이곳에 그대로 서서 제가 떠나는 걸 지켜만 봐주세요. 난……."

라야는 피가 스며든 눈 주위를 훔쳐내고 말을 이었다.

"난 여기서 죽을 생각이 없어요."

난관과 건물 사이를 가로막고 선 젤린은 대꾸 없이 시선을 들어 라야의 뒤쪽을 바라보았다. 건물 밖, 가까운 절벽 아래로 보이는 것은 어둠

뿐이지만 멀리 보이는 바다는 넓고 고요하고 그만큼 평온해 보였다. 그는 들려오는 소리들 중 바람 소리를 제외하려고 노력하며 귀를 기울였다. 멀리 건물의 안팎에서 무구들이 부딪치는 소리가 들려왔다. 그는 그 소리가 라야의 귀에도 들리는지 궁금했다. 라야는 생각에 잠긴 젤린이 그녀에게 유리한 결론에 도달하길 빌었다.

이윽고 젤린이 말했다.

"그렇게 보입니다. 부인은 여간해선 죽지 않을 것 같습니다."

라야가 뭐라고 하려 하자 젤린은 빠르게 이어 말했다.

"리디아도 같은 말을 했죠. 당신과 에드가는 여간해선 죽지 않을 사람들 같다고."

라야가 놀란 눈을 깜박였다. 젤린이 슬픈 표정으로 라야를 바라보았다.

"그렇게, 그녀가 보기에도 더할 나위 없이 어울리는 짝이라, 본인도 어찌할 수 없을 만큼, 화가 나는 거라고. 두 사람을 보고 있자면 자신이 악역 따위로 전락하는 기분이라더군요."

젤린이 덧붙였다.

"생떼지요. 상처도 다가오려다 달아날 정도로 화려하게만 살아온 여자라, 그 단단한 자존심에 자신이 거부당한 상황을 이해하지 못하는 겁니다. 어린애가 부리는 억지 같은 거예요."

꽤 단호하게 들리는 말투였다. 이건 좋은 징조일까?

젤린이 고개를 갸웃했다.

"알 수 없는 표정이네요."

"뭐가요?"

라야는 침을 삼키고 되물었다. 그녀도 놀랄 만큼 목이 잠겨 있었다.

젤린이 말했다.

"나와 리디아에 대한 이야기를 들어서 이미 알고 있는데도 모른 척하는 건지, 처음 들은 이야기라 놀랐는데 배우라 감쪽같이 표정을 숨기고 있는 건지."

"……그 이야기 속 기사가 경인 줄은 몰랐어요. 금발의 근위대 기사와 레이디 모뤄가 만나고 있다고만 들었어요."

"금발 얘기가 나와서 말인데, 제가 그 누군가를 닮았기 때문인지, 그냥 다들 그러니 자연스럽게 가지는 선입관인지, 사람들이 저에 대해 오해하는 것 중 하나가…… 제가 왕을 싫어할 거란 겁니다."

아, 이건 나쁜 징조.

라야는 욱신거리는 상처 부위에 손을 가져가는 걸로 젤린의 시선을 끌고, 다른 손으로는 추락의 위기에서도 놓지 않았던 단검을 고쳐 잡았다.

"그 누군가를, 아주 조금, 닮았다는 이유로 저를 왕이 애완견 삼아 근위대에 둔 거라고 뭐라고 하는 자들도 있지만, 뭐 어떻습니까. 저로서는 손해 볼 일이 아니지요. 전 보기보다 현실주의자거든요."

젤린이 어깨를 으쓱거렸다.

"사실 왕의 비위를 맞추는 것도 어렵지 않습니다. 그는 질문이 많은 편인데 솔직하게만 답하면 됩니다."

"젤린 경."

라야는 젤린의 말을 끊으려고 했다. 독백 같은 자기 고백은 대개 감정 폭발로 끝나니까.

나쁜 상상이 들었다. 말을 끝낸 젤린이 '어차피 왕에게 데려가도 넌 죽고, 리디아도 널 싫어하니까 내가 고민할 이유는 없어.'라고 하고 그녀를 난간 밖으로 걷어차버리는 상상.

"어느 날은 그가 직접 말고기를 요리해보겠다며 근위대장의 말을 토

막내놓고 '네 눈에도 이것이 끔찍해 보이느냐?'고 묻길래 '예, 조금 역겹습니다.'라고 했지요. 그러니 말고기를 선물로 내리더군요. 다음 날 말고기를 먹었냐고 묻기에 도저히 먹을 수 없었다고 했습니다. 그러니 돼지고기를 선물로 내리더군요. 그 선물은 괜찮았습니다. 아, 한 날은 내가 연회에 온 리디아를 보고 있으니, 아마 넋 놓고 보고 있었겠죠. 아뇨, 분명 그랬을 겁니다. 그러니 왕이 웃으며 묻더군요. '감히, 너 따위가 선제후의 딸을 안는 상상을 하고 있는 건 아니겠지?' 꾸지람은 아니었습니다. 그는 언제나 사람을 놀릴 뿐, 진심으로 화를 내지는 않습니다. 화를 내지 않는 인간이라니 소름 끼치지 않습니까? ……어쨌든, 그래서 제가 뭐랬냐면 '……생각이야 할 수 있는 것 아닙니까.'"

젤린은 자신의 대답을 어떻게 생각하냐는 듯 몸을 살짝 앞으로 내밀었다.

라야가 반응을 하지 않자 젤린은 다시 침울해져서 말했다.

"그러자 왕이 리디아를 가까이 불러 친히 저를 소개해주더군요. 때로는 원치 않는 걸 안기고, 때로는 생각지도 못한 선물을 주기도 하지요. 왕은 제게 그런 존재입니다. 전 그가 고맙고……."

그가 지친 어조로 덧붙였다.

"또 징그럽습니다."

그는, 연기를 하는 배우 스스로도 재미없고 관객도 크게 기대하지 않는 배역을 십 년간 반복해온 사람 같았다. 매우 지쳐 보였다. 어쩌면, 지금 몰골이 말이 아닌 라야보다도 더.

그리고 젤린은 입을 다물었다.

라야가 단검을 움켜쥐고 천천히 일어섰다. 이 빌어먹을 난간에서 벗어나기라도 하자. 몸을 던지면 최소한 건물 안으로 들어갈 수는 있겠지.

그때, 젤린이 멀리뛰기를 앞둔 사람처럼 심호흡을 하고 말했다.

"가죠."

"가……요?"

젤린이, 엉거주춤 서 있는 라야에게 손을 내밀었다.

"전 현실주의자라고 하지 않았습니까."

"그랬죠. 현실주의자……."

라야가 의심을 거두지 못하고 중얼거렸다.

아이를 가진 채로 너무나 많은 죽음을 목격하고 친구들을 잃고 또 배신당한 가여운 여자의 속내를 읽고 젤린은 모처럼 희망적인 얘기를 들려주었다. 적어도 아일과 헤어진 이후로 들은 얘기들 중 가장 희망찬 이야기였다.

"반역…… 당신을 찾으려는 자들이 몇 분 전 건물을 습격했습니다."

젤린은 자신이 설 곳이 어딘지 마음을 굳혔다는 듯 '반역자들'이라는 표현을 재빨리 순화했다.

"아……."

라야는 약간 멍한 표정으로 젤린을 쳐다보았다.

젤린이 씁쓸하게 웃었다.

"일이 여기까지 진행되고 나서야 발을 뺀다는 게 민망하지만, 말했다시피 전 현실주의자라서요. 기회주의자이기도 하고요. 잠깐이라도 당신을 보호한 뒤 에드가 앞에 머리를 박고 용서를 빌면 어찌어찌 목숨은 건질 수 있지 않을까요? 운이 좋으면, 후에 리디아와 저를 위한 왕의 축복을 받을 수도 있겠고."

"내 이럴 줄 알았지."

음산한 목소리가 말했다.

두 사람의 몸이 얼어붙었다. 퉁퉁 부은 눈 때문에 좁은 시야로 젤린의 얼굴만 바라보고 있던 라야도 '그 목소리'가 들리는 순간 심장이 절벽 아래로 뛰어내리는 느낌을 받았다. 그건 젤린도 마찬가지였다.

퍽!

묵직한 둔기가 젤린의 뒷머리에 박혔다.

젤린은 눈을 크게 뜬 채 속절없이 기울었다. 라야는 함께 낭떠러지로 밀려나지 않기 위해 젤린을 붙잡고 주저앉았다.

'목소리'는 장작이라도 패듯 가라앉는 젤린의 머리를 향해 둔기를 휘두르고 또 휘둘렀다.

퍽.

"애완견에게 사냥견 노릇을 시켰더니."

목소리가 이를 갈며 으르렁거렸다.

"주인 손인지 사냥감인지도 모르고."

퍽.

"그냥 물어대는군."

퍽.

"진짜 행세를 해? 감히, 주제도 모르고!"

퍼억!

뾰족하고 무거운 그것이 젤린의 머리를 가격할 때마다 그의 눈은 등불을 껐다가 켰다가를 반복하는 것처럼 희미해졌다가 밝아졌다가를 반복했다. 라야가 분노를 참지 못하고 소리를 질렀다. 젤린의 이마로 섬뜩한 양의 피가 흘러내렸다. 그 피는 라야의 목덜미를 타고 흘러 다시금 옷을 붉게 적셨다. 라야가 붉게 물든 눈을 들어 젤린의 머리 뒤쪽을 노려보았다.

촛대를 던져버린 헤르첸이 천으로 대충 동여맨 목을 매만졌다.

"괜찮지 않아? 이놈이 진짜 흉내를 내잖아."

목이 성치는 않은지 목소리에 그르렁거리는 소리가 섞여 있었다. 그게 더 그의 인간성을 옅어지게 하고 있었다.

헤르첸은 젤린의 허리로 손을 뻗어 칼집에서 검을 빼냈다. 라야가 무슨 시도를 해보기도 전에 헤르첸이 검 끝으로 젤린의 어깻죽지를 찔렀다. 젤린이 비명을 질렀다.

"젤린!"

라야가 소리쳤다.

그 소리에 젤린이 눈을 부릅뜨며 몸을 크게 휘둘렀다. 헤르첸이 기우뚱하며 물러섰다.

젤린은 칼끝을 피해 비틀거리며 물러나다 한쪽 다리가 부러진 목각인형처럼 다시 쓰러졌다. 라야는 젤린을 뒤에서 끌어안았다. 그 바람에 나무 발코니가 꺾일 것처럼 출렁였다. 반쯤 부서져 있던 문짝이 나뭇잎처럼 절벽 아래로 떨어져 나갔다.

아, 이건 진짜. 젤린의 상처를 본 라야가 인상을 찌푸렸다.

지독한 상처였다. 검으로 어깨를 벤 상처라기보다 칼집을 낸 후 상처를 헤집듯 저민 것에 가까웠다. 짙은 색의 가죽 옷이 찢어지고 그 아래로 너덜너덜해진 피부가 그대로 보였다. 또다시 크게 팔을 휘두르기라도 한다면 어깨가 떨어져 나가는 게 아닐까 걱정될 정도였다. 뒤통수는 짓이겨져 있었다. 정신을 잃지 않으려고 애쓰고 있지만 젤린은 고통에 떨고 있었다. 라야는 그를 조심스럽게 눕혔다.

헤르첸이 안쓰러운 척 말했다.

"아무것도 쟁취하지 못하고 항상 누가 던지는 밥만 먹어야 하는 종들이 있지. 안 그러면 꼭 그렇게 탈이 나. 그렇지 않아, 히오르그?"

헤르첸이 젤린의 이름을 친밀하게 불렀다.

젤린은 떨리는 입가를 들어 올려 간신히 미소처럼 보이는 것을 만들어냈다. 그는 솔직하게 인정했다.

"그렇습니다, 폐하."

"언제나 솔직한 널 좋아했다, 히오르그."

"아…… 제발, 폐하……."

젤린이 비참하게 웃었다.

"그 말만은 거둬주시지요……. 짐승에게 욕을 본 것처럼 수치스럽습니다."

그리고 젤린은 웃음을 터뜨렸다가 갑자기 움직임을 멈추더니 몸 전체를 떨었다. 라야는 젤린의 머리를 안고 그의 귀에 낮게 말을 속삭였다. 그러자 젤린은 몸을 라야에게 의지하고는 잠이 들듯 차분해졌다. 작은 움직임에도 발코니가 빌어먹을 삐걱 소리를 냈다.

헤르첸이 탁한 목소리로 말했다.

"라야, 네가 또 한 사람을 죽였어."

"내가 아니라 네가 한 짓이야. 그리고 젤린 경은 죽지 않아."

라야는 휘말리지 않았다. 그 단호한 목소리가 헤르첸을 더 언짢게 만들었다.

헤르첸도 젤린만큼 핏기 없는 얼굴이었다. 시체가 눈을 뜨고 걸어 다니고 있다 해도 믿길 법했다. 라야는 헤르첸의 목을 둘러싸고 있는 천이 본래도 붉은색은 아닐 거라 확신했다.

헤르첸이 말했다.

"너를 알아서 다치거나 죽은 사람이 또 하나 늘어나게 됐네. 아니지, 둘이군."

헤르첸이 고갯짓으로 라야의 배를 가리켰다. 그의 목소리는 입을 열 때마다 철가루를 들이마시고 있는 것처럼 날카로워지고 거칠어졌다. 흡사 인간인 척하고 있던 괴물이 스스로에게 건 마법이 풀려나면서 정체를 드러내는 것 같았다.

"너를 알아서 다치고 죽어야 했던 사람들, 그 불쌍한 인간들, 모두 기억나? 너를 사랑해서 에드가도 괴로워하게 되겠지."

그가 위협적인 한 발을 내디뎠다.

"죽는 것보다 더한 고통이란 게 실재하면 좋겠어. 내가 에드가를 죽일 수는 없겠지만 더한 걸 줄 수 있을 테니까."

앞으로 크게 발을 디디며 헤르첸이 검을 쳐들었다.

그때 눈을 할퀴는 바람이 불었다. 헤르첸의 시선이 흩어진 것은 잠깐이었다.

젤린이 고함을 지르며 헤르첸에게 달려들었다. 젤린의 몸에 라야의 움직임은 완전히 가렸다.

칼날이 젤린의 목을 아슬아슬하게 스쳤다. 손가락 한 마디가량의 붉은 선을 목에 남기고 칼날은 젤린에게서 비켜났다.

남은 힘을 일시에 터뜨린 듯 젤린이 검을 쥔 헤르첸의 손목을 붙들고 늘어졌다. 끼이이익! 그 순간, 나무 발코니가 위험한 소리를 내며 기울었다. 녹슨 난간이 겨우 벽을 붙들고 발코니를 버티고 있었다.

두 남자의 괴성이 섞이고 몸이 엉켜 붙었다. 헤르첸의 몸 위에 올라탄 젤린이 헤르첸의 손목을 잡고 바닥에 계속 내리쳤다. 헤르첸이 놓친 검이 멀리 튕겨나갔다. 누가 다시 잡을 새도 없이 검은 기운 바닥을 타고 미끄러져 절벽 아래로 사라졌다. 낙하물이 수면을 치는 소리는 들려오지도 않았다. 절벽의 높이가 가늠도 되지 않았다.

"으아아아아!"

젤린이 처절한 비명을 질렀다. 바닥에 누워 완력으로 제압당한 헤르첸이 오른손으로 젤린의 상처를 틀어잡았다. 젤린이 상체를 떨어뜨린 틈을 놓치지 않고 헤르첸은 젤린의 목을 조르며 그를 올려붙였다.

젤린도 몸을 휜 채로 헤르첸의 멱살을 움켜잡고 바닥에 밀어붙였다.

명치에 압박을 받은 헤르첸은 핏발 선 눈으로 젤린을 노려보다 손가락을 세워 다시 한 번 젤린의 상처를 후벼 팠다. 젤린은 끔찍한 고통에 숨을 쉬지 못하고 입을 벌린 채 얼어붙었다.

손아귀 힘이 풀린 사이 헤르첸이 젤린을 밀어뜨려 그의 몸에 올라탔다. 헤르첸의 손에 피범벅이 된 촛대가 들려 있었다.

헤르첸은 젤린을 오만하게 내려다보았다. 그는 두 손으로 촛대를 잡고 날카로운 부분을 아래로 향하게 했다. 그 끝은 젤린의 눈을 겨냥하고 있었다.

헤르첸이 빠르게 말했다.

"일 분 정도는 슬퍼해주마."

촛대를 치켜드는 순간, 헤르첸은 보았다. 젤린이 가진 것 중 에드가의 것과 가장 닮은 금빛 눈에 비친 두 사람을.

헤르첸 자신과, 그의 뒤에 선 라야.

라야가 단조로운 어조로 말했다.

"네가 생각보다 훨씬 개자식이라 기뻐, 헤르첸. 정말이야."

그리고 단검이 헤르첸의 목 뒤, 근육이라고는 없는 여린 부분에 가 박혔다.

끼이익.

철제 난간이 비명을 질렀다. 바람이 격전지를 훑고 지나가면서 세 사람의 피 냄새가 섞였다.

정적.

헤르첸이 촛대를 떨어뜨렸다.

그 몇 초간은 바람도 침묵했다. 젤린은 자신이 헐떡이는 소리만 들을 수 있었다. 라야는 자신의 심장 뛰는 소리에만 귀를 기울였다.

헤르첸은 단검을 뽑으려고 손을 움직였다. 그건 좋은 판단이 아니었다. 박힌 검을 뽑자 그의 몸은 피를 뿜어내면서 옆으로 고꾸라졌다. 검은 머리 옆으로 금세 작은 피 웅덩이가 고였다. 라야는 핏줄기가 경사를 타고 절벽 아래로 흐르는 것을 차가운 시선으로 바라보았다.

라야는 단검을 회수하려고 몸을 숙였다가 빈손으로 일어섰다. 헤르첸의 몸에 박혔다가 그의 피를 뒤집어쓰고 버려진 단검은 이미 무기의 소용을 끝낸 찌꺼기처럼 보였다.

끝났어

바람이 말했다. 언젠가부터 들려오지 않던 바람의 목소리였다.

라야는 아까 젤린이 그녀에게 했던 것처럼 손을 내밀었다.

"가요."

"장군께…… 제가 최선을 다했다고…… 말씀해주시겠어요……?"

젤린이 괴로운 표정으로 숨을 고르며 농담을 던졌다.

라야가 피곤한 미소를 지었다.

"기꺼이."

라야는 만신창이가 된 젤린을 부축했다.

"걸을 수 있겠어요?"

"모르겠습니다. 일단 여기를 벗어나고 싶네요."

젤린이 라야의 어깨에 팔을 걸치고서 눈짓으로 헤르첸의 시신을 가리켰다. 그리고 계속 삐걱 소리를 내며 그들을 위협하는 발코니도.

두 사람은 발코니를 자극하지 않으려고 조심스럽게 걸었다. 좁은 문으로 젤린을 먼저 앞세웠다. 함정 같은 발코니에서 벗어난 젤린은 자신이 밟고 있는 땅이 적어도 나무 조각을 허술하게 덧댄 것보다는 단단하단 걸 확인하고 나서야 참고 있던 숨을 토해냈다. 젤린은 옆으로 움직여 라야가 들어올 공간을 내주었다.

"밟고 있는 땅이 단단하다는 게 얼마나……?"

뒤돌아본 젤린이 눈을 크게 떴다.

"안 돼!"

젤린이 비명 같은 고함을 지르며 라야에게로 손을 뻗었다.

라야는 뒤를 돌아보지도 못했다. 서늘한 무언가가 목덜미를 잡아챘다. 귓가에 키득거리는 웃음소리가 들렸다. 라야는 가슴을 뚫고 나온 칼끝을 멍하니 내려다보았다.

헤르첸의 목소리를 한 악마가 속삭였다.

"네가 착한 아이로만 남지 않아서 기뻐, 라야. 정말이야."

그 말을 끝으로 헤르첸의 눈은 빛을 잃었다. 그는 뒤로 쓰러졌다. 나무 바닥이 우지끈 내려앉았다. 젤린의 비명 소리를 들으며 라야는 그대로 추락했다.

바다를 달려온 바람이 그녀의 다리를, 허리를, 어깨를, 목을 물어뜯었다. 함께 떨어지고 있던 발코니 반쪽이 암벽에 걸리면서 라야의 몸은 거칠게 추락을 멈추었다. 다리 한쪽이 난관 틈에 걸린 채 라야는 튕겨나가지 않고 축 늘어진 몸으로 허공에 매달렸다.

흐릿한 초점으로 절벽 아래로 떨어지는 헤르첸이 보였다. 영혼이 증발해버린 왕의 껍데기는 작아지고 작아졌다. 그리고 마침내 어둠이 그를 완전히 삼켰다. 라야는 깊은 안도감을 느꼈다.

그리고 자신이 죽어가는 것도 느꼈다.

'여기까지 왔는데…….'

웃음이 나왔다. 하지만 그녀의 입은 희미한 미소도 만들어내지 못했다.

주위에서 바람이 맹수처럼 아우성쳤다. 바람이 다시 말했다.

끝났어

그런 뜻이었구나.

바람은 여러 번 계속해서 말했다. 이제 너의 고난이 끝났다고. 너의 여정이 끝났다고. 너의 삶이 끝났다고. 너의 그리움도 곧 끝날 거라고.

라야는 속으로 미친 듯이 웃고, 한숨짓고, 울음을 터뜨렸다. 한참을 울고 나자 이제 그녀의 귀에도 파도 소리가 들려왔다. 두려움이 파도 소리에 차츰 떠밀려갔다.

난관에 매달려 있던 발이 미끄러져 내려갔다. 라야는 차가운 바다로 곤두박질쳤다.

머리칼을 묶고 있던 붉은 리본이 그녀를 떠나 자유로이 하늘을 날았다. 바다 냄새가 밴 바람 속을 낙하하는 동안 아무런 통증도 느껴지지 않았다. 수면에 몸이 내동댕이쳐질 때, 라야는 알았다. 자신이 살고 있던 세상과 멀어지고 있다는 걸.

라야는 바다 속으로 가라앉았다.

수면 위로 어른거리는 달빛조차 점차 흐려지고 주위는 온통 깜깜해졌다.

그녀는 암흑 속에 남겨졌다.

모든 감각이 달빛처럼 흐려지고 무뎌지고 끝내는 사라졌다.

외로움도 엷어져갔다. 의식만이 남았다.

그녀는 사라져가고 있었다.

죽기 직전, 살아왔던 날들에 대해 이렇게 오래 생각할 시간이 주어진 다는 것을 알았더라면 살면서 그리 애써 삶을 정리하고 추스르려 하지 않았을 것을. 그냥 미쳐 마음 가는 대로, 엉망진창으로도 살아보는 건데.

행복만이 가득하던 어린 시절을 떠올렸다. 아버지, 어머니. 그들을 잃고, 한 남자를 만나고, 스승을 만나고, 친구들을 만나고, 사랑했다. 그리고 아……, 아이.

그와 나의 아이.

그와 약속했다. 태어날 아이에게 가장 빛나고 가장 강한 그것을 선물하자고. 아이의 내면 가장 깊은 곳에 남아, 세상에 존재하는 수많은 괴로움에도 결코 부서지지 않을 그것.

고난이 마모시키지 못하고, 시간이 색을 바래게 하지 못할 그것.

그와 그녀가 아이의 곁에 있을 수 없는 순간이 온다고 해도 아이의 가슴에 남아 있을 그것.

그녀는 자신이 있었다. 그녀의 부모가 그녀에게 그러했던 것처럼, 아이의 가슴속에 남아 버팀목이 되어주고 머릿속에서 쉴 자리가 되어줄 자신이 있었다.

그것은 순간의 온기일 수도 있고, 추억일 수도 있고, 두 사람의 존재 그 자체일 수도 있었다.

하지만 그 모든 가능성은 그녀와 함께 사라지고 있었다.

괴롭지만 그만큼 아름다운 이 세상을, 잠시도 겪어보지도 못한 채, 어미와 함께 사라질 아이에게 너무 미안해 라야는 마지막으로 울었다.

그러다가 알았다.

이 마지막 회고의 시간에서 깨닫는 감사와 후회와 미련, 염원의 말은 결코 누군가에게 전해질 수 없다는 걸.

그래서 이렇게 긴 시간이 넉넉하게 주어지는 것이다. 이 시간은 그가 살아 있는 세상에 닿지 않아.

한 가지 기쁜 게 있다면, 곧 죽을 사람이라 그를 일생 동안 가장, 유일하게 사랑했노라고 말할 수 있다는 것이었다. 확신한다는 표현을 쓰는 것을 꺼려했는데 그녀는 지금 이 순간 확신할 수 있었다.

그 사람만큼 사랑한 이는 없었다.

어떻게 죽는 순간 느끼는 마지막 감정이 겨우 걱정스러움일까. 끼니

는 찾아먹을까, 잠은 잘 잘까, 혼자 우는 일은 없을까. 그러한 사소한 염
려가 마지막 감정이라니. 그의 마음이 나와 같다면 내가 죽은 후 그는
어떻게 세상을 살아갈까.

　아, 어째서 난 죽는 걸까.

　잊어요.

　잊어버려. 그에게 말하고 싶다. 잊어. 괴로워서 심장을 쥐어뜯고 미칠
것 같아서 생각도 멈추고 숨도 쉬지 못할 만큼 힘들 거라면, 그냥 잊어
버려. 나란 사람 처음부터 만나지도 않았다는 것처럼 잊어버려. 그로 인
해 내가 존재하지 않았던 것이 되어도 괜찮으니…….

　괴로워할 거라면 잊어버려. 제발 누구라도 좋으니 그에게 전해줘. 잊
으라고.

　잊어.

75

사람들은 태풍 덕분이라고 말했다.

전날 밤, 해안 쪽에서 불어오는 바람이 거칠다 했더니 새벽부터 오전 사이에 비가 왔다. 굵은 빗줄기, 높은 파도. 바다는 해안가 집을 박살냄으로써 자신이 몹시 예민하며 당분간 육지로부터의 접근을 허용치 않는다는 점을 피력했다. 메이튼은 절벽 아래로 떨어진 라야를 찾기 위해 바다에 배를 띄워보지도 못했다.

태풍이 잠잠해질 때까지 그가 할 수 있는 일이라고는, 양조장에 갇혀 불태워질 뻔했다가 구출된 외성촌 주민들을 달래고, 헤르첸에게 독살당한 사람들의 시신을 수습하고, 쿠스친 일행에게서 구구절절한 사정을 듣고, 라야와 마지막까지 함께 있었던 근위대 기사를 족치는 것뿐이었다. 살아 있는 라야도, 죽은 라야도 찾지 못한 메이튼은 망연히 성난 바다만 바라보았다. 그렇게 밤새 태풍이 페렐 해안을 휩쓸고 지나갔다.

다음 날 오전, 새벽을 달려온 아일 일행이 베르도하에 도착했다. 태풍이 물러간 하늘은 그 계절 들어 가장 맑았다. 라야는 아일이 그녀를 찾으러 올 때까지 얌전히 기다리지 않았다.

라야의 시신은 그가 도착하기 한 시간 전 베르도하 해안가에서 발견되었다.

"죄송합니다……."

메이튼이 말끝을 흐리며 고개를 숙였다. 원래도 검을 다룬다는 인간치고 감정적인 사내였다. 아일과 마주한 메이튼은 결국 눈물을 떨구었다. 그 눈물에 담긴 감정은 죄송함보다 슬픔이 더 컸다. 메이튼은 임무를 실패한 기사가 아니라 친구를 잃은 사내로 울고 있었다.

아일은 안내받은 집 문 앞에 서서 메이튼을 한참 바라보았다. 뭐라고 해야 할까? 수고했다고? 네가 최선을 다했다는 걸 안다고?

아일이 메이튼을 믿고 명령한 것은 단 하나. '내가 거기에 있다면 어떻게 생각하고 어떻게 행동할 것인지 미루어 판단하고 행동하라.'

보지 않아도 안다. 만약 메이튼이 실패했다면 그건 아일이었어도 실패했을 것이다.

"……."

아일은 말없이 집으로 들어갔다.

작은 집이었다. 차양이 있는 집이라 햇빛이 집 안 깊숙이는 들어오지 않았다. 커튼까지 내리고 있는 침실은 밤과 같았다. 두 사람이 쓸 만한 침대 위에 여자가 혼자 누워 있었다.

아일은 방으로 들어가지 못하고 문가에 섰다. 라야와 헤어진 뒤로 느껴온 모든 감정이 그 순간 일시에 그의 몸을 빠져나갔다. 생각이 멈추고 감정은 발밑에 고였다. 발아래 고인 그것들이 그가 더 이상 앞으로 나가지 못하게 하고 있었다.

아일은 문설주에 잠시 몸을 기댔다. 며칠을 달려온 터라 많이 지쳐 있었다. 두통이 심했다. 몸이 무거운 것이 피로 때문인지 슬픔 때문인지도 모르겠다. 후회가 가장 먼저 몸을 빠져나가고, 자책감이 그 뒤를 따랐다.

'애초에 그녀를 만나지 말았어야 했다.'

죄의식이 그 뒤를 이었다.

아일은 눈을 감고 미안하다고 말했다. 누구한테 미안한지도 알 수 없었다. 전부 다. 라야에게도. 그녀와 자신의 아이에게도. 그가 지금까지 죽인 사람들, 그 사람들을 사랑한 사람들, 그가 미워했던 모든 사람들.

세상 모두. 어린 시절의 자신까지.

그곳에 서서 모두에게 사죄하면 라야가 멀쩡히 일어나기라도 할 것처럼 아일은 모두에게 사죄했다.

그러고는 슬픔이란 감정 하나밖에 없는 것처럼 슬픔이 밀려왔다.

예전에 나는 어땠지? 그녀를 만나기 이전의 나는 어느 정도로 세상을 미워했지?

미워했던가? 어쨌는지조차 기억이 나지 않는다. 그녀를 만나기 이전의 나는 기억이 나지 않아.

네 친구들이라며, 라야, 네가 슬퍼하면 항상 함께 울어준다더니. 네가 죽었는데도 어떻게 이리도 아무렇지 않은 거야. 왜 세상이 무너지지 않는 거야.

이런 마음으로 어떻게 세상을 살아가. 그건 불가능하다.

미친 말 같은 세계가 통째로 그를 들이받고 지나가는 기분이었다.

그리고 허탈해졌다.

아일은 입을 굳게 다물고 화난 표정으로 성큼성큼 방 안으로 들어갔다.

라야는 잠이 든 모습으로 그를 반겼다.

가까이 다가가 그녀를 내려다보았다. 라야는 조용히 눈을 감고 있었다. 잘 닦은 얼굴. 반가운 그 모습에 아일의 표정이 풀어졌다. 캄캄한 방에서 본 그녀는 평소 곁에서 잠이 들었던 모습과 별다를 게 없어 보였다. 아일에겐 그렇게 느껴졌다. 몸을 숙이자 이마에 상처가 보였다. 아일은 침대 머리맡에 조용히 걸터앉았다. 라야의 얼굴을 손등으로 쓰다듬었다. 몸은 싸늘한데 피부는 여전히 부드러웠다. 가만히 보고 있자면 숨소리도 들리는 것 같았다. 이상하다, 그냥 자는 것 같은데.

모든 감정이 흘러가자 남는 것은 노여움이었다.

이것은 배신이다. 그는 엄청난 배신감을 느꼈다.

영원할 것처럼, 절대 부서지지 않을 것처럼 얘기해놓고, 그렇게나 행복을 약속해놓고, 다른 이들이 그랬던 것처럼 그를 남겨두고 떠났다. 사랑? 이게 네가 말한 사랑이냐? 이것이 내팽개치는 것과 뭐가 다른가.

엄청난 상실 또한 느꼈다. 상실은 모든 것이 한꺼번에 사라지는 것이 아니었다. 다른 것은 그대로인데 하나만 사라진 것이다. 그래서 그 빈 공간이 매순간 더 두드러지고 매순간 그 사실을 상기시킨다. 그녀와 함께했던 모든 것이 남아 있는데 그녀만 없다. 라야, 넌 나를 내팽개쳤다.

아일의 시선이 라야의 손에 머물렀다. 두 손을 얌전히 배에 올리고 잠든 그녀의 손가락엔 반지가 없었다. 어디서 잃어버린 거지? 아일은 라야를 나무라듯 한숨을 쉬고 자신의 손에서 반지를 뺐냈다. 그리고 그것을 라야의 손가락에 끼워주었다. 조금 크지만 나쁘지 않다. 그녀에게 잘 어울린다. 아일은 라야의 손을 맞잡았다. 오랫동안 이것이 하고 싶었다. 라야를 다시 만나게 되면 온종일 그녀의 손을 잡고 있겠다고 생각했다.

깍짓손을 들어 올려 그녀의 손등에 잠시 이마를 갖다 댔다. 두통이 좀 가시는 것도 같았다.

반지 낀 손가락에 입을 맞추었다. 그 순간 울음이 터졌다.

76

에드가는 집요했다. 아니, 에드가파(派)가 집요했다고 봐야 할 것이다.

그들은 결국 왕의 시신을 찾아냈다. 오른손의 검지가 없는 시신은 외성촌으로부터 늙은 농부의 느려터진 걸음으로 한 시간 거리에 있는 자갈 해변에서 해초에 얽혀 있는 모습으로 발견되었다. 다이런 내부는 머지않아 각자의 공과를 셈해 힘의 순위를 바꾸고 층계 이동을 끝낼 것이다. 헤르첸 엘칸 라우니트의 시신을 발견했다는 건 권력 변화를 확정하는 최종 인장과 같았다.

그들은 엘칸의 시신을 성도 광장 단두대에 세웠다. 시신은 군중이 보는 앞에서 목이 잘렸다. 몇 해 전 엘칸에 의해 스승과 동료들을 잃었던 사람들이 그 모습을 지켜봤다.

그 뒤에 엘칸에게 특별히 원한이 있는 자들이 그의 시신을 따로 찢어발겼다는 소문도 돌았지만 평민들이 그 진위를 알 방법은 없었다.

그사이 라야의 장례식이 치러졌다. 조문객은 받지 않았다. 성도가 아닌 클레이모어 저택, 일명 붉은 벽돌의 저택이 있는 아히름에서 그녀를 화장했다. 클레이모어가의 전통처럼 비석은 아히름 가문 묘지에 남기고 유해는 에드가의 외가인 세르노다로 가져가 인근 바다에 뿌렸다. 생전 그녀를 사랑했던 사람들만이 모인, 조용하고 평화로운 송별식이었다.

라야가 죽은 날로부터 두 달 하고도 한 주가 더 지났다. 그 기간 동안 시민 도시들은 한 달 평균 3회의 민회를 열었고, 이것은 민회란 것이 생긴 이래 가장 활발한 활동이었다. 새로운 왕의 대관식은 아직이었고, 그동안 성도에서 공회가 개최된 횟수는 공식적인 것만 여덟 차례였다. 이역시 최근 삼 년간 개원된 공회를 합친 것보다 많은 횟수였다.

세르노다. 햇빛이 하얀 복도 위로 비껴들었다.

젤린은 자신을 호송하는 병사 둘을 양옆에 두고 대리석 복도를 걸었다. 몸을 압박하던 붕대를 풀어버린 지 한 주가 지났지만 거동이 불편한건 여전했다. 마음 약한 의사는 팔을 쓰는 게 '아주 오랫동안' 어려울지도 모른다는 말로 그에게 영구적인 장애를 선고했다. 당시엔 어차피 죽을 것이라고 생각해서 충격을 받지 않았다. 내일 목이 잘릴지 모르는 판국에 팔 하나 불편한 게 대수랴.

라야가 죽은 이상, 젤린이 마지막 순간 왕을 배신하고 라야를 구하려했다는 것을 변호해줄 사람은 아무도 없었다. 목격자도 없었다. 젤린은죽음을 받아들였다. 도리어 왜 자신이 아직까지 살아 있는지가 의아했다.

외성촌에서 살아남은 근위대 기사들은 모두 성도로 압송되었다. 첫일주일은 감옥에 갇혀 있었다. 그리고 다음 주부터는 다른 건물로 옮겨졌다. 감옥보다는 나은 환경이었다. 4인씩 방도 제공되고 집중 치료도받을 수 있었으니.

언젠가부터 한 명씩, 두 명씩 불려 나가서는 다시는 돌아오지 않았다. 남아 있던 자들은 방을 나간 사람들이 죽어서 돌아오지 않는다고 떠들어댔다. 희망을 가지는 자들도 적지 않았다. 그리고 두 달이 지나 젤린의 이름이 불렸다. 거의 마지막 순번이었다.

"뭐 하나 물어봐도 될까?"

젤린이 그와 거의 어깨를 붙이고서 걷고 있는 병사를 향해 물었다. 성도에서 이곳까지 오는 며칠 동안 식사도 잠도 함께한 사이지만 세 사람은 대화를 나눈 적이 없었다.

병사는 걸음을 멈추지 않고 정면을 바라보며 무뚝뚝하게 말했다.

"아니."

젤린은 그 대답을 무시하고 물었다.

"나보다 건물을 먼저 나간 근위대원들은 어떻게 됐지?"

병사가 말했다.

"죽었거나 살았겠지."

짜증 나는 대답이었지만 어떻게 생각하면 희망을 가질 만한 소리였다. 전부 다 죽지는 않았다는 거잖아?

세 사람은 백 걸음쯤 더 가서 멈춰 섰다.

아담한 정원이었다. 커다란 나무들이 둘러싸고 있어 여름엔 큰 그늘이 되어줄 것 같았다. 빽빽한 나무들 때문인지 서재 분위기를 풍기기도 했다. 실제로 정원 가운데에 나무 테이블이 놓여 있었다. 테이블 앞엔 남자가 앉아 있었다. 그리고 고양이도.

회색 털을 가진 고양이는 몸을 쭉 펴더니 테이블 위에서 다시 몸을 말았다. 양팔꿈치를 테이블에 대고 팔을 세운 채 책을 보고 있는 남자는,

금발이었다.

책 읽는 사내와 고양이. 이보다 평화로운 풍경이 있을까.

인기척을 느낀 남자가 얼굴을 가리고 있던 책을 내렸다. 남자는 눈이 나쁜 건지 안경을 쓰고 있었다. 나른한 분위기와 안경 때문에 학자처럼 보이기도 했다.

"누구?"

예정에 없던 방문이라는 듯 남자가 물었다.

예를 표한 병사가 말했다.

"히오르그 젤린입니다."

"아."

아일은 잠깐 멍한 표정을 지었다. 그리고 안경을 벗더니 정말 시력이 안 좋은 사람처럼 눈을 찡그리고 젤린을 바라보았다.

잠시 뒤, 그가 젤린을 향해 안경을 들고 있는 손을 까닥거렸다. 젤린이 뒤를 돌아보자 이미 병사들은 저만치 가고 없었다. 젤린은 오 초쯤 더 주뼛거리다 정원 안으로 들어섰다.

젤린이 테이블 앞에 가 섰지만 아일은 앉으라는 소리를 하지 않았다. 아일은 처치 곤란한 물건을 쳐다보듯 젤린을 바라보고만 있었다. 그가 눈을 돌리는 것을 허락하지 않았기 때문에 젤린은 계속 눈을 마주치고 있어야 했다. 검도 아니고 책과 안경을 든 에드가와 마주할 거란 생각은 해본 적이 없었다. 고양이도 마찬가지.

"왜 죽지 않고 있지?"

한참 만에 아일이 입을 열었다.

"누가 편히 목을 쳐주길 기다리고 있는 건가?"

무미건조한 목소리였다. 그래서 그 내용이 빈정거림이 아니라 정말 평범한 질문처럼 들렸다. 교수가 제자들의 논문에 의문을 가지는 것과 같은.

젤린은 입을 반쯤 열었다가 대답 없이 닫았다. 그러자 아일이 미소를 지었다.

"그쪽한테 한 소리가 아니야."

그럼 누구한테?

그를 지지한 일파들이 들으면 기겁할 소리를 하는 아일은 다시 안경을 쓰고 책으로 눈을 돌렸다.

젤린은 계속 서 있었다.

아일이 책장을 넘기며 말했다.

"이 녀석을 데려온 뒤로 혼잣말이 심해졌어."

그리고 고양이를 가리켰다. 고양이는 '맞아, 혼잣말이 많은 양반이야.'라는 표정으로 젤린을 새초롬히 쳐다보았다.

"마이카라는 곳에서 일 년쯤 산 적이 있었는데 거기서 키웠던 놈이야. 의원이 회복하는 데 좋을 거라고 해서 잘 살고 있는 녀석을 굳이 데려왔지. 이 녀석이 살기엔 거기가 더 좋았을 텐데."

낙엽을 날리는 바람이 불었다.

활엽수 낙엽이 날아와 얼굴을 쳤지만 젤린은 꼼짝 않고 서 있었다. 아일이 읽고 있는 책은 두꺼웠다. 아직 초입이고, 읽는 속도를 봐서 그가 책을 다 읽을 때까지 젤린이 서 있어야 하는 게 벌이라면 최소 네 시간은 벌을 서야 할 것 같았다.

젤린이 충동을 참지 못하고 입을 열었다.

"눈이 나쁘신가요?"

멍청한 질문이었다. 하지만 아일은 고개를 들어 젤린을 쳐다보았다.

"아니."

"안경을 쓰고 계시기에."

"의원이 그러는 편이 병증을 완화시킬 거래서."

"어디가…… 편찮으신가요?"

젤린은 걱정스러운 목소리를 짜냈다.

무시해도 그만일 텐데 아일은 대답을 해주었다.

"화를 참을 수가 없어졌어. 누가 얼간이 같은 소릴 하고 있으면 화가 나. 누가 웃고만 있어도 화가 나. 누가 우울한 얼굴이라 왜 우울하냐고 물어서 바보 같은 이유라면 그것도 화가 나. 너무 자주 화가 나. 말도 안 되는 걸 머리는 아는데 화가 나는 걸 어떡해. 너무 화가 나서 급기야는 숨을 쉴 수가 없어. 정말, 숨을 못 쉬어."

그리고 아일은 '농담 아니고 진짜야.'라는 표정으로 고개를 끄덕였다.

젤린은 눈을 끔벅였다.

젤린의 생각을 눈치챈 듯 아일이 서늘한 미소를 지었다.

"웃긴 일이지. 미친 왕을 몰아낸 인간이 미쳐버리다니. 날 지지하는 인간들이 알면 미치고 팔짝 뛸 노릇이겠지."

"미쳤…… 다고 생각하지 않았습니다. 그럴 수도…… 있겠다고 생각했습니다."

"왜? 부인을 잃어서? 내가 잃은 사람은 라야가 처음이 아니야. 사람들에게 그건 에드가가 미친 이유가 되지 못해."

아일은 잠시 말을 멈추고는 눈을 감고 심호흡을 했다. 젤린은 정말 그가 과호흡이라도 일으킬까 봐 긴장된 얼굴로 서 있었다. 아일이 눈을 감은 채로 말했다.

"의원이 너무 잘 보이고 너무 잘 들려서 문제가 되는 거라면 눈을 흐리게 하고 조용한 곳으로 가면 되는 게 아니냐더군. 당시엔 헛소리 같았는데 영 틀린 말도 아니라서 그대로 따랐지. 성도를 나와서 시끄러운 소리가 안 들리는 이곳으로 오고 열 받게 할 사람을 만날 것 같을 때에는 안경을 쓰니까 지난달만큼 심하진 않아."

젤린은 침을 삼켰다.

"안경을 끼고 책을 보면 어지럽지 않으신가요?"

멍청한 질문 2탄이었다. 하지만 젤린은 대화가 끊기게 될 순간이 더 두려웠다.

이번에야말로 무시해도 될 만한데 아일은 대꾸해주었다. 그가 화를 참을 수 없다는 게 인내심이 바닥나서는 아닌 것 같다고 젤린은 생각했다.

"책을 읽는 게 아니라 읽고 있는 척하는 거야. 내가 아무것도 하지 않고 가만히 있으면, 저기서 날 하루 종일 감시하고 있는 녀석이 달려와서는 혹시 엉뚱한 생각을 하는 건 아니냐, 지금 하고 있는 생각에 라야도 동의할 것 같냐는 둥 케케묵은 크롬헬 시절 얘기에 제 증조부한테서 들은 옛날 얘기까지 떠들면서 내 머리가 애먼 생각을 못하게 만들거든."

아일이 엄지로 뒤를 가리켰다. 그제야 젤린은 테이블로부터 열 걸음 떨어진 수풀 뒤 나무 사이에 사람이 서 있는 걸 알았다. 그도 면식이 있는 사람이었다. 메이튼 슈만. 라야가 절벽 아래로 떨어지고 일 분도 안 돼서 달려온 사람이었다. 젤린은 메이튼에게 멱살도 잡히고 몇 대 맞기도 해서 그의 얼굴을 알아보는 순간 몸을 움찔했다. 아일은 그런 그를 유심히 살폈다.

"경, 자네가 마지막이야."

잠시 생각한 젤린은 아일이 말한 '마지막'이 수용소 건물에서 나온 마지막 근위병이란 뜻임을 알아챘다. 젤린은 어려운 상대란 걸 알지만 궁금했던 것을 물어보았다.

"외람되오나, 감히 묻습니다. 다른 근위대원들은 어찌 되었나요?"

"재판에 부쳐졌어. 진술을 받고 변론을 하고 죄의 경중에 따라 삭관, 귀향, 추방 따위의 벌을 받았지. 뭐, 더한 벌을 받은 자들도 있고."

아일이 어깨를 으쓱했다. 더한 벌이 뭔지 굳이 묻고 싶지 않아서 젤린은 가만있었다.

아일이 말했다.

"황궁근위대법과 군사법이 충돌하는 부분도 있고 '군대는 다이런 국민을 보호한다.'는 걸 외성촌 주민들에게도 적용할 수 있는가 하는 문제도 있어서 법문을 해석하고 합의하는 데 재판관들 간에 논쟁이 좀 오래

있었어. 그걸 지켜보다가 내 병이 더 심해진 게 아닐까란 생각도 해봤
어.”

친절한 설명이었다. 젤린이 느끼기에도 아일은 과한 친절을 베풀고
있었다.

젤린은 불안함을 느끼며 말했다.

“그리고 제가 마지막인가요?”

“재판관들이 경의 재판을 맡는 것을 꺼려했지. 촌구석 은퇴 기사의 차
남, 미친 왕의 일개 근위대 기사에게 재판관들이 개인적인 두려움을 느
낀다는 건 과한 해석이고…… 경의 목숨에 이래라저래라 말을 대는 사
람들이 많아서지. 경이 엮여 있는 이야기가 좀 있잖아? 내 여자와 엘칸
이 죽는 순간 현장에 있던 자고, 그것도 혼자 살아남았고…….”

“…….”

“모뤄 선제후의 딸과도 관계가 있고.”

젤린이 빠르게 말했다.

“소문이 어떻게 난 건지는 모르겠지만 그저 소문일 뿐입니다.”

아일은 관찰하는 눈으로 젤린을 바라보다가 안경을 벗어 책 위에 올
려놓았다. 고양이 매니가 천천히 일어나 테이블 가장자리로 가더니 밑
으로 뛰어내렸다. 젤린의 마음속에 순식간에 솟아났던 용기는 아일이
안경을 벗는 순간 쪼그라들었다. 아일이 한숨을 쉬고 말했다.

“거짓말을 못하는군.”

“모뤄 양은, 그녀는 저를 벽처럼 사용했습니다.”

젤린이 떨리는 음성으로 말했다.

“벽?”

“네, 벽이요. 아니면 인형이거나. 여자아이들이 속내를 털어놓는 데
쓰는 것 말입니다. 전 그것과 다를 게 없었습니다. 저는 그녀를 명화처

럼 여겼고요. 탐낸 적은 없습니다. 그냥 아름다운 물건을 보듯 쳐다봤을 뿐입니다."

아일은 책 위에 놓인 안경다리를 만지작거렸다. 젤린은 그가 안경을 다시 써주길 바랐다. 에드가와 닮았다는 말에 내심 우쭐한 적이 있었다. 그 말에 주눅이 든 적도 있었다. 하지만 이렇게 마주해 보고서야 알았다. 그와 에드가가 닮았다는 사람들의 말은 전부 헛소리다. 에드가의 눈도 젤린의 눈도 금빛이었지만 젤린이 느끼기엔 완전히 다른 빛깔이었다.

아일이 말했다.

"나와 가까운 이들은 자네를 죽이자고 했지."

젤린은 어깨 상처가 다시 욱신거리는 기분이 들었다.

"공화파 의원들은 어찌 됐든 자네를 재판에 부쳐야 한다고 했고. 왕정파 의원들은 내 눈치를 보는 건지 자네를 죽이자더군. 선제후들도 의견이 갈렸어. 와이즈 선제후는 재판, 기번은 의견을 제시하지 않았고, 페렐은 재판 없이 죽이자는 쪽. 그리고 모뤄 선제후는…… 자네를 바로 죽이는 쪽을 강력히 주장했지."

"……"

"여자의 아버지에게서 사랑받는 남자는 드문 것 같아?"

아일이 농담을 던졌지만 젤린은 웃지 못했다.

바람이 불고 낙엽이 젤린의 뒤통수를 치고 갔다.

아일이 앉으라는 손짓을 했다. 젤린은 계속 서 있겠다는 말도 나오지 않을 정도로 목이 메어 절도 있는 동작으로 앉았다. 아일이 말했다.

"마음에 안 들겠지만, 재판관들이 다 도망을 가서 내가 자네 재판관이야. 진술해봐."

"그곳에서 있었던 일은 이미…… 저분께 다 말씀드렸습니다."

젤린이 눈으로 아일의 어깨 너머를 가리켰다. 메이튼이 무시무시한 얼굴로 이쪽을 노려보고 있었다. 아일이 말했다.

"내가 들은 건 부하의 보고였어. 나는 경이 직접 입으로 하는 말을 들어야겠어. 처음부터 끝까지. 자네가 기억하는 걸 말해봐."

젤린은 침을 삼켰다. 바늘이 목 안쪽을 긁고 내려가는 것 같았다. 남은 용기를 죄다 털어내 농담을 해보았다.

"그럼, 안경을 다시 써주실 수 있을까요?"

아일은 그 말을 무시했다.

젤린은 심호흡을 했다. 그리고 생각했다.

처음부터라. 어디부터가 처음일까? 내 이야기의 시작은 언제부터지?

젤린은 이야기를 시작했다. 사실 그는 근위대를 나갈 생각이었다. 리디아만 허락한다면 그녀와 다른 장소에서 다른 삶을 꾸려보고 싶었다. 그래서 그녀의 의향을 물어보기 위해 견습 기사를 모뤄 성으로 보냈다. 크게 기대하지 않았지만 심부름꾼이 돌아올 동안 꿈이라도 꾸고 싶었다. 하지만 심부름꾼이 모뤄 성에 발이 묶여 있는 동안 황궁에 왕을 죽이러 군대가 들이닥쳤다. 그리고 이어진 강행군.

우두머리를 잃은 집단, 긴밀히 대화를 나누기엔 많은 인원, 전환적인 일을 도모하기엔 부족한 인원. 근위대장이 살아 있었거나, 근위병들의 수가 그보다 더 적었거나, 조금 더 많았다면 그들은 진작 왕을 배신했을지도 모를 일이다. 그들은 모두 지쳐 있었고, 결국 관성적으로 명령에 충실히 따르고 있었다.

아일은 젤린의 말을 한 번도 끊지 않았다. 질문도 없었다. 그래서 젤린은 정적이 생기지 않게 머리에 떠오르는 생각을 거르지 않고 모두 쏟아냈다.

그 이야기도 나왔다. 왕이 목적지를 베르도하로 정한 것은 라야에게 붙은 앞잡이가 있었기 때문이란 것. 그리고 베르도하에서 벌어진 왕의 악행. 그들은 너무 지친 탓에 외성촌 사람들을 몰살하라는 명령에도…… 이 부분을 얘기할 때 젤린은 정말 부끄러워하고 괴로워했다.

그리고 라야의 이름이 나왔다. 그다음부터는 그림을 보고 말하듯 선명한 이야기였다. 젤린은 기억력이 그리 좋은 편이 아니었지만 라야와 만난 순간부터의 일은 몇 번이고 반복해 떠올려서 대화까지 모조리 빠짐없이 말할 수 있었다.

이야기가 이어지는 동안 테이블 위로 낙엽이 몇 장 날아왔다.

거북한 자리를 피한 건지, 어디서 낮잠이라도 자고 온 건지, 고양이 매니가 테이블로 다가왔다. 매니는 의자 위로 훌쩍 뛰어올라 아일 옆에 앉았다. 그리고 허공을 한참 쳐다보았다. 거기에 뭐라도 있는 것처럼.

이야기를 끝낸 젤린이 가라앉은 목소리로 덧붙였다.

"부인을 먼저 앞세웠더라면…… 그랬어야 했는데…… 정말…….."

'죄송합니다.'라는 말은 차마 붙이지 못했다.

아일은 붙박여 있던 시선을 들어 올려 하늘을 올려다보았다. 흘러가는 구름에서 눈을 떼지 않고 매니에게 손을 뻗어 등을 쓰다듬었다. 매니가 가르릉거렸다.

긴 생각 뒤에 아일이 피식 웃고는 젤린을 쳐다보았다.

웃음을 싹 거둔 아일이 비난조로 말했다.

"섬기는 자를 배신한 놈이거나, 살아남으려고 이야기를 지어내는 놈이라는 거로군. 어느 쪽도 좋진 않아."

젤린은 고개를 숙였다. 믿어줄 거라고 생각하지 않았다. 자신이라도 믿지 않았을 것이다.

아일이 한숨을 쉬었다.

"……하지만 마지막 순간에 그녀를 도와주려는 사람이 한 명쯤은 있었길 바라게 되는 건 어쩔 수 없군."

아일은 다시 안경을 꼈다. 그리고 생각을 정리하는 표정으로 책을 내려다보았다.

마침내 그가 말했다.

"헤르첸 엘칸 근위대 기사 히오르그 젤린, 모든 관직을 삭탈하고 귀족의 직위를 몰수한다. 그리고 평생, 성도는 물론 출신지가 포함된 주에서의 거주와 통행을 금지한다. 죽어서는 고향에 묻힐 수 있을 거야."

젤린이 크게 가슴을 부풀렸다. 그가 목이 멘 목소리로 물었다.

"믿어주시는 건가요?"

아일은 젤린을 쳐다보지도 않았다. 하지만 그다음 목소리는 감사를 표하듯 부드러웠다.

"믿는 게 아니라, 믿고 싶은 거다."

쿠스친은 라야를 납치하고 감금했다.

그것만 놓고 봤을 때에는 망할 놈의 상인 일행을 문제의 발단이라고 보아 그들의 사지를 광장에서 찢어발긴다고 해도 아일에게 뭐라고 할 사람은 없을 것이다. 하지만 쿠스친이 라야를 납치한 시점에선 이미 아일이 위험에 처해 있었다. 결과적으로 쿠스친은 라야를 위험에서 구한 셈이 되었다. 적어도 당시엔.

또한 과정을 돌이켜보면, 그리고 그들이 진술한 것을 모두 믿는다고 치면, 어쨌든 쿠스친은 라야와 배 속의 아이를 보호하고 보살폈으며 그녀와의 의리 혹은 계약을 지키려고 노력했다.

심지어 그녀가 왕에게 끌려간 이후에도.

한 사람은 다리 한쪽을 잃어가면서까지.

쿠스친 일행은 각각 따로 떨어져서 근위대원들을 수용한 건물에 수감

되어 있었다. 근위대원들의 재판이 모두 끝나갈 때까지도 이들에 대한 처분은 아일이 언급을 당분간 금지했기 때문에 그들은 이미 벌을 받고 있는 것처럼 방치됐다.

부하들은 아일이 자신의 병을 돌보느라 그들이 아직 살아 있다는 걸 잊었다고 생각했던 것 같다. 2주 만에 아일을 만나러 온 마렉이 보고를 마친 후 쿠스친 일행의 상태를 덧붙였다. 공회를 마친 뒤 세르노다에 들른 르웨이도 정치인이 아닌 친구의 자격으로 조언했다. '그들에게 어떤 처분을 내린다고 해도 누구도 문제 삼지 않을 거야. 하지만 처분이 늦춰지는 것은 문제가 돼.'

아일의 서재 책상에는 쿠스친 일행과 관련한 서류가 놓여 있었다.

부하들이 보내온 탐문 조사 보고서였다. 쿠스친 일행의 진술과 사람들의 목격이 일치하는지, 그들의 가족 관계, 성격, 재산, 주변인들의 평가 따위가 그 내용이었다.

보고서에 의하면 네 사람은 평범한 상인, 평범한 하인, 평범한 하녀, 평범한 일꾼이었다. 보고서 말미엔 모두 하나같이 '별게 없습니다.'란 말을 붙였다.

하지만 아일은 그 속에서 이유를 찾고 있었다. 그들이 한 진술이 거짓이 아니라고 믿을 만한 이유.

그들이 향후 아일에게 들려줄 라야의 이야기가 모두 진실이라고 믿어도 될 근거.

아일은 성도로 갔다.

그가 첫 번째로 찾은 인물은 전직 용병, 현재는 거상 쿠스친의 '평범한 하인'.

호슨은 방으로 아일이 들어오자 그가 누군지 몰라 어리둥절한 표정을 했다. 그리고 아일이 자신을 소개하자 놀란 눈을 굴렸다. 그 큰 눈에 눈물이 고였다.

조문객이 상주를 위로하려는 것처럼 아일을 껴안을 듯 침대에서 일어선 호슨은 불편한 다리를 생각 못한 것인지 몇 발짝 떼지 못하고 쓰러졌다. 자신보다 열 살은 많은 사내가 주저앉아 엉엉 우는 꼴은 아일도 보고 있기 힘들었다.

안경을 찾아 쓴 아일이 차가운 어조로 말했다.

"라야 얘길 해봐. 그쪽이 기억하고 있는 건 모두 다. 무슨 농담을 했는지까지도."

호슨은 어눌한 말투로 꽤 많은 이야기를 했다. 말솜씨가 좋은 편은 아니었지만, 그의 이야기는 놀랍도록 순차적이었다. 가장 먼저 호슨을 만나러 온 게 옳은 선택이었다 싶을 만큼.

호슨은 진술이 아니라 진실로 이야기를 해주었다. 유품을 모아 전달하듯 아일에게 라야에 대한 이야기를 하나라도 더 해주고 싶은 마음이 느껴졌다. 오전에 시작된 이야기는 밤이 되어 끝이 났다.

다음 날 찾아간 사람은 '평범한 하녀'였다.

록사나는 아일이 이야기할 기회를 주자 엄청난 속도로 말을 쏟아냈다. 본인의 처지를 알기는 하는 건지,

"저만큼 아가씨에 대해 잘 아는 사람도 없죠. 전 기억력이 좋거든요. 제가 잠들었을 때 아가씨가 한 일 빼고는 다 기억해요. 뭐든지 물어보세요!"

라며 흥분했다.

그녀의 이야기는 중구난방에 두서라고는 없었다. 하지만 작은 것까지 기억하고 있었다.

"당신 남편 바지 치수까지 말할 필요는 없어."

웬만하면 잠자코 듣기만 하는 아일이 록사나의 말은 몇 번이나 중단

시켰다.

"하지만 이 얘기도 했는걸요. 기억나는 건 모두 다 말하라고 하셨잖아요. 아가씨는 옷을 짓는 게 다른 집안일보다 힘들다고 하셨어요. 그래서 제가 바지 치수를 쉽게 재는 법을 알려드렸죠. 아기 옷을 직접 만들고 싶다고 하셔서 제가 배내옷…… 을……."

두 사람은 순식간에 우울한 침묵에 빠졌다.

십 초 후, 록사나가 울적한 목소리로 말했다.

"아가씨가 제가 만든 복숭아 넥타를 좋아하셨다는 말도 했던가요?"

세 번째로 찾은 사람은 라렌시였다. 전직 배우, 현재는 '평범한 일꾼'.

라렌시는 진술을 거부했다. 다른 사람들의 진술로만 본다면 그는 죽은 왕의 끄나풀이자 파렴치한 배신자였다. 그대로 있으면 죽음을 피해 갈 수 없을 텐데도 라렌시는 독방 모서리에 의자를 놓고 불편하게 웅크리고 앉아 눈만 감고 있었다.

아일이 말했다.

"엘칸이 극단 사람들에게 무슨 짓을 했는지 알고 있어."

라렌시가 천천히 눈을 뜨고 아일을 보았다.

"그걸 알아도 내 마음은 같다. 네가 한 짓을 처음 들었을 때와 똑같이 너를 미워한다. 그렇게 용서받을 생각 없다는 듯이 군다고 해서 내가 감격하지는 않아. 난 지금 네 얘기를 들으러 온 게 아니라, 라야 얘기를 들으러 온 거야."

라렌시는 다시 눈을 감았다. 그리고 끝끝내 입을 열지 않았다.

방을 나오자 르웨이가 기다리고 있었다. 아일이 르웨이를 스쳐 지나가며 퉁명스럽게 말했다.

"여긴 왜 왔어."

"제가 하려던 말입니다. 여기는 무슨 일로 오셨습니까?"

르웨이는 사람들의 눈을 의식해 존대했다.

아일은 안경을 벗고 넓은 보폭으로 계단을 내려갔다. 르웨이가 빠른 걸음으로 뒤쫓았다.

"성도에 오신 뒤로 매일 여길 출입하신다고 들었습니다."

"처분을 서두르라고 한 건 자네야."

"저들의 진술은 이미 보고서를 통해 전달받지 않으셨나요?"

"그 보고서엔 라야가 복숭아 넥타를 좋아했다는 말 같은 건 안 적혀 있었지."

아일은 빈방을 찾아 들어갔다. 수용소 건물은 이제 네 방을 제외하고 모두 비어 있었다. 르웨이는 아일을 따라 들어온 뒤 방문을 닫았다.

목소리를 낮춘 르웨이가 따져 물었다.

"뭘 캐고 다니는 거야? 저자들한테서 며칠에 걸쳐서 들어야 할 얘기가 뭐야?"

"캐고 다니는 건 너야. 동료 의원들이 내 상태가 어떤지 확인해보고 오라던가?"

아일이 르웨이를 등진 채 쌀쌀맞게 대꾸했다.

르웨이는 충격받은 얼굴로 입을 다물었다.

돌아본 아일이 한숨을 쉬고 사과했다. 르웨이가 원망 섞인 목소리로 말했다.

"자네는 그녀한테만 약속을 한 게 아니야. 우리한테도 약속했어."

"알아."

"우리 모두에게 다 다른 약속을 했지."

"화를 못 참는다고 했지 기억력이 흐려졌다곤 안 했어."

아일의 목소리가 날카로워졌다. 르웨이는 밀리지 않았다.

"자네가 결코 실패하지 않을 거라고 장담한 사람은 한 명도 없었어.

그런데도 모두 자넬 믿고 그 손에 자기 목숨 줄을 맡긴 거야.”

“그걸……! 그걸 모른다면 이렇게 살아 있지도 않아!”

“이런 말까지는 안 하려고 했는데…….”

“그럼 하지 마.”

“그녀가 지금 자네 꼴을 보면 뭐라고 할 거 같아?”

아일이 살벌한 눈으로 르웨이를 노려보았다.

르웨이는 점점 슬퍼지고 있었다. 이런 꼴을 몇 번 더 겪는다면 아주 지쳐버려서 ‘그래, 너는 헛짓거리를 하다가 그녀를 잃었어. 동의해주니 속이 시원해?’라고 아일의 생각에 동조해주고 그를 자살로 몰지도 모르겠단 생각이 들었다.

아일은 힘이 쫙 빠져 침대에 걸터앉았다.

“……한심한 개자식이라고 하겠지.”

“그래. 뭐?”

“한심한 개자식. 라야가 엘칸에게 그랬다더군. 개자식이라고.”

“……그녀에게 고마워해야 할 일이 늘었군.”

그 말을 하자마자 르웨이는 후회했다. 아일의 얼굴에 숨기기 어려운 고통이 떠올랐다. 르웨이는 자신의 무신경함에 치를 떨었다.

아일이 중얼거렸다.

“숨을 못 쉬겠어.”

“의원을 부를까?”

아일이 르웨이의 팔을 붙잡아 만류했다.

“관둬. 숨이 쉬어지지 않아서 정신을 잃어도 정신을 차려보면 살아 있어. 죽을 것 같더라도 정말 죽지는 않더군.”

르웨이는 아일이 헛생각을 하지 못하게 벽을 쳐다보는 그의 시선을 가로막으며 맞은편 침대에 가 앉았다.

"날 봐. 에드가. 친구."

아일이 르웨이를 보았다.

"견뎌."

"견뎌라……."

아일이 멍하니 중얼거렸다.

르웨이는 자신의 진심이 전달되길 바랐다. 그래서 또박또박 힘을 실어 말했다.

"반대 상황이었어도 그녀에게 똑같이 말해줬을 거야."

아일이 건조하게 웃었다. 건조하다 못해 바스라질 것 같은 미소였다.

"견뎌서, 그래서 무뎌지고 라야에 대한 기억도 희미해지면…… 그러면 되는 건가?"

다음 날 아일이 독방 문을 열었을 때, 쿠스친은 침대에 쭈그리고 앉아 어제 저녁으로 배식받은 마른 땅콩을 먹고 있었다. 그는 이 사이로 땅콩을 물고 아일을 한참 응시하다가 대뜸 말했다.

"그래도…… 그렇게 힘들어 보이시지는 않군요. 그런데 원래도 안경을 끼셨나요?"

문을 닫은 아일이 쿠스친에게 손짓을 했다.

쿠스친은 손을 털고 침대에서 내려왔다. 옷에 손바닥을 문대고 아일 앞에 가 서자마자 어깨를 잡혔다.

아일이 주먹으로 쿠스친의 복부를 후려쳤다. 쿠스친은 숨 막히는 소리를 내며 몸을 접었다. 하지만 다시 어깨를 잡혔고, 연속 동작 같은 주먹이 얼굴을 갈겼다. 쿠스친은 침대에 상반신을 걸치고 기절했다.

아일은 의자를 끌고 와 앉았다. 그리고 쿠스친이 깨어날 때까지 기다렸다.

얼마 후, 쿠스친이 깨어나 아일을 발견하고 말했다.

"초면에 얻어맞은 게 처음 있는 일도 아닙니다."

그리고 찌무룩한 얼굴로 바닥에 자리를 잡고 앉았다.

아일은 팔짱을 낀 채 모호한 시선으로 쿠스친을 바라보았다.

"라야를 납치한 이유가 뭐지?"

"벌써 세 번이나 말했는데……. 이쯤 되면 군부의 보고 체계에 문제가 있다고밖에…… 아, 아, 말하면 되죠. 말하는 게 뭐가 힘들겠습니까."

아일의 손이 움직이는 걸 본 쿠스친이 다급히 말했다. 아일은 앉은 자세를 바꾼 것뿐이었다.

"전 말하는 거 좋아합니다. 뭐라고 하셨죠?"

잠시 생각한 쿠스친이 천연덕스럽게 말했다.

"납치요? 아니요, 납치가 아닙니다. 직접 적은 진술서를 보셨다면 아시겠지만 저흰 부인의 의뢰로 동행을 한 겁니다. 압수해 간 제 소지품 중에 계약서가 있지 않았나요?"

"그쪽 하인들 말로는 납치라던데."

"……좋은 사람들이긴 한데 상황을 다소 과장해서 받아들이는 경향이 있죠. 아, 아, 제발!"

이번에야말로 아일이 진짜로 칼자루를 잡자 무릎으로 기어온 쿠스친이 아일의 손목을 붙들며 단숨에 자백했다.

"납치가 맞습니다. 애석하게도 시작은 안 좋았죠. 하지만 어떤 계획이 있어 저지른 일은 아닙니다."

"사업도 충동적으로 하나?"

아일이 손목을 확 빼내며 비꼬았다.

꿇어앉은 쿠스친이 고개를 끄덕였다.

"네. 잘 보셨습니다. 전 사업도 충동적으로 합니다. 수완이 좋다기보다 억세게 운이 좋은 편이죠."

"라야를 어떻게 알아봤지?"

"연극을 두어 번 봤습니다. 르반테 거리에서 춤을 추는 그녀를 보고 알아봤죠. 두 분 때문에……, 아니, 미친 왕 때문에 몇 달 전 아끼던 차밭을 날려먹은 터라 그때까지도 기분이 상해 있었습니다. 그런데 눈앞에 그녀가 나타나니 그만 홧김에…… 네, 그랬던 겁니다."

"라야를 어쩔 생각이었지?"

쿠스친은 시선을 피했다.

"말씀드렸잖습니까. 어떤 계획도 없었다고."

"그쪽 하인들은 그렇게 말하지 않던데. 자꾸 말이 다르군."

아일이 못 미덥다는 듯 한숨을 쉬었다.

쿠스친은 고개를 숙이고 시무룩하게 말했다.

"정말입니다. 말로야 엘칸에게 보내겠다, 어디로 보내겠다 했지만 진짜로 그럴 생각은 없었습니다. 적당한 순간에 적당한 장소에서 풀어줘야지 했는데……. 건드리지 말아야 할 물건을 건드렸다는 생각이 들었을 땐 이미 늦었더군요."

아일이 미간을 살짝 구겼다.

쿠스친은 자신이 무슨 실수를 했는지 깨닫고 말했다.

"건드렸다는 게 그런, 그렇게 건드렸다는 말이 아닙니다. 맹세코 제아내와 하늘에 부끄러운 짓은 하지 않았습니다."

아내.

아일은 머리를 기울이고 물끄러미 쿠스친을 응시했다. 그래, 이 양반도 아내를 잃었댔지.

침묵이 길어졌다.

쿠스친은 긴장한 얼굴로 목을 긁적였다. 슬슬 몸이 뒤틀렸다. 이제 생각이라면 진저리가 쳐졌다. 두 달간 독방에 갇혀 수도사처럼 생각에 빠져 살았다. 필기구가 주어지지 않으니 머릿속으로 수십 장의 편지를 썼다. 라야에게도 한 통 썼다. 장례식에 참석하지 못해 미안해요. 묘지에 꽃 한 송이 던져주지 못한 것도 미안하고.

갑자기 그 생각이 나자 쿠스친은 화가 치밀었다. 그도 그녀의 장례식 정도는 참석할 권리가 있다! 분명 라야도 그걸 원했을 것이다.

사실 라야가 해준 이야기 덕분에 쿠스친은 아일이 그렇게 어렵지만은 않았다. 라야에게서 들었던 것보다 훨씬 사나운 눈초리와 훨씬 예민한 성격을 지닌 남자 같았지만 에드가가 낯설다고 두렵지는 않았다. 그래서 감히 이런 짓도 할 수 있었다.

"……왜 더 일찍 오지 못하셨습니까?"

아일이 가늘게 뜬 눈으로 쿠스친을 보았다.

쿠스친은 시선을 피하지 않았다.

"저희는 정말 열심히 페렐 밖으로 빠져나가려고 했습니다. 최선을 다해서 장군께 가려고 했어요. 하루만 더 빨리 오지 그러셨습니까? 그랬다면 외성촌 사람들이 죽을 일도 없었고 그녀가…… 그리 되지도 않았을 테죠. 미친 왕을 왜 진작 죽이지 못한 겁니까? 왜 진작 이 나라를 차지하지 못한 겁니까? 저희는 최선을 다했습니다. 장군께서 늦으신 겁니다. 장군께서 잘못하신 거예요!"

마지막 말은 하지 말 걸 그랬다, 고 쿠스친은 급히 후회했다. 하지만 말을 하는 동안 쿠스친의 눈이 젖어들었다. 손등으로 거칠게 눈물을 닦아냈다. '이번엔 뭐라고 변명하지?'라고 생각하며 아일을 본 쿠스친은 말문이 막혔다.

동요라고는 모를 것 같던 아일의 얼굴이 일그러졌다. 아일은 손으로 입을 막았다.

쿠스친은 아일보다 더 당황했다. 에드가는 한낱 상인 앞에서 무너져서는 안 되는 인간이었다. 아내의 죽음에도 다른 이들의 눈에 '그렇게 힘들어 보이지는 않는' 모습으로 버텨야 하는 존재였다.

공포에 빠진 쿠스친이 속으로 센 숫자가 삼십을 지날 때쯤 아일은 고요함을 되찾았다.

"그쪽 말이 맞아."

아일이 슬프게 웃었다. 쿠스친은 우는 아이의 뺨을 후려친 기분이 들었다.

"그런데 아무도 그 소리를 안 하더라고."

그리고 아일은 심문을 중단하고 방을 나갔다.

쿠스친은 그대로 앉아 있었다. 기분이 너무, 너무 구렸다.

쿠스친은 또 벌을 받는 심정으로 하루를 꼬박 보냈다.

다음 날 아침은 식사도 받지 못했다. 아사형이라도 받은 건가 하고 절망하는 중에 독방 문이 열렸다.

쿠스친은 압수당한 소지품을 돌려받았다. 라야와의 계약서가 빠져 있는 대신 새로운 문서 두 부가 동봉되어 있었다. 하나는 헤르첸이 군수품 명목으로 몰수해 간 선박과 상품 일체를 반환한다는 행정 문서, 하나는 세르노다를 주소로 하는 전답 문권이었다.

수용소 건물을 나오자 마차가 기다리고 있었다. 두 달 만에 조우한 쿠스친과 호슨, 록사나는 마차 안에서 얼싸안고 눈물을 쏟았다. 안도의 눈물이기도 했고 반가움의 눈물이기도 했고 뒤늦은 애도의 눈물이기도 했다.

쿠스친은 라렌시를 보지 못했지만 호슨은 건물을 나온 후 힘없이 걸어가는 그의 뒷모습을 봤다고 했다.

성도를 떠나기 전, 쿠스친은 돌려받은 소지품 중 몇 가지를 골라내 편지와 함께 병사에게 건넸다.

『클레이모어 경계.

이것들은 제 물건이 아닙니다. 부인의 물건과 세르노다 전답 서류를 돌려보냅니다.

《만 개의 세계》와 약재 서적은 부인께서 늘 가지고 다니신 책이고, 베른은 경계 줄 선물이라며 부인께서 직접 베르도하에서 구입하신 술입니다.

그리고 기침약은 부인께서 경을 위해 만드신 것입니다. 어쩌다 제가 가지고 있었지만 본래 주인에게 돌려드려야 할 것 같군요.

세르노다의 전답을 무슨 의미에서 주신 것인지 알 수 없어 함께 돌려보냅니다.

만약 제가 잃은 차 밭을 보상하시려는 것이라면, 아니요. 그것에 대한 보상은 엘칸에게서 받아야 할 것인데 그는 이미 죽었으니 그걸로 끝난 것입니다.

만약 부인과의 계약을 완수할 경우 받기로 한 응분의 보상에 대한 것이라면, 그것 또한 계약을 완수하지 못했으니 그 명목으로도 받을 수 없습니다.

죽여도 시원찮을 인간에게 마음을 써주신 것 감사드리며, 부디 강건하시길.』

77

오 년 후.

침대는 전날 아침 시종들이 침대보를 바꿨던 당시 모습 그대로였다. 방으로 여명이 비쳐왔다. 아일은 고양이를 안고 소파에 앉아 있었다. 그곳까진 아직 어스름이 닿지 않았다. 그의 표정은 책을 읽거나 생각에 잠겨 있을 때와 비슷했다. 무기력한 기색은 없지만 미동조차 하지 않고 숨을 죽인 채 한 가지에 집중하고 있었다.

그는 매니의 숨소리를 듣고 있었다. 매니의 호흡은 작고 불규칙적이고 거칠었다.

그녀는 죽어가고 있었다.

아일이 조심스러운 손짓으로 매니를 쓰다듬으며 중얼거렸다.

"네가 죽지 않았으면 좋겠어."

매니는 그 말이 우습다는 듯 꼬리를 흔들었다. 기운이라고는 없는 몸짓이었다.

아일은 몸을 숙여 귀가 어두워진 매니에게 속삭였다.

"섬에서 데리고 나와서 미안해."

헛소리.

매니는 이번에야말로 그가 자신의 말을 알아듣길 바랐다. 팔이라도 할퀴고 싶은데 기운이 없었다. 아일이 말했다.

"그곳이었다면 이보다는 오래 살았겠지."

물론 그럴 수도 있었겠지만 그래도 헛소리인 건 변함없어.

매니의 목이 그르릉 소리를 냈다. 어떻게 들으면 화를 내는 것도 같았다.

푸르스름한 새벽빛이 침대를 넘어올 때쯤, 한순간 매니의 숨소리가 편안해졌다.

매니는 유연하게 몸을 뻗어 아일의 뺨을 핥았다.

그리고 영원히 편안해졌다.

"부탁 하나 해도 될까?"

아일이 묻자 르웨이가 고개를 끄덕였다.

"명령이시라면, 예, 폐하. 하지만 정말 부탁을 하려는 거라면, 들어보고?"

"술자리에서 책 좀 읽지 마."

부탁으로 간주한 르웨이는 계속 책을 읽었다.

"따라서 아일 에드가 클레이모어와 헤르첸 엘칸 라우니트 간에 벌어진 사적, 공적 사건들을 지난 에드가-엘칸 이야기의 연작으로 볼 필요는 없다는 것이다. 저명한 역사학자이자 에른스트 아카데미의 교수인 이든 첸커리는, 사람들이 흔히 알고 있는 것과 달리 초대 에드가와 란 에드가, 그리고 아일 에드가의 성격은 매우 다르며 자라온 배경과 상황을 해결하는 방식 역시 큰 차이가 있다고 말한다. 특히 처세술에 있어서는 용병단장의 처세술과 집정관의 처세술만큼의 차이가 있다고 덧붙였다. 이쯤에서 이든 첸커리가 최근 오 년간 이루어진 외성촌 주 편입 정책을 가리켜 손꼽히게 대담하면서도 위압적인 정책이라고 평한 것을 떠올려도 좋을 것이다. 이러한 의견들에도 불구하고 얼마든지 구체적인 교훈을 얻을 수 있고 명확한 안목이 필요한 현대의 사건들을 그저 모호하고 신화적인 이야기로만 묶어두려는 시도들은 연극과 문학에 지나치게 몰입하는 다이런 인의 유습이라고밖에……."

"토하겠어."

아일이 르웨이의 말을 끊었다. 르웨이가 책을 내리고 아일을 보았다.

"칭찬이야. 이 인간들이 이 정도로 말하는 건 엄청나게 칭찬하는 거라고. 이 책의 저자와 이든 첸커리 말이야."

"그 사람들이 어떤 인간들인지는 모르겠지만 대범하다는 건 알겠어. 대중 문서로 멀쩡히 살아 있는 왕에 대해 이렇다 저렇다 말할 배짱이 있는 걸 보니."

"이건 가제본된 책이야. 자네가 죽거나 저자가 죽은 뒤에나 출판이 될 거야. 그리 먼 훗날은 아닐 거라고 봐. 저자의 나이가 꽤 되거든. 자네가 좋아할 만한 내용이라고 생각해서 가져왔는데."

"내 이름이 엘칸과 나란히 있는 걸 듣는 것만으로도 토할 것 같아."

"그 부분은 중요한 게 아닌데."

"토하겠어."

"다음번엔 엘칸 이름은 묵음으로 넘길게."

아일이 술잔을 들고 느릿하게 고개를 끄덕였다. 르웨이가 술병을 보았다.

"너무 마시는 거 아니야?"

아일은 벌써 혼자 한 병을 비웠다.

"취하면 멈출 거야."

"취하면 본인이 취한 줄 모르잖아."

"취하기 직전에 멈출 거야. 됐어?"

아일은 르웨이가 놔둔 술잔에 자기 술잔을 부딪치고 다시 단숨에 술잔을 비웠다.

르웨이가 말했다.

"건강도 생각해야지. 자네 몸만이 아닌데."

아일이 툴툴거렸다.

"방구석에 처박혀서 오 년이지만 난 내 근위병들보다 건강해."

"좋겠어. 난 오 년 동안 팍삭 늙었거든."

르웨이는 기운 빠진 얼굴로 힘없이 대꾸했다. 공회로 인한 피로가 얼굴에 그득했다.

"다이런 인이 연극을 좋아한다는 건 연막이야. 실은 싸움을 좋아하는 거지. 오늘 공회만 해도 결국엔 싸움으로 끝났어. 언젠가부터 한 번도 누군가가 소리를 치지 않고는 공회가 끝난 적이 없어. 누군가는 꼭 소리를 질러야 하지."

"오늘은 자기 목소리를 자랑한 인간이 누구였는데?"

르웨이가 어리둥절해서 아일을 쳐다보았다.

"끝까지 안 본 거야?"

"이미 했던 소리를 목소리만 바꿔가면서 하길래 여섯 번째에 나와버렸지. '이놈들은 다른 사람들이 말을 할 때에는 졸다가 자기 차례에만 일어나는 건가' 싶고 자꾸 병이 도지려고 해서 거길 나오는 게 최선이었어. 어차피 자네가 또 여기 와서 한 차례 말할 거잖아. 지금처럼."

"그래도 봤어야지!"

"어째서?"

"어째서라니."

르웨이가 머릿속으로 대답을 만들어내는 사이 아일이 쏘아붙였다.

"자네도 내가 거길 뜬 줄 몰랐잖아. 근위병들이나 알지."

"그래도……."

"그래도는 뭐가 그래도야. 내가 거기서 하는 일이라고는 싸움 구경뿐이야. 난 싸움이라면 참전도 참관도 신물이 나."

아일은 술잔을 채우고 담담한 목소리로 계속 말했다.

"의원들이 그렇게 한바탕 목소리 자랑을 하고 나면 다이런의 다음 달 식단 몇 가지를 내 책상에 올려놓겠지. 그럼 그중에 하날 고르면 되는 거야. 그리고 몇 개 없는 내 장점 중의 하나는 요리를 주문하는 데 걸리는 시간이 짧다는 거지."

"자넨 식단만 고르는 게 아니야. 간을 맞추는 것도 자네 일이야."

"내 일이 본인이 하는 일과 다르지 않다는 걸 안다면 내 요리사가 정말 기뻐할 텐데."

"그렇게 말하지 않았으면 좋겠어."

"뭘? 내 요리사를 칭찬하지 말라고?"

르웨이가 책을 테이블 위에 내려놓은 후 진지하게 말했다.

"고문으로서, 누군가를 앞에 두고 절대 그런 말을 해서는 안 된다고 조언해. 그게 나라도."

아일이 씩 웃었다.

"그러지 않을 거야. 난 내 자리가 쓸모없는 자리라고 말하는 게 아니야. 공회는 그들이 스스로 할 수 있다고 생각하는 것보다 훨씬 많은 일을 하고 있다는 걸 얘기하고 싶었어. 난 의원들이 어느 날 공회의 더 높은 가능성을 깨닫고 '생각해보니 우리끼리도 잘할 수 있을 것 같아요. 자리가 좁아서 그런데 방 좀 빼주시겠어요?'라고 해도 그러려니 할 거야. 사실 기다리고 있는데 오 년으로는 부족한가 봐."

르웨이는 입술을 앙다물고 잠시 대꾸하지 않았다. 이윽고 그가 말했다.

"자네가 그렇게 만들었어. 내가 그걸 못 느꼈을 것 같아?"

"뭘 말이야?"

아일이 시치미를 떼자 르웨이는 이를 보이며 분한 목소리를 흘렸다.

"자네의 은퇴 계획이 너무 이르다는 소리야."

"아, 그렇지. 포악한 제왕으로 조금 더 오래 버텨서 자네가 말로 설득하기 힘든 인간들이 나올 때마다 내가 그들을 겁박했어야 하는데."

"어이쿠야, 그게 목적이라면 좀 더 노력해봐. 아직도 자네가 공회에서 헛기침이라도 하는 날엔 발언권자는 자신이 흥분하는 중에 욕이라도 섞어 말한 건가 허둥대는 판이거든. 난 그걸 빌미로 얼마든지 그놈의 목을 죌 수 있어."

"아무렴, 능력자시니."

르웨이가 그만하자는 뜻으로 크게 한숨을 쉬었다. 아일은 어깨를 으쓱하고 술잔을 들었다. 그리고 딱 한 모금 마시고 다시 내려놓았다.

르웨이가 시무룩한 목소리로 말했다.

"오늘 일만 해도 그래."

"음, 오늘 무슨 일이 있었지?"

"에아트 문제."

"아, 그래. 그 문제."

"맞물린 지역에 있는 외성촌마다 일일이 어디로 가고 싶은지 묻는 건 너무 시간이 오래 걸려. 그럴 필요도 없고. 덕분에 외성촌들은 성으로 승격되기도 전에 민회가 생기고 있지만."

"오늘 의원들 반응을 보니 외성촌 승격은 있을 수 없는 일이라며 내가 마치 부랑자를 자기들 집에 들이라고 한 것처럼 질색하던 때가 아주 먼 옛날 일 같아."

"자네가 직접 베르도하는 페렐로, 카에브룸은 기번으로 편입시켰던 시절처럼 에아트를 한곳으로 던져줬어야 해. 그럼 오늘처럼 에아트를 서로 가지려고 눈을 희번덕대면서 공회를 경매판으로 만들지도 않았을 거 아니야."

아일은 살짝 당황한 기색을 보였다.

"지금, 공회에 이전보다 더 많은 권한을 줬다고 날 나무라는 거야? 독단적 결정을 이렇게나 좋아하는 자네가 왜 공화파라고 불리는지 모르겠어."

"난 공화파로 불리지 않아. 공화파는 나를 저쪽 편이라고 하고 저쪽은 나를 이쪽 편이라고 하지."

"그리고 결정적인 순간마다 양쪽 모두 자네가 자기편이 되어주길 바라지. 내 이름을 팔 것도 없어. 이미 의원들 몇 정도는 자네 헛기침으로도 얼마든지 얌전하게 만들 수 있으니까. 오늘도 자네가 째려보는 걸로 입 닥치게 만든 인간을 셋이나 봤는데 본인이 그걸 모른다니 이상하군. 겸손이 지나친 거야, 일에 치여서 자기 위치를 돌아볼 여유도 없는 거야?"

잠시 입을 다문 르웨이가 조심스러운 투로 물었다.

"정말 그렇게 생각해?"

"만약 내일 당장 내가 죽으면 사람들은 자네한테 가장 먼저 달려갈걸?"

"……날 죽이러?"

르웨이의 농담을 무시하고 아일이 물었다.

"엘칸을 끌어내리는 중에 벌어진 전투로 발생한 사망자 수가 엘칸이 재임 기간 동안 죽인 인간들 숫자보다 적다는 거 알아?"

"전투 사망자가 그만큼 적다는 데 놀라야 하는 건지, 엘칸이 그만큼 죽였다는 데 놀라야 하는 건지."

"둘 다 놀라운 일이지만 이 대화에선 전투 사망자 수에 집중해주면 좋겠어. 다이런에 있는 모든 영주와 시민 도시들이 왕이 바뀌는 걸 찬성했으니 가능한 일이야. 모두가 혁명의 동조자야. 그리고 양쪽 모두 자네가 보기보다 이 나라를 꽤 좋아한다는 걸 알지. 자네는 싫은 티는 감춰도 좋아하는 티는 숨기지 못하니까."

"그건 맞아."

"그러니 자네가 죽을 일은 없어."

아일이 희미한 미소를 던졌다. 르웨이가 주름진 미간을 손가락으로 문지르며 말했다.

"요즘 짜증이 는 건 사실이야. 체력이 떨어진 게 느껴져서 더 그래. 아버지도 정정하시고 프레이나도 그대론데 나만 나이를 먹어. 내 딸이 한 살 한 살 자랄 때마다 나는 오 년씩 세월을 잡아먹나 봐."

아일은 새 술병을 들고 따개를 찾기 위해 두리번거렸다.

"공회의장을 하기엔 나이 들어 보이는 편이 좋을 거라더니."

소파 밑에서 따개를 찾아냈다.

"공회의장이 되기도 전에 늙어가니 하는 말이지. 오늘은 페렐 선제후가 나보고 육아가 힘드냐는 소리까지 했어. 제기랄, 그 노인네는 살기가 좋은지 갈수록 젊어지는 것 같아."

르웨이는 빈정거림을 즐기는 늙은 선제후를 떠올리고 인상을 썼다. 아일이 말했다.

"그래도 이십 년 후쯤에 공회의장을 뽑는다면 자네가 가장 나을 거라고 말했어."

"누가? 페렐이?"

아일이 술잔을 입에 대고 고개를 끄덕였다. 르웨이가 미심쩍은 표정으로 말했다.

"그냥 한 소리겠지."

"그럴 수도 있고. 내 앞에선 그랬어. 개중엔 그나마 가장 나은 것 같다고."

"개중엔, 그나마, 가장? 극찬이군. 늙은이 앞에서 비위를 맞춰준 게
효과가 있었나?"

"만취한 자네가 선제후들 앞에서 나체로 여자 이름을 불러대지만 않
는다면 무난히 공회의장이 될 거라고 봐."

"십 년도 더 된 일을. 그리고 그땐 그럴 만했어. 미래의 남편이 친구들
앞에서 나체로 자기 이름을 외쳐댈 걸 알았다면 프레이나가 날 한 번 차
지 않았겠지."

르웨이가 중얼거리며 자기 술잔을 잡았다. 아일이 술잔을 내밀었다.

"최연소 공회의장을 위하여."

"위하여."

르웨이는 아일을 따라 술잔을 비웠다. 그러고는 갑자기 어색한 침묵이
생겼다. 르웨이가 무슨 말을 꺼내려고 머뭇거리는 걸 본 아일이 말했다.

"알았어. 마음의 준비는 했으니 듣기 싫은 얘기를 꺼내봐."

"그런 거 아니야."

하지만 르웨이는 또 침묵했다. 아일은 신경 쓰지 않고 술을 마셨다.

잠시 후 르웨이가 말했다.

"이번 차이드 순행을 다녀오면 혼사에 대해 생각해봤으면 해."

아일이 천장을 바라보고 있다가 대답했다.

"알았어."

"그렇게 싫다고만 하지 말고……. 뭐라고?"

"생각해볼게."

"……정말?"

"그렇게 대답해야 자네가 오늘 편히 잠들 수 있겠지. 내가 순행을 가
있는 동안에도 마음 편히 지낼 테고."

"내 마음은 문제가 안 돼."

표정으로 미루어 보아 르웨이는 자신이 혼자 얘기를 꺼냈으면서도 아일에게서 허락 비슷한 것도 받아낼 자신이 없었던 것 같았다. 모뒤 선제후는 아직도 에드가에 대한 미련을 버리지 못했고 선제후 일가가 아니더라도 왕의 비어 있는 옆자리를 탐내는 가문은 너무나 많았다. 사실 그 문제만이 다이런에 남아 있는 유일한 불안거리라고 할 만했다. 이런 사정 때문에 누군가는 그 말을 정기적으로 꺼내야 했고, 아일의 심기를 덜 언짢게 하면서 그 얘기를 할 수 있는 적임자를 찾자면 르웨이밖에 없었다.

"진짜 생각해보겠다고?"

르웨이가 의심 가득한 눈빛으로 되물었다. 아일은 대답 대신 '술잔이나 채워.'라는 손짓을 하며 잔을 내밀었다. 르웨이는 부산스럽게 술병을 찾아 아일의 잔을 채웠다.

"약속하셨습니다, 폐하."

르웨이가 말을 높이자 아일은 힐긋 눈을 돌려 시간을 확인했다. 방금 12시가 지났다.

아일은 사 년 전 르웨이와의 내기 장기에서 '편한 시간'을 따냈다. 밤 9시에서 12시 사이, 두 사람은 잠시 예전으로 돌아갈 수 있었다.

아일이 술잔을 깨끗이 비워내고 일어섰다.

"즐거웠네, 와이즈 경. 집에 무사히 잘 돌아가길 비네."

"급히 쫓겨나는 기분이 들긴 하지만 그러겠습니다, 폐하."

르웨이는 아내와 딸이 기다리는 집으로 가기 위해 살짝 취기가 오른 몸을 일으켰다. 방을 나가는 르웨이를 아일이 불러 세웠다.

아일이 르웨이를 보며 싱긋 웃었다.

"우울하고 재미없는 인간의 말상대가 돼주어서 고마웠어."

르웨이는 방에 있는 것도 아니고 방을 나간 것도 아닌 어중간한 위치에 서서 눈을 깜박였다.

"아직 모르시는 것 같은데 그렇게 재미없는 인간은 아니십니다."

아일은 정말 기분이 좋아서 짓는 미소를 지어 보였다.

르웨이는 얼결에 따라 웃고는 뭔지 모르게 찜찜한 느낌이 들어 그대로 서 있었다. 아일이 나가보라는 손짓을 했다.

르웨이는 문과 문 사이에 선 채 꼼짝도 하지 않았다. 결국 아일이 직접 다가와 방문을 닫으려고 했다. 르웨이는 문고리를 잡고 버텼다. 복도의 근위병들이 보내는 이상한 눈길을 느끼고 나서야 르웨이는 손을 놓았다. 아일이 문틈으로 그를 향해 미소를 보냈다.

르웨이는 닫힌 방문을 한참 동안 바라보고 서 있었다.

"최근 크롬헬에 새로 생긴 욕이 뭔 줄 아십니까?"

메이튼이 말했다. 아일은 턱을 괴고 나른한 표정으로 대답했다.

"거기서 나를 씹어댄다고 해도 크게 놀랍지 않아. 나도 차 맛이 이상할 때마다 라우니트가를 욕했던 거 같으니까."

두 사람은 사막 위 막사 안에 있었다. 간이 탁자를 사이에 두고 마주 앉은 두 사람은 저녁 내내 시시껄렁한 이야기를 나누고 있었다. 차이드 사막의 밤 추위를 막아낼 정도로 두꺼운 천막이라 바람 소리는 거의 들리지 않았다. 덕분에 메이튼의 목소리는 아일이 잠깐 딴생각을 하더라도 금방 다시 그의 집중을 막사 안 탁자 위로 되돌려놓을 수 있었다.

"아닙니다. '벤클로에와 붙어먹을 놈'이라는 욕 기억하시죠?"

"기억해. 자네가 벤클로에를 등 뒤에 두고 누군가에게 그 욕을 했다가 독방에 갇혔던 것도 기억해."

"아, 기억나네요."

"그 덕에 우리 조도 일주일간 아침을 굶는 벌을 받았지. 그 벌을 받을 동안 자네가 독방에 갇혀 있지 않았으면 우리 조원 중 누군가가 자네를 해쳤을 거야."

메이튼이 고개를 주억거리며 중얼거렸다.

"그렇군요……. 요즘엔 '란겔과 붙어먹을 놈'이란 욕이 새롭게 쓰인답니다."

"교관으로서의 적응이 성공적인가 보군."

"예전부터 란겔이 별 이유 없이 싫었는데 생각해보니 벤클로에와 닮아서였습니다."

"두 사람이 닮았나? 모르겠는데."

"말투가 짜증 나는 게 닮았고 성격이 더러운 게 특히 닮았습니다."

"자네가 란겔을 좋아한다는 소리처럼 들려."

"말도 안 되는……, 대체 어떤 부분이요!"

메이튼이 기함하며 반박했다. 얼마나 강력하게 부정하는지 무릎으로 걷어찬 테이블이 부서질 뻔했다. 아일이 테이블에서 몸을 떼고 메이튼을 가리켰다.

"자네는 지금 부인을 처음 만나고 왔을 때에도 나한테 똑같은 말을 했어. 말투가 짜증 나고 성격이 별로인 것 같다고. 그리고 한 달 뒤에 혼인을 했지."

"……그랬나요?"

"그랬어."

"기억나지 않는데요."

"기억이 희미해진다고 해서 없던 일이 되진 않아."

아일이 희미한 미소를 지었다.

메이튼이 몇 시간 만에 입을 다물자 막사 안이 조용해졌다. 덕분에 아일은 사막에 온 뒤로 처음으로 길게 생각에 잠길 수 있었다.

차이드 순행단이 성이 아닌 사막에서 밤을 보내게 된 것은 그들이 이동 거리를 잘못 계산해서가 아니었다. 침묵에서 빠져나온 메이튼이 볼 멘 목소리로 그 점을 지적했다.

"차이드는 성들 간의 거리가 너무 멉니다."

"인간이 살 만한 곳이 많았다면 사막이라고 불리지 않았겠지."

"왜 왕이 없어지고도 차이드가 잘 굴러갔는지 알 것도 같습니다. 왕이 딱히 필요가 없어서였어요."

"왕이 모든 성을 영향력 아래 두기 힘들어서가 맞겠지."

"다이런이 차이드를 몇 년간 지배하에 둘 수 있을 거라고 보시나요?"

메이튼이니까 할 수 있는 소리였다. 그는 아일을 어려워하지 않았다. 하고 싶은 말을 참지도 않았다.

아일이 빙그레 웃었다.

"알 수 없지. 그들이 목장의 양처럼 만족할 수도 있는 일이니까. 다이런이 먼저 엉뚱한 짓을 저지를 수도 있는 거고. 그동안 갈라마나 타본 중 한쪽이 반란을 일으켜 차이드가 자극을 받을 수도 있겠지."

"만약 누군가가 목장을 나갈 생각을 한다면 탈출을 시도하는 첫 번째 양은 갈라마일 겁니다."

"문제가 일어나기 전에 다이런이 먼저 그들을 떨구어내는 방법도 있지. 독립이란 이름으로. 그리고 언젠가는 민망한 과거는 덮어두고 의좋은 사이로 지냅시다, 악수를 나눌 수도 있을 테고."

메이튼이 묘한 눈길을 보냈다.

"우리가 한 일이 무의미하다고 생각하시나요? 어차피 하나가 되지 못할 넷을 억지로 붙여놓았다고? 미친 인간이 원해서?"

"무의미하다고 생각하지 않아. 다른 민족들까지 평화를 느끼라고 강제할 순 없지만 적어도 자식과 남편이 다음 날 갑자기 징집될 걱정은 하지 않게 됐잖아. 하나가 되지 못하는 넷이라고도 생각하지 않아. 고작 백 년 전만 해도 다이런 네 주의 사이가 이렇게 좋아질 거라고는 생각 못 했을 테니까. 우리가 이기지 않았다면 갈라마가 우리를 집어삼켰겠지. 오랫동안 그런 사이였으니까."

"분명 그랬을 겁니다. 그놈들은 아직도 자기들이 이 대륙의 진정한 주인이라고 말하고 있지 않습니까. 주인이면 주인이지 진정한 주인은 또 뭐야. 모르긴 몰라도 그들이 포로로 잡힌 우리에게 했던 짓을 떠올리면 식민지인을 대하는 갈라마 인의 태도가 우리보다 덜 잔인했을 거라곤 생각되지 않아요."

아일은 두통이 느껴진다는 듯 이맛살을 찌푸렸다. 그리고 갑작스레 말했다.

"지옥에서 시간을 세는 법도 여기와 같을까? 난 못해도 천 년은 굴러야 할 것 같은데."

"그런 소리 마십시오. 그럼 저도 지옥에 가야 된다는 소리지 않습니까."

메이튼이 입을 부루퉁 내밀었다.

아일이 말했다.

"신 앞에 가든 지옥 문지기 앞에 가든 문지기 보좌관 앞에 가든, 변론을 할 기회가 주어진다면 좋겠어. 그럼 내가 잘 말해볼게. 만약 내가 명령해서 한 짓으로 지옥에 가게 된 녀석들이 있다면 어떻게 내 죄로 돌릴 수는 없는 거냐고."

"그게 먹힐 거라고 보십니까?"

"안 먹히겠지. 그래도 시도는 해볼 수 있잖아."

"우리들 변론은 각자 할 테니 본인 변론이나 하세요. 미친놈이 사랑하는 사람들을 볼모로 붙잡고 뒤에서 지랄을 해대는데 다른 뾰족한 수가 있겠냐고 따지라고요."

아일은 시선을 테이블 상판에서 조금 떨어진 위쯤에 둔 채 조용히 웃었다.

"만약 내가 신이라면 그런 식으로 빠져나가려는 놈을 용서하지 못할 거야."

"다행히 폐하는 신이 아니네요. 저의 신은 그것보다는 성격이 좋을 겁니다. 적당히 융통성도 있고."

잠시 생각한 메이튼이 덧붙였다.

"사실 꽤 오래전부터 한 생각인데, 폐하는 군인이 적성에 안 맞았던 거 같아요."

아일이 크게 웃음을 터뜨렸다.

메이튼은 '내 말이 맞잖아요?'라는 당당한 표정을 하고 고개를 끄덕였다.

메이튼이 자기 숙소로 돌아가고도 아일은 잠자리에 들지 않았다.

아일은 메이튼이 막사를 나가고 얼마 안 있어 빈 종이를 테이블 위에 올려놓고 오 분쯤 생각에 잠겼다. 머릿속으로 쓸 말을 정리하는 데 걸린 시간이었다. 편지를 쓰는 건 그것보다 짧았다.

『친애하는 나의 동료, 오랜 친구, 메이튼 슈만에게.

넌 나의 편지를 받는 두 번째 사람이다. 첫 번째 편지는 우리가 떠나고 일주일 뒤 르웨이 고문에게 보내졌을 거다.

이 편지를 발견하고 첫 줄을 읽을 때쯤 넌 이미 욕을 하고 있겠지. 감이 빠른 인간이니까.

나를 찾는답시고 사막에서 쓸데없이 긴 시간을 보내지 마라. 그거야

말로 네가 이후에 할 수 있는 일 중 가장 의미 없는 짓이다.

혹시 네가 내게 저지른 잘못이 있는지 생각하는 바보짓도 하지 마라. 내가 오 년간 해봤는데 아무 소득도 없었다.

너뿐만 아니라, 네가 아닌 그 누구라도 내가 하려는 일을 막을 수 없었을 거다. 오늘 이곳에 있지 않았다면 오늘 다른 곳에서 같은 일을 했을 거다.

왜 이제 와서냐고 묻는다면 나는 답을 해줄 수가 없다. 그날 이후로 나에겐 어제나 그제나 오늘이나 내일이나 별 차이가 없으니까. 오 년 전, 나는 그리던 미래가 있었다. 그 미래는 너무나 구체적이어서 실제로 겪지 않았어도 난 이미 겪은 것 같다. 그래서 현실, 그래, 라야만 빼고 모두가 존재하는 현실에 있으면 난 이것이 진짜가 아닌 것만 같아.

가짜 삶을 보내고 있는 기분이다. 가짜 삶을 살면서 절대 오지 못할 내일을 기다리는 건 더 이상 하지 못하겠어. 그게 내 대답이다. 그래, 이미 네가 알고 있는 욕이란 욕은 다 하고 새롭게 욕을 만들어내고 있겠지. 그렇게 해서라도 네 마음이 풀린다면 상관없다. 허락하마.

그러니 하등 쓸모없는 자책은 집어치우고 이 편지를 보는 즉시 짐 싸서 다이런으로 돌아가. 이것은 편지이기 전에 유서이기도 하니 내 말을 들어. 사람들이 왜 그냥 돌아왔냐고 하거든 이 편지를 면상에 던져주고 새롭게 만든 욕이나 퍼부어줘.

가족이 있는 집으로 돌아가.

그리고 그들을 붙잡고 울든, 계속 내 욕을 하든 그건 네가 알아서 해.

네가 됐다고 했지만, 일단 신에게 말은 해보마. 그건 내 마음이니까.

아일 에드가 클레이모어』

아일은 편지지 위에 잉크병을 놓아 고정한 뒤 자리에서 일어섰다.

순행길에 챙겨 온 술을 찾아 들고 막사를 나왔다. 술은 빚은 지 오 년 된 베른이었다. 베르도하에서 라야가 산 것이었다.

밖은 춥고 깜깜했다. 아직 밤인지 새벽쯤 되었는지 시간은 알 수 없었다. 아일은 사막에 들어온 뒤로는 시간을 확인하지 않았다. 그에게 시간은 더 이상 의미가 없었다.

그는 시간과 함께 흘러가지 않았다. 함께 늙어가고 싶은 사람도 없었다.

오 년이 지났어도 아일은 외양상 조금도 늙지 않았다. 르웨이는 그 점을 부러워했지만 아일은 그런 말을 들을 때마다 저주라도 받은 기분이었다.

그는 고여 있었다.

아일은 바다를 향해 걸었다. 지도상으로 멀지 않은 곳에 바다가 있었다. 미리 바다 가까이 막사를 세우라고 할 수도 있었지만 그러고 싶지 않았다. 그래서 내버려두었다.

사막의 밤 기온은 외투 정도는 무시했다. 아일은 걷는 동안 추위를 느꼈다.

두 시간쯤 걷자 바다 냄새가 바람에 실려 왔다.

조금 더 걷자 파도 소리가 들려왔다.

아일은 해변에 다다라 잠시 수평선을 바라보고 서 있었다. 두 달이 모두 만월인 밤이었다.

해변에 다리를 펴고 앉았다. 챙겨 온 술잔 두 개를 모래 위에 올려놓았다. 그리고 베른으로 술잔을 채웠다.

"결국 이 술을 따게 만드는군."

꿈에서 만나든, 환상으로 보든 오 년 동안 매일 라야를 다시 만날 수 있기를 기다렸다.

"오늘은 네가 마중을 나왔으면 좋겠어. 지금까지 한 번도 찾아오지 않았으니 오늘 같은 날은 잠시 빠져나올 수도 있잖아."

라야를 다시 만나면 하고 싶은 말이 많았다. 이 말을 꼭 해야 했다.

이야기에 나오는 흔해 빠진 문구처럼 너와 오래도록 행복하게 살고 싶었다고.

너를 알게 돼서 처음으로 알게 된 감정들이 많았다. 하고 싶은 일이 그렇게 많았다는 것도, 나도 욕심이란 게 있는 인간이었다는 것도, 너로 인해 알게 됐다.

결코 행복했다고 할 수 없는 삶이었지만 너로 인해 덜 불행했다. 너로 인해 덜 외로웠고, 덜 추웠다.

너는 내게 인생에서 결코 잊을 수 없는 순간들을 만들어주었다.

너를 처음 만나고, 너와 대화를 나누고, 너와 사랑을 하고, 같은 풍경을 본 그 순간순간들이 눈을 감으면 눈앞에 선하다. 그때 맡을 수 있던 향기도, 수많은 소리도, 때로는 고요 그 자체도.

그때의 감촉과, 당시 몸이 느끼던 온도까지.

흐르는 시간을 움직이는 그림으로 붙잡아놓은 듯 절대 잊을 수 없는 순간들이다.

눈을 감으면 그것들이 너무나 선명해서 시간의 거리 같은 건 사라져 버린다. 그래, 너는 내게 인생에서 결코 잊을 수 없는, 잊고 싶지 않은 순간이란 것을 만들어주었다.

바람아, 가서 전해라.

그녀가 말한 것처럼 네가 다니는 길에 정말 벽 같은 게 놓여 있지 않다면 가서 전해. 그녀에게 가서 전해줘.

네가 있어 내 삶이 좀 덜 서러웠다고.

아일은 자신의 술잔을 비웠다. 그리고 잠시 기다린 뒤 라야의 술잔을 들고 일어섰다. 수평선을 보고 몇 발짝 걷자 바닷물이 발목을 휘감았다. 아일은 그곳에 서서 라야 몫의 술까지 마셨다. 그대로 수평선 근처의 백월을 바라보았다.

마지막에 와서야 그는 결국 받아들였다.

라야는 그를 배신하지 않았다. 그가 느낀 배신감은 그저 허망함을 견디지 못한 투정. 라야는 영원히 사랑해주겠다고 그를 안심시켰고 그리 행동했다. 아일은 그녀를 그의 방식대로 지켜주겠다고 약속했다. 라야는, 그는, 그들은 분명 함께 행복하고자 하는 의지가 있었다.

인간의 삶을 통째로 집어삼키는 '운명'이라는 규칙에 맞설 것을 각오한 의지가 있었다. 하지만 삶을 넘어 죽음, 죽음 그 이후까지 관장하는 자연의 질서 아래, 인간의 의지는 아무리 강력한 것이라도 무력하다.

정말, 무력한 것일까?

그렇게 쉽게 앗아뜨릴 '의지'라면 신은 왜 '의지'를 그리 투박하면서 빛나게 만들었나. 찾기 힘들도록 투박하게 만들고, 갈면 그리 빛나도록 만들었던 건가. 영혼의 동력으로, 꿈이라고 부르는 것들의 결정적 실마리로, 선택의 기로에, 왜 의지를 두었나.

정말, 누군가들이 말하는 것처럼 인간의 의지는 신의 손짓에 그리도 무력한가?

정말 무력할까?

아일은 인정할 수 없었다. 삶의 의지를 모두 내려놓은 지금에 와서는 더욱 납득할 수 없었다. 신이 '네 목숨을 거둬 가는 순간 네 기억과 의지도 모두 가져갈 것.'이라고 말하는 걸 잠자코 네, 받아들일 만큼 그는 순한 성격이 못 되었다.

미련도 삶도 놓아버리고 일찍이 죽어버린 눈이 불현듯 빛을 품었다.

결의를 담은 눈이 두 달을 노려보았다.

그래, 할 수 있다면 해봐라. 내 의지까지 태워봐.

육신도, 영혼도, 모든 것을 불태워버리는 죽음의 불길도 감히 태우지 못하는, 가장 강한 염원.

기억하라.

높은 파도가 순식간에 그를 집어삼켰다. 다음 순간 아일은 그 자리에 없었다.

바다로 끌려 들어올 때 뭔가가 머리에 세게 부딪쳤다. 바위인 것 같았다.

뒤통수가 찢기고 머리뼈가 부서지는 느낌이 들었다. 물이 꿀렁대며 귓속을 밀고 들어왔다. 그리고 바로 무엇인가가 그의 몸을 뚫었다. 그것이 등가죽을 찢고 뼈를 부수더니 아예 몸을 찢어버렸다. 그 충격에 머리가 아픈 것도 잠시 잊었다. 아일은 이것이 사신이 목숨을 거둬 가는 데 쓰는 방법이라면 정말 흉악하다고 생각했다. 피가 확 번지면서 눈앞을 검게 가렸다. 바다를 떠돌던 작살이거나, 아니면 마침 지나가던 연안 상어가 물어뜯은 거거나. 운도 더럽게 나쁘지, 라는 생각이 들었다. 하지만 빨리 죽는 게 다행이라는 생각도 들었다. 그런데 불행히도 바로 죽지 않았다.

왜 죽지 않은 줄 알았냐면, 엄청나게 아팠으니까. 그가 그때까지 살면서 느낀 육체적 고통을 다 더한 것보다도 아팠다. 그곳이 바다 속이 아니었더라도 인간이 견딜 수 있는 고통이 아니었다. 그대로 조금만 더 있으면 도로 살려달라고, 아니, 어서 죽여달라고, 어떻게 좀 해달라고 울면서 신에게 빌지도 모르겠단 생각이 들었다. 자신이 그렇게 될까 봐 무서웠다. 차가운 어둠 속으로 그는 끝도 없이 추락했다.

그러다 어느 순간 소리가 사라졌다.

누군가가 소리를 뚝 잘라버린 것처럼 그렇게 한순간에 느닷없이 소리가 사라졌다.

눈을 감고 있어 어두운 것이 아니었다. 빛이 적은 것이 아니라 아예 없었다. 그것은 온전한 어둠이었다.

그릇에서 벗어난 영혼은 그냥 안다.

그는 죽었다.

그것을 인식하는 순간 공간이 내려앉고 새까만 어둠이 그를 덮쳤다. 그때까지 어둠 속에 그가 떠 있었다면 이번엔 몸이 어둠에 먹히고 있다는 표현이 맞을 것이다. 그가 느끼기로 완전히 어둠에 삼켜졌을 때 그를 둘러싸고 있던 어둠이 점차 무너져 내렸다.

그리고 어둠이 자리하던 공간은 불타는 바다로 바뀌었다.

밟을 땅이 없으니 설 수도 없고 헤엄을 칠 수도 없어 그는 그대로 떠서 멍하니 한곳을 쳐다보았다. 멀리 지옥문이 보였다. 누가 저것이 지옥문이라고 알려주지 않아도 알았다.

각오는 하고 있었지만 실제로 눈앞에 두니 당황스러웠다.

크롬헬엔 니시에라고 불리는 나무가 있었다. 누구든지 크롬헬 둘째 날이 되면 그 나무까지 왕복달리기를 해야만 했다. 그 짓을 몇 번 하면 눈앞에 지옥문이 보인다고 해서 니시에 나무라고 불렸다. 그런데 지금 저승으로 가는 관문을 떠받들고 있다는 기둥, 진짜 니시에가 그를 기다리고 있었다.

그리고 그 니시에 기둥 위엔 낯익은 '그것'이 자리를 잡고 앉아 그를 지켜보고 있었다.

검은 새.

아일은 검은 새와 눈이 마주쳤다. 그 검은 눈 속에서 아일은 웃음을 읽었다. 검은 새는 에드가에게 힘을 빌려주는 대가로 받기로 한 '그의 안식'을 먹기 위해 이날만을 기다려왔다.

그때, 등 뒤에서 개 짖는 소리가 들려왔다. 으르렁거리는 소리에 사나운 냄새가 배어 있었다.

고개를 돌리기도 전에 개들이 그를 덮쳤다. 덩치가 그의 몸통보다 더 큰 놈들이었다. 시커먼 이빨이 그의 사지를 물어뜯었다.

개들이 그를 물어뜯으면서 몸을 질질 끌고 갔다. 죽기 직전에 아팠던 것이 그가 느낄 수 있을 최악의 고통일 거라는 생각은 죽자마자 바로 깨졌다. 고통에 짓눌려 본인이 누군지도 잊어버릴 수 있겠다 싶었다. 그가 그일 수 있는 유일한 방법은 생각하는 것이기에 끝까지 생각하고 생각하려 했다. 재판도 없이 바로 지옥행이라니. 어떻게 변명이라도 해보려고 했는데.

라야를 생각했다. 라야가 했던 말들도.

'당신이 지옥에 가게 된다면, 내가 따라갈게요.'

지옥문이 코앞이라 그런가, 그녀가 했던 그 말만 계속 떠올랐다. 더럭 겁이 났다.

괜히 반항하듯 팔을 휘둘러보았지만 이미 반쯤 떨어져나가 덜렁거리는 팔은 휘둘러지지도 않았다. 하지만 개들은 그가 저항을 한다고 생각하는지 물고 있던 팔을 뱉더니 크게 아가리를 벌렸다. 크고 날카로운 송곳니가 번뜩이고 그의 어깨에 다시 박혔다. 어깨가 괴수의 입속으로 뜯겨 나갔다.

저 문까지 가기도 전에 이놈들 위장으로 가게 생겼군.

'당신이 지옥에 가게 된다면, 내가 따라갈게요.'

그런 소리 하지 마, 라야.

그는 개들에게 물려 질질 끌려가는 채로 지옥문을 지났다. 그때 그의 눈에 들어오는 것이 있었다. 니시에 기둥에 칼로 새긴 듯한 글귀가 보였다.

'잘 버텨봐, 친구 – 점쟁이'

그 순간 육체적으로 웃을 수 있었다면 그는 웃었을 것이다.

라야가 그의 머리 한구석에서 다시 말했다.

'당신이 지옥에 가게 된다면, 내가 따라갈게요.'

그러지 마.

너는 거기 있어. 좀 더 밝은 곳에 있어.

모나지도 않고 튀지도 않고 묻히지도 않는. 어둡지도 않고 아주 밝지도 않은.

그런 사람으로 그런 곳에 있어.

많은 이들이 그런 것처럼 사랑을 주고받을 수 있는 그런 곳에 있어.

평범한 곳에, 평범한 사람으로.

난 아주 끈질기거든. 참을성이 많지. 그러니까 넌,

그냥 거기 있어.

빛 속에 있어.

78

'오래전 존재했던 세상'이 그녀에게 보여줄 수 있는 것은 거기까지였다.

느닷없이 코드를 뽑아버린 스크린처럼 모든 것이 정지했다.

그녀가 올 때마다 바람이 나뭇잎을 흔들어 우는 소리를 냈다. 비가 와 땅이 젖고 바다가 흔들려 파도를 만들었다. 그녀는 수천억 번 지고 떴다.

그녀는 그동안 저 세상의 바람이었고, 바다였고, 흙이었고, 달빛이었고, 햇살이었다.

그 땅 위의 모두가 그녀를 밟고 다녔고 그녀를 스쳐갔고 그녀 위에서 죽었다.

그녀는 그녀가 이해할 수 있는 것 이상의 것을 보고 느꼈다.

그래서 보고 느낀 모든 것을 그녀의 몸이 있는 세상으로 가져갈 수는 없었다.

그럴 수는 없었다. 그녀는 인간이니까.

자기 자신이 누군지 깨달은 순간, 그녀는 공간 밖으로 밀려났다.

무엇인가가 그녀를 맹렬히 끌어당겼다.

공간이 갈라져 양옆으로 비켜나면서 무한에 가까운 거리가 순식간에 좁혀졌다. 우주가 그녀가 지나가도록 한순간에 고속도로를 내는 것처럼 보였다.

중력은 그녀의 의식을 푸른 행성으로 잡아당겼다. 불에 타면서 그녀의 일부만이 대기로 들어왔다. 그리고 바닥과 충돌하면서 그녀는 작은 덩어리로 떨어져 나갔다.

잠시 뒤, 어쩌면 수십 년 뒤, 어쩌면 수백만 년 뒤.

누군가가 그녀에게로 다가왔다.

해를 등지고 있어 까만 얼굴. 소년 혹은 소녀가 그녀에게로 손을 뻗었다.

소년 혹은 소녀의 눈에 그녀가 비치었다. 운석…… 이라기엔 너무 자그마한 돌.

펜던트.

라야, 아니, 지은이 눈을 떴다.

"우산도 빌려주나요?"

정현이 통창을 통해 비가 퍼붓고 있는 밖을 내다보며 물었다.

"그럼요."

프런트 직원이 양손에 검은 우산과 노란 우산을 들고 물었다.

"어떤 색으로 하실래요?"

정현은 이 초 고민한 뒤 노란 우산을 골랐다. 직원이 창 쪽을 바라보며 말했다.

"비가 많이 오네요. 내일부터는 기온이 많이 내려갈 것 같아요."

"그러게요. 혹시 근처에 편의점이 있나요?"

"슈퍼는 있어요. 십 분쯤 걸어가야 되지만."

그녀가 약도를 그려줄 동안 정현의 눈도 종이 위에 머물렀다. 그래서 계단을 내려온 지은이 그의 뒤를 지나 비틀대며 펜션을 나가는 것을 보지 못했다.

직원이 지은을 알아보고는 정현의 눈치를 봤다. 직원의 미세한 표정 변화를 알아챈 정현이 뒤를 돌아보았다.

파란 페인트칠이 된 펜션 문이 닫히고 그 사이로 지은의 모습이 얼핏 보였다.

정현은 우산만 챙겨 서둘러 지은을 쫓아갔다. 직원은 남자 손님이 여자 손님의 스토커가 아니길 두 손 모아 빌었다.

'여긴 왜 온 거냐고 물으면 뭐라고 하지?'

정현은 지은과 다섯 걸음 떨어져서 걸으며 생각했다.

애원하다시피 헤어지자고 해놓고 이제 와서 무슨 낯짝으로 찾아왔냐고 하면 내놓을 말이 없었다. 솔직하게 말할까? 라야가 바다에서 죽은 것이 생각나 불안했다고?

적반하장으로 나가볼까? 왜 하필 실연의 상처를 달랠 장소로 바다를 택한 거냐고?

그 말을 하고 이어질 다음 장면을 예상하니 아직 맞지도 않은 따귀가 다 얼얼했다.

'근데 우산도 없이…… 왜 저렇게 위험하게 걷는 거야?'

두 사람은 차가 간간이 지나는 도로의 갓길을 걷고 있었다. 차가 지날 때마다 도로가 젖은 소리를 냈다.

차들이 전조등에만 겨우 의지해 속도를 줄여 지나갈 만큼 어둡고 좁은 길이었다.

지은은 빗속을 우산도 쓰지 않고 취객처럼 걷고 있었다. 외투도 걸치지 않았다. 입고 있는 옷은 뒤에서 봐도 꽤 젖어 있었다. 저래도 감기에 걸리지 않는다면 타고난 건강을 칭찬해줘야지. 정현은 걱정스러운 표정으로 생각했다.

순간 옆을 지나는 차가 경적을 울렸다. 지은의 몸이 휘청거리며 도로 쪽으로 기울었다.

정현이 달려가 그녀를 갓길로 잡아당겼다.

"대체…….”

정현은 멈칫했다.

지은은 신발도 신지 않고 있었다. 정현은 한동안 그녀의 맨발을 내려다보다가 고개를 들었다. 지은은 자신이 방금 위험했다는 것도, 자기 팔을 잡아당긴 사람이 누군지도 알아채지 못하는 표정이었다. 얼이 나가 있었다.

정현이 그녀 가까이 우산을 댔다.

"정신 차려. 무슨 생각을 하고 다니길래…….”

"아일…….”

지은이 손을 뻗어 천천히 정현의 얼굴을 더듬었다. 정현은 얼어붙었다.

지은이 말했다.

"가려고 했어요. 당신한테 가려고 했어.”

정현은 살짝 입을 벌리고 몇 초간 멍해 있었다. 하지만 금방 지은의 상태를 알아챘다. 그건 그가 모를 수 없는, 너무나 익숙한 모습.

"안 가려던 게 아니야. 못 간 거야. 난 가려고 했어.”

지은의 얼굴은 빗물과 눈물로 젖어 있었다.

"난 한 번도 당신 곁에 남은 걸 후회한 적이 없어. 한시도 당신을 그리워하지 않은 적이 없어. 그런데 어째서……. 어떻게…… 어떻게…….”

지은의 뇌는 뒤죽박죽 엉켜 있는 기억들을 통제하지 못해 몸의 열을 올린다거나 눈물을 흘리는 식으로 혼란한 감정을 뿌려대고 있었다. 그녀가 끔찍한 뭔가를 떠올리고 괴로운 표정을 지었다. 그녀의 눈에 분노가 솟구쳤다. 당장 그의 뺨이라도 치고 싶은 듯이 보였다.

"멍청한…… 내가 잊으라고 했는데!"

지은은 정현의 멱살을 움켜쥐었다.

"견디지 못할 거라면 차라리 잊어버리라고, 그렇게 말했는데! 당신은 그걸 듣지도 못하고! 어떻게 그런 짓을!"

지은은 거친 숨 때문에 말을 쉽게 잇지 못했다.

"당신이 그렇게 사는 걸 내가 좋아할 거라고 생각했어? 라야가 그렇게 끝내는 걸 원했을 것 같아? 어떻게 그런 짓을! 누구 맘대로! 누구 맘대로!"

지은이 라야를 가리키는 말은 1인칭과 3인칭이 혼재되어 있었다. 그녀는 방금 눈앞에서 연인의 죽음을 목격한 사람처럼 괴로워했다. 몸을 가누지 못하고, 그가 아니었다면 차가운 길바닥에 주저앉아 자기 몸을 방치할 것처럼 오열했다.

정현은 우산을 받쳐 든 채 입을 다물고 그녀를 바라보았다.

잠시 후, 그는 정현의 너머에 있는 아일을 보고 얘기하는 '라야'의 턱을 잡고 자신을 바로 보게 했다.

"지은 씨, 날 봐. 내가 누구야?"

"아일."

"아니야. 다시 봐."

정현이 다그쳤다.

수없이 불렀지만 끝내는 바람 소리로 사라지고 말았던 한을 풀듯, 지은은 아일의 이름을 계속해서 불렀다.

숨이 막혀 정현은 눈을 잠시 감았다 떴다. 그가 힘겹게 말했다.

"너는 라야가 아니야."

그는 이율배반적이게도 자신의 입으로 라야를 부정하는 말을 참을 수 없었다. 핏속에 흐르는 아일이란 존재가 라야를 부정하고 드는 정현을 위협하듯 심장이 저려왔다. 가슴이 찢어지는 것 같았다.

지은이 말했다.

"어떻게 잠시라도 당신 곁을 떠날 생각을 했을까. 하지만 가려고 했어요. 어떻게든 가려고 했어. 그런데 그러지 못한 거야."

"아니야, 지은 씨."

"사랑해요."

지은은 라야의 말에 기대 말했다. 정현은 참담한 표정으로 고개를 가로저었다.

그가 우산을 놓고 지은의 두 팔을 단단히 잡았다.

"지은 씨, 미안해. 내가 널 몰아세웠어."

지은의 귀에 울 것 같은 목소리가 들렸다. 눈이 서서히 초점을 찾아가다 마침내 정현에게 고정되었다. 그녀의 울음도 잦아들었다. 지은의 눈에 함께 비를 맞고 있는 정현이 보였다.

정현이 빗소리를 뚫고 분명한 목소리로 말했다.

"미안해. 네가 기억하지 못해서, 라야를 자신으로 생각하지 못해서 힘들어한다는 걸 알면서도…… 알면서도, 라야와 함께한 기억을 놓아버릴 수가 없었어. 그래야 했는데, 진작 그래야 했는데……. 내가 그녀를 기억하는 마지막 사람이니까, 적어도 내가 라야를 기억하는 동안은 그녀가 세상에 존재하는 걸 테니까……. 나까지 그녀를 잊어버리면 그때부터는 정말 라야는 세상에 없는 게 되어버리니까……. 그래서 네가 힘들어한다는 걸 알면서도…… 놓을 수가 없었어."

지은은 눈물을 그치고 정현의 얼굴을 어루만졌다. 그의 눈물이 손가락에 닿았다.

정현이 말했다.

"그 사람이, 라야가 기억하는 소중한 사람들이, 라야의 눈으로 본 아름다운 세상이 그렇게 맥없이 사라져버리게 할 수 없었어. 지은 씨를 힘들게 해서 미안해. 널 아프게 하려던 게 아니야."

지은은 무너지려는 정현을 끌어안았다. 그의 울음소리를 들으면서 지은은 잠자코 있었다.

이윽고 라야가 아닌 지은이 말했다.

"난 지금 내 의지로 정현 씨 곁에 있어요."

정현의 몸이 떨렸다.

"내 의지로 당신을 안고 있어."

지은이 간신히 울음을 삼키고 말을 이었다.

"그러니까 제발, 울지 마요. 라야도, 나도 당신이 울면……."

지은은 라야의 심정을 느꼈다.

아일이 울면 라야도 같이 울었다. 그녀가 울면 항상 비가 내렸으니까, 비를 내리게 해서라도 이 자존심 강한 인간의 눈물을 감춰주고 싶었다. 그가 흐느끼는 소리를 덮어주고 싶었다.

아, 그랬었구나.

그래서, 그래서 비가 내렸어.

지은은 깊이, 깊이 잠들었다.

그동안 그녀의 머리는 꿈을 만들어내는 대신, 반드시 기억해야 할 라야의 감정, 알아야 할 얘기들만을 챙겨 머릿속 캐비닛에 정리했다. 인간인 그녀가 감당할 수 없는 이야기와 알아서는 안 될 이야기는 삭제되었다. 머릿속 캐비닛 정리는 지은이 이십 년 넘게 해온 작업이라 뇌는 한

마디 불평도 없이 야간 근로를 해냈다.

새벽을 모두 수면을 취하는 데 쓰고 수면의 혜택을 온전히 누리고 잠에서 깼을 땐 벌써 아침이었다.

오전 9시 30분. 펜션의 탁상시계는 지은의 취향이었다. 지은은 잠시 이 취향이 한지은의 취향인지 라야의 취향인지 생각해보았다. 라야는 시계 따위엔 관심이 없었다.

지은은 누운 채로, 옆에서 잠든 정현을 바라보았다. 다행히 악몽 없이 자는 듯 보였다.

그는 전생을 기억하기 때문에 악몽을 꿔야 했던 걸까?

아니면, 전생을 기억하기 위해 악몽을 꿔야 했던 걸까?

지은은 그의 얼굴을 쓰다듬으려고 손을 뻗었다가 그대로 거두었다.

무작정 그를 만지려고 한 것은 라야였다. 침대의 딱 절반만을 사용하며 곯아떨어진 남자를 어떻게 대해야 할지 몰라 망설이는 것은 지은이었다.

처음 만난 날, 그는 어떤 심정으로 그녀를 친구라고 한 걸까. 그를 기억하지 못하는 그녀를 무슨 생각을 하면서 지켜본 걸까.

그녀의 뇌 한쪽이 말했다.

당연한 거야. 보통은 기억을 못해.

'정현 씨는 아니잖아.'

그래, 그러니까 그 개고생을 했지.

뇌 한쪽이 빈정댔다. 그 목소리는 꿈속에서 지은과 다투었던 라야의 목소리와 닮아 있었다. 지은이 쓴웃음을 지었다.

정현이 눈을 뜨는 것 같아 지은은 다시 눈을 감았다. 그가 일어나 몸을 기울여 지은을 살피는 기색이 느껴졌다. 그가 침대를 떠나자 지은은 다시 눈을 떠 그의 뒷모습을 보았다.

언젠가 나달이 말했었다. 인간은 단번에 이해할 수도, 마음에 담을 수도 없을 만큼 엄청난 뭔가를 접하면 눈물이 나기도 하는 거라고. 광활한 대지, 드넓은 바다, 장엄한 건축물, 기적 같은 일을 만날 때.

나달의 말처럼 인간이 보고 듣고 맡는 모든 것이 아주 먼 옛날 흘러간 이들의 이야기라면 사람들은 그 안에 담긴 자신들의 이야기에 반응하는 걸지도 모르겠다는 생각이 들었다.

바람이 불면 언젠가 느껴본 바람이라고 생각한 것도, 비가 오면 비 냄새에서 반가움을 느꼈던 것도, 큰 달이 뜨면 문득 멈춰 서서 쳐다봤던 것도 모두 그리워서였다.

'내가 모르는, 의식하지 못한 당신이 미치게 그리워서였어.'

몇 분간 정현에게 쉴 틈을 준 뒤 그의 등을 향해 지은이 말했다.

"언젠가 내가, 라야가 그랬죠."

정현이 바다에서 눈을 돌렸다.

지은이 말했다.

"당신 때문에 세상의 목소리를 들을 수 없게 됐다고. 아일 때문에 모두에게서 버림받았다고."

정현은 기억을 되짚는 얼굴이었다.

지은이 일어나 침대 위에 앉았다.

"아니었어요."

지은이 말했다.

"세상이 나를, 라야를 버린 게 아니었어. 정현 씨가, 아일이 나의, 라야의 전부가 된 거였어."

"……그렇게 매번 호칭을 두 번씩 쓰면 힘들지 않아?"

지은이 웃었다.

정현은 침대 위에 한쪽 무릎을 걸치고 서서 그녀 쪽으로 허리를 굽혔

461

다. 지은의 안색을 살핀 그가 말했다.

"초점도 맞고, 열도 없고, 농담에 반응하고. 멀쩡하군."

"멀쩡해요."

"그 비를 맞고도 감기에 안 걸리고. 건강해서 좋겠어."

"네, 정현 씨한테 미안해요."

정현이 웃었다.

"네가 건강한 게 나랑 무슨 상관이야?"

지은이 몸짓으로 자신을 가리켰다.

"정현 씨도 나처럼 성인이 된 뒤에 기억을 찾을 수는 없었나요? 그랬다면 어린 시절이 그렇게 힘들지 않았을 텐데요."

"내가 선택한 게 아니라서."

"정현 씨가 선택한 거예요."

정현이 눈썹을 치켜 올렸다. 지은이 슬프게 웃었다.

"기억 못하나 보네요. 아일이, 정현 씨가 선택한 거예요."

정현은 시선을 지은의 머리 위에 둔 채 잠시 생각하고 말했다.

"무슨 마법을 썼는지는 모르겠지만 네 말이 진짜라면, 내 십 대가 덜 억울해졌어."

"미안해요."

지은의 사과에 정현이 또 웃었다.

"내가 십 대를 그리 보낸 게 내가 원해서였다는 걸 일깨워줘서? 아니야. 누가 날 들이받은 게 아니라 내가 벽에 갖다 박은 거였다니, 얼마나 위안이 되는지 몰라."

"아니요. 그게 아니라."

"그럼 또 뭐가? 이제 슬슬 무서워지려고 해."

"정말 미안해요. 내가 멍청해서 당신을 자기연민에 빠진 사람이라고 해버렸어. 애정 결핍이니 그딴 소리를 했어."

정현이 허리를 세우고 섰다. 지은이 그를 올려다보며 말했다.

"단어로 규정하지 말았어야 해. 그러면 정말 스스로가 그런 사람인가 생각해버릴 테니까. 아일이 도망칠 구석을 만들어주고 말았어. 원래부터 그런 거니 글러먹었다 쉽게 포기하게 만들고 말았어. 당신이 치열하게 고민하고 있는 것을 그만두게 하고 말았어. 당신은 그저 조금 섬세하고 남들보다 책임감 있고 진지하고 감정이 풍부한 사람일 뿐이야. 당신의 그런 점은 얼마든지 좋은 면으로 볼 수 있고, 난 분명 당신의 그런 점에 반했으니까…… 아, 그러니까 라야가 아일한테. 물론 나도 아일을 좋아하지만 그전에 정현 씨를 더 먼저 좋아했고 정현 씨도 아일과 비슷한 부분이 있긴 하지만 더 괴팍한 면도 있으니까……."

"욕을 해도 좋고 고백을 해도 좋은데 하나만 해줘. 혼란스러워."

정현이 무표정한 얼굴로 말했다.

말이 갈피를 못 잡고 헤매는 것을 그가 끊어주자 지은은 부끄러운 몸짓을 하며 웃었다. 정현이 옅은 미소를 지었다.

지은이 물었다.

"처음 만난 날, 내게서 들을 말이 있다고 했죠?"

"……그랬지."

"혹시 라야가 섬을 나온 날, 집을 나가는 아일에게 하려다가 말았던 말인가요?"

정현은 대답하지 않았다. '그렇다.'는 의미였지만, 아일이었을 때 매일같이 자책하며 수천 번은 떠올렸을 그때의 장면이 다시 생각나면서 입이 붙어버렸다. 정현은 아직도 그것들에게서 자유롭지 못했다.

지은이 말했다.

"그때 나는, 아니, 라야는 전날 밤 꿈을 꿨어요. 꿈속에서 아일이 소원을 들어주겠다고 했었죠. 그러자 내가, 라야가 소원을 말했고, 깨고 나서 꿈 얘기를 하니까 아일이 그 소원이 뭐냐고 물었어요. 하지만 결국 알려주지 못했죠."

"맞아. 그깟 게 뭐라고 평생 집착했지. 얼마 전까지도."

'그깟 것'이라고 말할 수 있는 건 아일이 아니라 정현이었다.

정현이 비통한 목소리로 말했다.

"하지만 그게 라야와 나눈 마지막 대화니까…… 어쩔 수 없었어."

지은이 말했다.

"말해줄게요. 라야가 꿈속에서 아일에게 어떤 말을 했는지. 내가 똑같이 정현 씨에게 말해줄게요."

침대를 가로질러 온 지은이 그를 바로 앞에 두고 앉았다.

"난 내가 당신을, 그러니까 라야는 아일을 온전히 이해할 수 있고 행복하게 만들어줄 수 있을 거라 생각했어요. 처음엔. 처음엔 그랬어. 이제 그런 건 상관없어. 내가 꼭 정현 씨를 행복하게 만들지 않아도 돼. 하지만 정현 씨는 반드시 행복해져야 해요. 정현 씨를 위해서, 정현 씨가 날 사랑한다면……."

지은은 멈칫했다. 하지만 정현의 눈을 들여다보고는 바로 이어 말했다.

"정현 씨가 아직 날 사랑한다면 날 위해서 스스로 행복해져. 아니, 그래야만 해. 아일이 했던 말처럼, 정현 씨가 그랬던 것처럼, 당신의 괴로움을 누군가가 해결해줄 수 없다면 행복도 그런 거란 생각이 들어. 약속해줘요. 행복해지겠다고."

정현은 그저 무표정한 얼굴로 지은을 바라보았다.

한참 만에 그가 움직였다.

정현은 손수건을 지은에게 건넸다. 그녀는 울고 있었다. 두 사람은 손가락도 스치지 않았다.

정현은 다시 몇 분간 생각한 뒤 대답했다.

"그럴게."

삼십 분 뒤 두 사람은 펜션을 나와 각자의 집으로 돌아갔다.

그리고 지은이 사표를 내고 한국을 떠날 때까지 정현은 두 사람이 오초 이상 마주칠 만한 상황을 만들지 않았다.

두 사람은 정말로 헤어졌다.

어떤 이견도 없이, 어떤 미련도 없는, 완벽하게 합의된 결별이었다.

79

《3년 동안 얼마나 많은 일이 일어날 수 있는지 물어보라》

혁신상거래 플랫폼을 론칭한 지 삼 년 만에 회사를 팔십억 달러에 매각하면서 실리콘밸리의 젊은 성공 신화 중 하나가 된 코넬 호킹의 자서전 제목이었다.

지은이 한국행 비행기를 타기 전 구입한 책이었다.

오로지 제목 때문에 저지른 충동 구매였다. 삼 년 만에 밟는 한국 땅이라는 이유로.

많은 충동 구매가 그렇듯 큰 만족감을 주지는 못했다.

표지에선 코넬이 독자를 향해 삿대질을 하고 있었다. 지은은 코넬의 자신만만한 표정을 보며 생각했다.

'난 모르겠어요, 그렇게 큰 변화가 있는지. 나이를 세 살 더 먹었고, 경력인 척하는 경력이 조금 생겼죠. 아직 멀었어요.

좋은 세상이라 화상 통화를 자주 하다 보니 가족들과 친구들은 오늘 당장 만나도 어색하지 않을 것 같네요. 그저께 재보니 몸무게는 2킬로쯤 늘었고, 영어 실력은 좋아졌어요. 당연하죠. 일어 실력은 어떻게 됐나 물어봐주세요. 내 룸메이트 중 한 명이 일본인이라고 말했던가요?

난 삼 년 전보다는 나은 인간이에요. 그렇게 생각하고 싶어요.

적어도 난, 삼 년 전의 나보다 지금의 내가 마음에 들어요.'

스튜어디스가 착륙 준비를 돕기 시작했다.

비행기 창 아래로 공항이 보였다. 해가 질 무렵이었다.

정현은 통화를 하면서 입국장을 나왔다.

"에릭 호퍼가 공동 투자자라 할 때 이런 문제가 생길 줄 알았지. 그 인간은 플랫폼 확장엔 관심이 없어. 자기들 로고나 크게 박으면 그만이지."

입국 환영 인파 속에 그를 기다리는 사람은 없었다.

정현은 일주일 출장을 끝내고 공항에서 바로 퇴근할 계획이었다. 민익이 검정고시 학원에서 모의고사를 보는 날이라 그에게도 마중 오지 말고 공부나 하라고 해둔 터였다.

'사 년 공부라니, 고등학교를 입학해서 다녔어도 졸업을 했을 기간이다.'라는 생각을 안 한 건 아니지만, 정현은 그 말을 입 밖에 내지 않았다. 예전엔 주구장창 수험서 1챕터만 공부하던 민익이 최근엔 무슨 생각에선지 꽤 노력하는 게 보였기 때문이다.

정현은 한적한 장소에 캐리어를 세워두고 목소리를 낮췄다.

"그리고 말이야, 예비 시안 봤는데……."

정현은 같이 출장을 다녀온 부하 직원들에게 어서 가보라는 손짓을 했다. 그들은 익숙한 일이라는 듯 짧게 고개를 숙이고는 각기 다른 방향으로 흩어졌다.

정현이 통화를 계속했다.

"예비 시안 봤는데, 내 눈에만 플스 VR이랑 오큘러스 리프트를 반반 섞은 뒤에 색만 바꾸고 약간 더 나은 척 구는 걸로 보이나? 지금이 사 년 전이라면 그것도 괜찮겠지. 하지만 내년엔 아니잖아? 작년에 나왔어도 구식이고 올해 나와도 구식이고 내년에 나온다면 15세기 난파선 취급을 받겠지. 차라리 난파선이 나아. 그건 얘깃거리라도 들어 있을 테니까.

내 심미안에 문제가 생긴 거라면 좋겠어. 월요일 아침부터 디자인팀까지 갈구기 싫거든."

반대편에서 인후가 대꾸했다.

- 팀장한테 언질을 줄게. 그리고 13일 좌담회 10시 40분에 시작해서 12시까지야. 알고 있겠지만 확인차.

"알아."

- 목 관리 잘하고.

"그렇게 일일이 걱정되면 계단에서 구르지 말았어야지. 이제 뼈도 잘 안 붙을 나인데."

- 마음 써줘서 고마워, 동갑내기 친구.

"월요일에 출근하면 주 대표한테 연락해서 미팅 잡아줘. 그래, 호퍼 지분까지 가져올 수 있으면 가져올 거야. 주 대표한테 플랫폼 출시 일정에 맞추라고 해봐야지. 당연히 우리 CTO도 참석……."

정현은 휴대전화를 다른 손으로 바꿔 들었다.

"그런데 이 인간은 대체 뭘 하고 있는 거야? 어젯밤부터 연락이 안 돼. 지스타에서 줄 서서 마우스패드라도 받고 있는 거야?"

- 그건 아닐 거야. 어제 이미 다녀왔다더라고. 나한테도 사은품으로 받은 거 몇 개 주고 갔어.

정현이 어이없다는 듯 웃었다.

- 긍정적으로 생각해. 모든 게 잘되고 있단 뜻 아니겠어?

"그렇게 생각하고 있다면 큰일이군. 내가 알고 있는, 잘 안 되고 있는 몇 가지가 있는데 그걸 우리 CTO가 놓치고 있다는 소릴…… 테니……."

정현이 말을 어중간하게 멈추었다. 그의 시선이 인파를 뚫고 한곳에 고정되었다.

그 상태로 한참 동안 말소리가 들려오지 않자 인후가 물었다.

– 끊은 거야? ……여보세요?

"응…….."

– 누가 네 머리에 총구라도 겨누고 있어?

"그래, 두개골 반이 날아간 것 같아."

– 뭐?

"끊을게. 쉬어."

정현은 전화를 끊고 그의 시선을 붙든 곳으로 곧장 걸어갔다.

지은은 카페 카운터 앞에서 벽 메뉴판을 심각한 표정으로 보고 있었다. 앞 손님이 오 분 만에 자기 커피를 가지고 사라지자 지은이 주문했다.

"아이스 카페라테요. 중간 사이즈로요."

바로 뒤에 줄을 선 남자가 그녀의 말을 받았다.

"따뜻한 걸로 마시는 게 어때요? 날씨가 춥잖아요."

"네, 감사하지만 제가 알아서 할게요."

지은은 뒤도 돌아보지도 않고 냉랭하게 말했다.

코넬 호킹이 그녀에게 지난 삼 년간 얼마나 많은 일이 벌어졌냐고 묻는다면, 일단 그녀는 한국에서 살아온 기간에 받은 것보다 몇 배나 많은 유혹을 받아봤다고 대답할 것이다. 그리고 자연히 그런 추파들을 거절하는 법도 단련되었다.

지은은 카드를 꺼내 직원에게 건넸다. 뒤에 선 남자가 말했다.

"제가 아는 사람은 추운 날 차가운 걸 먹으면 감기에 잘 걸린다더군요."

지은이 앞만 쳐다보며 대꾸했다.

"전 감기 잘 안 걸려요."

"건강 체질인가 봐요?"

지은은 들으라는 듯이 크게 한숨을 쉬었다. 그녀의 뒷모습에서 찬바람이 쌩하게 불었다.

직원이 카드와 영수증을 내주었다. 지은은 그것들을 챙긴 뒤 차가운 표정으로 무장하고 뒤를 돌아보았다. 정현을 발견하고는 눈이 휘둥그레졌다. 지은은 비명이 미처 목을 빠져나오지 못한 것 같은 소리를 내며 지갑을 떨어뜨렸다. 지갑을 받아내고 정현이 미소를 지었다.

"안녕, 지은 씨."

지은은 그가 건네는 지갑을 받을 생각도 못하고 입을 뻐끔거리다가 말했다.

"말도 안 돼."

"뭐가?"

"그래도 삼 년 전엔 연상으로 보였는데 이제는 나랑 동갑 같아요. 어려 보이는 게 회사 대표로 장점만은 아니라는 거 알죠? 어떻게 좀 해봐요."

"반갑다는 뜻이지? 나도 보고 싶었어."

지은이 상체를 살짝 뒤로 빼며 말했다.

"그런 말은…… 하면 안 되죠."

"음? 내가 무슨 말을 했지?"

"내가 보고 싶었다고요."

정현이 여느 사람들 눈엔 그저 눈부신, 지은의 눈엔 공격적으로 느껴지는 미소를 던지며 말했다.

"그래. 보고 싶었어."

"그래요, 그런 인사. 하면 안 되죠. 우리가 여전히 좋은 사이처럼 느껴지잖아요. 삼 년 전에 내가 회사 그만둘 때 나랑 눈도 안 마주치려고 했던 거 기억나요? 잘 지내라는 문자에도 끝까지 답문도 안 해줬죠. 그럴 필요까지 있었어요?"

"행복해지라며? 내 딴엔 불행해지지 않으려고 애썼던 거야. 그리고 우리가 나쁜 사이야?"

지은이 뾰로통하게 대답했다.

"그건…… 아니죠."

"봤는데 못 본 척 지나가기도 이상해서. 인사는 하고 싶었어."

"……잘했어요."

"어떻게 살고 있는지 궁금했어."

그 말에 지은이 장난스러운 목소리로 말했다.

"나 메일은 그대로 쓰는데? 자기도 모르게 메일을 보낼 정도로 궁금하진 않았나 봐요?"

그러자 정현이 씩 웃고는 손을 들어 양해를 구했다. 전화가 온 모양이었다.

상대방 이름을 확인한 그가 영어로 전화를 받았다.

『네, 미스터 소로. 방금 입국했습니다. 예, 공항이죠. 그쪽이 어떤 얘길 하냐에 따라 바로 출국 게이트로 갈 수도 있습니다.』

그리고 그는 휴대전화만 가지고 어딘가로 걸어갔다.

지은은 커다란 캐리어 두 개와 함께 인파 속에 남겨졌다.

[회생의 망토를 획득하셨습니다.]

모바일 게임 화면에 아이템 획득 알림이 떴다.

한국, 그것도 반드시 인천공항에 와야만 얻을 수 있는 특별 방문 아이템이었다. 그런 아이템이 전 세계에 333개나 뿌려져 있었다. 지은의 회사 동료 중 한 명은 이 AR 게임의 열렬한 신도로, 앙코르와트에 가야만 얻을 수 있는 아이템을 위해 캄보디아로 휴가를 다녀왔다.

지은은 일단 화면 캡처부터 했다. 그리고 이 게임에 중독된 팀원 몇 명에게 캡처 이미지가 첨부된 문자를 날렸다.

지은은 발 앞에 캐리어 두 개를 두고 대합실 의자에 앉아 있었다.

잠시 뒤 팀원 세 명이 보내온 답장을 보고 그녀는 승리감에 어깨를 들썩이며 웃었다.

그때, 게임상으로 메시지가 들어왔다.

[walker 님께서 선물을 보내셨습니다.]

모르는 아이디였다.

메시지를 터치하자 알림이 떴다.

[회생의 망토엔 정화의 부츠가 어울려.]

어휴, 지겨워. 지은은 아이템 조합에 대해 잘 아는 척하며 접근해오는 게임상의 추파에도 지쳤다. 빠르게 상대에게 메시지를 날렸다.

[꺼져.]

"알았어. 그래도 그 부츠가 그 망토에 어울리는 건 맞아."

앞에 선 정현이 자신의 휴대전화 화면을 들여다보면서 말했다.

지은이 화들짝 놀라며 고개를 들었다.

"제발, 인기척 좀."

"지은 씨가 게임에 너무 집중하고 있었어. 캐리어를 두 개 다 가져가도 모르겠던데?"

정현이 자기 캐리어 손잡이를 잡으며 말했다.

무슨 생각을 한 건지 지은이 살살 눈웃음을 쳤다.

"이왕 아이템 선물하는 거 후하게 주지 않을래요? 제작사 대표 권한에 그런 것도 있죠? 한국 기념품 사 가기로 했는데 친구들한테 그걸로 인심 좀 쓸 수 있을 것 같아서요."

"싫어."

정현은 딱 잘라 말하고 휴대전화를 도로 재킷 주머니에 넣었다.

지은이 시무룩하게 어깨를 떨구고 그를 올려다보았다.

"통화한 건 잘됐어요? 다시 출국할 정도의 제안이었나요?"

"이 정도쯤?"

정현이 자기 눈높이에 손을 올리고 대답했다. 지은도 자기 눈 옆에 손을 갖다 대고 물었다.

"이 정도쯤이 어느 정도예요?"

"샴페인은 따도 되지만 출국할 정도는 안 되는?"

지은이 입을 벌리고 고개를 끄덕였다.

"뭔지 모르겠지만 축하해요."

"고마워. 시간 되면 나랑 샴페인 마셔줄래?"

"오늘요? 지금?"

"응. 오늘. 지금. 당장."

지은이 스테이크를 먹다 말고 말했다.

"이 야경."

정현은 지은의 시선을 따라 호텔 아래를 보았다. 시원한 통창 밖으로 고층 호텔이 자랑하는 도시의 야경이 펼쳐져 있었다. 규모가 결코 작지 않은 인공 수로가 공원을 가로지르면서 이국적인 운치를 더하고 있었다. 두 사람이 있는 곳은 공항에서 택시로 삼십 분 거리에 있는 호텔 레스토랑이었다.

지은이 이어 말했다.

"세르노다 언덕에서 나달을 처음 만난 날, 그곳에서 봤던 야경이 생각나요. 바다 반딧불들이 만들어낸 밤바다요.”

정현이 스테이크를 썰면서 물었다.

“바다 반딧불?”

“세르노다 해파리 몰라요? 해파리들이 탈피한 표피가 빛을 낸다고 했어요. 세르노다에서 몇 년을 살아놓고도 한 번도 본 적 없어요?”

“아, 그거.”

정현은 스테이크 조각을 입에 넣고 다시 야경을 보았다. 그가 스테이크를 삼키고 덧붙였다.

“비슷한 줄 모르겠는데?”

“비슷하다는 게 아니라 생각난다고요. 그리고 저, 저, 저 오른쪽에 보이는 저 불빛은 그 해파리 색이랑 똑같은걸요.”

“안 비슷한데.”

“행복해지자고 기억을 아예 통째로 갖다 버린 거 아니에요?”

정현은 칼질을 멈추고 눈을 잠시 허공에 두었다.

“아니야. 기억해. 하지만 안 비슷해. 같은 걸 봐도 네 기억과 내 기억이 다른가 보지.”

그리고 어깨를 으쓱한 뒤 기분 좋은 표정으로 샴페인을 마셨다.

지은이 진지하게 다그쳤다.

“다시 떠올려봐요.”

정현이 술잔을 기울여 창 밖을 가리켰다.

“그게 중요해? 저 불빛이 해파리색이랑 비슷하다는 게?”

“나한테는 엄청 중요해요. 그곳이 나한테 어떤 의미인데. 그러니 당신……, 정현 씨보다는 내가 더 제대로 기억하고 있겠죠.”

지은은 아일을 부르듯이 하다가 얼른 호칭을 변경했다.

정현이 스테이크를 우물우물 씹으며 지은을 빤히 쳐다보았다. 그가 대뜸 물었다.

"지금 만나는 사람 있어?"

갑작스러운 질문에 지은이 테이블 쪽으로 숙였던 몸을 뒤로 확 물리며 대꾸했다.

"네. 아니요. 네."

"······그렇다는 거야, 아니라는 거야?"

지은은 오 초 후에 말했다.

"사귄 지 얼마 안 됐어요."

"흠, 그래?"

정현은 고개를 갸웃하고는 샴페인을 한 모금 마셨다.

지은이 말했다.

"네. 이 개월, 아니, 삼 개월쯤?"

"실례가 안 된다면, 상대가 뭐 하는 사람인지 물어봐도 될까?"

"실례가 돼요."

정현은 순순히 고개를 끄덕이고 다시 나이프를 잡았다.

지은이 그런 그를 물끄러미 쳐다보다가 말했다.

"농담이에요. 실례될 게 뭐 있겠어요. 음, 데니스는 실링의 네트워크 엔지니어예요. 실링, 아세요? 웨어러블 기기 관련 회사라던데."

"알아."

"안다고요? 본인 말로는 큰 회사는 아니라던데, 아니었나 보네요. 흠, 데니스는 독일계 캐나다 인이고 나이는 나보다 한 살 어려요. 회사 사람들이랑 지역 모임에 갔다가 소개받았는데 말이 잘 통해서······ 그래요, 미안해요. 뻥이에요. 연애는 무슨. 집값 벌기 바빠서 연애 같은 건 못했어요. 회사 동료가 소개해준 사람이 마침 서블렛을 내놓지 않았다면 일 년 만에 돌아와 했을 거예요. 거기 집값은 미쳤어요. 웃지 마요. 진짜라고요."

정현이 웃고 말했다.

"알았어. 이해했어."

지은이 힘없이 말했다.

"데니스는 그냥 동네 친구예요."

"흠, 우리 두 사람의 부진한 연애 사업이 내년엔 활기를 찾길 바라며."

정현이 자못 정중하게 술잔을 내밀었다.

두 사람은 건배하고 동시에 잔을 자기 입으로 가져갔다.

지은이 한 모금 마시고 말했다.

"삼 년 동안 정현 씨를 안 떠올린 날이 없었어요."

정현은 사레가 들려 술을 뿜었다. 그리고 어울리지 않게 허둥대다가 괴로운 표정을 지으며 머리를 숙였다. 지은이 침착하게 자기 냅킨을 건넸다.

정현은 냅킨으로 입 주위와 옷을 두드려 닦고 지은을 노려보았다.

지은이 담담한 목소리로 말했다.

"그 말이 그렇게 요란 떨 거리가 돼요?"

"보고 싶었다는 말도 하면 안 된다더니."

그리고 정현은 얼굴을 돌리고 기침을 했다.

지은이 두 팔로 제 몸을 안으며 연극적인 몸짓을 했다.

"나랑 정현 씨는 경우가 다르죠. 정현 씨가 그런 말을 하는 건 집착이고, 내가 그런 말을 하는 건 순수한 애정이니까."

"순수한 애정 쪽도 문제가 있는 발언 아니야?"

"그러니까 어서 결혼을 하든 어디서 애를 낳든 해버리란 말이에요. 남은 애정조차 사라지게."

지은이 살짝 짜증이 밴 말투로 대꾸했다.

그녀는 여전히 두 팔로 자기 몸을 꽉 감싸고 있었고, 그래서 그녀가 계속 장난을 치는 건지 진지한 말을 한 건지 헷갈렸다. 정현은 뭐라고 해야 할지 모르겠다는 얼굴이었다.

지은은 팔을 풀고 포크를 잡았다.

"내 귀에 정현 씨 얘기가 안 들리게 해달란 말이에요. 자꾸 정현 씨 이름을 인터넷에 쳐보게 하지 말라고요. 모른 척하려고 해도 매일같이 정현 씨가 얼쩡거리잖아요. 친구들이, 회사동료들이 내 눈앞에서 머핀 타워 게임을 한다고요. 게임 관련에서만 머핀 타워 이름이 들려오면 다행이게요. 저번엔 헤드웨이에서 콘셉트 얘기를 하다가 정현 씨네 물건을 예시로 드는 바람에 속으로 기겁했어요."

헤드웨이는 현재 IT 업계에서 가장 주목받는 혁신기술 기업으로, 헤드웨이가 보유한 가상현실 기술은 인류의 과학, 의료, 문화를 진일보시킬 거라는 평을 받기도 한다. 지은이 소속된 회사는 헤드웨이와 몇 차례 프로젝트를 함께 진행한 바 있었다.

"정현 씨는 잊기 좋았겠어요. 내 이름이 갑자기 보던 잡지에서 튀어나올 일은 없었을 거 아니에요."

한참 동안 대꾸가 들려오지 않자 지은이 슬쩍 눈을 들어 정현을 보았다.

정현은 눈을 가라뜬 채 묘한 표정을 짓고 있었다. 지은의 말에 반응하며 웃고 있는 것처럼 보이기도 하고 평소와 다름없는 얼굴 같기도 했다.

'얄미워.'

지은은 스테이크 조각을 크게 썰어 입에 넣으며 생각했다.

정현이 얼마 남지 않은 스테이크를 마저 썰며 말했다.

"첫째, 나야 그렇다 쳐도 회사 이름까지 네 눈에 안 보이게 할 수는 없어. 둘째, 내 이름을 검색해보는 네 의지도 내가 어떻게 할 수 없는 부분이야."

"흥."

지은이 스테이크를 빠르게 먹어치우며 코웃음을 쳤다.

정현이 미소를 지었다.

"셋째, 나도 생각지도 못한 곳에서 네 회사 이름과 마주친 적이 있어. 헤드웨이가 작년 테크 컨퍼런스에서 공개한 영상."

지은이 금방 생기가 도는 표정을 떠올렸다.

"봤어요?"

"응. 헤드웨이가 워낙 숨기는 게 많은 회사라 디자인 아웃소싱을 했다고 해서 신기하다고 생각했는데, 그게 지은 씨네 회사라서 더 놀랐어."

지은은 배시시 웃으며 스테이크를 썰었다.

정현이 말했다.

"그리고 넷째, 나는 널 잊지 않아."

지은이 칼질을 멈추고 정현을 보았다. 정현이 싱긋 웃고 덧붙였다.

"오늘 식사 같이 해줘서 고마워."

[배고프고 피곤해서 공항 근처 호텔에서 묵고 내일 들어가.]

레스토랑에서 예약한 방으로 가는 엘리베이터 안에서 정현은 휴대전화로 문자를 날렸다. 양다리 걸치느라 바쁜 남자를 보는 눈빛으로 지은이 쳐다보자 정현이 변명했다.

"민익이한테 보낸 거야. 옆집에 살아서 오가는 거 뻔히 아는데 오늘 귀국한다고 해놓고 안 들어가면 이상하게 여길 수도 있잖아."

"흐음, 두 사람 모두 거기 그대로 사나 봐요?"

"둘 다 이사해야 할 이유가 안 생겼어."

"민익 씨한테 안부 전해줘요."

478

정현이 고개를 끄덕이고 휴대전화를 재킷 주머니에 넣었다.

"가족들한테 연락했어?"

"오늘 오는 줄 몰라요. 내일 올 계획이었는데 앞당긴 거예요."

"그래? 서프라이즈는 내가 받았네."

정현이 빙그레 웃으면서 먼저 내리라는 손짓을 했다. 두 사람은 같은 층에서 내렸다.

인사를 하고 몇 걸음 가다가 정현이 뒤를 돌아보았다.

"지은 씨 방은 반대쪽이야."

지은이 따라오고 있었다.

"카드키가 바뀌었어?"

정현은 의아한 얼굴로 자신의 카드키를 확인했다. 그의 시선이 플라스틱 쪼가리에 머무는 틈에 지은이 다가와 정현을 꽉 끌어안았다.

정현이 살짝 몸을 굳혔다. 한쪽 팔을 엉거주춤 든 채 그는 주위를 살폈다. 그리고 고개를 살짝 비틀어 지은의 뒷머리를 내려다보며 말했다.

"이건…… 정말 해선 안 되는 행동 아니야?"

"공항에서 본 정현 씨 모습이 너무 잘 살고 있는 것처럼 보여서 좋았어요."

지은이 그의 심장쯤에 대고 말했다.

"그리고 섭섭했어요. 정현 씨가 샴페인을 함께 마셔달라고 해서 좋았어요. 하지만 싫기도 했어요. 정현 씨를 잊으려고 한국을 떠난 건 아니지만 그 모든 게 헛일이 될까 봐, 다시 또 그만큼 힘들어질까 봐 겁났어요. 그런데 식사를 하는 동안은 즐거웠어요. 그만큼 즐겁다면 나중에 힘든 건 괜찮을 것 같아. 성격, 이상해졌죠?"

정현이 그녀 머리 위로 들고 있던 팔을 내리면서 대꾸했다.

"아니야. 넌 쭉 이상한 성격이었어."

"정현 씨한테서 그런 말을 듣다니, 입맛이 쓰네요. 장담하는데 아일의 기억이 아니었다면 정현 씨는 성격 안 좋다는 소리를 들었을 거예요."

"독설을 나누기에 좋은 자세군."

지은이 그에게 안긴 채로 웃었다. 그는 그녀의 몸이 아주 가까운 곳에서 전하는 솔직한 즐거움을 그대로 느낄 수 있었다. 두 사람 모두에게 그리운 감각이었다.

정현은 지은의 머리 위에서 미소를 짓고 다시 그 미소를 지워버린 후 살며시 그녀로부터 몸을 떨어뜨렸다. 그리고 몸을 숙여 그녀의 눈을 들여다보았다. 정현이 말했다.

"날 헷갈리게 하지 마."

지은이 정직한 눈을 하고 대답했다.

"난 정현 씨를 헷갈리게 하지 않아요. 그러니까 정현 씨가 느끼는 게, 정현 씨가 생각하는 게 맞아. 그게 내가 원하는 거야."

정현은 '어쩔 수 없네.'라는 듯 콧숨을 내쉬고 지은의 손에서 카드키를 가져갔다. 그리고 그녀의 손목을 부드럽게 잡고 반대쪽 복도로 갔다.

복도 끝에 지은의 이름으로 예약된 객실이 있었다. 정현은 자연스럽고 빠르게 카드키를 객실 입구에 넣었다. 그리고 방에 지은을 밀어 넣더니 복도에서 손을 흔들며 문을 닫았다.

지은이 당황해 다시 문을 열었다.

"그냥 간다고요?"

정현이 다시 문을 닫으려고 하면서 말했다.

"내가 얼마나 할 일이 많은 줄 알아? 내후년까지 예정된 우리 회사 일정을 보면 꿈에서도 일을 하고 싶어질 지경이야."

지은이 문고리를 잡아당겼다.

"내가 행복해지라고 했지, 워커홀릭이 되라고 했어요?"

"행복해. 행복해서 돌아버리겠어."

"일에 빠져서요? 얼마나 꼿꼿하신지 수도사가 따로 없네요."

지은이 빈정거리면서 문고리를 잡은 손에 힘을 주었다. 정현이 바로 대구했다.

"내가 왜 수도사처럼 산다고 생각하는지 모르겠군."

"날 못 잊는다면서요?"

"안 잊는다고 했지. 난 중학생 때 나한테 대뜸 의자를 집어던진 놈 얼굴도 아직 안 잊고 있어. 아니지, 난 전생까지 기억하니 그 부분에 대한 건 설명 안 해도 잘 알겠네."

"의자를 집어던졌다고요? 아니, 그것보다, 지금 나랑 학교 폭력을 동급 취급하는 거예요?"

"너랑 술 마시고 저녁 먹고, 이만하면 됐어. 그 이상은 싫어."

"싫어요? 지금 싫다고 했어요? 날 거절한 거 맞죠?"

정현이 문고리에서 손을 떼버렸다.

문을 잡아당기고 있던 지은은 뒤로 크게 넘어졌다. 눈물이 핑 돌았다.

정현이 방 안쪽으로 문을 활짝 열고 섰다. 그가 미간을 살짝 구기고 지은을 내려다보았다.

"넌 휴가차 들른 이곳을 휴양지 삼아 즐기다 가면 그만이겠지만 난 아니야."

지은이 허리를 문지르며 억울하다는 듯이 말했다.

"여긴 휴양지가 아니라 내가 태어난 곳이에요."

"예전에도 한 번 말했지? 넌 대체 날 뭘로 생각하는 거야? 내가 왜 널 거절 못해? 라야한테 전해. 그리고 너도 잘 들어. 난 더 이상 네 남편도 아니고, 너랑 사귀는 사이도 아니야. 헤어진 사이에 뭘 하겠다는 거야, 대체."

"네, 쭉 이상한 성격이라서 그러네요."

지은이 뽀로퉁하게 대꾸했다. 정현이 짜증스럽게 손을 내저었다.

"그냥 자. 침대에 가서 엎어져서 자버리라고."

그리고 그는 문을 닫고 가버렸다.

"예를 들어볼게."

지은은 식탁 의자에 앉아 귤을 먹고 있었다. 예은이 설거지를 하다 말고 뒤를 돌아보았다. 그녀는 언니가 삼 년 만에 귀국했다고 해서 눈썹 날리게 바쁘다는 의대 본과 4학년임에도 며칠 짬을 내 쉬는 중이었다.

지은이 귤을 입에 넣고 우물거렸다.

"남녀가 사귀다가 헤어졌는데 몇 년 후에 우연히 만난 거야."

"우연히?"

지은이 귤을 삼키고 말했다.

"그래, 우연히 만났어. 나쁘게 헤어진 건 아니니까 식사까지 하게 됐거든?"

"……왜 헤어졌는데?"

예은은 묵은 궁금증을 풀 기회를 놓치지 않았다.

지은이 귤 하나를 뚝딱 먹어치우고 또 하나를 집으면서 말했다.

"그냥 각자 잘 살아보자고. 붙어 있어서 해결될 게 아니었거든."

지은이 손을 내저었다. 예은은 납득했다는 듯 고개를 끄덕이고 설거지 자세로 돌아갔다. 지은이 계속 말했다.

"그래서 두 사람은 호텔 레스토랑까지 가서 즐겁게 식사를 했어. 술도 마셨고, 시간도 늦어서, 그냥 호텔에서 자기로 했거든? 객실은 두 개 예약했지만, 분위기도 좋고 여자는 남자를 여전히…… 좋아해서 함께 밤을 보내고 싶었어. 그래서 남자에게 암시를 줬는데, 남자가 딱 잘라 싫다는 거야. 이런 경우, 남자는 이제 여자한테 미련이 없다고 봐야 할까?"

예은이 설거지를 끝내고 장갑을 벗으면서 말했다.

"정현 오빠 만났어?"

"……정현 씨랑 내 얘기가 아니야."

예은이 어깨를 으쓱하고 식탁으로 와 앉았다. 지은이 귤을 건넸다. 예은이 귤껍질을 까며 말했다.

"여자가 대놓고 하룻밤 놀아봐요 하는 식으로 나갔어? 남자가 진지한 성격이라면 그런 걸 싫어했을 수도 있지."

"하룻밤 놀아봐요 하는 식으로 나가지 않았어. 여자는 진지하게, 에둘러서, 하지만 못 알아들을 수 없게 말했어."

"성희롱이야."

예은이 한 말이 아니었다. 지은의 뒤에서 들려온 말이었다.

방에서 나온 동현이 어느새 뒤에 와 있었다. 그가 예의 그 엄격한 얼굴을 하고 말했다.

"누나는 형을 성희롱했어."

지은이 목을 돌려 남동생을 쳐다보며 황당하다는 몸짓을 했다.

"나랑 정현 씨 얘기가 아니야. 그리고 성희롱도 아니고."

동현은 이제 대학생이 되어 있었고, 목소리는 삼 년 전보다 훨씬 낮아지고, 외모는 예전보다 더 엄숙한 형태를 갖추고 있었다. 덩치 큰, 오 년 차 회사원 같았다. 지은은 화상 통화 없이 삼 년 만에 동생을 만났다면 얼마나 낯설었을까 생각했다.

"장담해? 누나가 한 제안에 형이 수치심을 느끼지 않았다고?"

자신을 뭘로 생각하냐고 따지던 정현의 말이 생각났다. 지은이 약간 붉어진 얼굴로 항의했다.

"하지만 그런 느낌은 아니었어."

"남자라고 해서 성적 제의를 받는 것에 관대할 거란 건 편견이야. 설마 그런 제안을 고백의 용도로 사용하는 건 아니겠지? 터무니없는 짓이야. 차라리 숟가락으로 코를 후비려는 게 그것보다는 덜 추잡하고 덜 멍청한 짓이지. 형도 식사를 하는 동안 그런 눈치를 누나에게 줬어? 밤을 함께 보내자는 뉘앙스를 전달했냐고?"

"아니. 응……. 아니, 그건 아닌가."

"그렇다는 거야, 아니라는 거야?"

취조를 받는 기분이었다. 어디서 많이 들어본 말투 같기도 했다.

"혹시 너, 요즘도 정현 씨랑 연락 주고받아?"

지옥 끝까지 쫓아와 지은의 죄를 물을 것 같던 동현이 갑자기 입을 다물었다. 그는 공세적 태도에서 방어적 자세로 전환하며 팔짱을 꼈다.

"난 머핀 타워가 개발 중인 게임과 장비를 대표에게 다이렉트로 리뷰할 수 있는 베타테스터들 중 한 명이야."

지은이 황당하다는 투로 따졌다.

"아빠도 나 때문에 정현 씨 아버지와 만나지 않아. 두 분 사이를 내가 서먹하게 만들었다고. 그런데 네가 뒤에서 정현 씨를 만나고 다녀?"

동현이 팔짱을 낀 채로 손가락 하나를 세우며 말했다.

"첫째, 형네 아버지와 아빠가 서먹해진 건 누나 불효 역사에 한 페이지가 추가된 정도밖에 되지 않아. 특별한 일이 아니라고. 둘째, 난 꼭 머핀 타워에 들어갈 거야. 몇 년간 베타테스터로 활동한 건 이력서 한 줄 채우고 용돈을 버는 정도가 아니라고. 그 이상이야. 셋째, 형이랑은 삼년간 개인적으로 대면을 한 적도 없어. 메일만 오갔지. 사적인 얘기는 하지도 않았어."

지은이 말했다.

"네가 재수탱이가 된 건 그렇다 치고, 첫째, 둘째 꼽는 거, 그것도 정현 씨 말투잖아. 기분 이상해. 그거 하지 마."

예은이 거들었다.

"맞아. 정현 오빠 말투는 그 오빠 목소리에 최적화되어 있는데 네 목소리는 그것보다 훨씬 낮잖아. 이상하게 들려."

지은은 바로 앉았다가 잠시 생각하더니 다시 몸을 돌려 동현을 보았다.

"통화도 안 했다면서 말투는 왜 옮은 거야?"

동현이 고개를 갸웃했다.

"형이 나온 영상을 다 찾아봐서 그런가? 얼마 전에 형이 TED에서 강연한 거, 누나도 봤어? 화면발 잘 받더라."

지은은 아예 몸을 돌려 등받이를 두 손으로 잡고 기쁜 목소리로 말했다.

"당연히 봤지."

예은이 두 사람을 물끄러미 보다가 말했다.

"난 앞으로 설거지 안 할 거야. 두 사람이 나눠서 해."

지은과 동현이 '어째서?'라는 눈으로 예은을 쳐다보았다. 예은이 의자에 등을 기대며 의미심장하게 웃었다.

"나만이 이 집단 스토킹에서 결백한 사람이니까. 딸 때문에 친구를 잃었던 아빠는 자식들의 배신에 치를 떠시겠지? 섭섭해하실 거야. 아주, 아주, 아주. 그리고 난 설거지를 하게 되면 아빠에게 이 사실을 말하고 싶어질 것 같아."

잠시 후, 지은이 심각한 표정으로 말했다.

"그래서, 남자가 이제 여자한테 미련 없는 것 같냐는 질문에 답해줄 사람은 아무도 없는 거야?"

"지어낸 얘기야. 한번 들어봐."

정현이 휴대전화를 들여다보며 말했다.

그는 가족들과 저녁 식사를 하기 위해 본가 근처에 있는 레스토랑에 와 있었다. 어머니의 생신날이었다. 형제의 아버지와 어머니는 아직 오지 않았고, 형제는 비슷한 시간에 도착해 예약해놓은 룸에 테이블을 사이에 두고 앉아 있었다.

케이크에 초를 꽂던 규현이 형을 쳐다보았다. 정현이 말했다.

"헤어진 두 사람이 우연히 만난 거야."

"우연히? 길에서? 어디서?"

"그냥 아무 데나. 공항이라고 하자. 그리고 두 사람은 식사를 하게 돼."

"왜?"

"뭐?"

정현이 휴대전화에서 눈을 들어 동생을 쳐다보았다. 규현이 말했다.

"이야기가 왜 갑자기 건너뛰는데? 우연히 만날 수는 있지만 식사는 우연히 함께 할 수 없잖아. 왜 같이 먹게 됐는데?"

"남자가 같이 식사를 하자고 했어."

"왜?"

"만나서 잠깐 얘기하니까 즐거웠어. 좀 더 오래 즐겁고 싶었으니까."

"왜 그냥 지나치지 않고 말을 걸었는데? 남자가 먼저 말을 걸었어, 여자가 그랬어?"

"남자가 먼저 여자를 발견하고 말을 걸었어. 우연히 만나니까 다른 생각 없이 마냥 반가웠어. 그 순간엔 엄청 말을 걸고 싶었어. 말을 안 걸고 모른 척 지나가기 싫었어. 그래서 말을 걸었어. 몇 년 지났으니까 이제 대화하는 것 정도는 괜찮을 자신이 있었어. 막상 바로 앞에서 얼굴을 보니까 좋았어. 얘기를 하니까 더 좋았어. 여자도 예전처럼 대화를 받아줬어. 좋은 일도 생겼겠다, 여자가 축하해주면 더 기분이 좋아질 것 같았어. 그래서 식사를 하자고 했어. 설명이 됐어?"

"알았어. 그래서?"

그렇게 말하고 규현은 케이크에 꽂은 초를 눈으로 헤아렸다.

정현은 방금 휴대전화로 들어온 문자를 확인했다. 규현이 정현을 보았다.

"헤어진 두 사람이 우연히 만나서 남자가 원하는 대로 식사를 했다가 이야기의 끝이야? 개떡 같은 이야기군. 또 무슨 인디 영화에 투자하려는 거라면 하지 마."

"투자한 영화들은 다 성공했어. 개떡 같은 영화들도 아니었고."

정현이 발끈해서 받아쳤다. 그리고 의자에 걸어놓은 코트를 들어 주머니에 휴대전화를 넣는다고 잠시 말을 끌었다.

"호텔 레스토랑에 가서 식사를 했는데……."

"왜?"

"뭐?"

이야기가 또 끊기자 정현이 살짝 짜증 난다는 얼굴을 하고 고개를 들었다.

규현은 무표정하게 말했다.

"왜 하필 호텔 레스토랑인데. 야한 이야기야?"

"아니야. 하필 호텔 레스토랑인 건 남자가 근처에 있는 레스토랑 중 가본 데가 거기밖에 없었으니까. 두 사람은 식사를 하고 시간이 늦어 호텔에서 자고 가기로 했어."

"야한 이야기 아니라더니."

"아니야, 방을 따로 잡았어."

그리고 정현은 말을 멈추고 가만있었다. 정리하던 코트를 등받이에 걸지도 않고 들고 있던 채로 생각에 잠겼다.

규현은 십 초를 참았다. 속으로 딱 열까지 센 뒤 그가 말했다.

"그게 끝이라면 개떡 같은 이야긴 게 맞아."

정현이 규현을 똑바로 응시하며 물었다.

"여자는 왜 남자를 붙잡았을까?"

"여자가 남자를 붙잡았어?"

"여자는…… 혼자 자기 방으로 가려는 남자를 붙잡았어. 그리고 밤을 함께 보내고 싶다는 의사를 분명히 했지. 그 여자는 종종 상대가 결코 못 알아들을 수 없게 말하거든."

규현은 하마터면 박수를 칠 뻔했다. 딱 한 번 손을 마주치고는 닫혀 있는 방문 쪽을 보고 멈칫했다. 규현이 계속 말하라는 손짓을 했다.

"그래서?"

"……끝이야."

"뭐가 끝이야? 두 사람이 한 방에 들어가고 끝이야, 아니면 그냥……."

정현이 고개를 가로저었다.

규현은 믿기 힘들다는 표정으로 정현을 노려보았다. 규현이 가라앉은 목소리로 말했다.

"영화관에서 영화를 보다가 정전이 일어나면 이런 기분일 거 같아."

"여자는 며칠 뒤면 한국을 떠나야 해. 그런데도 그런 말을 한 건, 다시 시작하자는 거였을까? 아니면 진짜 그냥 그날 한 번 하자는 거? 남자가 공항에서 여자를 보고 말을 걸었던 것처럼 그냥 그러지 않고서는 넘어가기 힘들어서? 술김에 기분이 내켜서? 여자와 그러고 나면 남은 남자는 어떡하라고? 자기가 그런 말을 하면 남자가 옳다구나 받아들일 거라 생각한 거야? 그렇게 남자를 휘젓고 나서 또 무작정 기다려달라는 소리를 하려고? 하여간 황당한 여자야. ……라고 생각하지, 남자는."

"그래서?"

"끝이야. 남자는 여자가 미우면서, 또 보고 싶어. 일단은 여기까지야."

"내 감상은 이래. 감독보고 시나리오 고치라고 해. 너무 칙칙해."

그리고 규현은 룸으로 들어오는 아버지와 어머니를 맞으러 착한 아들이 지을 법한 미소를 지으며 일어섰다.

"내가 얼마나 할 일이 많은 줄 알아?"

정현은 변명부터 해보았다. 이 말은 며칠 전 지은에게도 했었다. 이번엔 상대가 달랐다.

'붉은 눈'이 어둠 속에서 그림자 같은 몸을 펄럭이며 그와 마주하고 있었다. 항상 날카로운 양끝이 위를 향하고 있던 그믐달 입은 웬일인지 굳게 다물려 있었다.

본가에서 잠이 든 정현이 꿈속에서 눈을 떴을 때, 그는 자신의 오피스텔 소파에 있었고 바로 앞에서는 붉은 눈이 그를 내려다보고 있었다.

이 상황도 딱 삼 년 만이었다. 징그러운 놈. 그렇게 생각하며 정현이 말했다.

"난 지금 여기서 네놈한테 시달릴 게 아니라 일에 시달려야 한다고."

붉은 눈이 입 부분을 움직이자, 입 안쪽에서 용암이 들끓는 것이 보였다.

아직도 그렇게 모르겠나?

정현이 소파를 박차고 일어났다.

"빌어먹을, 그 소리도 지겨워. 긴장하고 사는 것도 지겹고. 어차피 긴장하면서 살아야 된다면 지금 이 세상에서 일어나는 일을 이유로 긴장하면서 살 거야."

정현은 한 번도 시도해보지 않은 일을 하려고 하고 있었다.

붉은 눈을 등 뒤에 두고 도망치는 것.

쫓기는 악몽을 그리 많이 꿨지만 붉은 눈과 마주하면 언제나 포기하고 걸음을 멈춰버렸다.

정현은 거실을 나와 침실을 지났다.

"난 이 몸으로 저지른 일을 수습하는 것만도 피곤해. 난 여기서 나갈거야."

현관문 쪽으로 곧장 걸어갔다. 뒤를 돌아보지 않아도 붉은 눈이 그를 쳐다보고 있는 것이 보였다. 어차피 이건 꿈이니까 그의 눈은 사방 천지에 달려 있었다.

붉은 눈의 목소리가 그를 바싹 쫓았다.

네가 그런 일을 겪은 이유, 이런 일을 겪어야 하는 이유. 이 무저갱의 뿌리. 그건 네가 많은 이들을 죽여서가 아니다.

정현은 현관 문고리를 잡고 멈칫했다.

수많은 이들을 지옥 속으로 밀어 넣어서가 아니다. 그들이 괴로워하는 것은 어쩌면 그들의 선택. 혹은 실수. 도저히 인간으로서는 피해 갈 수 없는 운명과 같은 사고.

정현이 붉은 눈을 돌아보았다.

붉은 눈은 여전히 그 자리에 그대로 서 있었다.

그들의 지옥은 그들이 감당해야 할 몫. 감히 한낱 인간인 네깟 놈이 타인의 괴로운 삶까지 책임지려고 해? 오만하고, 주제넘다.

붉은 눈이 일렁이는 몸통 속에서 커다란 낫을 꺼내 들었다.

정현은 재빨리 현관문을 밀었다. 하지만 열리지 않았다. 잠금 장치가 죄다 걸려 있었다.

붉은 눈이 낫으로 그를 가리켰다.

너다.

붉은 눈이 점점 다가오는 것을 느끼며 잠금 장치를 푸는 손이 다급해졌다.

너 때문이다.

정현은 빗장쇠를 젖히는 것과 거의 동시에 문손잡이를 돌렸다.

문이 열렸다.

네가 저지른 가장 큰 죄의 피해자는, 바로 너다.

지은의 눈앞에 익숙한 대문이 있었다. 이곳을 편하게 드나들던 때가 있었다.

그녀는 정현의 오피스텔 앞에 와 있었다.

아침에 집을 나올 때만 해도 여기 올 계획은 없었다. 오랜만에 전 가족이 모여 점심으로 외식을 했다. 그런 후에 지은은 혜경, 선예, 준성을 만나기 위해 자주 모이던 동네 호프집으로 갔다. 최근 리모델링을 새로 했다는 호프집은 정현의 동창이라던 동주가 여전히 주인으로 있었다. 동주와 선예는 두 번의 데이트 후 사귀는 사이로 발전하지는 못했지만 친구처럼 지낸다고, 지은은 선예가 보낸 메일에서 그런 얘기를 얼핏 봤던 기억이 났다. 선예가 준성을 제외하고 남성을 친구라고 언급한 일은 한 번도 없었기에 지은은 그 사실이 신기하면서도 재밌었다.

네 친구는 삼 년 만에 모여 밀린 수다를 떨었다. '삼 년 동안 얼마나 많은 일이 일어날 수 있는지 물어보라'고 했던 코넬 호킹의 질문에 이들은 할 말이 많았다.

혜경은 친구들에게 청첩장을 나눠주었다. 연애한다는 티는 내도 결혼한다는 티는 내지 않던 그녀가 지은의 귀국을 기념으로 내놓은 폭탄선언이었다.

준성은 그동안 더 나은 직장으로 이직을 했고, 연애는 그새 세 번이나 했다고 했다. 물론 연애를 했다는 증거는 없었다.

선예는 북 카페를 처분하고 일 년간 아프리카를 다녀왔다. 연애 얘기는 늘 그렇듯 일체 하지 않았다.

지은은 친구들이 졸려 할 때까지 일 이야기를 했다. 회사 이야기, 동료들 이야기, 친구들이 전혀 궁금해하지 않는 실리콘밸리의 가십까지. 결국 마지막 화제는 네 친구의 공통 주제인 '옛날이 좋았지'로 넘어갔다.

혜경이 결혼 준비를 위해 일어섰다. 다음 날 다시 만날 약속을 하고 네 친구는 일찍 술자리를 끝냈다. 그러고 나니 오후 5시였다.

미국으로 돌아가기 전에 정현의 얼굴을 한 번 더 보고 싶었다. 그가 괜찮다고 하면 두 번 정도 더 봐도 좋을 것이다. 매일 보면 더 좋고.

정현의 경우와 달리, 지은은 라야의 기억을 찾고도 성격의 변화를 겪는다거나 자신을 잃어버리지 않았다. 오히려 예전보다 자신의 감정을 더 잘 이해하고 행동을 할 때 머뭇거리는 일이 줄어들었다. 심지어 그러한 변화 또한 명확히 인식하고 있었다.

이날 그 시각, 지은이 가장 하고 싶은 일은 정현을 만나는 일이었다.

지은은 초인종을 눌렀다. 문을 열고 나온 사람은 정현도 아니고 민익도 아닌, 신우였다.

두 사람은 문틈으로 서로의 놀란 표정을 바라보았다.

지은이 먼저 말문을 열었다.

"오랜만이에요, 신우 씨."

"이…… 나쁜……."

신우가 한 대 때릴 것 같은 표정을 지었다. 그래서 신우가 달려드는 순간 지은은 몸을 움찔하며 눈을 감았다. 신우는 비명을 지르며 지은을 와락 껴안았다.

지은은 집 안으로 삼켜지듯 끌려 들어갔다. 신우가 지은을 껴안은 채로 방방 뛰었다.

"나한테 말도 안 하고 그렇게 가버리고. 지은 씨한테 나는 뭔가요?"

"신우 씨죠."

지은이 눈으로 정현을 찾으며 대꾸했다.

"친구가 아니라?"

지은이 웃었다.

"저도 보고 싶었어요, 신우 씨. 연락 못해서 미안해요. 집값 벌기 바빴거든요."

"그거 연락 못한 변명으로 많이 쓰죠?"

"네, 하지만 사실이에요. 안녕하세요, 민익 씨."

민익이 거실 탁자에서 문제집을 풀면서 대꾸했다.

"바람 같은 사람이네요."

"네?"

민익이 지은을 힐끗 쳐다보았다.

"슬쩍 왔다가 태풍처럼 휘젓고 언제 왔었나 싶게 훌쩍 사라지는. 그리고 또 몇 해가 지나 다시 나타나고."

비난조의 말에 지은이 얼굴을 살짝 붉혔다.

신우가 저벅저벅 걸어가더니 노트를 말아 민익의 머리를 후려쳤다.

민익이 도저히 여자를 상대한다고 볼 수 없는 위협적인 표정을 지으며 신우를 노려보았다. 신우가 끄떡 않고 말했다.

"불손한 제자 같으니. 스승의 손님에게 그 무슨 불손한 태도야."

"제기랄, 지은 씨가 어떻게 신우 씨 손님입니까? 정현이 놈 손님이지."

지은이 끼어들었다.

"정현 씨는 어디 갔나요?"

신우가 민익이 방금 푼 문제에 빨간 색연필로 가차 없이 엑스 표시를 하고 대답했다.

"정현이 집에 없는데. 출장 갔어요."

"언제요?"

"오늘요. 몇 시간 전에요."

"언제 오는데요?"

"들었는데 흘려들어서. 다음 주랬나?"

신우가 민익을 보았다. 민익이 고개를 끄덕였다. 문제를 틀린 것을 납득한다는 고갯짓인지, 정현이 다음 주에 온다는 소린지 알 수 없었다. 지은이 초조한 말투로 말했다.

"정현 씨 폰 번호 좀 알려주시겠어요?"

"몰라요?"

신우가 색연필을 손가락 사이로 돌리면서 고개를 갸웃했다. 지은이 말했다.

"지금 번호는 몰라요."

"못 가르쳐주겠는데? 지은 씨가 정현일 스토킹 중일 수도 있는 거잖아요."

"뭐라고요?"

"함부로 남의 번호 알려주는 거 아니랬어요. 정현이가 그랬지?"

그리고 신우가 다시 민익을 보았다. 민익은 문제집에서 눈을 떼지 않고 고개를 끄덕였다.

신우가 지은을 쳐다보며 어깨를 으쓱했다.

"걔가 그런 거에 예민하거든요."

"제가 스토커로 보여요?"

"모르죠. 스토커가 얼굴에 스토커라고 쓰고 다니는 것도 아니고."

지은은 아무 트집이라도 잡고 싶어졌다.

"두 분은 지금 뭐하고 있는 거예요, 주인도 없는 집에서? 혹시 두 분, 사귀는 사이신가요?"

지은은 민익과 신우가 화들짝 놀라길 기대했지만, 두 사람은 너무나 어른스럽게 반응했다. 신우가 키들거리며 말했다.

"과외 중이에요. 내가 학창 시절 용돈벌이 삼아 과외를 적잖게 했는데, 이 친구는 그 어떤 학생보다도 놀라운 지능을 가졌어요."

"저거, 칭찬이 아니라 욕입니다."

민익이 신우의 말을 부연 설명했다. 지은이 말했다.

"왜 과외를 하필 주인도 없는 집에서?"

"정현이 집이 더 쾌적하거든요. 먹을 것도 많고. 그치?"

신우가 아이를 대하는 말투로 민익에게 물었다. 민익은 그녀를 무시했다.

눈을 떠보니 나달에게서 수업을 받았던 그 언덕이었다.

지은은 바다 쪽을 바라보며 의자에 앉아 있었다. 그리운 바람이 불고, 그리운 에메랄드빛 바다가 보였다. 뒤에는 그리운 세르노다 전경이 있을 것이다.

그리고 옆자리엔 정말 그리운 사람이 있었다.

아일.

그는 차를 마시고 있었다. 지은과 아일은 그대로 나란히 앉아 수평선을 바라보았다.

지은은 테이블을 짚고 일어나 아일의 얼굴 앞에 얼굴을 가져갔다. 차를 마시고 있는 아일이 슬쩍 입가에 미소를 떠올렸다. 그의 눈에 그녀가 비쳤다. 라야가 아니고, 한지은이다.

지은은 다시 자리에 앉았다. 그리고 또 잠시 수평선을 바라보았다.

아일이 물었다.

"행복해?"

정현의 것이 아니라 정말 아일의 목소리였다.

지은이 가볍게 대답했다.

"행복한 것 같아."

"그런 애매한 대답은 곤란한데."

"그럭저럭 행복해요."

"흠, 그럼 다행이고."

이 말투는 약간 정현 같기도 했다.

지은이 아일의 옆얼굴을 바라보며 물었다.

"거긴 살 만해요?"

아일이 바다 쪽을 쳐다보는 채로 대답했다.

"아아, 뭐. 그럭저럭."

바람이 불었다. 지은은 손을 내려다보았다. 아일과의 결혼반지가 끼워져 있었다.

잠시 만지작거리다가 머뭇머뭇 반지를 빼 테이블 위에 놓았다. 아일이 반지를 슬쩍 내려다보았다. 지은이 말했다.

"고마웠어요."

"뭐가?"

"글쎄요. 모두 다."

지은이 일어섰다.

아일이 물었다.

"가게?"

눈물이 날 것 같아 지은은 크게 바람을 들이마셨다.

"네."

두 사람은 마지막으로 미소를 주고받았다.

지은은 인사를 하지 않았다. 그냥 언덕을 내려갔다. 그러다 한 번, 중턱쯤 왔을 때 뒤를 돌아보았다.

아일이 바다를 바라보고 있는 채로 손을 흔들었다. 눈물이 왈칵 솟았다.

정현이 항상 그녀에게 손을 뻗어 기다리고 있던 장면들이 떠올랐다. 서점에서, 분교 교실에서, 브라질 호텔 야외에서, 길에서, 회사에서, 언제나, 언제나…….

주마등처럼 그 모든 장면들이 빠르게 지나갔다. 그는 언제나 먼저 와 그녀를 기다리고 있었다.

정현이 보고 싶었다. 그 순간, 지은은 그것이 가장 하고 싶었다.

더 이상 뒤를 돌아보지 않고 언덕을 달려 내려갔다. 아래에 커다란 나무가 보였다. 속도를 줄이지 않고 그대로 달린다면 나무 기둥에 부딪칠 것이 뻔했지만 두렵지 않았다. 그러면 잠에서 깨겠지. 브레이크 따위, 잡을 생각 없다.

"저기…… 대표님 이름을 부르고 있는 사람, 혹시 제 옛 직장 동료와 동일 인물일까요?"

이번 출장에 수행비서로 함께 가게 된 한석이 미간에 주름을 잡고 정현에게 물었다. 정현은 선글라스로 눈을 가리고 있는 걸로도 부족함을 느꼈는지 손으로 입을 가렸다. '저 여자, 저기서 뭐하는 거지?'라는 말이 튀어나오려고 했다.

지은이 게이트 안쪽으로는 들어가지 못하고 그 앞을 서성거리면서 정현의 이름을 간간이 외쳐대고 있었다. 줄을 선 사람들은 무료함 중에 구경거리를 찾은 듯 지은을 힐끔거렸다.

정현이 먼저 그녀를 발견하고 걸음을 멈췄고, 정현의 시선을 따라 그쪽을 쳐다본 한석이 옛 동료를 알아봤다.

정현이 한석에게 말했다.

"모른 척해줘요."

한석이 물었다.

"뭘 말씀하시는 건가요? 한지은 씨와 대표님이 사귀었다가 대표님 부모님께서 반대하시는 바람에 한지은 씨가 회사를 그만두고 유학을 떠났다는 이야기의 근거가 될 수 있는 장면을 목격했다는 사실 말인가요? 아니면 한지은 씨가 지금 저러고 있는 상황 자체를 모른 척하자는 말씀이신가요?"

"잠깐. 사내에 정말 그런 소문이 돌았어요?"

정현이 황당해하며 되물었다.

한석이 시큰둥하게 대답했다.

"아니요. 그런 소문은 없었습니다. 저희끼리 한지은 씨가 왜 갑자기

회사를 그만둔 건지 이유를 생각해보다가 나온 오십 개쯤 되는 추측 중 하나입니다."

"저희끼리?"

"비서실 사람들끼리요. 그렇게 얘기하고도 아무도 잘리지 않아서 비서실에 도청 장치가 되어 있지는 않구나 안심했죠. 참고로 방금 그 얘기는 강희 씨가 만들어낸 이야깁니다. 아시는지 모르겠지만 강희 씨는 무협 소설을 쓰기도 한답니다. 사람이 좀 허황되죠."

정현은 한석이 무협 작가와 동료를 싸잡아 험담하는 것을 무시하고 지은에게 걸어갔다.

정현이 지은의 옷자락을 슬쩍 잡아당기며 속삭였다.

"나 여기 있으니까 드라마 그만 찍어."

지은은 정현을 발견하고 울상이던 얼굴을 활짝 폈다. 그리고 정현이 도망칠세라 그의 손을 꽉 붙잡았다.

"이미 들어가버린 줄 알았어요."

"무슨 일이야? 내가 여기 있는 건 어떻게 알았어?"

"정현 씨 집에 갔었어요."

"우리 집에?"

"할 말이 있어서요. 신우 씨가 문을 열어줘서 들어갔더니 정현 씨가 출장 갔다고 해서……. 그런데 민익 씨랑 신우 씨, 정말 사귀는 사이 아니죠?"

정현이 한숨을 쉬었다.

"내가 알기론 아니야. 그런데 또 내 집에서 공부하고 있어? 청소라도 하고 가면 좋으련만."

지은이 비장한 얼굴로 말했다.

"꼭 하고 싶은 말이 있어서, 그냥 정현 씨가 연락할 때까지 기다릴 수가 없었어요. 그런 거 딱 질색이야."

정현이 선글라스로 근심스러운 눈길을 숨기고 물었다.

"하고 싶은 말이 뭔데?"

"난 그날 밤 정현 씨를 희롱할 생각이 없었어요."

"……뭐?"

정현이 귀를 의심하며 물었다. 지은이 다시 말하려고 하자 정현이 잡히지 않은 손으로 그녀의 입을 살짝 막았다. 선글라스를 쓰고 있지 않았다면 난처한 표정이 그대로 드러날 뻔했다. 정현이 구경꾼들과 지은을 쳐다보며 말했다.

"일단 여기서 나가자."

"바로 들어가봐야 하는 거 아니에요?"

"얘기할 시간은 돼."

"하지만 신우 씨가 가르쳐준 탑승 시각은……."

지은이 손목시계를 보았다.

정현은 아직도 그의 손을 잡고 놓아주지 않는 지은의 손을 보며 말했다.

"그 녀석이 장난친 거겠지."

지은이 억울한 목소리로 말했다.

"어차피 와도 시간을 못 맞출 거 같아서 처음엔 오지 않으려고 했다고요!"

정현이 잠시 사이를 두고 대꾸했다.

"하지만 왔네. 그렇게 급하게 해야 할 말이 있어?"

"사실 정현 씨가 출장을 다녀올 때까지 기다리려고 했는데, 택시에서 꿈을 꿔서……."

정현은 힘을 주어 지은의 손을 자신에게서 떼어냈다. 지은이 얼핏 섭

섭한 얼굴을 하자, 정현이 손가락으로 뒤쪽을 가리키며 눈짓했다. 그제야 멀리 서 있는 한석을 발견하고 지은이 반갑게 손을 흔들었다. 한석은 무관심한 표정에 살짝 미소를 띠고는 고개를 끄덕였다. 그러고는 상사가 부탁한 대로 맹렬히 모른 척하기 시작했다.

정현이 먼저 자리를 뜨자, 지은이 그 뒤를 쫓았다.

두 사람은 아예 건물 밖으로 나왔다. 그리고 사람들이 없는 한적한 장소에서 멈춰 섰다.

정현이 선글라스를 벗고 몸을 돌려 지은을 마주 보았다.

"희롱이 뭐 어쨌다고?"

지은이 주뼛거리다 말했다.

"혹시 그날 내가 그런 말을 한 게 정현 씨로서는 기분 나쁠 수 있겠다고 생각했어요. 하지만 하룻밤 즐겨보자는 의미로 한 말은 아니었어요."

정현이 표정 없이 말을 받았다.

"하룻밤 즐겨보자?"

"그러니까, 그런 뜻이 아니었다고요. 난 그때 그냥 그렇게 헤어지기 싫었어요. 정현 씨랑 더 오래 얘기하고 싶었고 그리고…… 더 오래 함께 하고 싶었어요. 그래서 그랬던 거예요. 그리고 정현 씨도 그럴 거라고 생각해서……."

비행기 이착륙 소리가 말소리를 덮었다.

지은은 말을 멈추고 침울하게 고개를 숙였다. 소음이 사라지자, 정현이 말했다.

"그 말을 하려고 그렇게 급하게 온 거야?"

"집에 가는 길에 택시에서 깜빡 졸았는데 꿈을 꿨어요."

지은은 꿈에서 아일과 있었던 일을 들려주었다.

그때 느낀 감정은 평생을 품어온 것을 털어내려는 것처럼 무거웠는데 말로 옮기고 보니 오 분도 채 걸리지 않았다.

정현은 아무 말도 하지 않았다. 듣는 동안에도, 이야기가 끝난 뒤에도.

지은은 몇 분 전의 의기소침하던 모습을 완전히 털어내고 힘을 주어 말했다.

"기다려줘요."

"……."

"염치없지만, 기다려줘요. 약속할게요. 이 년 뒤에 돌아올게요."

지은은 고백이란 것을 처음 해보는 사람처럼 말했다.

"정현 씨, 우리 연애해요."

잠시 지은의 눈을 들여다본 정현은 피곤한 낯빛을 보이며 얼굴을 쓸어내렸다. 그리고 공항을 드나드는 수많은 사람들에게 시선을 두고서 지은이 거절로 느낄 때까지 침묵했다.

마침내 그가 지은을 바라보았다.

"난 지금 이 순간에도 널 안고 싶고 너와 더 오래 얘기하고 싶어."

예상치 못한 솔직함에 지은이 당황한 듯 눈을 깜박였다.

그걸 보고 정현이 웃었다.

"그리고 앞으로도 좋은 일이 생길 때마다 너와 나누고 싶겠지. 라야가 바랐던 것처럼, 네가 원했던 것처럼, 죽을힘을 다해 나 혼자서도 행복하려고 했고 덕분에 지금은 그럭저럭 행복한 것도 같아. 하지만…… 아마 네가 곁에 있다면 더 행복할 거야. 내가 그리는 미래엔 항상 네가 있어."

"지금…… 프러포즈 하는 거예요?"

"아니."

정현이 단호하게 선을 그었다.

지은은 한결 더 멋쩍어졌다. 정현이 미소를 짓고 더 가까이 다가섰다.

"출장을 다녀와서 널 찾아갈 생각이었어."

그리고 주위를 둘러보며 목소리를 낮추었다.

"이런 곳에서 이 말을 하게 될 줄은 몰랐는데. 머핀 타워를 지주 회사 체제로 전환할 계획이야."

지은이 입을 떡 벌렸다.

"지금 이 순간에 회사 구조 개편 얘기를 하는 거예요? 이 무슨 황당한……."

"황당한 걸로 치면 대뜸 장거리 연애를 제안한 너만 할까."

"장거리 연애가 어때서요?"

지은이 손가락을 하나씩 꼽으며 말했다.

"우리는 이미 한 번 연애를 해봤죠, 그리고 헤어져도 봤죠, 멀리 떨어져 있어도 봤죠, 엄청 오래된 일이지만 결혼도 해보고……. 아, 우리가 결혼을 한다고 해도 그게 재혼이란 얘기는 아니에요."

"그런 얘기를 아무렇지도 않게 하는 게 너의 괴상한 부분이지. 생각해 봤는데 라야 때의 기억을 찾고도 네 성격에 변함이 없는 건 라야의 이상함보다 지은 씨의 이상함이 커서인 거 같아. 그러니까 라야의 괴상함은 지은 씨의 괴상함의 진부분집합인 거지."

"그런 괴상한 사람이랑 미래를 그리는 정현 씨는 어떤 사람인데요?"

"그림은 그리다가 아니다 싶으면 접어버릴 수도 있어."

"어떻게 그런 못된 말을."

"너와 말싸움 더 하고 싶지만 시간이 없어. 일단 들어봐. 알겠지만 지금 머핀 타워는 게임 제작과 퍼블리싱 말고도 연관성이 다소 떨어지는 사업도 하고 있어. 사업부가 그새 많이 늘어났지. 그것들을 독립시킬 거야."

"이런 얘기는 비행기 엔진 소리를 들으면서 할 게 아니라 귤 까먹으면서 해야 하는 거 아니에요?"

"귤 까먹으면서 할 소리도 아니지. 머핀 타워는 게임 제작만 가지고 나가고 지금 우리 회사의 CTO를 맡고 있는 친구가 머핀 타워의 새 CEO가 될 거야. 나랑 대학 동기야. 창립 멤버 중 한 명이지."

"그럼, 정현 씨는요?"

"사업부 중에 이것저것 당장 돈이 되는 곳에 투자를 하기도 하고 미래에 돈이 될지 말지 알 수 없는 곳에도 투자하는 곳이 하나 있는데, 그걸 내가 맡을 거야."

"그 정도로 풀어서 얘기할 필요는 없어요. 벤처나 미래기술에 투자한다는 말 아니에요?"

"무시할 생각은 없었어. 얼마 전 모교 강연을 다녀와서 그래."

지은은, 후배들을 앞에 두고 강연을 하는 동안 그들을 재우지 않기 위해 애쓰는 정현의 모습을 상상했다. 그래서 웃었더니 정현이 따라 웃고 말했다.

"나도 그러고 있던 내가 웃기니까 마음껏 웃어. 그리고 내가 맡을 회사의 본사는 쿠퍼티노에 주소를 두고 있어. 지금 출장을 가는 것도 그것 때문이고."

지은이 멍한 표정으로 입을 다물었다.

정현이 손목시계를 보았다. 지은이 물었다.

"정현 씨가 캘리포니아로 온다고요? 우리 집 근처로요?"

"집 주소가 쿠퍼티노야? 그건 몰랐네. 대충 가깝겠다고만 생각했지."

정현이 감흥 없는 얼굴로 대꾸했다.

지은이 입을 벌리고 한 발짝 뒷걸음질 쳤다.

"와, 와."

"혹시 나랑 다시 만나고 싶은 게 아니라 순전히 장거리 연애를 해보는 게 목적이었어? 어째 반기는 반응이 아니네."

지은이 손가락으로 정현의 얼굴을 겨누었다.

"이렇게 감쪽같이 나를 속이고 뒤에서 음흉하게 모든 계획을 세워놓고도 호텔에서 날 찼어요? 나한테 미련이 이렇게 많이 남아 있으면서?"

"내가 아무리 제정신이 아니기로서니 지은 씨한테 가려고 멀쩡한 회사를 지주 회사로 바꾸고 자회사 중 하나를 미국에 둘까."

"그래요, 그건 좀 억측이네요. 그럼, 정현 씨는 지금 위치에서 강등된 건가요?"

정현이 싱긋 웃고 말했다.

"겉보기엔 그렇지."

그리고 그는 다시 손목시계를 봤다.

"가봐야겠어."

지은이 실실 웃으며 자리를 비켜주었다. 정현이 스쳐 지나가며 말했다.

"그러니까 이번에 기다려야 할 사람은 내가 아니라 너야."

그는 그녀를 뒤에 두고 몇 발자국 갔다가 멈춰 섰다. 그리고 뭔가 생각하더니 다시 돌아왔다. 그는 잠시 머뭇머뭇하더니 몸을 숙여 지은의 뺨에 입을 맞췄다.

그녀와 처음 키스를 해본 사람처럼 정현의 얼굴이 살짝 붉었다. 그걸 보고 지은이 웃자 정현은 아주 잠깐 쑥스러운 표정을 지었다가 다시 그녀의 얼굴을 감싸고 깊게 키스했다.

그러고는 눈 맞출 틈도 주지 않고 선글라스를 쓰더니 걸어가버렸다.

그가 제법 멀리 갔을 때 지은이 불렀다. 정현이 돌아보았다.

"연애하자고는 했는데 이 말을 안 해서요! 듣고 가요!"

정현이 그 자리에 서서 머리를 갸웃했다. 지은이 소리쳤다.

"……!"

그 순간 비행기 이착륙 소리가 그녀의 말을 덮었다. 몇 번 더 말했지만 그녀의 목소리는 그에게 닿기 전에 착실히 지워졌다.

지은이 얼굴을 붉혔다. 정현은 선글라스를 벗고 그녀 쪽을 계속 쳐다보고 있었다. 마침 버스에서 단체로 승객이 내렸는지 사람들이 몰려왔다. 비행기가 멀리 사라지고 소리도 잦아들었지만 다시 그 말을 하려니 부끄러웠다.

그때 정현이 소리쳤다.

"나도 그래!"

정현을 처음 만난 날, 그가 지었던 표정을 그녀는 기억한다.

그가 그때와 같은 얼굴로 웃었다.

'그래봤자 별수 없어. 날 사랑하게 될 테니까.' 하는 그 표정으로.

80

정현이 미국에 오고 반년 뒤쯤의 일이다.

"술이라도 마시면 오히려 내 발을 덜 밟지 않을까?"

정현이 지은에게 말했다. 그러고는 지나가는 서버를 붙잡았다.

지은은 정현이 건네는 샴페인을 받아 들고 말했다.

"머리는 라야 때 췄던 춤을 기억해요. 그런데 몸이 안 따라준다고요."

그리고 샴페인을 주스처럼 마셔버렸다.

몇 주 전, 지은은 정현에게 회사 동료의 결혼식에 함께 가줄 것을 부탁했다.

두 사람은 주를 넘어 1박 2일 일정의 결혼식에 참석했다. 신부의 부모가 운영하는 농장에서 결혼식이 열렸다. 지은이 지금껏 봐온 결혼식 중 가장 아름답고 즐거운 결혼식이었다.

리셉션 중에 지은은 춤을 추면서 정현의 발을 세 번이나 밟았다. 네 번째는 정현이 피했다.

지은이 말했다.

"춤을 출 때마다 내 발이 내 생각보다 몇 박자는 느리게 움직이는 것 같아. 정현 씨도 그런 걸 느낄 때가 있어요? 아일 때보다 몸이 둔해진 듯한 느낌?"

"아니. 그다지. 별로."

정현은 지은이 더 미안하도록 세 번에 걸쳐 부인했다.

지은의 이웃 친구이자 실링의 네트워크 엔지니어인 데니스가 접시 한 가득 핑거 푸드를 들고 와서 끼어들었다.

『엿듣고 싶은데 영어로 얘기해줄래요?』

지은이 그의 접시 위로 손을 뻗으며 말했다.

『내 춤 솜씨에 대해서 얘기하고 있었어.』

『아, 그거라면 끼어들 수 있겠네. 선언하는데, 난 네 댄스 파트너는 하지 않을 거야. 그리고 내 먹을 거에 손대지 마. 저기로 가. 저 망아지 복장 한 사람 옆에 잔뜩 있다고.』

데니스는 음식 테이블 옆을 서성이는 갈색 슈트를 입은 남자를 가리켰다. 지은은 입맛을 다시면서 그쪽으로 뛰어갔다. 그러자 데니스가 정현에게 은밀히 다가서며 말했다.

『내게 가정용 정원 어플에 관한 아이디어가 있는데 한 번 들어보겠어요? 자, 이런 겁니다.』

데니스는 오 분간 자신이 개발한 정원 자동 관리 애플리케이션에 대해 설명했다. 지은이 돌아오고 신랑 신부가 인사를 하러 오면서 데니스의 투자 유치 프레젠테이션은 중단되었다.

결혼식에 와준 모든 사람들에게 감사의 말을 전한 신랑 신부는 다시 식장의 중앙에 서서 사람들의 주의를 끌었다. 신랑이 손님들에게 말했다.

『제 인생의 가장 기쁜 날이니만큼 제가 사랑하는 사람들에게도 오늘이 즐거운 날이길 바랍니다. 물론 저만큼 즐겁길 바라는 건 제 욕심이겠지만요. 네, 저보다 즐거울 순 없죠.』

사람들 사이에 즐거운 웃음이 물결처럼 번졌다. 신랑이 다시 신부를 바라보았다.

『나에 대한 배타적 독점권을 누구도 아닌 당신에게 줄 수 있게 되어 기뻐.』

사람들이 다시 웃음을 터뜨렸다. 신랑이 초대객과 신부에게 차례대로 미소를 던지고는 신부에게 한 번 더 결혼 선서를 했다.

『살아 있는 동안 당신에게 충성스러운 사랑을 맹세하겠어.』

신랑과 신부가 키스했다. 초대객들이 박수를 치고 짓궂은 누군가는 휘파람을 불고 어떤 이는 축복의 말을 날렸다. 정현이 박수를 치며 지은의 귀에 속삭였다.

"나가자. 산책하고 싶어."

"나랑 더 이상 춤추기 싫어서 그런 건 아니죠? 잠시만요, 마티니 한 잔만 더 마시고요."

지은은 바(bar)로 달려갔다.

두 사람은 농장을 나와 비포장 길을 걸었다. 양옆으로 광활한 논밭이 펼쳐져 있었다. 논밭은 지평선까지 닿아 있는 것처럼 보였다. 지은은 농장을 나오자 멀리 보이는 높은 나무를 가리켰고 두 사람은 거기에 다다를 때까지 걷기로 했다. 금방 날이 저물고, 흐릿하던 달은 어둠 속에서 선명해졌다. 농장 건물에서 들려오는 음악 소리가 점차 줄어들고 아무것도 들리지 않게 되었을 때에도 나무는 멀리 있었다.

정현이 휴대전화 플래시를 켜며 말했다.

"저 나무, 신기루 같은 건 아니겠지?"

"오 분만 더 걷다가 그래도 못 도착하면 돌아가요."

"술은 깼어?"

"취한 적도 없어요."

6분을 더 걸었다.

지은이 우뚝 멈춰 섰다.

"좋아요. 돌아가요."

정현이 고개를 끄덕이고는 플래시를 반대 반향으로 돌린 뒤 농장 쪽으로 걸어갔다. 세 발짝을 더 간 뒤, 따라오지 않는 지은을 돌아보았다.

"왜, 또 마음이 바뀌었어? 기어코 나무까지 가봐야겠어?"

"나한테 할 말 없어요?"

지은이 그를 똑바로 응시하며 물었다.

정현은 플래시를 바닥으로 향하게 하고서 생각에 잠겼다. 그가 고개를 들었다.

"아니. 없는데."

"정말 없어요?"

정현이 한 손을 들었다.

"그냥 내가 뭘 잘못했는지 바로 말해주면 고맙겠어. 아까 밟힌 발등이 슬슬 욱신거리고 있거든."

"일부러 밟은 거 아니에요."

지은이 달려들 듯 다가와 정현의 몸을 여기저기 뒤졌다.

정현은 그녀의 손에 몸을 맡기고 차분한 목소리로 말했다.

"날 수색하고 싶어서 어떻게 참았어. 다 만져도 되는데 거긴 만지지 마. 그래, 거기. 그 옆도 건드리지 마."

지은이 정현의 코트 주머니에서 작은 상자를 찾아내 그의 눈앞에 들이밀었다.

"이건 뭐예요?"

정현이 반항조로 말했다.

"……뭐긴 뭐야. 상자지."

갈색 가죽 재질의 원형 케이스는 얼핏 봐서는 반지 상자를 떠올리지 못할 만큼 작았다. 상자 안엔 은색의 반지 하나가 들어 있었다.

지은은 그것을 잠시 감상한 뒤 눈을 올려 떴다.

"둘 중 하나겠죠. 정현 씨가 바람이 난 거거나, 나한테 청혼하려는 거거나."

정현은 팔짱을 단단히 끼고 허리를 곧추세웠다.

"난 너한테 살아 있는 동안 충성스러운 사랑을 맹세했어."

"다른 사람의 결혼 서약을 장난스럽게 사용하지 마요."

지은은 그의 얼굴 앞에서 상자를 흔들어 보였다.

"정현 씨는 한참 동안 이걸 가지고 다녔잖아요. 데이트할 때마다 매일매일. 처음에는 좋았어요. 둘째 주까지도 설렜어요. 그런데 오늘까지도 아무 말이 없으니까 일부러 빈 상자를 가지고 다니면서 날 가지고 노는 건가, 정현 씨라면 날 그런 식으로 놀리고도 남아서 분해서 잠도 안 와요. 불면증이 생겼다고요. 내가 하길 원해요? 내가 프러포즈할까요?"

"줘봐."

정현이 손을 까닥거렸다. 지은이 상자를 넘겨주자, 그는 반지를 꺼내 그녀의 손에 끼워주었다. 그러고는 코트 주머니에 두 손을 찔러 넣고 말했다.

"됐지? 딱 맞네."

지은은 반지가 끼워진 손을 접지도 못하고 그대로 든 채 부들부들 떨었다.

"이…… 낭만이라고는 고양이 눈물만큼도 없는……."

"며칠 전 라야 꿈을 꿨어."

정현은 자신을 빤히 쳐다보는 지은의 눈을 곧게 바라보았다.

그가 한 번 더 말했다.

"라야를 만났어."

정현은 벤치에 누워 라야의 무릎에 얼굴을 기대어 자고 있었다.

　나달을 만났던 세르노다의 언덕.

　그곳에서만 느낄 수 있는 바람, 그곳에서만 맡을 수 있는 향기. 바람을 품고 있는 햇살 향기, 석양이 품고 있는 바람 향기, 그리고 바다가 품고 있는 생명의 향기. 테이블 벤치가 피부에 닿을 때 느껴지는 감촉까지.

　모든 감각이 선명했다.

　그의 머리를 쓰다듬고 있는 라야의 손길도, 하늘도, 모두 진짜였다.

　멀리 수도원의 종소리가 들려왔다. 꿈속인 걸 알지만 잠이 몰려왔다. 그대로 잠이 들면 이 꿈에서 깰지, 아니면 더 깊은 잠에 빠져들지 궁금했다.

　몸을 뒤척여 하늘을 바로 올려다보았다. 정현의 눈이 아련해졌다. 오랫동안 꿈속에서 보는 이것들이 진짜라고 생각했다. 그래서 도리어 지금 그의 몸이 있는 세상의 일이 꿈처럼 여겨질 때도 있었다.

　몸을 일으키고 앉아, 또 오랫동안 라야와 같은 곳을 바라보았다.

　아로마니의 수평선.

　정현은 잠시 그 모든 것을 아무 생각 없이 즐겼다. 그는 그것들을 누릴 자격이 있었다. 물론이고말고.

　한참 동안 그렇게 있다가 정현이 벤치에서 일어났다. 라야가 물었다.

　"가게요?"

　정현이 머쓱한 미소를 지었다.

　"아…… 그러려고."

　라야가 떼를 쓰듯 말했다.

"안 가면 안 돼요?"

"……응. 안 가면 안 돼."

"계속 이렇게 있으면 안 되나?"

정현이 대답 대신 조용히 웃었다. 라야가 머리를 기울였다.

"흐음, 날 더 이상 사랑하지 않나 봐."

계속 앞만 보고 있던 라야가 고개를 돌려 그를 올려다보았다. 다음 말을 알고 있다는 듯한 눈이었다. 아름다운 에메랄드빛 눈동자. 이 눈을 오래도록 사랑했다.

정현이 말했다.

"고마웠어."

라야의 눈에 눈물이 어렸다. 하지만 기쁘게 웃고 있었다.

그녀가 새치름한 표정을 지으며 말했다.

"나도 당신 필요 없다, 뭐. 나한테는 그 사람이 있으니까."

정현이 웃었다.

그래, 당신한테는 그가 있지.

그래서, 나도 괜찮은 거야.

마치 세상이 그녀를 위해 숨을 멈추고 있다는 생각이 들었다.

저 멀리 여간해선 닿지 않는 나무가 솟아 있고, 논밭이 보이고, 개울이 흐르는 소리가 들리고, 검은 하늘이 굽어 내려다보고, 별이 올려다보였다. 그 모든 것들을 증인 삼아, 정현이 말했다.

"서정현이 한지은을 사랑한다고 말하고 있는 거야."

그가, 뻣뻣하게 굳어버린 듯 손을 내민 채 그대로 서 있는 지은의 손을 잡았다. 그리고 반지가 끼워진 손가락에 키스했다. 지은은 울컥 솟아 오르는 감정을 참아내려 미간을 찡그렸다. 정현이 말했다.

"지난 몇 년간, 네가 내 눈앞에 없더라도 어딘가에서 건강하게, 웃으면서 하고 싶은 일을 하며 살고 있다는 거, 그 사실만으로도 나는 행복할 수 있었어. 적어도 헤어질 때 그 순간은 너도 내 마음과 다르지 않았을 거라 생각해서 나도 건강하게, 즐겁게 살려고 했어."

정현이 다가섰다.

"평생 슬프지 않게, 외롭지 않게 해주겠다는 약속은 하지 않겠어. 거짓말이 될 테니까. 하지만 만약 슬프고 외로운 순간이 오더라도 돌아보면 항상 내가 있을 거야."

그가 한 손으로 그녀의 찌푸린 이마를 쓰다듬었다.

"결국 우리가 떨어지게 되는 순간이 온다고 해도 남은 사람이 씩씩하게 오늘을 살아갈 수 있도록, 그런 시간을 만들어줄게. 매일매일, 너와 날 위해서 오늘을 살아갈 거야. 약속해."

지은은 한참을 있다가 대답했다.

"나도요."

"그렇게 짧게 하고 넘어가기야?"

"평생 아프지 않게, 외롭지 않게 해주겠다는 약속은 나도 안 할게요. 결국 우리가 떨어지게 되는 순간이 온다고 해도…… 남은 사람이 잘 살아갈 수 있게, 그런 오늘을 만들어가요. 나도 매일매일 정현 씨와 날 위해서 살아갈 거야. 약속해요."

그리고 지은이 덧붙였다.

"신부에게 키스하세요."

정현은 지은의 유머 감각이 마음에 들어 죽겠다는 듯 고개를 젖히며 웃었다. 그리고 곧 그녀의 얼굴을 잡고 오래 입을 맞추었다.

지은이 수줍게 눈을 내려뜨고 말했다.

"정현 씨의 계획을 내 마음대로 앞당겨서…… 이런 곳에서 프러포즈하게 만들어서 미안해요."

"아니야."

정현이 미소를 짓고 다시 키스할 것처럼 입술을 가까이 했다. 그리고 속삭이는 목소리로 말했다.

"논두렁에서 약혼식이라니 근사해서 미치겠어."

"몸도 무거운데 이제 내려오지 마. 우리가 올라갈 테니까."

태원이 대문 앞까지 따라 나와 걱정스러운 얼굴을 하고 말했다. 지은이 웃으며 손사래를 쳤다.

"십구 주째인걸. 집에만 있는 것보다 나아."

"네 아빠 호들갑은 바다를 건너 결국 널 한국으로 불러들였지."

화연이 반찬을 바리바리 싼 가방을 동현의 손에 쥐여주었다.

"난 엄마 곁에서 낳고 싶었어."

지은이 그다지 많이 나오지 않은 배를 손가락으로 가리켰다.

동현이 말했다.

"어차피 매형이 다시 한국으로 돌아와야 했잖아. 타이밍이 맞았던 거지, 아빠 때문은 아니야."

태원이 불퉁하게 중얼거렸다.

"바쁜 척하는 놈."

세 사람이 동시에 태원을 나무랐다. 태원의 입이 튀어나왔다. 화연이 드물게 날카로운 목소리로 말했다.

"언제까지 그럴 거예요?"

"평생 그럴 거야! 세상천지 다 물어봐. 외국 땅에서 부모 몰래 동거하다가 결혼도 하기 전에 애 임신시키고 그러면 죄송합니다 하고 지 마누라 옆에 딱 붙어 있어야지, 허구한 날 출장이다 뭐다 돌아다니는 놈을 세상천지 어떤 부모가 좋아하나!"

동현이 점잖게 지적했다.

"올 때마다 매번 그 소리. 목소리가 얼마나 큰지 동네 사람들 다 듣겠어."

화연이 거들었다.

"어떨 땐 자랑하려고 일부러 저러나 싶을 때도 있어."

태원이 마땅한 반박을 생각해내지 못해 부들부들 떨고 있을 동안 지은이 말했다.

"아빠, 몇 번을 얘기해요. 그 사람이 임신을 시킨 게 아니라 우리가 아이를 가진 거야. 그리고 결혼식도 잘했잖아요."

태원이 쏘아붙였다.

"임신한 채로 했잖아. 그것도 무슨 번갯불에 콩 구워 먹는 것처럼. 어떤 사람들은 결혼 준비만 일 년을 한다던데."

"임신하지 않고 했어도 난 결혼 준비를 그렇게 길게 하지는 못했을 거야."

지은이 생각만 해도 끔찍하다는 듯 몸서리를 쳤다. 동현이 휴대전화를 보고 말했다.

"기차 시간 다 됐어. 가봐야 돼."

태원이 금방 온화한 표정을 하며 말했다.

"조심해서 잘 가. 다음에는 꼭 정현이랑 같이 오고."

"거긴 몇 시예요?"

지은이 벽시계를 보며 물었다. 정현이 화상 통화 중에 손목시계를 보았다.

– 오후 1시 다 돼가.

"여긴 저녁이에요. 보고 싶어."

지은이 애교를 섞어 말했다. 정현이 웃음을 터뜨렸다. 웃음이 길어지자 지은이 정색했다.

"부인의 애교에 기분이 좋아서 웃는 게 아니라 개그 프로 보고 웃는 것처럼 웃네요."

– 아니야, 곡해하지 마. 나도 보고 싶어. 최대한 빠른 편으로 갈게.

"선물은 말했던 그거 하나면 되니까 미적거리지 말고 빨리 와요."

– 알았어. 아버님, 어머님은 잘 뵙고 왔어?

"엄마는 이제 나보다 더 건강해지신 거 같고 아빠는 똑같죠 뭐. 매번 하는 소리."

– 이제 와서 말이지만, 난 아버님한테 죽을지도 모른다고 생각했어.

"몇 번 시도는 했잖아요. 당신이 잘 피해서 다행이었지."

– 내가 딸이 생긴다고 생각하니까 요즘은 아버님 심정이 이해가 돼. 내가 같은 상황을 겪는다고 상상하니 내가 딸의 상대에게 무슨 짓을 할지 모르겠어.

조금 전보다 한결 차분해진 목소리에서 섬뜩함이 느껴졌다.

지은은 소름이 돋은 팔을 문지르며 말했다.

"아직 오지도 않은 미래를 상상하면서 분노하지 말고 어서 오기나 해요. 아, 내일 선예랑 만나기로 했어요."

정현이 싱긋 웃으며 지은의 뺨을 만지듯 휴대전화 화면을 만지는 것이 얼핏 보였다.

– 잘 놀다와. 몸조심하고.

지은은 휴대전화 화면을 향해 손을 흔들고 먼저 통화를 끊었다.

정현이 머핀 타워의 지주 회사인 프런티어로 오게 되면서 두 사람은 한국으로 복귀했다.

지은이 회사에 한국으로 가야겠다는 의사를 전하자, 사장인 그녀의 은사는 '지랄 마, 한지은.'이라고 욕부터 날렸다. 지은이 이어서 바로 임신 소식과 이미 약혼했다는 사실을 말하자, 안 교수는 심호흡을 한 뒤 축하한다고 말해주었다. 안 교수는 애제자의 결혼을 진심으로 축하하면서도 그녀의 경력이 끊기는 걸 바라지 않았다.

"나중에나 물어볼 거였는데, 네 사표를 찢어버리려면 지금 말해야겠군."

"사표 안 냈는데요. 출산 휴가를 신청할 계획이었어요."

"닥치고 들어. REVU, 아페오, 윤희석, 김광호, 박희연. 이중에서 네가 모르는 게 뭐야?"

안 교수의 질문에 지은이 잠시 생각하고 대답했다.

"REVU와 아페오는 한국 디자인사고, 두 분은 우리 학교 선배님들 아닌가요? 김광호 씨는 누군지 모르겠네요. 하지만 느낌상 소위 잘나가는 사람들이란 건 알겠어요."

"잘나가는지는 모르겠지만 그들이 뭉쳐서 회사를 하나 만들 거야. 이미 진행하고 있어. 그리고 그게 우리 회사의 한국 지사가 될 거야."

"우와, 우리 회사 엄청 잘나가네요."

"그 잘나가는 회사를 나가겠다고 하는 멍청한 너를 내가 붙잡아야 하는 건지 모르겠다."

지은이 두 손을 깍지 끼고 감동 먹은 표정을 해 보였다.

"저한테 그 회사를 맡기시겠다는 건가요?"

"개소리 마."

"농담이었어요."

그리고 지은은 말조심 해달라는 것처럼 자기 배를 가리켰다. 그것조차 농담이었지만 안 교수는 그 뒤로 욕을 하지 않았다. 그가 말했다.

"한국 가서 출산 잘하고, 거기로 다시 출근해. 잠깐 쉬었다고 감 잃어버리면 두고 볼 것도 없이 잘라버리라고 해둘 거니까 그렇게 알고."

"라저, 명을 받들겠습니다."

지은이 경례를 붙였다. 안 교수는 또 욕을 날리려다가 멈칫하더니 꺼지라는 듯 손을 흔들었다. 지은은 종종걸음으로 사장실을 나왔다.

두 달 후, 지은과 정현은 한국으로 돌아왔다.

그리고 지은은 출산 휴가를 제대로 보내고 있었다.

벨기에로 출장을 간 정현이 귀국행 비행기를 타기로 한 날, 지은은 카페 레스토랑에서 선예를 만났다.

"백수 생활은 어때?"

선예는 자리에 앉자마자 그렇게 인사를 날렸다. 지은이 말했다.

"백수가 아니라 출산 휴가 중이야."

"그렇다고 치자. 결혼 생활은 어때? 소문처럼 지옥 같고 무덤 같아?"

시간이 흘러도 네 친구의 관계에는 아무 변화가 없었다. 그들은 몇 달 만에 만나도 늘 그 자리에 같은 모습으로 있어주는 존재들이었다. 각자 사는 게 바빠 전만큼 자주 모이지 못한다는 게 아쉬울 뿐이었다.

지은은 선예의 질문에 뭐라고 대답해야 할지 고민했다. 선예가 그걸 보고 말했다.

"이럴 땐 네가 '어머, 그렇지 않아. 그이가 얼마나 잘해준다고, 오호호.'라고 대답하면 내가 욕을 날린 뒤 네게 한턱 얻어먹는 걸로 진행돼야 하는 거야."

"그이가 얼마나 잘해준다고, 오호호."

"이미 늦었어."

지은이 메뉴판을 보며 말했다.

"밥부터 먹자. 난 이거 먹을래. 이것도. 이것도. 그리고 이것도."

"넌 입덧도 없어?"

"그리고 이것도 먹을 거야."

같은 날, 벨기에 공항.

"선물로 고르신 게 그건가요, 대표님이 좋아서 사시는 건가요?"

한석이 면세점에서 스머프 인형을 사고 있는 정현을 보며 물었다. 정현이 금발의 스머페트 인형을 껴안고 말했다.

"지정 선물입니다. 나한테 거부할 권리는 없죠."

한석이 눈썹을 치켜떴다.

"저도 베이비 스머프를 하나 사서 선물로 드릴까요?"

"좋아요. 그럼 나도 투덜이 스머프를 사서 지 비서에게 선물로 줄게요."

"……왜 하필 투덜이 스머프인가요?"

"별뜻 없어요."

"이왕이면 똘똘이 스머프로 사주세요."

매장을 나오자 두 사람 앞으로 무장을 한 경찰들이 지나갔다. 한가롭게 점심때 뭘 먹을지 얘기하는 공항 경비의 모습이 아니라 준전시 상황의 군인이라고 해도 될 법한 모습이었다.

한석이 그들을 쳐다보며 정현에게 말했다.

"여긴 올 때마다 여전하네요."

"국제 행사가 있다고 하니 더 그런 거겠지요. 대비해서 나쁠 건 없죠."

정현이 스머프 인형을 요리조리 돌려 보며 대답했다. 한석이 뚱한 얼굴을 했다.

"제가 배낭여행을 할 때만 해도 세상 분위기가 이 정도로 살벌하지는 않았어요. 검색대에서 그리 오래 기다리지 않아도 됐고요. 테러 때문이라고는 해도 매번 이러니 전쟁 중인 국가들을 지나는 것 같다고요. 기분이 영 별로예요."

정현이 웃었다.

"지 비서, 우리는 실제로 휴전 중인 국가에서 왔어요."

"할 말이 없군요."

"난 이게 좋은 방비라고 생각해요."

"이래도요?"

경찰이 다른 매장에 들어가려고 하는 두 사람을 붙잡았다. 불심 검문이었다.

한석이 코트 안쪽 주머니에서 보딩 패스와 여권을 꺼내 보여주며 중얼거렸다.

"성인 남자가 스머페트 인형 같은 걸 들고 있으니까 붙잡힌 거라고요."

"이것 봐요, 투덜이 스머프. 이건 벨기에의 대표적인 관광 상품이라고."

정현이 점잖게 반박했다.

공항 경찰은 위압적인 억양으로 두 사람의 가방까지 보자고 했다. 한석이 먼저 가방을 열어 안을 보여주었다. 경찰은 그의 가방에서 자극적인 원색의 봉지를 집어 들었다.

한석이 같은 봉지를 뜯으며 투덜거렸다.

"초콜릿이에요. 니들 나라에서 산 초콜릿 과자라고."

경찰은 꼼꼼히 두 남자를 검문 검색했다. 한석이 떫은 표정으로 중얼거렸다.

"인형 배도 갈라보라는 건 아니겠죠?"

"지 비서, 난 조용히, 최대한 빨리 여길 지나가고 싶어요."

정현이 한숨을 쉬었다. 한석은 입에 지퍼를 채우겠다는 시늉을 했다.

경찰이 협조를 해줘서 감사하다는 인사를 하고 나서야 두 사람은 자유로워졌다. 한석은 정현에게 양해를 구하고 화장실 쪽으로 급히 달려갔다. 정현은 느긋하게 그 뒤를 쫓았다.

한석이 잰걸음으로 화장실로 먼저 쏙 들어갔다. 안에 있던 유일한 사람이 한석과 어깨를 스치며 나간 덕분에 그는 조용한 공간에서 편히 용변을 볼 수 있었다.

한석이 세면대에서 손을 씻고 있는 정현을 힐끗 쳐다보았다.

"다음 달 21일에 뭐 하세요?"

"내 일정을 지금 내 비서가 나한테 물어보는 겁니까?"

정현이 페이퍼타월로 손을 닦으며 한석을 쳐다보았다. 한석이 말했다.

"그날은 일요일이고, 대표님에게 사적인 일정이 있는지는 저도 모르는 거니까요."

정현은 잠시 눈을 공중에 두었다.

"다음 달 21일은…… 지 비서 결혼식이 있군요. 아무래도 오전엔 거기 참석하지 않을까요?"

"늦은 부탁 같지만 주례 좀 해주시겠어요?"

정현이 황당한 표정으로 한석을 돌아보았다.

"늦은 부탁이 아니라 이른 부탁이죠. 내 나이가 몇인데 주례예요. 내 나이가 많다고 해도 주례를 할 생각은 없습니다."

"해주세요."

"대체 그 망할 아이디어는 누구 머리에서 나온 겁니까? 신랑인가요, 신부인가요?"

"신부요. 무협 작가라 사람이 좀 허황되죠. 하지만 저도 이번만은 좋은 생각이라고……."

그때 폭탄이 터졌다.

81

"내가 임신을 했다고 해서 나를 어린애 취급하는 건 못 참아요."

밤늦게 집으로 온 인후에게 지은이 표정을 지운 얼굴로 경고했다. 그녀의 의지로 표정을 짓지 않는 것은 아니었다. 그녀의 뇌가, 어떻게 근육을 움직여야 할지 혼란스러워하는 상태에 가까웠다.

"그러니까 다섯 살 어린애한테 아빠가 왜 안 오는 건지 설명하는 것처럼 내게 그냥 기다리라고 할 생각 마요."

인후가 지은에게 앉으라는 손짓을 했다. 그녀는 그대로 서 있었다.

그는 그녀가 앉지 않으면 말하지 않겠다는 태도를 취했기 때문에 지은은 어쩔 수 없이 소파에 앉았다.

인후는 그녀가 보고 있던 뉴스로 잠시 눈을 돌렸다.

뉴스는 여섯 시간 전 벨기에 공항에서 일어난 폭탄 테러를 속보로 다루고 있었다. NATO에서 반테러 협력을 위한 회의가 열렸고 그것을 겨냥한 테러가 벨기에 공항과 시가지에서 연쇄적으로 발생했다.

사건 발생 직후, 벨기에 경찰은 인터넷에 테러 예고 영상을 올린 범인 다섯 명 중 세 명을 검거했다. 하지만 벨기에 공항 건물과 시 건물들이 일부 무너지면서 잔해에 깔린 사상자들을 찾는 작업은 계속되고 있었다.

같은 시각 벨기에 공항에 있던 CEO가 증발해버리자, 프런티어는 발칵 뒤집혔다. 늦은 시간임에도 한 시간 전 긴급 이사회가 소집되었다. 회사가 빠르게 손을 써, 몇 달 전 새로 취임한 프런티어의 대표가 테러

현장에 있었고 현재 실종 상태라는 것이 뉴스로 나오지는 않게 되었다.

지은은 사상자 숫자가 변할 때마다 무서운 것을 보는 것처럼 TV 화면에서 시선을 돌렸다. 인후는 리모컨을 집어 TV를 꺼버렸다.

그가 차분한 목소리로 말했다.

"현지에 우리 직원들이 있습니다. 어쭙잖은 기자나 게으른 경찰보다는 더 빨리 소식을 얻을 수 있을 테니 걱정하지 마요."

"지금 내가 프런티어 직원들이 얼마나 능력 있는지 물은 게 아니잖아요."

"정현이가 현장에 있었던 건 맞습니다. 사고가 있기 세 시간 전에 우리 직원이 공항에 그와 비서를 내려줬거든요."

인후가 힘이 든 듯 한숨을 몰아쉬었다.

"그래도 다행인 건 아직 시신이 발견되지 않았다는 겁니다."

지은은 신경이 일시에 무너지는 듯한 웃음소리를 냈다.

"다른 것도 아닌 폭발 사고예요. 시신을 찾지 못했다는 건 좋은 소식이 못 돼요."

친구와 대표와 부하 직원을 동시에 잃어버린 인후도 스트레스를 버텨내느라 힘들었다. 그래서 말투가 점점 까칠해졌다.

"정현이와 한석 씨가 부디 무너진 건물 더미 밑에 안전하게 있길 빌자고요."

지은은 배려를 걷어낸 인후의 말투가 훨씬 마음에 들었다. 그래서 그녀도 솔직해질 수 있었다.

"저한테 가만히 빌고 있으란 건 고문을 견디라는 것밖에 안 돼요."

"그렇게 말해도 견디라는 말밖에는 못해주겠습니다."

"명령처럼 들리는 위로 말고 다른 말을 해주세요."

"그럼 계획을 말하죠. 저는 다섯 시간 뒤에 공항으로 갈 겁니다. 그것도 이스탄불로 갔다가 암스테르담에서 내려서 저희 직원 차를 타고 벨기에로 들어가야 합니다. 기차고 뭐고 지금 모두 운행이 중단된 상태라니까요. 그것도 계획이 중간에 어떻게 바뀔지 모르겠습니다. 솔직히 말해서 전 지금 제 몸 하나 움직이는 것도 힘이 듭니다. 그러니까 따라올 생각 마요."

"솔직하게 말해줘서 고마워요."

인후가 두 손으로 이마를 짚었다.

지은의 사회성은 그에게 괜찮냐고 물어보라고 했지만 그녀는 지금 세상 그 누구도 위로해줄 형편이 못 되었다.

인후가 자기혐오가 뚝뚝 흐르는 목소리로 말했다.

"나 때문인 거 같아요."

그 말에는 지은도 가만있을 수가 없었다.

"그건 정말 끔찍한 헛소리네요, 인후 씨."

"내가 정현이를 쭉 좋아한 것만은 아니었거든요. 처음 만났을 땐 정말 싫어했어요. 대학에 가서야 친해졌으니 고등학교 시절 내내 놈을 싫어했다는 소리가 되잖아요. 친해진 이후에도 녀석한테 열등감을 느낄 때마다 싫어했던 것 같아요. 그 와중에 저주 같은 걸 하지는 않았나 싶고……."

"싫어하는 걸로 누군가를 해칠 수 있다면 감옥이 필요 없을 거예요. 그러니까 인후 씨가 초능력자가 아닌 이상 그런 자책은 그만둬요. 대체…… 지금 뭐하는 거예요. 위로를 받을 사람이 없어서 지금 나한테 그런 말을 털어놓는 건가요?"

지은이 딱딱한 표정으로 쏘아붙였다. 인후가 괴로운 얼굴을 하고 고개를 들었다.

"모르겠어요. 욕이라도 듣고 싶은 건지도 모르죠."

"내가 아는 그 어떤 누구도 정현 씨를 위험한 곳으로 내몰지 않았어요. 애초에 거기는 빌어먹을 내전국 따위가 아니라고요. 난 그저 스머프 인형을 사 오라고 했는데…….."

지은이 입술을 깨물었다.

절망적인 침묵이 흘렀다.

잠시 후 인후가 일어섰다. 지은이 그를 올려다보며 말했다.

"인후 씨, 어려운 부탁 좀 할게요. 저 대신 어머님 아버님께도 어떻게 된 건지 설명해주실 수 있나요? 지금쯤 잠도 못 주무시고 기다리실 거예요. 전 도저히 못하겠어요."

"……그럴게요. 친정에라도 가 있는 건 어때요?"

"생각해볼게요."

인후가 돌아간 뒤에도 지은은 소파에 그대로 앉아 새벽을 보냈다. 친정에 갈 생각은 없었다. 부모님과 동생들을 보면 그녀의 정신을 그나마 지탱하고 있는 심지가 완전히 부러져버릴 것만 같았다. 분명 그럴 것이다.

정현에게 전화를 수도 없이 걸었다. 통화 대기음이 멈추고 메시지를 남겨달라는 멘트가 나올 때까지, 그 짧은 무음의 시간 동안 바로 다음 순간 정현의 목소리가 들려오길 빌었다. 너무 사소한 소원이라 그것이 이루어지지 않았을 때의 충격은 매번 엄청났다.

가만히 앉아 빌고 있으라는 것은 고문과 다를 바 없다고 한 말은 진짜였다. 지은은 시간이 지날수록 진짜 육체적인 고통까지 느끼고 있었다. 숨을 쉬는 것이 점점 힘들어졌다.

새로운 날이 밝고 정오가 될 때까지도 지은은 꼼짝 않고 한 자리에 앉아 있었다. 그녀의 부모가 찾아와 초인종을 세 번이나 누른 뒤에야 지은은 휴대전화를 손에 꼭 쥔 채로 굳은 다리를 펴고 소파에서 일어섰다.

그렇게 하루가 또 지났다. 긴 기다림의 시간은 아니었다. 너무나 짧은 하루였다.

아무 소식도 없는데, 아무런 변화도 없는데, 어떻게 그렇게 하루가 빨리 지나갈 수 있는지 이상했다.

그 어떤 의미도 찾을 수 없는 하루였다.

지은에게 밥 한 술이라도 떠먹이려는 화연의 시도는 번번이 실패로 돌아갔다. 태원은 결코 정현의 욕을 하지 않았다. 욕은커녕, 원래부터 입이 무거운 사람인 것처럼 이틀간 단 한 마디 말도 하지 않고, 휴대전화만 붙들고 있는 딸 옆을 조용히 지켰다.

화연과 태원이 함께 저녁상을 차렸다. 그리고 두 사람은 거실에 딸을 두고 밥을 먹기 시작했다.

지은은 문득 자신의 배를 내려다보았다. 그러다가 무슨 생각을 한 건지 부엌으로 왔다. 그리고 화연이 지은의 몫으로 퍼놓은 밥그릇 앞에 앉았다. 지은은 밥을 먹기 시작했다.

"몇 끼를 굶었는데 바로 밥을 먹어도 될까. 죽으로 할 걸 그랬어."

태원이 이틀 만에 처음으로 입을 열었다. 그 순간 지은이 울음을 터뜨렸다.

화연이 맞은편에서 얼른 다가와 딸을 껴안았다. 지은은 소리 높여 울었다.

"나쁜 새끼! 어떻게 이럴 수 있어!"

지은은 마음속에 떠오르는 모든 원망과 불안을 쏟아냈다.

"나한테 복수하는 거야! 그렇지 않고서야 어떻게 그 사람이 나한테 이래!"

지은은 실컷 울고 난 뒤, 다시 꿋꿋이 밥을 먹었다.

식사 후에도 그녀는 다시 소파로 돌아가지 않았다. 평소처럼 청소를 하고, 며칠째 말려놓기만 하고 걷지 않아 바싹 마른 빨래들을 다 걷어 갔다. 퇴근하는 정현을 기다리듯 똑같이 움직였다.

다음 날, 화연이 혼자 마트에 다녀오겠다고 하자 지은이 평소 맏딸의 모습으로 화를 냈다.

"몸도 약한 사람이 혼자 또 사람 많은 곳을 어떻게 가려고? 또 쓰러지려고?"

"나 이제 건강한데?"

화연이 시장바구니를 들고 어리둥절한 표정을 지었다. 지은이 고개를 저었다.

"아빠랑 가지 않을 거면 그냥 가지 말고 있어."

그러자 태원이 끼어들어 말했다.

"그럼 네가 엄마랑 같이 나갔다 와. 바람도 쐴 겸."

지은이 한숨을 쉬었다.

"내가 얼마나 할 일이 많은데요. 그리고 어제 보니까 감기 기운도 있어서 안 나가는 게 나아. 둘이 다녀와요. 아빠도 집에만 있어서 다리가 쑤시잖아. 다 알고 있어."

"그래, 너 감기 걸리면 안 돼."

태원이 급히 신발을 신었다.

지은은 바지런히 움직였다. 청소기와 물걸레를 들고 방으로 갔다. 그리고 청소를 하기 시작했다. 평소에 내버려두었던 구석구석까지 쓸고 닦다 보니 어느덧 또 밤이었다. 지은은 밤이 징그럽게 싫어졌다.

어두워지자마자 집 안의 모든 전등을 켰다. 지은은 먼지떨이를 들고 서재로 갔다. 그러고는 책장에 있는 모든 책을 다 끄집어내기 시작했다. 태원과 화연이 봤으면 말렸을 게 분명한 행동이었다. 애써 밝아 보이려고 노력 중이던 얼굴은 책을 끄집어내는 작업을 하는 동안 다시 표정 없는 잿빛 얼굴로 변해갔다. 모든 책을 뽑아내 바닥에 쌓고 책장을 닦아내는, 그녀의 동작은 무섭도록 기계적이었다. 그녀는 머릿속에서 생각을 지워버리고 있었다.

책장 위를 모두 닦아내고 돌아설 때, 발이 걸리면서 쌓아놓은 책들이 와르르 무너졌다.

지은은 지치고 고통스러운 한숨을 쏟아내며 걸레를 신경질적으로 집어던졌다. 그리고 허리를 굽혀 책들을 다시 정리하기 시작했다.

그때, 그것이 손을 멈추게 했다.

단풍잎.

책장 사이에 끼워놓은 단풍잎이 바닥에 떨어졌다.

지은은 누가 뺨을 친 것처럼 눈을 크게 뜨고 그것을 한참 바라보았다.

그녀는 굳은 표정으로 단풍잎을 집었다. 그러고는 보지 않으려고 애쓰는 것처럼 시선을 딴 곳에 두고 단풍잎을 도로 책 사이에 넣었다.

하지만 그녀는 책을 꽂아 넣는 자세로 다시 굳었다. 정현이 선물로 준 게임 책이 그녀의 눈을 붙잡았다. 지은은 시체 같은 낯빛으로 그 책을 꺼내 펼쳤다. 마지막 페이지까지 넘기자, 마지막 장에 정현의 글씨로 '참 잘했어요.'라고 적혀 있었다. 지은의 입가에 희미하게 미소가 번졌다. 그러나 미소는 빠르게 사라졌다.

지은은 갑자기 뭔가에 홀린 것처럼 방을 나왔다. 그리고 휴대전화를 찾아 다시 정현에게 전화를 걸었다. 당연히 응답은 없었다.

지은은 화가 나 휴대전화를 던져버리려고 손을 치켜들었다.

하지만 차마 그러지 못하고 힘없이 팔을 내렸다.

'그 사람이 나한테 전화를 하면 받아야 할 거 아니야.'

지은은 잠시 망연자실한 표정으로 서 있었다. 주인의 정신이 무너지는 것을 막으려는 듯, 손가락이 자기 맘대로 휴대전화를 뒤졌다. 정현의 목소리가 녹음된 파일을 찾아냈다.

파일을 재생하자, 그의 목소리가 휴대전화 스피커에서 흘러나왔다.

— 뭘 얘기하라는 거야? 또 무슨 엉뚱한 생각이야?

지은이 말을 받았다.

— 당신 부모님은 자식들한테 연애 얘기하는 게 취미라면서요. 당신도 딸한테 할 말을 미리 녹음해놓자고요. 자장가 대신에.

— 그냥 자장가를 녹음해두는 편이 낫지 않아? 그리고 난 부모님 연애 얘기 듣는 거 안 좋아했어. 게다가 우리 연애 얘기를 아이한테 어떻게 해? 애야, 내가 비밀을 알려줄까? 네 엄마 아빠는 전생을 기억한단다.

— 좋아요. 그럼 자장가를 부르기로 해요.

그 뒤로 십 초간 공백이 있었다. 정현이 자장가를 부르기 싫다고 버티는 시간이었다.

하지만 그는 결국 노래를 불렀다.

지은은 그의 자장가 덕분에 잠시 미소를 떠올렸지만, 곧 괴로운 표정을 지으며 몸을 숙였다. 숨을 쉬는 것이 어려워졌다. 덜컥 겁이 나 가슴을 부여잡고 주저앉았다.

정현의 마지막 얼굴을 떠올리고 싶은데 그러면 그것이 정말 그의 마지막 모습이 되어버릴까 봐 무서웠다. 머릿속이 흐려졌다. 머리가 그를 떠올리는 것을 거부하고 있었다.

미칠 것 같아.

슬픔이 지나쳐도 미칠 수 있다.

삶과 죽음은 동등한 무게로 맞닿아 있는 것이 아니었다. 삶 속에 죽음이 있는 것도 아니었다. 죽음이, 삶을 포함하고 있었다. 삶이 무너지자, 삶을 감싸고 있던 우주와 같은 거대한 죽음이 모습을 드러냈다.

지금 그녀의 눈에 닿는 모든 것, 그가 없는데도 뻔뻔하게 존재하는 모든 것, 그녀가 느끼는 모든 것이 이제 그녀에겐 죽음의 전조처럼 보였다. 빛이 사라졌다. 색 같은 건 애초에 머리가 만들어낸 환상에 불과했다.

눈물이 미친 듯이 흘렀다. 죽을 것 같았다. 숨이 막혀서 죽을 것 같아.

정현의 흔적이 집 안 곳곳, 그녀의 기억 곳곳에 남아 있었다. 그의 목소리, 그가 한 말들, 그의 작은 행동들.

말했잖아, 당신이 내 전부가 됐다고, 내 세상이 됐다고. 당신이 없으니까 숨을 쉴 수가 없어. 정현 씨, 나 어떡해. 숨을 못 쉬겠어.

정현이 달래는 소리가 들렸다.

'괜찮아, 안 죽어.'

정말 죽을 것 같아.

'이런 걸로는 안 죽어.'

정말 죽을 것 같아, 정현 씨.

지은은 가슴을 쥐어뜯으며 바닥에 머리를 박았다. 울지 않고 있으면 그녀 안의 우물이 완전히 무너져버릴 것 같았다. 그러고 나면 그 우물은 다시는 고쳐질 수 없을 만큼 엉망이 되겠지. 울음이 목까지 차서 진짜로 질식할 것만 같았다. 지은은 주저앉아 머리를 젖히고 울음을 터뜨렸다. 심장을 쥐어뜯듯 가슴을 쥐어뜯었다.

미처 끄지 못한 휴대전화에선 정현의 목소리가 계속 흘러나왔다.

— 내가 네 엄마를 처음 만난 건…… 회사 면접실에서였어. 면접실로 들어오는 네 엄마를 보고 '이 사람이다.' 생각했지. 거짓말 같겠지만 정말이야. 지금 생각해보니, 그때 아마…….

지은은 가슴을 부여잡고 흐느꼈다.

— 첫눈에 반했었던 게 분명해.

'꿈은 아니야. 죽은 것도 아니고.'

정현은 바로 누워 생각했다.

손가락과 발가락을 움직여보았다. 멀쩡했다. 손을 움직여 배와 가슴을 살폈다. 생각하는 것도 무리가 없으니 어디가 크게 다친 것은 아닌 듯했다. 한숨 돌리자, 그 상태로 마지막 기억을 더듬기 시작했다.

벽이 부서지고 천장이 내려앉는 것이 그의 머리가 떠올릴 수 있는 마지막 장면이었다. 멀쩡히 발을 딛고 있는 공간이 무너져 내리는 장면은 쉽게 볼 수 있는 게 아니다. 그가 일찍이 수많은 비현실을 경험해보지 않았더라면 그 순간 멍하니 무너져 내리는 벽을 감상만 하다가 골로 갈 수도 있었을 것이다.

하지만 정현에게 이런 일은 악몽에서 수차 겪어본 일의 재탕 정도밖에 되지 않았다. 놀라지 않는다고 해서 죽지 않는 건 아니지만.

벽이 무너질 때 정현은 무의식중에 몸을 피했다. 하지만 바로 두 번째 폭발이 있었고, 그때 어딘가에 머리를 박고 쓰러졌다. 귀가 한참 멍하더니 그대로 의식이 끊겼다.

정현은 적당한 결론에 도달했다.

'테러에 휘말리기라도 한 건가?'

그런 가능성을 떠올릴 수 있는 세상에 산다는 게 문득 슬퍼졌다.

그는 무너진 건물 잔해에 깔려 있었다.

정현은 천천히 일어나 앉아보았다. 놀랍게도 움직일 만한 공간이 주어졌다. 일어서지는 못했지만 다리를 뻗고 앉아 있을 수는 있었다.

비좁은 공간, 어두운 시야, 조용한 주위가 그의 의식을 불필요할 정도로 옛날로 데려가고 있었다. 얄궂게도 이런 상황에 빠지고 보니, 그 옛

날 나달이 허구한 날 던져대던 질문이 떠올랐다.

「자네는 뭐가 가장 두렵나?」

나달은 그에게 약해지는 것을 두려워하지 말라고 했다.

그는 아직도, 항상 두렵다. 행복이 커질 때마다 두려움도 커진다. 이 행복이 언제 깨질까 두렵다.

행복한 만큼 두렵다. 하지만 그가 두려워하는 것이 그녀를 불행하게 한다면…….

그깟 두려움쯤 잊을 수도 있다. 행복밖에 모르는 사람이 될 수도 있다.

정현에게 이런 상황은 '가장 두려운 것'이 아니었다.

그가 자신의 상태를 거의 완전히 파악했을 때, 그 소리가 들렸다.

정현은 벽에 귀를 갖다 댔다. 누군가가 돌무더기 벽 너머에서 흐느끼고 있었다.

"지금 귀신 울음소리 내면서 울고 있는 사람, 혹시 한석 씨야?"

울음소리가 뚝 그쳤다.

반대편에서 누군가가 한국말로 소리쳤다.

"대표님이세요?"

울음소리가 더 커졌다.

"돌아가신 줄 알았어요. 저만 이렇게 죽어가는 줄 알았다고요."

"그래요, 안 죽었어요. 어디 다친 덴 없어요?"

"허리 아래로 감각이 없어요."

그리고 한석은 더 크게 울었다.

정현이 진정하라고 했지만 한석은 억울한 목소리로 계속 말했다.

"끔찍해요. 난 죽고 싶지 않아요, 대표님. 이렇게 죽고 싶지 않아요. 식장도 다 잡아뒀고 전셋집도 계약했단 말이에요."

"그것보다, 손가락과 발가락을 한번 움직여보겠어요?"

"허리 아래로 감각이 없다고요!"

"손가락이라도 움직여보라고!"

잠시 뒤 한석이 풀 죽은 듯 말했다.

"손가락, 움직여져요. 발가락은 움직여지는 것 같기도 하고 아닌 거 같기도 하고……."

정현은 손으로 돌무더기를 더듬었다. 눈이 점점 어둠에 익숙해졌다. 한참을 고민하다가 돌 하나를 조심스럽게 치웠다. 잘하는 짓이 아닐지도 모르겠다는 생각이 들었다. 하나를 잘못 뺐다가는 버티고 있는 벽이 무너질 수도 있는 노릇이었다. 이런 건 젠가 놀이 같은 게 아니니까. 그래서 관두기로 했다. 결국 구조를 기다리는 것밖에는 방법이 없었다.

한석이 겁먹은 목소리로 말을 걸었다.

"대표님? 살아 계시죠?"

"네, 아직은 살아 있어요."

"왜 아무 말도 안 하고 계세요. 무섭단 말이에요. 저 혼자 두고 가지 마세요."

"가긴 내가 어떻게 가요? ……그런데, 한석 씨. 거긴 움직일 만한 공간이 전혀 없어요?"

"없어요. 그냥 누워 있다고요. 이건 고문이에요."

"혹시 폰 가지고 있어요?"

"대표님은 폰을 어떻게 하셨는데요?"

"박살 났어요."

"왜 박살이 나요?"

"코트 주머니에 넣어뒀더니 옷자락이 돌에 깔리면서 아작이 났다고요! 조금만 비껴나갔으면 아작 나는 건 내 장기나 팔다리쯤 됐겠죠."

"화내지 마세요. 무서워서 그래요. ……그래도 대표님이 곁에 계시다고 생각하니 덜 무서워졌어요. 그리고 지 비서라고 하지 않고 이름을 불러주셔서 좋아요. 아, 혹시 이름을 부르는 게 위난 상황에서 상대를 안심시키는 방법 중 하나인가요? 저도 대표님을 이름으로 부를까요? 그러고 보니 대표님을 다시 모실 수 있게 돼서 좋았다는 말을 안 했던 것 같네요. 돌아온 대표님을 다시 모실 수 있게 되어 영광이에요."

"체력 그만 쓰고, 그래서, 폰은 멀쩡해요?"

"모르겠어요. 주머니에 있는데 팔을 움직이기 힘들어서……."

한석은 잠시 입을 다물었다.

삼십 초 후, 한석은 다시 울기 시작했다. 정현이 이마를 벽에 대고 한숨을 쉬었다.

"부서진 게 아니라고 해줘. 제발."

"폰은 멀쩡해요. 비행기 탄다고 전원을 꺼놨었는데 이걸 까먹고 있었다니 믿을 수가 없네요. 난 정말 머저리야."

"그 의견에 동의해요. 여기서 나가면 한석 씨부터 잘라버릴 겁니다."

한석이 흐느끼며 말했다.

"살고 싶지만 잘리기도 싫어요. 해고하지 말아주세요. 곧 결혼해야 한다고요. 청첩장도 드렸잖아요."

"한석 씨, GPS를 켜요. 그리고 신고부터 해."

"전화가 될까요? 영화에서 보면 이런 경우 잘 안 터지던데. 아, 되네요."

울음 섞인 목소리치고는 제법 괜찮은 신고였다. 한석은 자신과 정현이 누구고 공항 무슨 매장 옆에 있는 화장실에 있다가 무너진 건물 더미에 갇히게 됐다는 사실을 구조대에 일목요연하게 전달했다. 그리고 현지 직원에게도 연락해 상황을 알렸다.

벽에 등을 대고 앉아, 통화하는 소리를 들은 정현은 한석을 해고해야
겠다는 생각이 사라지는 것을 느꼈다. 그는 손가락에 끼워진 결혼반지
를 한 번 스윽 문지르고 눈을 감았다.

한석이 전화를 끊고 정현에게 말했다.

"만약 살아 나가면 주례 해주시기예요?"

정현이 눈을 감은 채로 웃었다.

"닥쳐요."

공항 호텔 앞에 택시가 섰다. 지은이 택시에서 뛰어내렸다.

뒤이어 규현이 운전하는 자가용이 호텔로 들어왔다. 정현의 아버지와
어머니가 차에서 급히 내렸다.

호텔 로비에서 통화를 하고 있던 인후는 지은이 너무 빨리 지나가는
바람에 그녀를 놓쳤다.

"지은 씨, 잠깐만요!"

뒤늦게 발견한 인후가 불렀지만 지은의 귀엔 그 목소리가 들리지 않
았다. 지은은 정신없이 혼자 엘리베이터를 타고 먼저 올라가버렸다.

정현과 한석은 사고 50시간 만에 무사히 구조되었다. 한석의 염려와
달리 그의 허리 아래를 움직이는 신경엔 아무 문제가 없었다. 의사가 직
접적으로 "일상생활도, 성생활도 아무 문제가 없습니다."라고 해준 뒤
에야 한석은 자기 몸이 멀쩡하다는 걸 믿었다.

한석이 타박상만 입었다면 정현은 손가락 골절로 왼손 약지와 새끼손
가락에 깁스를 한 채 귀국해야 했다.

정현은 인후에게 부탁해 호텔을 잡아달라고 했다. 통화는 이미 했다
지만 외국에 있을 동안은 내내 걱정하고 있을 가족들을 생각해서, 구출
되고 이틀이 되기 전에 그는 귀국행 비행기를 탔다. 덕분에 몰골이 말이

아니었다. 그런 꼴로 가족들을 만나면 정말 지옥에서 살아 돌아온 사람 보듯 할 것 같았다. 아주 틀린 말은 아니지만.

정현이 욕실에서 수염을 깎으면서 말했다.

"아예 결혼식 때까지 쭉 쉬는 게 어때요?"

휴대전화 스피커폰으로 한석과 통화 중이었다.

한석이 말했다.

– 저 해고된 거 아니죠?

정현이 기분 좋게 웃었다.

"아니에요. 정말 제대로 치료한 뒤에 출근해요. 정신과 상담 필요하면 받고."

– 악몽을 몇 번 더 꾸면 상담 받으러 가보겠습니다. 쉬세요.

정현이 수염을 다 깎고 거울을 보는데 벨이 울렸다. 누가 미친 듯이 문을 두들겼다.

문을 열자, 지은이 서 있었다.

지은은 그를 사납게 노려보며 방으로 성큼 들어왔다. 기세에 밀려 정현은 뒤로 물러났다. 그녀의 눈빛만으로 그는 따귀를 맞은 기분이 들었다. 정현이 짓궂은 미소를 짓고 말했다.

"내가 상상한 장면이 아닌데?"

지은이 눈물이 그렁한 눈으로 그를 노려보았다.

"감히……."

지은이 주먹으로 정현의 가슴을 때렸다.

"감히! 감히!"

맞는 사람보다 때리는 사람이 더 아픈 게 아닐까 싶었다. 그동안 끼니를 제대로 챙겨 먹지 못한 사람처럼 주먹에 기운이라고는 없었다. 정현이 한숨을 쉬며 그녀를 끌어안았다. 지은이 버둥거리면서 소리쳤다.

"날 두고 죽으려고 해! 감히, 날 두고 죽으려고 했어!"

"죽을 생각 없었어. 그 순간에도 내가 죽을 거라고 의심도 안 해봤어."

그렇게 몇 분간, 그녀는 그의 가슴팍에 머리를 대고 울음을 쏟아냈다.

다 퍼붓고 나니 그녀의 눈에도 정현의 상처가 보였다. 지은이 얼굴을 일그러뜨렸다. 통화에서도 이런 얘기는 듣지 못했다. 기적처럼 건강하다고만 했지 어디를 다쳤다고는, 정현도 인후도 말해주지 않았다.

이마에 거즈를 붙이고 있었지만 세수를 하기 전에 떼버렸다. 지은은 정현의 얼굴에 상처가 난 부위를 손가락으로 가만히 어루만졌다. 그의 상처를 만지면서도 자기 상처를 후벼 파는 것처럼 지은이 고통스러운 표정을 하자 정현이 그녀의 손을 붙잡았다. 정현이 손에 깁스를 하고 있는 걸 보고는 지은이 다시 아픈 표정을 지었다.

인후가 갑자기 문을 열고 들어왔다.

"지은 씨 아까 올라오던데…… 어이쿠, 미안."

그리고 두 사람이 키스를 하고 있는 걸 보고는 다시 문을 닫고 나갔다.

정현이 문 쪽을 흘깃 보고는 미소를 지었다.

"스머프 인형은 잃어버렸어. 미안해."

"……다른 곳은, 더 아픈 데 없어요?"

"아파."

정현이 빠르게 대답했다.

"아팠어. 겉보기엔 멀쩡하지만 여기저기 다쳤거든. 이마도 까졌고, 등도 옆구리도 살짝 긁혔어. 감기도 걸렸고."

"……난 감기 기운이 있었지만 이젠 괜찮아요."

지은이 정현의 얼굴에서 눈을 떼지 못하고 말했다. 너무 보고 싶었던 얼굴이었다.

정현이 그녀의 머릿속을 들여다본 듯 말했다.

"보고 싶었어."

지은이 말했다.

"나만큼은 아닐 거야."

"아니. 난 항상 보고 싶었어. 네 얼굴을 모르는 동안에도 난 항상 널 그리워했어. 그리고 앞으로도 그럴 거야. 난 네가 곁에 있어도 네가 그리워."

지은이 잠시 숨을 참고 있다가 물었다.

"아직도 내가 곁에 있어도 외로워요?"

"외로운 게 아니야. 그립다고. 내겐 네가 항상 간절해."

"……"

지은은 정현의 얼굴을 살며시 잡아당겼다.

"나도…… 당신이 늘 간절해요."

입술이 살짝 닿아 있는 것만으로도 그녀 안의 모든 불안이 씻겨 내려갔다.

정현의 어머니가 빼꼼 문을 열고 방으로 고개를 들이밀었다. 그녀가 눈물을 글썽이며 말했다.

"나도 우리 아들 보고 싶은데."

정현이 가족들을 보고 웃었다.

함께 웃던 지은은 문득 깨달았다. 라야가 자신의 심장에서 완전히 떠났음을.

'아……'

그 순간, 그녀는 모든 것을 이해할 수 있었다.

아일은 언젠가부터 어서 스스로의 목숨이 다하길 바랐다. 스스로 그렇게 말했다.

그것은 거짓말이다.

그렇다면 전쟁에서 그렇게 매번 살아 돌아오지도 않았을 것이다. 떠나려는 이들을 품에 안고 가지 말라 그리 매달리지도 않았을 것이다. 그녀는 그처럼 생에 집착하는 이를 보지 못했다. 그는 제대로 된 삶을 살고 싶어 했다.

제대로 된 삶. 무엇이 그를 불완전한 삶이라 느끼게 했을까.

무신경한 신은, 그의 그릇에 영혼을 담기 전 '사랑'이란 단어를 새겼다. 누군가는 호기심을, 누군가는 모험심을, 누군가는 탐욕을, 누군가는 죄의식을 새기고 태어날 때, 그는 천성처럼 사랑에 대한 갈망을 가지고 태어났다. 관찰하기 좋아하는 신은 그렇게 잔인한 짓을 했다.

사랑받지 못한 아이는 사랑을 모른다. 하지만 무참한 신은 부모의 사랑을 받지 못할 아이에게 미리 사랑이란 말을 가르쳐주어 내려 보냈다. 그러고는 그의 주변에서 신이 그에게 준 단어가 무엇인지 그가 깨달을 만한 어떠한 단서도 거둬 갔다. 그 사람보다 언제나 유리한 신은 그렇게 장기판에서 그에게 중요한 말(馬)을 미리, 모조리, 남김없이 빼앗아 갔다.

태양이란 단어를 알지만 태양을 보지 못한 이는 태양을 보고서도 그것이 태양인 줄도 모른다. 숨는다. 두려워한다. 적대하고, 멸시한다. 감탄하고, 질투하고, 불신한다.

태양이 사라지고 나서야 누군가가 그에게 그것이 태양이었다고 말한다.

신은 그런 짓을 했다. 감히.

내가 사랑할, 사랑한, 사랑하는 남자에게!

인형도 오랫동안 한마음으로 사랑해주면 영혼을 갖는다 했다. 바람을 친구 삼고, 달을 경애하고, 나무를 아꼈다. 그래서 그들이 정말 자신들의 친우에게 마지막으로 신비한 힘이라도 빌려준 것일까.

그녀는 그렇게 그 순간 모든 것을 이해했다. 의심할 것 없는, 벼락같은 깨달음.

이 깨달음은 세상의 시간에 속해 있지 않아 머릿속을 스쳐가 단어와 문장 따위로는 만들어지지 않아

바람이 말했다.

하지만 결국 그저 심장에만 남을지라도 그녀는 이것을 알아야 했다. 그리고 바람과 달과 나무와, 그를 사랑한 태양이 신의 눈을 피해 그녀에게 몰래 일러주었다.

사랑하라고.

그들이 일러줄 필요도 없다. 그녀는 이미 그러하다.

신은 몰랐다.

그와의 흥미로운 장기에 빠져, 그에게서 모든 말을 빼앗아 가는 즐거움에, 그 말들에게 무엇이 새겨져 있는지는 잊었다.

신이 장기를 두는 상대는 그만이 아니었다.

그가 만나고 만날 그 누군가에게는 후회와 반성이, 누군가에겐 관용이, 누군가에겐 인내심이, 누군가에겐 연민이, 누군가에겐 믿음이 새겨져 있다는 것을, 신은 잠시 잊고 있었다.

그리고 그녀. 이 생의 그녀는,

전생에 자신이 베푼 모든 자비와 희생과 아량을 모아 신에게 부탁했다.

스스로의 그릇에 단어를 쓰게 해달라고.

그리하여 새겨 넣었다. '그'라는 사람을.

자신을 이해하니 만물을 이해하는 것과 같았다.

과거의 갈망과 현재의 바람을 깨달으니 미래는 의문조차 아니었다.

전생의 고난, 현생의 이어짐, 그리고 그 사이 보이지 않는 틈새까지.

모든 것을 이해했다.

그 모든 깨달음은 순식간에 그녀의 머리를 지나 사라졌다. 그런 걸 사람들은 '인식하지 못한다'고 한다. 하지만 심장에 남은 것은 신조차 그녀에게서 빼앗아 갈 수 없는 것.

해가 뜨고 달이 져, 시간을 구분해도.

별이 사라지고 탄생하고 나라가 갈려, 공간을 쪼개도.

어디서도 어느 순간에나 그녀가 그녀일 수 있는 본질. 생의 이유. 삶의 의미.

정현이 지은을 보고 웃었다. 그 웃음에는 혼란도 망설임도 없었다. 그저 웃음이 나와 웃는 것.

그는 그녀 스스로 정한 법칙. 그녀는 웃지 않을 도리가 없었다.

아…… 나는 지금껏,

저것을 보기 위해 태어나고 숨 쉬었다.

그가 저렇듯 진정으로 웃는 것을 보기 위해.

그를 사랑하지 않을 방법 따윈 없었다. 처음부터.

신이여, 어떠신가요?

그가

우리가, 마침내 당신을 이겼습니다.

나달[日月] :
날과 달. 흘러가는 시간.

– fin.

작가 후기

이 글은 제게 한 시절의 일기장이고, 긴 여행기고, 오래된 휴대전화에 남아 있는 합격문자이고, 오랫동안 매년 바뀌는 수첩 속에 '올해 해야 할 일 목록' 상단을 차지하던 한마디입니다. 마지막은 비유나 상징이 아니라 진짜입니다. 드디어 '올해 해야 할 일 목록 1번'이 바뀌겠네요.

이 글에서 현생 부분은 어떻게 보면 전생 이야기의 긴 에필로그라고 볼 수 있습니다. 그리고 전생 부분은 현생 이야기의 두툼한 외전이라고 볼 수도 있겠고요. 그래서 책의 마침표를 찍는 순간엔 딱히 에필로그나 외전을 더 써야겠다는 생각이 들지 않았습니다.

또 모르죠, 언젠가 그들이 신과 다음 장기를 두고 있는 모습을 보여드리고 싶어질지도 모르겠습니다. 물론 제가 글로 풀지 않아도 모두 어디선가 잘 살고 있을 겁니다. 그래야죠.

종종 들었던 질문 중에 하나만 답해보고자 합니다.

'전생의 인물들이 모두 환생했나요?'

네, 거의 다 환생했다고 보시면 됩니다. 그래야 재밌잖아요? '음흉하게 작가 혼자만 알고 즐기고 있군.' 생각하지 마시고, 같이 상상하며 즐기자고 대놓고 힌트도 뿌려놨습니다. 어디까지나 미니 게임 수준의 재미이고, 사실 몰라도 본편을 즐기시는 데는 아무 문제가 없죠.

이 글이 끝날 때가 되어서 연재를 시작할 때 어떤 소개말을 썼었는지 찾아봤습니다.

'목적지가 분명한 여행'이라고 되어 있었습니다.

원하던 대로 제대로 된 목적지에 도착했냐고 묻는다면, '네'. 하지만 원래 계획표대로 목적지에 왔느냐고 물으면 '아니요'입니다. 일정계획표가 실물 종이였다면 아마 알아보기 힘들 정도로 너덜너덜해졌을 겁니다.

긴 여행이 대개 그렇듯, 일정의 순간순간이 즐겁기만 한 건 아니었습니다. 하지만 한참 후에 돌아봤을 때, 좋았던 기억으로 남아있었으면 좋겠습니다. 제게도, 함께 여행을 해주신 분들께도.

만약, 아주 만약에, 두 번째로 이 이야기를 접하는 분들이 계신다면, 부디 첫 번째 여행과는 다른 풍경이 보이길, 글쟁이로서 작은 바람을 가져봅니다.

책이 나오기까지 감사한 분들이 많습니다.

제가 사람답게 살고 있다면 그건 모두 나의 가족들 덕분입니다. 그들이 내게 보내주는 믿음과 지지가 내가 좀 더 나은 사람이 되고 싶게 만듭니다. 고마워요.

그리고 친구들에게 감사합니다. 고마운 분들이 너무 많아 이름을 다 말하기 힘든데, '나한테도 당연히 고맙겠지?'라고 생각하고 있다면 네, 맞습니다. 한 번이라도 절 격려해줬다면 제가 모두 기억하고 있으니 스스로를 의심하지 말고 격한 감사의 인사를 전해 받으시길. 여러분 덕분에 노트북을 제 손으로 박살내지 않고 무사히 끝을 낼 수 있었습니다.

그리고 긴 연재 기간 동안 잊지 않고 힘을 주신 독자님들께 표현하기 어려울 만큼 큰 감사를 전합니다.

내가 지금 잘 가고 있는 건가, 의심이 들 때마다 근사한 댓글로, 메일로, 쪽지로, 긴 글로, 때로는 그림으로, 놀랄 정도로 멋진 격려를 해준 독자님들. 그 분들이 아니었다면 이 글은 진작 제 머릿속에서 완결이 난 채 문자로는 남겨지지 않았을지도 모릅니다.

이 글을 시작할 때의 저는 이 글을 결코 지금의 모습으로는 끝낼 수 없었을 겁니다. 많은 분들의 격려가 있어서 가능했음을 지면을 빌려 꼭 전하고 싶었습니다.

손 느린 글쟁이를 오랜 기간 기다려주고 이 글을 책으로 만들어준 도서출판 가하와 담당자님들, 편집부에게도 깊이 감사드립니다.

그리고 마지막으로 책을 통해 뵙게 된 독자님들께.

과거의 제가 즐겁게 썼던 글이 현재의 독자님께 닿아 잠시간의 즐거움이 되었으면 하는 바람을 가져봅니다.

십 대 때도 '어떤 인간이 되면 좋을까?'를 깊게 생각해본 적이 없는데, 이번 기회에 그 생각을 해보았습니다. 좋아하는 작가들이 어떤 모습을 보일 때 기분이 좋았던가.

죽었는지 살았는지 아직 글은 쓰고 있는 건지 알 수 없는 상태가 아니라, 정기적으로 새로운 글을 보여줄 때. 책 한 권을 보고 그 작가의 글을 계속 찾아보기로 마음먹었는데 계속 재밌는 글을 보여줄 때, 제 눈썰미에 혼자 흡족해했던 것 같습니다.

이 글을 읽고 만족하셨던 분들이 훗날에도 흐뭇해할 수 있는 글쟁이가 될 수 있게, 원체 착실한 인간은 아니지만, 그래도 타고난 성격 이상으로 엄청나게 애써보겠습니다.

그것이 제 방식대로의 또 다른 감사 인사가 될 것 같습니다.

감사합니다.

2017년 봄과 여름 사이에서,

아드소.